紅葉文学の水脈

土佐亨著

和泉書院

目次

I　江戸文学の流れ

一 『雨月物語』「仏法僧」の寓意

又此古言をしいてとく人あり ――『胆大小心録』五――

1

『雨月物語』はそれぞれに特徴をもつ珠玉の短編集であるという定評にもかかわらず、ひとつひとつを吟味してみると、必ずしも問題がないわけではない。巻三の「仏法僧」もそのひとつであろう。いったいこの作品は、外形的な構成において「白峯」ときわめて類似しながら、怪談性においても思想性においても一籌を輸し、しかも主題があいまいで、率直に言って『雨月物語』中では、もっとも魅力に乏しい作品に見えるものである。研究方向も、典拠論が盛んなわりには主題論とかみ合うところが少なく、制作の意図や形象の総体的な意味は、必ずしも十分に問われているとは思えない。

いたって少ない「仏法僧」論の中で、最初にして明快であり、ほぼ定説を創り出したのは重友毅氏[1]である。氏は、秋成が高野山で実際に聞いた仏法僧の鳴き声についての体験と、高野山の玉川が毒水であると解されてきた古歌の誤解を訂する考証を織りこむ意図のもとに「仏法僧」が制作されたと言われ、『胆大小心録』四五・四六の記事を根拠に示されたのであった。以後、森山重雄氏[2]が、〈高野そのものの印象を描こうとした〉作品と言われ、中村幸彦氏[3]が、〈この編は、考証をもって寓意にかえたもの〉と言われるのも、秋成の感性と知性のいずれかに比重をかけた解釈ながら、重友氏の論点を一括踏襲しているものと解される。

ところで、『雨月物語』も怪談と寓言の二重構造として把握し、一般向きには怪談を、自身及び有識者には寓言を提示するという中村幸彦氏[4]の説は、秋成及び前期戯作の方法の基本的性格の解明として画期的なものであったが、こと「仏法僧」に関しては、寓意の指摘を断念されたらしく、一編の主意は〈考証〉そのこと（体験も含むと思われる）にあるとされたのであった。果たして「仏法僧」に寓意は存しないであろうか。[5]「仏法僧」は秋成の思想性と結ばない例外の作品なのであろうか。いささか意図的な読みかたかもしれないが、以下「仏法僧」の寓意について考えてみたい。

2

言われるように、「仏法僧」の物語の素材は、『怪談とのゐ袋』（明和五刊）の「伏見桃山亡霊の行列の事」に示される当時の噂話であったろう。だが、あえて高野山に舞台を設定したのは、やはり秋成の高野山の体験と考証を盛るためであったにちがいない。秀次一行の幽魂出現の怪異は、何としても「白峯」の二番煎じの感をまぬがれず、しかも怪異の中核が考証に関する対話によってほとんど埋められているのでは、怪異出現は、怪談集の建て前に無理に合わせたのではないかとさえ疑われる。ともあれ、秋成にとってこの物語は、高野以外の場に代えても成り立つというものではなかったのだ。私も、高野が秋成の体験と考証を持ち出す絶対条件であったことを認めねばならない。だが、この体験と考証は、何と非物語的な素材であろう。事実作品においても、主題を支える重要なモメントとしてこれまで考えられたことがあるであろうか。ボタンに合わせて服を仕立てた感がありながら、ボタンだけが採り上げられていたのではなかったか。では、あくまで知識の提示を目的に怪談を粧った学者小説というのが

「仏法僧」なのであろうか。私は、体験や考証を物語全体の中に位置づけるべく、秋成の高野体験を再検討してみたい。

重友氏は、「仏法僧」における鳥の鳴き声を裏づける記事として『胆大小心録』四五を指摘され、「仏法僧」制作以前に、秋成は高野山に行っているものと考えられた。この推定は疑い無く踏襲されているようだが、出かけた回数や年代は不明で、今のところそれ以上の推測もおそらく不可能であろう。また推定を疑う根拠もない。ところで『胆大小心録』には、今ひとつ秋成の高野体験を述べた文があるのだが、これも年代や回数を示唆するものを含まない以上、「仏法僧」以前の内容とされている四五と同じ資格をもつことになりはしないであろうか。「仏法僧」以前の秋成の高野体験を考える材料として、四五と同じく『胆大小心録』七三をも加えたいというのが私の立場である。

高野山に上りて、木食堂にゆきて拝す。あないの僧に、「あの湯にかきたてて食せらるるは何ぞ」と問（ひ）しかば、「蕎麦の粉」とぞ。翁哂（ひ）ていはく。「法中にのみ心をそめて王制をよまねばかくの如し。索麪、だん子につくらずとも、湯にて調利してまいれば、食穀也。五穀の余に六穀・九穀・百穀と云（ふ）字もあり。続日本紀元明の御時にか、「天下凶飢す。蕎麦を今より多く作りてよ」と詔令ありし也。これをもしらぬ事いとほし」といひしかば、あないの老僧ことばなかりし。

以上の七三の記事は、四五と異り、「仏法僧」の具体的な叙述と直接に関連するところはないようにみえる。しかし秋成の高野体験としては、四五よりもいっそう濃厚なものが語られていると言えよう。〈穀類を絶ち、木の実などを食して修行する堂〉で、そばを穀類だとは知らずに食している高野の僧の無学を笑い、典拠をあげるなどしてへこましたことを得意になって綴っているのだが、主意は〈専ら仏法的な物の考え方だけして〉、儒学等をも広く学ぶことのない高野の僧への非難にある。ここに高野山に対する秋成の姿勢の一面がうかがえるが、この高野体験が、明白に「仏法僧」の世界に反映しているのである。

作中で弘法大師の歌意を考証する紹巴のことばが、そのまま秋成のことばであったことは、『胆大小心録』四六の証明するところであるが、〈神通自在〉の〈大徳〉であった大師が自ら啓いた地に毒水を流すことの信じられぬ点を述べ、後人の〈狂言（まがこと）〉に由来していることを推定し訂正した紹巴は、さらに次のように述べている。

> 強（あながち）に仏をたふとむ人の、歌の意に細妙（くはし）からぬは、これほどの訛（あやまり）は幾らをもしいづるなり。

すなわち、歌意の誤解・曲解が仏道に専らの人の無学に基づいていることを述べているのは、前掲七三の〈王制（礼記の一編の名）〉を〈歌学〉もしくは単に〈常識〉に置きかえるのみで通用する同種の高野僧批判で、「仏法僧」を、まさしく秋成の高野批判として読みとるべき可能性を示唆しているのである。こうしてみると、構想や趣向の細部においても、秋成は、無学ばかりではなく種々の点で巧妙に高野への諷刺を仕組んでいる。

『胆大小心録』七三にみる秋成の高野僧に対するやっつけ方は、知識を誇示して執拗であり、その嘲笑はわれわれをかえって不快にさえするが、これも、秋成自身の高野僧への相当な不快に根ざしているものではなかったろうか。「仏法僧」の次の条には、おそらくそのようなものがひそんでいる。高野の各堂を参拝しおえた夢然父子は、宿を求めても相手にされない。

> 「ここに宿からん」といへど、ふつに答ふるものなし。そこを行（く）人に所の掟をきけば、「寺院僧房に便なき人は、麓にくだりて明（か）すべし。此山すべて旅人に一夜をかす事なし」とかたる。

これも、おそらく秋成自身の何らかの体験（自分自身がこのように扱われたか、あるいはこのように扱われて困惑している旅人を見たか）であったのではなかろうか。大慈大悲の仏の法にもかかわらず、行き暮れた参詣者に宿を貸そうとはしない高野は、冷酷というばかりではなく、矛盾をさえおかしている。しかも誰にも貸さないというのではなく、寺院僧坊に知りあいなどがあれば泊めるというのであるから、もはやそこには仏の道からはずれた閉鎖的な規約と俗な慣習があるだけにすぎないではないか。それにもかかわらず、秋成は夢然の口を通しての非難さえつぶやかない。そればかりか、夢然は、〈大師の広徳かたるに尽きず〉と言って喜んで野宿するありさまで、よほどの好人物か馬鹿かのいずれかといった姿を示すのである。おそらくこの辺にひとつのアイロニーが秘められている（後述）。

次は、高野山の名鳥仏法僧の鳴き声に関してである。作中この鳥は、一般に信じられているように〈ブッポーソー〉とは鳴かず、〈ブッパン、ブッパン〉と鳴くのであるが、これが、『胆大小心録』四五により、秋成が実際に聞いた〈貴重な経験〉に基づく〈非常な悦び〉と〈伝説的なその鳴声に対して訂正を要求する〉ものであるとは、重友氏の指摘されたところであった。そして今私は、秋成の高野への憤慨と侮蔑を考慮することによって、ここにも秋成の諷刺の加えられていることを見出さざるをえない。秋成は、〈ソー（僧）〉を落として〈ブッパン（仏法）〉としか鳴かぬ鳥に、真の僧の不在を告げるアイロニーを聞きとり、あえて趣向に採り入れているのである。作中の仏法僧の奇異な鳴き声は、高野への諷刺と読みとることによって、はじめて作品全体の構造に編み込まれてくるであろう。

遍在無限の大師の広徳も、現実の僧の無学や俗臭によって地に落ちていた証拠は、何よりも豊臣秀次らの怨霊を救済するすべもない無力な高野の設定に示されている。類似の「白峯」と比較すると、「白峯」の崇徳院の怨霊は偶々の西行の供養に感じて立ち現われるのであり、つのる怨念のすさまじさにはついに仏威も歯が立たなかったと、そのあらがいが存在するのに対し、「仏法僧」の怨霊は、〈いざ石田増田が徒に今夜も泡吹せん〉と毎夜の跳梁跋扈が示されており、高野の仏力・威光は影さえも見られないのだ。まことに秋成は、高野に、陰陽にかかわらず霊験不在の魑魅もうりょうの世界を感取したのではなかったか。高野の無能は、もちろん夢然父子にもはねかえらざるをえない。大師の広徳をたたえ、高野の一夜に随縁をさえ感じた夢然は、期待さるべき恩沢に浴するどころか、秀次の怨霊に出くわして修羅道に連れ去られようとする憂目に遭遇し、やっととりとめた命（これも怨霊自身の制止による）も、〈京にかへりて薬鍼の保養〉をしなければならぬ始末であった。高野はひとかけらの霊験も見せないで終ったのである。

松田修氏[6]は、この作に高野の霊威と秀次の怪異のまったく交叉しないことを指摘しておられるのは正しい。しかし、このことをもって〈主題そのものの不備〉・〈イメージの存在不能〉・〈本質的な欠陥〉と否定し去るのは、おそらく早計であろう。霊威と怪威の外見上の無関連は、高野の矛盾や無能を示すための意図に基づいており、物語としての効果は別としても、「仏法僧」は高野への諷刺を内包しつつ構成されていることを認めねばならないと考える。秋成に僧侶批判のことばの多いことは、今さら取りたてていうまでもなかろう。ただひとつをあげれば、

其宗〻のいたずらなる事、国の為にもならず、ただ愚民の遊所とこそみゆれ。（『胆大小心録』七一）

〈其宗〻〉に高野も入っていたのである。

以上、「仏法僧」に高野批判を寓する側面のあることを考察した。

3

ここで当然ながら、かかる醜態の高野に対する夢然父子の態度が問われねばならない。夢然父子こそ高野の矛盾と霊験不在を明らかにする証人であった。だがかれらはその責を果たしているであろうか。高野批判に主題が集中するかぎり、夢然は、信仰の人として登場はしても、どこかで必ず不審をおぼえねばならぬはずであり、信仰を裏切っているものへの怒りや侮蔑ないしは自己反省を行なう人物として形象されねばならないであろう。だが事実は、その逆を行なっている。高野の宿を断わられて、その矛盾に気づかないで途方に暮れるのはまだよい。一夜の野宿を善縁と思うのも、好ましい篤信の姿かもしれない。だが高野の霊験を絶え間なく口にしているかれは、〈三宝

（仏・法・僧）之声〉では鳴かなかった仏法僧を奇異とも思わずに感動し、そのうえ信仰を嘲けるように登場する亡霊の怪異に遭遇しながら、怪異に慴伏する高野のみじめさを感ずることもできなかった。なおも〈大師の御名をせはしく唱へつゝ〉ほうほうの体で山を下る姿は、もはや笑止以外のものではなかろう。野宿がたたったか、それとも怪異によるショックによるものか、京に帰ってかれは病の体を養うことになるが、これが霊験への疑問を抱く最後のチャンスであった。だがかれは恐怖を語るのみで、霊威と怪異の対立の計量に思いをいたすことなく終ったのである。息子の作之治はどうか。かれは父親のように信仰するという人物ではないようだ。霊威への挑戦や、怪異の前に黙する高野への嘲笑、宿を貸さぬ寺への怒りなど、しごく人間的な行動は、あるいは純朴な青年としての作之治にこそ見られるべきものであったろう。だがかれは、唯々として父に従うのみであり、宿を断わられておろおろ父親を案ずるばかりで、怪異の出現の際はどうしていたのやら、その影はまったく薄い。夢然父子は、もはや単なるワキとワキツレではない。シテの亡霊を呼び起こす何らの内的な交渉さえもたないではないか。言うまでもなかろう。夢然はいたずらに高野を尊むだけの愚人であり、作之治はその夢然につき従う人形なのだ。すでに引用した『胆大小心録』七一で秋成は、寺詣りのかれらを〈愚民〉と呼んでいる。こうなると、夢然らは、高野の無能を証すべき人物として形成されていないことは明らかであり、むしろかれらこそ諷刺の対象となっていることがうかがえるのである。

では「仏法僧」の主題は、堕落した寺院を盲目的に拝する愚民を笑うところにあるのだろうか。以上の考察によって、そうした一般的な寓意として理解することも許されよう。だが、秋成の描く夢然像は、どうやら今少々限定されているようである。

夢然が信仰の徒であることはすでに述べた。だがそのほかにかれは、〈彼此の旅寝を老のたのしみ〉とし、〈俳諧風の十七言〉を〈平生のたのしみとする〉風流人であった。仏法僧の声に感動して一句をものし、それを再び亡霊の前でくりかえさねばならなかったことによっても、ともかく夢然が俳人であったことの作中における意味は小さくない。ではかれはどのような俳人であったのか。おそらくかれは、神社仏閣の縁起にくわしいはずである。息子に語る高野山の縁起談がそれを証する。また各地の風物地誌に通じている。仏法僧の棲息地を並べることばがそれを裏づける。また弘法大師の詩偈や藤原光俊の歌の引用は、その典拠たる『性霊集』や『新撰六帖』に示されるように、多分に広範囲な古典の精通を思わせる。古典が詩書・歌書にとどまらぬことは、仏法僧にまつわる説話を語ることばに暗示されてもいるだろう。夢然は、俳人としてほぼ完璧な知識の所有者として描かれているとみてよい。だがかれをすでに諷刺の対象として設定している秋成は、むろんかれの欠陥をあばくことになる。夢然が高野の無能の現実を見ようとしなかったのは、信仰にとらわれた盲目によるものであったが、現実を現実としてみつめるための常識をも欠いていたのである。亡霊たちの前に引き出された夢然のことば、

　殿下と課せ出され侍るは誰にてわたらせ給ひ、かかる深山に夜宴をもよほし給ふや。更にいぶかしき事に侍る

は、同時代読者にも、ほとんどあきれかえるばかりの無知丸出しのことばであったろう。古い古い時代の知識はもちながら、徳川の世の初めごろの知識を欠いているというばかりでなく、生前残虐無道をもって殺生関白と呼ばれ、のちに高野に追いつめられて恨を呑んで自刃した豊臣秀次の話は、広く流布し、高野といえば第一に思い起こされるべき性質のものとなっていたのではなかったか。しかも秀次は、作中すでに〈殿下〉と呼ばれており、さらに白江・熊谷・万作と呼ばれる周辺の著名な武人も登場しているのである。夢然父子は秀次の名を聞かされるまで、皆目わからなかったのだから愚かしい。とりわけ俳人としても大恥をかいているのは、俳諧の源流たる連歌の名士紹巴の名を聞きながらそれとも知らなかったことで、夢然の無知は、秀次に気づかなかったばかりか、わが好ける道の先達にまで及んでいたのだ。ありふれた常識のみならず、専門さえも怪しい夢然の知識であった。夢然は愚劣な俗俳の徒として、秋成の嘲笑を浴びて描かれており、ここに俳行脚の俗俳を諷する寓意小説としての「仏法僧」の

展望が開かれている。

ここで私は、「仏法僧」の中の一語の解釈の試案を述べたい。次は冒頭の一文である。

　うらやすの国ひさしく、民作業をたのしむあまりに、春は花の下に息らひ、秋は錦の林を尋ね、しらぬ火の筑紫路もしらではと械まくらする人の、富士筑波の嶺〳〵を心にしむるぞそぞろなるかな。

つづいて夢然の紹介があるが、夢然が〈吉野〉や〈高野山〉を〈心にしむる〉〈そぞろなる〉人であったことはいうまでもない。とすると、〈そぞろなる〉夢然は、秋成の否定的な評価を背負っている以上、俳行脚の様にこめられた秋成の心情を、〈そぞろなる〉の語に読みとる必要はないであろうか。従来この語は、〈なんとなく心の進むさま〉（樋口慶千代・重友）・〈遊心勃々たるさま〉（中村）・〈自然にそういう心が動くさま〉（鵜月）と行脚を肯定的に理解した注がなされているが、これが夢然像の把握をあやまらせ、寓意の抽出を困難にしてきた一因ではなかろうか。〈浮かれ心地である〉（重友・今泉忠義）はまだしもであるが、これはもっと、〈みだりがわしい〉とか〈あさはかだ〉〈つまらぬ〉と解釈することによって、秋成の意図にも添い、作品の構造も明確化すると思うのである。

以上は、作品の叙述そのものの分析による寓意の追求であり、主題の考察であった。だがこれを恣意的な読みとりであると疑う向きもあるかもしれない。しかしこれについては、秋成の別の文章が曲解ではないことを裏づけてくれるであろう。

秋成が漁焉や無腸と号してすでに俳諧の道にも踏みこんでいたことは、今さらいうまでもない。切字についての論考『也哉抄』も『雨月物語』刊行以前にできあがっていた。この秋成に、俳諧や俳諧師を採りあげた作品が『雨月物語』の一編としてあることは不思議ではなかろう。ところで『雨月物語』刊行の四年後の俳文「去年の枝折」（安永九）の中から引用したい。必ずしも珍しい個所ではないが、「仏法僧」と関連させて、あらためて注目したいのである。

寔やかの翁といふ者（注――芭蕉）、湖上の茅檐、深川の蕉窓所さだめず住なして、西行宗祇の昔をとなへ、檜の木笠竹の杖に世をうかれあるきし人也とや、いともこころ得ぬ、彼古しへの人々は、保元寿永のみだれ打つゞきて、宝祚も今やいづ方に奪ひもて行らんと思へば、そこと定めて住つかぬもことわり感ぜらるゝ也、今ひとりも嘉吉応仁に世に生れあひて、月日も地におち、山川も劫灰とや尽ずなんとおもひまどはんには、何このやどりなるべき、さらに時雨のと観念すべき時世なりけり、八洲の外行浪も風吹たゝず、四つの民草おのれ〳〵が業をおさめて、何くか定めて住つくべきを、僧俗いづれともなき人の、かく事触れ狂ひあるくなん、誠に堯年鼓腹のあまりといへ共、ゆめ〳〵学ぶまじき人の有様也とぞおもふ、

平和の世にあって正業に身を入れず、一所不在の俳行脚をこととしている者への非難である。この一文は、秋成が旅の途に会った俳行脚の男が、芭蕉賛美のことばを並べたてたその後につづくものだが、芭蕉を俳聖化し、一も二もなく芭蕉をまねる当代の俗流俳諧師を苦々しく思う気持が、芭蕉にまで立ちかえってその姿勢を疑問視するに至っているのである。中村幸彦氏[7]は、秋成の生活倫理を考察され、〈大体に人間としては現実社会に立ちまじわり、生業にいそしみ、身を修め家を立てるべしという〉のが、かれの考え方であったと述べている。また、しょせんは遊びである芸術＝俳諧に執し、職業として弟子たちをつくるということも秋成の嫌悪するところであった。芭蕉や芭蕉を拝する人々を一括して嘲弄している秋成がここに見られる。夢然もそうした愚劣な俗俳の徒のマイナーであったということになろう。しかし「仏法僧」において秋成は、嘲弄や侮蔑を露骨にせず、夢然父子を憫笑しているようだ。芭蕉らの俳行脚の徒を難ずる秋成の気持に、推移があったかどうかは不明ながら、今述べた〈憫笑〉を裏づける文章を引用したい。『雨月物語』刊行の約六年後の寛政三年春に脱稿したと考えられる『癇癖談』一七の章[8]である。

むかし俳諧のすきびとありけり。芭蕉翁の、奥のほそみちのあとなつかしく、はる〴〵のみちのくにくだり

けり。ある国のかみの御城下にて、日くれなんとす。一夜あかすべき家もとむれどあらず。おもひつかれたるに、そこに門だちしたる翁のあるに、たちよりてねんごろに宿をもとむれば、おきなうち見て、法師は達磨宗なるかと問ふ。いな、さる修行にあらず、ばせをの翁のながれをまなぶものなるが、松がうらしま、象がたのながめせんとて、はるぐ\と来れるなりといふ。おきな、声あらゝかにて、何がしどの御下には、はいかい師と博奕うちの、やどするものはなきぞ、といひけるとなり。いかなれば、おなじつらにうとまれけむ、いとあさましくなむ。

芭蕉と芭蕉を慕う者とをしょせんはばくち打ちと同断としながらも、いちおう区別して、愚痴ながら純粋さを認めているようであり、まさにこれと設定の類似した「仏法僧」の夢然にも、同様の憫笑を送っていたであろう。

4

秋成は、後人の生き方をあやまらせたものとしての芭蕉を非難しているとみてよい。道理にはずれた芭蕉の生き方を真似る人々が、秋成には愚かしくも憐れであった。まったく好人物の夢然父子は、おそらくそういう秋成の心情を塗りこめられてもいるにちがいない。難ずべきものが、高野と高野に対する夢然父子の双方にありながら、双方に対して感情を露骨に示さず、夢然らには愛情に似た気持さえ抱いて構想したことが、この作をいっそう複雑で地味なものにしてしまい、結果において寓意や諷刺を見えにくくしていたと思うのである。

ともあれ、以上の芭蕉とその亜流の徒の考察は、やはり夢然も俗俳芭蕉を真似る愚劣な人物として意識的に形象されていることを予想させるに十分ではないか。「仏法僧」の中に、そうした芭蕉的なものの存在を指摘してみたい。

(1)冒頭の文中〈しらぬ火の筑紫路もしらではと械まくらする人〉という表現は、その晩年に筑紫への旅を考えていた芭蕉を念頭にしての表現ではなかったろうか。

(2)夢然は、〈伊勢の相可〉の出身であるが、これは芭蕉の出身地伊賀の上野を意識していくぶんずらせたものと思う。

(3)夢然は、〈忌ことなく頭おろして……従来身に病さへなくて彼此の旅寝を老のたのしみとする〉人である。これが芭蕉とほとんど重なるものであることはいうまでもなかろう。〈忌むこともなく〉や〈身に病さへなくて〉は、芭蕉の事実とは若干相違するものの、芭蕉の姿勢を気どりと見ていた秋成の嫌悪感を含んだ表現であり、芭蕉を模倣する夢然にあえて加えたものであろう。

(4)夢然は、末子の作之治を同伴する。作之治は、夢然の高野賛美の聞き役にすぎず、その登場の意味は、これまでほとんど考えられることがなかった。拙稿ではすでに、愚人夢然に従うばかりのこれまた愚直な青年だと述べたが、芭蕉が奥の細道の旅で門人曾良を同伴したことを思い合わせることによって、その登場は必然的なものであったことが理解されるのである。夢然に従う作之治には、芭蕉に随従する曾良のおもかげが戯画的に写されているであろう。

(5)夢然らは〈吉野〉から〈高野山〉へおもむいたのであるが、一般的なコースではあろうけれど、芭蕉も吉野の花を見て高野山へと旅をした。その紀行文『笈の小文』(宝永六刊)を秋成は読んでいたであろう。なお芭蕉には「高野詣」(貞享五作)の一文があり、表現・修辞の点で「仏法僧」と通うものがあるが、これが梓行されたのは文化七年であるから秋成は見ていない。

(6)また夢然の引く古歌〈松の尾の…〉とともに〈松の尾の御神〉すなわち松尾神社があげられているのも、内的な関連はよくわからないが、松尾芭蕉と「仏法僧」のかかわりを暗示しているように思う。

このようにみてくると、秋成は夢然の中に芭蕉の姿を意図的に含めて描いているように思われ、同伴者作之治の設定が、その推定を強めているのであるが、この夢然・作之治と芭蕉・曾良の関係の類似は、「仏法僧」を実に『おくのほそ道』のパロディとして理解する方向を示唆しているものではないか。

この「仏法僧」が、「白峯」同様に能の構成をとっているといわれ、最近では、同時代の談義物怪談の様式を踏襲しているという指摘がある。[9] 私は特に後者を確認しながらも、亡霊出現までの発句で結ばれる前半部は、芭蕉の紀行文『おくのほそ道』を念頭にしたパロディであることを加えたい。

『おくのほそ道』で芭蕉は、名刹を訪れることしきりであったが、そこで伝説や縁起や霊験を講釈して賛嘆おくあたわず、由緒ある古人の歌を記して自らも句を吐いたのであった。高野山での夢然が息子の作之治を聞き手に行なったことも、高野の縁起や霊鳥仏法僧の講釈であり、弘法大師の詩偈を引き、霊鳥にまつわる古歌・伝説をあげて自らも句を詠むのは、『おくのほそ道』の芭蕉そのままの姿勢ではないか。秋成は、高野山に詣でる夢然に、『おくのほそ道』の日光・雲岩寺・瑞厳寺・平泉・立石寺・羽黒等に詣でる芭蕉を重ねているのであり、措辞・趣向の細部においても、『おくのほそ道』を採り入れてパロディ化していると思われる点を指摘することができる。

(1)冒頭の文中、〈富士筑波の嶺〳〵を心にしむるぞそぞろなるかな〉は、「旅立」の条の〈不二の峯幽にみえて〉や、「出発まで」の〈そぞろ神の物につきて〉などが踏まえられているであろう。〈筑波の嶺〳〵〉が出るのは、『鹿島紀行』の〈つくば山むかふに高く、二峯ならびたてり〉によると思われる。

(2)夢然らが高野に出かけるのは、〈一月あまり二条の別業に逗まりて、三月の末吉野の奥の花を見て、知れる寺院に七日ばかりかたらひ〉てのちのことであった。「仏法僧」を単に怪談として読むかぎりでは、まったく無意味な部分であるが、『おくのほそ道』の冒頭から旅立にかけての芭蕉の動静と関連させることによって、その叙述の必然性に思い至る。すなわち、〈二条の別業〉は〈杉風が別墅〉に相当して旅立前のしばらくの滞在と重なり、〈三月の末……七日ばかりかたらひ〉は、〈弥生も末の七日〉やその間の千住滞留（実際に七日間居たと伝える資料もある〉を踏まえていると考えられる。

(3)夢然らは、〈夏のはじめ青葉の茂みをわけつゝ〉高野山に登るが、これは、「日光」の条〈卯月朔日、御山に詣拝す〉を念頭に、〈青葉若葉の……〉の句のイメージによっていると思われ、以下は紀行文のスタイルを物語的にパロディ化しているものと見られる。

(4)高野の各堂を拝しおわった夢然らは、日暮れに及んで、〈「ここに宿からん」といへど、ふつに答ふるものなし〉と、野宿をするはめになる。これは、怪異に遭遇することになる前提として重要な設定であるが、高野及び夢然父子を諷する意味でも動かしがたく構想に組みこまれているものであることもすでに述べたとおりである。だが、これも『おくのほそ道』の趣向に基づいている。「石の巻」の条下、〈思ひかけず斯る所にも来れる哉と、宿からんとすれど更に宿かす人なし〉と踏まえがあり、さらに「立石寺」の条の、〈日いまだ暮ず。麓の坊に宿かり置て、山上の堂にのぼる〉というのを裏がえした趣向であろう。

(5)また、夢然の講釈する〈此山は扶桑第一の霊場、大師の広徳かたるに尽ず〉は、「松嶋」の条の〈松嶋は扶桑第一の好風にして、凡洞庭・西湖を恥ず〉のスタイルを模したものでもあろうか。

(6)夢然が仏法僧の声を聞き、〈こよひの奇妙既に一鳥声あり〉と句をよむところは、(4)と同様、「尿前の関」の条の、〈高山森々として一鳥声きかず〉を裏がえした趣向だと考える。

以上の指摘はいささかこじつけの感もないわけではなく、また洩れているようなところもあろうかと思う。とにかく秋成は、『おくのほそ道』を座右にして、その叙述の一々をパロディ化しているのではなく、芭蕉の姿勢をトータルに把握して場所を高野に設定し、芭蕉ならばこのようでもあったろうという形で綴っているのである。

5

秋成の僧侶・信者批判と俳諧師批判のことばを援用しつつ、「仏法僧」の寓意にもその二面のあることを指摘したのであるが、その二面は、夢然の像に信仰の俳人であった芭蕉の像を重ねることによって、統一されているのである。秋成は、有害無用の俳人芭蕉への批判をこめ、芭蕉をいたずらに俳聖化してそれをまねる俗俳の徒が現実の皮肉な復讐を受けてなお目ざめぬ愚痴を諷したのであった。

以上は、高野山と夢然を中心に考察したものであるが、豊臣秀次の亡霊によって寓されているものを指摘していない。その点によって本稿はなお未定稿である。機会をみて続稿を試みたいと思っている。

注

（1）重友毅「『仏法僧』に見える考証的言説」（同氏著『雨月物語の研究』昭21、大八洲出版株式会社）

（2）森山重雄『雨月物語・春雨物語』（昭31、創元社）七八頁。

（3）中村幸彦『上田秋成集』（日本古典文学大系、昭34、岩波書店）解説一三頁。

（4）中村幸彦『戯作論』（昭41、角川書店）等を参照。

（5）外国人研究者 James T. Araki：A CRITICAL APPROACH TO THE *Ugetsu monogatari*（MONUMENTA NIPPONICA Vol. 22 No. 1-2 1967＝上智大学『日本文化誌叢』22巻、昭42）なども「仏法僧」については、The tale does not appear to be built arround a “single preconceived effort” as Poe would have had it …と、寓意的な主題を認めていない。「仏法僧」を寓言としてとらえることを試みたものには、中村博保「『不測（ふしぎ）』の意識とその形象化」（鵜月洋『雨月物語評釈』昭44、角川書店、三六四頁）がある。氏は、怪異の出現の〈ふしぎ〉こそ怪異というものの現実であるといわれ、それを「仏法僧」の寓意とされているようであるが、それだけでは「仏法僧」にのみ収斂する性質のものではないであろうし、また、他の『雨月』作中の怪異出現の根拠と撞着することになりはしないか。

（6）松田修「『菊花の約』の論―雨月物語の再評価（2）―」（福岡女子大学『文芸と思想』24号、昭38・2）

（7）中村幸彦「上田秋成の人と思想」（『近世文芸』5号、昭35・5。のち同氏著『近世作家研究』昭46、三一書房に改題収録）

（8）中村幸彦「癇癖談に描かれた人々」（大谷篤蔵編『近世大阪芸文叢談』昭48、大阪芸文会）によれば、モデルとなった人物が推定されている。「仏法僧」における憫笑ないしは諷刺の朧化という点も、あるいはその辺に由来するのかもしれない。

（9）徳田武「初期読本における寓意性と文芸性（中）」（早稲田大学『国文学研究』50集、昭48・6）

（『香椎潟』第十九号、昭和48年10月）

二　『春雨物語』「血かたびら」私考

――平城帝の性格をめぐって――

あるいは年代記小説という言い方も不可能ではないとさえ思われる構想を、一人の人物を軸にまとめあげた短編「血かたびら」は、多分に圧縮と凝固と精錬の産物なのである。芥川龍之介らが〈渾然玉成〉の語によって絶讃したのも、おそらくはその中に長編的夾雑をも溶解しながら、なお印象の凝集を強いる方法の妙であった。そして簡朴自在な叙述の行間の読みとりを予期しているかのようなこの作品は、真義をなお深くに蔵しているように思われるのであり、拙論は、そうした「血かたびら」の主題を私なりに求めようと試みたもので、在来の所見に幾分なりと疑問を提示し、秋成および『春雨物語』の研究の捨石となることを期待するものである。

「血かたびら」は、平城天皇を軸に据えていることは間違いのないところで、作品研究は、この帝に関する表現の分析を通して帝と帝をとり巻く世界を考え、さらに秋成の意図に及ぶのが常識的な方法であろう。

平城帝が〈善柔の御さが〉であり、また古代日本の〈直き〉心性の持ち主として政治的思想的に動揺する時代の悲劇の天皇として形象化され、そうした帝を通じて、秋成が自己の上代精神への憧憬と儒仏批判を述べているというのが定説である。帝の性格の〈善柔〉や〈直き〉の意義については重友毅氏・中村幸彦氏の解説があり、この二つの因子は、両者矛盾反発のないものとして一人格に内在しうることになるのであるが、帝に関する叙述を読みとっていく時、帝は必ずしも破綻のない純一な人格とは言いがたく、二つの因子の相剋や、別の因子を生み出しているように思われるのである。そうしてその点の指摘が妥当であるならば、作品の主題や評価もおのずと色あいを異にするのではないかと考えるが、以下叙述を追って帝の形象を考察したい。

〈天のおし国高日子の天皇、開初より五十一代の大まつり事きこしめしたまへば〉という冒頭の叙述は、歴史物語の常套的な表現ともいえるが、豊饒と太平の世をことほぐ表現に続く時、やはり平城帝の治世がいかに理想的であったかが述べられているわけであり、それはそのまま帝のすぐれた個性や手腕に結びつけられて理解されるであろう。〈記伝のはかせ〉が中国古典より字を選んで元号を奏聞する物々しさ、また先帝の寵愛厚かった皇太弟を皇太子として世継に任ずる広量な平城帝は、その重厚な文体に呼応して遺憾のない帝王ぶりで、内外の栄はすべて帝一身において実現されたかのようである。ところが皇太弟の聡明博学の叙述に続いて、帝の本性が〈善柔〉であることが開陳され、〈はやく春の宮に御くらゐゆづらまく〉思っている内心が示されるのであり、帝はその本心を、側近に〈内〻さたしたまふ〉のである。〈善柔の御さが〉は、ここに突然生ずるというものではなく、生来の素質として理解さるべきこと言うまでもないし、そうならば善柔の〈性（さが）〉ゆえにすぐれた政治を行ないえたと言うことは少なからず困難なことであろう。ここには治世の表裏がまさに対照され、帝の治世はほとんど帝と関係なく、実に賢臣によって行なわれ保たれていることが明らかにされているとみられる。傀儡と言えば言いすぎにしろ、政治的意志を欠いている帝は、最初から悲劇の主人公の資格を有していないとさえ思われるのであり、あえて悲劇性を求めるならば、そうした帝が王位についていなければならなかった環境の矛盾に帰せられねばならないであろう。とにかく譲位を願う帝は、政治に自信も意欲もなかったのであり、それは聡明博学の皇太弟と比較することによって、自らの王位の不当を認めざるをえない劣等意識にもつらなっていると解される。譲位の意志を制する大臣参議がすべて帝を利用しようとするものであるとは言えまい。〈さる事しばし〉というのは、譲位の絶対的否定ではなく、あまりに早い譲位の惹き起こす民心の動揺への懸念であり、治世が緒についたばかりで、果たすべきこれからの政務の数々を暗示してむしろ当然と言わねばならないのである。

どれほど時が経過したのであろうか。帝は二夜続けて先帝の夢を見る。帝の心には先帝が重くのしかかっているのであり、前の夢における先帝の御製〈けさの朝け鳴（く）なる鹿の其声を聞（か）ずはゆかじ夜のふけぬとに〉を皇太弟への譲位勧告として理解し、後の夢を皇祖への祭祀の不十分を責められたものとして受け入れているのである。平城帝の心は、十全な政治をとり行なうべき義務感に緊張し、聡明な皇太弟に比して無力な自己を先帝に責められているという潜在的な被害妄想がみられる。先帝つまり桓武帝は、〈いやつぎつぎに、天の下、しろしめししを、空に見つ、大和をおきて、青によし、奈良山をこえ、いかさまに、おもほしめすか〉の歌を引用されるような北に都を遷した分裂的なそして行動的な帝であり、平城帝と皇太弟はその血を承けている兄弟なのである。帝の自覚する〈み心のたよわさ〉は、いわゆる〈善柔〉をさらに一歩進めた過敏な神経症的な性情に近いものといえるのではなかろうか。それゆえに帝は、夢をある予兆と結びつけておびえるのだ。帝は夢におびえつつ、父帝の弟淡路流謫の途に薨じた不遇の早良親王に崇道天皇の尊号を追謚するが、この構成は、平城帝——神野親王の現実と、過去の桓武帝——早良親王という形で対応するのであり、かかる不遇の皇太子を祭ることが、帝にとってはやはり先帝に対するのみならず皇太弟への畏怖としてつらなり、無意味な偶然ではない。

以上は帝の内部の単なる想像にすぎないであろうか。追謚の儀にからんで、帝に対する周囲の処置は、〈法師かんなぎ等祭壇に昇りて、加持まいらせはらへしたり〉というのであった。この部分は帝に関する描写は伏せられているが、それは伏せねばならぬような行動があったからにほかならないのだ。つまり帝は、ある朝突如として恐怖におののきながら夢の告げを口走り、追謚の決意早々に実行を急いだのであり、周囲をして不例と受けとらせるに足るとり乱した言動があったのである。帝は薬を服用させられるばかりではない。〈又参議の臣達はかり合せて、こゝかしこの神やしろ大てらの御使あり〉と病調伏の加持祈禱は、もはや包みおおせぬものであり、はるばる伯岐の国より高僧玄賓が引き出されて祈禱に加えられる。そうして帝は〈み心すが〳〵しくならせたま〉うのであるが、ここで帝の病状をそれとなく暗示しているのは〈妖魔〉という語であり、これから察しても、帝は、ほとんど錯乱状態にまで陥いっていたのではないかと思われる。

さて、これまで平城帝は、何よりも日本古来の〈直き〉心性の所有者として秋成理想の人物と目されており、それと同時に惜しむらくは、〈善柔の御さが〉によって悲運に陥いる悲劇の人物と目されてきた。しかし、以上のように冒頭に近い条を読みとる段において、すでに帝は、単なる〈善柔〉ではすまない病弱、それも無力・過敏・妄想・錯乱という致命的な精神的欠陥を持つことが明らかになった。そしてこれは、医術の心得もあった秋成において不用意な形象であったとは考えにくい。

管見の及ぶところ、平城帝の形象に病弱の点を明確に指摘した先考には森山重雄氏の論があるが、氏も直接これに焦点を合わして論ぜられてはいない。しかし平城帝のかかる精神的欠陥が冒頭近くに採り上げられていることは、必ずや物語のその後の展開を規制し、作品の把握のしかたに幾分なりと修正を要求することになるであろう。従来の本作の理解は、秋成の他の言説に多く支えられているが、私には、いささかインデックスにとらわれすぎているように思われるのである。もちろんそうした理解に正しい点の多いことも言うまでもないが、抽象的評論的言説でも事足り、またすでにそうした言説を公にしている秋成が、迂遠な物語形式でそれを繰り返さねばならぬ必然が果たしてあったというのであろうか。たとえあったにしろ、それはフィクションのデティルによって修正を受け変貌しているかもしれず、またフィクションによって一層高次の思索がなされる場合もありうるのであって、作品研究は、通説・定説の枠組からはみ出るものを拾うところに一つの意味を持ちうるであろう。主人公が帝王であること、そして秋成が王位簒奪の革命思想の否定者であることを考慮しても、以上の帝の形象によってみれば、帝を犠牲者として美化することは用心してかかる必要があると考えるのである。しばしば引用される秋成の物語論であるが、『ぬば玉の巻』の〈くらゐ高き人の悪みをおそれて、いにしへの事にとりなし、今のうつつを打ちかすめつつ、おぼろげに書き出でたる物〉という言説に照らしても、彼の作品には、おぼろげにしか言いえない当代批判の秘められていることを予測してもよいのであり、直接には〈くらゐ高き人〉を悪しざまに言いなすことは極力避けられていることは当然なのであって、ここに平城帝の本性が〈善柔〉の語によっておぼめかされ、敬語によって形式的に尊崇されているかもしれぬことは当然考えられてもよいのだと思う。私は、冒頭の部分から、平城帝の本質を多分に露骨に精神的欠陥を有する人物として規定したのであるが、さらに叙述に従って帝を眺めたい。

　仲成と薬子は政治的な野心をもって、病後の帝にとりいり〈なぐさめたいまつる〉のである。中村氏はここの部分を〈天皇の憂いを散じようとした〉と注されている。激しい病状を脱して〈み心すがすがしく〉なった帝ではあるが、病の根元がなんら解決してはおらず、先帝と皇太弟への問題は、やはり帝の内部にくすぶっているのである。仲成・薬子の〈よからぬ事も打（ち）ゑみて、是が心をもとらせ給〉うのは善柔の〈性〉ゆえと解されているが、〈よからぬ事〉の実体は明らかではない。だが、仲成・薬子の勧めによると考えられる〈夜ひ〱の御宴のうた垣、八重めぐらせ遊ばせたまふ〉帝は、決してしぶしぶ臨席しているのではない。そして〈御こころすが〱しく、朝まつりごと怠らせ給は〉ぬ帝なのである。帝が〈棹鹿はよるこそ来なけおく露は霜結ばねば朕わかゆ也〉の御製をうたい、薬子が舞ったのは、そうした宴の一夜であるが、〈朝まつりごと〉に精励されたのはその翌日からとは断定できない。文脈はむしろ毎夜の宴会であり、それにもかかわらぬ帝の政務への熱中として解される。ここで松田修氏は、帝の御製の意をめぐって〈この場のかぎり譲位意志が放棄されている〉と異見を述べられた。氏の論に対し、中村氏や森田喜郎氏の反論があるが、私は松田氏とは論拠を異にするものの、やはりこの期の帝が深く譲位意志を宿しているとは認めにくいのである。この陽気な宴席において帝の御製は、なお前の夢中の先帝の歌〈けさの朝け……〉の歌に支配され、それに応える形をとって暗欝な内面がたけだけしく表現されており、中村氏の〈退位を決意しながらも、四周に留められて位にとどまる間の一瞬の快楽的な気分を出した詠〉とされる鑑賞にはなお従いがたいのである。この歌の調べは、〈善柔〉と〈直き〉の帝にふさわしいものであろうか。また、これをもって〈善柔の性のやや男さびた一時期〉とされる松田氏の解は妥当であろうか。帝のかかる現状を、時間的な経過において客観視してみたい。何よりも帝は、そのしばらく前まで宮廷を大騒ぎさせて病の床にあったのではないか。それが治ったと思うと夜につぐ宴会であり、そしてまた〈朝まつりごと怠らせ給は〉ぬという。普通なら、当然病後の心静かな保養があってしかるべきであり、なぐさめとても相応のものでなければならないと思われる。〈うた垣八重めぐらせ〉た宴は、とうていそのようなものではありえない。ここに私は、再び帝の心の病を認めざるをえないのである。罪意識や被害妄想総じて欝状態にあった帝は、今度は躁状態に転じたのだ。夜をふかしての宴会に疲れも感じないで〈御心すが〳〵しく〉政務に精励するというのは、これまでの帝からは考えられないのであり、まさに帝は躁欝病の典型的な病状を呈している。このような帝の状況を理解する時に、〈棹鹿は……〉の御製の高い調子も挑むような意味も納得できるように思う。御製の〈霜結ばねば〉の句意を〈退位の時期ではないので〉と解しても、われわれは、なぜまだ退位の時期ではないのかという客観的な理由をまったく見出すことができない。いったい帝の心の動きは、これまでもそうであったが、これから後も、客観的必然的な動き方を示さない。すべては帝の心においてそうであるという主観の問題であって、帝の行動は著しく独走的であり、周囲の状況とかみ合っていないのである。そしてこれは、帝王はとかくそうしたものという一般論に還元されるものではなく、われわれは、帝の病める暗い内部と孤独を理解しなければならないのではなかろうか。もし帝自身、自らを客観的に見つめ合理的に処置しうるならば、譲位意志が明確であるかぎり、今度の大病を理由に退位することこそまっとうな態度であろう。このように帝を見つめるかぎり、仲成・薬子らの譲位の制止などはほとんど問題にならず、帝はまったくと言っていいほど病める情動に支配されているように思われる。私は平城帝の病的な精神を強調しすぎているようであるが、従来この点がまったく採り上げられていないのであり、検討を要すると考えるのである。

さてこうした帝のうって変った明朗な精力的な姿を、反皇太弟の側近は病的なものと気づかず、この際一挙に皇太弟を失脚させるべく讒奏したりなどする。こうした周囲の動静に対して帝は独言する。〈皇祖〔尊〕矛とりて道ひらかせ、弓箭みとらして、仇うちしたまふより、十つぎの崇神の御時までは、しるすに事なかりしにや、養老の紀に見る所無し〉と。そして、儒教が渡来し儒道が盛んになるにつれて世が騒がしくなったと判断し、〈朕はふみよむ事うとければ、ただ直きをつとめん〉というのである。ここに、平城帝の日本古来の〈直き〉心性が示され、秋成のそれに対する憧憬の念と儒教批判があるとされている。秋成によれば、〈古語に直と云は質直の義、転じて平常の言〉（『安々言』）で、現代語の〈素直〉〈ありのまま〉の意を持つものとされているが、日本本来の精神を象徴しているにちがいない皇祖尊が、〈矛とりて道ひらかせ、弓箭みとらして仇うちしたまふ〉と形容された語句を帝の心理と結んで理解しなければならないと考える。〈ふみよむ事うとければ〉と皇太弟への劣位を自ら認めた帝が、皇太弟へ対抗する力の基を〈直き〉に求めている帝のこの〈直き〉こそ皇祖尊の姿勢でなければならないであろう。そうすると皇祖尊の直は、いわゆる素直というような、静止的な心情ではなく、〈直情果断〉な闘争的なものとなってくるのである。帝は、観念的・思弁的・倫理的・階級的なつまり儒教的な一切に反発し、意気の高ぶりのままに、皇祖尊の英雄性を遥かに追慕しつつ、自らを強く剛気な行動へ駆ろうとしていると考えねばならない。そして、帝の英雄的なポーズは、以下の点に一応は示されているのである。

ある日皇太弟は、先帝の陵に詣で〈密旨の奏文〉をささげ、〈天皇も一日みはかまうでし給ふ〉のである。皇太弟の参詣に続く帝の参詣は、いうまでもなく対抗である。〈百官百司、みさき追ひあとべに備ふ。左右の大将中将、おん車のをちこちに、弓矢取（り）しばり、御はかせきらびやかに帯（び）たまへり〉と述べられている帝の一行の有様は、まさに皇祖尊の諸部族征伐の形容と対応して、〈神代の事もおもはるる〉ものであった。かくして、平城帝の対皇太弟の姿勢が、武力による威圧的なものであることは、どうやら疑いえないものとなっている。だが、これはストレートに威圧的な変貌をなしたということではない。何よりも帝は善柔であり病的なのである。剛直たらんことを自らに誓ってからも、帝はどれほど新しい生き方を試みていたのであろうか。先帝の御陵参拝に先きだって、一つの怪事があった。〈一日、太虚に雲なく風枝を鳴（ら）さぬに、空にとゞろく音す〉と。だが、空海の祈禱で怪事は破れ、忌部浜成によって治められた。ここでさらに前の玄賓の祈禱にもかえるが、重大なことがらが仏神の力によって解決を得ていることは注意しなければならない。剛直であるにしろ、帝の〈直き〉御心では治めようもない問題の存在がここには寓されているのではなかろうか。そして〈直きをつとめん〉という帝の決意は多分に動揺していることが推測されてくるのである。さらに帝の動揺を決定的なものとし、遂に諦めと放棄に導いたのが、先帝の御陵参拝の折の怪事である。神代のますらをぶりによる帝の示威も何らの効果さえない。この部分、あえて言えば、英雄政治がもはや存立しえぬ時代の趨勢が語られているのではなかろうか。ここにおいて帝は譲位を認めざるをえなくなるのだ。気のすすまぬ即位から煩悶へ、さらに決意から動揺へ放棄へと帝の内部が動いていることを確認したい。

かかる怪事に際し、周囲は再び帝の病の発作を予期するのであるが、観念した帝は発作を起こさず、かえって心のくつろぎをおぼえるのである。〈みけしきよくてぞ。夜に月出（で）、ほとゝぎす一二声鳴（き）わたるを聞（か）せたまひて、大とのごもらせたまひぬ〉は、心にくい叙述である。月を眺めほととぎすを聞いて床につくという安らかな眠りが、これまでの帝には絶えてなかったのだ。

黒雲の怪は、平城帝の帝位が去ることの兆であった。少くとも帝はそのように解したのである。だが、帝には皇太弟の即位が必然なものであるかどうかは確信がない。翌朝の空海・皇太弟との問答は、やはりそうした帝の内面と関連している。〈三皇五帝は遠し。其後の物がたり申せ〉という空海への問の真意はやはり探られねばならないであろう。中国の伝説の天子は、私意を捨ててなお自ら次の帝をえらんだ。だが、〈其後〉の王位は事実として世襲か革命であったのだ。ここにおいて次期の帝位が誰に帰するかが、やはり平城帝の問題となっているのであり、自らの退位を納得しつつも王位継承の道理を求めたのである。空海の答えは、包括的な大胆なものであった。伝説の天子はともあれ、歴史上の帝王の位置はすべからく私欲によって得られたのであり、民心は禅位簒立に無関心だというのである。この空海の言葉は、私には、「血かたびら」からさらには『春雨物語』全体の構造に関連する意味深い響きをもつもののように思われる（後述）。空海は、〈直き〉帝王の政治がもはや存立しえぬ時代を見通すとともに、私欲に基づく政治と無縁に逞しく生きる民衆の姿を指摘している。中村氏は、空海の〈ただ〳〵御心の直くましませば、まゝにおぼし知（ら）せたまへとこそ〉という帝への勧告の注釈を、〈御性格のままに御統治下さいますように〉から、〈そのままで御判断下さい〉と改めておられるのはけだし正解であり、空海の答が、政治に対する彼自身の姿勢の表明であり、帝の生き方の示唆であることをとらえておられるように思われるのである。だが空海の答にうなずく帝は、はたして彼の真意を理解したであろうか。私見によれば否であり、理解は物語の最後に持ちこされている。続く皇太弟との談話は、しょせん皇太弟の性格を写し出しているのであり、帝は〈あな煩はし〉という言葉で結んで、道理を認めぬままに帝位を放棄するのである。

物語は、怪異の出現によって譲位の必然を示しているもののように見えるが、帝の内心は、道理の必然として譲位を認めてはいないことを確認しておかねばならず、それはその後も儒仏への不審をつぶやき続ける帝において示されるのである。退位後の帝の内面は必ずしも透明ではない。曖昧な帝の存在の周辺であわただしく事件が惹起しつつ物語は急テンポに終末を迎えてゆく。

譲位後の帝について以下考えたい。

退位して奈良へ趣く途路に宇治で詠んだ御製〈もののふよ此橋板のたひらけくかよひてつかへ万代までに〉は、帝のいかなる心理において詠まれたのであろうか。中村氏の注釈〈武士達よ、この宇治橋の橋板の平らなごとく、かわりなく何時までも奈良へ通って我に奉仕してくれ〉の意は、状況に則して考えると、かなり不穏なものであり、仲成・薬子をはじめとする帝の側近をあやまらせる可能性をもつものであったとは言えないであろうか。奈良を根拠地として、しかもこれまでと同じく多くの武士に護られようというのであって、単なる隠棲などではない。帝の心には、やはり皇太弟への対抗がある。少くとも皇太弟の即位に納得してはいない。あえていえば、表向きは譲位であっても、奈良を中心に自らの勢力をはろうという野心、そして新帝の治世を奈良から望み見て、その帰趨を観察するところがありはしないか。〈千代〳〵と鳴（く）鳥は河洲に群（れ）ゐるを〉という帝の言葉は、退位にもかかわらぬ周辺の多きに満足している楽観がある。帝位の再びめぐり来ることの期待は帝の内部にあったかのようであり、周囲はまさしくそれを信じているのだ。ことは、天運よりはやく人為によって復位を果たさんとする仲成・薬子の動きによって壊滅する。仲成の刑死、薬子の自刃に関して、〈上皇にはかたくしろしめさざる事なれど、ただ「あやまりつ」とて、御みづからおぼし立（ち）て〉出家したとして物語は終る。たしかに帝は、仲成・薬子に対し、表だって復位の意図をうちあけてこれと謀ることはなかったろう。そして身近にあった人間の無残な死をいたむ心もひとしおであったことは推測される。だが、〈あやまりつ〉と自らの失敗を認めて悔いる帝の内心にあったものは何であろうか。従来、ここにたちいって述べた論を、管見ながら知らないのだが、分りきったことなのであろうか。私はやはり、すべては譲位後の帝の生き方にかかわっているものと考える。すなわち、皇太弟を認めぬままの譲位、本心をあらわにしないで新帝を牽制するような帝の在り方、復位が可能ならばまた復位しないでもない曖昧な態度、これらが、結局仲成や薬子を制しないままに放置して、あせりに追いやってしまったのだ。〈あやまりつ〉は、終局的には、帝位の意識を絶ちえず、政治というデーモンに魅入られ続けだった帝の自覚であった。

このように帝を眺める時、私は、帝の矮小さを認めざるをえず、悲劇というよりは喜劇に近いものを感じさえする。私の見た帝は、そもそも一貫的な個性の持ち主ではない。右往左往し、ひとり合点し、ポーズをとり、日和見的でもある分裂的な性格であった。そして作品の軸として扱われてはいても、主人公としてその生涯を理解するという読み方は、その性格によって拒否されている。作品の主題は、あえて言えば、帝の周辺に出没する人物の多彩であり、政治にかかわりあう様々の生き方であり、時代の濁流・人間を越える政治の魔性にあるといえようか。

最後に『春雨物語』の構成にふれておきたい。従来も幾分説かれるところであったが「天津処女」のもつ「血かたびら」の続編的性格である。

短編物語集『春雨物語』は、なお復原を見ず、各短編の成立の先後関係も不明ではあるが、「血かたびら」と「天津処女」は、佐藤本『春雨草紙』にすでに原型的に現われていることが報告されており、両作の血縁がきわめて濃いことが推定される。「天津処女」は「血かたびら」の扱った時代にひき続くとともに、登場人物において重なりのあることでも続編的であるが、問題は、「血かたびら」の示した政治に対する一個の人間のありかたという命題発展の線上に位置づけられる点にある。

平城帝をして〈あやまりつ〉と言わしめて物語を閉じた秋成に、あやまたぬ人間像への模索があったことは言うまでもあるまい。そして「血かたびら」において、玄賓や空海や高丘親王が印象深く登場していたことを想起したい。いずれも政治に超然たる人々であり、個性を養い精神の自由に生きた人物と言えよう。秋成にとっても好悪の情は別として、かかる個性を生き抜く人物や、精神の自由を求める人物に関心があったようである。「天津処女」においては、政治の魔性は著しく後退しながら、和気清麻呂、僧正遍昭、空海の個性的群像が描き出されて興味深い。「血かたびら」の陰画的に存した主題は、ここにおいて強く表面に浮き出して来ているといえる。

さらに「海賊」は、続万葉集に関する秋成の考証・評論を登場人物の口を借りて述べたものとされるが、叙上の観点から眺めると、政治の枠内にいささか窮屈に生きる歌人紀貫之に対し、〈放蕩乱行にして、ついに追（ひ）はらはれ〉た文室秋津の豪放自在な生き方が生彩を放っている。精神の自由は、ここにおいて徹底しているといえよう。

このように『春雨物語』の短編の配列を眺めると、主人公が次第に政治の渦中から遠のき、政治を意識せず、個性のままに奔放に生きて行くように見える。「樊噲」が作品集の最終に位置づけられるべきであるかの点になお問題があるとはいえ主人公大蔵の生き方は、『春雨物語』の最後を飾るにふさわしい。その剛毅朴直の生き方は、冒頭「血かたびら」の平城帝が指向しながら、遂に得られなかったものであり、政治を無縁とする無名の民において完成したのである。

以上の配列を、秋成の意図として考える時、そこに秋成晩年の姿勢を認めることもあながち見当違いではないであろうと考えるのであるが、大方の叱正を得て改稿したい。

参考文献

中村幸彦『上田秋成集』（日本古典文学大系、昭34、岩波書店）
中村幸彦『秋成』（日本古典鑑賞講座、昭33、角川書店）
重友　毅「『白峯』と『血かたびら』」（『近世文学史の諸問題』所収、昭38、明治書院）
森山重雄『雨月物語・春雨物語』（昭31、創元社）
松田　修「『血かたびら』の論―春雨物語の再評価―」（『文学』昭39・2）
中村幸彦「『血かたびら』の説―松田修氏の論に即して―」（『語文研究』昭39・3）
森田喜郎「『血かたびら』について―松田修氏の春雨物語再評価論をめぐって―」（『文学研究』昭41・6）

田中俊一「春雨物語『血かたびら』の主題」（『日本文芸研究』昭40・3）
東　喜望「春雨物語『歴史小説』の検討」（『文学研究』昭42・12）
浅野三平「佐藤本『春雨草紙』の検討」（『国語と国文学』昭43・3）
以上、直接本稿に関連するもののみにとどめた。

（『香椎潟』第十六号、昭和45年3月）

三　柳亭種彦論

Ⅰ　一つの戯作者論

徳川末期の文芸は不真面目であると言はれてゐる。成程不真面目ではあるかも知れない。しかしそれ等の文芸の作者は果して人生を知らなかつたかどうか、それは僕には疑問である。彼等通人も肚の中では如何に人生の暗澹たるものかは心得てゐたのではないであらうか？　しかもその事実を回避する為に（たとひ無意識的ではあつたにもせよ）酒落のめしてゐたのではないであらうか？（略）僕は所謂江戸趣味に餘り尊敬を持つてゐない。同時に又彼等の作品にも頭の下らない一人である。しかし単に「浅薄」の名のもとに彼等の作品を一笑し去るのは彼等の為に気の毒であらう。若し彼等の「常談」としたものを「真面目」と考へて見るとすれば、黄表紙や酒落本もその中には幾多の問題を含んでゐる。僕等は彼等の作品に随喜する人人にも賛成出来ない。けれども亦彼等の作品を一笑してしまふ人人にもやはり軽軽に賛成出来ない。

（芥川龍之介『澄江堂雑記』）

近世文学の研究において戯作精神の考察はかなり重要なテーマであり、文学精神一般の考察に資する点も多いであろう。以下は、江戸後期の戯作者の一人である柳亭種彦（天明三年〈一七八三〉—天保十三年〈一八四二〉）の人生と創作に対する姿勢の解明を試みたものである。戯作者の通例に洩れず、彼も自己韜悔の姿勢は強いが、断片的な言辞を拾い集め、その素顔のスケッチを試みたい。

1

初代柳亭種彦、姓源、名知久、通称高屋彦四郎は、二百俵とりの代々の下級旗本としての公職にあった。武士にして戯作者という二面的な存在から種彦の実像はとらえられねばならない。幼年期よりの病弱、それゆえにか武の道より文芸を愛し、早くより狂歌を学び川柳にも筆を染め、古典を学び演劇を好んで、相当の蔵書もあった。中世以前の日本古典にも精しかったが、近世前期文学を中心とした書誌学者としてその目録ノートは評価されており、また近世風俗等の考証家としての著述もある。創作は代表作『偐紫田舎源氏』など草双紙を主とし、文化・文政・天保の三十六年間、その死によって終るまで続けられた。これも戯作者の通例であったが、春本の筆を執ったことも重なり、天保改革の忌諱に触れ、喚問を受けるなどのこともあって急逝し、その死は自殺説もあり当時から謎となっている。

2

『戯作六家撰』をはじめ、種彦の略伝の類はほぼ似かよったものであるが、諸伝ともに種彦の幼少期について次の逸話を掲げている。

幼きころ疳気強くとにかくに腹たち怒りしかば尊父の教訓して一句をつくらる「風に天窓（あたま）はられて睡る柳かな」是より身を慎みしとぞ。（『戯作六家撰』）

もちろん逸話の性格としてその事実性は疑わしいが、ことの真偽を越えてこの話は種彦の本質に触れえているのではないか。狂名を「柳の風成」とし、川柳を試みては、柳の字を二つに分けて「木卯」と号した種彦と柳の関係は、やはり深いのであり、逸話も本質的な彼の姿勢に結びついているものとして理解されてよいであろう。父知義は、寛政八年、種彦十四歳の時六十歳で没した。これといってとりたてるところもない平凡な旗本であったようだが、桃秀と号して少しく風雅の嗜のあったことが種彦の日記によって知られる（文化七年三月十六日）。中村幸彦氏[(1)]も指摘しておられるが、安永天明頃から全般に目立ち始めるマンネリズムの徴候にあって、世俗的な立身出世にあきらめを抱き、社会の欠陥に目を閉じて不満をそらし、そこに精神の安定を求める文人意識の傾向は、小粒ながら知義にも見い出せるように思われる。逸話の事実性はともあれ、種彦が継承したものは、まさにそうした時代精神であった。吹きつける風にさからわず飄揺する柳に自制と安逸を指示して抵抗を拒否しているのは、社会に対する批判を捨て、流れるままの身を保つ境地を理想とした風流人の超俗意識にほかならず、それは文人性の一面でもあった。文人性の典型は漢詩趣味に至るが、俳趣味またそれに続き、かつ庶民性をも合わせもつ。つまり精神としての超俗性、非社会性は、具体的行動的な遊びを通じて、いつでも俗と馴れ合う契機をはらんでいたと言えよう。

先生壮年の頃は戯場を好みて殊に故人坂東秀佳（二代目三津五郎今三津五郎父也）の芸をよく写され素人狂言又茶番所作事杯にも三津五郎其まゝに見るがごとくなる故茶番連中にて三ツ彦三ツ彦といひける。

（『戯作六家撰』）

というような種彦の半面は、やはり時代の生んだ俗的な小文人の姿であり、後期戯作者の姿勢を示していると思われる。

3

『戯作六家撰』に描かれた国貞の種彦像は、他の作者像に見られぬ一際高い気品ある姿を示し、細面の眉間の縦じわには、聡明さとともに甚しい神経質がうかがえる。疳性による虚弱体質で些細な刺戟にも興奮しやすく床につくという幼時からの肉体的条件は、やはり彼のものの見方感じ方の病的な官能性を既定し、空想的なロマンチシズムに向う傾向を暗示しているであろう。それと同時に、〈身を慎み温和な気質になりし〉という彼の変貌は、その内側に絶えず官能や感性の震えを蔵し、その激発を抑制する分別の働きのあったことを意味する。纖細な感受性とそれを意識する理性によって保たれる平衡は、自ずと武士高屋知久と戯作者柳亭種彦の二重の存在を保たせるものであったろう。

4

滅私奉公で生きねばならぬ旗本武士として、種彦もその資質を抑制して生きねばならなかったはずであるが、彼は体制とどのようにかかわったであろうか。門人笠亭仙果宛の書簡（年月不詳）を引こう。

甲州侍ゆゑ信玄君の事わるく書かず、川柳点には玄君をほめた句でなければ点にいたし不申、近年水天宮信心にて、平家没落の事を書くまいと願をかけ申候、いと馬鹿らしき事なり。

ここには、甲州武士であり甲斐源氏の末流種彦が、その祖君信玄を絶対的に肯定し、批判無用を説いて主従関係の封建倫理の墨守を表明しながら、心底ではそれらを〈いと馬鹿らしきこと〉として吹き飛ばしているのだ。また次の文章も、種彦のそうした内面とかかわっている。

書画および三味線花の会なにゝもあれ会と名のつきたるはみな法度となるよしきく　又北斎子之弟子北周名をあらためて雷周とかよぶ者祖母孝行にて銭三枚一生一人扶持御ほうびにくだしおかれし由きく　いまにはぢめぬことながらありがたき御代なり。

（「日記」文化七年三月二十六日）

孝行を賞した幕府に対する種彦の感想である。種彦の日常生活をその日記によって眺める時、北雲会だの北龍画会だのと遊芸の会と目されるものにしばしば出席しているのである。彼にとってそうした会合が重要なものでなかったとは思えない。ささやかな孝行を賞する幕府は、一方では彼の交際や享楽を、民衆の享楽を禁ずる幕府でもあった。〈いまにはぢめぬことながらありがたき御代〉という憂欝な皮肉は、種彦が時代や体制に対して口にしえた不満の稀少な表現である。そう言えば、種彦は「日記」（文化十三年九月十八日）に〈世の中はさようでござるもつとも何とござるかしかと存ぜぬ〉というあの有名な落首も控えとっていた。

　こうして武士としての種彦は、自らがその一員である体制の倫理を嘲笑しつつも決してそれを破ることなく、現実容認いや絶対的肯定の空虚な言葉すら口にするのである。われわれはここに封建倫理を遵奉する姿勢に、それらを否定する精神が裏打ちされた戯作者特有の皮肉な韜晦の像を認めることができよう。格式秩序を重んずる封建倫理に対する種彦のポーズは卑屈なまでに皮肉であった。作品の自序などで〈予〉という文字をことさら小さく彫らせるなどは幾らも有りうるとしても

　人の名に様といふ字を付ざるは心つかざるにあらず、つど〳〵に書もものうければなり、さまをばつけて御読みなさるべく候、様、此さまでしまひまで御もちひ、（「日記」文化六年）

という断りを日記の冒頭にさへ述べ、

　飯塚長三郎様是はちかづきでない故さまをつけ申候（「日記」文化六年六月二日）

などと割注すら試みるに至っては、その嫌味は骨髄に響こう。われわれは柳亭日記を閲する時、彼が、武士としての同輩等には〈殿〉を用い、作者や画師の仲間には京山子というように〈子〉を用いたり、時には呼び捨てにもし、家庭的な交際のある人は〈さん〉と呼ばれ、家人や使用人は呼び捨てであることを知るが、形式的な倫理のかかる墨守は、やはり小心だけで済まされぬ重苦しい種彦の内面を示しているのである。そうはいえ、種彦は人間関係を方便として技術的に処理しようとしたのではない。〈諂ぬ人にまがふ無礼者〉（萍亭柳菊『新織續八丈』種彦序、文政五）という見方には、形式はともあれ人間の真情を求める眼があり、礼譲の真実も疑ってはいない。門人笠亭仙果

が自己の稿料を種彦に詐取されているのではないかと疑ったことを知って、種彦が激怒し破門したという話もあるが、種彦は、人間同志が真情で向かい合えることを願ってはいたのだ。真情という曖昧なことば以上に深入りはできないが、主観的な真情を頼り、それを自己の倫理の中核として生きようとする姿勢は、客観的な思想による訴えや主張の絶望を内包しているのではないか。〈元来心頑なれば親しき友だちもなく〉（『用捨箱』自序）と自認してもいるように、自分だけを慰め自己満足に閉ざされる傾向もそこには見えるのではあるが、種彦の社会批判が、一つの主張として体系化されずひそやかな皮肉にとどまっているのも、単に保身のためばかりではない思想の絶望を一因としているのだと思われる。

種彦の人間関係は形式上のやむをえぬつきあい以外、狭くならざるを得なかったのであろうが、その世界で交わる人に対し、種彦は礼儀あり温情あり清廉な真情の人であったろう。

思想の絶望ということばはいささか不明瞭であるが、外部への積極的なはたらきかけを放棄して自己の私的世界に閉じこもる種彦の姿勢はなにゆえに生ずるのであろうか。

夜四ツ過帰路に六十あまりなるよわげなる翁の玉子うるにあふ夜はしだいにふけつ雨さへふりてよばふ人なきにありくはうりつくさゞれば明日のけぶりもたてかねたらんとおもふよりかひもせんとふところかいさぐれど銭なければせんかたなし　遠まさるほど玉子〳〵といふこへかすけくなりなをあはれなり　いくらの銭を得んとてやかく苦しむならん　銭ありともあだにはつかふまじとおもへど明日ははやわすれなん。

（「日記」文化七年三月十六日）

両国橋にいとちいさき子乞食してゐたりわれも銭やらまほしくおもひしがあたりに乞食多くあとをおひかけき

そひてきたるべしと心にあはれみてすぎゆきしあとより　はさみ箱かつきたるともがへりと見ゆるをとこかの乞食の子に銭二せんをあたへてすぎぬ　しもざまのものにはきどくとおもひよくみれば　はさみ箱のぼうにきりたけに笠の紋をつけたり　高橋の紋のやうにおぼゆ
（「日記」文化七年三月二十六日）

さる八日浄瑠璃本十五冊ほと日本橋四日市松本平方にてとゝのへきたる　二代目風来山人の持本あり卍象の印あり松井幸三狂言作者の持本あり　此書ありて其人はうせたり　人ははかなきものなり
（「日記」文化十三年八月九日）

日常生活の形式的叙述や老証の備忘録として埋めつくされているような彼の日記から、わずかながら右の条を異質なものとしてあげることができよう。事実として認められてよいと思うが、なんと感動の流露や魂の告白に乏しい日記であろう。そして右の条に至ってはじめて種彦の人間性を見い出すのは私ばかりではあるまい。

第一の記事は、雨さえ降る夜になおしわがれ声で卵を売り続ける老爺に対した種彦の姿であるが、幾分創作があるのではないかとさえ思われる描写にからむ種彦の心情に戯作者の精神を見るのである。彼は生活苦と老齢に対し、まぎれもない実感の涙を浮かべており、憐憫は自分自身に向けられていくのであった。それは、生きるためには第一に金がなければならないのだという通念の再認識であり、老いてなおあがかねばならぬ貧困への同情と恐れであったが、それによって示されたのは、遊芸等の歓楽に浪費しがちな彼自身の姿であった。経済観念の重要さを確認しながら、こうしたすべてを〈明日ははや忘れなん〉と結ぶ種彦であるが、そこには人間の苦悩への共感や自己の生き方の反省の放棄が痛切な悲しみになって表わされている。いったんは人間としての共通の場に真情をもって立ちながら、利己的な享楽が彼自身をつき動かしているという認識に目覚めると、そうした己れの生活をもはや改めえないものとして、自らを憐みながら諦念と放棄に至るのである。このような痛恨が明日はすでに忘れられているに違いないとまで口にする時、自己の無意義な生き方を知りすぎるほど知っている種彦であった。ここに戯作者種彦の自己矛盾の意識と自己放棄の姿勢を見ることができよう。

　京山子及北馬子等と種々遊戯をなす、あまり馬鹿〱しくてしるさず。（「日記」文化七年一月十六日）

というようなことばも、種彦の自己放棄の愚行を十分に示しているであろう。こうして種彦にあっては、享楽と倫理は止揚されることなく二者択一のまま享楽に赴いていく。

　第二の記事も、人情の真実への共感とともに他者との関係を拒否する種彦のエゴイズムを見ることができる。

　自分に対する不信を実感する時、利己的な官能の享楽に身をまかせ、生のつかの間の肯定を試みようとするのは自然でもある。しかし、種彦は享楽を絶対的なものとして随順しているのではない。社会的行動的な生の断念がやむなく閉鎖的な享楽に向くことになったという感を与えるのである。こうしたことの要因には、肉体的虚弱、体制内的存在、文人的環境なども考えられ、年少にして身につけてしまった道楽根性もあろうが、この自己放棄と享楽を支える思念的中核を、第三の記事〈人ははかなきものなり〉の句に見ることができるのではないであろうか。それはまず、人間はすべて死なねばならないのだという真理の再確認である。故人の蔵本を手にしたこの感慨は、平凡ながら深刻な吐息となって洩れ出る無常感であった。そして歴史的に現実主義の風潮を経てのこの無常感は、倫理の支柱たりえぬ恐るべき虚無感と同質になっていた。〈邪正一如、善悪不二〉（『地蔵の道行』自序、天保三？）という道家的な語は、すべてを等価値的に肯定するよりは、すべてを無価値として放棄する意になり、〈為人不崇儒不信仏〉（『綟手摺昔木偶』松亭陳人序、文化十）と伝えるのも肯かれるところであろう。現世享楽のうちに胚胎した虚無感と戯作者の精神は、一般的にも深く関連するであろうが、種彦にあっては、いかなる人生観を導くであろうか。

　種彦の底流にひそむ虚無感は、生に対しては無為や憂愁とならざるをえまい。しかし、無為憂愁に身を保つには、時代はあまりにも享楽的であった。倫理の虚妄や生の憂愁は、死の渇望とは逆に官能的快楽にすがりついていく。

それは、

なにたのしみにいきている田にしかな

（「日記」文化七年二月二十六日）

という表現となり、また、

世に山住ほど羨敷からぬものハなし郭公ハ人さきへ聞ども塩目黒さへ見ずまして丹波鰤ハ香臭（かざかい）だこともなく百色染が流行（はやる）やら四季小紋がすたつたやら是でハ活てゐる甲斐ハなし

（『南色梅早咲』自序、文政三）

という浮世草子的な表現ともなり、無為と観じているはずの生を享楽的に肯定しようとする。徹底した官能的享楽には、それなりに底抜けの健全さがあるが、いったん覚醒した虚妄の意識に裏打ちされた享楽は、しょせん身を低流になじませるポーズにすぎない。そして醒めた者の悲哀は歓楽にも徹することができず、自嘲を生むことになるのだ。戯作者の自嘲は、酔おうとして酔いえず、徹底しようとして自意識がちらつき、意志的に方向を決しえないところに生まれる。十全な自己肯定を果たしえず、行動的な生活を見出すことのできぬ聡明な道楽者としての種彦に戯作者の姿勢を見ることができよう。そして、〈世に山住ほど羨敷からぬものはなし〉と隠者の孤独を拒否し、現世的な享楽に赴きながら、

さらばとて裏借屋に住かゆれば扨も浮世のせハしさむかひの鍛治屋の槌の音に朝ハとうからたゝき起され隣の米屋の台唐臼のひゞきに夜も宵からハ眠（ねぶ）られずしかも十二を頭（かしら）に入子鉢見るやうなが五人兄が泣バ弟（おと）がせがむ畢竟人は善悪の器（いれもの）一升入の匏土（ふくべ）ハ海でも川でも一生のがれぬは名聞とひとり點頭（がてん）して今年もかはらぬ絵草紙の新作

（『南色梅早咲』自序、前出）

と言っているのは、俗世の苦悩を知り、それをも避けようとするのである。俗に徹しえず、また孤独の境涯をも持しえない中間的存在が示されている。要するに人間の苦痛をそらして欲求を満たす虫のよい位置を見つけることなのだが、かくして武士的世界から韜悔し、町人世界にも身を入れぬこの第三の位置は、それぞれの階級の異邦人で

あり、利己的につくり出した中間者的存在は、しょせん矛盾をはらんで劣等意識を生ずるのだ。皮肉や自嘲は、こうした虚無感と劣等感のもたらすものであり、それは身についたものとして率直さや真剣味をもはや示そうとはしない。読本『浅間獄面影草紙』（文化六）を執筆しつつ、〈あさまをかく　あたまをかくの地口ときこゆ〉（文化五年六月十四日）と日記にすら悪酒落る。洒落や皮肉や自嘲を売りものにして幇間になり、庶民の代弁者の姿勢をとろうとしたところで、根底において庶民の苦悩をわかちえずこれを忌む種彦を、われわれは庶民文学の作家と見なすわけにはゆかない。種彦の庶民性は、皮相な官能的享楽の面に走るばかりであり、庶民生活の苦悩の側面は捨てられてかえって脱俗の心境をつくっていったのである。

6

脱俗は文人性の特徴であるが、種彦にあっては、その傾向は俳諧や狂歌となって示されるであろう。今その俳諧狂歌を一瞥しよう。

汐干する頃は花見も乗物をおりてぞ山のかひをひろへる

この歌は、柳亭家集の草稿に〈十九の年の歌なり〉と自注のあるもので、現在知りえる種彦最初の作品であるが、〈貝〉と〈峡〉、〈拾ふ〉と〈歩う〉をかけて気の利いたところを示そうとするほかは、風雅の気どりばかりが鼻をつく。さらに〈夏の月〉と題され、〈二十二才頃〉という自注のある

花の後吉野の川に又一夜寝にはかへらぬ月の涼しさ

の歌は、あえて季節はずれの吉野を訪ね、その月の涼しさゆえにそのまま川辺で一夜を明かしたというのであろうが、作為的な風雅が目立ち、赤人の歌や芭蕉の句などからはよほどのへだたりがある。そしてかかる歌の本質は、風雅の擬態に基づき、それを知的技巧でカバーしようとして不純なものとなっているように思われるのであるが、

種彦なりの美意識は見られるのである。柳亭家集の草稿から選んでみよう。

唐櫛のはきとも見えず春の夜の月は柳のかみをすけども（二十歳）

山風に狂はゝおらん大桜手おくれのせぬうちに詠ん（二十三・四歳）

糸遊を霞の衣にひきぬきてはらりとさがる藤の花房

嗚呼せめてをとゝひくればよかったと袖の毛虫をすつる葉桜

こゝもとは夏も泡雪氷水富士からおろす両国の風

古寺は屋根までしげる草ひばりなくや欄間の雲にかくれて

月今宵露を玉かととひよればかふりをふってこぼす芋の葉

卑俗な用語や事物、あるいは洒落の背後にも古典的浪漫的な美感の流れのあることは認めてよいであろう。いったい種彦の歌は短歌といってよいのか狂歌というべきか判断に苦しむのである。純粋な叙情歌や叙景歌というには卑俗な洒落が入りこみ、またざれ歌とするにはあまりに美感が露わなのだが、この辺に種彦の特性があると言うべきかもしれない。華麗な官能的な美への指向と、卑俗な遊戯精神がそこには同居しているのであるが、すでに見たように、それは種彦の生き方の問題にも深く関連するところであった。

ところで発句は形式上の制約により、種彦の二つの傾向を截然と分けて示してくれる。

一羽ゐて千鳥と見えぬちとりかな

きいたきいた辛子にかつを時鳥

というナンセンスな洒落は、明らかに化政度の川柳であるが、こうした奇を試みるもののほかに、美感の表現を試みているものがある。

蝶二ツ狂ふてのぼる鐘楼かな　（「日記」文化五年六月三日）

は其角の〈三ツとべばりんきと見ゆる小蝶かな〉の句にほれて自らも詠んだと注されており、『双蝶々曲輪日記』を折込んでいるとしても、句のもたらすイメージは空想的な構図と濃厚な色彩を見せている。さらに

空たきに小蝶きてまへ夜ルの花

になると、濃厚な色彩が香を添え、夜の雰囲気のうちにとらえられると、極めて官能的な蠱惑に導かれるであろう。

青傘や上野の花の雲ちぎれ
ゆさゆさとてふのまひけり牡丹畑
早わらひのこふしを蝶ののし羽かな
梅ちるや春を見つけし魚の泡
ゆく春や蝶も麓へちりにけり
湖のふかさ見あけて夏の雲

いずれもさして深味のある句ではないが、感覚的、印象的であり、写生といわんより、観念的に構築された美感があらわされている。種彦の句に蝶を詠んだものが多いらしいことは、右の例句にもあり、彼自身も

黄蝶白蝶外によまぬぞ無念なる

と言っているのだが、種彦が蝶に象徴される可憐な夢幻的な華麗にひかれていたことを証するものであろう。浪漫的な傾向をもつ句はいくらもあるのである。

朧夜のむかしかたらん月の雁

には王朝美への憧憬がうかがわれ、

花咲ていよ〳〵あをし鐘の色

の、音と色の交感

月は一ツ影は二ツの丸行燈
の、夜景にとらえた男女の艶治な影絵
長閑さを糸のたゆみやいかのぼり
の、底抜けにのどかな春の空、これらはすべて現実を去ったところに生じ、観念のうちに楽しむ官能的な美であり、そのイメージはそっくり錦絵に結びつくものであろう。浜田義一郎氏[2]は、種彦の川柳を〈繊細艶治〉と評される。こうして種彦は、耽美的な虚構の世界を構築し、官能の満足を観念の世界にも求めて行くところがあったのである。

7

学問の優位は、平和の時代にはいかなる人間も容易に認め、不穏の時代には、逃避の場であったり、その優位を誇示して学者が意義ある存在たらんとしたことは、学問の対象が和漢にかかわらず歴史的な事実であったと思う。近世は儒学が第一級であったことは言うまでもないが、国学の興起は、儒学の道徳的束縛や歌学の創作的方法論から独立した、社会的にはばのある主張を掲げた意義深い学問の出発であった。彼らの学問は、実証的な語義の考証によって始められた。その結果として、考証が学問であるという意識がかなり滲透したのではなかろうか。猫も杓子も筆を執った江戸後期の考証的随筆は、そうした風潮の所産でもあったろう。戯作者達も多くの考証的な随筆を遺した。種彦もその一人であるが、すでに山東京伝の考証にたずさわった時の心境が、『近世物之本江戸作者部類』に載せられている。それは、儒学者国学者になることはできないゆえ、〈只二百年前後、民間の風俗、古書画の事などをよく考察して、さる書を後世に貽せば、戯作の足を洗ふに足らん〉というもので、考証＝学問、近世学の二流性、後人の利用を頼る無思想を示しているのである。種彦には、『還魂紙料』『用捨箱』など十種以上の考証随筆があるが、その著述の動機は実のところはっきりしない。京伝同様、さして積極的な事由は考えられず、戯作者の事実性へのコンプレックスの所産かとも思われるが、次の文を参考にしたい。

> 往昔京都五条坂に遊廓あり．其光景を思ひやるに．黄昏急ぐ．ぬめり道中は．山田外記が．浮世人形の如く．花田内匠が．今様の姿絵に似たり．雲薄．簾薄．絵縫物．片洲．播切．さまざまの小袖を．一衿に着なし．二条通りの蜈蚣屋なんどや．組たりけん．真紅に金砂を取り交し．八打の帯したるもあり．本圀寺の．お艶なんどや結たりけん．洗鹿子の虫盡に．秋の千種を光忠が．筆彩色の裏をふかせ．つぼ折て着たるもあり．髪は四折．乱兵庫．しどけなく結なし．客待ほどの遊には．火もじ草．歌もじ草．浄土双六．目附紋．糸取なして居もあり．こゝに群くる漂客は、小者に瓢箪毛巾着．五服つぎの肥後鋡（ぎせる）．十二符がけの深編笠．駒をはやめて桜町……。
>
> （『浅間嶽煙之姿絵』自序、文政三）

種彦の考証は、ゆくゆくは浄瑠璃の注釈書としてまとめられるものであったらしいことは、日記に考証の控を記して、〈此事浄瑠璃の注かくをりにかきくわゆべし〉（文化十三年八月十六日）とあることによって知られるが、さらに近世語彙の辞書をつくる意図もあったといわれる（『列伝体小説史』）。注釈や辞書は遂に果たされず、断片的な考証は断片的なままで集められて十数種の著作や草稿となっているのだが、その意図する精神的な目的は、われわれの推定すべき問題として残されている。注釈に際して要求されるのは、第一に元禄期を中心とする浄瑠璃本の博捜であり、それに続いて語義や風俗の考証であった。『初代柳亭蔵書目録』には、近世前期の書籍を中心とした多くの蔵書が示されている。現在各所の図書館で散見する彼の蔵本には多く識語がほどこされ、種々の考証の過程を告げているが、『好色本目録』『浄瑠璃本目録』等の書誌ノートは、そうした研究の副産物である。それらは当時〈外題学問〉と言われ嘲笑をかったというが、今日の研究法のはしりであり、考証も京伝馬琴より厳密正確であるという記事もあり、今なおわれわれの研究に十分堪えうる基本的な資料を提供している。こうした成果がほとんど近世前期を対象としている事実に、種彦独自の意味あいも存するであろう。儒学国学に対する異色の存在たろうとする自負もあったであろう。近世もいずれ学問の対象となる時が来ようといった京伝同様の期待もあったにちがいない。だが、その本質を前掲の例文に見ることは不可能であろうか。そこには近世前期の世界が、生けるがごとき鮮やかさで種彦の内面に定着しているのではないか。現実への虚無感が美的な幻想に満足を求める傾向はすでに指摘したところであるが、種彦の学問も終局的にはそこに連るものがあるように思われるのである。さらにまた近世前期を対象とする過去憧憬の浪漫的傾向の一面には、庶民達が真に人間らしい生き方を求めた健康な時代精神への思慕が無かったであろうか。

8

種彦は、〈吾も昔は戯場の遊客〉（『櫨鳥囀』自序、文化十一）と自ら言い、相当の芝居狂で、素人茶番に狂言所作事などもしたという。こうした芝居熱が研究に際し浄瑠璃を採りあげていったのはうなずけることである。しかもそれは読むことや研究にとどまらず、小説創作の素材ともなった。文化年間に入ると、読本、草双紙は演劇との交流を密にしていったが、このような趨勢は、戯作者種彦に大いに幸いするところもあったと思われる。『勢田橋竜女本地』（文化七）は、その代唇（こうじやう）に、

○近代（ちかきよ）平安堂近松門左衛門義太夫にうたはせ。傀儡にまはさんとてかける。浄瑠璃にもとづき。近曾（このごろ）もつぱら世におこなはれつる。小説（よみほん）に混じてあらはすなれば。新に読本浄瑠璃とはいふなり。
○此書つねの小説（よみほん）とは異なれど。しゐて節をくださんとにもあらず。院本（じやうるり）とも等からず。共に相半する一体の書なり。

と彼自身述べるように、表現さえ浄瑠璃に模した新しい試みの特異な読本であった。さらに、

此書総て平安堂が作例にならへば○たてかけのんこ（男子の髪のふう）○鷗髩（かもめづと）（女子上に同じ）○ぬめりあるく（媚きゆぐなり）なんど。其頃の

流言をもちひたるところもあり。亦「様子は何か白木の三方」「一間のうちへ入相の」の類此道先達の作意（かきくせ）を
そのまゝにうつすもおほし。

と言うように、用語、語法に至るまで近松を模しているに至っては、この作の本質を、嗜好や流行に伴う作品と言わんよりは、種彦の近松敬愛において認めるべきであろう。種彦が作品の素材を、浄瑠璃も特に近松に求めているものの多いことは見逃しえない。〈種本は御存の近松門左が寿の門松〉（『忠孝義理詰物』自序・文化十四）、〈いかんせん近松翁大海の水也せば。予は蚊子（ぶんし）の尿（いばり）なるべし〉（『高野山万年草紙』自序・文化十四）、〈嗚呼平安堂に至ること。最（いと／＼）かたき道になん〉（柳泉亭種正『春駒駅談』種彦序・文政十）などのことばをそこここにもらして近松を敬愛しているのである。そういえば、幼時の逸話にあった父の句〈風に天窓はられて睡る柳かな〉は近松の句〈あらそはぬ風の柳を心かな〉と極めて類似しているのが想起されるが、この辺にも種彦と近松の精神的な血脈を感じさせるものがある。とはいえ、種彦の戯作が近松の浄瑠璃をその精神において継承しているというふうに直結させることは困難である。後述するが、戯作の精神は戯作者の精神とイコールではない。私は今、人間種彦の近松への傾斜の意味を求めようとしているのだが、前述したように、種彦の抑圧を強いられている内面にひそむ真情の尊重というものこそ近松への共鳴を導いているのではないか。近松の世話物は、人間の真情と世俗道徳の葛籐のドラマであり、勧懲のイデオロギーに毒されぬ鮮烈な真情の人間模様であったと思うが、それらが、韜悔を余儀なくされている種彦を痛く告発し、讃美と憧憬の念を喚び起こしはしなかったか。

つらつら我身を観ずるに。野暮と意気との日間（ひあけひ）に。犬の糞より無用の長物。
（『櫧鳥囀』自跋、前出）

と自らを評する種彦は、はっきりと野暮の一面を持っていることを自認していた。野暮は一般には通に対する理念であり、ここでは意気と対立させられているが、人間観としてとらえられる野暮は、感傷や愚痴や執念という不条理な真情のむき出しを意味する。われわれは種彦の真情の表出をすでに日記から拾い出してみた。また彼は、日記

（文化五年六月十二日）に、柳橋の妓女の姿絵を見、その讃を控えて、自らも、

からたは万客の為にけかれ心は孝に依て清し　其孝をかひて自不孝をうる

と記した。遊女を苦海に呻吟するものとして寄せる憐憫や感傷は通俗的であっても、野暮な庶民のまぎれもない真情の一部であり、そうした庶民性を種彦も狙っているのである。しかしながらすでに見たように種彦は庶民性から逃れようとする一面もあった。〈其孝をかひて自不孝をうる〉の主語は種彦を指すであろう。すると憐れむべき遊女に真情を吐露せんとして、そうした野暮をふりきって遊蕩する通人の自身を自嘲した表現となろう。そこにまた〈野暮と意気との日間〉に生きる中間者的存在が自覚されるのであり、野暮に徹し真情に生きえぬ自己の無意義が意識されてくるのである。

9

種彦が十数歳で父の句に感銘したという逸話や、二十歳以前から狂歌の世界に入ったことなどにより、かなりの早熟はうかがえるが、何ゆえに小説の創作に志したかは判明しない。生活の資を得る創作ではないと諸家もすでに推し、私も、彼の博学多才を惜しむ周囲の勧めによったものと推測するのであり、何ら積極的な事由を認めえないのである。近世後期は、こうした学識者が同時に俳人、狂歌師、戯作者を兼ねるという一見万能の文雅の人々を生んでおり、種彦もそうした風潮に乗った一人であることに間違いはない。そうした彼から意欲的な文芸観や押さえがたい芸術衝動を求めようとしても無理がないわけではない。とは言え、主張にまで高められずとも、自己の創作に何らかの意識のないはずはなかろう。戯作者のほとんどがそうであるように、種彦も創作主体とかかわりあう小説論らしいものは残してはいないが、断片的な言説を少しく整理してみたい。

種彦が戯作の処女作を出板したのは文化四年二十五歳であるが、小説作者たることを自認するに至ったのは、

『櫧鳥囀』の自序で〈東都戯作者〉と初めて名乗った文化十二年頃からであろう。同年出板の『正本製』初編の世評は、一層彼の自信を強めたことと思われる。翌年の日記（八月十五日）には、彼が先輩の京伝、馬琴、三馬、一九らとともに六歌仙に見立てられたことを内心誇らしげに記しているが、もはや自他ともに許す東都の戯作者の代表になっていたのであり、それは合巻作者としてのものであった。

空中に実あるは。善をすゝめ悪きをこらす。作物語の風躰也。

（『奴の小万』後編自序、文化五）

種彦も戯作者の通例として、処女作の読本には、右のような勧善懲悪を作品の思想とした看板を掲げて出発している。ではこうした作品の勧懲思想を種彦はどのように受けとめていたのか。すでにみたように種彦の内部には、善悪の規準を虚妄とする心持があったはずである。その点の種彦の意識は極めて明瞭であった。

不佞近曾話説街道に勧善懲悪の店を開。現金ならぬ異見の安売。元直（もとね）をはづした教訓を。掛直なしに商ども。生れついたるのらくら者。十露盤とらず帳合せず。末はどうなる事じややら。とんと言ずに居る方が。知者だといひながら。老子も著五千言。ものいふ為の口なればいふのもよいか知らねども。つらつら我身を観ずるに。野暮と意気との日間に。犬の糞より無用の長物。

（『櫧鳥囀』自跋、前出）

要するに小説作者は勧善懲悪の唱道者の謂で、小説は勧善懲悪の話説にほかならず、作者自身の思想であるか否かは問題でなく、作者は観懲思想を売り物にしなければならないのである。そして観懲思想は、種彦にとっては単なる看板に過ぎない。

忠孝自然の義理義理と。車の輪のなる音は。たれか鼾睡（いびき）と聞かざらん。

（『櫧鳥囀』自序、前出）

という種彦は、読者の勧懲思想に対する不信や退屈を知り抜いているのである。作者自身の思想でもなく、また読者である庶民の思想ですらない勧懲思想は、現在われわれが感ずるまでもないぬけがらになった死せる思想であったのだ。その点からも種彦は、封建イデオロギーの唱導者としては〈犬の糞より無用〉なることを大胆に肯定するのだが、それでは、勧懲以外に何が彼の作品を支えているのであろうか。

種彦が常に口にするのは、小説は〈一点の実なし〉であり〈空言〉であるということだ。ここに現実とフィクションのとらえ方が問題になってくる。

凡世界のありさまを視るに．辻打芝居に異ならず．来人あれば出人あり．生あれば必死あり．せんのかたはかはり〳〵．油断のならぬ月日の鼠．喜怒哀楽の机数も．人間僅五十枚をいっぱいといふとかや．秋の紅葉の紅も．其あと札は雪の白紙．小春は於夏とかはりゆく．一幕ごとの切狂言．娘ハ忽ち花車方と．娶が姑の早がはり．うかうかする間に日も晩景．まづ一生ハこれきりと．打出し太鼓の．鉦鐃鉢．しづかにあとより御老人様方．若きハさきだつ老少不定．さらば．息あるそのうちにのめやうたへと大晦日の．大詰に気がつかず．どこもかしこも家内ががたつき．ふすま障子のたふるゝとき．仕掛〻〻とほめても居られず．棧敷で高ミの見物も．禍福二ツをあざなへる．縄がゆるめば危く見え．身をひきて持切落ハ．半畳の店賃に．おそれてうるさき事もありと．ちよつと記が此冊子．娘狂言の序びらき〳〵．

（『娘狂言三勝話』自序、文政四）

自家の草双紙の創作過程と人生の推移をからませた文章であるが、前述した種彦の人生観、社会観を小説観につなげていくものを含んでいるように思われる。死なねばならぬ人間存在を虚妄としつつも、現世的な自我肯定のために、種彦は観念においても行動においても官能的耽美的な享楽の世界に赴き、しかもそこにおいて完全な陶酔を得られなかったのであった。ここではそうした種彦が再び自己を否定していく点について考察したい。

隠者を拒否して市井に住むかぎり、何らかの社会現象を目にしないわけにゆかないのであるが、彼はそのことの煩わしさを知っていた。種彦が隠者を拒否するのは官能の満足を得られないからであるが、それにしても煩わしい俗世に生きるには方法が講じられねばならない。遊芸の会や寄席戯場へと出かける行動的な享楽も、狂歌や発句、読書、考証の知的享楽も、その時かぎりの利己的なものにすぎない。周囲の現実は、様々に苦悩する人間を彼に見せつける時、彼はその姿を直視するに耐ええない。〈凡世界のありさまを視るに辻打芝居に異ならず〉という世界観がそこにつくられてくる。このことばは、〈人ははかなきものなり〉というつぶやきにくらべ、何と瓢逸で気取っていることか。この瓢逸洒落な人生表現は、人生に対して傍観的享楽的態度をとることによって生まれるのに相違ない。人間の現実である無常の種々相を切狂言の連続に見立てるのははなはだ秀抜である。人生をそのまま芝居として観察するというのは、現実をフィクションとして認識することである。現実は鑑賞の対象に遠ざけられ、しかも現実的な意義を担おうとする時には思想の構造を変えねばならない。現実をフィクションとして認識することは錯覚することであった。種彦は意識的に錯覚を望み、現実の暗さを極彩色に染めあげて意味づけ、陶酔を試みる過程が望み見られるのである。

11

夫つら〲惟に．戯作原来戯場に斎し．かたくまふせば空中に楼を設け．俗にまうせば机の上を舞台として硯屏墨置の道具立．心で遣ふ筆の木偶．

（『梅桜振袖日記』自序、文化九）

江戸後期の小説には、すでに種彦以前から演劇趣味を指摘しうるし、文化年間より、読本、草双紙の演劇との交流ははなはだ顕著になっていたが、右のような種彦の宣言は、草双紙の傾向を示すと同時に、彼自身の人生観と戯作観の表明となっているであろう。すでに現実を芝居として認識している種彦を指摘したが、彼はさらに戯作も芝居だと述べているわけで、ここに錯覚された現実――演劇――戯作という一貫した論理が明白になっている。演劇は、種彦にとって現実の苦悩を逃れる慰めであったが、ここに戯作も同じ意味を与えられることになる。

俳場(みせもの)の猩々よく言ども人間を離れず。糸細工の鸚鵡更に言ずとも飛鳥の如し。風をもて魂とする張子の亀。水をもて心(しん)とする浮人形。漢(あつち)でいふ画餅。和(こつち)でいふ献立紙。視たばかりでは飢を凌がず。世に偽物(つくりもの)ほど用なきはあらず。さはいへ糸鶏蠟燕(しけいらうゑん)の偽にして艶なるは。鴟鴞(しきよう)慈鳥の真にして艶ならざるよりは眼を歓ばしむるの徳あり。おもふに稗史小説の作り物なるも。勧善の魂あり懲悪の心あらば。貪戻無頼の事のみ誌しまことの物語には勝らんか。

（『春霞布袋本地』自序、文化十）

ここには、現実、虚構、効用の三点に立つ明快な種彦の戯作観が示されていると思う。箇条にしてみよう。

(1)虚構には現実性がある。

すなわち俳優の扮する猩々は、いかに似せてもやはり人間らしさが残り、つくりものの鸚鵡は、いかにつくられていても真実の鳥らしさがある。つまり現実を離れた虚構は存在しないのであり、虚構なお現実以上に現実感をもたらすというリアリズムの視点が看取される。

(2)虚構は娯楽である。

虚構を支える思想は風や水のようなもので、それがなければ虚構も成り立たないが、思想に虚構の意味は求められるべきではなく、虚構の形象に意味がある。かくして虚構は実益をもたらさず、感官を楽しませるものである。それゆえ、戯作の勧懲思想は構造上の骨格であるにすぎない。

(3)美しい虚構は醜悪な現実に優る。

戯作は無用のものではあるが快楽を提供することができ、現実的なものに優ることもある。

こうして種彦は、勧懲思想を中心にさえしておけば、真実味のある醜悪な写実より華麗な虚構をとるという耽美主義を表明するに至る。『春霞布袋本地』は、種彦の初期の合巻であるが、この宣言はやはり彼のその後の方向と矛盾するものではなかった。

種彦自身の内部に、封建倫理の虚妄感の導く官能的耽美性の存していることはすでに指摘したが、事実そのとうりを表明して戯作に当ったのであり、戯作の稗益を耽美的な享楽に求めている点は、まさしく江戸市民が芝居に求めたところと一致する。それゆえ彼の創作意識は、常に芝居と対照されることとなる。

　一時先生の咄に戯作者も傾城に斎し。譬へばけいせいは顔のみ美しとて張も意気地もなく、また髪の餝り衣裳の綺羅なければ客つかず。又戯子も男つきよく芸も未熟ならずとても、是も衣裳の綺羅と、諸人愛敬を専らとせざれば見物よろこばず。人にくみて贔気の客なし。此理に似て戯作者も全体上手にて綴るといへども、拙き画工にゑがゝれ、悪き彫工の手にかゝり、外題ともに悪しければ、栄なくして売れず。当りをとることかたかるべし。
（『戯作六家撰』）

戯作に関する名言として、種彦のこのことばはよほど有名であったものか、『戯作六家撰』その他がともに伝えている。論の本質は、大衆への迎合と、戯作は〈観るもの〉という二点にあり、まさしく近世後期大衆文芸である草双紙の性格を示しているのである。かくして一編の作品の備えるべき要素は、(1)作者の秀れた手腕、(2)画工の巧みな絵、(3)彫工のきれいな彫、(4)書見をそそる外題となり、これらが高度な一致をみて人気を獲するという。草双紙が大衆と結びついた綜合芸術の性格を持つものであることを宣言すると、小説作者は、大衆の嗜好を察知し、流行に投ずるべく細心の努力が平素から要求されるのである。

一般大衆の娯楽としてしか小説が作れなかったことには様々な原因があるにしろ、芸術として不幸なものであるには変りない。種彦の論は、小説が大衆と結合するためには言語が不完全なものであることを示すのであり、さらには言語芸術の頽廃や個性の陥没を意味し、本質においては類型を出ぬ皮相な技巧的作品を生む姿勢となってしまっているのである。種彦自身は、自己を傾城、俳優の域にとどめて、品のよい、愛嬌のある作品を作ったにしろ、それは幇間になりさがって人気を汲もうとする姿勢と同一線上のものであり、戯作や戯作者の意義づけには馬琴に及ばぬ劣等意識があったようである。それはしょせん、読本と草双紙の差異にも連なるものであるが、〈大学問なくては、勧懲正しからず〉（『をこのすさみ』）と馬琴から一方的な評を受けて読本創作を断念して合巻に専念した種彦が、虚構性の側面をある程度正確に把握しながらも、耽美性を大衆性と馴れ合わせて自己の独自性を開拓しえなかったことによると思われるのであり、畢生の大作『偐紫田舎源氏』もいささか自身の趣味を満たしたにすぎず、合作のうつろな気持を拭いきれなかったというのが、草双紙作者種彦の本音ではあるまいか。

惣じて人はのせらるゝと雖も、賞らるゝは嬉しいものじやとは、能狂言鱸庖丁の伯父が語、（笠亭仙果『邯鄲諸国物語・摂津の巻六編』序、嘉永七）

とは、弟子仙果の伝える種彦のことばであるが、ここに読みとれるのは、かえって世評を苦笑で迎える種彦の内心ではないであろうか。のせられているかもしれないという空々しさは、別の面で十全な自己肯定を望まないではいられないのではないか。彼の耽美主義的戯作観も、商業主義によって現実にはかなりゆがめられざるをえなかったはずである。ここに再び彼の考証的学問が耽美主義と結びついて想起されてくるのである。

以上不十分ながら、江戸後期の戯作者柳亭種彦の個性を求めてみた。種彦の内面の諸要素を有機的に関係づけ統一化して描出するには、結接点となる資料の不足を遺憾に思うのであるが、固定した権力の時代のもとで、体制側に身を置きつつも自由を希求し、その自由を耽美的な享楽にすりかえて韜悔を願った孤独な知識人の虚無感を種彦の中に見ることが、ある程度はできたと思う。

注

（1）「安永天明期文学概説」（『国語と国文学』昭22・4）その他。

（2）「柳亭種彦の川柳」（『文学論藻』38号、昭43・3）。
（原題「柳亭種彦―一つの戯作者論―」『文芸と思想』第三十三号、昭和45年1月）

II　柳亭種彦の狂歌と川柳

まえがき

柳亭種彦（天明三年〈一七八三〉―天保十三年〈一八四二〉）の名は、今日、草双紙『偐紫田舎源氏』の作者として知られ、更に国文学研究者にとっては、『吉原書籍目録』『好色本目録』『浄瑠璃本目録』等の編者として近世前期文学研究に重要な資料を提供する書誌学者として知られている。そして種彦の研究はこの二つの面を中心としてその意義が解明されねばならないと考えるのであるが、ここでは、そういう中心的な文学活動の周辺をさぐる意味で、かれの狂歌と川柳について述べておきたいと思う。

1　狂　歌

天理図書館に『柳亭家集自筆草稿』が所蔵されており、夙に故杉浦正一郎氏[1]が翻刻解説されたのであるが、その中に、〈十九の年の歌也〉と識語を頭注した歌が一首ある。

汐干する頃は花見も乗物をおりてぞ山のかひをひろへる

これによって種彦が二十歳以前、享和元年にはすでに狂歌に親しんでいたことが明らかである。続いて翌享和二年の作〈二十の歳の哥なり〉と頭注した一首、

唐櫛のはきとは見えず春の夜の月は柳のかみをすけども

さらに享和三年、梓並門撰、狂歌集『楚古良宇知』[2]に〈心種俊〉[3]の名で一首収録された。

しらはなるむすめの帯はやの字にて新田へもゆく春の野あそひ

以上が小説を作する以前の種彦の狂歌で、懸詞の巧みさや諧謔よりも、優美艶麗な趣が特徴である。

種彦が〈我師酔竹老人〉（「柳亭日記」文化五年八月十七日）と言う師は、狂歌師唐衣橘洲（寛保三年〈一七四三〉―享和二年〈一八〇二〉）、本名小島源之助という田安家の家臣であった。すると橘洲の没年は種彦二十歳の年にあたるから、入門後日ならずして師をうしなったものと思われる。橘洲は四方赤良、朱楽菅江とともに狂歌の三大家といわれたが、天明期に赤良との対立に破れ、傍系に立たされて衰微していた。ところが寛政改革後、奔放な天明風が退潮するとともに再び歌壇に重きを加えるようになり、それに接近していった鹿都部真顔らが主流を築いていったのである。種彦が橘洲門下となったのはおそらくその頃であったろう。同じ武士としての縁もあったかもしれない。そして種彦の狂歌は橘洲の傾向を反映しているのである。即ち〈大胆なユーモアや鋭い気智は忘れられて、復古的な上品なよみ口を理想とする〉[4]作品であった。橘洲も年若い種彦に期待を寄せるところがあったかもしれない[5]。

橘洲が世を去った後、文化文政年度の狂歌界は、鹿都部真顔（宝暦三年〈一七五三〉―文政十二年〈一八二九〉）と宿屋飯盛（宝暦三年〈一七五三〉―天保元年〈一八三〇〉）の勢力争いに終始する。歌風の上からは、真顔の和歌に接近した雅なよみ口に対する飯盛の俗語を多く採り入れた落書体の対立であった。伊狩章氏はそこで、橘洲没後の種彦が飯盛の傘下に入ったと説いておられるが[6]、私は少しく見解を異にしているので、その点を述べたい。

柳亭家集草稿に次のような記事がある。

桜

山風に狂はゝおらん大桜手おくれのせぬうちに詠ん

をおかなちがひがつてん也狂歌堂十五点予かとし廿三四の頃（傍点筆者）

狂歌堂とは鹿都部真顔のことであり、種彦二十三、四歳は文化二、三年で真顔は五十三、四歳である。真顔は文化初年頃、狂歌は古今集以下の俳諧歌と同じものだという説を立て、門人達にも専ら滑稽趣味に乏しい和歌的なものを詠ませたという。[7] こうしたところから、

(1)種彦が文化二、三年頃に鹿都部真顔から狂歌の点を得ていること。

(2)享和三年（橘洲の没後一年）の狂歌集に、古今集の序にちなんでつけた狂名心種俊の署名ある作があること。

(3)橘洲に師事した種彦の作風が、真顔の作風とも一致していること。

を指摘できるように思うが、これらは種彦の真顔への接近を素直に表現しているものと考えるのである。

（なお真顔の代表的な狂歌〈あらそはぬ風の柳の糸にこそ堪忍袋ぬふべかりけれ〉（『狂歌才和歌集』）は種彦の逸話の句[8]〈風にあたまはられて眠る柳かな〉と趣向の似たところがあり、本歌ではないかとさえ考えられるが、こういうことも傍証となるかもしれない。）

伊狩氏が、種彦の飯盛師事説を妥当とされる資料は、著書の性質からか提出しておられないのであるが、種彦が飯盛と無縁でなかったことは事実であり、影響もあると考えられる。飯盛の国学者石川雅望としての講莚に種彦も列座したというし、[9] 文政三年九月、霊巌島における飯盛の新居披露に際して集まった知名人士の中に種彦も居て、祝いの狂歌を詠じたことも知られている。[10] 飯盛・真顔の対立はかなり露骨なものであったようで、そうした所からこの事実をみても、種彦の真顔への接近は非常に深かったようには思われない。しかし種彦が処女出版の読本から示している古典趣味をもって飯盛即ち雅望との師弟関係を合理化することも同程度に無理だと思う。〈飯盛が石川雅望として国学的業績や雅文の著述したのに対抗〉して真顔が古今集等を研究し、俳諧歌を称するようになっていったと推測されたのは浜田義一郎氏であるが、[11] 私は、種彦の古典研究も、このような真顔の態度からの影響がより直接的であると考えるのである。ともあれ種彦は狂歌師宿屋飯盛としてより国学者石川雅望として深い畏敬を感じていたに相違なく、前述披露宴に贈った狂歌も『雅言集覧』を詠みこんだ作であったということである。[12] 雅望の古

典講莚への列席は年代不明であり、新居落成披露の方は文政三年と年代が降り、種彦が既に小説作者として名をなしていた頃なので、単に著名人としての招待に過ぎなかったかもしれないが、種彦の真顔・飯盛との関係はもっと明らかにしてゆかねばならない。

以上眺めてくると、飯盛・真顔の対立は厳しかったにしろ、種彦の態度は、やはり双方に対して敬意共感をもって受け入れるものは受け入れるという融和的なものであったように、印象づけられるのである。しかしこうした態度は自然、対立を避けた抑制的なものとならざるをえず、その後狂歌において活発な活動は見られないようである。菅竹浦氏[13]の報告するところでは、『万代狂歌集』（文化八年）に次のたった一首が入っているにすぎないとのことである。

　制したる詞よ花の雪ちるはとうもいはれぬけしきなりとて

〈制したる詞〉は、〈花の雪ちる〉の句が、藤原為家の詠歌一体（八雲口伝）などで、いわゆる制詞とされていることをいったのであろう。

2　川　柳

次に種彦の川柳について若干述べてみたい。『戯作六家撰』等の諸伝はすべて〈俳諧の古調を好み又近年流行の川柳が俳風を嗜て秀吟多し〉と言い、また〈俳名を木卯といひける〉（『狂歌人物誌』）と伝えている。〈俳諧の古調〉云々については未考であるが、現在のところ木卯の初見は、文政五年の『柳多留七十五編』であって、その対外的な活動は意外に遅いのである。それによると、前年の文政四年八月二十八日の句会に、賤丸・静寿・雨月を点者として六句採られている（重出のものが一句あるので、実際は五句）。

　鴨と羽白を〆たかる生田川

姫氏国と日本堤で発明し
稲荷から出世鳥居の筆にのり
紫に貴殿いよ〳〵御決着
虫も利も喰ウのは御代の鎧也

いずれも化政度の川柳（狂句）で着想の奇抜に欠けるが、古典的教養や戯作者の楽屋落が見られるところにその特徴が指摘できようか。〈紫に〉の句を田舎源氏執筆の決意とするにはあたるまい。〈虫も利も〉の句は太平の消費になれた武士の自嘲であろう。

文政四年は三世川柳の時代であり、〈はなは桜木連の狂句にひらけし〉（『柳糸屑』序・笠亭仙果）とあって、種彦が本郷下谷の結社桜木連に属していたことがわかる。こうして川柳の吟者となった種彦は、引き続き句を寄せるとともに、七十七編・七十八編・七十九編に序文を草し、八十編には、〈未十二月一日開〉くところの句会で、〈木卯評〉とする二十五句を撰んでいる。「未」は文政六年を指すものであろう。すると、この一、二年の間に吟者から点者にはねあがり、序文をも贈るといった種彦の位置はどのように説明すべきであろう。〈東都戯作者〉となって、新趣向の合巻『正本製』の続編と従来の短編合巻の創作に最も油ののった活動を見せていた当時のこととて彼の創作的野心は一応満たされていたと思われる。柳壇への参加は文人趣味の更なる拡張の試みであったかもしれないが、ここに注意を要するのは当時の柳壇の状況である。

種彦が『柳多留』に句を寄せたのは三世川柳の時代であり、水谷不倒氏も[14]〈三世川柳の社中に入り〉と述べておられるが、はたしてそうであろうか。三世川柳は初代川柳の五男ではあったが人気才能に乏しく、二世川柳の没（文政元年）後の事実上の選評の中心は眠亭賤丸であり、三世川柳の早くの隠退（文政七年）とともに四世を襲名したのは周知のことである。そうして眠亭賤丸こと人見周助は江戸町奉行所属の同心という下級役人としての立場を利用した広い交遊関係によって、その柳壇の位置を築いたと考えられている。当時の文壇著名人であった種彦や一九・北斎・楚満人・七代目団十郎が柳多留に贈っている序文には、賤丸とのそうした慣れあいや提灯持の関係をうかがうことができるのである。これで種彦の柳壇登場の問題は大体説明されよう。その環境からいっても、種彦は早くから発句狂句を趣味的に案じてはいたが、小説作者としてその地歩が固まるとともに、川柳の地位をねらっている眠亭賤丸の慫慂を受けて遅蒔きながら柳壇に登場し、賤丸の有力な推奨者として一枚加わり、互の慣れ合いによって自己も点者になっていったのである。種彦の柳壇の位置は、武家小説作者の一流として据えられた名誉点者と考えねばならない。以後種彦は殆ど終生『柳多留』との関係を持続して選評し序文を草している。

注

(1) 「種彦自筆の『柳亭家集』草稿本」(『近世文学』第4巻1号、昭13)

(2) 菅竹浦『狂歌書目集成』によると〈江戸名所狂歌集（一名曾古良宇知）半一　梓並門（撰）美辰　享和三年　江戸伊勢屋吉兵衛〉とある。

(3) 〈天明風の狂歌を嗜みて狂名を柳の風成とし後改めて心の種俊とす是大和歌は人の心を種としていへるをとりて然せし由〉(『戯作六家撰』他)。なおこの歌は菅氏の教示で杉浦氏が注(1)の論文で発表されたもの。

(4) 浜田義一郎『狂歌・川柳』(岩波講座『日本文学史』近世、昭34)

(5) 菅竹浦『近世狂歌史』(昭11、中西書房)は、橘洲の率いる酔竹連の錚々たるものの人名中に〈柳枝成〉という名をあげている。狩野快庵『狂歌人名辞書』に枝成と称する狂歌師は存在しているが、それは柳枝成ではなく、また橘洲とも関係がないようである。すると、菅氏のあげる柳枝成が種彦の狂名〈柳風成〉とあまり近似していることが問題で考究の余地を残している。

(6) 伊狩章『柳亭種彦』(昭49、吉川弘文館)

(7) 野崎左文『狂歌一夕話』

(8)『戯作六家撰』『狂歌人物誌』『浮世絵類考』『戯作者考補遺』等の種彦伝には若干語句の相違はあるが、かれの幼少時代について、もれなく次の逸話を掲げている〈幼きころ疳気強くとにかくに腹たち怒りしかば、尊父の教訓して一句をつくらる　風にあたまはられて眠る柳かなと是より身を慎みしとぞ〉。

(9) 山口剛『修紫田舎源氏』(名著全集、昭3)解説。

(10) 山口剛『断碑断章』(昭5、武蔵野書院)

(11) 注(4)同書

(12) 注(10)同書

(13)『近世狂歌史』(昭11、中西書房)

なお本稿は、注にあげたものにとどまらず、『川柳・狂歌集』(岩波・日本古典文学大系、昭33)や『川柳・狂歌』(角川・日本古典鑑賞講座、昭42)の浜田義一郎氏の論考に負うところが多い。

(14) 水谷弓彦『草双紙と読本の研究』(昭9、奥川書房)

(『国語と国文学』第四十三巻第五号、昭和41年5月)

四　緑雨と江戸

緑雨伝説の陰で

一世を皮肉り、茶化し、冷笑し、罵倒した緑雨、自ら死亡広告を出した緑雨、〈按ずるに筆は一本也、箸は二本也。衆寡敵せずと知るべし〉のアフォリズムを吐いた緑雨、と斎藤緑雨は、特異な性格と文章の持主として印象づけられ、豊富な逸話によって一部には記憶されているものの、一般には〈最後の戯作者〉と称されて近代文学史に位置づけられ、認識の片隅に屍を横たえていたにすぎないようにみえる。だが、少し気をつければ、緑雨は近代作家の心によみがえり、さまざまな生を息づいていたことを知るだろう。一、二の例をあげよう。

島崎藤村は、〈緑雨は世と戦ひ、当時の文学者と戦ひ、迫り来る貧しさと病苦とも戦ひ、しかも冷然として死んだ。彼の一生はデカダンの一生だ〉(「緑雨」『文章世界』大1・12、『後の新片町より』大2・4所収)と断じた。藤村は、自らのやもめ暮しとひそかに進行しかけていた〈新生〉事件の中で、現世苦と世の常識にたじろぐことのなかった戦う芸術家を緑雨に見出している。そして、死んだ緑雨が〈今に成つて余計に〉藤村に語りかけ、小説「沈黙」(『中央公論』大2・2)の成立となったが、緑雨(作品では勝田)は『ファウスト』のメフィストに共鳴し、自らも〈どうせ人間は一度は堕落する。同じ堕落するものなら、一人でも道伴のある方が好い――〉と言ったという。潜行する〈新生〉事件の中で藤村の心によみがえった緑雨は、明らかに近代倫理の極北に生きていた。

芥川龍之介にも緑雨は死者ではなかった。〈明治の文章家として(紅葉、一葉に)次いでは誰を推さんとする乎。

僕は先づ指を緑雨に屈せんとす〉〈緑雨は寧ろ諷刺詩人たるべし。その諷刺詩人たらざりしは、――或は諷刺詩人たるに終始せざりしは主として未だ日本には諷刺詩なるものの発達せざりしに依る。緑雨の可憐なる所以なるべし〉〈緑雨は右に鷗外を携へ、左に露伴を提げつつ、当時の文壇に臨みたるが如し。是その東西の学に昧（くら）く、識見の高からざらんことを恐れしに依る。黠（かつ）は即ち黠なれども、明は即ち明ならん乎〉（「明治文芸に就いて」大14・10作、遺稿）と、ここで緑雨は、文章による文芸の自立に執した芥川、諷刺の中に感傷をにじませた芥川、そして時代に生きる確たる思想を持ちえずして動揺する芥川自身となって生きている。

伝説的な〈最後の戯作者〉緑雨は、〈筆は一本、箸は二本〉の近代作家の経済危機のみならず、時代・精神・方法にわたる近代作家の不安動揺の危機意識の中で、シリアスに生きていたといえるであろう。

「江戸」と「近代」の皮膜

ここに知識・趣味・思想・表現において〈江戸〉への傾斜を顕著に示した斎藤緑雨の本質を検討する必要もあり、緑雨の〈江戸〉を考えることは、彼の〈近代〉を考えることにほとんど直結してくるであろう。

緑雨は嘆き罵る。〈江戸の風儀の乱れたのは彼の汽車がもツて来たのだ。汽車で京阪から名古屋を通ツてきた風が、先づ当頭（ゆきなり）新橋を吹きあらして、其れから八方に散ツてゐる、其所（そこ）で今では何処も西国風がしみて、化粧もこくなり、着物も赤くなツた〉（緑雨談「かくれんぼ」『唾玉集』明39・9所収）と。このことばは、近代文明の蕪雑な画一性と没趣味性を罵倒して江戸の美意識に固執する通人気どりの潔癖にすぎないであろうか。極度の凝縮と洗練の粋を心がけた緑雨の文章は、すでに現代読者の近づきうるものではないようだが、通俗性の拒否にこそ緑雨の真骨頂を見るべきかもしれない。〈鍋はこれからが甘かるべきとき、大抵の客は帰り去るものなりと、此家の主の嘗て言ひぬ、物の味（あぢはひ）は皮肉の間に在り、鳥にても、豆にても、はた芋にてもと、又或人は言ひぬ〉（「ひかへ帳」四、『太陽』明31・1〜12）とことよせたところに、緑雨の文学の面目を問いなおさねばならないものがありそうだ。そしてその理解は、技術的にも容易なことではなさそうな気がする。緑雨においては、〈江戸〉も〈近代〉も微妙な皮肉の間に皮肉に採りあげられているのにちがいない。

同時代評一般

斎藤緑雨の声価は、初期の戯評「小説八宗」（『読売新聞』明22・11）や「小説評註問答」（『読売新聞』明23・3）などによって、すでに固定していた。〈文壇に容れられざる直言家〉であり、〈窮鬼〉とさえ言われ（『江戸むらさき』明23・7）、〈善罵剣〉の異名をさえ贈られた（『江戸むらさき』明23・8）。しかし緑雨の凝った批評は文壇を動かすに至らず、彼自身「正直正太夫死す」（『読売新聞』明23・8）と早くも絶望の声をあげ、以来ほとんど徹底して時代に逆らうかのような狷介な姿勢で小説とアフォリズムを書いた。F・C・A（内田魯庵）「緑雨作かくれんぼ」（『国民之友』明24・9）では、緑雨を〈皮肉家〉〈冷笑家〉〈諷戒家（サタイアリスト）〉と呼び、緑雨評の原型が完成している。多くの知友はあったが、彼らの瑕瑾をも仮借せずあげつらって毒舌を吐き、同時代は緑雨に対しては先入観を抱いて、その作品や思想を深切に理解する態度を放棄していたといってよかろう。坪内逍遙さえ、〈君が狷介はけんくわかひと下落し、君が高慢は、ほんのわれぼめの高慢たるに止まらん、（略）日ごろ悪口の因果せうことない、と思ひたまへ〉（「正直正太夫に与ふる書」『文学その折々』明29・9、春陽堂所収）と見放している。また小説も少ないうえに、それらが中絶や再掲であってみれば、まともな批評の対象にはなりにくかった。『めさまし草』の「三人冗語」や「雲中語」は当の緑雨も加わる合評だが、〈他の人の筆に成らんには読む興も無く味も無きものとならんに、倦まずして読み終らしめしは筆者の筆の妙なるべし〉（「『覿面』評」明29・3）と体よくそらされたり、〈わる口、軽口おもしろく、作者の持前見えました〉（「『唯我』評」明30・3）とか、〈評なし〉（「『若武者』評」明30・11）

とほとんど相手にされないうえに、時には、〈此作は風来山人などの筆にや習ひけん、すこぶるいや味なるものなり。されどもすら〱へら〱よく舌のまはる事かな〉（「『百鬼行』評」明30・5）と苦味のある戯作性を指摘され、それが嫌悪された。すでに逍遙は「滑稽家」（『早稲田文学』明25・9）で、〈竹のや（篁村）の諷刺、幸堂（得知）の滑稽、南（新二）の詼謔、正太夫の冷嘲〉と分類していたが、ここに緑雨を旧派作家に追いこむ史的整理の原型も見えている。結局緑雨は、生前には人も文章もまじめな評論の対象とはならなかった。妖堂居士編『文壇風聞記』（明32、新声社）の伝える緑雨は次のようなものであった。〈作者より悪魔の如くに咀（のろ）はるる者は緑雨也、一時モルヒ子と称せられし者は緑雨也、逍遙が、君の墓に詣でん者三人を超えざる可しといひしは、同じく緑雨也〉と、ここには文壇の嫌われ者として孤立していた緑雨があり、また無頼の面影がある。

透谷・鷗外・一葉

しかしこうした斎藤緑雨に対しても、例外が三つある。それは北村透谷の批評、森鷗外の好意、そして樋口一葉との交遊であった。

透谷の「『油地獄』を読む」（『女学雑誌』明25・4、5）は、『油地獄』（明24・5）と『犬蓼』（明23・8）を採り上げ、透谷自身にひきつけて深読みの感もあるが、同時代と緑雨にとって貴重な批評であった。透谷は、両作が〈不調子（インコンシステンシー）〉（現社会の魔毒）と〈弱性（フレールチイ）〉（恋愛の裏面的真実）に深く触れて生み出されたものと見た。人間の欲・情・癡を内奥の魔と見、またそうした人間の社会をも魔毒として、内外の魔に突き動かされる人間を諷した作だと言い、魔をとらえて描破する写実の手腕をも賞したが、狭斜というありふれた魔窟を選んだために諷刺の減殺されていることを惜しみ、緑雨に、自身をもその中にこめて〈一世を罵倒するの大譬喩を構へ〉た創作を期待したのであった。緑雨の文学は、ここに〈心宮内の秘宮〉と対社会の問題という透谷の命題において採り上げられ、近代精神を本格的に論ずべき緒を提供したのであった。この時緑雨は透谷に興味を示したらしいが、結局透谷の煩悶を冷笑したようで（島崎藤村『沈黙』）、得意の戯評を認めなかった透谷とはすれ違った。しかし、一大創作とはなりえなかったが、後年のアフォリズムの集積は、透谷と無縁のものではなかろう。

明治二十九年に『めさまし草』を創刊した鷗外は、その批評陣に自身のほかに幸田露伴と緑雨を迎えるが、ここに三者三様の知識と感覚を布置して公平を期す鷗外の配慮は明らかであろう。緑雨は江戸的なセンスと方法と知識の代弁者と目されている。しかしこの立場は、緑雨をしていっそう狭隘なかたちで江戸的視点に固執させることになったのではないか。小説執筆をほとんど廃してアフォリズムに集中するが、その穴さがし的なデリカシーや反動性は、鷗外・露伴に対置する特色として緑雨の固執するところとなった趣もないではなかろう。

一葉と緑雨の結び目は、何よりも『たけくらべ』（明28・1〜29・1）において決定的であった。その後生じた直接的な交際については一葉日記が記している。両者は虚無的な精神の危機において共鳴したらしいが、互いに対する明確な論は生まれなかった。平田禿木は「緑雨・一葉・鷗外」（初出昭13・2、『文学界前後』昭18、四方木書房所収）で、〈二人とも徹底的に世をひがんでゐる拗ね者である〉と両者の心性に共通基盤を認めている。ただ一葉は、川上眉山・禿木らの持たぬ硬派的精神を緑雨に認めており（「日記」明29・5・29）、緑雨は〈一葉の文才を評するのには、東京、江戸と云ふ事は離れては駄目だ〉と語っていたという（馬場孤蝶「故斎藤緑雨君」『明星』明37・5）。ここにも江戸と近代の境において孤独に生き抜く緑雨がうかがわれるようだ。

ほとんど緑雨を疎外した同時代にあって、開化文明に対し、これを撃ってやまなかった透谷や、屈辱に耐えた鷗外や、はみ出して生きねばならなかった一葉が、期待や敬意や共感など内面的にも接近した事実は、緑雨自身が意識した以上に重要である。

追悼・回想

明治三十七年四月、貧困と孤立のうちに肺患で没すると、雑誌『明星』(明37・5、6)と『新小説』(明37・6)が追悼特集し、三年後に『中央公論』(明40・10)も特集して、関係人物によって斎藤緑雨の生活や性格の具体相が描かれ、交遊も意外に広かったことが明らかになった。幸田露伴・野崎左文・伊原青々園・笹川臨風・馬場孤蝶・坪内逍遙・上田万年・塚原渋柿園・後藤宙外・佐々醒雪・幸徳秋水・戸川秋骨・戸川残花等々が文を寄せているが、江戸趣味から社会主義に至るまで、新古をこきまぜて緑雨の位置は、多様な土壌を根に持っていたように見え、それゆえの動揺と狭隘もうかがえてくる。実際に親しく交わった各人がそこで異口同音に語っているのは、文筆の毒舌とは裏腹な緑雨の繊細謹直な人柄であり、緑雨が世に誤解されていることを陳弁している点である。例を幸徳秋水に求めよう。〈彼は何処までもマジメな独立の芸術家たらんとし、政治家、策士、外交家らしき行為を潔しとしなかつた、是れ実に彼れが晩年落寞悲惨の境涯に陥り、其死後にも沢山の謳歌者を有しない一理由である〉。これらはやはり緑雨再検討のモメントとなるものではあるが、緑雨の思想と文学の解釈にまで至っておらず、その点見るべきものに乏しく、評価は持ち越された。こうして回想・批評等の明治大正期の収穫は、人物論や伝記資料にかたよるが、そのうちでまとまった重要なものとして、上田万年「故斎藤緑雨」(のち『縮刷緑雨全集』大11、博文館「序」)、内田魯庵「斎藤緑雨」(『おもひ出す人々』大14、春秋社)があり、馬場孤蝶の文は『孤蝶随筆』(大13、新作社)や『明治文壇の人々』(昭17、三田文学出版部)に入っている。すでに生前の緑雨評に〈戯作者〉の語があり、逍遙も〈文化文政派〉と称していたが(「故斎藤緑雨君」『明星』明37・6)、魯庵は、〈化政度戯作文学のラスト・スパークである。緑雨以後真の江戸ツ子文学は絶えて了つた〉(前掲)ときわめをつけて、ここに緑雨の史的位相を決する伝説が固定したようである。

学問的通説の確立

すでにあげた島崎藤村や芥川龍之介のように、斎藤緑雨は、時代や文壇にあって、その反逆し動揺する危機的精神においてよみがえっているが、それはより多く作家の姿勢にかかわって評者個人にひきつけたものであり、緑雨の文学自体を客観的に評価しているわけではなかった。昭和初年代の円本ブームは、明治大正の文学的収穫を一括して世に問い、近代文学も本格的な研究対象となり、緑雨も総合的な考察・評価を試みられることとなった。そのうち本格的なものは、藤村作「斎藤緑雨」(『国語と国文学』大15・5)と、それを受けた湯地孝「斎藤緑雨研究」(『明治作家研究上』昭8、木星社。のち『明治大正文学の諸傾向』昭8、積文館、『斎藤緑雨集』〈『明治文学全集』28〉昭41、筑摩書房、等に改題改稿収録)にほとんど尽きている。近世文学の研究者であった藤村は、その専門を生かして緑雨小説をはじめて解説した。緑雨を〈感情の詩人でなくて、才智の文人〉と見、〈豊富な才識と連想の自在〉なその文章に〈元禄の風致〉を認めて、〈江戸人型の才子〉としながらも、これまでの〈文化文政的〉江戸を拡大した。しかし〈要するに遊戯的な滑稽文学〉として、作品評価は、同時代評の〈諷刺〉から後退させている。小説は〈通の文学〉として特殊な生活相の描写は認めるが、読者の特殊な予備知識を予想して楽屋落ちに堕する点を洒落本と同類とし(『門三味線』明28・7は例外扱い)、否定的な女性観を分析して、そこに小説成立の基盤を求め、結局旧思想の作者の〈旧様式旧技巧の最も秀でたもの〉と緑雨文学を規定した。湯地の研究は、従来の諸説を総合し、緑雨の全体にわたって文学史的通説を確立したものである。〈人生遊離の文学・技巧の文学〉〈遊戯的な態度〉〈女性観の具体化〉等をやはり挙げるが、〈情緒的な湿ひが少しもない〉という指摘や、本質は小説家や評論家ではなく〈随筆家〉であり、その文学は〈川柳的〉であるという指摘は、さらに踏みこむ緒となろう。改稿本文の末尾は、〈新旧両文化の接続上に触発された、言はば、旧文学の断末魔の烈しい火花であった〉とあり、内田魯庵の説は学問的にも定説化したのである。近代文学研究が文献学的にも定着してゆく過程で、本間久雄氏のまとめた『明治文

学史　下』（新訂版、昭24、東京堂）の緑雨の新資料紹介は、緑雨の文学精神に異見を出している点で注目したい。明治二十四年の稿に〈忌むべきハ手前味噌黴のある厭ふべき沙噀（さそん）文学骨のなき〉の句がある。沙噀は海鼠（なまこ）の異名である。どうやら緑雨の精神に、自己否定と自己鍛錬の果ての男性的新文学への期待を見てよいようだ。そして同時代文学に対した緑雨の姿勢、とくに露伴に親近した胸中をうかがわせるものがある。

再評価と復活

しかし第二次大戦の戦中戦後にあって、やはり斎藤緑雨は時代に合わず、プログラムに入ってこなかった。文学史研究の全面的変革が必然化した戦後に、わずかに村松定孝「斎藤緑雨ノート」（早大『国文学研究』昭25・11。のち『近代日本文学の系譜』昭30、春星社に改稿収録）があるが、緑雨のパロディの才を貴重としつつも、時代と個性の両面から脱落を必然として論じ、緑雨をやはり負の面において反省的に受けとめている。

緑雨再評価の動きは、昭和三十年代中ごろから見え始めるが、戦後日本の期待が大きくそらされてゆきづまった限界状況・慢性状況の中で、その打開を求める危機意識に見合って緑雨が採り上げられることになっている点を、ここでも注意したい。佐々木幸国「斎藤緑雨のニヒリズム―透谷よりむしろ緑雨を」（関東学院『六浦論叢』昭35・9）は、その最初のものだが、従来はほとんど互いに正負の位置にあったような北村透谷と緑雨を同じフィールドに引き出す機縁をつくったものとみられる。同時代にすれ違った両者は、現代の状況の中で否応なしに邂逅することとなった。その線上にあるものとして、小文ながら猪野謙二「緑雨の『悪魔』」（初出昭41・2。『明治の作家』昭41、岩波書店）が示唆深い。近代の人間の内部外部の〈悪魔〉にいち早く触れ、〈破滅〉の文学を体現した人間として緑雨は、ここで実存的近代人の面貌を示しており、そうした緑雨の「かくれんぼ」に〈悪のたのしさのごときものが漂っている〉と作品を掘りさげている。橋本佳「魔・金剛杵（しょ）・童女たち」（『日本文学』昭38・5、7）は、幸田露伴・緑雨・樋口一葉という西欧化近代の路線とは別個の三人をとらえ、三者の共有点をも求めつつ、明治二十年代を裏側から迫るかたちでその文学的意義を論じ、西欧的に理論化しえない問題の近代的意義づけに秀れた論考であった。ここでも透谷が引きあいに出されるが、やはり〈魔〉に注目し、緑雨においてそれが〈醜・悪〉に傾いたものであること、魔の対極として『門三味線』(明28・7)『朝寝髪』(明32・9)『乙女』(明29・2)などの単純素朴な少女が歌われ、それだけでも近代文学者の必要条件は満たされていることなど、〈戯作者緑雨〉の仕事の無視されるべきでないことが説かれていると見るのである。

戦後の世代にとっても緑雨が無縁でないことは、野口武彦「斎藤緑雨—明治シニシズムの運命」(『中央公論』昭44・2)と十川信介「緑雨の孤独」(『文学』昭49・5)の二編によって明らかである。野口の論は、文筆家の意識に対する史的認識を踏まえとしており、近代が捨てた近世(安永天明期)的な緑雨の文体にこそ自然主義リアリズムが失った自己批評があったとして緑雨の評価をもくろむ。〈文学は言葉のあそびだと観念し、自分というものを言葉の撰択と配列のうちにのみ生かそうとした緑雨の精神が、もうすこしそれにふさわしい評価を与えられるべきではなかったか〉というところに主旨がある。このように作家と言語・文体という観点からは、篠田一士「『文学』以前」(『文学界』昭38・2。のち『斎藤緑雨集』〈『明治文学全集』28〉にも収録)が、〈完結した言葉の世界をつくりだ〉したアフォリズムの〈文章家〉緑雨の復権を要求しており、種村季弘「戯作における方法の問題—逃げる男」(『国文学』昭48・12)も、〈観念の現実性よりは言語の現実性を信じた緑雨〉として論じている。また十川は、緑雨の本質を〈自由の精神〉〈遊びの精神〉に求めつつも、あらゆるものを相対化して欠陥を突くかれの眼が、〈近代そのものへの批判を越えて、ただちに人間社会のむなしさに飛躍〉して自己をも追いつめる結果になったと論じ、ニヒルな近代人の像を見ている。

数少ない緑雨論を分類する段階になお達してはいないが、言語・文体の面からと思想の面からの二つの追求が見られるというのが現段階であろう。橋爪政成『斎藤緑雨伝』(昭39、九州文学社)、稲垣達郎編『斎藤緑雨集』〈『明治文学全集』28〉、吉田精一『近代文芸評論史・明治編』(昭50、至文堂)の刊行も、再検討のための実証的な収穫であった。一つの仮説的な結論として、三好行雄「『反近代』の系譜」(越智治雄・三好行雄・平岡敏夫・紅野敏郎『日本の近代文学』昭51、日本放送出版協会)から引いて研究史の結びとしたい。

　西洋を理念とする近代を基準とするかぎり、緑雨の文学は近代性をいちじるしく欠いている。しかし、かれの冷笑視した文明開化が、明治国家の選びとった近代への出発であったかぎり、緑雨の文学はまさしく『反近代』の性格において、日本の近代文学に参加する

緑雨は、〈江戸〉的な戯作者ゆえに、現代に生きているとも言えよう。

緑雨文の解釈

その文章において第一に〈江戸〉的であった斎藤緑雨の理解が、文章の解釈そのものを第一要件とすることは言うまでもないが、風俗と文壇に密着した極度の凝縮と洗練の産物である彼の文章を解することは必ずしも容易ではないはずだ。やはり慎重な解釈を果たしつつ問題を拾わねばならない。蕪雑ながら小さな評釈を試みよう。

　威権堂々などいふ声を本郷にて聞くときは、浦里が忍び泣きすりやを本所にて聞くときなり、其差異を簡略に示すものは、銭湯と縁日となるべし　(「おぼえ帳」四)

〈本郷〉と〈本所〉の相似た音と意の地名を対して、その差の格段を述べた一文である。〈本郷〉は近代日本の担い手帝国大学と書生の町である。〈雑誌と牛肉と巻煙草との上に進歩〉し、当世のハイカラ男女が平気で同棲している町なのである。〈威権堂々〉は、日清戦後の帝国主義の国策を讃した文句であり、何かにつけ気炎をあげる際の常套句となった。緑雨が本郷を嫌い抜いていた逸話は、島崎藤村が『沈黙』で描いている。〈本所〉は、〈眼先の

一寸に明るく足元の三寸に暗き江戸っ子の、生存競争の理にせめられて、余儀なく河を度りて退転〉してきた窮した江戸庶民の吹きだまりであった。〈浦里〉は時次郎との哀話の主人公で、その清元や新内の「明烏」がそこでかぼそく唄われるのである（ただしこの句はもとのままではない。「忍び泣き」にあえて更えているところに、敗残の江戸庶民への緑雨の哀憐を見るべきだろう）。すでに〈長唄、若くは清元常磐津〉の江戸豊後浄瑠璃は、〈やはり汽車が持来りたる流行〉の前に〈江戸敗北の一徴候〉となっていたのである。

以上は「おぼえ帳」のみによる野暮な解説にすぎない。しかし近代を見すえる緑雨の眼を単なる美意識で済ますわけにはいかないものを感ずる。もはや例示の余裕はないが、緑雨にとって〈江戸〉は、衣食住の生活の基本において整い、素朴で自然な生の自由を許すごくあたりまえの時代にすぎず、〈近代〉はその江戸を滅ぼす暴力であったようだ。

（『近代の文学』二、昭和52年9月）

五　江戸文化圏の影

『刺青』（明43）に描かれている時代は、〈まだ人々が『愚』と云ふ貴い徳を持つて居て、世の中が今のやうに激しく軋み合はない時分〉だという。作中に明示されているわけではないが、〈爛熟の江戸末〉の時代を想定することに異論はないようだ。俳優〈岩井杜若〉（一七六六―一八四七）の人名の登場もそれを裏づけている。その他の道具立ても時代設定を揺がすものはないように見える。江戸末の世界を描く谷崎は、明治十九年東京日本橋区蠣殻町に生まれ、関東大震災で移住するまで、東京とその周辺に生活した。江戸の面影を色濃くとどめた土地と時代の子であった。自伝『幼少時代』（昭30、31）も、江戸文化の陰影の中で成長する少年潤一郎というように読めもするだろう。関西移住も、江戸的東京が壊滅したことによって上方にあえて旧時代の名残を求めたのだと解されている。谷崎と江戸文化との結びつきは、いかにも深そうだ。『刺青』の主題である入墨そのものについても、鶯亭金升は、『明治のおもかげ』の一章「文身（ほりもの）」で次のように述べている。

> 倶利迦羅紋々のほりものを誇りとした江戸の消防夫（しごとし）や駕屋は絵で見ても勇しいもの。明治の代にもお祭に神輿を舁く若い衆が背中のほりものを自慢さうに見せて居た。大正の代には老人の皺びた腕に国芳の筆を残して居たが、中には馬鹿げた道楽も少くない。頭から尻まで蜘蛛の糸と巣を彫つて股に蜘蛛を隠したのがあるかと思へば、全身にほりものをした男がある。

入墨は、滅びゆく明治の、いや滅び去った江戸の〈愚〉の象徴であることはまちがいないようだ。また篠田鉱造も、『幕末明治女百話』の一章「近江のお兼の刺青女性」で、彫宇之や土堤金と呼ばれた明治の刺青師の名手や、女の入墨も存することについての聞書を記している。

この刺青は今だって廃れはしません。現に二代目の宇之さんがいますし、おかみさんが三十四、五ですが、背中は「観音さま」で「登り龍降り龍」と「風の神」を左右の腕に彫っていなさいます。五郎さんのおかみさんも、美人で背中が御商売柄なんですよ。（中略）お祭礼によく招ばれ、お神輿を担ぎます。ソレコソ倶利迦羅紋々の人ばかり、背中ぐらいの刺青では、お神輿の側へも寄れません。三十幾人かがあるんです。江戸名物といいましょうか、明治名物と申しましょうか、

谷崎や同時代の東京人は、これらの入墨を見、刺青の名手の存在を知っており、女の入墨も噂に聞いていたろう。『刺青』成立の背景にこうした巷間の話説の存在を認める必要がある。とにかく『刺青』は、谷崎の、滅び去った時代への頌歌であり、熱い追悼であったかに思われる。『刺青』の前後も、そうした江戸を舞台とした作、江戸的な明治を世界とした作が点綴している。前者には『象』（明43）、『お艶殺し』『お才と巳之介』（大4）、『恐怖時代』（大5）、『十五夜物語』（大6）、後者には『少年』『幇間』（明44）、『少年の記憶』『恋を知る頃』（大2）、『憎念』（大3）、『華魁』（大4）、『神童』（大5）、『女人神聖』（大6）、『母を恋ふる記』（大8）などが挙げられようか。伝記や作品の表面だけからでも辻褄が合い、〈谷崎と江戸文化園〉のタイトルも当然にすぎるくらいで、ここに谷崎の江戸趣味や江戸志向を指摘して反近代性を云々することも手やすいようだ。だが問題は決して直線的ではなく、或る内的なドラマの存在を私は想定せざるをえない。谷崎の〈江戸〉への意識を、かれが生きた〈近代〉とのかかわりで吟味し、再検討してみたいのである。

谷崎は江戸っ子か、江戸文化圏を生きたのか、その芸術は江戸文化を継承しているのか。同じく江戸文化の余映の中に生きた浅草生まれの久保田万太郎と比べると、万太郎の作は谷崎よりはるかにくすんで渋いが、旧時代と新

時代がそのまま地つづきをなして作品世界を形成しているのに対し、谷崎の作品の江戸は芝居の舞台のように華麗だ、鮮やかすぎる。言うなればそこには作為がある。『お艶殺し』を例に考えてみよう。この作を伊藤整は〈江戸時代の絵入り小説なる草双紙系の方法が使われている。だからこの小説は、歌舞伎を見るような感じで読まれるべきものである〉（『谷崎潤一郎の文学』）と言い、野村尚吾も〈江戸趣味が基調になつてゐる〉（角川文庫「解説」）、「歌舞伎的であり、草双紙的な雰囲気が横溢している」（『谷崎潤一郎の作品』）と言っていて、人物・世界・方法にわたって江戸文学の系脈を認めるのが定評らしい。だがこの作が春陽堂版『明治大正文学全集35』（昭3）に収められた時、谷崎は次のように言っていた。

書いた当時は下品な講談のやうな気がして我ながらイヤであり、世間でもさう云ふ悪評を下す人があつたけれども、今では必ずしもさうは思はない。（前記全集「解説」）

〈下品な講談〉をすぐ江戸文化と結びつけるのは性急にすぎようが、〈下品〉を嫌悪した谷崎に、そのまま江戸文化への趣味や傾向を認めることを躊躇するのだ。刺青も下品・卑賤でないはずはなく、『刺青』の成立に谷崎の相剋が予想されるのである。ところで次のような逸話を谷崎が『東京をおもふ』で述べていることも、私には興味深い。

私の親父が或る時「お艶ごろし」と云ふのを聞いて「江戸つ子が『お艶ごろし』と云ふ奴があるけえ、コロシと云ふんだ」と、さう云つたことがある。

谷崎の父が谷崎よりも濃く江戸の文化の血脈に生き、谷崎が本気で江戸っ子を生きる父のような人間ではもはやなくても当然かもしれぬが、谷崎における江戸の文化は、実は知識による観念だったのではないのか。『お艶殺し』も江戸の風俗をしたたかに盛りこみ、江戸通を誇るに足るのだが、それが必ずしも板についていないようなミスを犯しているのだ。第〈一〉章から二つばかり拾っておく。〈頬杖をついて頻りに草双紙を読み耽つて居た新助〉とある部分は、初出（『中央公論』大4・1）では〈……頻りに誰やらの黄表紙を読み耽つて居た……〉となっていた。通を誇ったところだろうが、これは〈黄表紙〉では困る。黄表紙の鋭く飛躍する知性的、感性的な表現は、とうてい番頭丁稚の読み耽ることのできる代物ではなく、これはやはり通俗絵本の〈草双紙〉に改める必要があった。また〈柳橋、深川、山谷あたりに送り迎への猪牙船を操つて〉とある部分は、初出では地名の終りにもう一つ〈吉原〉が加わっていた。吉原を山谷で代表させて通を見せているが、そもそも〈猪牙船〉は吉原とこそ密接であり、深川などの他の土地との関りは普通には言わないはずだ。アラさがしにすぎるが、この種の瑕瑾も、谷崎の江戸文化が生活の次元に根ざしてはいないことの証左にはなろう。『刺青』にしてもそうだが、谷崎は何も江戸の時代や文化の再現を目的にしているのではなかろうから、かかるアラさがしは見当はずれに堕するようなものの、私は、江戸文化圏が谷崎の幼少時代を育んで反近代の作家として培ったという理解があるなら、それは誤解ではないかと言いたいのだ。

読書体験もその意味では重要な部門だが、谷崎が少年時代からどんな本を読んできたかを、座談（すべて全集未収）の一つ志賀直哉との対談「回顧」（『文芸』昭24・5）によってまとめてみよう（これは『幼少時代』の記述の補足として重要である）。

A少年文学　黄金丸・新八犬伝（小波）、近江聖人（弦斎）、休暇伝（露伴）、南新二の作品、釈迦・孔子（博文館『世界歴史譚』）、十五少年（思軒）、コサック・闇黒亜弗利加（博文館『世界文庫』）、雑誌『少年世界』（博文館）

B漢籍・古典　十八史略、四書、太平記

C近世文学　里見八犬伝（馬琴）、雨月物語（秋成）、折たく柴の記（白石）、洗心洞箚記（中斎）、西鶴（露伴の紹介以後）

D同時代文学　　浮城物語・経国美談〈龍渓〉、雪中梅〈鉄腸〉、佳人之奇遇〈東海散士〉、露伴・紅葉・鷗外の作品若干

E外国文学　　小公子〈バーネット〉、ゴルキイ・ワイルド・ポオの諸作

作品の一々について述べる要はなかろう。これらの書からは、成績優秀で読書好きの模範生徒の勤勉や自恃や冒険心・好奇心がうかがえてくる。近世文学の領域は、のちに西鶴を読んだ以外は士大夫・文人系のものに限られて、庶民系のものは排除されており、谷崎自身、〈京伝・三馬などあまり読まないし、影響は確に受けていない〉と明言しているのである。つまり幼時の観劇以外は、その教育教養はいわゆる江戸文化に背を向けて歩んでいるといってよく、少年谷崎は、近代日本のある健全な路線を信じて疑わなかったかに見える。

さらに家庭環境も近代路線に添っている。洋酒店・点燈会社・米穀仲買・証券取引所といった家の職種は、言うなれば近代文明の発展を背景としており、商業資本から産業資本への転換期にあって巧妙に時代動向を察知しても、うけを企まねばならぬ性質のものである。父倉五郎は、曲りなりにも近代企業家・投機家の道を歩もうとしていたのだ。

要するに、谷崎を形成してゆく諸条件は鮮やかに近代的であって、江戸的ではないのだ。だから『刺青』や『お艶殺し』は、谷崎の自然な本来的な作品とは認めがたいわけである。これらの作が生み出されるにはいくつもの条件が加わらねばならない。

そして諸条件を集約する最重要な点は、父の事業失敗の連続がもたらした貧困であったと考えられる。家産を傾けつつ近代的職業を追った父は、緑雨の言を借りれば、しょせん〈眼先の一寸に明るく足元の三寸に暗き江戸っ子〉（「おぼえ帳」）にすぎなかったのだ。ここに侮蔑をはらんだ江戸の愚の原形がある。近代的環境にある少年谷崎が順調に栄達の道を歩むことができれば、近代はまさに信ずべきものであり、父におけるごとき江戸的なるものの

すべては過去の遺物であって、衰退を必然として憫笑されたであろう。しかしその近代化をめざしつつ近代に破滅させられたのは父だけではなく、谷崎一家であった。近代は、近代を信じて勉学努力する神童谷崎を埋没の危機に追い込んでいったのだ。ここで少年谷崎は近代の矛盾の意識を抱えることになったのではなか。経済状態のまだしもよかった幼年時代が甘やかに回想され、そこに旧時代のイメージも重なってくる。

私の家にはもう乳母を抱へて置く程のお金がなくなつたのだ。それどころか、私は毎日お父さんやお母さんを助けて、一緒に働かなければならない。水を汲んだり、火を起したり、雑巾がけをしたり、遠い所へお使ひに行つたり、いろいろの事をしなければならない。もう、あの美しい錦絵のやうな人形町の夜の巷をうろつく事は出来ないのか。

（『母を恋ふる記』）

虚構や誇張はあろうが、近代における一家の衰運の中に少年谷崎が発見したのは、華美贅沢の時代という江戸であった。だが毒々しい卑賤美の『刺青』の江戸に行きつくには、まだ道のりがあった。これだけでは、まだ敗残の嘆き節しか生まれはしない。そもそも少年谷崎の知性にとって江戸は侮蔑の対象でこそあれ、肯定すべくもなかったはずではないのか。私は、ここに江戸を肯定するのではなくて、それよりも近代に反発する谷崎の底深い不信と恐怖、怨恨と呪詛を想定せざるをえない。落ちぶれゆく父を描く次の一文は重要である。

兎角自分の見込みが外れて何かのことが思ふやうにならないところから、結局は兜町人種の悪口や、引いては世の中全体に対する不平不満をくどくどと訴へて、母の同感を求めるのが落ちであつた。父の示ふことを聞いてゐると、大概な人間が狡猾で、煮ても焼いても喰へない奴等で、父だけが正義の士のやうになるのであつたが、私は傍で密かに耳を傾けながら、父の言説を尤もだと感じ、私たちが貧乏してゐるのは、父に働きがないからではなく、社会が父のやうな正直で徳義を重んじる男を、用いようとしないためなのだと、心からさう信じて、時には世を憤る余り、それを作文に書いて稲葉先生（注——小学校の担任教師）に見せたりもした。

（『幼少時代』）

これこそが『刺青』発想の淵源ではないのか。〈正直で徳義を重んじる〉ような〈『愚』といふ貴い徳〉を有していた父は、〈激しく軋み合〉う当代の〈狡猾で、煮ても焼いても喰へない奴等〉に滅ぼされたのである。まさに時代は日露戦争の勝利による帝国主義の確立時代であり、『刺青』発表の五箇月前には大逆事件の検挙が始まっていた。『刺青』は、そうした時代への憤りと反逆を秘めた作品として考察されるべきではないのか。このことは、『幇間』の作が、冒頭で〈明治三十七年の夏から、三十八年の秋へかけて、世界中を騒がせた日露戦争が漸くポウツマス条約に終りを告げ、国力発展の名の下に、いろいろの企業が続々と勃興して、新華族も出来れば成り金も出来る し……〉と時代設定をあえて明確化していることにも関連する。小学生谷崎の作文は、十数年の苦行推敲の果てに、曲々しい相貌を持って再び世に現われたのではなかったか。

だが、谷崎が反近代の姿勢を決して肯定はしない江戸的な世界で表わし、絶世の美女で表現したことを理解するためには、どうしても母関(せき)の存在を媒介にする必要がある。母こそはその若き日に錦絵のモデルともなった江戸的な美人であり、それは『母を恋ふる記』において、〈昔の鳥追ひが被つてゐるやうな編み笠を被つて〉三味線をひく旧時代の女芸人の流浪の姿に描き出されていた。少年谷崎にとってその美しい母は、近代の矛盾的発展の強い経済的困窮の中で貧にやつれる——つまり美を失う危機にさらされていたのである。母の美を損わせるものとしての近代への恐怖と怨恨という感性において、谷崎の江戸認容と反近代の姿勢はほぼできあがった。そしてそれは、さらに〈刺青〉を加えることによって象徴的に完成するであろう。

刺青（入墨）が本来刑罰の一種であり、犯罪者の刻印であったことは言うまでもない。ところが十六世紀から十七世紀の近世になると、体制をうべないがたい人間が、自らの反日常・反生活を強く意識するところに入墨は独自の意味を持ち始め、異端行為を代行するものとなった。入墨それ自体が時代への反逆の曲々しい象徴となっていたのである。谷崎の『刺青』の製作・発表の持つ意味は、予想以上に重いのではないか。刺青の異端性は、その歴史を知ることなくてもわれわれは直覚的に感じていたが、谷崎はさらにその歴史や本質への配慮があったのではないか。時代への反逆のシンボルとして入墨を選んだ必然性は、意外に近いところにあったのだ。『刺青』発表の二年前、明治四十一年九月政府は「警察犯処罰令」を特令化して公布（施行十月）したが、その「第二条　左ノ各号ノ一ニ該当スル者ハ三十日未満ノ拘留又ハ二十円未満ノ科料ニ処ス」の二十四号に、「自己又は他人ノ身体ニ刺文シタル者」がその対象として明文化されているのだ。刺青の違法の近代史は長かった。すでに明治五年布告の「違式詿違（かいい）条例」第十五条に「身体へ刺繍する者」が挙げられており、明治十三年布告の「刑法」第四百二十八条第九項で一律の処罰強化に拡大して前記警察犯処罰令にひきつがれ、第二次大戦後の軽犯罪法で削除されるまで続いたのである。処罰の重複などのあいまいさにもかかわらず、体制は執拗に刺青の違法性に固執した。刺青は、それだけ体制にとっては危険なものだったのである。松田修は『刺青・性・死』で次のようにまで述べている。〈刺青、それはいつの日にも権力に抗し、体制と戦うものの聖なる旗幟であった。それは戦いやぶれた戦士が、己れの心象に刻む復権への、否、復権拒否への呪文であった〉。ここにおいて『刺青』は、タイムリーに近代日本の国家体制に反対を宣言したのであった。そして近代にモデルの存することを推測させて、〈江戸時代〉とはあえて言わなかった作者の深い用意が感ぜられるのである。その後の谷崎の諸作を、当局がしばしば発禁にしたのもむべなるかなと言えるだろう。

> 章三郎は或る短編の創作を文壇に発表した。彼の書く物は、当時世間に流行して居る自然主義の小説とは、全く傾向を異にして居た。それは彼の頭に醱酵する怪しい悪夢を材料にした、甘美にして芳烈なる芸術であつた。

右は「異端者の悲しみ」の有名な末尾であり、構成的には無くもがなの自註であるが（自選全集では削除された）、これをあえて言わねばならなかった胸中を思うべきであろう。谷崎の〈頭に醱酵する怪しい悪夢〉こそは、近代に対する限りなく曲々しい怨念であった。そして谷崎は、腑抜けた自然主義作家を侮蔑するに十分すぎる異端者の硬骨を誇示したのである。

初期の谷崎は、江戸文化圏を、刺青に象徴される反時代・反権力・反体制の異端性において発見したのであり、『刺青』は、身銭を切って自らにほどこした刺青にほかならぬ反近代の宣言であった。谷崎文学は、時代動向の深みにおいて再検討されねばならず、私は、叙上の点から初期谷崎の思想性を評価するものである。

（『国文学』第二十三巻第十号、昭和53年8月）

六　近世文学に原話をもつ紅葉作品二種

――『関東五郎』・『東西短慮の刃』ノート――

尾崎紅葉が古今東西の文学を広範囲に渉猟して自己の文学の形成につとめたことは、もはや周知に属するところである。しかしながらその様相の具体的な解明が尽くされたわけではないことは、紅葉研究の現状によっても推測されよう。紅葉も近代文学の出発期の作家の一人として近世文学に多く触れて育ち、とりわけ西鶴に傾倒していたことも周知のところで、近世文学に求める紅葉文学の出典研究も、当然ながら西鶴に集中するが、ここでは西鶴以外の分野から、未翻刻のためにほとんど知られていない原典を紹介したい。

1　『関東五郎』の原典

『関東五郎』は、『我楽多文庫』の後身の一つである週刊雑誌『小文学』の一号（明22・11・21）から五号（明22・12・19）まで、五回にわたって掲載された紅葉の初期短編である。この作に原話のあることは、山崎麓[1]・柴田宵曲[2]の両氏がかつて報告されたが、その本文『東遊奇談』巻二の第三話「栗橋の任侠」は、まだ知られるに至っていない。原典の書誌的な解題を略記して、本文を掲げる。

半紙本　五巻五冊

外題　諸国奇談　東遊奇談一―五

内題　東遊奇談　巻之壱―五

柱題　　　東遊奇談
序・署名　東遊奇談序……南谿子誌
板下・挿画　筆者・画工ともに不明。のんびりとしたユーモラスな挿画である。
奥附　　　寛政十三歳次辛酉初春
　　　　　　　　　　八幡屋金七
　　　　　　　　　　萬屋九兵衛
　　　　　皇都書林　秋田屋藤兵衛
　　　　　　　　　　品村太兵衛
　　　　　　　　　　著屋儀兵衛

各巻、目録一丁を含み二十丁前後（巻一のみ惣目録二丁を附加）。収録話数全五十四話。序文によって、作者が橘南谿であることは疑いなく、前著『東遊記』（寛政七―九）・『西遊記』（寛政七―十）の類作である旨を述べている。内容は表題どおり、関東・東北の巷説奇談である。巻四の五「石巻の貞婦」を例にして内容の一端を示す。――石巻の湊のさる武家の美しい娘が、同じ家柄の男を恋い、媒をえて忍び会う仲となったが、妊娠したことを恥じ身を投げて死んだ。男も媒をした女もそのあとを追って淵に身を投げ、人々は、さすが武家の育ちと彼らの健気さに涙を流した。――作品を通観するに、話の内容文体とも調子の低いものである。

（原文は句読点がなく、若干のふりがながあるが、以下の方針で翻刻した。⑴句読点と会話部分の「　」をつけた。⑵ふりがなは若干省略した。⑶当用漢字に近い字体は当用漢字に改めた。⑷濁点などに原文の誤りと思われるものがあっても、原文のままにしておいた）。

栗橋任侠

日光街道くり橋といへる所に、角屋の何某といふ角屋敷引まはしたる旅人の休み茶屋あり。此家の妻女、媚かたち人にすぐれて、愛寵よく気さくなれば、ことさらに名高く賑ひけり。こゝに江戸本町何某の手代嘉蔵といへるもの、幼年より旧功なして首尾よく主人のいとまを乞ひ、本国下野鹿沼といふ所へかへる道すじなれば、角屋に足を休め、たべものなどとゝのへつゝ妻女が艶色に見とれて腰をぬかし、すでに時をうつしけるが、妻女の手まへもきのどくと思ひきり、しほ〳〵笠をかふり、調度のものを背になして出てゆく。はや日は西山にかたふき、こゝろ朦朧として、煩悩のおもひます〳〵さかんなり。四五町ばかり過れば月代所あり。こゝに入りて、髪月代などしつゝかの女の行状を聞ば、きはめて貞女なりといふ。さてこそとおもひ、「此所に口利男達或は訳しりのたぐひなどありや」とたづぬれは、「関東屋五郎とて通りものあり。こゝの出入かしこの喧嘩などはいふもさらなり。何につけ角につけいかなるむつかしき事も、此男をさへたのみてとりあつかへば、誰にもあれいなといふもののひとりもなく、一寸もあとへ引ぬ人のよく知りたる男なり。これより二丁ばかり南に関東屋といふ宿屋なり」とかたりければ、嘉蔵よき事を聞たりとかの五郎が宅をたづね行、先こゝに宿をとる。日暮て酒肴などとりとゝのへ、あるしを呼でちかづきに成り、其後声をひそめていふ。「我は江戸本町何某がもとに幼少より廿年の奉公して、此たび親里へかへるものなり。何を隠さん、角屋の妻女を不斗おもひ初て、まことに一命もくるしきほどなり。さればとて人の妻女に邪のおもひをかけんことそらおそろしと、我ながら心をいましめ、仏神にちかひをたてゝ、ふつ〳〵思ひわすれんことをねがふといへども、たゝまぼろしに見へて恋慕のこゝろ止みがたし。こゝに主人何がしより金子百片、親の跡を立るためとてもらい、又外に年比溜置たる金子三十片あり。ねがはくは此三十片の金を彼女につかはし、何とぞ一夜ひそかに吾念をはらさせ給はん手だても有間敷やと、そこの御気質を見込んでかく大事を明し申すなり。あはれ御身よきにはからひたまはれかし」とわりなく申ければ、五郎吐息(といき)して、かしらをかたぶけ手を組(くみ)て、「いろ〳〵と思ひめぐらすに、世の中に色に迷ふといふも、人の花にこゝろをかくるも、なきならひにはあらねど、いとけなきより靍(つる)の栗をひろふごとくためたる金にかへてもとおもひつめ、われを頼めるこゝろざし、おしはかり、おもはずかんるいを催せしなり。まづこよひはまち給へ。あすはいかにもすべき」などいひなくさめ、納戸(なんど)のかたへ出けるが、まことに人の命をうしなふ事は恋路のならひなれば、今宵のうちも気遣ひと思ひ、やがて角屋へはしりゆきあるじにま見へ、この事をひそかにかくと語りければ、あるじは思ひもふけぬ三十金に心くれ、ともかくもとうちうなづき、妻をまねきいひ聞せは、もつての外に腹立(ふくりう)し、あるじをのゝしり恥(はづか)しめ、涙ながらにあらそへば、いろ〳〵と理解を説(とき)、おとしすかしていひふせける。是非なく妻女は泣(なく)〳〵も五郎が宅へ行けるに、五郎足ばやに我家へかへり、直に二階へともなひてかのまれびとに引合せ、おのれは一間へ退きけり。良更(やゝふけ)過るころ、かの女二階より下りて五郎をおこしければ、何ごとかはとおどろきて立出るに、女しとやかに手をつかへて云。

「御身今宵の媒(なかだち)にてはからぬ縁をむすびたり。吾つら〳〵思ふに、夫何がしはむまれつきいやしく、あくまでもこゝろつれなし。二世かけてつれ添ふ妻をだにかくのごとく人手にわたし、否(いな)といはゞ去るべしなどいひてこゝろたけ〴〵し。今にも今宵の金に一倍して斯(こう)といふ人あらば、それにも心かたむくべし。さるにてもかの客人(まれびと)は、それに引かへ、そこばくの金を我為に費し、身にあまれる真実をつくし給ふ心とは天地黒白(こくびやく)のちがひなり。されば人の一生は身を修むる外なし。とても女の操を立るならば、かゝる実(じつ)ある人と夫婦に成にはしかじ。急ぎ夫のいとまをとり、わがねがひをかなへてたべ。さもなくば命を捨(すつ)るともふたゝび角屋へはかへるまじ」と泪ながらに申ければ、五郎は道理にかんじ入、男泣にさしうつむいて居たりしが、げに尤(もつとも)と思ひつゝ、「今はとゞむるともとゞまるまじ。されども心よくいとまはいだすべからず。我思ふむねあれば、夜あけぬうちに落行べし。かまへて気遣ふ事なかれ」とやかて二人をおとしやり、始終の様子こま〴〵とかき認めて金子をつゝみのこし置、終に五郎は腹切て死たりける。天晴男一疋とおしまぬものはなかりけり。

『関東五郎』は、量的には原話のほぼ四倍であるが、そのプロットには何らの加工も見られない。文体を西鶴風に改めて具体的な描写を試みている点と、上中下の三章に分けることによって平板な叙述に休止や飛躍を設けている点が、目につく大まかな差異である。手代嘉蔵の一途な恋慕の姿には、『好色一代男』巻五の一「後は様つけて呼」の吉野太夫を慕う小刀鍛冶を思わせるところがあり、茶屋の女房が嘉蔵と枕をかわしてから急変する女心の不思議も、『好色五人女』巻三「中段に見る暦屋物語」のおさんの心理と通うところがあるようだ。当時西鶴風な文体の修得を心がけていた紅葉は、幾分西鶴物に似た人物の登場するこの話を見つけ、文体の練習を主意にして書き改めてみたというのが、『関東五郎』ではないであろうか。原話に対して何ら新しい解釈や附加の試みが見られず、単なる翻訳にとどまっているのである。しかし子細に差異を検討してみると、紅葉の目のつけどころが幾分動いているようである。それは、原話の茶屋の夫婦はついにその名を記されないが、翻訳にはお米・仁助の固有名詞が与えられている点である。

　奇談は珍奇な事件や人物を伝えるものであり、原話が読者に伝えるのは、妙なことから死を選んだ関東の一侠客なのだ。それゆえ侠客以外の登場人物は、副次的な存在であり無名の〈何某〉で事足りる。しかしこの原話を読む者は、誰しも印象の分裂をおぼえるのではなかろうか。珍奇な存在として侠客が主人公であることは認めるとして、侠客以上に強い印象を茶屋の女房がもたらしていると思う。これは、彼女の言動を具体的に会話によって叙していることからもわかるように、原作者自身が無意識のうちに彼女を主人公として引き入れてしまっていることによるのであろう。ひとつの事件の主人公が茶屋の女房であり、その事件から別の事件が誘い出されてその主人公が侠客であるというふうに、この話は奇妙な接合をなしており、両者への感動はまったく異質のものなのである。しかし原作者は、強引に侠客の方だけを奇談として整理し、〈天晴男一疋とおしまぬものはなかりけり〉と収めたのである。奇談ならばそれもゆるされよう。だがこうした互いに異質な感動の存在は、短編小説としては致命的な欠陥でしかありえない。西鶴風な翻訳として幾分安易に筆を執ったかもしれぬ紅葉も、茶屋の夫婦に固有名詞を与える結果となったのは、原話に占めているこの事件の位置を無視しえなかったからであり、紅葉は、仁助の非人間的な言動を克明に描き、お米の苦悩と変心を必然化すべく筆を運んでいる。こうして茶屋の女房は、貞女の虚名を捨てて忍従の結婚生活を否定し愛と自由を求める女としてより具体的に形象化され、主題的に表面に出てきたのである。おそらくこのことを紅葉自身は深く意識してはいなかったであろうが、翻訳を試みる過程で、原話の短編小説としての欠陥に触れて思わず進み出てしまった紅葉の本質の一端と見られるのではなかろうか。こうなれば、侠客の行動などはもともと奇怪であるが、軽率笑止なピエロの位置に後退すべきが当然であろう。だが紅葉がそのように侠客を扱わず、何ら原作を希釈してもいないことは、『関東五郎』の表題によっても明らかである。その結果は、〈惜しや、上州の名物、一度に二ツなくなしけり〉と終ることとなり、作品の分裂を一層表面に出すこととなってしまった。未整理な原話の奇談を短編小説化するに際して、方法の欠除が招いた失敗作ということになろう。だが、このようにお米の生き方の発見を焦点にして主題化する道もとりながら、不可解な侠客の位置もそのままに生かそうとしたところに、紅葉の精神が図式化されて示されているように思われる。いささか性急にすぎるようだが、人情と誠実を基本にして生きる庶民のモラルの肯定、そうしたモラルを通じた金権への反発、さらには反権力的な姿勢の擁護といった傾向をお米から読みとるのはゆきすぎであろうか。一方、侠客の讃美は、原話・翻訳ともに同質のまま不可解というほかないのであるが、責任と義理を果たすためには死をもいとわぬという侠客の一般性を肯定讃美するままに、小説の方法を忘れて原話に引きずられたものかと思う。こうした両面の傾向を裏づける紅葉の実際生活についての記事・逸話も周知のところであろう。

『関東五郎』に言及して、塩田良平氏[3]と西尾能仁氏[4]に論がある。塩田氏は、〈作者の恋愛観又は女性観はプロットの奇を重んじる余り、低劣を極めている〉と酷評され、西尾氏は紅葉文学を無思想とする批判への反論の好材料としてこの作を挙げ、封建的貞女意識を放棄する〈お米の行動に紅葉の思想が語られているように思われる〉と肯定的に述べておられるが、両氏の論は原話との比較においてなされていない。塩田氏の論は高い視点に立つ絶対評価としてそれなりに正しいが、原話と比較すれば、幾分紅葉に同情しての評価がなされてもよいように思われるし、西尾氏の論は拙論の指向した方向とほぼ同じ結論であるが、紅葉の執筆意図を推測して考えると、この作が純然たる創作ではないだけに、俠客の位置づけなどを女性解放という具体的な問題と同列にして紅葉の思想に含ませることは深読みにすぎると思う。原話の欠陥によって翻訳の際に露呈した紅葉の傾向程度に押さえる必要があろう。

2　『東西短慮の刃』の原典

『武蔵の名香／アラビアの林檎 東西短慮の刃』は、『読売新聞』(明33・1・23、24、26—31、2・1—5)に十三回にわたって掲載された紅葉の後期作品である。二部仕立ての話で、原典については、紅葉自身が本文の最初に述べている。それによって確かめると、後半の「アラビアの林檎」の部は、『千夜一夜物語』(角川文庫本)の第十九夜「三つの林檎の物語」の後半部にあることが確認され、前半の「武蔵の名香」の部が、以下に示す『本朝諸士百家記』巻八の第一話「花房杢之丞短慮の事」と、同第二話「箕嶋富右衛門虚言にて人をころし身を果す事」である。紅葉は第一話の題のみを記しているが、両話はもともと一連の話なのである。前例と同じく『本朝諸士百家記』の解題を略記する。

外題　正説絵入聞書 本朝諸士百家記一—十

大本　十巻十冊

内題　本朝諸士百家記（目録）前集
柱題　日本諸士百家
序・署　名　本朝諸士百家記序　前集　……
　　于時宝永第五乃天孟春中旬
　　　　浪華津誹諧僧文流撰之
跋　有り（略）
板下・挿画　筆者・画工ともに不明
奥附　宝永六巳丑盛夏下旬
　　　　江戸日本橋南壹丁目　須原茂兵衛
　　　　大坂本町壹丁目松寿堂　萬屋彦太郎

各巻、目録一丁を含み、二十三丁前後。各巻に三話から五話を収め、合計三十八話（ただし二話が連続して一説話になるものもあるが、見出しの数をあげた）。目録による題名には、話の段落による見出しをつけている。

　武蔵国花房杢之丞短慮の事
　　杉森奥右衛門娘の事
　　角田川舟のあそびの事
　　名香雪の下水の事
　同箕嶋富右衛門虚言にて人を害（ころし）身を果（はたす）事
　　杉森奥右衛門早まって娘の首を討（うつ）事

序文によって、作者は俳諧師・浮世草子作者の錦文流であることがわかる。病気保養で堀江に幽居したつれづれの間の、『宇治拾遺物語』にならった浴客の話の聞書であり、特に武士の行為に感ずるところあってそれを集めたものという。内題下にも〈前集〉とあり、後集十巻の稿ができていることも序文に記されていて全二十巻となるはずであったが、後集は板行されなかったらしい。体裁・内容・挿画すべて浮世草子の様式である。題名によって内容を察し得るが、必ずしも武士精神を讃美したものではないことは、掲載の本文によっても明らかである。

（原文は中黒点〈・〉を句読点に用いており、若干のふりがながあるが、翻刻に際しては、原文の句読点を現代的な表記に改めて補ったほかは、前掲「栗橋任侠」と同じ方針によった）。

花房杢(はなぶさもく)之丞短慮(たんりょ)の事

宗祇順国の方角抄にも、鎌倉より奥州へ下るに、先(まづ)武蔵へ出る也。武蔵野といへるは、鎌倉より五六里北にあたる国中(こくちう)に山なく、秩父山の嵩(だけ)は西の端也。其勢(いきをひ)勇者のいかつて立るがごとく、日本武尊(やまとだけのみこと)此山を美(び)し給ひ、東征の祈をなし玉ふに、兵具(ひやうぐ)をもつて岩蔵(くら)に納埋(をさめうづむ)。かるがゆへに武蔵と名付。大管(くはん)二十一郡、武門百ゝ歳もうごかぬ形をあらはす大上ゝ国也。此所に花房杢之丞といへる武士有。さいあひの女房は、同家中杉森(すぎのもり)奥右衛門といへる人の娘、七才十五才よりいひ名付有て、たがひ通ふ心づかひの、妹背の中のなか〳〵に、またたぐひなき中のよき夫婦ぞと、目出度はなしの指折に、三とさがらぬもの噂。観楽(ママ)きはまつて哀傷多しとかや、さいつ比より女房心ちわづらはしくなりて、いまだ床にもつく程にはあらねど、食絶(たへ)ものごゝろ細く、時ゝ絶入やうになり侍る。去(ママ)によつて、御手医者を申くだして、様ゝ病養をなすといへども、少も快気の色見へず。夫杢之丞もうき事に思ひ、昼夜(ちうや)病養のために心をつくしぬ。おつとつく〴〵おもひけるは、いかなる良薬にても中〳〵、幾薬を用たりとも、薬力ばかりにては此病本復すべきものとは見へず。もと気より生ずる病気なれば、鬱気のさんずる方便を思ひつくべしと、たゞ此事に心づかひをぞなしける。比は無水（ママ）月十日あまり、殊更土用前なれば母屋の甍も気をむして、病ぬ身にだに暑気にくるしむ。野遊芝居見物はかへつて病人のいたみなるべし、とかくは暑気もさんずるやうに水辺のあそび然るべしとて、家久しきおとなに長尾角左衛門とて六十餘の老人の有けるに、しか〳〵のよし申付、しかるべきわかたう中間中居こしもとはした者彼是以上十余人、御座船仕立つゝ角田川へぞうかべける。日終けしきを見つくし、暮に及ば両国橋の辺へふねをさげさせ、万遠慮がちなれば、かたよつてふねをつながせ、下〻共に酒くませ、夕げしきをぞ詠ける。もとより繁花の御地、丁人侍入まじつての船あそび、夜に入ては諸芸の有たけをつくし、花火を上る事おびたゝし。其形いろ〳〵にして、仕かけ様またまち〳〵にて、諸人めをよろこばしむる事也。傍なる外母のいひけるは、「諸方の船を見るに、いづれも酒くみ舞奏さま〴〵にぎはしく、興を催し心をなぐさみ候也。御心ちすこしすぐれ玉はゝ、琴にてもあそばせがし」と申上れば、女房心よく打笑、「まことに今日は世間を見はらし、鬱気もさんじけるにや、殊の外心もすゞやかに覚ゆ。いか様かた〴〵が酒たうべん肴なくてはかなはし。わらはか一手引て御肴をこそ申さめ」とてかきならす琴の爪音憂（ママ）ににやさしく聞へければ、外母角左衛門を初として中居はしたに至まで、「扨今日はお心もはれらかになり、いそ〳〵とお手に力の入けるにや、御爪音もいつにすぐれ、御顔ばせもうるはし」と、上下悦いさみをなし、又くみかはすさかづきの、数重りて興じけり。辺につなぎし遊船此爪音になりをしづめ、耳をそば立聞けるが、去とはやさしき爪音や、当時是ほど引人は、瞽にも又は素人にも類稀なる琴の音や、いかなる人ぞ見まほしと、多の遊船とり廻しさしのぞき是を見るに、二十餘の女中なるが、琴にむかひし俤の、少打傾たれば、こぼれかゝりたる鬢の端より匂やかに、ほのかなる顔ばせば、露をふくめる花の曙に静なる風のおとづるゝばかり成。いとなよやかなる風情、見る人心をうごかして、見ればおつとも親も見へず、並居たる老若の男女はみな下〻とこそ見へ侍れ。扨は好色のいたづら後家、我も夫をおもひ川、さそふ水あらばいなにはあらぬ風なるぞ、一あてあて見よなんどいふ程こそあれ、陽気最中のわか侍ども、人を人とも思はぬか、酒には酔ぬ我をわすれ、「只今の御爪音またあるべきとも思はれず、今一曲所望也。生前の思ひ出なるぞ、あそばせ、聞かん」との〻めきあふ。女房こは折悪とや思ひたりけん、琴をかしこへなをさせ、高蒔絵に忍書たる香箱をとり出させ、夫李之丞大守より拝領せし雪の下水といへる名香、ぬしなつかしと焼しめて、独たのしむ心づかひ、斯遊興の其中も、夫をわすれぬ賢女の心頼母敷こそおもほゆれ。傍の船の乗人共、焼しむる香のくゆりに、いよ〳〵おもひこがれ行こゝろをふねにうちのせて、「是は聞ふる名香のかほり、ゆかしく忍ばしく斯推参を仕る。一焼所望申たし。こゝへも又はかしこへも」と後には舟に乗うつり、既狼藉におよふ。角左衛門を始わかたう中間共、堪忍ならしとおもひ定、反をうつて中にへだゝり、「是は去人の女房、病気養生のため漸すかし出けるに、誑惑の奴原。のがさぬやらぬ」とひしめくを、女房暫とおしとめ、「さなせそ、かた〴〵御酒の上ぞ。万は我にまかせよ。尤香の御所望なれば狼藉なりとは申されず。能もあしきも存せねと、名香成とておくりしは、一焼ならで候らはず。まいらせ上む人〻は大勢御入候へは、是をどなたへしんぜん共、わらはがさし図はなりがたし。かたみうらみのなき様に川へ捨るぞ。たれ成とひろひがちよ」と香箱を川面へなげ捨れば、みなめん〳〵が船共へ乗うつり〳〵、我よ人よとひしめく間に、燈火共を打けして漸かしこを漕ぬけぬ。多こみよつて狼藉雑言しつる船の中に、火をも燈さずしめやかなる船の有けるに、彼女房の捨たる香箱はとゞまりぬ。此船には徳つきて、いよ〳〵静に漕のきぬ。あやうきをいとはず狼藉雑言しつるふねには、徳つかぬのみか、友喧吼して多の道具を打わりぬ。李之丞が女房はあやうき場をしのぎたりつれど、ものさう〴〵しさに気上りて、薬をのみつあんましつ、心をしづめて養生す。角左衛門を始わかたう共、達（ママ）て申せば御病気のさはりとも成候はんと堪忍の胸をさすり、「是までは御船をしりぞけたれ共後日に聞へては侍の一ぶんたゝず。所詮屋敷へ帰ての後は御断にもおよばず。いづれも切腹をとぐべきの間、かね〴〵覚悟いたさるべき」と云合すを、女房ものごしに聞て、「かならす切腹無用たるべし。かた〴〵切腹いたす上はわらはも生る心でなし。死する命はおしからねど、おつと杢之丞どの一分たゝず。先程相手取して死すべきとおもひつれど、おつとの一ぶん立んばかりに、秘蔵の道具を川へすておんびんにしりぞきぬ。もとよりも名は名乗らず、いづれのたれとも知れざれば、杢之丞どの御名も出す。立帰つて何茂切腹いたさんとは、還（ママ）て事を好の道理。せつかく堪忍の胸をさすり、是までのきたる甲斐はなし。わらは立帰つていはざれば誰知るものもなき事ぞ。かならず〳〵此事におゐては一座切にてさたなし也。とかくせば夜も更べし。夫の思はんもいかゞ、疾して船をつけよ」とて、万とりしたゝめ水主を呼て、酒なんどのませ船賃とらせ、事なきていにて屋敷へかへりぬ。女ながらも物に動ぜす、香箱一つにて事をしづめ、多の命つゝがなく、夫の家名穢さゞるとんちの程こそいみじけれ。

箕嶋富右衛門虚言にて人をころし身を果す事

有夜杢之丞御城内の泊り番に上りぬ。番組以上五人、降つゞきたる秋夜の雨、あわれさまさる物がたり或は又心ちよき噺、軍書の評判あたらしき述作物のうわさ、誹諧のまへ句付、とりまじへたる浮世噺に長き夜の徒然をなくさみ、明るわびしきかづらきの神の交より、下は賤山がつの色事まで、ある事ない事噺程に、何も歯の根はあはざりけり。しかれ共杢之丞はたゞ女房の病けるを心ぐるしく思ひ、おかしき噺に気ものらずにが笑してぞ居たりける。其詰番の一座に箕嶋富右衛門といへる武士有。一家中のさたに乗たるおどけもの、古今無類の噺上手。杢之丞が心のうかざるを気毒がり、「去とては杢之丞、何をはなしても気のうかざるは、一座の不興、噺人のめいわく也。併今一つこゝに新敷心も浮立噺あり。すなはち拙者が身の上神もつて偽のなひ色咄の実事、どうもいはれぬ面白ひ事也」と、気をもだすれば一座挙て是に興じ、「とかく噺に道行の長ひは、ちか比もつて噺の疵也。急でかんもんのぞつとする所をはやう噺て玉はれ」と、一つ所へせゝくりより、顔をならべて催促す。時に富右衛門扇をもつて席を打、「何も騒がず神妙に心をしづめて聴聞あれ。去六月十四日の夜、非番を幸に暑気をしのがむため、両国橋にて船をかり、少ゝ小竹筒を入させ人をもさそはず、僕壱人ひそかに花火見物と心ざし出けるが、いふはかりなき夕けしき思ひ〳〵の仕出しぶね、数をつくせし其中に、ぢんじやうにかざりたる御座船一艘つなぎとめたり。さしのぞき見るに、年の程二十餘りと見へけるが琴かきならして、座せるさま又も有べき俤ならず。たとへは絵に書る源氏優婆塞の宮の御娘、少真木柱に居隠れて琵琶を調玉ひしに、雲隠れしたる月の俄にいとあかくさし出たれば、扇ならでもまねくべかりけりとて、撥を上てさしのぞきたる顔つき、いみじく﨟闌てにほやかなるけしきも斯やあらんと、めかれせず詠居けるに、親夫とおぼしき人も見へず、なみ居たる男女はみな下ゝ也。扨はたよりあしからじとおもひ、俄にとり調て提重一組菓子一折柳一樽を送りぬれば、さゞやかなる女の童して、『どなたかはぞんせねと、おぼしよりてのいろ〳〵、殊にこゝら聞なれぬ名酒、独たうべんも御のもし。こなたもつれ〴〵にくらしはべる。こなたへ御入あれがし。夜とゝもさゝ汲む』との口上。聞に心もうきたち、よる瀬の浪に袖ぬらす一村雨の雨やどり、一河の流をくむ酒も、是みな他生の御縁かたしけなき御使と打つれ、船に乗うつりやゝ暫酒くみかはす。折ふし、富士の山下風か我恋風や吹すさひけん、燈火の打しめりぬれば、是はよき便かなと、おもへといかゞ便べきつてもなきさの蜑小船、こがれよる瀬もあらしふく、袂さむしと御手つから舟側の障子をはたとさし玉へは、有つるこしもと中居共は、間の襖をさしむかひに二人置てぞ入にける。今はいつまてとおもひしし〳〵といだきつき奉れは、わさとならぬ衣の香のこぼれかゝれるごとくにて、打かけの衣をおほひ玉ひ、有つる琴をかきよせて、ふたりふしたる長枕。わりなき事共の数ゝも、『はや夜も更なむに、御いとまを』と申たりつれば、よは〳〵としたる御こはねにて、『又のちきりはしら露の命もあらばあふ瀬まで、是を筐（かたみ）に見よがし』と、忍ぶ書たる香箱に雪の下水といへる名香を玉はりぬ。香箱は宿に残し、名香は是にさむらふは」と、香包（かうづゝみ）を取いだしいたゞき、人にもいたゝかせ、「そのかたじけなさ、一生にか程の色があらふか」と、もとより噺は上手也、自然と得たる香箱にたよつてはなす。心ちよき一座も興に乗じつゝ、「むかしは知らす、今の世に斯（かゝ）る色事有べきか。扨〻希有の果報ものや。あやかりものや」と手をうつてうらやまざるはなかりき。李之丞此はなしを聞（きく）とひとしく胸ふさがり、にくき女が心かな。誠にいとけなかりしよりいひ名付有夫婦の中、おさななじみの夫をすて、君傾城のなすごとく知らぬおつとに枕をならへ、斯るしはざは何事そ。現在の密夫（まをとこ）を眼前（がんぜん）に置なから、助置（たすけをく）べき様はなし。討（うつ）てすてんと思ひしが、いやまて暫（しばし）、はやまつて事仕損じては恥のはぢ。殊更にくき女にも面恥（つらはぢ）かゝせ、其上に何とぞ仕様も有べきと、さらぬていにて李之丞、富右衛門が背（せな）のほとりほと〳〵と打つれて、「最前より病気ゆへ御噺共が身にそはず。ちか比不興におはせんか、只今の御噺で気もいさましう面白し。同し男に生れても、色あひきやうといふものは是非にをよばぬものにて有。さりとては御手柄や。扨それにつき、明日は私一家の女中、きやくもてなさんずる興もなし。幸（さいはい）拙者も大守より先年名香はいりやうし、今にたばいて所持いたす。其香箱にて十種香はじめ、何とぞ一興催（もよふし）たし。ちか比大事のものなれど明日一日御恩借（をんしやく）申うけたく候也。ひたすら頼奉る」とおもひ入たる頼様（たのみやう）。「何が扨〻やすき間の御事也。明日早朝此方よりもたせて進上申べし。女中方への御馳走には香にましたる事あらじ」と何心なくいらへして、又四方（よも）山のものがたりに夜はほの〴〵と明にけり。明（あく）れは李之丞番を替りて私宅にかへる。女房出むかひ、「いつ〳〵より過し夜の御番は雨中のつれ〳〵にて、一入夜長くおほされん」といとむつましきあいさつ。李之丞も何心なきていにて、「夜前の気色（きしよく）はいかゞおはしけるぞ。勤番のうちも心許なく思ひつるは」と、つねのごとくにあしらへば、女房も何心なき様にて入ぬ。果して富右衛門方より、御約束のものなりとて香箱を送りぬ。

李之丞見るに付ていよ〱妬しさいやましのおもひにほむらを焼添、松煙をすり流して一通を書記し、香箱に包添重て女房をまねきよせ、「大守の御ために付て、其方親奥右衛門殿へ申合す事あり。拙者直に参て申入べけれと、箕島富右衛門に急にあはねばならぬ事也。其中此文を持て奥右衛門殿へ参られ、返事を取て帰らるへし。わかたう共にもふかくかくせは、ひそかに渡申されよ」と封じたる文香箱を相わたせば、女房何の心もつかず乗物こしらへさせて、忍やかに親奥右衛門方へ忽ぬ。何事やらんと一通を披見するに、

女房おやつ事、箕嶋富右衛門と密通仕し段、紛これなく候事。去六月十四日の夜船遊に事よせ、舟中にて富右衛門に枕をならべ、又あふまでの筐にと此香箱をおくりぬ。是より事露顕いたすによつて、証拠のため相添遣し申候。

斯のごとくの文躰、奥右衛門娘を呼で僉義(ママ)もなく、かうべをはね、首桶に入て李之丞方へおくりければ、一目見てはら〱と泪をながし、「さりとはつれなき女のしわざ。おのればかりはさは有まじきとおもひつるに、扨頼れぬ女や。なれる果こそ浅ましけれ」と、衣によくつゝみ挟箱に入させ、富右衛門方へ行て御目にかゝりたきよしいひ入れば、よくこそとて出合ぬ。李之丞挟箱を取よせ、「是は貴公の御好物に候ゆへ、おくりまいらするぞ」と取出して見せければ、去六月十四日の夜よそながら見し女の首。「是は」といふを、「不義者め、のがさぬ、やらぬ」とぬき討に、小げさにづかと打はなし、のつけに返すを引ふせて、にくし〱ととゞめをさし、其身も上に乗かゝり、腹かきやぶり死てけり。それ車は三寸のくさびをもつて千里を遊行す。舌は三寸のあやまりを以て五尺の身をはたすとは手習子共も口すさむ語也。これをさへ知らぬ箕嶋がもんもう、舅奥右衛門が不僉義、聟李之丞が麁相。いやはやとかうどうも。

以上のように、原話はかなり長いけれどもよくまとまっており、紅葉はこの原話を口演で語っているのみで、原

話の枕の部分の省略と、場面に応じて茶利の多い会話を加えているほかは、ほとんどプロットには手を加えていない。差異と言える個所は次の二つである。一つは、密通を知らせる文を読んだ奥右衛門が〈娘を呼で僉義もなく、かうべをはね……〉とある部分を、紅葉は、父が娘の首をはねる前に娘に証拠の品の香箱を突きつけ、娘が顔色を変える場面を加えていること。次に、李之丞が妻の首を持って箕嶋を訪ねた時、首を見た箕嶋は、〈去六月十四日の夜よそながら見し女の首〉と、首の人物に見覚えがあるのに対し、紅葉は、〈是はと驚いて見れば、見識らぬ女の生首〉とかいもくわからぬというふうに変えていることである。改変によって、前者には、娘の父をしててっきりと確信させる効果が生じ、後者は、ただ呆然とするばかりの箕嶋を切る李之丞のそこつぶりをより明らかにしており、いずれも原話の人物像を効果的に表現していると言えよう。

紅葉は筋の凝った構成に関心を寄せるストーリーテラーの一面をもち、ここにもそれが見られるが、『東西短慮の刃』は、原話との比較考察をはなれて別の意義をもっている。一つは、講談の改良と、紅葉自身の言文一致の方法ではなかったかという点であり、いま一つは、紅葉の比較文学的な関心の端的な現われであるという点である。

明治三十三年元日より『読売新聞』には、諸家の講談『口演百譚』が掲載された。元日には高田早苗の「開会の趣意」が掲げられているが、それによると、近年の講談は落語と変わらぬ質の低下をきたしているので新しい内容によって講談を復興し、一般の道徳意識や教養の向上をはかる通俗的な耳学問にしてゆきたいと述べている。この学者講談会の発会初演は、読売の掲載予告（十二月十八日）によって、十二月十七日以前であり、紅葉の文中にも〈歳末の事とて……〉とあるので十二月中であることは確実だが、何日にどこで行なわれたのか私はまだ突きとめていない。この日の顔ぶれと演題は、坪内逍遙「孔子とソクラテスの教訓法」・巌谷小波「架空旅行」・長田秋濤「大那翁の臨終」・池田晃淵「兎の吸物」それに紅葉のこの作であった。紅葉はこの講談に関心を寄せており、一月中に開かれたと考えられるが、牛込清風亭での第二回の会では「月下の決闘」（『読売新聞』明33・3・2―25、十五回）を口演している。第三回は三月十一日、場所は同前。この時は紅葉は演じなかった。第四回ということになるのであろうか、四月に入って川上眉山宅で行なわれ、この時紅葉は「茶碗割」（『新小説』明33・5臨時増刊）を口演した。その後どうなったのかは、記録されたものを見ていない。

こうした講談会に積極的であった時期と重なって、明治三十三年三月に言文一致会が発会式をあげており、紅葉は言文一致になお飽き足らぬものを感じながらも参加して、十一月の例会で演説している。(5) 遺稿となって発表されたが、「言文一致論」（『新潮』明38・12）の中で紅葉は、〈言文一致体は寧ろ素話の上手なのを聞く想がある〉と述べている。このことばは、前記講談を、上手な素話の速記によって言文一致体の完成をはかった試みとして解しうる方向を示しているように思われる。とにかく紅葉は『金色夜叉』執筆のかたわらも新しい口語文体の実験をしていたのである。

紅葉が説話の類似に非常に興味を感じ、影響関係を考えるなどの比較文学的な関心をもっていることは、初期の翻案『やまと昭君』（明22）の序文にすでに見られ、この講談でも東西の作品の趣向の類似を説き、源泉や伝播についての推測を述べているのである。『東西短慮の刃』はすでに示したので略すが、「月下の決闘」では『太閤記』の一節と米国の雑誌小説（不明）を対比し、「茶碗割」(6) においては北条団水の浮世草子『昼夜用心記』巻六の一「子をおもへば昼の闇」を述べ、その後『偽金』（『新小説』明35・1）において、「茶碗割」の下編のかたちで清代の奇談集『咫聞録』巻九に収める「嫁禍自害」を語って比較している。

以上は紅葉文学の典拠が広範囲に存することのひとつの実証であり、気づいたことの若干を添えた研究ノートである。『関東五郎』によってもわかるように、翻訳に近いものでも紅葉は原拠についてほおかむりしていることがあり、『七十貳文命之安売』（明24）などもおそらく近世の奇談か雑録に原話をもっているであろう。

注

（1）山崎麓「紅葉の『関東五郎』其他」（『解釈と鑑賞』昭13・8）
（2）柴田宵曲「藻塩草：焼直しの『関東五郎』」（『日本古書通信』132号、昭29・4）
（3）塩田良平「尾崎紅葉―巴波川・夏痩・関東五郎―」（『近代の文学・前期』日本文学講座Ⅴ、昭30、河出書房）
（4）西尾能仁「紅葉文学における思想性」（『言語と文芸』73号、昭45・11）
（5）山本正秀「言文一致と尾崎紅葉」「『紅葉山人の文章談』について」（同氏著『言文一致の歴史論考』昭46、桜楓社）参照。
（6）岡保生「露伴、紅葉と『昼夜用心記』（『学苑』昭47・1）

（『香椎潟』第十七号、昭和47年3月）

II　近代説話と紅葉文学

一　近代の説話と文学

——留学生の情事をめぐって——

1　明治の三面記事から

ある研究の必要から明治二十年代の『読売新聞』の雑報（三面記事）を調査していた際に、つぎのような記事が目にとまった。

A明治二十六年二月七日の記事（原文は総ルビで句読点はない）

○伯林の少女日本の貴公子を慕うて来る　去る二日の夜、神戸入港の仏国郵船に乗り来りし独逸伯林の婦人アンギール、リーブ、キウエン（十九年）といふ美少女は、同港海岸の熊谷に宿りしが、其夜同行したる日本人平原某と声高に云ひ争ひし物音図らずも巡行巡査の聞く処となり、頓て二人に就きて争論の仔細を聞き糺せば、此美少女は、其以前同地に留学したる我邦の貴公子某の黄人種に珍らしき色白の好男子なるに心をよせ、人知れず想ひのたけを打ち明かしたるに、貴公子素より厭にはあらねど、親の許しなき不義淫行はなり難し、此よし故郷の両親に申し聞け許しを得たる其上にて公然結婚せんとの言葉に、美少女いよ〳〵頼もしく思ひ、貴公子が故郷に送りし手紙の返辞今日か明日かと待ちこがれし其甲斐もなく、貴公子は故郷日本に去りがたき用事出来たりとて急に帰国する事になりしかば、少女は悲さ遣る方なく涙に眼を泣腫し、貴公子出立の当日は停車場まで送り来て、出でゆく汽車の見えずなるまで足爪立てゝ見送りしが、其後も貴公子よりの音信を泣きの涙で待ち暮すうち、予て知己なる同地留学の日本人東京麹町区の平原某（三十年）が医学の修業を卒へて帰国すると聞くより、少女は両親の許しを得て、辞(いな)む平原に無理にすがり日本へ同道する事になり、さて海上恙なく神戸へ着きて東京はと聞けば、是より百五十里汽車にて東へ一昼夜走らねばならぬとの事に、少女はいよ〳〵貴公子の事慕はしく、神戸に足を留めず直(すぐ)に其夜の汽車に乗りて一時も早く東京に着き彼(か)のお方に逢ひたしと平原を促がせども、否々(いないな)こゝまで来れば東京に着いたも同様、船の中にて永の間身体(しんたい)をもまれし草臥(くたびれ)をせめては一夜こゝにて休め東京へ向はんと云へど、少女は承知せず、是非とも今夜出発せん、否(いや)さうはならぬとの争ひより、図らず声高になりしと知れしが、幸ひ其夜横浜へ向け出帆の汽船ありたればそれに乗り込み東上したるよし、其後の模様は未だ知れず。

ドイツに留学していた日本人との結婚を願い、はるばる日本まで追ってやって来たベルリンの美少女――というこの記事は、近代日本文学を少々かじった者には、まったく興味のないものでもなかろう。いうまでもないが、この記事は森鷗外の『舞姫』（明23）の背景となった事実に酷似したところがある。明治二十一年九月満四年にわたるドイツ留学を了えて鷗外は帰朝したが、その直後にかれを追って来たひとりのドイツ女性があったことは、あまりにも有名な話である。

もっともこの新聞記事は、それから四年半もたっており、鷗外の事件と直接に関係していないことはいうまでもない。しかしそれでもこうした記事によって、『舞姫』がただに鷗外個人の体験や夢にとどまらず、狭いながらも同時代の現実社会に根ざしていたものであることがわかるのである。それにしても、このような事件はごくまれにしか起こらないものであろうから、『舞姫』は、やはり鷗外の特殊な体験に基づく特殊な世界を描いた作品というべきなのであろうか。

話は飛ぶが、先年郷里の母から知り合いの家で起こっていることとしてつぎのような話を聞いた。その家の一人息子の大学助教授がアメリカ留学を了えて帰国したのだが、青い眼の嫁さんを連れて来たという。二人は愛し合って向うで結婚式を挙げて来ており、親もどうすることもできず、そのまま親子いっしょに暮らしてはいるが、日常の会話も息子が通訳しなければならぬしだいであり、生活様式のいっさいもすっかり変わってホトホト困っているというのである。

欧米留学も外国女性との恋愛結婚も、今日では珍しい事件ではなく、一般的にはニュースにもはやなりえないのだが、それが身近であれば話題としてなお十分に生きているのである。鷗外の時代には特殊であったものが現代では一般化したのだといえばそれまでのようだが、時代の変化にもかかわらず問題の本質に普遍的なものが要素としてありそうだ。私はこの話を聞き、鷗外の事件を思い出しながら、そう感じたのだった。恋愛一般の問題にまで拡大しているのではない。欧米留学とその地での情事、さらにその問題の持ち越しということについて、問題の要素は自分自身のうちにも確かにあるという思いだった。それは、アメリカ帰りの身近の男が白人女性と結婚したことへの羨望であり、また迷惑しているその一家への同情という二点である。

今日は、鷗外の時代に比べて、様々な点で欧米と日本の距離はちぢまっており、外国女性との結婚による障害もはるかに少なく小さくなっているであろう。外国女性との恋愛・結婚という問題の一般化も、そうした環境的条件によるところが大きいといえる。そこで、鷗外の時代と現代との差も、こうした事件の数や程度の差の問題になり、事件を起こしたり、またその事件を受けとめる基盤となる情念の質は、まだいかほども変ってはいないのではないかという気がしたのである。

迂遠を避けていえば、要は、鷗外の『舞姫』を特殊な作品として眺めず、同時代一般の普遍的な情念の問題として見かえし、また現代にも連なる問題として考えてみたいということなのである。これは、『舞姫』が名作・問題作として評されてきたことへの一種の社会学的考察であり、また近代日本人の意識とその文学形象ということにふれるたぶんに重要な問題にもかかわってくるであろう。

近代化に際した日本人の対欧米意識については容易に論じ尽せないが、そういう問題の中で、まともに理論化されないで了った日本人の情念の問題に私は興味がある。この種の問題が表だった論にならないのは、卑俗な次元にかかわることも多いからであり、ひそかに語られる場合も多かったと思われ、またそれゆえにこそ日本人の精神構造を深部において規定し、文学をも規定する重要な問題だと考えているのである。

いささか正面きった述べかたをして、われながらたじろがざるをえないが、以下、近代日本の文学の考察のために、近代日本の情念の性質を求め、ささやかながらひとつの視点となりえるかどうかの手さぐりをしてみたい。

2　近代の生む説話

留学生の西欧女性との恋愛・結婚ということで、前記の三面記事や鷗外の事件や身近の噂話をあれこれ考えているうちに、私は、〈説話〉という観念に導かれていたのだった。

一般に〈説話〉や〈説話文学〉という語は、古典文学の研究に際し、その特定のジャンルや様式・方法にかかわる術語であって、近代文学の研究においては、古典文学研究の用法が適用されていない。叢書『日本の説話』全七巻・別巻一（昭49―51、東京美術）は、説話や説話文学に関して全時代にわたる種々の問題を考察しており、現今の研究水準を示すものかと思うが、その第六巻（昭49・3）を「近代」編に当てているものの、その内容が他の時代の巻と著しく性格を異にしていることに注意せざるをえない。それについては、同巻の巻頭論文である久松潜一「近代文学における説話の意義」に示されるが、氏はいささか困惑しながら次のように述べている。

ただ近代における説話をたどることになると、近代文学は描写を重んじ、現実的にものを視る点が多いので、近代文学から説話をたどることは別の視点を要するであろう。近代の説話という点ではなく、古代からの説話が近代文学にどのように扱われているか、またその文学的意義を明らかにする点にあろう。

つまり近代の説話の考察は放棄し、古典の説話や説話文学を素材とした近代文学作品という一種の再話（リライト）の文学の考察に限定しているのである。また第一巻（昭49・1）所収の阿部正路「説話文学とは何か」によると、〈説話文学とは日本の近代が既に見失ってしまったものである。けれども、近代日本文学史のそこここに《説話文学の世界》は認められる〉とあって、阿部氏は、「近代民俗文学論序説」（『国学院大学紀要』第7巻、昭44・2）で、古典時代の伝承や説話を採り入れている近代の数々の作品を指摘し、民俗が現代に生かされる可能性を論じようとしたのだった。

以上が現今の学界の通念であるかぎり、この「近代」編が、坪内逍遙から海音寺潮五郎に至る作家を、古典説話や説話文学に取材したかれらの作品で論じたものとなり、他の時代の巻がその時代そのものの生み出した説話を中心に論じているのに対しては、かなり性格の異ったものとなっていてもおかしくはないのであろう。近代が作家の個性を重視し、作品を個性的な新しさにおいて評価する従来の近代文学研究の方向からしても、むろん不当ではない。けれども久松自身すでに気づいているように、説話ないし説話文学の本質的な観点からすれば、むしろこうした近代文学における説話の扱いかたこそ特殊な扱いと言わねばならないだろう。再話文学は、説話文学の展開の一部であって、本質や主流ではなかろう。そして、古い習俗や説話の残影を文学の中に求めるばかりが説話性の考究であろうか。

要するに私は、古代や中世の時代が生んだ説話や説話文学があるように、近代という時代こそが生み出した説話や説話文学というものを、もっとオーソドックスに考えてよいのではないかと言おうとしているのである。近代文学の特性にとらわれて、説話文学の本来的研究の道を閉ざす必要はなかろう。それとも近代には説話が生まれないとでもいうのであろうか。私は、近代そのものの生んだ説話がまったく集められていないとは思わない。例えば石井研堂・宮武外骨・篠田鉱造らの著作を思い出すのだが、そうした説話と近代文学をからませて考えるという私見に見合った研究実績がなかったことは事実であり、やむをえず避けられているのであろうと解釈する。

考えてみれば、作家の個性や個性的作品のもたらす影響ということは、極言すれば、それらの作家と同程度の人間において意味を持つのであって、多大の影響といっても、圏外にあってはほとんど無に等しいことの方が多いかもしれないのだ。いわゆる近代文学史のエリートたちの同時代的意義も、文壇・講壇を去るところにどれほど認められるのであろう。そして従来の近代文学研究も、もっぱらその種の先駆性のみを追い求めていたと言えないではない。それに比べて、ある社会のある事件とそれについての何らかの伝承・報道のもたらすものの方が、一般の情念を強く刺激して生活や思想に大きく作用するとみてよい。このことは、古代でも現代でも変ることがなかろう。近代にあっては古代以上にさまざまの事件が生じ、それがさまざまに伝えられる。あるものはもてはやされて時代の共通の話題にまで生長する。またあるものは、つぎつぎ目まぐるしく起る事件の中で、伝承の時間を与えられるひまもなく、より大きなポピュラーな話題に席を譲って消えさることもあろう。そしてそれらの事件と伝承は、その間に作家によって拾いあげられ、文学作品の素材となりまた主題ともなることも大いにありえる。問題の性質から、そうした作品は時代の好尚にかない、一般の歓迎するところとなる場合が多い。つまり作家は、一般の情念に基礎づけられた時代の説話を文学化して成功するわけである。

再び要するに、私は、こと新しく言うことにもならないのだが——そして〈説話〉の語の学的慣用を無視しているようだが、近代には説話があり、説話文学もあるということを考えるのだ。古代と比較して、説話の種類は豊富であり、その伝播領域は広く、伝播の速度もはやいが、いっぽうその消長のサイクルは短いかもしれぬということも、近代という時代そのもののあらわれであろう。つまり説話の生成と消滅はあまりにもひんぱんで、時代がたつとその様態を追跡することが困難となることが予想される。

ともあれ、同時代に広くかかわる事件と、時代の情念をうちにこめたその説話化、さらに作家の個性が事件や説話を下敷にしたり批判したりして試みる文学化という一連の問題を、近代文学研究においても意識的に位置づける必要があると思うのである。そして叙上の視点は、時代と文学という観点に対して、同時代一般の意識の史的認識を踏まえた多分に確実な尺度を提供するものであり、作家における個性を同時代一般から逆照射するかたちで鮮明に示すことにも連なるであろう。このことは、作家・作品を理解するためにはそれを生んだ時代を知らねばならないという陳腐な理論を実践するための一つの方法にすぎないのであるが、巷間の説話においてこそ時代の普遍的な情念が典型化されていると考えるゆえに、あえて強調するわけである。そしてこの方面から近代文学を考察することは、説話文学・近代文学の双方の研究にとって新しい収穫をもたらしてゆくと思う。

3　留学生の情事

さてこのように提案すると、近代の生む説話とその文学化について具体的な例証を示さねばならないが、私は、乏しいながらそれを〈欧米へ行った日本人留学生の西洋女性との情事〉という素材で考えてみたいのである。日本人の欧米留学と西洋女性との恋愛・結婚ということは、まさに近代こそが生み出したものであり、現在もいっそうしばしば起きているのであって、そこから生ずる話題はやはり生きているということを考えたのだった。それゆえにこの題材は、説話の本来的な性格にかない、近代の典型的な世俗説話として妥当なものであろう。それが公的な事件として表だって論ぜられるものであるよりも、人々の共通したある種の好奇心を刺激し、噂話として拡まってなかなかに影響力のある話題であり、これを明治に求めるとすれば、現代よりもはるかに強い事件性・話題性を持っていたことは明らかであり、後述するように、近代文学にも深く関連するテーマであると思うのである。

このテーマについての説話形成の過程を推測してみよう。

日本の近代化が欧米列強の圧力によって外面的にしろ西欧模倣の路線をたどるものであったことは、今さら言うまでもない。そうした近代化の立役者やその卵たちは、西欧を学び模倣すべく渡航していったのだった。かれらの多くは、官僚として軍人として国家から抜てきされたエリートであった。また産業の振興や経営の近代化を学ぼうとしたり、貿易の必然として留学ないし海外出張をする者もいる。国家・民間のちがいや官費・私費の差はあるにしろ、期待され野心を内にもつエリートであることに変りはない（もちろん中には密航同然の投機的野心家や、孤独な芸術家もいる）。このようにエリートとして公認された時点で、この人物は、天下の秀才としてエピソードがささやかれ、説話の主人公の資格を与えられることになる。洋行という事件は、そうしたかれの将来をめぐってさらに説話化の条件を整える。西欧で何をやってくるのか、西欧から何を持ってくるのか、そして将来何になるのかという期待と好奇の対象となるわけだ。

西欧の地を踏むかれは、しばらくは衆人の眼から遠ざかり、孤独な体験をつづけるだろう。外地にあって後進日本のエリートたちは、好奇の眼で迎えられる以上に、自身好奇と憧れの眼で西洋を眺めるにちがいない。日本人の中では選良であっても、広い世界においては渺たる存在にすぎない。めくるめく西洋文物にとり囲まれてその優秀性に圧倒される。とにかく理想を西洋におくかぎり、西洋人のすべてが優秀に見えることもあろう。毛唐だの夷狄だのという蔑視は日本の国内では通用しても、もはやこの地では立場が逆であり、蔑視がそもそもいわれのないこともただちにわかることだ。今日までの自分を支えてきた精神そのものへの疑いさえ起きないではない。いずれにしろ劣等感が湧いてくる。西洋の優秀性は、自らの知力と努力と器用さによって克服できるものもあるが、いかんともしがたい形姿・肉体であることはただちにわかるだろう。金髪・碧眼・白肌・長身の美をかれはどう感じたであろう。そういう西洋女性への憧れこそ底深く心にやどるものではなかったろうか。傲りと劣等感、希望と憂愁、勤勉と孤独感という日々が、やがてかれを訪れる。かれらの中には、慰めを求めて金で買える女のもとに行くものもある。そこで幻滅を感ずれば幸いだが、これがさらなる劣等感をもたらしかねない。小心な者はそういう西洋女性の肉体を知ることなく、いたずらに憧れ、孤独感を深める。こうして留学している日本人たちは、言い合わせたわけでもないのに集まってきて、互いの孤独を慰めていくだろう。ここに日本人同士の互の生活をよく知り合った小社会ができあがる。つまり互の生活を話題とする説話圏が生じるのである。似たり寄ったりの公的生活には大して興味がなく、むしろ各人がいかに生活を享受しているかという私的な細部こそそこでは話題になるにちがいない。

そういう或る日のこと、かれの生活に一つの事件が生じる。何かのきっかけで、妙齢の白人女性がかれの時間と心理の中に存在を占めることになったのだ。人種の雑居に慣れている西洋女性の中には、真実の愛情からにしろ金目あてにしろ、とにかく積極的に異国の日本人に近づいてくる者がいる。年齢の相応と対等の私的交流があれば、もう男女関係である。少くとも日本人の一般的な理解ではそういうことである。女の容貌がよければ、ますます条件は整う。日本人留学生の狭い社会にあって、これが話題にならぬはずはなかろう。ここに説話が生まれ、伝承されることになる。最初はカフェでの話題として圏内にのみ行われるが、中にはその関係を上役に告げ口したり、故国の者に報らせたりする者も出て来るかもしれない。説話は海を越えて日本において伝わる可能性がある。しかも伝承の間に、事件はさまざまに変容して伝えられるだろう。いずれにしろ圏内にあっては利害もからんでなかなかに深刻な問題として受けとめられる話題であり、圏外にあっても鋭く好奇心を刺激するていのものであろう。

とにかく限られた留学期間の中でその恋愛なり情事なりがどのような展開をたどるか、あとに痕跡が残らなければいずれささやかな語り草でおわり、時効にかかって生き生きした説話の生命は失われてしまう。しかし愛執の念が断ちがたかったり、結着の処置を誤まったり、あるいは結実としての子どもが生まれたりといった場合は、日本へ帰国後も事件が継続するということがある。外地にあっては仲間うちの身うちのこととして、説話がともかくその圏内に収められていても、内地では状況は異るのである。エリートたちの洋行の収穫への期待は公然のものであり、それが現在進行の色恋沙汰まで持ち帰ったとあれば、そのままで終ることの方が少ない。ことを知った圏外人物が興味本位に話を口伝えで拡めるばかりではない。ジャーナリズムが大々的に役割を演ずることになるのだ。普段においても世俗の評判に興味を向けている小新聞は、待ってましたとばかりに飛びつき、面白おかしく雑報で書きたてるのである。色恋沙汰歓迎の三面記事は、その相手が白人ゆえにますます乗ってくるだろう。こうした小新聞の伝統は、現在もなお俗悪な週刊紙のセミ・ドキュメントに引き継がれているのである。

この時点で、かれの出身や情事の経過は、フィクションさえ加えられて洗いざらい暴かれることになろう。そもそもエリートではなくても、日本に持ちこんだ外地の情事によってかれは説話の人物になりえる。ここに説話は増幅され、固定され、一般に広く深く浸透して好奇心をあおるのであるが、そういう意味で私は、こうした三面記事こそが説話の定着であり、また時代の普遍的な情念の端的な表現であるとみて重視するのである。

以上、留学生の情事をめぐって、その説話の発生過程を考え、説話の有力な結実として明治にあってはそれを小新聞の雑報に求めることを仮定したが、次に、新聞雑報による説話の実例をあげてみたい。

4　再び明治の三面記事から

留学生の中には、外地での情事のもつれを日本にまで持ちこんだ者は、鷗外や前記雑報の貴公子だけではなかったようだ（もっとも雑報の方が小説『舞姫』に示唆されている一面も考えられねばならない）。小新聞系の有力紙『読売新聞』だけを例に調べたのだが、明治二十年代から三十年代にかけて約十年の間に、二つの記事を見つけることができた。明治の三面記事を近代の説話として重視する私の立場上、そのスタイルも無視さるべきではないと考えるので、以下長いけれども原文を紹介したい。

B明治二十六年三月十三、十四日の記事（原文は、旧漢字総ルビで、句読点はない）

○断腸花　去る頃までは勅任一等某局の長官とまで羽を伸して、今は貴族院中名望をさ〳〵有爵の人を凌ぐ某才子あり。今より二十年前官命を帯びて英国倫敦に留学しける中、学士何某の娘マリーが嬌嫣なる姿と起居挙動の優しさを見染め、故郷には空閨を守て糟糠の妻ある事さへ忘れ、思ひ余りて打付けに心の丈を通ずれば、マリーも日頃才子の才学を愛し居りし事とて父母さへ承諾せば否と云ふまじとの返答に、才子も喜びて早速結婚の事を親なる学士へ申し込み、吉日を択みて正式の結婚を挙げたりける。実に光陰に関守なく才子夫婦の間に三人の女の子を生けて、五年六年は夢と過ごして早や才子が留学の期満ちて帰国の日已に迫りたれば、マリー母子も共に日本に行くべしとイソ〳〵支度するを、才子は押止め、親子連れ立ちて帰国するは易けれど、留守中の整理何や彼やの都合もあれば我独り先に帰り、それより沙汰をすべければ其折まで待ちたまへと泣き入る母子を慰さめ諭して才子は日本に帰りたり。倫敦にてはマリー母子、今日は迎への沙汰あるか翌日は来よとの便りもと日夜東の空のみ眺め尽し慕ひ焦れて待ち暮し、便船の着く毎に埠頭の人を掻き分けて日本からマリー母子を迎ひの人は来ずやと狂気の如くに尋ね廻れど、その影とてもあらざりけり。マリーの胸は張り裂くばかり、余りと云へば情ないお心あれほど堅く御約束申せしに只の一度の便りさへ泣けとばかりの御仕方、早く御沙汰を下されと書状のかず〳〵書き尽して六度七度さし送りし最後の状には、若し此れにて御沙汰なければ母子三人仰せを待たずお傍に参るべしと決心の程を云ひ送れば、才子も此は叶はじと思ひけん直ちに返書を認めて是迄無音の言訳を為し、さて今は何をか包まん、実は我事当国には三四人の妻（妻妾を合せ云ふ）ありて彼等は日夜一室にて寝食を共にせり、御身若も来らん暁には同く彼等と共に一室に起臥するの覚悟なかるべからず、殊に東洋は西洋とは違ひ一夫多妻の幣中中御身等の忍び得べきにあらず、それを気の毒に思ひ今日まで沙汰せざりしなりとわざとマリーの驚くべき事柄を書き認めて送りしにぞ、それを知らぬマリーは、全く才子の云ふ如く日本は醜猥見るに堪へぬ夫妻の関係ある国と思ひ、余儀なく涙ながらに出発を見合はせて再び才子の此国に来れかしと祈らぬ日とてはなかりしが、マリー一家の悲嘆は此れのみならず、間もなく父なる学士は病歿し多からぬ遺産さへ使ひ失したれば、此の上は詮方なしとてマリーは三人の子を相手に寂しき街に下宿屋を初めて幽なる日を送りながらも片時も日本に在る夫の事を忘れず、自ら夫の姓を名乗りて操を保つを見聞く人々坐ろ感涙を催ほさぬはなかりけり。マリーは又我身の夫に逢ひたき思ひに比べてもあどなき子等が父上懐かしとあこがるゝ心を不憫と思ひ、好き便りのあるを幸ひに姉娘二人を頼みて日本なる夫の許へ遣はし、妹はまだ幼なくて揺籃に睡るほどなるをせめては夫の形見ぞと我傍離さず養育みて離愁閨怨の情を慰めける。（未完）

○断腸花（つゞき）　負心の才子義理人情の眼暗みて薄命の婦人を雲水万里の涯に振り捨てつ、血を分けし三人の娘を不憫とも思はず我れ独り日本に帰りて栄耀歓楽の活計すること人面獣心の行為と、知る人爪弾きして才子の無情を譏りマリー母子を憐れまぬ者とてなし。されば日本より倫敦へ行もの他の旅館の暖かき衾を仮らず、せめては母子が不如意の営業を助けんとわざと粗食薄衾に安すんじてマリーの下宿へ泊り其の心を慰さめやるもの多し。之れに付けても婦人を欺きし才子が心の憎さよと罵り合へる中、忽ち公使の耳に入りければ公使は以ての外に腹を立て、斯る不義不徳の人物あるは其人一個の名誉に関はるのみならず日本の体面を汚すこと大なりとて、詳らかに才子が処置の不法なる点を挙げて政府当局へ通じたりしを以て、いよ〳〵才子が不徳の行は国の内外に拡まりて其頃の大評判となりけるが、時の貴権某氏は常に才子の才を愛するより、一朝不名誉の為めに社会に容れられざるが如き事となりては当人の身に取りて大事なりと心を配り、旨を二三の貴権に告げ再び才子を露国公使館の書記官として赴任せしめ、彼の地に於て此事に関する一切の事柄を善処せよとの厚き情にさしもの才子も其思に感じ直ちに任地に赴きしが、如何に其事を取扱かひしや間もなく結局したりとて帰国したり。さて遥々母の許を離れて日本なる父を尋ねたりし二人の娘は東西知らぬ国なれば父なる才子より外頼るものとてあらざるに、才子の心は鬼か蛇か現在我が胤の娘なるに温柔しき言葉は露ほども掛けぬのみか虐待狼籍到らざるなく余所の見る目も憐れにて、姉妹寒夜に相抱きて涙の雨の晴間なく父を怨らみつ母を慕うて同胞が薄命を打ち嘆くを、父は猶ほ叱り飛ばして姉妹を我が居間へとては寄せ付けず、我れは飽まで着て飽くまで食ひ山海の珍味は膳に上れども、二人の娘は下女部屋に逐ひ下げて寝食もいと粗末に滋養もなき味噌汁や沢庵漬のみ宛てがひ置くにぞ、英国にて肉食に暮したる姉妹は頬痩せ目陥みて宛ながら餓鬼道へ落ちたらむ心地するに、妹娘は堪へられず、仮令餓え凍へて死ぬまでも慈愛深き英吉利の母様の許に居りたしと涙と共に姉に別れ去る人に伴れられて倫敦に帰りたり。されど姉娘は年も長けて分別も確かなるものなれば、長く日本に止まりて生みの父様に御恩を送りたし、又父様が妾に親くして下されぬは妾が身の不肖を教へたまふ御慈悲なり、只此の上は日本にて学問教育を受けて父様の子と云はるゝに耻ぢざる様心掛けんものとの殊勝なる心を、才子の友人が聞いて憐れに思ひ姑らく我方に引取りて教育に心を尽して数年を送るうち、娘は早や十七となり、間種ながら目鼻立人に絶れて美くしく学問また非常に進歩したれば、其後小石川辺の某女学校の教師に雇はれ今日まで幽か乍らも得る所の給料にて衣食の料を支へ居れど、父なる才子は見ぬ振知らぬ振して此憐れむべき娘を打ち捨て置くよし、さりとは腸断るゝ話なれ。（終）

C明治三十三年七月二十七、二十八日の記事（句読点は原文のまま）

・留　学　余　談

旧は奥州の大藩主なりける某の華族の君、独逸へ留学し給ふことありけり。年未だ少くて容貌秀麗なるがうへに、万の才学に秀でゝ栴檀の嫩葉年毎に匂しく、人みな望みを前途に繋けゝるが、文明国は自づから華奢にして、学術の淵叢と呼ばれし伯林といへと、少き異国の学生には都門の悪しき風や染まんと、わざ〳〵片田舎の中学に入らしめたり。東方君子国の貴公子とて、処の秣くさき村童の中に評判高く風丰の自づから気品高きに畏敬の念そはりて、黄色人種の光を増しけるが、中にも下宿の主は苟且ならず待遇して、此の優しき異境の客の便宜を謀らんとしける。主に麗はしき娘ありけり、程近ければ伯林仕立の風俗、界隈のランチオン仲間など、村の小交際社会の女王として、到るところ若き人達の羨美を博しけるが、此の公子が色浅黒く、鋭からぬ眼の底に得も云はれぬ愛の光ありて、つやゝかなる黒髪の玉蜀黍色の其とは異りたる趣あるに心を寄せて、春の菫の野、夏の小川の緑の蔭など、手を引連れて興あることにぞ思ひける。何時か離れがたき間となりて、思を打明くる牧場の丘の辺のそゞろあるき、互の胸に萌え出でし恋草の、風そよがば寄らんとすらん風情なり。されど業を卒へなば故郷に帰る身の、口惜しき別離の悲みを思はゞ、仇なる恋はなか〳〵に恨の種なり。否やさしき御身の故郷ともあれば、我にも住みよき楽園ならずやは、帰り給はん暁は棄て給はで共々具し給へと、兎角は夫婦の契りを結びける。此の公子程なく此処の中学を卒へて伯林に暫し留まり、猶大陸の都々に行きて美術工芸の産物など見て、彼の少女を具すべき身にもあらねば、手紙して心の程を打明け、女の身の他郷に漂ふ苦しさなど諭して、其まゝ帰朝しける。（つゞく）

・留　学　余　談（つゞき）

明くる年の霜月といふに、彼の伯林の田舎の少女、迥々従者一人を具して日本に来り、帝国ホテルに宿泊して、窃かに其の契りし愛人の名を語りて、居所を尋ねけるに、誰知らぬものもなき華族家なれば、直に夫と知当てゝ、或日馬車を駆りて……憚りあれば処は書かず……彼の公子を訪ひて云々の由言入るれば、華族家にては見もしらぬ異国の美人来れりとて家令の面々狼狽けるが、女が名ざせる御前にお尋ね申せば、想当りたる気色、少時呆気に取られて在しける。帰朝早々さる華族家の姫君を娶り給ひて伉儷の語ひ濃かなる折から、迂闊に延見しなば事難儀に及ばん、少女を欺かんとて契はこめざりしかど、帰り来ては事心に信せず、彼の若き恋の我が過なりしか、将婦を娶りしが過なりしか、忍びぬ心は悄々帰さるゝ少女の心より幾百倍の苦しみなれど、今将詮なし。此女、兎に角、我不在なりと偽りてホテルへ帰すべしと、其場は少女を其限引取らせけるが、事穏便に治まるやうと、事情を打明けて家令家扶へ取計ひを命じ給へば、先は独乙国の少なり、不手際なる事して事態難儀に及び、御家の瑕瑾ともなりては、奥方の御生家へも分疏立たざる始末、如何にせば可からんと一々の評議なりけるが、時の外交の路に当り玉ふ某の君の夫人は、同じ独逸国の交際社会に幅利ける婦人と聞及べるこそ屈意の仲裁と、早速其由頼み入り、三千円の金子は、手切れいはんは如何はしけれど、旅行の入費にも当て給へ、一途に昔の契を忘れず、繊弱き少女の身にて迥々の航海、仇には思はねど、彼も一時の若気、御身の国とは異りて此には門地血統を重んずる習俗の、取分け華族は其制規厳重にして、設し愛でたき伉儷の式を挙ぐるとも、御身が本国の家庭の楽しかるべきには比ぶべくもあらず、諦め給ふが御身の名誉幸福なりと、彼の三千円を包みて渡せしに、少女の失望言はん方なく、黄金は聊か望むところにあらず、願ふは彼の君に一目会はしたまへと掻き口説き、手にだに触れざるを、すかし諭しつ、漸うに会得させて、人して横浜まで送らしめ、折しも解纜の船に乗せて送り還されし少女の心ぞ哀れなる。（をはり）

以上、日本人留学生が外地で西欧女性と交渉をもち、その問題を日本にまで持ち越してゴタゴタしたという事件を『読売新聞』の三面からＡＢＣの三種拾ったわけだが、これらを鷗外『舞姫』の周辺に存した社会的背景として考えてゆくことは、『舞姫』研究に資するところがありはしないだろうか。これらはいずれも『舞姫』に内在する問題に関連していると思う。そうして、こうした情事問題は、新聞がとらえなかったものも含めると、ある程度の層の厚さに支えられていたと考えられるのではなかろうか。そうした上で、鷗外が『舞姫』において言わんとしている点を再検討してみる必要がありそうだ。

ところで、これらの記事を、『舞姫』の周辺の社会的事実として考察することの必要もさることながら、こういう形で説話として定着したことの意味を問い、同時代の情念をさぐってみたいのである。そうすることによって、単なる一作品の解明を越える普遍的な問題点が見出されるだろう。

この三つの説話には、欧米人に対する日本人の想いが具体的に描かれていると私は見る。そしてそれはどういうものか考えてみよう。

(1)三説話ともに、相手の白人女性は美少女として設定されている。Aにおいては単に「美少女」とのみ記されているが、Bにおいては嬌嫣・優雅であり、Cにおいては気品あり畏敬の念さえ加えられている。説話のヒロインが美女でなければ話にならないとはいえ、肉体的・精神的に優越する異国女性の接近という設定のもたらすロマン性は日本人の西欧人への想いを示す重要な要素である。

(2)前項と裏腹の関係にあるが、日本人留学生の方は、三説話ともに家柄・風彩・器量に恵まれているとみえ、才子・貴公子と表現されるエリートではあるが、ACに明らかなように黄色人種としての劣等感が裏づけられているのである。説話の根底にこうした人種的劣等意識がはらまれていることは、表向きの西欧文明論のいかんにかかわらず、日本人の情念の問題としてもっと大きく採り上げてよかろう。

(3)三説話を通じて、日本人と西洋女性との結婚は、しょせん障害を避けえないということも述べられている。理由はCにおいて示されるように、日本は「門地血統を重んずる習俗」の中に結婚が位置づけられているのであって、愛情のみによる純粋な結びつきだけでは認められていないということである。説話が、そうした習俗をけっして否定していないことは注意してよく、その結果は、外地での恋愛もけっきょく情事というように扱われざるをえず、一時のあやまちとして処理すべきが通念となっている。

(4)それゆえにBCによって明らかなように、あやまちののちの男性側の現実的処置は、自らの地位や名誉を守るという利己心から女性を突っぱねきることになり、男性の冷酷非情・薄志蕩情と女性の純情・受難が対比される。

ここに単なる勧善懲悪ではなく、近代日本のエリートの俗物性を突つき出して一般と等質化しようとする民衆の情念の鋒先がうかがえ、いっぽう民衆には手のとどかない優秀民族の西欧女性に憐憫と同情によって接近し、劣等感を解消するという精神構造が見えるのである。

以上のように、新聞の報ずる説話は、日本人の欧米人への劣等意識を基盤とし、欧米人を日本人に近づけることによって可能性ある憧憬を強く喚び起していると言えるだろう。美しい西洋女性は夢のかなたの存在ではなく、何かの機会で自分のもとにもやって来るような錯覚を起させるに十分なロマン的対象となっている。『舞姫』にかえって言えば、『舞姫』という作品は、ただに鷗外一個人の思念の産物というのではなく、叙上のような明治人の情念を根底にして生まれていることに注意すべきだということである。

5　西欧憧憬の側面と近代文学

私は、日本人の西欧憧憬は、ただに文物に対するにとどまらず、それ以上に肉体形姿の優美をもつ西欧女性に向けられていたのだと考える。これは側面というより本質と言い切った方が早いかもしれない。少くとも文学の問題にしぼっていえば、そこにこそ文学の西欧化・近代化の一つの根があったと思う。そうした西欧憧憬の系譜を文学史に求めることも無意味ではあるまい。以下おぼえ書程度に若干拾ってみよう（ただし、当然挙げるべくして省略したものはあまりにも多い）。

近代文学史のほとんど冒頭に位置する仮名垣魯文の『西洋道中膝栗毛』（明3―9）は、欧米との交渉が開けた当初の民衆の意識をそれなりに代弁しているものであろうが、つぎのような表現もすでにあることをこの際見すごせないのだ。

弥次〳〵トキニ、通さん。おらアばかげたことをいふやうだが、欧羅巴（えうらつぱ）へ押わたツてサ、日本へ土産になるやうな、はなしの種をこせへて来ようと思ふが、一体彼地の婦人はどんな処に恋慕きやすネ。通〳〵そりやア、おもひ〳〵の好ぶすきで、人情何処でも格別の変りはねへが、まづ第一が、知者を尊とむ国柄だから、発明で金が有ツて、万事行とゞいたものなら、受合さネ。　（三編下）

とあり、弥次郎は西洋女性との恋を夢みているのだ。またロンドンへ向かう印度洋の船中で、

弥〳〵北や、楼上にゐる亜墨利迦人の女房は、がうぎに美麗ぜ。細面で、眼のぱつちりしてゐるところは、稲本の小稲へ、平泉の若緑（注――いずれも娼妓）を合併したやうだ。おらア見るたびに、おかしな気になつてたンまらねへ　（四編下）

と言っているのも、弥次や喜多の持ち前の好色を越えて、日本人の西洋女性への想いを語っているのではないか。弥次も喜多も、明治の俗人を代表する留学生ではないか。

つづいて東海散士の『佳人之奇遇』（明18―30）は、政治小説の代表として同時代にもっとも広く読まれているものだが、『舞姫』以前において西欧女性と日本人留学生の恋を採り上げていたのである。自由の国アメリカのフィラデルフィアに遊学している日本の青年紳士東海散士は、ある日二人の異国の美女に出会うがその一人幽蘭はイスパニヤの名家の子女であった。幽蘭はつぎのように描かれる。

年歯二十許盛粧濃飾セスト雖モ冷艶全ク雪ヲ欺キ眉ハ遠山ノ翠を画キテ鳳鬢雲ヨリ緑ニ秋波情ヲ凝セトモ炯炯人ヲ射テ暗ニ威儀ヲ備へ紅頬咲ヲ含ミテ皓歯微ニ露ハレ纎纎タル細腰ニ軽綺ノ長裾ヲ曳キ妍妍タル蓮歩ニ綵繡ノ軽履ヲ践ミ余香人ヲ襲ヒ階ヲ下テ……　（巻一）

こうして彼女は散士を迎へ、その歓会の間に散士への恋愛の情が生じ、互に自国の滅亡を救う大義名分の境涯にありつつも去りがたい想にとらえられるのである。実際に米国留学をした作者にこうした事実の存したか否かは明らかでない。フィクションであろうと推測されているが、自己を主人公に擬して白人女性との交渉を設定している

点が、作者の夢想を暗示しているだろう。また国際的な規模を有する政治小説が、主題を離れてあえて欧米女性と日本人留学生の互の慕情をからませ、『佳人之奇遇』という題名を表に押し出していることの意味は重要であり、そこに本作受容の情念の側面が示されていると考えるのである。徳冨蘆花の『黒い眼と茶色の目』（其三）の一節に、当時本作が歓迎されていた様子が描かれているが、青年たちは憂国の情を鼓舞されるいっぽうでは、〈愛恋ノ情人ヲ悩マス何ゾ夫レ深キヤ〉の句を高唱していたのである。

近代文学以前として位置づけられることの多いこれらの作に、こうした情念が伏在していることは、近代文学の根底にやはりかかわる問題であろう。ついでに坪内逍遙の作品からも一つ加えておきたい。『内地雑居未来の夢』（明19、未完）は、条約改正後に外国人の内地雑居が認められるようになるという未来社会を描いた〈寓意小説〉であるが、洋行する人間や開化風俗がふんだんに描かれる中に、やはり西洋女性との恋愛模様も採り上げられる予定であったらしい。

> 渥「（略）身不肖ながら此より後は、貴嬢を妹とも親友とも思つて……」／ホウトン「妹とも親友とも……さやうな冷淡なるお言葉ならば、今更聞たくもありません。妾は……」／渥「しからば何といはゞ……」／トいひかけつゝ何心なく打見やれば、ルシイはしかすがに羞らひてや、面をサと計り紅うなして、更には答へ兼てさしうつむく。玲瓏たる玉の肌、匂やかなる花の顔、珊瑚色なる唇は、いと小さくして愛嬌づき、星かとぞ見る雙つの眼は、碧深うして、いとうるはし。先ごろパリの美技館にて、眼に印したりし美人の画が今このところへ活現せしか、グリース国の彫像師が、意匠を籠めたる女神の像が、にはかに霊づきて物いふにあらずや。常に弥増りて婀娜なるはいかに。こはそも夢にてはあらざるかと、何心なう恍惚として……
>
> （第十二回　遠航の徒然佳縁の端を成す）

以上は、帰朝の船中での一睡の夢を描いた部分であるが、その後の展開の伏線となるはずのものであることは容易にわかるであろう。月並な用語ながら、西洋女性の聡明と形姿の美を説いて心動く主人公が描き出されているのである。

つぎに、近代作家として扱うことに異論のない国木田独歩や田山花袋について考えてみよう。独歩や花袋の作品に西欧女性との恋を扱ったものがあるというのではないが、かれらの精神の根に、やはり西欧女性への憧憬というロマン性の存したことを指摘しておきたいのである。花袋の「KとT」（大6・1、『東京の三十年』の一章として収録）は、かれら二人が明治三十年に日光に遊んだ日々を描いた作品であるが、西欧文学を愛読していた二人には、日光の風景さえ西欧文学の世界と重なって眺められていた。西欧に憧れる二人の会話につぎのような部分がある。

「そしてイリナや、マリアンナ（注――いずれもツルゲーネフ小説の女性）のやうな少女に逢ふんだね。ドイツあたりでは、経済上結婚が容易でないので、日本人が行くと、ぢき惚れるさうだ。留学生で行つた人なんか、ドイツ少女とエンゲイジして此方で困つてゐるつて言ふぢやないか。」

この会話の直前に、二人は〈先輩のO博士の作中のシーン〉を日光の風景に当てはめており、鷗外の『うたかたの記』への心酔をうかがうことができるが、ここにはまた『舞姫』も念頭にのぼっていたはずだ。しかし『舞姫』の背景的事実は、「KとT」発表の時点でも知られていなかったのだから、この会話に見える知識は、前記の三面記事などによる説話に基づくものであったと思われる。こうしてみると、『舞姫』は当時の青年のエキゾチズムの本質を言い当ててそれを生々しく描き出していたのであり、三面記事などの説話こそは、それを裏づけるとともに、人々に夢の実現の可能性を与えていっそう憧れをそそるものであったといえよう。だが独歩も花袋も社会的なエリートではなかったし、遂に洋行の機会もなく、夢を描きつつも現世苦を負ってペン一本に頼るうだつのあがらぬ文学青年であった。そこでかれらは、実現不可能の洋行と西欧女性との恋への夢を、日本の現実の中で錯覚によってまぎらさねばならなかったとも言えるのである。

独歩の佐々城信子との恋の本質にもそれがうかがえるのではないか。『欺かざるの記』の明治二十八年六月十日の記事は、かれが信子にはじめて会ったことを記した有名な部分である。

佐々木豊寿女史夫妻の招きにより国民新聞社及毎日新聞社の従軍記者と共に晩餐の饗応を受けたる事、（其の時はじめて其の令嬢を見たり。宴散じて已に帰らんとする時、余、携ふる処の新刊家庭雑誌二冊を令嬢に与へたり。令嬢曰く又遊びに来り給へと。令嬢年のころ十六若しくは七、唱歌をよくし風姿素々可憐の少女なり。）

われわれは、以上の叙述の中に、明治社会にあっては異例に近い西欧的な家庭の雰囲気を再確認する必要があろう。母の豊寿自身が極端に欧化的な活動家でもあったが、信子はそういう西欧的サロンの初々しい花として独歩の眼に映じ、独歩もまた文壇の新進貴公子を気取っているのだ。信子が独歩の憧れる西欧女性のイミテーションだったといえば言いすぎになるであろうか。また人事の叙述は乏しいが、『武蔵野』（初出、明31）に描かれた自然が西欧的自然を貼りつけていることなど、独歩文学の清新の基盤が西欧への夢想にあることを考えざるをえないのである。

花袋の場合はどうか。そもそも少女病患者として言われる花袋の傾向にも、叙上の論点は的を射ていると思うが、ここでは『蒲団』（明40）について考えてみたい。今日この作品がモデルとなった実際よりはなはだ相違していることが明らかになっているが、表面の事実をまげても、花袋はこの身辺の事件を採り上げて自分の夢を語ったのだと言え、その点で真実を綴った作品と言えると思う。それは単に生活に倦怠している中年男の若い女への想いの告白にとどまるものではなかった。岡田美知代との『蒲団』事件に先だってすでに同傾向の『女教師』（明36）があり、両作とも実は同一の西欧文学作品によってその骨格が与えられていたことも改めて述べるまでもなかろう。

丁度其頃私の頭と体とを深く動かしてゐたのはゲルハルト・ハウプトマンの“Einsame Menschen”（注――『寂しき人々』）であつた。フオケラアトの孤独は私の孤独のやうな気がしてゐた。

（『東京の三十年』）

と言い、モデルの美知代を「私のアンナ・マアル（注——『寂しき人々』のヒロイン）」と呼んで『東京の三十年』の章題ともしているところに、かれの西欧憧憬こそが『蒲団』の本質をなしていることを見るのである。花袋は、美知代のかなたに憧れの西欧女性アンナを見ていたのだ。

このように日本人男性の満たされざる西欧女性への憧憬を底辺にして、代償を求めて典型化した先駆的な作品こそ谷崎潤一郎の『痴人の愛』（大13、14）であろう。

「奈緒美」は素敵だ、NAOMIと書くとまるで西洋人のやうだ、と、さう思つたのが始まりで、それから次第に彼女に注意し出したのです。（略）／実際ナオミの顔だちは、（断つて置きますが、私はこれから彼女の名前を片仮名で書くことにします。どうもさうしないと感じが出ないのです）活動女優のメリー・ピクフオードに似たところがあつて、確かに西洋人じみてゐました。（略）そして顔だちばかりでなく、彼女を素つ裸にしてみると、その体つきが一層西洋人臭いのです　　（一）

ヒロインの日本人ばなれのした肉体と放縦な性質に執着する譲治の心は、表面の異状や性心理学的解釈とは別に、その根底において日本人男性のたぶんに普遍的な心情であり、現代でもさして変ってはいないと思う。現在はんらんしているエログロ週刊誌等のポルノ小説のいくらかは、必らず西洋女性を交渉の対象として描いており、ポルノ映画も、邦画よりは洋画の方が入りが上まわっていると聞いた。そして、実際に西洋女性の肉体を味わった体験を持った男から、現実の白人美女も近くで見ると鬼みたいで毛深くて、また大味だなどと聞かされても、アバンチュールへの誘惑押さえがたく、体験はくりかえされ、体験談は秘かに語りつがれて歓迎されているのである。留学生の情事説話は、近代日本人の情念に根ざして、生きて語られているというわけであろう。

結　び

十分な構成に達しないうちに規定の紙数に至ってしまったが、最後に、この冗漫な拙論の要旨と意図を述べて結びとしたい。

その時代にはその時代特有の事件と話題があり、人々の関心のままに話が伝えられてゆく。特に近代にあっては、人々の話題にかかわってジャーナリズムの占める位置は有力であり、記事は伝承の結集であると同時にさらに伝承を拡める作用をもつ。中でも三面記事は、一般の世俗的関心にかかわる内容を持つものとして、時代の普遍的な情念を代弁しているといえよう。私は、そうしたジャーナリズムの卑俗な社会記事を近代の世俗説話と呼んでみた。そしてこうした様々な説話の層の上に近代の人間を描くいわゆる現代小説も作られているのだと見る。それゆえ、三面記事等をもとに時代の事件・話題・関心・情念を十分押さえることによって、近代の文学を考察しなければならないと思うのだ。そうすることによって、われわれは作品成立の要因をたしかめ、評価をより客観的なものにしていくことができるのではないか。ここではそうした近代の説話として留学生の西欧女性との情事を扱った新聞記事を採り上げ、日本人の情念の底に有色人種の劣等意識をはらんだ欧米女性への憧れが存していることを指摘し、『舞姫』をはじめとする近代の諸作がそこから生まれてもいることを示唆したのである。

だが情事説話が示している帰朝後のトラブルの問題にほとんど言及できなかったし、こうした説話と時代的にも内容的にも密接する作品の具体的な考察の余裕を失なってしまった。この拙論の構想は、叙上の分析をいっそう精密にして、その上で鷗外の『舞姫』、田口掬汀の『伯爵夫人』（明38）、永井荷風の『異境の恋』（明42発禁）を考察する予定であった。これらについては続考を期すこととし、本稿は蕪雑ながら序説的ノートとしておきたい。

（『愛知教育大学研究報告』第二十七輯（人文・社会科学）、昭和53年3月）

二　近代文学研究の外廓資料としての『官報』
——「明治二十一年十二月新聞雑誌配付高一覧」など——

文学の描き出す世界は無限と言ってよい。それゆえに、その研究調査も、描き出された世界に応じて多様を極める。それ自体はまったく文学と無縁に見える事象や、思いもかけなかったような資料を参照しなければならぬ場合もしばしばである。かつてある資料をさがし、それが公的にはどのように表現されているのかを知ろうとして、初めて『官報』を読んだことがあった。そしてその無味乾燥にはへきえきしたが、いかにも非情な公的記事の背後にひそむさまざまな人間模様に思いをいたしたことであった。一般に文学研究において『官報』を調査する必要は、めったにないであろうし、あってもごく部分的なものにすぎないであろうが、文学研究に関連してゆく可能性のある記事項目の解説を中心として、明治三十年頃までの『官報』について報告し、資料の若干も掲げたい。

『官報』概説

『官報』の第一号発行は明治十六年七月二日であり、以後、日曜祭日などの休日を除き、日刊紙として今日に至っている。発行所は、もとは太政官文書局であったが、のち内閣官報局から印刷局へと変り、今日でも大蔵省印刷局から発刊されている。

大約していえば、『官報』は、政府から一般に周知させる事項を一括編纂した国家の公告機関誌で、記事はすべて政府が公認し、あるいは決定した事項なのである。

では、それらの事項は、どのように類別されて記事になっているであろうか。記事の目次も最初はきわめて大まかなものであったが、政府機構の複雑化や、『官報』自身の編集の厳密化によって、細分化の一途をたどっていることは言うまでもない。ここでは、ほぼ整った体裁として、明治二十九年二月のものを例に目次を掲げてみよう。（　）内は、さらに小見出しとなるものである。

詔勅
法律
予算
予算外国庫ノ負担トナルヘキ契約
勅令
閣令
省令（各省）
訓令（各省）
達
告示（各省）
警視庁東京府及東京市公文
叙任及辞令
宮廷録事
彙報（官庁事項、裁定及判決、司法及警察、財政、褒賞、陸海軍、学事、農業、商事、工事、漁業、工業、通運、衛生、雑事）

帝国議会（貴族院、衆議院）
地方議会（各府県）
公使館及領事館報告
外報（各国）
観象

以上のようなかたちで、政府の公認・決定した事項は、重要度・許容度によって判定・選択され、紙面の許すかぎりで掲載されるのであって、全部が全部報道されるのではない。政府機関が公認・決定して、政府機関から公開が許され希望される事項のうちから主要なものが選択されて掲載されるのである。機密事項はむろんのこと、細部の事項、問題の惹起、公認・決定に至る途中経過は報道されない。論調というような観測的・主張的なものはいっさいなく、すべて結論のみで、それが選択されて載るだけである。このように、政治問題の原因も抗争も政論も無いのであるから、われわれはそこに非情を感ずるばかりで、政治のダイナミズムもうかがうことはできないほどである。だから政府官庁関係の調査資料としても、至って不十分なものでしかなく、公文書方面だけでも、公文書館等に直接に文書を求める必要もあろうし、そこまで行く前に、各省庁独自の公告機関誌もあって、細部に当たることもできるのである。

『官報』の記事を質的に類別すると、(1)ぜひ載せねばならないもの、(2)載せたほうがよいもの、(3)載せてもよいもの、という三段階が考えられ、(1)や(2)の記事の少ないような時は、紙面を埋めるために(3)が増加するのも、一般のジャーナリズムと変りがないようだ。そして(1)(2)(3)の内容に対する当局の評価も、時代的に変遷が見られる。例えば、太政官時代の『官報』では、紙面の終りではあるが、全国の気象状況を詳細に報告し、他の部門の記事と比べてかなりのスペースを占めているのも、今日からすれば異様な感じがするのであるが、政府各省庁のそれぞれに部内的な機関誌が独立して詳細がそちらに譲られていくと、気象状況などはもともと政治と関係のないものであり、ほとんどそちらに整理されて、『官報』から除かれてゆくのである。結局『官報』は、資料としては、生の公文書、省庁部門別機関誌に次ぐ、三次的なものだとも言えよう。だが、時により日によって質的にも変化のある(3)の記事がいくぶん面白く、それが文学にも関係しているように思われるのは、政治からもっとも遠く追いやられている文学の位置づけを皮肉にも暗示していることに連なっているだろう。

　ともあれ『官報』の記事も、いろいろな研究の資料になるであろうが、文学研究に一般的に関係する可能性のある記事部門は、どのようなところであろう。文学の外的環境としての政治といった広漠たる問題は避け、個人の伝記資料の点と、出版ジャーナリズムの資料という二つの点からの報告をしたい。

伝記資料として

　文学者にかぎったことではないが、ある人物が国家機関に属する——つまり官僚である場合、かれの伝記や年譜の考証に際して有効と思われる部門がいくつかある。「叙任及辞令」欄に採り上げられるし、また「彙報」欄の「褒賞」の項に顔を出すこともあり、「学事」の項には、しばしば留学帰朝なども報告されているし、また「官庁事項」に関連して官吏の死亡消息が出ていることがある。これらによって人物の年譜の一項が確認される場合が考えられるのである。このことは、文学作品のモデルが実在人物である場合にも応用されるが、特にその人物に死刑などの事情があった場合は、「裁定及判決」の項に判決文が掲載されていたりする。もっとも、こうした裁判や刑執行については、その方面の独自の機関誌があり、中には一般新聞の報道がより詳細な場合もあるし、調査は、直接に裁判記録に当たらねばならないことの方が多いだろう。

　教育方面などは比較的文学に縁のあるところだろうが、「教育」欄や「学事」の項は、その点で注意してよかろう。埋め草のような些々たる記事の方が、特に有効かと思われるが、そうした中から、私の関心に入った一、二の記事を掲げてみたい。

『金色夜叉』前編第三章に、ヒロイン宮が十七歳の明治音楽院在学当時、ドイツ人のヴァイオリン教師からラブレターをもらったことや、院長から求婚されたと述べられている。そうしてこの記述のモデルとなったのは、明治二十五年八月の『読売新聞』の雑報「風説鬼一口」であることを、かつて私は指摘したことがある（「『金色夜叉』の一素材─宮のモデル─」福岡女子大学『文芸と思想』34号、昭45・12、本書Ⅳの三所収）。この雑報は、東京音楽学校についてのスキャンダラスな噂をもとにしたものであるが、やがて誤報であったとして、陳謝をかねた正確な記事として発表もされた。その時に関係人物の本名が明らかにされたが、外人教師は、東京音楽学校教授のルドルフ・ディートリッヒであり、女学生は岩原愛子という名であることがわかった。ここまでわかれば、それぞれについてさらに調査することは、いくらも可能である。ただ私は、そのような調査が、文学研究からあまりにも遠くなることを感じて打ち捨てていたのであった。ところが、この二人が、それぞれ別なかたちではあるが、『官報』にその名を見せており、改めて興をひかれたのである。第一六三二号（明21・12・6）の「教育」欄に、ディートリッヒの着任と経歴が報ぜられている。

○音楽教師　東京音楽学校ニ於テ曾テ招聘セル音楽教師澳国人ルトルフ、ヂツトリツヒ氏ハ去月四日来着シ爾来専ラ該校教授ニ従事セリ同氏ハ幼時ヨリ音楽ニ志シ且ツ高等ノ教育ヲ受ケ千八百七十八年維也納府音楽院ニ入学シ千八百八十年同院ニ於テ「バイオリン」科二等賞牌ヲ得同年同院ヲ卒業シ爾後職ヲローチエルト男爵ノ楽官ニ奉シ又数維也納府音楽院教授ヲ嘱セラレタル人ナリ（文部省）

わが国近代音楽史の最初のヴァイオリン教授として来朝したディートリッヒの功績は、あまりにも有名だが、この記事が最初の公的な紹介なのである。

岩原愛子の名は、第二四一四号（明24・7・17）の記事「〇東京音楽学校卒業証書授与式」に登場する。〈本月十一日第四回卒業式〉が挙行されたが、岩原愛子は、大臣各位の列席する満堂綺羅星の中で卒業生総代として謝辞を朗読したのであり、謝辞の概略も掲載されている。謝辞は形式的なごく平凡なもののようだが、かの女が音楽学校随一の才媛であったことは、これで証明されるのではなかろうか。かの女の名は、『読売新聞』にも公式に出ているが、石川県出身で音楽専攻であったようだ。

こうしてみると、岩原嬢は、スキャンダルの約一年前にすでに卒業しているのであり、それぞれの人となりを考えても、雑報「風説鬼一口」は、ゆきすぎや事実のゆがみが推測されよう。

とにかく『官報』が、官界や官立学校の公的事象をいろいろに伝えてもいることは、注意してよかろう。

出版物について

文学は、近代においては、書籍のかたちで提供されるのが普通である。『官報』がこれら出版物について、種々の報告や統計を載せていることは、最も注意してよいところであろう。

出版物の扱いは内務省がこれに当たり（明8・6・23、布告第一一一号）、警視庁も関係する。そして、出版条例（明治元年より数次の改正を経て、明治二十六年の出版法に至る）によって版権を認可された書籍の目録が、内務省より公布された。その主要なものは、「版権書目」（第一―二十七号、明9・7―16・6、内務省編。『明治文化資料叢書』第七巻書目編、昭38・2、風間書房に復刻収録）であるが、『官報』が発刊されると「版権書目」が廃刊になり、「版権書目」の記事は、そのまま『官報』がひき継いだ。例を第六十四号（明18・8・24）の「広告」欄から抄出して示そう。

〇版権書目広告

一読三歎当世書生気質　中本弐冊　著出版坪内雄蔵　東京
佳人之奇遇　中本壱冊　著出版間野俊彦
柴　四朗　同
右本日版権ヲ免許ス
明治十八年八月廿二日　内務省

広告の見出しは、のちに「〇版権所有届並免許書目広告」と改められて、継続している。出版条例下の書籍目録として、『官報』の「広告」欄は、前記「版権書目」のあとを補うものであり、版権に関係のない納本の目録であった「出版書目月報」（第一―一一四号、明治11・1―20・6、内務省図書局）と並んで、明治前期出版物についての重要資料なのである。なお出版物関係資料としていくぶん珍しいかと思われるものとして、「出版書籍類別」（第七四七号、明18・12・25）という記事があり、〈内務省ニ於テ調整セル明治十七年ノ出版書籍類別表ハ左ノ如シ〉と一覧表の出ていることを記しておく。

出版条例や出版法の最大の作用は、治安妨害や風俗壊乱の名目で出版物を取締まり、しばしば発禁処分を下すところにあったが、『官報』は、出版物の発売頒布禁止の内務省告示を逐一掲載している点も重要である。始めは「警察」欄に「出版発売禁止」の見出しで掲載されたが、のち「告示」（内務省）欄に独立した。明治二十九年内務省告示第二十四号を例に示そう。

東京市日本橋区通三丁目十番地
一下宿屋の生娘　一冊　野村銀次郎発行
右出版物ハ風俗ヲ壊乱スルモノト認ムルヲ以テ其発売頒布ヲ禁ス
明治二十九年二月十四日　内務大臣芳川顕正

といった形式であり、一般の出版物の発禁の名目は、「風俗ヲ壊乱スルモノト認ムルヲ以テ」が最も多く、つぎが

「安寧秩序ヲ妨害スルモノト認ムルヲ以テ」で、ほとんど尽きる有様である。

このような発禁出版物については、斎藤昌三『明治大正筆禍大年表』（昭7、粋古堂）のような労作があり、同じく斎藤の『近代文芸筆禍史』、宮武外骨『筆禍史』、芳賀栄造『明治大正筆禍史』、小林鶯里『日本出版文化史』、馬屋原成男『日本文芸発禁史』などがこの方面の書として有益だが、それらの目録の多くは著名な出版物の抄出で、すべてを網羅していない。直接資料を復刻集成したようなものが欲しいが、それが無いかぎりでは、内務省告示を掲載する『官報』は、それなりに資料として十分機能するのである。

新聞・雑誌について

新聞・雑誌も、文学作品の初出本文という点で重要であり、また単行本以上の普及度をもち、作家・作品の名声などにからんで軽視できないが、『官報』は、これらについての報告や統計を掲げている。

新聞・雑誌も、同じく内務省が扱い、新聞紙条例や出版条例、その後の新聞紙法・出版法に基づいて発行認可や発行停止を行なった。

新聞・雑誌の発行認可の報告は、最初の「警察」欄から「教育」欄へ、さらに「彙報」欄の「学事」の項へと掲載位置は移動するし、また見出しも種類や変化があるが、「定時刊行物」「学術雑誌」「新聞及雑誌」「新聞雑誌」「出版条例ニ依ル雑誌」「学術技芸（等）雑誌」「出版手続省略許可（ノ）雑誌」という見出しで登記している。一例を第三八八八号（明29・6・16）の「学事」の項から抄出して示そう。

○学術技芸等雑誌　出版法第十条第一項但書ニ依リ出版手続省略願ヲ許可シタル学術技芸統計広告雑誌ノ題名及編輯者発行者氏名左ノ如シ（内務省）

許可月日　題目、発行度数　編輯発行者　発行地

五、二　うらわか草（年三）　編輯発行 星野慎之輔 中川恭次郎　東京

……（明治二十九年五月中の許可誌二十九種　省略）

『うらわか草』が『文学界』の分身であり、一号のみで終ったのは周知であるが、年三回の刊行予定であったことは、現物未見の私には始めて知ることであった。また私自身の研究対象からも例をあげたい。代作もしくは偽作と考えられる紅葉署名の『夏痩』という作品が『大阪商事新聞』第三十号（明32・10・1）に掲載されているが、この『大阪商事新聞』は現在のところ三十号以外を見ることができず、一部書誌の明確を欠いていた（拙論「紅葉著作小考―異作『夏痩』について―」金沢大学『語学・文学研究』7号、昭52・3）。だがこれについても『官報』第四二八七号（明30・10・14）に記載されており、月二回の発行であったことや、編輯兼発行者がもとは沢村虎次郎となっていたことが分って、書誌を補なうことができたのである。

発行と同様に、廃刊等も、「（雑誌）許可指令ノ取消」や「雑誌廃刊」の見出しで告知されている。

以上のような記事は、現在では見ることのできなくなった新聞・雑誌についてのある程度の資料となりえるのである。

またこの欄には、地方における新聞・雑誌についての統計などが掲載されている。「新聞紙雑誌数（青森県）」「新聞雑誌発行高（山梨県）」「新聞雑誌発売頒布数（神奈川県）」と言った見出しであるが、各県単位に時々掲載されるだけなので、同時期における全国的な比較資料になりえないのが残念である。

新聞紙条例や新聞紙法によって、政府が新聞の言論統制を行ない発禁はひんぱんを極めたが、これについては、「警察」欄、「司法、警察及監獄」欄、「司法及警察」欄と受けつがれて、「（新聞紙）発行停止」の見出しで告知されており、また「解停」（発行停止解除）も出る。しかし、どの記事が忌諱に触れたのかは記していないのは、これまた残念である。明治三十年三月に新聞紙条例が一部改正され、新聞が数日に亘って発行停止を食うことがなくな

り、以後「解停」の記事が消えるのは当然である。

ジャーナリズム研究資料若干

新聞・雑誌は、近代文化の流通を支配する根幹であり、今日では、独自の研究対象となっているが、近代文学もジャーナリズムと密接に関係して展開したのであり、近代文学研究の拡大は、当然ながらその方面に触れて来ざるをえない。ある作家の関係した新聞・雑誌の性格や規模は、読者人口や読者の種類の調査にも及び、稿料の高の問題などもからんで、作家の生活と思想、作品の傾向などを考えるための基礎的な問題点であろう。そのために、新聞学、新聞史についての各種の資料集成や目録、それに各社史等が参考にされねばならないが、今後とも細密化と整理による一覧化が期待される。

この方面の明治期に関する実証的な著述の入手に便なものとしては、西田長寿『明治時代の新聞と雑誌』（昭41、至文堂）が広範囲に拾って整理解説しており、最近では山本武利『新聞と民衆―日本型新聞の形式過程』（昭53、紀伊国屋書店）がかなり深く調査して有益な資料を提供してくれている。以下に掲げる資料も、今後のジャーナリズム研究の資料になれば幸いである。このうち特に重要かと考えられるのは、「明治二十一年十二月新聞・雑誌配付高一覧」である。なお整理のつごうから、『官報』記載のもとの見出しを、現在利用しやすいように改めるなど適宜改変したが、その点は、それぞれの記事について説明する。

○明治二十年代定期刊行物一覧

原見出しは「(全国）定時刊行物現在数」、内務省発表。明治二十一年、二十二年、二十四年における諸誌の題号と発行所の集成一覧であり、以下のように分載されている。掲載号を示するにとどめ、再録は省略する。

(1)明治二十一年六月三十日現在の分

第一五三九、一五四〇、一五四二、一五四三、一五四四号（明21・8・15―21）

(2)明治二十二年三月三十一日現在の分

第一八四五、一八四六、一八四八、一八五〇、一八五二、一八五三号（明22・8・22―31）

(3)明治二十四年五月一日現在の分

第二四五四、二四五七、二四五九、二四六一、二四六二、二四六三、二四六四号（明24・9・2―14）

○明治二十年図書新聞雑誌数

第一三六五号（明21・1・20）「教育」欄掲載。原見出しは「昨二十年中新刊図書及新聞紙雑誌ノ数」、内務省発表。以下、記事の主要な部分を抄出する。

昨二十年中新刊図書ノ総部数ハ九千五百四十九ニシテ之ヲ一昨十九年中発刊ノ部数ニ比スレハ千四百四十ヲ増加セリ又同年末現在新聞紙及雑誌ノ種類ハ四百九十七種ニシテ之ヲ十九年末ノ四百三種ニ比スレハ九十四種ノ増加ナリ（以下略）

○明治二十一年十二月新聞雑誌配付高一覧

第一六八五号（明22・2・14）「教育」欄掲載。原見出しは「新聞紙雑誌配付高」。「昨年十二月中警視庁ニ届出テタル東京府下ノ刊行ニ係ル新聞紙雑誌配付高ハ左ノ如シ」として、A「保証金ヲ要スル新聞紙雑誌類」（五二種）とB「保証金ヲ要セサル新聞紙雑誌類」（二五二種）について、*a*「題号」、*b*「発行度数」、*c*「東京府下へ配付」、*d*「各府県へ配付」、*e*「外国在留本邦人へ配付」、*f*「外国人へ配付」、*g*「計」の数字をそれぞれ掲げている。以下は、簡略に整理して、ＡＢの区別をせず、数量の大きい順に配列し、*cdef*の数はすべて省略した。

題号	発行度数	総部数
やまと新聞	二五	五五九、九八五
郵便報知新聞	二六	五二一、三二六
絵入朝野新聞	二六	三八〇、四四七
改進新聞	二五	三七二、三六一
時事新報	三一	三三四、九九八
読売新聞	二六	三三〇、三四六
東京日々新聞	二六	三〇四、三三四
東京朝日新聞	二五	二三七、四二四
毎日新聞	二六	二〇五、一六五
朝野新聞	二六	一七二、四四九
絵入自由新聞	二五	一六二、四九五
東京絵入新聞	二六	一五四、一二五
みやこ新聞	二六	一四一、六九八
東京電報	二六	一〇七、八五二
東京新報	二六	八〇、六〇〇
公論新報	二五	五八、三三七
日蓮宗新報	五	四二、四三〇
明教新誌	一五	二七、三七二
頴才新誌	五	二六、二七〇
国民之友	二	二五、九五七
みやこのはな	二	二五、三八三
歌舞伎新報	一〇	一四、九六九
団々珍聞	四	一三、二六四
農業雑誌	三	一三、一三四
日本人	二	一二、二一二
人民	二	一一、一八八
奇日新報	一五	一〇、三〇五
教育報知	五	一〇、〇一二
現社会	一	九、七三〇
やまと錦	一	九、九〇七
日本大家論集	一	八、九〇七
東京経済雑誌	五	八、五四三
曹洞扶宗会雑誌	一	八、三四八
東京輿論新誌	四	七、三九七
東京医事新誌	四	七、一八六
日本之時事	二	六、八一二
専修学校法律学講義筆記	一〇	六、五四九

法律雑誌	六	六、三二二
明治文庫	一	五、九二三
日本国教大道叢誌	一	五、七〇三
専修学校経済学講義筆記	一〇	五、五二七
女新聞	四	五、五〇八
羅馬字雑誌	一	四、九〇二
基督教新聞	四	四、六五八
文	五	四、五六一
大日本私立衛生会雑誌	一	四、五一〇
中外医事新報	二	三、九四七
法律応用雑誌	五	三、九四五
大日本教育会雑誌	一	三、八九五
日本之警察	一	三、七三二
日本之商人	一	三、七三二
日本之殖産	一	三、七三二
日本之法律	一	三、七三二
明治之輿論	二	三、六七五
頓智協会雑誌	―	三、六四八
維新史料	二	三、〇八二
日本之教学	一	三、〇一二
日本之兵事	一	三、〇一二
日本之女学	一	三、〇一二
中央法学会雑誌	三	二、九九八
銀行雑誌	二	二、九八五
法話	一	二、八五九
内外兵事新聞	五	二、八五五
博聞雑誌	二	二、七四六
喜の音	一	二、六四二
交詢雑誌	三	二、六一六
婦人教会雑誌	一	二、四三二
医事新聞	三	二、三〇三
数学雑誌	二	二、〇四九
法律行政及経済之学海明法雑誌	二	二、〇二一
貴女之友	二	二、〇〇九
順天堂医事研究会報告	二	一、九七八
聖書之友（月報）	一	一、九五七
横文画入幼年学生研究雑誌	二	一、九二四
教訓	一	一、八五二

教育評論	一	一、七七〇
会通雑誌	二	一、六七三
大日本織物教会報告	一	一、六五五
時事公論	二	一、四九八
かなのてかゝみ	一	一、四七一
文明の母	一	一、三六八
いらつめ	一	一、二九九
普及法律新聞	三	一、一八七
小学之友	一	一、一六三
工学会誌	一	一、一四六
親釜集	三	一、一四五
官報全誌	二	一、一二七
絵画叢誌	一	一、〇四四
大八洲学会雑誌	一	一、〇〇一

以下順不同

九九九—九〇〇部　令知会雑誌、水交雑誌

八九九—八〇〇部　君子ト淑女、俳諧明倫雑誌

七九九—七〇〇部　能潤新報、茶業報告、醸造雑誌、少年子、専門学会雑誌、青年思海、情、独習余師英学之友、新青年、英和文林

六九九—六〇〇部　正教新報、日本鉱業会誌、英学自習書、日本演芸矯風会雑誌、東京府教育会雑誌、芳譚、婦人教育雑誌

五九九—五〇〇部　興門唱導会雑誌、学士会日報、欧米政典集誌、商業学会雑誌、東京茗渓会雑誌、麻生衛生会雑誌、日本美術協会報告、豊浦学友会雑誌、能言雑纂、蚕業迷の眼さまし

四九九—四〇〇部　銀行通信録、天主之番兵、統計集誌、数学自習書、薬学雑誌、松本親睦会雑誌、東京婦人矯風雑誌

三九九—三〇〇部　日本法律雑誌、万年会報告、和漢医林新誌、国政医学会雑誌、山梨郷友会雑誌、囲棋新報、大

日本薬業新誌、蛍雪学庭志叢、　一九九―一〇〇部　貿易協会雑誌、大日本学術共
感化懲毖（ママ）獄事新報、成医会月報　　研会雑誌、諏訪青年会々誌、商
二九九―二〇〇部　雅学新誌、東京人類学会雑誌、　工有志会誌
鷗夢新誌、みやこ新報、東京地　九九部以下　言葉の塵、道学協会雑誌、念
学協会報告、独逸学協会雑誌、　四会、文華、同窓会報告書
理学協会雑誌、四季の花、温知　部数不明　二四種（略）
医談、庖丁塩梅

（なお各種の相場附や物価表があり、中には日刊できわめて配布高の大きいものもあるが、これらはすべて削除した）

以上、いささか詳細に資料として掲げたのは理由がある。新聞や雑誌の発行部数等は、各社史の附表に記載されたりしているし、手近で便利なものとして朝倉治彦・稲村徹元編『明治世相編年辞典』（昭40、東京堂出版）があり、主要な新聞、雑誌の年間発行部数を明治十年ごろから三十年まで一覧している。この統計のもととなった資料は、東京府・大阪府・警視庁の各統計書などで、われわれは、もとの資料に当たることによって、他の新聞・雑誌の統計に拡大しうるのにちがいない。しかし山本武利氏は、前掲書（一三〇―一三二頁）において次のように指摘している。

明治前期と同様に後期についても、各紙の発行部数の正確なデータは『大阪朝日』以外には今のところ見あたらない。（略）

他紙の日清戦争あたりまでのデータは、『警視庁統計書』、『内務省統計報告』にたよるほかはない。これらの官庁統計書は年間発行部数しか記していない。当時、新聞によって定期休刊日が異なり、また発禁等で休刊することが多かったので、年間の発行回数はわからない。

専門家による以上の指摘によれば、新聞・雑誌の官庁による統計は、年間合計数によって整理されるのが普通らしい。しかし現実は、月ごとによる調査もなされたらしく、月ごとの資料は現在では廃棄されているということだと考えられる。そして以上掲げた資料は、明治二十一年十二月分というわずか一箇月にすぎない統計ではあるが、その点で、月間発行部数を一部確認するための貴重な珍しい資料かと思われるのである。そしてその部数は、同年発行部数を月数の十二で割った数にほぼ近く、ある程度信用のおけるものかと思う。ただ残念なことは、『官報』にもしばしば誤植などがあるということである。例えば、前掲一覧中の『貴女之友』の発行度数は二と記されているが、実際は三であり、『貴女之友』編集者は、発行部数もまちがっていると述べているのを、かつて『貴女之友』誌上で私は見た。前掲統計もその点疑問を残すのであるが、参考になれば幸いである。

○明治二十二年一、二、三月新聞雑誌配付高

種類	保証金ヲ要スル分	保証金ヲ要セサル分
	五八	一一七
東京府下へ配布高	三、四二八、九三五	二四六、三八六
各府県へ配布高	一、三八六、三七三	二四五、四五四
外国在留本邦人へ配布高	一一、九四五	三〇二
外国人へ配布高	五、〇二五	七五八
計	四、八三二、二七八	四九二、九〇〇

原見出しは「新聞紙雑誌配付高」、警視庁発表。前項「明治二十一年十二月新聞雑誌配付高一覧」につづくも

のであるが、新聞・雑誌の一々の紙名による統計ではなく、以下のように一括されている。
(1)明治二十二年一月現在の分（第一七二九号、明22・4・9）
(2)明治二十二年二月現在の分（第一七五一号、明22・5・4）
記載要領は(1)と同じである。再掲は省略して合計だけ示す。
保証金ヲ要スル分　　六一種　五、〇七二、二〇一部
保証金ヲ要セサル分　一六五種　　四一四、三八六部
なお「保証金ヲ要スル分」の「各府県へ配布高」の数に誤植がある。
(3)明治二十二年三月現在の分（第一七六八号、明22・5・24）
記載要領は(1)と同じ。再掲は省略して合計だけ示す。
保証金ヲ要スル分　　五八種　五、一五八、四〇二部
保証金ヲ要セサル分　一五九種　　四六三、八八三部
なお「保証金ヲ要セサル分」の「各府県へ配布高」の数に誤植がある。
○明治二十五年全国新聞雑誌統計
第三一九九号（明27・3・1）「学事」欄掲載。原見出しは「二十五年全国新聞紙及雑誌」。明治二十五年末現在の全国の新聞・雑誌について、「道府県」別に、「種類」「発兌部数」「開業」「廃業」「停止」「購読及配布ヲ受ケシ部数」を数量的に一覧している。再掲は省略する。
○明治二十五年全国出版図書統計
第三二〇〇号（明27・3・2）「学事」欄掲載。原見出しは「二十五年全国出版図書」。明治二十五年中に全国で刊行された図書を、内容別に「政治」「法令」「礼式」等々の四十五種に分類し、それぞれを「著述」「編輯」

「翻訳」「翻刻」の四種に分けて、「部」「冊」「枚」「帖」に至るまで記している。再掲は省略するが、例として小説と統計だけを部数によって示しておく。

	著述	編輯	翻訳	翻刻	合計
小説	一〇二	二三八	一	二一	三六二
総計	七、三三四	一四、〇七五	一七三	二六二	二一、八四四

小説の翻訳がたった一部というのは考えられないことだが、どういうことであろう。ここでもこうした資料に疑問が出てくるのである。

以上、文学研究や出版ジャーナリズムの研究を念頭にして『官報』について調査し、役立つ可能性のあるような資料を掲げてみた。効果は期待できないが、機会をみて明治三十年から明治年間いっぱいの『官報』についても一応の調査を果たし、次の機会に報告したいと思う。

（『国語国文学報』第三十五集、昭和54年3月）

三　紅葉文学における〝風俗〟

次は『二人女房』（明24、25）の一場面——主家の宴の手伝いに娘を出す母親とその娘の会話の一部である。

「銀や。お前の襟（えり）は余り巻着いてるよ。」

　お銀は鏡の前へ行きて。一寸襟に手を懸け。

「此頃は抜衣紋（ぬきえもん）は流行らないよ。」

「でも余り巻着いてゝ。何だか可笑いぢやないか。鉄や。一寸此所へおいで。下前が下がつてゐる。」

（上の巻・一）

東京（芝）の小市民の家庭における平凡な場面にすぎないが、紅葉は、ここにも当時の流行風俗に気をつけてはさみこんでいる。とにかく紅葉の文学が同時代風俗の多くを様々に描いていることは認めてよいだろう。だがそうした風俗を拾って注釈し、コンテクストにおいて分析しつつ紅葉文学を論ずるには、まだ機が熟していないように思われる。ここでは、この問題を考えてゆくための若干の点をあげるにとどめたい。

　問題の第一は、近代文学における風俗蔑視の風潮であり、紅葉文学もそこからまぬがれてはいない点についての反省である。風俗否定の傾向を助長したものとして、第二次大戦後にあっては中村光夫『風俗小説論』（昭25）の力が大であったとみられるが、中村論は、主体性・社会性を欠いた写実を批判したものであって、文学における風俗の意義や位置を説いたものではないのだ。その点表題とのズレが感じられるのだが、一般には風俗の軽視や否定という短絡をもたらして定着している気味があるようだ。けれども例えばE・ミュアーも、風俗小説 The Period Novel が現代小説としては時代おくれのものであると言い、〈風俗小説はあらゆる時代に妥当する人間的真実などを示そうとするものではありません。社会のある特定の推移の段階の姿と、そういう一段階の社会を代表するかぎりでの真実味のある人間たちを描くことで満足するのです。すべてが特定の相対的、歴史的なものとなってしまいます〉（佐伯彰一訳『小説の構造』）と定義しており、その結果、風俗小説は〈後世にとっては歴史的な興味しかない〉ものとなるのだという。風俗蔑視は世界的な傾向といってよいらしく、また明治の風俗を多く描いた紅葉の文学が、一世紀近くを経た今日不評であるのも理由がなくはないわけだ。

　ところで紅葉文学を、その風俗描写において評価する人もいないわけではない。尾崎秀樹は明治風俗を追想し、風俗の懐かしさを素直に紅葉小説に求めているし（「紅葉における風俗」『国文学』昭49・3）、篠田一士は『多情多恨』によりつつ、その風俗描写の本質を、〈人物ひとりひとりの存在の証しの確かさよりも、彼らの存在のすべてを許す大前提ともなるべき場、つまりロマネスクな society のありかがすでに創りだされている〉と論じ、紅葉文学の風俗にこそ、その後の小説では断たれたが、豊かな近代小説の別の発展がありえたのだと主張する（「風俗の効用について」『日本の近代小説』昭48）。しかし尾崎のような読者が今日多いはずはないし、また篠田の大がかりな文学的ないし文学史的復権の主張も、十分な説得を果たしえているかどうか。

　ともあれ概括的には、文学において風俗そのものは否定の対象とはなりえないこと、また風俗描写にこそ近代小説の出発があったことは西欧においても多く存した事実であることを認め、滅びるとは考えられない風俗描写の質と方法を史的に吟味するところから出発しなければならない。肯定や復権の主張はけっこうだが、それらはまだ主観の域にとどまっている。紅葉文学における風俗の意味も、一たびは紅葉自身の方法の解釈から理解し、その上で明治二十、三十年代の時代・人間・思想にかかわる評価でなければならないのだ。

風俗は、その奥に時代や人間を蔵している表相であり、表相を描く作者がその裏に何をこめているのかというのが作家の方法である。問題はあくまで個別的であり、紅葉の場合はどうなのかという問いである。そして私は、紅葉文学の風俗が、単に風俗描写のための風俗にとどまってはいないこと、紅葉自身の方法で観念の裏うちを伴っていることも多いのだとみている。ここでどうしても例示が必要となるが、私はかつて『心の闇』によってそうした紅葉小説の読みを提示しており（『国文学』昭43・3、本書IIIの三所収）、参照を願うとともに、ここでは本稿冒頭の『二人女房』の流行風俗についてのみ考えることとしたい。

江戸的な読み手を自称もしくは卑称していた依田学海は、次のように評している。

いかにも女子の領(えり)は近来首に巻着て猪首の如く見すること大に流行せり。こは遠国の女学生等がことさらに無骨なる体をなせしを、いつの頃にや東京の女子見習ひ果は芸妓等までも領を引かふりて着る事流行す。余は娘数人をもちてこの風をよく見たれは、この処よく心附きにき。

（「二人女房中編細評」『都の花』88号、明25・8。原文は句読点なし）

新しい一つの流行風俗ぐらいに読んでいた私は、学海に示唆されて、ここでも紅葉の思想のありかを教えられたのだった。ここには斎藤緑雨ならば慨嘆まちがいなしの明治女性の風俗がある。新旧の時代の選択を、結婚をめぐる人情によって描き出したともみえる『二人女房』にあって、娘お銀のこの流行かぶれは、田舎者のつくり出した開化文明への迎合であったことが明確となり、やがて幻滅を味わうお銀の形象に、このささいな風俗は意味深長な伏線を演じていたのだ。とすれば、ここにおいて紅葉の開化文明批判という主題につながる緒を見なければならないのかもしれない。

好都合な一例をあげたが、紅葉の場合、風俗は、小説の場を固定する時代・環境の必然というリアリズムの手法にとどまっていないことがあるのだ。近世文学的な〈見立て〉の方法を極端として、多様な趣向や寓意が用いられているらしい。描かれた風俗の裏に、まったく異質のことさえが貼りつけられて意味を持っていることがあるというわけである。その点から見れば、前記の襟の風俗が、田舎者のつくる開化文明を示しているのは、〈典型〉ないしは〈象徴〉であり、異質なものの見立てではないだけに比較的平易な寓意であろう。それにしても私は学海の評言によって初めて気づいたのであり、紅葉小説の理解の手ごわさを感じさせられたのであった。そこで私は、紅葉小説が或る種の近世小説のように、二つの顔を持っているのではないかと予想している。それは、大衆読者に素直に喜ばれる表向きの表現と、知的で繊細な選ばれた読み巧者に理解してもらう裏の意味づけである。当然風俗描写にも同様の表裏の意を考えてよい。私は、紅葉文学をいわゆる風俗小説に一括したり、懐旧の具や風俗史の資料となって文学史から葬られることの危険を、遅まきながら身にしみて感じている。紅葉文学の風俗はなかなかにしたたかである。

　次に近世小説的方法論とは別に、近代小説の理論的側面からの注意点を述べたい（従来この方面においても同時代の方法論が無視されて、現代の場に引き出しての批判に終始していたと思う）。紅葉は『維氏美学』（中江篤介訳、明16、17）を読んでいる。近代文学の理論に対して無関心ではなかったのだ。同時代の新文学の旗手であった坪内逍遙の『小説神髄』なども読んでいると推定されているが、風俗の問題も逍遙の論とかかわってはいないであろうか。〈小説の主脳は人情なり、世態風俗これに次ぐ〉という論はあまりにも有名だが、ここで注意したいのは、逍遙は人情につづく世態風俗について何らの解説も試みていないということだ。要するに逍遙は、小説における世態風俗は自明の当然としているのであって、その上に人情の洞察を強調しているのだ。それは、世態風俗の描写は近くは人情本等による伝統の下地もあって十分ながら、心理描写が類型化・卑俗化していることへの批判だったのである。紅葉が人情や風俗をどのように考えていたかを示す自身のことばはまだ見当らないが、実作を通じてどういう態度をとっていったかを若干追跡してみよう。紅葉は、『小説神髄』の示す人情と世態風俗について、それぞれを小説における二元のように意識し、その間を過程的に学習しているように見えるのである。

紅葉が小説を試みはじめた極初期は、明治二十年より二十二年四月の『色懺悔』の間で、(1)『娘博士（未完）』、(2)『花の木蔭』、(3)『夢中夢（遺稿）』、(4)『風流京人形』、(5)『YES AND NO（未完）』の作があるが、(1)(3)(4)において女学生・女学校という新時代風俗の代表をとらえ、特に(3)(4)では風姿・動作・言語に至るまで精細に描いている。(2)は花の精の会話に見立てて女の日常の口げんかを描き、(5)もこの時代に盛んであった正月の歌留多会を採り上げ、男が女をねらう裏面をうがったものであった。最初から紅葉の関心は同時代風俗に強く向けられ、その方法は滑稽や風刺、見立てや穿ちといった近世的方法を素朴に用いているが、風俗それ自体を目的とはせず、作家主体をくぐった時代批評を試みている点を前述の論点と合わせて注意したい。

つづいて文壇出世作となった『色懺悔』であるが、これは成立の要因が単純ではない。今問題としている点のみから言えば、〈時代を説かず場所を定めず〉（作者曰）という世態風俗の断絶によってあえて人情描写の純化を試みた実験作であったということだ。以降明治二十二年から二十三年初めの短編群『やまと昭君』『南無阿弥陀仏』『風雅娘』『うかれ鳥』『恋山賤』『関東五郎』『拈華微笑』は、近世古典や『アラビアンナイト』やゾラや実話からも取材して世態風俗にこだわらず、関心は明らかに人情の諸相や変化に向けられている。それゆえこれらの作から直接的に風俗を問題にすることは適当ではない。

明治二十二年の歳末に紅葉は読売新聞社に入社するが、ここで再び世態風俗が全面に押し出されることとなり、『猿枕』以後、『おぼろ舟』『夏痩』『伽羅枕』『むき玉子』『紅白毒饅頭』から『三人妻』（明25）に至る新聞小説によって世評が確立する。〈人間の実生活、自然の顕象、境遇の小波瀾を詩境に調和する〉ところに長所を認められ（福州学人「夏やせ」）、〈通常実験し得べき種類の人物〉を外面的によく描く特徴を指摘されて（後藤宙外「美妙、紅葉、露伴の三作家を評す」）、風俗作家としての定評ができあがるわけだが、新聞小説の風俗描写の第一の要素は、大衆読者のための娯楽性にあることを容認しておかねばならない。これは文芸欄主筆であった逍遙の直接的な指示（「新聞紙の小説」明23・1・18、19）であった。逍遙は新聞小説に対し、〈当世の事情を報道するの意を含ませ、成るべく当世を本尊とし現在の人情風俗又は傾き等をしめすべし〉、〈所詮娯ましむると同時に当世の有様を報道するか然らば多少教へ導く心ありたし〉と、むしろ当世の事情・有様という風俗に重点を置いて娯楽性・報道性・教導性を要請したのである。ここに読売前期の紅葉小説の傾向も要約されるであろうが、この点を大屋幸世が〈新聞という機関によって組織されたリアリズム〉とまとめており（「紅葉のリアリズム」『近代の文学2』昭52）、従来この辺に紅葉文学の浅薄を難ずる批判も集中するのだが、われわれは、その風俗描写が主に外的規制によるものであったことも認めねばならないのだ。

では、そうした紅葉の新聞小説における風俗とはどんなものであったのか。紅葉は〈新聞に従事するものは雑報文学を研究する必要がある〉と言っていたというが、ここに小説が雑報（いわゆる三面記事）に接近した地点で制作されていることが示され、田岡嶺雲は、紅葉小説を〈其想に至ては実に小新聞の一雑報種に過ぎざるのみ〉と罵倒した。紅葉の諸作と雑報との関連については、素材の面からかつて述べたことがあり（『日本文学』昭和48・5、本書IIの四に所収）、これも参照を願うとして、ここではやや視点を移して述べてみたい。

三面記事が時代社会の種々の事件を報道し、世態風俗を多分に具体的に伝えるものであることは今も変わらぬものの、明治の小新聞（『読売新聞』もその一種）にあっては、事実の報道以上に、大衆読者の興味や好奇心に応ずる話題の提供という娯楽性が濃厚で、それは今日の俗悪な週刊誌のセミ・ドキュメントに近いといってよかろう。そこでは、むしろ卑俗な裏話が歓迎され、材料は噂話で十分であり、記事の捏造や事実の歪曲もあったと思われ、何よりも面白おかしくを本位に、暴露的に軽妙な文体で読者を釣りこむことが第一であった。私は、巷説を増幅させ定着して大衆に提供したこれらの雑報を、〈近代の生む説話〉だと考えている（『愛知教育大学研究報告』第二十七輯、昭53・3、本書IIの一に所収)。それらは好色・物欲・悲話・奇縁・迷信・愚行といったものが内容を占め、紅葉小説も対応しているのだが、当代人物を採り上げる雑報は名誉毀損を避けて、しばしば匿名を使った。そこでは各界の有力人が卑俗化され矮小化され、庶民の笑いの対象にさせられている。ここに近代日本のエリートの俗物性を突つき出し、一般と等質化しようとする民衆の情念の鉾先が見えることは重視さるべきであろう。もはや例文を掲げる余裕もないが、小新聞の雑報の説話性は単なる風俗事象の報道にとどまらず、民衆の情念を代弁するものとして史的に評価されねばならないと考えるのである。それらを〈雑報文学〉と呼んだらしい紅葉には、かかる本質に目がとどいていたのだと思われる。娯楽に民衆の批評精神をからませた雑報の風俗は、紅葉小説の風俗にやはり反映しているのである。『夏痩』(明23)は華族階級をとらえ、その淫乱娘の私通妊娠というスキャンダルを暴き、『紅白毒饅頭』(明24)ではインチキな新興宗教(蓮門教がモデル)の好色の内幕を暴き、貴権の夫人令嬢も群がる有様が描かれているし、何よりも『三人妻』(明25)は大財閥(岩崎弥太郎がモデル)の好色の裏面を開陳し、主人公を胃ガンで死なせるのである。これらの作も新聞小説として発禁を警戒しなければならないなど種々の制約を受けており、今日のリアリズムの観点からは不満も多いが、この観点からのみする評価は、作品の場に応じてのものではない。つまりこれらの紅葉小説はリアリズム文学ではなく、一種の説話文学であることを認めてかかる必要があるということだ。紅葉は、民衆の情念に密着した地点で同時代風俗を選択し、説話的に描き出しているのだ、と私には考えられるのである。

(『解釈と鑑賞』第四十三巻第五号、昭和53年5月)

四　紅葉初期小説の方法

──新聞小説の観点より──

紅葉の読売新聞入社（明22・12・23）は、職業作家としての確立を意味する紅葉年譜の重要な一条である。牛込北町への転居（明24・3）も、定収入による経済生活の安定であろうと江見水蔭は述べており[1]、そうした入社を広津柳浪も羨んでいた[2]。それまでの同人雑誌中心の限られた創作活動も、新聞という場によって飛躍的に読者を獲得した。そして紅葉著作の主要のほとんどが新聞小説であってみれば、その声価も新聞を抜きにしては考えられない。ここにかれの作品の何らかの変化や傾向を想定したり、作品を新聞の本来の位置にすえてジャーナリズムの文脈において考察することは、当然の研究方向であろう。読売社内の同僚であり門人でもあった堀紫山[3]は、紅葉が口癖のように〈新聞に従事するものは雑報文学を研究する必要がある〉と言っていたことを伝えているが、このことは、紅葉が新聞人としての格別の意識をもち、とりわけ雑報（三面記事）に関心をそそいでいたことを示唆している。その点に着目して、本稿では、特に読売入社当初から『三人妻』（明25）に至る初期作品を『読売新聞』の記事動向との関連を主にして考察したい。

明治七年小新聞として発刊された『読売新聞』は、圧倒的な発行部数を誇る有力紙として府内第一位を占めつづけてきたが、明治二十年第四位に下落した[4]。この年読売は高田早苗（半峯）を主筆に迎えて紙面の改革に着手し、挽回をはかる。

〈新聞は社会に一歩先立つべきもので、二歩先立つべきものではない[5]〉という漸進的改良主義を大綱に、〈成るべく平易な言葉で論説を書き、今迄新聞の論説を読み得なかった人にも段々読ませる様にする〉という論説の通俗化による啓蒙は、従来の小新聞に大新聞の色彩を加えたものであり、〈雑報の方も其考で筆を執るが宜しい〉というのは、小新聞本来の三面記事の一段の充実をも図ったもので、時代への適応と、より広範囲な読者の獲得がねらいであった。さらに読売の他紙に別した新企画は、〈文学新聞とする方針〉をとったことである。高田は坪内逍遙を客員として入社させると、文芸欄主筆に任じ、ひきつづき〈当時の青年文士中見込のある人〉を物色して、紅葉と露伴を入社させたのであった。

高田の方針を帝した逍遙(6)は、着任間もなく「新聞紙の小説」（明23・1・18、19）という一文を掲げる。それによれば、新聞は賢愚老少男女を問わず社会全体を対象とするのであるから、新聞の小説も普通の冊子の小説とは異るはずのものであり、〈純然たる文学的小説を以て見る可からず、よし、美術として欠くる所あるも新聞紙たるの義務即ち広く益々広く楽ます点に於て本分を尽す所あれば十分賞美して当然〉と、通俗性・娯楽性を一義的な条件とし、新聞小説の要領を五箇条にして示した。

第一　小説にも当世の事情を報道するの意を含ませ、成るべく当世を本尊とし現在の人情風俗又は傾き等をしめすべし。

第二　誰が見ても同感し得べき事、さなくとも多数の人に解る事、即ち楽屋落にならぬやうにすべし。

第三　親子兄弟並びて読むとも差支なきやうに。

第四　過去（むかし）の事又ハ未来（ゆくすゑ）の事を種とせば成るべく当世と異る点を今の人に知らしむるやうに。

第五　所詮娯ましむると同時（とも）に当世の有様を報道するか然らざれば多少（いくらか）教へ導く心ありたし。

主筆の論が、読売の小説執筆陣を規制するのは当然のなりゆきと言うべく、この五箇条はまさに具体的な要請であり、逍遙は新聞小説に一線を劃して、評壇からの弁護も準備しているのである。この論は、ジャーナリズムの商品性を第一にし、啓蒙性を第二にして、『小説神髄』における対読者の問題を清算的に俗化し、芸術性と大衆性の二元的な分離を認めている点が注意されねばならない。大衆性と接近した地点で発想された戯作の改良という『小説神髄』の主眼も、ここではほとんど断念されており、新聞小説自体による文学への啓蒙の可能性が〈現在の人情風俗〉の描出に期待されるにもかかわらず、報道性を前面に押し出すことによってすり消されようとしている。とにかくここに、ジャーナリズムに隷属するものとしての新聞小説の二流的位置を公認するに至ったのであった。「新聞紙の小説」は、単に新聞小説史の指標たるにとどまらず、おそらく純文学・通俗文学の問題に関する明治的原点として重視されねばならないであろう。そして新聞小説がこの通俗性・娯楽性・報道性・教訓性の強力な制約から一応解放されるのは、明治四十年ごろの自然主義の繁栄を待たねばならないであろう。

紅葉にとって、読売入社は大衆への小説の提供を意味し、それは大衆の理解を前提とするものであったはずである。『二人比丘尼色懺悔』（明22・4）によって〈時代を説かず場所を定めず〉[7]という空想的な設定を、〈一風異様な文体〉で綴った紅葉は、〈趣を異にすれば、読人一見してつらいといふ〉ことを自覚していたように、かれの文壇的野心は、作品世界の仮構性とともに特異な新感覚の文体に支えられた芸術至上的傾向の強いものであり、そこには大衆読者が期待されていなかったと見られる。文体の模索はやがて西鶴にモデルを見出すに至るが、埋没も久しかった西鶴を模倣した文体が一般読者になじみにくいことは、『色懺悔』と大差なかったと考えねばならないであろう。読売入社後も紅葉が通俗性に反する西鶴文体を模倣しつづけたかは疑問である。確かにその模倣は跡づけうるのだが、『おぼろ舟』（明23・3―4）は紅葉自身〈文章はさう（注――西鶴風）でもない〉と述べており、新聞小説ではないが、『二人女房』（明24・8―25・12）は途中から言文一致体に変わっているなど、実態は西鶴文体の模倣完成という直線的なものではないことを考えねばならない。ここで文体分析を試みるつもりはないが、新聞小説と同人誌小説の違いを文体においても考察しなければならず、西鶴自身の文体にも変遷がある以上、紅葉が西鶴の文体のどこを基準にしていたかも検討を要することを述べておきたい。そして私は、紅葉の西鶴文体も、新聞小説においては平俗化を強いられ稀釈されてなお屈折した歩みをたどっていると見ている。それにしても〈元禄狂〉を自認する紅葉の西鶴への傾倒はひととおりではなかったし、難解な文体はジャーナリズムの阻むところではあっても、素材・構成・場面など方法的に応用されて西鶴の生かされる余地は十分あった。主筆の要請する通俗的・娯楽的な現代風俗小説は、報道性を持って先駆的・典型的たらねばならない。要するに、卑近な市井俗事をとらえて現象の裏面にひそむ当代的真実を示すことであり、しかもそれが通俗的・娯楽的であるためには、人間の普遍的な欲望がからまねばならない。紅葉の西鶴は、ここで、文体よりもむしろ暴露的リアリズムが生かされて、色と金の人間模様が扱われることになろう。そしてこれらの傾向は、当時の小新聞の卑俗な三面記事の性格と一致していた。そもそも新聞小説は三面記事である雑報のつづき物から発生したのであったが、幾分の品位や教訓が望まれているとはいえ、ここにはなお雑報とさして変わらぬ新聞小説の位置づけが見られるのである。雑報記者にとどまらぬ作家として自負するかぎり、さしあたってその手腕は、意外な真実の発掘や、錯雑した構成の処理や、興をそそる場面の設定に向かわざるをえないであろう。入社後の逍遙の論以降、紅葉の新聞小説には、予想される線がはっきりと見えてくる。

入社第一作『紅懐紙』（明22・12・23―26、四回）は、幕末・維新ごろの島原遊廓での話である。下戸の太夫に酒を無理強いする武家の席に飛びこんでその盃を呑み干した田舎の男が、武家の投げつけた大盃で口を切るが、太夫から手厚く介抱されて感激し、血のにじんだ懐紙をおしいただいて立去った。七年後、節検と幸運によって長者となった田舎の男は、太夫浅妻を身請けすべく島原へ急いだが、出て来た太夫がかつての浅妻ではないことに憤然と席を蹴って、血染めの懐紙こそ証拠の品と示す。けれどもこの太夫こそかつての浅妻に添って男を介抱した妹女郎であり、四年前に病死した浅妻の名を継いでいたのであった。事情は判明し、男はかつての浅妻に代えて今の浅妻を身請けすると、直ちに墓参に向う。以上のあらすじからも、その世界が西鶴の『一代男』や『二代男』にはなはだ類似していることが明らかであり、文体も西鶴の影響が濃厚である。

第二作『飾海老』(明23・1・1—9、六回)は、アメリカ帰りの西洋通を気どる男が、正月のかるた会で或る混血女性を見初めて口説こうとするが、実はその女は人妻であったという落ちの話である。かつて『我楽多文庫』(14号、明22・1)に掲載した『YES AND NO』は、第一「正月二日見初の事」だけで未完のままに放置されていたが、それを幾分趣向を更えて完結させた作品であろうと考えられ、浅膚な欧化傾向を揶揄したものであるが、ハイカラな英語を連発し、?や!などを多用した精細な会話を改行してきわ立たせ、それに古風な地の文を配したところに面白味があり、内容ともども洒落本・滑稽本の系脈を伝えているのである。

『紅懐紙』の物語は、おそらく元禄文学に通じ、粋をわきまえる特殊な男性の教養によって、細部の理解をも支えとして鑑賞されねばならないのであり、紅葉のロマン的傾向を端的に表現した作品であった。そして『飾海老』は、新奇な風俗と洒脱な文体による水ぎわ立った新感覚の作品であった。両作はいずれも紅葉自身の趣味に密着して、大衆読者の読みものとしてはなじみにくいことが予想されるのであり、紅葉が、まだ新聞の方針や対象読者についてほとんど考慮していなかったことを示している。逍遙の「新聞紙の小説」は、こうした紅葉の行き方に釘をさす意味があったのに違いない。五箇条は、いずれも両作に対する批判となりえている。

『猿枕』(明23・2・1—5、五回)は、「新聞紙の小説」の半月後に掲載された第三作である。かつて『文庫』(19号、明22・4)に『犬枕』(署名　青少納言)と題して「口惜きものは」の一章を綴った紅葉が、〈何枕といひたき執念去らず〉(はしがき)してつけたこの題に、『枕草子』や仮名草子『犬枕』を念頭にした古典のパロデイを試みる紅葉自身の趣味を指摘することができるが、内容は、著しく卑近な当世風俗をとらえてその内情を穿った二つの短編からなっている。「其一　すさまじきもの」は、大晦日の質屋の一場面をとらえているところ、西鶴の『世間胸算用』の設定を応用したものであろう。[8] 束髪の娘がこっそり辞書や教科書を質入れに来て、帯上まで加えてなんとか一円借りて行くのであるが、かの女はこの店の〈毎度のお顔〉なのである。その場に居合わせて驚く男客と番頭・亭主の会話で、話は次のように結ばれている。

彼（あれ）は何処の女と尋ぬれば、さる女学校に寄宿の身、故郷は三州の豊橋とかにて、お名は申さぬがお客様への忠義、国元には母親と兄あり、田地も少しは有りて五人六人の口には狼狽（うろた）ふる様な身代ならねば、あのやうに娘を修業によこして、月々のものもたしかに仕送らるゝよしなれば、あれほどの難儀をするやうな不始末はあるまじきに、それには事情（わけ）ありと番頭がいへば、亭主は帳面つける手を休めて、金さん世界は色さねと笑へば、ちげえねえつと客は膝をたゝきぬ。

つまり、東京へ遊学している女学生の生活の裏面を穿ち、勉強よりも男をつくって貢いでいる内情をうがった話なのである。「其二　あさましきもの」も、うらさびれていたある小さな私塾が最近盛況を呈しはじめた事情を暴露したもので、実は学力もない貧乏教師がいやがる妹をおとりにして書生どもを招き寄せていたというものである。『紅懐紙』や『飾海老』に色濃い独自の傾向は後退し、代って当世流行の衆目の風俗が採り上げられ、その裏面を暴露して小さな色と金の人間模様を描いて卑俗な好奇心に投じた話といえよう。しかも特異な点は、これを実話として提供しようとしている筆法である。「あさましきもの」の末尾を示そう。（傍線——筆者）

その後二月たてど少女（むすめ）は奉公にも出ず、半歳になれど縁をさがす模様もなく、小川町辺のなんとやらいふ好男子が手にいれたなどいふ取沙汰もありて、此頃は其少女、黄金の指環二つはめりて（略）二階の押入に絹布の夜具が一組、天鵞絨のくゝり枕を二つ見しと誰やらが話しき。

読者が東京府下の人であることを前提とした話のすすめぶりであり、身近な町名を掲げながら人名はことさらに伏せて、逆に事実性を匂わせているのであり、作品の時点も読者と同時的な現在に据えた風説もしくは伝聞として描くことによって好奇心を刺激するこの行き方こそ実話的手法にほかならない。そして実話的手法が、これまた当時の小新聞系の三面記事いわゆる雑報のスタイルでもあった（例文後掲）。

さらに『猿枕』の素材は、漠然と当代的風俗というにとどまらず雑報的事実に由っていると考えられるのである。『猿枕』発表の約半月後の一面の論説は「女学生の品行」（明23・2・18）と題して次のように述べている。

　去る二月五日の紙上に載せし女学生の没道徳と題せる一項、我社の紅葉山人が物したる猿枕といふ小説中の事柄、これらのあさましき事すさまじきものは、或は社友が目撃し又は伝聞したる事実なり。

と、多分の事実性を保証しているのである。二月五日の雑報「女学生の没道徳」というのは、最近女学生の品行についてずいぶん聞き苦しい話を伝える投書がしきりであると言い、ある女学生が寄席で書生の一人に目をつけて帰途を追い、書生がそば屋に入ったので失望の体であったが、しばらくして足早に立ち去る跡をつけてみると、〇〇〇〇学校の塀をくぐって入って行ったというものである。無根とは言えぬまでもこれだけで三面記事になりうるのが当時の小新聞であり、単純な事実を思わせぶりに潤色して低俗な興味をあおる姿勢は明白である。盗人が天井で糞をたれていったという他愛ないものや、犬と猫の雑種が生まれたそうだといった馬鹿げた噂が三面をにぎわすのであってみれば、男女の情痴沙汰などは絶好の雑報種であった。紅葉の『三人妻』（後編・十二）に「一段半の艶種」という一章があるが、新聞が妾の浮気をすっぱ抜いているところを描いている。

　一字遺さず丹念に読む眼は逸さぬ、三頁に一段半の艶種、標題（みだし）は帰咲隅田桜（かへりざきすみだのさくら）、人の名は朧に霞めたれど、知る人にはまざ〳〵と綴りたる妾の色事は、奥に寝てござるお才様の噂。

と、雑報の特種の何たるかを告げており、歌舞伎の外題もどきの見出しや匿名のさまも、『三人妻』当時のつや種の面影を伝えている。三面の傾向にも変遷はあるが、若干時代は降る日清戦争後の読売三面の状況について、当時の三面記者であった上司小剣[9]は次のように述べている。

社会面の内勤記者は、小説家志願者の登竜門のやうなもので、文学新聞と言はれた読売新聞の社会面は殊にさうであつた。さうして、市井の記事、詰まり社会種以外に、毎日一つづつは必らず艶種と称して短編小説のできそこね、コントともなんとも附かぬものを、一つは必らず書かなければならなかつた。事実の報道といふものよりも、文章の美しさで読ませるさうした作り話の方を、社内でも重要視し、読者もまたそれに多くの期待をかけたのだから、世の中もノンキなものであつた。全部空想で拵へたものでも、面白ければよいのであつたが、艶種の上乗は、知名の人たちの逸話を、ルポルタアジュ式に、技巧を凝らして書いたもので、それに上品な恋愛味を含んでゐたら、まさしく満点であつた。

『猿枕』の時点の読売では、いわゆるつや種も毎日と言うほどではなく、一般の三面記事と同列に扱われていて特に独立しているということはない。だが噂の誇張や事実を逸脱した潤色・粉飾はごく普通のことであり、種が無ければまったくの創作もあったろうと考えられる。そして読者の方では、ある程度の事実を面白く伝えてくれることを望んでいたのであるから、雑報は報道を立て前にしながらも小説に近いものであったし、事実性を保証された『猿枕』は、小説でありながら報道の側面を持っていたわけで、ここに両者の近似性が明らかになってくる。さらに『猿枕』の事実性を保証した論説「女学生の品行」以降、連日十日間にわたって読売雑報は、「女子に関する醜聞」「女学生の醜聞」と題して女学生の裏面をあばくスキャンダルを書きたてるのであるが、ここに大衆読者の好みの何たるかが具体的に示されているとともに、『猿枕』の題材・方法は社によって是認され、大々的に推進されたことがうかがえるのである。『猿枕』の素材が社内で得られ、一連の雑報「女学生の醜聞」を導いた共通の地盤を、一二の例によって確認しておきたい（原文に適当に句読点を加えた）。

両国より西南にあたる某校生徒のさま〴〵なる中には、何に心を奪はれてか課業も上の空。（略）甚だしきに

至りては教課書を質屋の庫に蟄居させて、少しの銭を得るや否や、牛肉と赤い文字大きく印しある家に入りこみ（略）

（二月二十日）

……小かなる女学塾あり。生徒の数さまで多からねど、身柄よき人の娘など寄宿して美人二三人ある由を聞込み、銭があツて面がいいとは近頃の掘出しと、程遠からぬあたりの唐物屋の息子が、少し色の白き所より小川町業平と自称し、（略）そツと悪女なるしほ子様の御宿元の身代を探ツて、（略）二千や三千の持参はたしかにあるべき分限と鑑定の上、偖心ある落花を誘ふて見しに、其易きこと宝丹の錫を猛火に投ずるごとくひしや〳〵と蕩けはじむれば、この機失ふべからずと唐物屋は、これを誑してまづ小使銭からいたぶりはじめ、其の次は衣装頭の物などぽつぽつと巻きあげ、末にはすこし嵩張りたる金の無心を言ひて悪智恵をつけて親をだまさせ、此事逐〳〵露見の緒を見定め、男はいつか影をかくし（略）

（二月二十二日）

その他、ある書生に入れあげ、妊娠までして窮したあげく、身をいつわって下女奉公に来た女学生（二月二十日）とか、垣一重の男女寄宿舎で毎夜忍び会い、男が盗人にまちがえられたことから二人の仲がバレて退学した女学生（二月二十七日）といった類である。雑報の方がより直接的であり、修辞・文体もふざけているが、素材・傾向・筆法の近似は確かであろう。

雑報はもちろん無署名であるが、紅葉も時には雑報の筆を執ったと伝えられている。(10) 紅葉の筆になる雑報を確認することはまだできないが、それらしい記事に出くわすことがある。(11) 逍遙の要請を、雑報に接近することによって具体化した紅葉であり、〈雑報文学の研究〉を説いていたというのであってみれば、自身雑報を書いたというのは信じることができる。以後の紅葉の新聞小説は、社の要請と読者の歓迎によって、〈雑報文学〉の性格は多分に固定し、新聞社を中心に雑報種が集められ、あるものは小説になり、あるものはそのまま雑報になるなどの選択がなされたと考えることができよう。

紅葉新聞小説の雑報性は、もちろん『猿枕』後の作品においても検証されねばならない。作品の事実性と実話的筆法を中心に、以下掲載順に概観考察したい。

『おぼろ舟』（明23・3・20―4・7、十九回）の素材については、紅葉自身が談話「小説家の経験」（『新著月刊』明30・6、『唾玉集』所収）で述べている。

> 彼作（あれ）は又聞きですが、大体は事実のあることで、彼（あ）の松本といふ男にしてある紳士は、在現（ママ）してゐる人なんです。彼所（あすこ）に百舌（もず）屋といふ口入屋のことをかいてあるが、是れは見る人が見れば、あゝ彼処（あすこ）の家か、と直（す）ぐわかる有名な口入屋が浅草辺にありますがね。

と、ある程度事実に由っていることを述べており、

> 浅草第六天の後門前に年古る二階屋あり。

と、おそらくは真実のモデルの口入屋の位置を冒頭に記して、読者の実話的興味をくすぐっているのであり、モデルの口入屋からは実際に新聞社へ抗議が持ちこまれたという。また妾となった娘のもとへ男が初めて訪ねて来た夜の娘の羞じらいを描いた部分（九）に、新聞初出の本文で、[12]〈見られたり！　見たり！　此時の心中人には紅葉（われ）も語るまじ。〉と作者自身が顔を出すのも、この作品が紅葉自身の見聞に基づく実話性の強調にほかならないであろう。なお口入屋の様相を描く冒頭の数回は、紅葉自身、[13]〈彼所（あすこ）は西鶴風でやつたつもりなんです〉と述べており、それが『好色五人女』巻三の冒頭の一章であろうと推定されている。[14]

『夏痩』（明23・5・1―6・7、三十回）は、華族の淫乱娘のスキャンダルを扱っている。かの女は使用人と通じて妊娠するが、男の女房の配慮で密かに分娩すると養女としてひきとらせ、自分はそしらぬ顔でフランス帰りの法学士と結婚してゆくのである。材源は明らかではないが、好個の雑報種というべく、前記「女学生の醜聞」と関連があると推測されるのであり、社内で仕入れたものと考えられる。〈麻布某町の華族藤村房永長女ゆかり子十九年〉

という書き方から想像するに、際物の雑報として採り上げることははばからねばならぬ相手であり、時効になっていたような事実の裏づけがあったように思われる。

　当年十四五歳の男子が、嫁ほしき時節には、この子年頃なれば、迂濶と色に引れて之を娶りたまふな。……（士族蓮田震策長女震子）、幾度も繰り返し肝に銘じて忘れたまふべからず。これは不義の子なり。震子は不義の子なり。

と作品を結んでいるが、十四五歳の男子と七・八歳の年齢差を考えると妥当に思われる設定をしているのも、作品では震子はまだ赤子なのであるから、七・八年前の事実を匂わせているようである。いずれにしろ件の私生児の実在を訴えて注意するところに実話的筆法は明らかである。

『伽羅枕』（明23・7・5—9・23、六十一回）は、紅葉がこれも「小説家の経験」で素材について語っている。

　彼の材料は日就社の社員が斯ういふ面白い俠気のある花魁がゐるが、行ツて聞いちやア奈何だと云ふので、自分は彼の佐太夫に遭ツて話を筆記して、殆ど事実そのまゝを多少敷衍したので、自分の作意を加へた所は甚だすくない。

と実話小説であったことをあかしており、

　好事士の尋ねたまはむとならば、団子坂大松葉の寮に老女なほ住めり。

という末尾は、実話の結びそのものである。この作品などは、前記小剣の述べているのちの〈艶種〉を導いたもののようである。なお『伽羅枕』[15]は構成の背後に『好色一代女』を意識しているふしがあり、『一代男』の名妓のおもかげが部分的に存することも認められてよい。多少の作意・敷衍の中には西鶴があったと考えられる。

『むき玉子』（明24・1・11—2・3、二十回。後編2・26—3・21、十五回）は、裸体画を描く画家の執心と、モデルとなった娘の羞じらいを基調にした話である。この作品の発想は、ゾラの小説『渠の傑作』（英訳本 His Master's

Piece）に基づいていることを内田魯庵[16]が述べている。しかし翻案にとどまってはおらず、当時の新聞雑報を見ると、多分に世相風俗を背景にしていることがわかる。これという記事は指摘できないが、裸体画は、山田美妙の『蝴蝶』（明22・1）以降、新聞等でとかく話題になっており、〈裸……〉という雑報の見出しもかなり目につくのである。紅葉自身も読売入社を控えて挨拶がわりに、小品『裸美人』（明22・11・22、23）を掲載している。新婚の妻や下女を全裸にして披露宴に臨ませようとする気ちがい画家を描いたものだが、直接には美妙にあてつけて欧化心酔の傾向を揶揄したものであろう。いずれにしろ風俗的な背景があり、好奇心に投ずる作品となっている。なおこの作から約四年後、第四回内国勧業博覧会に出品された黒田清輝の裸体画「朝妝」が問題を起こしたのであるが、この事実が『むき玉子』と酷似している[17]。数年後に現実となる問題を早くも予知していたかのようで、紅葉のジャーナリスト的感覚の秀抜を認めてよいのではないかと思う。

『焼つぎ茶碗』（明24・5・15―6・25、三十回、のち『神時雨』と改題刊行）は、貞実ではあるが容貌の劣った妻を、学者の夫がどうしても愛することができないで苦しむという夫婦の悲劇を、両者の心理を追って描いた作品である。素材については、田山花袋[18]が〈鷗外漁史を主人公にしたといふので評判であつた〉と述べている。鷗外の結婚と離別の不幸は前年中のことで、女主人公の〈敏子〉という名が鷗外の妻登志子と通っているなど、外見的にはそのように見えていたろうと考えられる推移を描いており、素材たることをうなづかせるに十分である。紅葉と鷗外の微妙な交渉については岡保生氏[19]が詳細に論じられているが、紅葉は鷗外の動静に意をはらっており、鷗外の家庭の事件も耳に入ったのであろう。岡氏は述べておられないが、両者の交渉については読売新聞を問題にする必要はないであろうか。鷗外は、紅葉と場を同じくする読売の寄稿者の大物であった。読売を介して両者の距離ははなはだ近いものになっているのであり、鷗外の離婚の経緯は読売新聞の知悉するところとなっていたのではなかろうか。しかし雑報に採り上げることはできない。名誉を傷つけて重要な執筆者を失うことになるからだ。この話題は社内だけで伏せられ、紅葉は、事件の落着と時効を見はからって、さりげなく小説にしたのではなかろうか。筆法が実話的ではなく、男主人公にも十分同情を寄せて描いているところに、鷗外への気遣いも現われているように思う。また知られている限りでの鷗外の離婚の事実のみでは、雑報になりにくいところも無いわけではない。本質的なズレに基因する夫婦の悲劇をとらえて事象本位の雑報性を越えようとしている点に、紅葉文学の深化を認めてよい作品だと考えるのである。今一つ仮説を持ち出して言えば、『焼つぎ茶碗』は、鷗外の離婚事件を知悉している社内に向けた楽屋小説の側面があったのではないかと思う。とにかく事情によって雑報にできなかった事件を小説にして掲載したところに、当時のジャーナリズムの性格があり、それと同時に、内容的に雑報化の困難な素材を小説化したところにジャーナリズムを越えるものがあると考えられるのである。

『紅白毒饅頭』（明24・10・1—11・20、二十五回、うち10・4—21は発行停止。下編12・6—18、十二回で掲載中止、のち『紙きぬた』に収録の際に増補完結）は、いかがわしい新興宗教の教会の淫猥な裏面を暴露したような作品である。当時の新聞記事で素材と思われるようなものはまだ見当らないが、ある種の事実は存したのである。若干後のことであるが、『早稲田文学』（42号、明26・2）の「文界現象」欄の記事「寄席改良説」によると、寄席が風儀上よろしくないという話の出た席上、紅葉が話しついでに、〈やがて風俗の頽廃を説き、『毒饅頭』の事実に及ぶ〉ことになったと記している。そして勝本清一郎氏[20]は、『紅白毒饅頭』を書くに先立ち、〈紅葉はこの小説の材料にした蓮門教の説教所を、門下の柳原義光の麻布桜田町の邸の隣地で実見している〉と報告されている。作品から推測するに、雑報としては特種に類する材料であると考えられるが、当時の雑報にはなっていないらしい。問題がいささか大きく、未確認情報のままや潤色では社会的に物議をかもす恐れがあって避けられたのであろう。しかしながらこの素材的事実は、二年半ぐらいたって、『万朝報』が中心になり「淫祠蓮門教会」と題して、大々的に暴露されたのであった（『紅白毒饅頭』と比較考察しなければならないが省略する）。

某守が邸跡の新開地に、此度一町四方を取廻したる大普請。

と始まるあたり、実話的設定でありながらとりわけ地名がボカされているのも、あくどい内情の暴露描写を意図しているための対外的な配慮であろうが、内容が内容だけに、読者の真相詮索の興味はただならぬものがあったろうと推測する。

『女の顔』（明25・1・1）は、元日のみの小品である。本妻に虐待されて自殺した妾の幽霊が出ると噂がたって借り手のなかった家を、ある軍人が進んで借りたのであったが、かれがその晩戦った怪物は、実はいたずらにやって来た同輩であり、その後何らの変異もなかったという話である。幽霊屋敷の話はよくあるが、文中に〈此噂場所（とこ）は指さねど一二の新聞にも載りける〉とあり、やはり何らかの雑報的事実に依拠し、実話性を意識していると思われる。文体が西鶴に近いが、素材的にも『武家義理物語』巻一の四「神のとがめの榎木屋敷」が近似していることをつけ加える必要があろう。

『三人妻』[21]（明25・3・6—5・11、五十四回。後編7・5—11・4、五十二回、うち7・28—8・10は発行停止）は、物語の大筋は『金瓶梅』を粉本にしているかと思われるが、具体的な素材は、三菱財閥の創立者岩崎弥太郎をはじめとする同時代の大立物と、その妻妾らの逸話を連載している当時の読売記事「明治豪傑ものがたり」などを背景にして集められており、当時の芸妓のつや種雑報なども折り込んで作られたもので、〈雑報文学〉の集大成の観があり、大衆の嗜好に投ずるところもっとも大なるものであったと考えられる。

妾にせしは惜しき女の鑑、と衆の噂するなりけり

という終末部の表現にも、同時代的実話というねらいがうかがえる。

以上、入社から『三人妻』に至る紅葉の新聞小説を、素材・方法を中心にして概観した。このうち『新色懺悔』と『伽羅物語』の二編は除いている。

『新色懺悔』（明23・2・9―19、十回）は『猿枕』につづく作であるが、『好色一代女』の部分的構成[22]や、江島其磧作『世間娘気質』巻五の一「嫁入小袖つまを重ぬる山雀娘」の趣向によると考えられる作品であり[23]、幕末から明治初めにかけた時期に設定しているようだが、年齢〈百十六歳〉などの数字的な誇張が実話性を希薄にしており、女性の一面を戯画的に描いて浮世草子的笑いを意図しているものである。『伽羅物語』（明24・1・1別冊附録）は、文章・構想ともに西鶴を模倣したもので、『西鶴置土産』の投影が指摘されている[24]。『新色懺悔』は、おそらくすでに構想が完成していて、「新聞紙の小説」の要請にもかかわらずあえて掲載したものかと思われる過渡的現象であり、『伽羅物語』は正月附録の特別読物として、いずれも例外的に扱うことが許されるように思われる。

こうしてみると、この間には、『都の花』に掲載した『恋のぬけがら』（明23）や『二人女房』（明24、25）の中編力作はあるが、初期小説の主要作の大体は、前記新聞小説の中に採り上げられている。そしてそこに明瞭な一つの傾向が現われていると考える。㈠事実に基づいていること、もしくは当代世相を十分に反映していること、㈡話を事実として伝えること、これらの要素は作により力点に多少の動きはあるにせよ、逍遙の要請した現代性・報道性に意を用いて通俗的・娯楽的たるべく専心した紅葉初期小説の新たな傾向であった。だが、㈢なお西鶴を主とする和漢洋の典籍が利用されることのしばしばであった点も見落とすわけにはゆかない。これはやはり西鶴への執着ということなのであろう。そして西鶴が、必ずしも小説として十分溶け合っていない点が指摘されたりするのは[25]、紅葉自身の意識では、西鶴的方法と雑報的方法との相互的な助成をはかりつつも西鶴が優先されていたことを示しているようである。雑報的な方法が外的規制によるものであったことを思えば、それもうなづけることである。さらにこのことは、論を拡大して言えば、紅葉は逍遙の要請した新聞小説の基準を雑報に見出して努めながらも、自己を雑報に埋没させることを拒否した作家的姿勢にほかならないのではないかということである。そこには雑報的方法を薬籠中のものとしてなおそれを越えようとするもののあったことが予測される。西鶴がその一つの文学的とりたるかを考察しなければならぬ地点に、今私は立っている。

でではあったが、それは単に手法の問題にとどまるであろうか。紅葉が当代事象の裏面に指摘し形象した真実の何

『読売新聞』の専属作家紅葉は、ジャーナリズムの極度な制約を受けて創作しなければならなかった。そもそも改進党系の社の方針である漸進的改良主義は、創作においても飛躍的な進歩性や新傾向を拒否したはずであり、新聞小説が読者獲得の最重要な戦略の一つである以上、紅葉の小説も、大衆読者と密着した地点で制作されねばならなかった。入社当初は立たされている自己の位置を必ずしも自覚していなかった紅葉であったが、主筆逍遙の要請によって、商品としての通俗性・娯楽性を主軸に、ジャーナリズムの当代性・報道性を大幅に加えて創作するに至ったのであった。そしてこの変貌は、ジャーナリズムから手を引かぬ限り、避けがたい運命であったといわねばならない。平井徳志「新聞小説の社会学的考察―その性格と要素」（『文学』昭29・6）は、そうした新聞小説の宿命性を現代の新聞人の体験から説いていて示唆深い。氏は、新聞小説も、他の記事と〈濃淡の差〉こそあれ、〈新聞のもつ本質な使命の制約のほかにその新聞の編集方針からくる制約も当然うけている〉と明言する。かくて新聞小説は、〈新聞〉（時事性・報道性）と〈小説〉（文学性）の二面から制約されて、(A)あらゆる種類・階層の読者を対象に、(B)編集方針を最大公約数的に具備し、(C)一日一日の完全性を条件に制作されねばならないのであり、〈狭義のニュース性〉〈記録性〉〈地方性〉といったものも〈新聞〉小説なるがゆえの条件であるという。現代にしてかかる姿なのである。紅葉の立っていた時点は、文学の独自性の認識も一般化されておらず、ジャーナリズムのモラルも確立されてはいなかった。ジャーナリズムの商品性が第一にまかり通っていた時代の新聞小説作家として売れる小説を書かねばならなかった紅葉の受けた制圧の露骨さは、思い半ばにすぎるものがあろう。〈深く紅葉の作を味ひ来れば、其想に至ては実に小新聞の一雑報種に過ぎざるのみ〉(26)という評壇の非難は、確かに紅葉小説の主要な面を

突いたものではあるが、紅葉の立たされていた現場を無視しており、あまりに過酷というべきである。紅葉が雑報的な方法に埋没していなかった点については、すでに部分的に示唆したところであるが、その点に触れた紅葉のことばを掲げたい。晩年に近い明治三十二年二月四日、かれは早稲田文学会の席上で講演したが、その要約が『読売新聞』（明32・2・13）に「紅葉氏の新聞小説論」（署名　星月夜）の題で掲載されている。〈星月夜〉は記者であった島村抱月である。論はいささか冗漫の感があるが、〈元来新聞紙に小説は向かない〉と、新聞の制約が文学性の追求と背馳することを洩らしている。そして挿画無用論を説くのも、小説の文学的自立性を擁護せんとする姿勢からでもあるようだ。さらに新聞小説について、

> 此所に一つ新聞小説といふものについて新案がある。それは、弦斎氏が日の出島が、直ぐ其日の出来事を翌日の小説に香はすといふ程にしなくとも、新しい当時の出来事を持って来て、それを題にして筋を仕組み、半分は新聞、半分は小説といふやうにしたならば、種の尽きる気遣もなく至極面白からうと思ふ、何も際物だつて構ふことはない、講談などに比べれば、遙に此の方がよい、新聞小説はこんな風にしたいと思ふのだ云々

と語った模様である。少し矛盾しているところがあるが、要は、新聞小説をあまりに性急な時事性によって束縛するなということであり、時事的なものを材としつつも作家の自由な創意・フィクションを尊重せよということらしい。どうやらここに、時事性と文学性の均衡が求められ、紅葉の意図する新聞小説がかすかに見えている。このことはまた、視点をずらして見ると、ずいぶんジャーナリズムに縛られていた紅葉自身の不満を告白していることでもあるのだ。

　ともあれ、紅葉が戯作者並みの雑報記者に自足せず、作家の経済的自立と芸術性の尊重の両立に苦しみながら〈文学者〉たるべく努力した実相を、明治二十年代の時点を絶えず念頭にして客観的に解明する必要があろう。近代文学史にもっと文学社会学の方法を加味していくことの必要性は今さら説くまでもないが、従来その位置を不当

に無視されている紅葉や菊池寛こそ、作家の権利の確立を良心的に推し進めて近代・現代の作家活動の基盤を固めたのではなかったか。作家の地位の向上や大衆と文学との連繫を一貫的に実践した先駆者としての紅葉という文学史的位置づけも、右のような視点から生まれるように思われるのである。

注

（1）江見水蔭『自己中心明治文壇史』（昭2、博文館）九二頁。
（2）『改造』（大15・12）特輯「明治文学の思ひ出」
（3）堀紫山「雑報談」（『文章世界』明40・2）
（4）『読売新聞八十年史』（昭30）付録年表。
（5）高田早苗述『半峯昔ばなし』一二一―一二四頁。以下の引用も同書による。
（6）厳密には高田と逍遙の新聞小説観にも差があったと考えられ、高田には、より文学性の尊重があったと見られるが、ここでは論述を省略する。
（7）『二人比丘尼色懺悔』作者曰。以下同じ。
（8）福田清人『硯友社の文学運動』（昭25、博文館新社）一四一頁。岡保生「紅葉と西鶴」（同氏著『尾崎紅葉―その基礎的研究―』昭28、東京堂所収）
（9）上司小剣「読売新聞時代の回想」（『書物展望』83号、昭13・5）
（10）『読売新聞八十年史』（昭30、読売新聞社）一五〇頁。上司小剣『U新聞代記』第八景。
（11）「『三人妻』の周辺―紅葉と読売新聞―」（福岡女子大学『文芸と思想』35号、昭46・1、本書IIの九に所収）
（12）『二人女』（明25・2）所収の本文では、〈紅葉（われ）も〉が無くなっている。
（13）「小説家の経験」前出。
（14）近藤忠義「尾崎紅葉論」（佐藤春夫・宇野浩二編『明治文学作家論』昭18、小学館所収）。前注（8）岡論。
（15）本間久雄『明治文学史』（昭12、東京堂）下巻二一八頁。前注（8）岡論。

(16) 内田魯庵「硯友社の勃興と道程」(『おもひ出す人々』所収)(十) 紅葉と外国文学。
(17) 勝本清一郎「フランス自然主義と日本文学」(『解釈と鑑賞』昭24・9)
(18) 田山花袋『東京の三十年』の「紅葉山人を訪ふ」の章。
(19) 岡保生「『柵草紙』時代の鷗外と紅葉」(同氏著『尾崎紅葉の生涯と文学』昭43、明治書院所収)
(20) 前注(17)
(21) 前注(11)の論に詳述。なお『三人妻』後の作品には、また新しい傾向が生じているので、本稿の考察対象は『三人妻』までとしたのである。
(22) 前注(8)岡論。
(23) 土佐亨「金色夜叉小見」(福岡女子大学『香椎潟』15号、昭44・9)
(24) 北沢喜代治「硯友社派文学の展開」(『日本文学聯講・明治編』所収)。前注(8)岡論。
(25) 前注(8)岡論で、「おぼろ舟」の口入屋の場面が、〈作全体の均衡を破つて〉いると言われる。
(26) 田岡嶺雲「紅葉」(『青年文』明29・2)

(『日本文学』第二十二巻第五号、昭和48年5月)

五　紅葉作『紅白毒饅頭』ノート

1

尾崎紅葉の『紅白毒饅頭』（明24）は、現行の刊本には収録されていないせいもあるのか、ほとんど採り上げられることはないし、発表当時の評壇も無視しているものであるが、紅葉文学の或る特質をよく発揮した野心作であって、消極的に評価しても、楽しめる中編である。

『紅白毒饅頭』は、もと『読売新聞』に連載された新聞小説である。明治二十四年十月一日から十一月二十日まで五十一日間（十月四日から二十一日までは新聞が発行停止なので、実質は三十三日間）に二十五回掲載されていったん筆がおかれ、十二月六日からは「紅白毒饅頭（下編）」と題されて十二月十八日まで十三日間で十二回続いた。しかし最後の文末にあるはずの〈大尾〉〈をはり〉などの語もなく、内容の点からみても明らかに未完中絶である。また前半最終日の文末にも前半完結を示す語が見られないが、これはそもそも上編（仮称）・下編に分けるという構想ではなくて、一種の中断を意味するようである。そしていったん上・下編に分けられた以上、下編も上編とほぼ等量になるのが当時の常識と考えられるので、この作は全体として、最終的な構想のだいたい四分の三程度まで進んで中絶したもののようである。翌明治二十五年五月春陽堂から出た紅葉作品集『紙きぬた』にこの作は収められたが、これには中絶以降が書き継がれている。しかしいちおうの区切りになりうるという程度でおさめたにすぎず、作品としてはなお十全な完結ではないであろう。なおこの時初出の〈下編〉は〈後編〉と改められ（前半はそのまま「紅白毒饅頭」となっている）、博文館版『紅葉全集』や春陽堂版『紅葉集』『尾崎紅葉全集』等は、『紙きぬた』の本文を収録している。本文も新聞初出との間に増補以外に若干の加筆があるが、本稿は、必要を認めぬ限り、便宜上博文館版全集によって進めたい。

2

『紅白毒饅頭』のあらすじをややくわしく述べよう。

（前編）――東京の或るところに最近〈玉蓮教会〉の看板を掲げる新興宗教の堂々たる教会が建立されて繁昌していたが、信者は〈総じて男子よりは女子多く、老いたるよりは若きが多く〉、三味線の音もおもしろく響くなどいささか不審なところがあり、評判となっていた。話によれば、神官は役者のような好男子で、神体不明ながら〈家内繁昌息災延命、其外一切の諸願成就〉ということであり、難病即治の神水を与えるのであった。或る時好色者の隠居が幇間まがいの出入商人にそそのかされ、くっきょうの遊び所と件の教会へ出かけはじめたのである。群衆ひしめく祭殿に登場した玉蓮尊師というのは一癖ありそうな太った婆で、狂気のように婆に触れようとする人々の姿にあきれた隠居は、説教の最中に周囲を観察すると、信者同志に神官も加えて男女が怪しげに視線を投げ笑みを交している。ぞくぞくしてきた隠居は、大枚のお初穂をあげると、神殿の奥に並ぶ小部屋のひとつに導かれ、そこで美人神女（みこ）の饗応を受けて喜悦したのであった。信者のほとんどは知らないが、この教会は〈売娼宿〉だったのである。またここに邸奉公に出ていたお勝という娘は、病気で実家に帰ることになったが、実家ではお勝の病気をめぐって、神水に頼ろうとする玉蓮信者の母親と医者にみせようとする父親・兄との口論が絶えず、お勝は両方を立てて、母の留守には医者に診てもらい、母の前では神水を飲むふりをしていたが、しだいによくなると、母親は玉蓮様へのお礼にお勝を連れ出した。教会でお勝は愛嬌のある青年紳士に見とれ、先方もお勝をじっと見つめたのであった。母親の話では、件の紳士は、さる華族の次男で洋行帰りの熱心な信者とのこと。お勝の心はすでに恋となり、母親にまたの参詣をせがむのであった。件の紳士滝沢は、書生くずれのしたたかの道楽者で貧窮して教会にころがり込んだのであるが、美貌と姦才を買われ、上流の令嬢を蕩らすおとりであったのだ。お勝は母をごまかし、滝沢を慕って教会に通うようになったが、苦心しながらも機会を得ぬまま、かの女はお邸へ帰った。或る日主人に嘘をついてお勝はひとりで教会に出かけ、奥の一間の怪しげな男女の対座をぬすみ見てわれ知らず逃げ帰ったりもしたが、想いはいよいよ募るばかりであった。その頃お邸の幼児が、夜中何ものかに襲われたように泣くことが続き、幽霊が出るなどと取沙汰されたが、お勝が余った神水を試みに飲ませて夜泣きが止んだことから、お勝は玉蓮様の霊験をしきりに力説するようになった（もちろんこれらはお勝の策謀である）。

後編——こうしてお勝は巧妙にも代参で教会へ行く機会をつくったが、途中でひろった車の車夫から、玉蓮教会のインチキや〈私窩子宿（ぢごく）〉である内幕を聞き、思い当るふしもあって不安がきざすのであったが、とにかく滝沢の様子を見ようと教会へ行くと、もう気もそぞろに滝沢の姿を求めていた。説教がすんで会堂に残ったお勝は初めて滝沢から声をかけられ、奥へ誘われてついて行ったが、恥ずかしさうれしさのうちにも男の言動に不安を感じ、車夫のことばを思い出し機を見て逃れ出たのであった。いっぽう教会では、もっと金になる信者を集めようと算段し、咄家くずれの男が、歌舞伎役者を夜買い切りにして女を誘う手段にしようと案を出して一座は大喜びとなり、男女の神官神女どもの乱雑淫猥な大酒盛となった。役者の福雀というのが口説かれて連れて来られると、初めはまあまあであったものの、冬という時季もあってしだいに参詣が減っていった。そのうち福雀は神女の下枝（しもえ）という女とでき合うが、神官どもから怪しまれて相方思うように会えず、苦心して首尾した翌朝とうとう見つけられた下枝は、尊師の婆から手ひどく折檻されて一間にとじこめられてしまった。下枝は女郎になるところを教会に身売りして来た女であり、婆は下枝の駆け落ちを恐れたのである。(1)〔後悔をよそおって何とか許してもらった下枝は、その晩婆の部屋から金をつかみ、衣類も持てるだけ持って逐電した。」

『紅白毒饅頭』という題名は、玉蓮教会で出される〈紅白の腰高まんじゅう〉にかけて〈まんじゅう〉が或る種の私娼をも意味するので、淫猥な魔窟としての教会を象徴しているものと考えられる。

3

『紅白毒饅頭』は、長期間の構想腐心によって成立した作ではないようである。明治二十四年八月三十日の読売新聞社告は、〈九月一日後の読売新聞〉の記事を広告し、

○尾崎紅葉新編小説

尾崎紅葉は目下小説材料採集の為め東北へ旅行中なるが、両三日中には必ず帰京の筈なり。左れば嶄新なる時代小説遠からずして読者の目を奪ふに至らん。

とあって、この時点で紅葉は、何らかの時代小説を掲載する意図を新聞社に伝えていたようである。しかしこの時代小説は結局現われぬままに、九月二十二日の社告は次のような文章を掲げて『紅白毒饅頭』を宣伝した。

○新小説披露　来月一日より掲載する小説は

○紅白毒饅頭　　尾崎紅葉著

鬼怪妖異筆端に隠顕して変化窮らず、紙上に回一回を重ぬるは歩一歩を魔窟に進むるごとく、粉気脂香の間に魑魅鮮血を争ひ去れば、翠帳紅閨の裏(うち)に罔両枯骨を弄し来り、陰森之気転(うたた)人の毛髪に偪(せま)る、行文は飜て濃(じょう)麗にして精奇、天華香を雲裏に散じ、神女簫を吹いて大虚に浮ぶに似たり、敢て一(いッ)怪語を放たずして能箇(よくこの)破胆奪魄の妙あり、「紅白毒饅頭」某月某日風雨晦冥の夕(ゆうべ)魔来て啖(くら)ふの約あり、鬼物(きぶつ)永く世間に留むべからず、好事の士女速に来観るべし、

こうして十月一日より連載が始まった。『紅白毒饅頭』の直前の作は、六月二十五日に連載を完了した『焼つぎ茶碗』で、この間三箇月以上の休みがあるので、構想の発端はこの期間いっぱいを考慮して推測しなければならないであろうが、いちおう時代小説を予定していたとする資料がある以上、紅葉の構想は、東北旅行から帰って以降急速に変更され、時代小説が棄てられて『紅白毒饅頭』に集中し、九月二十二日の予告が出る二十日間のうちに構想の大概は完成したものと考えねばならない。この新構想の急速な完成は何を意味するであろうか。

これまでにも予告文の掲載はあったが、ごく簡単なものであったし、それらの中でもっとも長文であったのは『伽羅枕』（明23・7―9）の予告であるが、『紅白毒饅頭』の予告はそれに倍しており、紅葉の新聞小説予告の中でもっとも長いのである。さらに紅葉自作と伝えられる『金色夜叉』予告文の、〈暮夜窮巷、人の血を吮ひ人の骨を咬む、……羶血淋漓、魑魅夜號ぶ、〉という文体や用語とはなはだ近似しており、これも紅葉自作かと思われるが[2]、いずれにしろこの作に賭ける紅葉の息込みをうかがわせるのであり、新聞社も目抜き通りに絵入の広告を出したことを鏡花が伝えている。

私が初めて先生の内へ上つた頃、先生は、「紅白毒饅頭」といふのを「読売」に書いて居られた。神楽坂とか、見附とかいふやうなところには、その大きな広告――矢絣の単衣を着た女がスツと立つて、その足もとに蛇をあしらひ、傍に紅白の腰高饅頭を書いた――が目立つて見えた。　（「紅葉先生の玄関番」）

紅葉新聞小説の絵入広告[3]が出されたことは、『金色夜叉』でよく知られているが、これから判断しても、『紅白毒饅頭』への力こぶの入れ方は『金色夜叉』に匹敵し、並々ならぬ野心作であったことを思わせるのである。

とかく呪術的な傾向があり、神道国教化政策によって異端視され秘密結社的に見られる新興宗教の内情は、一般的にも好奇の対象となりやすいうえに、その内幕が売淫にからんでいるというのは、素材段階でもう多分に刺激的で、大衆読者の興味をかきたてるに十分であり、作者も新聞社も受けを見こして力こぶを入れたものと思われる。

当時の紅葉は、入社時の文芸欄主筆坪内逍遙の要請によって、新聞小説の筆法の重点を娯楽性・報道性に置いており、〈純然たる文学的小説を以て見る可から〉ざる通俗小説の執筆を強いられている位置にあった。通俗的な新聞小説作者と銘うつことによって逍遙は、社の小説執筆陣を評壇から弁護するつもりであったらしいが、結果は新聞小説を評論の対象からはずさせることになり、紅葉らの無視を招いて、『紅白毒饅頭』や『三人妻』（明25）など娯楽性の豊かに見える作品はとりわけ放置された感があり、近代小説の或る種の貧寒を助長したと考えるのである。紅葉は逍遙の要請を受け入れて徹底したわけではないが、是々非々ながら受け入れて執筆し、時には調子に乗ってかれ自身をよく生かしえている作もある。ともあれ、こうした紅葉小説の力が読売の販売部数を延ばしたのである。さらに新聞小説がそもそも雑報（三面記事）の〈つづき物〉から発生したことは忘れてはならず、この当時も新聞読者には、生々しい時事的素材を興ある筆致で綴る雑報的性格を新聞小説に求める一面がなお強く存していた。そして紅葉自身も、〈新聞に従事するものは雑報文学を研究する必要がある〉と口ぐせのように語っていたという[4]。

　こうした紅葉の新聞小説の傾向を前提にし、新聞社の並々ならぬ宣伝を合わせ考えると、作中の玉蓮教会や売春に関しても、何らかのモデルや発想の基盤を同時代の社会的事実に求めることが可能となってくるようである。幕末から明治初年代ごろの間に、天理教・金光教・黒住教などのいわゆる新興宗教が簇生し、『紅白毒饅頭』の時点でもそれぞれの展開をたどっていた。

　この年の一月二十九日に『読売新聞』は、雑報「銀座の妖窟」で、かなりの身分と思われる男女が怪しげに出入するある家が秘密の売淫宿であったことを報じていたが、六月には雑報「密売淫流行の結果」（明24・6・16）でも、

　先頃風俗係を廃されてより売密淫の増加実に非常にして、現時は都下十五区六郡内至る処是等白鬼の妖窟あらざるはなし。然るに彼等は追々増長し、各雇人受宿に就て売淫の手引家へ周旋を申込むもの続々絶えず。されば目下尋常の奉公人出入尠き折柄、之れを奇貨として周旋する者あり。其手数料一度で尋常手数の十倍を申し

受くるの有様なりと。

と記しており、九月九日には、読売社説はそれらの取締りを要請して、〈風俗取締をして成功せしめよ〉という見出しで論じた。この社説が、紅葉の東北旅行から帰って来て早々と考えられる時点のものであることに注意したい。社説は社の論調の主軸であり、他の記事をリードするものであることは言うまでもない。この社説自体は風俗の頽敗に関して多分に一般的に説いているのではあるが、社内では売淫についてのさまざまの噂や見聞談が出ていたであろう。そして、社説に添い、社内の話題の中から紅葉が想を得ていったと考えて間違いあるまい。社説に応じたかのように、いよいよ警察も動き出したことが九月二十日の雑報「警視総監の厳達（密売淫に就て）」で報ぜられるなど、こうした情勢を背景に九月二十二日以降前掲の長文予告が現われ、読売読者の下地も十分に「紅白毒饅頭」は掲載されたのであった。そしてこの作の掲載中にも、売淫に関して「密売婦沙汰」（10・24）・「ちごく屋の閉口談」（10・26）などの雑報がバックアップしている。だが実際のところ、以上掲げたように売淫の記事はとりわけ多いわけではなく、また新興宗教の教会と関連した記事が見えないなどの点で、発想の背景などというにはあまりにも薄弱にすぎはしないかという疑いもあろう。しかし前述したように、新聞小説自体が報道の側面を持っていたのであるから、小説が雑報に代りえたのであり、また雑報で書きたてすぎては小説の面白さを減じてしまう。時事的な小説を引き立てるための雑報の削減ということは、雑報にも直接関与した紅葉の場合、特に有りうることなのである。逆に言えば紅葉が『紅白毒饅頭』を掲載しなければ、通俗的な興味に応じた売淫関係のニュースで、この時点の雑報欄はにぎわったはずなのである。また教会と売淫という結びつきでは、特に雑報として掲載することは避ける必要があったと思われる。でっちあげの雑報もないわけではなかったろうが、雑報はあくまで事実のニュースであり、小説は時事的ではあってもやはり仮構を大きく認められているものである。教会が売淫窟であったという雑報は、根拠の有無にかかわらず社会的に多大の物議をかもすことは必然であり、売淫一般に関して社が問題にしてから二十日やそこらの間に事実を確認することも困難であったはずだ。未確認情報や潤色による雑報としては避けられ、何らかの素材的なものが紅葉の小説化にまわったものであろう。

　ともあれ、『紅白毒饅頭』が当時の事実に基づいている点については、若干後のことになるが、紅葉自身が他人に語ったことを示す資料がある。『早稲田文学』（42号、明26・6）の「文界現象」欄に「寄席改良説」という小見出しの記事である。それによると、寄席は風教上問題があるので改良を要すると、数人の人々が話し合い、その場に居合わせた紅葉がその点の絶望を語ったのち

> やがて風俗の頽廃を説き『毒饅頭』の事実に及ぶ

と、紅葉自身が『紅白毒饅頭』の素材的事実の時事的であることを語ったと伝えている。そしてこの時事的な素材の考証を一歩進められたのが勝本清一郎氏[5]であった。氏は、

> これ（注――『紅白毒饅頭』の発表）に先立つて紅葉はこの小説の材料にした蓮門教の説教所を、門下の柳原義光の麻布桜田町の邸の隣地で実見している。

と報告している。玉蓮教会のモデルは、この蓮門教の説教所であることが示されたのである。

　では蓮門教はどういう宗教であったのか。今、小口偉一・村上重良の両氏による研究[6]を踏襲して紹介したい。

　蓮門教は、豊前小倉の商人の妻島村みつ（天保二〈一八三一〉―大正三〈一九一四〉）が創唱した法華系で神道化した宗教である。みつは、長門豊浦郡の農家に生まれ、近村の漁民を養子に迎えたが離別し、幕末に豊前小倉へ移り、同地の日蓮宗寺院に住むしづという婦人から祈禱・神がかり・卜占を学び、米相場の占いをはじめて評判を得た。ほどなく同地の豆腐商島村幸吉と結婚し、当時諸人に〈事の妙法〉を説いていた柳田市兵衛（号は素水・豊任居士、小倉藩士という）に従って日蓮宗の教学を学んだ。当時柳田は閑職にあって不受不施派の布教に専心し、かたわら実学を講じていたといわれる。みつは、この前後重病を患い、霊験を得て信仰を深めたという。柳田の死後、明

治初年になってみつは小倉で柳田の門弟とともに〈事の妙法敬神所〉を開いた。明治政府の神道国教化政策に対応して、この時期には旧来の法華信仰が神道化していたのである。みつは治病など現世利益で信者を集めたが、信者におこもりをさせた等の理由で警察から解散を命ぜられ、みつも拘留された。西南戦争後、明治十一年秋みつは布教所を再興した。さきの弾圧の経験から表向きは〈政学講談所〉と称し、民衆に政治・文化の演説を聞かせるたてまえであったが、もっぱら〈事の妙法〉を説き神水を与えて治病活動を展開した。たまたま小倉の富裕な商人の子息の治病に失敗して患者が死亡したため、親がみつを告訴し、数ケ月間拘留された。出獄後は〈人道教授所〉と称して布教を続けたが、教勢拡大をはかって東京に進出することになり、みつと幹部四名は明治十五年春上京した。はじめ神田和泉橋辺ついで下谷練塀町に布教所を開いた。祭壇には〈事妙法〉の軸をかけ、日夜法華経を読誦し、神道的儀礼を行ない、信者に神水を与えた。折しも、同年夏、東京でコレラが流行し、神水の霊験を求めて参詣する者がにわかに増加した。下谷警察署は、みつと幹部本田八郎を召喚し、神水授与を禁じ、ついで両名を拘留十日のうえ科料に処した。みつと幹部は布教の合法化をいそぎ、はじめ神習教に願ったが成らず、神田末広町に移転したのち、ようやく大成教に所属することができ、みつは教導職試補となった。教会は〈大成教蓮門講社〉と称し、教長にみつ、副教長に子修信が就いた。明治十八年には芝田村町に本祠をおき、のち小倉にこれをうつし、さらに長崎・岡山等に教院を設けた。蓮門教は、明治十年代後半から二十年代に、治病と現世利益をつうじて東京・中国・北九州を中心に全国的に教勢を拡大し、都市中下層を主に数十万の信者を獲得した。この間、治病活動のため官憲のきびしい圧迫干渉をうけ、また、知識人・新聞・既成宗教等から邪教として集中的な攻撃をうけ、教義の確立も十分みないままに、明治三十年代以後急速に衰えた。みつの死後大正五年に至て、大成教所属蓮門教会とみつの孫島村仙修を教長とする神道本局所属神道統一教に分裂し、後者はのち扶桑教に転属したのであるが、両教とも信者が漸減し、現在では蓮門教系の教団は全く姿を消したのである。

蓮門教ではみつを教祖、柳田を先師とする。〈蓮門〉の教名は、仏典において俗人で法華経を信ずる者を〈蓮門教主〉とよんでいるところから来ている。信者は神前で、〈事の妙法南無妙法蓮華教〉と五回唱えて拍手して礼拝し、儀礼には中臣祓・禊祓を用いた。〈事の妙法様〉を信仰し、神水をいただけば、病気には医者も薬も不要、あらゆる現世利益がもたらされると教え、信者にはみつ自筆の〈事妙法〉を与えて礼拝対象ないし呪符とした。開教期の教典は不明であるが、〈事の妙法〉とは造化三神の総称であると説いていた。

蓮門教は、神道と習合した法華信仰で、みつは第三代日蓮上人（二代は柳田）と称して生き神としての権威をもち、呪術・祈禱を中心に布教した。すなわち蓮門教は、中世以来密教の民衆化として長い伝統をもつ日蓮信仰に依拠して現世利益を中心に教勢拡大をはかったのであった。

『紅白毒饅頭』は、以上の蓮門教の解説に徴しても、また他の新宗教の調査も参照しても、蓮門教会をモデルとしていることに間違いない。

　某守が邸跡の新開地に、此度一町四方を取廻はしたる大普請。

という冒頭を勝本報告と合わせ考えると、麻布桜田町に隣接する芝田村町に本祠を置いた明治十八年の時点からの隆盛期を採り上げているらしい。さらに作品の〈諸症（もろもろ）の難病即治の奇効争ふべから〉ざる〈神水〉の件が主要な位置を占めている点は、蓮門教の外的な特徴と符合して決定的であり、その他〈尊師〉の婆が九州（日向）出身としている点も、小倉出で五十歳ぐらいであった島村みつと似ており、〈家内繁昌息災延命、其外一切の諸願成就〉は、新興宗教一般の特徴的傾向ながら、蓮門教も同轍である。しかしながら『紅白毒饅頭』は、蓮門教を示唆する一面とともに、それと確定づけられることを避けてもいるのである。紅葉小説にはしばしば実際の町名が用いられ具体的な位置が明示されることが多いが、玉蓮教会の位置は、前記の冒頭のようにボカされており、ついに明らかではない。もともと新聞初出の第一回では、〈玉蓮教会〉が〈白蓮教会〉となっていたのであるが、翌日の第二回の文末に、〈正誤　白蓮教会と云ふ名は現に番町辺にある由に付き爾後玉蓮教会と改む〉と記されて改められ、初版では、〈白蓮〉の語はすべて〈玉蓮〉になっている。こうした事実性回避の側面が意味するものは、やはり未確認情報や潤色に基づく小説の社会的影響や具体的な訴訟沙汰の惹起を懸念してのことであったようだ。そして初出の未完中絶も、それに類したことからではないかと推測する。

小新聞系の雑報は、事実や風説をとりまぜて誇張し、筆面白く書きたてることが多かったし、新聞小説がそれに輪をかけて書いてもおかしくはないわけであるが、蓮門教会が売淫に関連する事実性はどの程度であったろうか。『紅白毒饅頭』連載の近辺には見当たらないが、約一年後の読売雑報（明26・1・24）につぎのような記事がある。

○拝美宗　或る教会が古へのうた垣を真似て若き男女を舞ひ踊らせ、三味線太鼓に拍子を取り煽ふり立つる不体裁は、此程其筋より差止められたるよしなるが、此に又いと勢力ある教会の女教主（ぢよ）が万病の薬てふお水売る秘術を聞くに予め飾り立てたる仏堂の奥の溜りへは緞帳芝居の俳優（やくしや）の容貌美しきを招き置きて、参詣の若き女を取次がせ、又男の参詣ある時は居合はす美形に取次がせて、之を神への御奉公と云ひなすは憎むべき仕打といふべし。されど校書（げいしや）若しくは若き男の心にては、此の教会こそ俳優美人の美しき顔を拝むことを得るをせめてもの御利益と喜び、入りもせぬ（マヽ）お水戴きに出かくるも多しといふ。さても怪しからぬ事かな。

これはこのままで『紅白毒饅頭』とそっくりであり、雑報の方が小説の影響をうけている顕著な一例とも思われるのであるが、やはりこの時点の蓮門教会を指しているのに違いない。そしてこの記事は紅葉自身の筆になることを推測もさせ、前掲『早稲田文学』四二号の伝える紅葉談は、まさしくこの記事を踏まえてのものであったと思われるのであるが、売淫の存在は認められないのである。では『紅白毒饅頭』の売淫は、風潮を利用した紅葉の独創的な附会であったのかといえば、そうでもないのである。そういう噂や風説の存したことが推定される必要があると考えられる。それは呪術的な新興宗教の不可解な内幕への人々の好奇心の趣く自然の話であったと思われ、紅葉もそうした好奇の人々の会話から描き始めているのも、それが現実であったからに違いない。〈門内に手車の四五輛待たざる日なく帰りを待受て見るに、いづれも服装人品（みなりひとがら）卑しからず、某夫人誰氏令嬢とも見ゆる、年若き女の参詣すなりけり〉とある点も現在残っている神水授与(7)の図に燕尾服の男なども描かれているところから考えて、紅葉自身も観察した事実であったろう。神水などの迷信や教義の不明確にもかかわらず急速に繁昌し、時に上流かと思われる人々の出入は、不審をひきおこすに十分である。『紅白毒饅頭』より約二年半後、『万朝報』は明治二十七年三月二十八日より一箇月以上に亘って、「淫祠蓮門教会」と題して連載し、蓮門教告発の急先鋒となり、『二六新報』がつづき、ほとんど全紙にひろがった。『万朝報』の記事は微細な調査もあって、前記の蓮門教の解説を補うところさえあると思われるが、姦悪非道の一色に塗りつぶして客観性を欠くものの、そこには売淫と関連した記事がある。やはり売淫窟蓮門教会の風説の存したことを立証していると考えるのである。紅葉は、外部からの観察と巷間の噂に想像を加えて『紅白毒饅頭』を書いたのであり、それは時事的な風俗を潤色し小説化するジャーナリスト作家紅葉の主要な面であったのである。

4

蓮門教会をモデルにした玉蓮教会は何を意味しているのか、素材はいかに文学化されているのかという点について、紅葉の蓮門教の把握を考えてみたい。だが今日の宗教史学においても蓮門教の解明は前記の解説以上に出ているとは言えず、資料不足から立ち遅れていると見られる蓮門教研究(8)を試みることも、私の力にあまることなのであるが、悪意や偏見に満ちている同時代批判に頼ることなく、客観的な復元を意図した前記解説を、同時代の新興宗教一般の中で解釈し、蓮門教の位置づけをまず試みてみたいと思うのである。

天理教をはじめ新興宗教の教祖たちが生き神として絶対化されたことは、天皇を神格化し絶対化してゆく明治の国策・体制と厳しく対立し、その点では、民衆の生活に密着してその支持に基礎づけられた新興宗教は、民主勢力の特異な一部として位置づけることが可能である。さらに、教祖の一部が女性であったことも、女性自身の力の自覚を促すことに一役買っているという側面や、共同体的生活を守る意識から、しだいに自らの敵を知り、階級的な自覚を持つようになって、徴兵忌避や反戦の動きさえ見せた教団のあったことなども指摘されている。蓮門教も、その始発は地方の零細農民の生活に密着しており、その中で離婚再婚を経験して卜占に傾倒したみつに、外的内的な苦難を階級の問題としてとらえ克服しようとする情熱の並々ではなかったことを思わせるものがある。米相場の占いというのも、やはり農民の利益を守ろうとしたものであったろう。不施不受の法華系の信仰は、民衆の生活の自立自営を促進し、〈事（じ）〉に暗示されているのがおそらくは現世の事実であることから考えて、みつもまた、苦難の階級の守り神として自己を主張し、現世の利福を自らの努力によってかち得ることの正義を、夢と可能性において説こうとした女性であったように思われる。こうしたかの女の生き方は、明治政府の強行する政治への不審と反感に根ざしているのは言うまでもなく、非公認ゆえに加えられる弾圧を〈政学講談所〉の看板で回避しようとする試みも、政治への著しい関心をその本質に蔵していたかに推測されるのである。しかしながら、この辺から宗教と政治は明確に分離を果たすことによって、それぞれの合理性を生かして効果を期待できるのであるが、新興宗教の弱点である不合理な政教の混同が、蓮門教の場合も著しい。おそらくは生活の好転をあせる民衆の前には科学的な政治教育も通ぜず、呪術を早道とする教勢拡大に流れ、教派の公認確立へのあせりに追われるのである。世界観としての宗教はそれ自体が信仰によって保たれるはよいとしても、政治は科学的合理的な批判によって進められるべきものであって、政治が信仰と合体する時、合理精神は失われるのである。蓮門教は、その発生の根元である現実性の尊重からしても、おそらくは政治団体として運動を展開すべき性質のものであった。国家神道の確立と推進の国策に対して、新興宗教の多くが、旧来の公認的な存在としての仏教（維新期の一時は排仏毀釈が行なわれたが）から何らかの教義を借用し、外形的な祭祀は復古神道の形式を採るというのも、公認路線に添って弾圧を回避しようとするところが主であったと思われるけれども、蓮門教は法華宗の新派たる性格にもかかわらず、認可を急ぎ教勢を拡大するに急で、いささか節操のあいまいと、迷信深い民衆を迷信に閉じこめたままの把束の露骨さが感取されないではない（発生の地を後にする姿勢――のちには帰るが――も認可と布教のためばかりではないようだ）。これらは、教祖が山師ではなくても陥りやすい新興宗教一般の欠点でもあるが、とりわけ現実的な金銭や健康に関する福利という政治的科学的に処置すべき問題を、信仰の次元のみで解決しようとする矛盾に加えて、教義と唱導者を混同した信仰の絶対的要求は、非科学的な呪術に堕さざるをえなくする傾向がある。そして呪術の神秘性の護持のためにも批判分子を極端に警戒して秘密的閉鎖的となる一面を持ちつつも、一方では迷信深い民衆をとらえていくことも事実で、蓮門教の神水授与はその典型であったが、コレラ流行時に遭遇した幸運の発展も、非科学的な神水に頼るかぎり、早晩の破綻や矛盾の露呈は、これまた必然であったと言わねばならない。この明治二十四年の『紅白毒饅頭』の時点における蓮門教は、コレラ時の発展の余勢をかって普及した反面、神水による治病の失敗も多く出ていたはずで、発展の驚異とともに、内部では不信の声が聞かれ始め、教会側も弥縫策に腐心しているような時点に相当しているとみられるのである。

『紅白毒饅頭』にかえると、紅葉は、おそらく知識も持たず持つための時間もなかったのであろうが、蓮門教成立の積極的肯定的な側面や、教主の人間形成に対しては、まったく関心を示していないとしか言わざるをえない。蓮門教についての以上の調査や解釈も、ほとんど徒労としか言いようがない程度に風俗的な把握しか示しておらず、蓮門教を単なるインチキ以上には見ていない。その点では硯友社文学の通弊として指摘される〈現象の皮相な写実〉を、ここでも確認しなければならないようだ。しかし、たしかに神水というインチキを主要なものとしていた蓮門教である以上、〈鬼物永く世間に留むべから〉ざることは、新時代の教育を受けて合理主義の一面を身につけていた紅葉自身も当然のこととして疑わず、啓蒙的な新聞の立場からも、それは〈怪しからぬ事〉であって、その点は、直接政治とかかわりなくても時代の常識的な姿勢であった。そして神水と教主の神格化の非科学性をとらえるのみでも、それを徹底するかぎり、蓮門教会への嘲笑は、本質において天皇制国家への嘲笑に連るものであったと思われる。『紅白毒饅頭』の素材はたしかに珍しいものではあるが、それよりむしろ、構想にはらまれるべきであった問題の大きさをしのばせ、無いものねだりを承知しつつも達成の未到が惜しまれるのである。

その点について、風説として存した売淫の件を紅葉が誇張して加えたことの問題を考えたい。

玉蓮教会の非合理な権力構造が、民衆の無智を助長する点を徹底して描くかぎり、それは、間接にしろ明治の国家体制の批判となりうる点についてはすでに述べた。しかしながら、売淫という極端に不道徳なものの設定は、教会のもつすべての可能性さえも一括否定する根拠となるばかりでなく、売淫とは無関係な天皇中心の権力構造の暗示を絶ち切ってしまい、局部的に特殊な風俗の批判以上の内容を持ちえなくしているのである。つまり売淫が持ち出されることによつて、権力構造の非科学性・非人間性の提示は、かえって一般性を失う結果となっているのだ。

つぎに、売淫が加えられることによって生じえた可能性にも触れたい。

それは、資本主義に毒されて万事金次第に堕落する教会を、歴史的にとらえ描くことによって生ずるであろう。この時、事実としても出入があったと考えられる貴顕たちは、売淫を通じて教会と結託した収賄・汚職の人物として採り上げられ、教会は政界の黒幕となり、それにだまされて搾取される実直な民衆の悲惨という創作に発展し、堕落した資本主義社会を描破するところに、売淫は普遍的な意義を持ちえたであろう。こうしてみると、新興宗教とその教会にむらがる人々という『紅白毒饅頭』の構図は、あるいはバルザックの『人間喜劇』にも比すべき時代のパノラマとなりうる外形ではあった。そして売淫がそのような意義を担うことができず、作品が充実しなかったのは、未完中絶ゆえに果たしえなかったというのではなかろう。それは、書誌的考察で推測した書き浅らしの分で処理できる性質のものではなく、最初からの構造と方法——ひいては紅葉の世界観——の問題にまでさかのぼる性質のものであったと考えられる。そうした観点からすれば、唯一の『紅白毒饅頭』批評である日夏耿之介氏[9]の〈出来損じの傑作〉ということばは、むしろ〈傑作の出来損じ〉と倒置してよかったと思う。以上のように、八割がた紅葉の創造であったと考えられる〈売淫〉の効果は、かえって『紅白毒饅頭』の問題性を薄めることに作用しているし、可能性の面から言っても、それを生かす方向に向いていない点を示唆したわけだが、ここで改めて『紅白毒饅頭』の作品構造と紅葉の意図について考えてみたい。

もちろん決定的な要素とは言えないにしても、制作を刺激したのは売淫の流行という時代風俗であって、新興宗教でもなければ、ましてや国会開設後の政治動向でもなかった。主は売淫であって、玉蓮教会が従であることは、成立状況から推定されるところである。売淫の風俗は、それともっとも縁遠く、あってはならないはずのところにまでも見られるというのが発想の始発であった。そうであってみれば、予告文がことさらに怪談的に誇張されているとはいえ、玉蓮教会にいっこうに〈魔〉の不気味さがないのも当然であって、邪教にあやつられる民衆の悲惨な描写にも発展すべき根底的な批判は最初から存すべくもなかったようである。作品においても、売淫と呪術についてのごく常識的な感想以上のものを見出しえないばかりか、玉蓮教会への悪意さえも不明確なのである。作品構造も、後半部は内情暴露的になっているものの、それは多分にコミカルに描かれており、また、人々の噂——→好色隠居の体験——→邸奉公の少女の体験——→教会内部の人間たちという個々に独立している話の配列は、中絶や書き洩らした構想を計算に入れても、団円的な人間関係の収拾はつけがたいものと思われるのだ。形式的にしろ完全の作ではないゆえに、断言することはゆきすぎであろうが、『紅白毒饅頭』の主眼は、秘密の売淫窟玉蓮教会をつなぎの糸とした内部外部の人間模様の点綴に在り、それを一貫しているものは、バカし合いの愚人像にほかならないということである。玉蓮尊師にバカされるのは、お勝の母を含めた一般民衆であり、お勝は、母親や邸の奥様をバカしながら教会の滝沢にバカされており、すべてをバカしているような玉蓮尊師が神女の下枝にバカされて逃げられるという大きな円を描くバカし合いの循環の中に、幇間が好色隠居をバカしおだてたり、お勝が幽霊騒ぎで邸の人々をバカしたり、アルバイトのおとりの役者が神官どもを出し抜いたりなど、小さなバカし合いの模様が加えられているのだ。紅葉が初出の中絶を補って、玉蓮尊師が神女の下枝にしてやられる部分を加えることにより一応のしめくくりを導いているのは、おそらくこの作品の主題の明示に関連している。この補綴によって、バカし合いの構図はほぼ全円的に完結することになるのである。紅葉にとっては、玉蓮教会も社会構造の本質的な矛盾に根ざす悪徳の存在ではなく、しょせんは愚痴の集りであって、愚痴が愚痴をバカし合う喜劇的な人間模様こそ『紅白毒饅頭』一編の主題であったと考えられるのである。そして、批判を加えられることもなくノホホンと登場して来る好色隠居・軽薄な幇間・初心な娘・愚直な母親・道楽に身をもちくずした色魔・あまり売れない貧乏役者・曲者教祖という多分に類型的な人間群像の織りなす世界は、それこそ江戸の話芸や滑稽本の世界ではなかったろうか。そしてそれと見る限りでは、江戸的な人間喜劇としてそれなりに楽しめる作品と評しても、あながちあやまりでもあるまい。ここに、現実を色と金の浮世と観念し、享楽に利を求める江戸っ子の作者と読者の一致点があり、東京府下の読者を対象に販売をのばした『読売新聞』の専属作家たる紅葉の面目もあったのだと考えるのである。

またこのような作品の構造と方法をやや遠くから支えていたのは通説ながら、〈小説の主脳は人情なり世態風俗これに次ぐ〉と述べた『小説神髄』であったと思われ、玉蓮教会や関係人物の描写を通じての時代批判の観点の欠落も、登場人物の描写の公平を無批判と同軌にして歴史の観点を持たなかった『小説神髄』に、責任の一半はあるのではなかろうか。

作品論としての後半が走り書きに終って述べつくしてはいないがすでに予定の紙数を大幅に超過した。ノートと題するゆえんである。すべて後日を期したい。

注

（1）〔　〕部は、『紙きぬた』で増補された部分である。これは博文館版『紅葉全集』所収の後編（十三）に当たる。なお初出掲載の一日分は、全集の小見出し番号に相当する。
（2）堀紫山「雑報談」（『文章世界』明40・2）によると、〈紅葉さんの書いた小説の広告文は、まア悉く私が草しました〉とあり、問題を残している。
（3）江見水蔭『自己中心明治文壇史』（昭2、博文館）一四四頁にも、〈十月一日から紙面改良といふ『読売』の広告は各新聞に出た。／紅葉山人の『紅白毒饅頭』（略）が、それで発表された。／其他市中へ、布張り絵入りの立看板が配布された。今の如く活動ビラの流行らぬ時代なので、人目を驚かした。（看板の絵は桂舟が無名で書いた。）〉とある。
（4）土佐亨「紅葉初期小説の方法―新聞小説の観点より―」（『日本文学』昭48・5、本書IIの四に所収）参照。
（5）勝本清一郎「フランス自然主義と日本文学」（『解釈と鑑賞』昭24・9）。なお『自己中心明治文壇史』三二五頁参考。
（6）小口偉一・村上重良「民衆宗教の類型：第一部　近代社会成立期の新宗教」（『日本宗教史講座・第三巻』昭34、三一書房）。拙稿における解説も全面的に両氏の論を拝借した。
（7）川崎庸之・笠原一男編『宗教史（体系日本史叢書18）』（昭44、山川出版社）三七四頁。ただし原典を私は知らない。
（8）北九州の週刊新聞『西日本新聞リビング北九州』に昭和四十八年四月以降、田中九州男「北九州の女・島村ミツ」が連載され、小倉の教会跡や遺物・文献の若干についても報告されている。
（9）日夏耿之介「明治七小説家」（同氏著『明治大正の小説家』昭26、角川書店所収）

（『語学・文学研究』第四号、昭和48年10月）

六　尾崎紅葉と雑誌『貴女の友』

――近代文学とジャーナリズムについての基礎調査から――

序

文学研究の最も基礎的な段階は、何よりも本文の蒐集であり、近代文学研究の場合は、その点で新聞・雑誌の調査が不可欠である。そして本文の発見は、著作目録や全集の整備に寄与するだけでなく、時には伝記的に重要な問題の発生や解決の手がかりとなる場合さえある。例えば発表誌が大手の雑誌であるかどうかは、作家の名声や収入にもかかわってくる。こうしてみると、作品や作家を支えるものとしてのジャーナリズムや出版機構の研究といった文学の周辺の調査もかなり重要であると言わざるをえず、これまでも、新聞・雑誌の目録作成や解説が進められてきているが、今後は、有名大手のものから、時には小口のものに向かう必要もあろう。

以下は、尾崎紅葉研究を進める中にあって、本文蒐集を心がけて雑誌を調査するうちに発見した逸文の紹介と、掲載誌の解説であり、紅葉の伝記的な推論と近代文学成立期のジャーナリズムに関する若干の意見をも加えたものである。そして、紅葉研究のみならず、他の作家についての基礎的資料の一端となることを願うものである。

1　紅葉初期の逸文二編

現行の詳細な年譜によると、文壇出世作『二人比丘尼色懺悔』（明22・4）以前の紅葉の文筆活動については、同人誌『我楽多文庫』に掲載されたもののほかは、婦人雑誌『以良都女』に掲載されたものが二編ばかり知られているのみである。だが当時の新聞・雑誌を精査すれば、逸文はまだいくらか出て来るもののようだ。最初の児童雑誌『少年園』（1巻9号、明22・3）掲載の「日本(やまと)の春」という歌詞を私は紹介したが、(1) これも『色懺悔』以前のものである。以下に紹介する小品も、一つは『色懺悔』の一年前のものであり、もう一つは三か月後のもので、いずれも乏しい初期の逸文で、それなりに貴重なものかと思う。

掲載誌は『貴女の友』である。この雑誌は東大明治新聞雑誌文庫にほとんど揃っており、途中の欠号も国会図書館で補えるが、いずれも残念なことには創刊号を欠いている。調査の結果、『貴女の友』は明治二十年代前半の婦人雑誌（注――当時は〈女学雑誌〉という呼び方が多い）の一種であり、問題の紅葉の逸文のほかにも、須藤南翠・山田美妙・木村曙・広津柳浪・黒岩涙香・塚原渋柿園・高橋太華らの多くは逸文を収め、明治文学との関連が認められたのである。

紅葉の逸文である二編は次のとおりである（原文の総ルビをパラルビに改め、旧字体もできるだけ現行字体に改めたほかは、句読点の不整や圏点もそのままにしておいた）。

〇流行言葉(はやりことば)　　紅葉山人

丸袖の伊達(だて)模様は元禄の美人絵に時世粧(ときよそい)の面影をのこし今時(いまとき)の人の物わらひとなれども紅の織紐つけし紫の革(かわ)踏皮(たび)あるは吉弥笠(きちやがさ)に四つかはりのくけひもなど其頃は花車(くわしや)とも風流とも思(おも)ひけらし尤も一年二年の間にさへ流行(はやり)といふものあれば母親が嫁入の晴衣裳(はれぎ)長持の底に埋(うも)れ木(き)の花をかざるのみ娘は下着にも不承知……更にあやしむべきこともあらず

流行(はやり)といふ事万(よろづ)につけてあるものながら別(わ)けておかしく覚(おぼ)ゆるは言葉の流行なり。しかとは覚えねど今より八九年前小学校の女生徒がしたしき間の対話に一種異様なる言葉づかひせり。

《梅はまだ咲かなくツテヨ》

《アラもう咲いたノヨ》
《アラもう咲いテヨ》
《桜の花はまだ咲かないンダワ》

大概かゝる言尾を用ひ惣体のはなし様更に普通と異なる処なし前に一種異様の言葉と申したれど言葉は異様ならず言尾の異様なるがゆゑか全体の対話いつこも可笑く聞ゆ。五六年此かた高等なる女学校の生徒もみなこの句法を伝習し流行貴婦人の社界まで及びぬ初めのほどはいつこありしやしらず今は人も耳なれてこれを怪しと尤事はなくあどけなくて嬉しとのたまふ紳士もありやに聞く。

同じく思想を顕はすものなれど運拙くして下ざまに用ひられるれば下種言葉といひなされて玉簾の透間にさへ通ひ路なく口惜しき生涯を送るべきに羨むべき恩栄をかつぎしもこの言葉なり。この言尾なりげに人で申さば玉の輿こしにわ疎忽許させたまへいまだその素生を説かざれば訝かりたまふも無理ならず味噌漉さげし素生を語り申すべし

われ固より非をあげて喜ぶものならねどこの言葉が浮雲の富を貪り一時の寵を擅にして果は貴女の（これを用いたまふ貴女の）面目を汚すが心にくさに聞得たるまゝを申さんにこの言葉が人ならばその吃驚の顔が見たし……人いづくんぞ庾さんや

今女生徒が用ふる異様の言葉わ旧幕の頃青山に住める御家人の（身分いやしき）娘がつかひたるがいかにして死灰は再び燃えけむかく流行る事とはなりぬ。

其起源はいかにありとも言葉さへ風雅てあらんには何の遠慮なく貴女も用ふべく歌人もつかふべくされば この言葉の素生いやしきをもつて我はこれを誹るにはあらずたゞその鄙びたるを疾むにこそ。言語容貌は徳の符とやら申せばその身柄相応に尊ふときは人柄なるべく卑しきわ鄙びたる言葉つかひさもあるべきなり。心ある貴

女たちゆめかゝる言葉づかひして美しき玉に瑕つけ磨ける鏡をな曇らせたまひそ　（第25号、明治21・6・5）

寓言金米糖。

紅葉山人。

夏むきは何によらず食物くされやすければ。これを商ふ人は。ふかく心を用ゐずしては。あられなき物を我知らず大事の花客に売つけ。よしなき小言を聞くものなり。

さる人無沙汰見舞に参られ。金米糖一箱そのしるしにとてたまひしに。丁度何も茶菓子なければ。早速ながらお待せをと。これを皿にあけるに。金米糖にはあらで。白き大粒なる丸薬の。誰が嘗めしかぬる〳〵と濡ひたるなり。我は驚き。其人は面皮をかき。此は何物がと。手にとりあげよく〳〵見れば。丸薬にはあらず。紛ひもなき金米糖の。角をしやぶりなくせしなれば。いよ〳〵呆れ。かくけがれし物を覚悟の上にて売つけしか。思ふに主人は知らぬ事にて。店番の丁稚か長の日の口淋しさにしやぶりちらし。形をなくしては露顕必定と思ひ。箱詰の中のを陰かにかうして置たるに相違あるまじ。悪き仕業かな。そのまゝにしてやむべきかと。急に別を告け。その足にて砂糖屋へ行けば。亭主は奥に居て。店には丁稚一人。また何やら口の内にて。もぐ〳〵やり居る処を見てとり。いよ〳〵此丁稚の業にきはめ。今に目に物見せむと亭主をよびつけ。例の金米糖を見すれば。斜ならず仰天し。此餓鬼のいたづらと有無をいはせず。引とらへて打着すれど。かれは微塵覚なしといふ。子供の癖にその陳じ立。図太き根性がにくしと。明る日を待たず暇をくれしのち。余の箱を一々あらたむれば。孰れとして角の満足なるはなく。みな一面に湿ひて。見るから丁稚の涎を思ひ出してきたながる処へ。懸物却売の男来合せ。この話を聞て。金米糖は温気に溶け。われと角をなくし湿ひ出るものなり。一ツ二ツは丁稚殿がなめしやしれねど、二三十の箱の品を。のこらず疵物にせしとはうたがはし。其人の罪にしたまふは。あまりとやむこきしかたと口説ける。

（第60号、明治22・7・25）

「流行言葉」は、流行や風俗に敏感であった紅葉の面目を、すでに初期において顕著に示した小品であり、また言語にかかわる紅葉の美意識を露わにしたものとして重要である。紅葉によれば、表現そのものに美があり、美は都雅と鄙卑に分けられるようで、鄙びた言葉は紅葉の趣味に合わない。そして評価は鄙卑を意識しない人間の厳しい批判にも及ぶかのようだが、ここに都会趣味に徹した紅葉が明らかである。また、冒頭に近世風俗を持ち出しているところに、すでに愛読していた西鶴への傾倒がうかがわれ、流行の女性語について発生や沿革を祖述したりするのは、のちにしばしばのぞかせた考証趣味のはしりでもある（考証の正否は、私には何とも言えないのだが）。また雑誌『貴女の友』の名に応じて、〈貴女〉の語を巧妙にあしらい、雑誌の性格に応じて適当に教育的なものとしてまとめている点など、軽妙巧緻と常識性の紅葉文の特質が、すでによく見えている。なお、ほぼ同時期の小説に『風流京人形』や『夢中夢』の作があり、そこには新時代の女学生風俗がかの女らの会話も豊富に描き出されているが、「流行言葉」の一文は、これらの小説の自筆解題という側面があり、いうまでもなく紅葉は、女学生を風刺し嘲笑しているのである。

「寓言金米糖」も、早合点を戒める教訓的な主題において紅葉の常識性を見ることができるが、何よりも溶けた金米糖という素材が秀抜であり、部分々々の描写が小味に引きしまって、ストーリー・テラーの才気躍如たるものがある。ことの本源を見分けるよりはやく不当に破局を招来する人情の落し穴をうがって見せたところに、当時の紅葉小説と軌を一にするものがある。というのは、『色懺悔』を境にして紅葉は人情の機微に著しい関心を寄せて小説を制作しているのである。『色懺悔』より前には風俗が中心となり、以後二年ばかりは人情が主体になる点をかつて指摘したが、[2]『色懺悔』を中にはさむこれら二つの小品にも、前者が風俗、後者が人情という点は明瞭であり、いずれも当時の小説制作の舞台裏の一面として興味深いものがあろう。

2　『貴女の友』概説

雑誌『貴女の友』は、研究者によって開かれることのなかった雑誌ではないが、[3]同時代婦人雑誌の『女学雑誌』や『以良都女』に比べてほとんど知られておらず、『日本近代文学大事典』（昭52・11）にもその項が無い。しかし前記二誌に次ぐ婦人雑誌として近代文学に関係するので、解説しておきたい。

(1)創刊・終刊・刊行状況

明治二十年九月五日第一号発行（未見ながら次号以降の刊記によって推定）。終刊は未詳であるが、現存最終号の第七十八号の刊記が明治二十四年六月二十五日なので、それ以降となる。

発行日は、最初は五日・二十日の月二回、七号より五の日の旬刊、四十五号より十の日の旬刊となる。しかし五十号（明22・2・26）から狂いはじめ、月二回から一回にまで刊行日の減少がしばしばで、明治二十二年十一月以降は月刊となる。創刊二年にして甚だしい不振状況となっている。六十九号（明23・3・25）と七十号（明23・8・25）の間の五か月の休刊などその後は息も絶え絶えで未刊の月も多かったが、明治二十三年末に出版社の類焼したのが追い撃ちとなり、七十八号までは続いたが、おそらくこのへんで終刊になったものと思われる。

(2)発行所・編集者・前身

発行所は東京教育社（日本橋区本町二丁目一番地。十六号以降は三番地に変る）。同社は、ほかに『教育報知』『教育の友』『教育及政治』の三種の教育誌を出していた。

社長が日下部三之助（ママ）、編輯人が甫守謹吾、持主（発行）兼印刷人が明石健次郎。その後、七号から十一号（明21・1・15）の間（奥附欠損）に編輯人が松山伝十郎に交代、さらに三十三号（明21・8・25）より塩田力蔵に交代、三十五号以降主幹戸城伝七郎の名が加わる。五十八号（明22・6・30）より編輯人が菊池錠三に交代、六十九号より発行兼印刷人が若井源吾に交代、七十号以降発行・印刷が明石健次郎、編輯が若井となる。スタッフの交代穴埋めが刊行状況とも対応しているようで、終りは気息えんえんの様がうかがえる。

以上が奥附に登場する名前であるが、日下部三之介（安政三〈一八五六〉—大正十四〈一九二五〉）は教育出版界の大物で、明治大正時代の教育功労者である。明治二十年頃森有礼の秘書となり、のち教育方面に尽力し、東京府市の教育会幹事となって市の五十年祭に教育功労者として表彰された（『新撰大人名辞典』昭12、平凡社）。その他教育ジャーナリズムとかかわる重要人名は松山伝十郎と戸城伝七郎であるが、具体的には、日下部とともに木戸若雄『明治の教育ジャーナリズム』（二八—三二頁、五〇—五三頁、五九—六一頁。昭37、近代日本社）の解説に譲る。

本誌の前身は『女学叢誌』（明18・12・19—20・8・5の六十八号まで確認。東京、績文社。持主松本義弘。編輯人はしばしば交代）であり、東京教育社が引継ぎ、改称創刊したものである。なお『女学叢誌』は、初め客員として田島象二の活躍しているのが目立つ。

(3)形式・分量・価格・部数

形式は十三号まで四六倍判、表紙中紙同質。十四号以降は菊判、表紙は赤色に変る。表紙画は最初の木版画から石版画など四回ほど変る。

分量は表裏紙を含めて四二頁の基準がだいたい守られている。

価格は一部八銭。

発行部数はむろん一定していないだろうが、明治二十二年当初の四十八号を二千九部とする。部数において『以良都女』に次ぐものといえる。本誌は定期購読者への郵送が主である営業誌であった。

(4)主旨・内容・執筆者

創刊号に発刊の辞があったはずであるが未見である。しかし特殊な思想や団体を背景とはせず、広く女性の啓蒙・教養・生活技術の改善向上を目指してはいるが、その点やや特性に欠けるものがある。内容を欄によって示せば、おおよそ次のように類別される。

貴女の友（「妻」「母」などの題で心得を主に論ずる）
家政（裁縫・料理・家計についての具体的指導）
保育
学芸（生理・物理・天文等の科学的知識）
叢談（小説・和歌・古典・伝記・随想）
論説（女子教育論等）
新報（各地の女子教育ニュース）
広告

当時、女子教育雑誌・婦人雑誌が輩出しているが、最有力が『女学雑誌』と『以良都女』であることは当時においても認められていたようで、他誌の比較の基準ともなっている。四十一号（明21・11・15）に当時の各誌に掲載された見立て評があるので左に転載しておく。

批評者＼被評者		女学雑誌
日本之女学		馬上長刀を提ぐる勇婦
日本之女学		心胆剛勁なる老母
学海之指針	期する処	鳩の如く神聖
学海之指針	気取る処	白百合
読売新聞		御家中の奥様

いらつめ	優麗婉妁なる多情の佳人	窈窕嬋妍たる美人	蝶の如く美麗	桜	深窓の処女
貴女の友	親切なる教師	周密懇到なる妻君	蜂の如く甲斐〳〵し	胡桃	世話女房

以上の内容体裁についての見立ては、それぞれ言い得て妙であり、食い違いもない。だが『貴女の友』は、保守的で実際生活につきすぎて野暮に傾き、夢に乏しいと言えよう。装幀の粗末さ、ニュースの粗さも女子教育誌としての魅力に欠け、他の両誌に比べて遜色は否めないだろう。

執筆者も、無署名や匿名が多すぎる。著名人としては、後半に跡見花蹊の名などを見るが、高崎正風の歌を出すなどの古めかしさが感ぜられる。思うにこれは、金をかけないで少数の編集スタッフが執筆して、外部への執筆依頼が少ないこと、教育指針が平凡であるのに旬刊のひんぱんが、他に三誌も出していることともかかわって、粗製乱造に流れたのである。だがある程度魅力を支えたかに見えるのは〈叢談〉欄で、ここに載る創作や翻訳の文芸作品は、『以良都女』に次ぐ量が指摘されるのである。

(5) 文芸関係

創作文芸は、極端に言えば落語や謎々と同居させられるのが当時の女子教育誌などにおける位置づけであり、本誌も文芸に対しては、教養的娯楽以上の独自の価値づけは見られない。しかし一般教育誌や宗教関係の女子教育誌などがまったくと言ってよいほど創作文芸に介意するところがないのに対し、本誌は文芸方面に割く紙面が比較的多いことが認められる。以下、文芸関係の主要記事の一覧を掲げよう。

○閨（ねや）の徹夜燈（ありあけ）　南翠外史（述）

前身の『女学叢誌』五十七号（明20・4・15、未見）以前から『貴女の友』九号まで（明20？―20・12）掲載。（無署名）

○貴女亀鏡大和錦

一号より三十四号（明20・9―21・9）まで二十回。三十一号より〈色葉山人〉の署名がある。

○拾美人　香沁園主人（撰）

十号より四十五号（明21・1―12）まで二十五回。

○三美人三僧侶　美妙斎　記述

十四号より二十八号（明21・2―7）まで十一回。

○和歌　ホーヘンリンデン　山田美妙斎　二十一号（明21・4）。

○和歌　第十回東京金蘭会（諧螢の光）　美妙斎　二十四号（明21・5）。新体詩。

○流行言葉　紅葉山人

二十五号（明21・6）。（前掲）

○古郷　柳糸堂主人　訳述

三十五・三十六号（明21・9）の二回。

○悪少年　大森惟中君

四十六号より六十二号（明22・1―9、未完？）まで十二回。

○通俗教育夜席演芸（よせのだしもの）　独幹敖史　戯編

四十六号より五十九号（明22・1―7）まで八回。

○善行の報　蠡湖漁史　訳述

四十七号（明22・1）の一回。

○貴き返答　　蠡湖漁史　記述
四十八号（明22・1）の一回。
○佳人の大勇　　丹野敬治君　抄訳
五十四号（明22・4）の一回。
○薔薇姫（ばらひめ）　　江東散史
五十六号（明22・5）の一回。
○曙染梅の新型　　曙女子　作
五十八号より六十二号（明22・6―9）の五回。脚本。五十八号の目次には〈岡本栄子君〉とあり、独幹子の序文に、「岡本曙女史の新作……作者初著（はじめて）の稿書（かきおろし）にムリ升れば……」とある。また独幹子が若干の表現の添削を行なっているよし。独幹子については不明。
○こしかた　　美妙斎主人
五十八号（明22・6）の一回。小文。
○貞弁　　南翠外史
五十八号（明22・6）の一回。小伝。
○出口の妻　　大華（ママ）山人
五十九号（明22・7）の一回。美談。
○寓言金米糖　　紅葉山人
六十号（明22・7）の一回。（前掲）
○坐敷茶番江戸山吹開花の祝　　たかね

六十三号（明22・10）の一回。　さくら　訳
○緑母十指の訓
六十四号（明22・11）の一回。　涙香小史
○縁（えにし）
六十五号（明22・11）の一回。　柳浪子
○隻鴛鴦（かたはのをし）
六十五・六十六・六十八号（明22・11—23・2、未完）の三回。　蓼洲居士　編述
○一浮沈うき世の波
六十七号（明23・1、未完）の一回。　あやめ女史　訳
○柳の影
六十九号（明23・3）の一回。　作者しらす
○奇遇
七十・七十一・七十二号（明23・8—10）の三回。　柴の舎
○花吹雪
七十三号（明23・11）の一回。

以上、『貴女の友』は創作をとりわけ重視しているわけではないが、目ぼしいところを、特に近代文学史の著名作家の署名に注意し、文芸作品以外のものも含めてかれらのものを掲げた。筆名について前記作家以外のものは浅学にして知らないが、分っている作家は、それぞれ文筆活動を開始して日も浅い出発期に属し、逸文も多いこととて、著作年譜等の今後の参考になろう。

3　紅葉の初期と『貴女の友』

ここで尾崎紅葉と『貴女の友』との関係について若干考察しておかねばならない。そもそも私が『貴女の友』を調査したというのも、ごく必然な作業なのであった。

初期の紅葉について、従来見過ごされていたようだが、たぶんに注目を要する記述がある。それは白石実三「根岸派の人々」(『日本文学講座11　明治文学編』昭9、改造社)の一文であり、これは当該の文人・作家を採り上げた数少ない文章の一つであるが、そこで高橋太華について述べている部分に、次のように記していたのである。

紅葉のごときも、『我楽多文庫』を発刊する前、『貴女の友』といふ婦人雑誌の記者として、八円の月給で山人(注——太華)の下に勤め、生来の遅筆で、かなり山人に迷惑をかけたといふ逸話も残つてゐる。

これは、不明なところの多い『我楽多文庫』以前の紅葉の伝記を補うかに見える重要な記述であり、従来の年譜もまったく触れていない一条である。私の『貴女の友』の調査は、白石の記述の確認を求めるためのものであった。だが、調査の結果は、白石の記述が誤りではなかろうかと疑惑の線が強いのである。

創刊号(未見)には編集スタッフや執筆・寄稿等の陣容の幾分かについて宣伝がなされていたかもしれないが、調査の限りでは、『貴女の友』が太華の編集の下にあったという証拠がつかめず、同様に紅葉が太華の下にいたことや、『貴女の友』の編集執筆に深く関連していることについては、私にはそのように見えてこなかったのである。この時期に太華は、そして紅葉はなおさら著名どころではない駆け出しなのだから、執筆の機会に自分の名を宣伝こそすれ、他の匿名を用いるなどのことは考えられないのだ。事実両者は、一、二の文章を太華・紅葉の名で載せているが、それっきりであまりにも少なすぎる。以上の点から、太華・紅葉が『貴女の友』の編集に関係したとは言えず、太華も紅葉も寄稿者の小さな一人であったという以上の線が出て来ない。

寄稿者の名前を横に連ねても、私には美妙と紅葉の関係しかわからないのだが、これを前提に考えると、紅葉が寄稿するに至る人間関係の脈絡はある程度つかめて来る。それは、紅葉より早く美妙の寄稿が見えるところからである。

まず美妙の寄稿から述べると、その仲介者として中川小十郎(4)の存在がある。中川は、書き方改良会のメンバーであり、明治二十年六月にその機関誌『教師之友』を東京教育社より発行した。改良会のメンバーには、社長の日下部や主幹の戸城も加わり、山県悌三郎の名も見える。いっぽう美妙は、その七月に発刊した『以良都女』の編集にたずさわるが、中川はここにも同人として加わり、両者の親密な関係が生じた。そして九月には中川の関係した東京教育社から『貴女の友』が出たのである。こうしてみると『貴女の友』への美妙の寄稿は決して偶然ではなく、美妙と日下部の間に中川の慫慂斡旋があったことは疑いえない。美妙は翻訳で応ずるとともに、友人の紅葉の名を挙げて中川を介し、日下部に伝えていたのであろう。そして寄稿したのが「流行言葉」であったと考えられる。

だが日下部らは、紅葉らの新文学に格別熱意を示したようには思われない。『色懺悔』以前の紅葉ならば、いくらか稿料も期待できるこれらの寄稿に熱心になって創作で応ずることも考えられるのに、それ以上の執筆が見られないのである。日下部は仲介者の中川の顔を立てるだけの姿勢で、美妙や紅葉に書かせたのであろう。美妙は紅葉より一足早く文壇に名をなし、やがて『都の花』に飛び出して紅葉とけんくゎ別れになったことは周知のとおりである。こうしてみると紅葉の「流行言葉」の寄稿掲載は、仲違いする直前（五か月前）の両者の友情のかたみであったようだ。まったく両者関係のない個々の寄稿であったとは思えないのである。

五十八号から編輯者が交代し、再び美妙・紅葉の文が載り、新たに曙・太華・柳浪・涙香・蓼洲（渋柿園）が登場して来るのは、それぞれ人間関係のもたらした寄稿ではなかろうか。経営不振におちいった『貴女の友』を何とか保ちこたえようとして、文壇に頭角を示しはじめた人々の名を連ねる編集方針の変更であったように思われる。

しかし状勢は、もはやこれらの作家を引きとめるに十分な背景を失っていたようで、六十九号から編輯者がまた交代するとともにかれらの名前も登場せず、やがて廃刊となっていった模様である。

『貴女の友』における太華も美妙・紅葉も、結局は創作文芸を少しばかり利用する程度の編集方針の波間に、つかの間の姿を見せたにすぎないのだと考える。それにしても白石の記述のもとの出所は誰であったのか。太華も紅葉もまったく『貴女の友』と無関係ではないことは、両者の文が掲載されていることによって示されている。してみると白石の記述に誤りはあるにしろ、まったくの無根というのではないらしい。詳細な伝記を持たぬこれら関係人物を洗い出してゆくと、どこかで会する一点が存するのかもしれない。

4　婦人雑誌と明治二十年代文学・試論

明治十八、九年頃から婦人の啓蒙運動が盛んになるとともに、各種の婦人雑誌が叢生したのもこの時期の一つの特色である。これら婦人雑誌と文学との関連はどのようなものであったろうか。概観を試み、私見を添えて終章とする。

最も有名なのは『女学雑誌』であるが、今日その文学史的位置づけは早くも固定しているかの観さえある。筑摩書房『明治文学全集32』（昭48）は、その半分を〈女学雑誌〉派として独立させ、巌本善治・若松賤子・星野天知・佐々城豊寿・磯貝雲峯・湯谷紫苑の文章を収めている。傾向変遷についてはいっさい同書の解題に譲るが、本誌の文学はあくまで評論でつらぬかれ、次いで教育・教化の目的意識による泰西諸作の翻訳であり、創作文芸の影ははなはだ薄い。執筆陣のその点の不満が、やがて本誌に別れて『文学界』の成立を導くことになったことも周知のとおりである。だが『婦人教会雑誌』『婦人教育雑誌』等の仏教系の婦人雑誌が、教育徳化を狭く限って文学方面をいっさい排除しているのに対し、キリスト教系の本誌は、西欧文化への啓蒙や自我覚醒の問題の一環として、文学の問題を軽視してはいない。しかし当時の創作文芸特に娯楽的な小説は、本誌の理念や品位において懸隔があり、評論の対象とはしても具体的な掲載は回避されていた。

『以良都女』は何よりも作家の山田美妙の編集によるものであり、文芸欄は、小説・翻訳・新体詩・評論に至るまで美妙の独擅場であった。営業誌として特定の思想教化に束縛されず、流行性・娯楽性の豊さがかえって一般女性の魅力となり、女性読者を通じて美妙の名を高からしめたとさえ考えられる。そして美妙のいわゆる「デス」調文体というのは、女性読者を考えることにおいて最もよく理解できるのではなかろうか。

最も著名な前記二誌については、今それ自体を詳しく語る要はなく、むしろ同時代のジャーナリズムや婦人雑誌全般との比較が重要であろう。当時の婦人向け雑誌には、その他『日本之女学』『新婦人』『東京婦人矯風雑誌』『君子と淑女』『文明の母』『女新聞』『大日本婦人教育会雑誌』『女権』『女鑑』などがあり、『貴女の友』はその中では比較的有力なものであったようだ。これらの諸誌は現在揃っているものが乏しく、調査にも限界があるが、特殊な思想や団体の機関誌ではない一般婦人を対象とする営業誌が、それなりに創作文芸とりわけ小説を掲載していることは注意すべきである。例えば『文明の母』には、美妙・鉄筆将軍（大矢森之助）・南翠・石橋思案・巌谷漣・柳浪の作があり、『日本之女学』には江見水蔭や柳浪が小説を書いている。『文明の母』や『日本之女学』は月刊であり、それだけに装幀や編集内容は『貴女の友』よりもむしろしっかりしている。

近代文学の展開にかかわるジャーナリズムの性格は重要である。そして婦人雑誌においても文学・小説のかかわっていることが明らかとなった。そしてそのかかわりはどのようなものであったろうか。

この時期の企業としての雑誌社は、経営のために、何よりも読者の獲得をはからねばならなかったであろう。そうした婦人雑誌が小説に目を付けたのは、女性読者の開拓にとってけっして効果のないものではなかったと思われる。比較的家庭内に多くの時間を費やした女たちは、人情本や草双紙の江戸時代から貸本屋などの上顧客であり、小説読者人口は男性に劣るものではなかったと思われる。そうした女性読者の教育・啓蒙を、小説を通して行なうのも一法ながら、まじめで固い内容ばかりでは女性は付いて来るまい。婦人雑誌に限らず女性こそ重要な読者であり、近代においても文芸の最大の顧客であったろう。そういう女性向きの小説こそ、婦人雑誌の小説ではなかったろうか。

そこで考えられるのは、文学史研究において、政治小説等の硬文学の系統が『小説神髄』の人情主脳論によって屈折し、人情世態小説を多く生み出す原因になったと言われ、さらに自由民権運動の挫折などの内外状勢がその外的条件として挙げられている問題である。多分にこの時期に人情小説は増加し、その創作陣は硯友社が主流を占めているであろう。だがこの現象は、『小説神髄』の影響や硯友社作家の資質等によるばかりでなく、より直接的には、ジャーナリズムの発達に伴って女性読者が再評価され、小説が商品化されるとともに、女性読者獲得のためにジャーナリズムが女性向きの小説を求めたという事情が考えられるのである。そして企業としての婦人雑誌においてこの傾向は端的に現われているのである。それらの雑誌は、確実に政治小説を排除して人情小説を掲げているが、それらの多くは恋愛・悲境・奇縁などの女性好みの材料であり、また女性としてのたしなみや心得としての人情理解にふれて、教育誌の性格を意識しているかに見えるものもある。こうした営業的婦人雑誌にとって、文筆の場を求めている駆け出しの硯友社連中こそ、安い稿料にも応ずる格好な存在ではなかったか。ジャーナリズムの発達―女性読者―婦人雑誌―女性向きの記事―人情小説―文壇傾向という合理的な解釈も、この点からスムースに進めうるように思われる。だが同時に、これらの婦人雑誌が、必ずしも問題作や史的に有効な作品を生まなかったことにも注意してよい。それは何よりも雑誌社の多くの経済的基盤の弱さが先行し、作家に十二分の力作を書かせる時間的経済的な余裕を持たなかったこと、また編集者自身が近代文学に対する理解に乏しく、小説を娯楽と教化の道具としか見ない前時代的文芸観に支配されていたこと、小説を商品以上には考えない営業優先によって疎外したことなどが、その理由として考えられよう。また作家の側から見れば、当時生まれはじめた『都の花』を筆頭とする『新小説』『やまと錦』『小説萃錦』等々のほとんど小説の専門誌に発表することの方が願わしく、いきおい婦人雑誌の小説は手を抜くなどのことになろうし、作家が固定給を得るために新聞社等の抱えになると、どうしても他の雑誌小説の方は片手間にならざるをえないという状況があろう。

ともあれ、企業としての婦人雑誌が、明治二十年代前半の人情小説の文壇傾向の一翼をになっていることは注意してよい。

注

（1）「尾崎紅葉の児童文学」（愛知教育大学『国語国文学報』31、昭52・3）

（2）「紅葉文学における風俗」（『解釈と鑑賞』昭53・5、本書IIの三に所収）

（3）柳田泉・塩田良平・岡野他家夫らの論考に『貴女の友』の名が散見する。新しいところでは涙香研究の伊藤秀雄が本誌を見ている。

（4）中川は美妙らと言文一致運動に尽くし、のち立命館大学学長となり、立命館出版部から『美妙選集』を出して序文「『いらつめ』と言文一致」を寄せている。（吉田精一博士古稀記念論集刊行会編『日本の近代文学・作家と作品』昭和53年、角川書店）

七　紅葉と読売新聞社との違和をめぐる明治二十五年九月の事件について

附・紅葉の『読売新聞』掲載作品の掲載状況一覧

従来、尾崎紅葉と読売新聞社との違和については、連載小説『金色夜叉』のあまりにも多い休載や中断が社長を怒らせ、その結果退社の余儀なきに至ったという紅葉最晩年のあたりを採り上げるのが常識になっていると思われる。(1) しかし『読売新聞八十年史』（一六二頁）によると、明治二十七、八年あたりを紅葉のスランプと見て、〈本野社長の態度は、そのころから紅葉に冷たく当るという風に見えた〉と記述して、違和の現われてきた時点がかなりさかのぼることを示している。そして私見では、違和が表面化した最初の事件が、さらにさかのぼる明治二十五年九月に起こったと考えられるので、その前後の状況とともに考察したい。従来の紅葉年譜のすべてが逸しており、紅葉や周辺人物も明言していないので見過されているようであるが、作品論にも影響を及ぼす重要な一項だと思われる。

そもそも文学に理解のない社長の本野盛亨（社長在任期間　明22・1～42・12）が、紅葉の在社期間（明22・12～35夏）をすっぽり覆って君臨していたことが紅葉の不運であった。読売の主筆であった高田半峯は、次のように回想している。

本野翁は（略）実に真面目な人であつたが、多少頑固な処もあつた様に思ふ。翁は無理もない事であるが、当時の文学者なぞといふものを殆んど理解することが出来なくて、昔流に小説を書く人は皆戯作者に過ぎない位に思つて居た様であつた。要するに尾崎紅葉という人物を理解する事の出来ない人であつた。それが為に此の

両者の間が常に何となく折合が悪くて、私は其中に立つて随分困らされたのである。（『半峯昔ばなし』五七）

高田は、周知のように、大学生の坪内逍遙を西欧文学に誘掖した近代小説開拓の鼻祖として今日目されており、文芸界に直接に身を投ずることはなかったが、小説及び小説家の位置に早くから理解を示した人物である。そして明治二十年落ちめの読売新聞に招かれて主筆になり、改革に尽力して挽回した功労者でもあったが、その改革策の一つが、読売を〈文学新聞〉とすることにあり、明治二十二年十二月、高田は逍遙を客員ながら文芸欄主筆に任じ、創作陣には新進の紅葉と露伴を抜擢して、その策はものの見事に成功したのである。ここに読売は紅葉の小説を多としなければならぬ関係が生じた。一方紅葉にしても、『読売新聞』という場によって広範囲に読者を獲得して名声を高め、また月給による経済生活の一応の安定を得たわけで、いわゆる〈紅葉の読売か、読売の紅葉か〉という評判は、いずれか一方を切ることを許さぬ相互的な援助と恩義の関係を含むものであった。だが、読売が紅葉に対して感ずべき恩義を、本野社長自身はほとんど意に介さなかったのである。恩義関係は、高田主筆と紅葉の間には意識されていたし、高田と本野の間にもそれはあったと思われるが、本野と紅葉のギャップが両者にとっての損失になることを本野は気づかず、間に立った主筆一人が苦労したのである。本野の不満は、紅葉が連載小説をしばしば休むことであった。

そして又本野翁が紅葉君に対して不満を抱くべき理由も全くない訳でもなかつた。／紅葉君が小説を新聞へ載せると、其の一編が終る迄の間には、中途休掲といふ事が随分多かつたのである。処が紅葉君の小説というものは固より読売の売物であり一枚看板ともいふべきものであつたから、少し休みが続くと、読者から頻りに小言が来る。然うすると本野翁は気を揉み出して其尻は必ず私の方へ来たのである。（略）さういふ場合になると私は社へ出勤しがけに紅葉君の家へ立寄つて催促をしたのであつた。（略）／さて紅葉君に会つて見ると、然う無やみに催促も出来ない様な事になる。殊にあの流儀で一字一句苟もしない、苦心惨憺の痕が原稿に歴然と現はれて居るのを見せられると、迚も催促などする勇気も出なくなるのであつた。さういふ様な事は数々繰返されて居たのであるが、私は紅葉君の世話なぞは殆んどした事はなかつたけれども、紅葉君の主なる小説は、私の催促の効力があつて纏まつたといふ様な事は言つて言はれない事でもないと常に思つて居る。

（前掲書五七—五八）

ここには、高田の紅葉に対する理解と恩義、さらに紅葉を十分バックアップできなかった悔いが語られてもいるようだ。

営業成績ばかりを気にして、小説執筆も単なる労働以上に見ようとはしない社長に対して、高田は仲介役となり、紅葉の楯ともなって対立を緩和していたが、やがて社の実務から遠ざかるのである。高田は、明治二十三年七月最初の衆議院議員選挙に埼玉から立候補して当選し、第一回帝国議会に列席した。そのため、明治二十二年末頃から多忙となり、二十三年には、〈事実は毎日社へ出勤する事さへも少しあぶなくなつた位で〉、〈読売新聞を自分で管理して居たのは明治二十一年二十二年中位のものであつた〉とさえ述べている（前掲書六二）。論説の筆は執りはしたが、このように社務に専念できなくなると、二十三年十月には、補佐として新潟新聞主筆の市島謙吉（春城）が客員で迎えられた。しかし翌二十四年には、結局高田は主筆を辞して市島に席を譲り、重役としてとどまりはしたものの、社の実務から完全に手を引いたのである。こうして高田は、紅葉らの入社を社の改革事業の結びにして社務をはなれてゆくのであるが、前記のように、繁忙の中を自身で原稿催促に出向いているのであり、紅葉の主なる小説というのがどの時期までの作品を指しているかは不明であるが、自身の催促の効力で紅葉の主要作品がまとめられたという語調からすると、明治二十四年以降も、時として執筆督励に出向いたのではないかと思われる。とにかく高田が主筆をやっていた明治二十三年中に休載の多かった作品は、『夏痩』と『伽羅枕』であった（後出附表参照）。

高田が主筆を辞すと、市島が代って社長をなだめた。

本野社長と紅葉君との間の舵を取る役目も、自然市島君に移つて行つた。そこで或時市島君は紅葉君の原稿を社長に示し、「此の如く苦心して書くのであるから多少寛恕して然るべきである」といふ事を話した為に、一本気の社長さんも、其以後は少しく鋭鋒を緩める様になつたと聞いた。／市島曰く、本野社長が紅葉山人が時折り続き物を休掲するのを、怠慢からだとのみ考へて、私の主筆時代にも幾たびも面倒な小言が出た。

（前掲書五八）

この市島の主筆在任は明治二十六年末までであった。両主筆は、頑固社長をなだめつつ、紅葉になんとか小説を書かせようと苦心したのであった。それとともに、市島も主筆を辞したのちの、紅葉への社長の風当りが推察されるのである。市島のあとは中井喜太郎（錦城）が主筆を継いだが、紅葉への同情は次第に薄くなっていったようである。

今一人、客員ではあったが、紅葉着任当時の文芸欄主筆の坪内逍遙との関係も見ておかねばならない。そもそも紅葉は、『二人比丘尼色懺悔』（明22・4）の新文体・新感覚の作家として登場したのであったが、読売入社後、逍遙が「新聞紙の小説」（明23・1・18、19）で通俗的娯楽的な当代風俗小説を新聞小説として要請すると、ただちに要請に従って作風を転じたのであった。こうした紅葉に対しては、逍遙も何かと庇護すべき位置にあったはずである。しかし逍遙も東京専門学校の文学科創設の主宰者となり（明23・5）、自身文芸批評に熱中して多忙となり、『早稲田文学』の創刊に力を入れ、創刊の明治二十四年十月には完全に読売から手を引いてしまっていた。

高田や逍遙が多忙から社の実務に手がまわらなくなり、なぜか同僚の露伴が二十三年末に読売を去ると、恐らく紅葉の誘いであろうが、硯友社の面々が読売紙上に登場して来る。明治二十四年二月一日、前年末で廃刊になっていた硯友社の機関紙『江戸むらさき』を読売紙上に復活して「江戸紫」の一欄を設けたのが最初となって、以後、

〈紅葉は堀紫山を幕僚と頼んで三面及び文芸欄は思ふまゝに主宰した〉[2]という印象さえ与えたのである。高田・坪内に忠勤を尽し、競争相手の露伴も去って、紅葉は一息つくとともに持ち前の親分肌が現われてきたのであったろう。だが同時に、それは専横とも見える態度ではなかったろうか。紅葉はまだ社長の風を直接に感じず、有力な後見を失なうことになるのを気づいていないようである。

そうした紅葉は、明治二十四年以降、単なる休載ではなく、小説を中断して一休みし、前後編に分けるような載せかたを始める。『むき玉子』『紅白毒饅頭』『三人妻』がそれである。しかもその間に、西鶴の『本朝若風俗』（2月、古書保存会）を校訂刊行し、『七十貳文命之安売』（3月、春陽堂）や『二人むく助』（3月、博文館）・『鬼桃太郎』（10月、博文館）の少年物などを書き下ろして刊行しており、新たにおこした同人誌『千紫万紅』に小説『子細あつて業物も木刀の事』（6―8月）を、金港堂の『都の花』には『二人女房』（8月―明25・12月）を長期間断続して寄稿連載している。翌二十五年にも、文士劇の脚本『元禄三人形』（3月）などを書き、其磧の『風流曲三味線（巻上）』（4月、両輪堂・文園堂）を翻刻刊行し、またモリエールの翻案喜劇『夏小袖』（9月、春陽堂）を匿名で書き下ろし刊行した。油ののった多彩な活躍であり、今日の眼からすれば、読売の方を軽視しているようには見えないが、専属作者として雇ったつもりで紅葉に月給を出している読売主脳からすれば、毎日小説を書くべき作者が勝手に休載したり中断したりするのも不本意である上に、他の雑誌や書店の小説を書いたりしているのは横着で不届き至極であり、契約違反とさえ感じられていたであろう。そうした社長の怒りが頂点に達し、周辺幹部もそれに同意しなければならなかったのは、明治二十五年の九月頃であったとみられる。

紅葉はそのころ、当世富豪の裏面の色模様を暴く大作『三人妻』を掲載中であった。おそらく人気作であったに違いない。だがその掲載状況はどうであったか（後出附表参照）。

五月半ばに中断して約二箇月休み、七月から後編を掲げると、それも十日ばかりでまた休載が十一日。七月二十七日に一日載せたら、今度は当日の社論「政府と機関新聞」がたたって発行停止処分を受けて二週間の休刊。社にとってはいらいらの連続なのだ。解停となって小説も出たが、これも一週間ばかりでまた休んだ。しかも今度はこれまでに例がないほどで、八月十八日から九月一ぱいにわたる四十日以上の休載であった。

この間に、紅葉を痛く刺激したと思われる記事が現われた。休載が続いて二十日もすぎた九月七日と九日に社論「近頃の文学界」(署名H. B.)が、十一日には同じく「文学余論」(署名ナシ)が、突如として一面に発表されたのである。両論は、文壇の低調を非難し、作家作品の名は挙げてはいないものの、紅葉や露伴を名指しにしたも同然の否定の文章であった(3)。文学新聞の読売とはいえ、政治・社会の論説を主とする一面トップの社論が現代小説論を掲げるというのは、なんとしても異例であり、社としても相当思いきった態度の表明であると言わねばならない。しかもそれまでに、この両論の下地となるような評論が読売の文芸欄で積み重ねられていたというわけでもなく、この出現はいかにも突然の感があるのだ。ただし両論は、紅葉の小説休載の不届きについては述べておらず、あくまで作家姿勢や作品傾向を批判していることは、念を押す必要がある。両論の主旨は同じく、低俗な世相風俗の浅薄な描写に満足している点を非難し、西欧文学に学ぶことなどを勧めているのであるが、署名のH. B.が誰かは今のところ確認されていない。野山嘉正氏(4)はこれを高田半峯であろうと推測しており、その可能性は多分にあるが、そうと断定して論を進める危険を避ければ、両論が社論として掲載された以上は、読売主脳部の認めた社の意向であるという理解で満足しなければならない。それにしても、社が紅葉のこれまでの作風を否定した論説を掲げるのは、なんとしてもおだやかではない。時事的な風俗をとらえて猟奇性も適当にまぶし、通俗性娯楽性も豊かな紅葉小説の傾向は、主筆の要請だったのであり、この傾向こそ社のドル箱となっていたはずなのである。批判自体は新時代に添って正当であるにしろ、それが社内から出ていることに問題があり、社における紅葉の位置づけにも疑問が出ていることを明らかに示すものであった。いずれにしろこの社論が紅葉を憤激させ、退社にまで立ち至る事態の出来さえ十分予期されるのであり、社もそれは覚悟していたであろう。紅葉にしてみれば、自己の芸術的良心を曲げても社の要請した小説を書いてきたのであり、自分の犠牲や努力によって新聞の人気が出ているのだという気持もあったろうから、寝耳に水のように突然に自分の仕事が否定されるとは心外の至りであり、社の背信と感じて怒っても、これも通らぬことではなかった。ここで注意しなければならないのは、紅葉の勤務状況の非難と作品傾向の否定とは、まったく別物でありながら、こういう形で社が出てきているところにある。社長は作品の質はちんぷんかんなのであり、売れる小説を専一に書き続けることだけを望んでいたはずである。ここで文学に理解のあった高田の介在が考えられてくるのである。本野社長は、紅葉をくびにすることも辞さないという態度で高田に不満を訴えたのではなかったか。高田も『三人妻』のあまりにもひどい休載には弁明の余地がない。止むをえないと感じつつ高田は、正面からの文学論を紅葉にぶっつけ、発憤して執筆してくれればよいが、怒って退社するならそれもいたしかたない、文学に無理解な社長の下にいるよりも、その方が紅葉のためにはよいかもしれない、そういう気持だったのではなかろうか。西欧文学の研究を勧めているあたりに、すでに紅葉にゾラを換骨脱胎した『むき玉子』のあることを承知して内々には紅葉を立てている高田の口吻がうかがえるのではなかろうか。

だが、以上は一つの想像にとどまるかもしれない。そして、こうした社論に対してこの時に紅葉がいかなる態度をとったのかについても残念ながら具体的な資料が出てこない。しかし次の記事は、両者に存したと考えられる対立に、いちおうの結論が出たことを告げているのである。社論による非難の半月後、明治二十五年九月二十六日読売は、次のように大きく社告を出した。むろんその間、『三人妻』の休載は続いている。

◉紅葉山人は自今（じこん）全力を本社に致すべし
紅葉山人の才名益々文壇に喧伝するに従ひ其の執筆を請んとするもの日夜輻輳し、山人の健筆も能く之に堪ゆる能はず、為めに本社掲載の小説も往々断続して、読者に不満足を与ふること少からざりしが、今回本社は山人に需むるに、自今他の関係を一切謝絶し、其全力を本社に尽さんことを以てし、山人も亦我社の需を容れ、奮ツて全力を委ねんことを諾したるに付、愈々来る十月一日より此の約束を実行することゝせり。依りて同日より三人妻後編を絶えず載すべきは勿論、爾後氏が畢生の心血を注ぎたる大文章を間断なく掲出し、以て大いに読者の高需に応へんとす。（原文に句読点を付した）

社は紅葉に、読売以外の他との関係を断って連載小説に専念することを約させたのである。この間の両者間に生じた場面の数々についての想像も可能であるが、とにかく紅葉は、社員として作家として社から厳しく批判され、社に全面的に屈従したのである。

思い返せば、新進作家とはいえ、ほとんど同人誌によって活動し、あれこれの叢書に加わってわずかの資を得るのみであった紅葉に、一定した給料を出して経済生活の安定をもたらし、さらには広く読者を獲得しうる紙面を提供して名声を高めたのは、この読売新聞であり、特に高田のおかげであった。社への憤まんも、この恩義に迫られれば押さえざるをえない。そして、新聞社を離れて固定給を得る道などはどこにもない作家生活の現実があった。経済生活の破綻の惹き起こす濫作が詩想の荒廃をもたらすことは必然である。今までの心ならずの休載も推敲のあまりであることが多かったが、それも詩想の荒廃を恐れたからではなかったか。名声と生活と芸術的良心をなんとか折り合わせて生きる道は、やはり社をはなれては存しなかった。また硯友社の首領として、仲間や弟子たちにも道を拓いてやらねばならない。文学新聞たる読売の紙面は、硯友社中のやはり最重要なとりでであり、他に譲ることはできなかった。すでに江見水蔭・堀紫山・巌谷漣・川上眉山・松居松葉らが読売に小説を載せていたのである。こうして紅葉は、涙を呑んで社の叱責を受けたのだと考えられる。そして紅葉の胸の中には悲しみと怨みが、高田や逍遙らの積極的な支援を期待できなかった淋しさや悔いとともにあったろうと推測する。

いずれにしろ紅葉は、休載しないように専一努力することを誓わされ、さらに時代の新しい動向にも応ずべき模索も強いられたのであった。そして以後の執筆において、その軌跡を追うことができるのである。

長らく中断していた『後編三人妻』の掲載が十月一日より再開されるが、十一月四日の大団円までの三十五日間に休載がわずか二日しかないということも、久しくないことであった。『三人妻』が終ると十日も休まず、『恋のやまひ』が十一月十三日より始まり、十二月五日まで無休のまま完結する。紅葉の恐懼を察するに足りよう。年が明けて明治二十六年には、『三すぢの髪』（1・1―31、休載八回）、『男ごゝろ』（3・1―4・13、休載四回、前編のまま未完中絶）、『心の闇』（6・1―7・11、発行停止を含め休載十一回）、『隣の女』（8・20―10・7、休載三回）と、休載の多かった作品の次にはできるだけ休載を避け、苦渋を示しながらも精励のあとがうかがえる。

また『三人妻』ののち、いわゆる〈翻案時代〉とされている紅葉作品の転機が訪れている。これまでの雑報的な当代風俗小説に代って、骨格を西欧文学に求めた翻案作品が集中して多く発表されるのである。前掲の『恋のやまひ』がモリエール、『三すぢの髪』がグリム、『隣の女』がゾラ、また『冷熱』（明27）が『デカメロン』からのものであることが明らかになっており、さらに『不言不語』（明28）や『多情多恨』（明29）も西洋種だという説がある。以上は読売の新聞小説であるが、そのほかにも、前記の長期休載期間に出していた書き下ろしの『夏小袖』がモリエールであり、少年物の『侠黒児』（明26）が英国の通俗作家エッジワースに拠っていることも分っている。このように、事件以降、西欧文学種の作品が数多く現われるのは、やはり西洋文学の研究と応用を説いた社論の「近頃の文学界」に従ったところが大であろうと考えられるのである。もっとも紅葉の外国文学の応用は以前から見られるし、『夏小袖』の制作も件の社論以前なので、西洋文学応用の推進自体は、紅葉の方向に反するものでは必ずしもなかったのであり、紅葉なりの模索もその以前からあったのである。

とにかく明治二十五年九月にもちあがったこの事件は、作家活動とジャーナリズムの衝突という意味をもつものとして記録されてよいと思うが、紅葉に少なからず打撃を与えたとみられるこの事件の傷痕は、その後の彼の作品の中で何らかの形をとってはいないであろうか。すでに私は、『心の闇』が、まさにこの事件による紅葉の苦悩を戯画的な見立てで描き出した作品であろうと推したのであるが、(5)今ひとつ『侠黒児』(6)もまた関連していると考えている。紅葉がエッジワースという二、三流の作家の作から THE GRATEFUL NEGRO という作を、なぜ特に選んだのか。『侠黒児』は、一黒人奴隷が主人への恩義と仲間への裏切りの板ばさみとなって煩悶し、誤解と迫害の中で遂に恩義のために一身を犠牲にした物語であった。ここに読売の恩義を謝して苦しんで屈した紅葉の心情の位相が語られていると見るのであるが、今は詳述のゆとりがない。紅葉の作には、この事件に限らず、作者自身の意が託されているようだという予測をもって結びに代えよう。

注

(1) 上司小剣『U新聞年代記』(第七景)に、〈紅葉は、胃がだん〳〵わるくなるやうで、金色夜叉のつゞきが書けず、いら〳〵してゐた。紅葉と同じやうにいら〳〵したのは、社長であつた。(略)月々百円づゝの月給を払つて、一年も何一つ書かぬ紅葉を、社長は「不埒々々」と罵つてゐた〉とあるなど、社や紅葉晩年が活写されている。なお、その休載状況については、「『金色夜叉』所出掲載および現行本対照表」(福岡女子大学『文芸と詩想』38号、昭49・2、本書Ⅳの二に所収)参照。
(2) 内田魯庵『おもひ出す人々』の「硯友社の勃興と道程」。
(3) 「『三人妻』の周辺―紅葉と読売新聞―」(『文芸と詩想』35号、昭46・12、本書Ⅱの九に所収)参照。
(4) 野山嘉正「『内部生命論』における世界像の変質―透谷試論―」(『国語と国文学』昭43・8、9。のち日本文学研究資料叢書『北村透谷』昭47、有精堂所収)の注65。
(5) 「心の闇―その近代小説性―」(『国文学』昭49・3、本書Ⅲの三に所収)
(6) 「尾崎紅葉『侠黒児』とエッジワース『恩がえしをした黒人』」(『解釈』昭46・3。のち『日本児童文学研究』昭49、三弥井書店、本書Ⅲの一に所収)参照。

〔附記〕本稿は、前注(3)(5)の拙論において点出していた紅葉と読売の関係について、ある程度の修訂とまとめを果そうとしたものである。なお『読売新聞八十年史』を多く利用したが、この書にも誤りや遺漏があるので注意を要する。

〔附表〕紅葉の読売新聞掲載作品の掲載状況一覧

明治二十二年より明治二十八年まで、すなわち最初から『青葡萄』まで。合作や、批評文・紀行文等雑文はすべて除外した。

年	初出題名	掲載月日（○は休載日）
22年	裸美人	〔一一月〕22 23
	紅懐紙	〔一二月〕23 24 25 26
23年	飾海老	〔一月〕1 2 3 4 ⑤ ⑥ ⑦ 8 9
	猿枕	〔二月〕1 2 3 4 5
	新色懺悔	9 10 11 12 13 ⑭ 15 16 17 18 19
	おぼろ舟	〔三月〕20 21 22 23 24 25 26 27 28 29 30 31 〔四月〕1 2 3 4 5 6 7
	夏痩	〔五月〕1 2 3 4 5 6 7 8 9 10 11 12 13 14 15 16 17 18 19 20 21 22 ㉓ ㉔ ㉕ ㉖ ㉗ ㉘ ㉙ ㉚ 31 〔六月〕1 2 3 4 5 6 7
	伽羅枕	〔七月〕5 6 7 8 9 10 11 12 13 14 15 16 17 18 19 20 21 22 23 24 25 26 27 28 29 30 31 〔八月〕1 2 3 4 5 6 7 8 9 10 11 12 13 14 15 16 17 18 19 20 21 ㉒ 23 24 ㉕ ㉖ ㉗ ㉘ ㉙ ㉚ ㉛ 〔九月〕1 ② 3 ④ 5 ⑥ 7 ⑧
		⑨ ⑩ 11 ⑫ 13 ⑭ 15 ⑯ 17 ⑱ 19 ⑳ 21 ㉒ 23
24年	伽羅物語	〔一月〕1（別冊附録）
	むき玉子	11 12 ⑬ 14 15 16 17 18 ⑲ 20 21 22 ㉓ 24 25 26 27 ㉘ 29 30 31 〔二月〕1 2 3
	後編むき玉子	26 27 28 〔三月〕① ② 3 4 5 6 7 8 ⑨ 10 11 12 ⑬ ⑭ 15 ⑯ ⑰ ⑱ ⑲ 20 21
	焼つぎ茶碗（改題『袖時雨』）	〔五月〕15 16 17 18 19 20 21 22 23 24 25 ㉖ 27 28 ㉙ 30 31 〔六月〕① ② 3 4 5 ⑥ ⑦ ⑧ 9 10 11 12 13 ⑭ 15 16 ⑰ ⑱ ⑲ 20 21 22 ㉓ 24 25
	紅白毒饅頭	〔一〇月〕1 2 3 ——〔発行停止〕—— 22 23 24 ㉕ 26 27 28 29 30 31 〔一一月〕1 ② 3 4 5 6 ⑦ 8 9 10 11 12 13 ⑭ ⑮ ⑯ ⑰ ⑱ 19 20
	紅白毒饅頭（下編）	〔一二月〕6 7 8 9 10 11 12 13 14 ⑮ 16 17 18（未完中絶）
	女の顔	〔一月〕1

25年				
三人妻	後編三人妻	恋のやまひ	三すぢの髪（改題『浮木丸』）	男ごゝろ
〔三月〕6 7 8 9 10 11 12 13 14 15 ⑯ 17 ⑱ 19 20 21 22 23 24 25 ㉖ 27 28 29 30 31 〔四月〕1 2 ③ 4 5 6 7 8 9 10 11 12 ⑬ 14 15 16 ⑰ 18 19 20 21 ㉒ ㉓ 24 25 ㉖ 27 28 ㉙ ㉚〔五月〕1 2 3 ④ 5 6 7 8 9 ⑩ 11	〔七月〕5 6 7 8 ⑨ 10 11 ⑫ 13 14 15 16 ⑰ ⑱ ⑲ 20 ㉑ ㉒ ㉓ ㉔ ㉕ ㉖ 27 ― （発行停止）――〔八月〕11 12 13 14 15 16 17 ⑱ ⑲ ⑳ ㉑ ㉒ ㉓ ㉔ ㉕ ㉖ ㉗ ㉘ ㉙ ㉚ ㉛〔九月〕① ② ③ ④ ⑤ ⑥ ⑦ ⑧ ⑨ ⑩ ⑪ ⑫ ⑬ ⑭ ⑮ ⑯ ⑰ ⑱ ⑲ ⑳ ㉑ ㉒ ㉓ ㉔ ㉕ ㉖ ㉗ ㉘ ㉙ ㉚〔一〇月〕1 2 3 4 5 6 7 8 9 10 11 12 13 14 ⑮ 16 17 18 19 20 21 22 23 24 25 26 27 28 29 30 31〔一一 月〕1 ② 3 4	13 14 15 16 17 18 19 20 21 22 23 24 25 26 27 28 29 30〔一二月〕1 2 3 4 5	〔一月〕1 2 3 4 5 6 7 8 9 10 11 ⑫ ⑬ 14 ⑮ ⑯ ⑰ ⑱ ⑲ ⑳ 21 22 23 24 25 26 27 28 29 30 31	〔三月〕1 2 3 4 5 6 7 8 9 10 11 12 13 14 15 16 17 18 19 20 21 22 23 24 25 26 ㉗

26年			27年		年
	心の闇	隣の女	紫	冷熱	不言不語
㉘ ㉙ ㉚ 31〔四月〕1 2 3 4 5 6 7 8 9 10 11 12 13（前編のみ）	〔六月〕1 2 3 4 5 6 7 8 9 10 11 12 13（発行停止）20 21 22 23 ㉔ ㉕ ㉖ ㉗ 28 29 30〔七月〕1 2 3 4 ⑤ 6 7 8 9 10 11	〔八月〕20 21 22 23 24 25 26 27 28 29 30 31 〔九月〕1 2 3 4 5 ⑥ 7 8 9 10 11 ⑫ 13 14 15 16 17 18 19 20 21 ㉒ 23 24 25 26 27 28 29 30〔一〇月〕1 2 3 4 5 6 7	〔一月〕1 2 3 4 5 6 7 8 9 10 11 12 13 14 15 16 17 18 ⑲ 20 21 22 23 24 25 26 ㉗ 28 29 30 31〔二月〕1 2 3 ④ 5 ⑥ ⑦ ⑧ ⑨ ⑩ ⑪ ⑫ ⑬ 14 15 16	〔五月〕27 28 ㉙ ㉚ 31〔六月〕① 2 3 4 5 6 7 8 ⑨ 10 11 ⑫ 13 14 ⑮ ⑯ ⑰ ⑱ ⑲ 20 21 ㉒ 23 ㉔ ㉕ ㉖ ㉗ ㉘ ㉙ ㉚〔七月〕① 2 ③ ④ ⑤ 6（未完中絶）	〔一月〕1 2 3 4 5 6 7 8 9 ⑩ 11 ⑫ 13 14 ⑮ 16 17 ⑱ 19 20 21 22 23 24 25 26 ㉗ ㉘ 29 30 ㉛〔二月〕① 2 3 4 5 6 7 ⑧ 9 10 11 12 13 14 15 ⑯ 17 ⑱ 19 20 ㉑ 22 ㉓ 24 25 26 27 28〔三月〕1 ② 3 4 5 6 7

	28
	青葡萄
8 9 10 ⑪ 12	（九月）16 17 18 19 20 21 22 23 24 ㉕ 26 ㉗ 28 29 30（一〇月）1 2 3 4 5 6 7 8 9 10 11 ⑫ 13 14 15 16 17 18 ⑲ 20 ㉑ ㉒ ㉓ 24 ㉕ 26 27 28 29 ㉚ 31（一一月）1（前編のみ）

注　『不言不語』『青葡萄』『多情多恨（明29）』の掲載状況一覧は、中央公論社版『尾崎紅葉全集（第五巻）』解題にもあるが、若干誤りがある。『金色夜叉』については前注（1）参照。

（『香椎潟』第二十号、昭和50年3月）

八　紅葉の旅から

——評伝の一節の試み——

尾崎紅葉は旅好きであったか否か。紅葉自身は、晩年ではあるが、〈己の出億劫〉を認め、〈最も好まぬのが、汽車に乗るので。其の甚しい事は、既に停車場（ステエション）に入るさへ不快を感ずるくらゐ、三十分間以上車内に据らるゝのは、一種の苦痛なる（ママ）のである〉と述べている（『煙霞療養』）。だがいっぽう僚友の石橋思案は、〈烟霞癖の紅葉山人〉と、旅好きであったように見てもいるのである（「真菰日記」後出）。

そうした紅葉の旅の一覧は、柳田泉が中央公論社版『尾崎紅葉全集』第九巻（昭17・9）の解題にまとめている（ただし、ごく近距離のものは除いており、また遺漏もある）。しかし、この中には自身の仕事上の用件によるものも含まれるし、晩年は病の保養を兼ねたものや、また招待によるものもある。さらに、江の島や片瀬ぐらいの近距離のものが割に多い。それらを合わせて一覧表は、明治十七年（十八歳）から明治三十六年の没年までに二十二回を数えているが、数的にはとても多いとは言えない。しかも自ら求めた単身のものよりも友人たちとの同行がはるかに多いことも、われわれが普通に考える旅好きというちに入れては考えにくいように思われる。それでも僚友思案には〈烟霞癖〉の持ち主として紅葉が映ったというのはどういうわけであろう。

紅葉の旅の趣味にも変遷があろう、前記の『煙霞療養』の佐渡への旅はいささか病による欝気をおしてのものであり、体力気力の衰弱による神経的な嫌悪感が露骨である。若いころはそうでもなかったのだろうし、旅の回数は少なくても内容を問題にしてよいのかもしれない。それでもこの程度の紅葉をかく評する思案のことばからも、かれらにとって〈旅〉なるものが大きい意味を持っていたとは受けとれないのであり、ここに硯友社作家の旅への消極性ということが、逆に問題にならないわけではない。近来〈旅〉という問題を人間の実存の意識にかかわらせて考えることも、近代文学研究においてのテーマとなっているが、硯友社の、あるいは紅葉の旅の性質を考えてよい一面もあるわけだ。

そうした観点からは、紅葉の旅のうちで最も長期間にわたり、また著名な紀行文『煙霞療養』もある赤倉・新潟から佐渡への旅を考えることが最も重要であろうし、その他の旅の紀行文も集めて一括した前記全集第九巻は貴重である。しかし紅葉が紀行文を残していない旅行もあり、紅葉の旅を考察するに際しても、それらを無視してよいという理由はありえず、内容もわかればそれに越したことはない。紅葉がほとんど記すことのなかった旅の実態や、記さなかった意味を求めることも、作家の生活や思想の考察にいくばくか資することもあるかもしれない。

私は、紅葉の旅に必ずしも比重をかけているのではないが、自然と人間をめぐって、一度は紅葉や硯友社連に対してもそうした面からする考察の要を感じているし、伝記その他に不分明なところの多い紅葉の実際をできるだけ具体的に知りたいという私自身の興味がある。そこで、紅葉が紀行文を書かなかった晩年の旅を二つばかり採り上げ、その実際を復元スケッチしてみたい。

1　明治三十三年五月、潮来行

紅葉年譜（岡保生編、『日本近代文学大系5　尾崎紅葉集』所載）の明治三十三年の頃に、〈五月中旬、小波、思案、眉山、水蔭らと同行、潮来に遊んだ〉とあり、柳田氏の前記一覧表には、同行者にもう一人桂舟を加えて掲載してある。この記述は、たぶん江見水蔭の『自己中心明治文壇史』（三二九—三三二頁）の記事に基づいているだろう。水蔭のこの書は硯友社関係についての最重要な基礎資料であることは言うを俟たないが、今後いろいろな点で水蔭の記述のうらをとっていく必要があろう、ここに採り上げる潮来への旅については、接近した時点での詳細な紀行文として思案外史「真菰日記」（『太陽』第6巻第9号、明33・7・1）があり、以下両文を引用しつつ紅葉らの旅を描いてみよう。

〈社中打揃ひての遊楽も暫く打絶え居り候まゝ、来る二十日（五月）の日曜を卜し潮来行を催し候につき、晴雨を論ぜず全日午前正十時本所停車場へ御参集相成度候也〉という便りを出したのは紅葉自身であった。洋行の計画を持ちながら延び々になっていた巌谷小波の歓送の意味を含んだ久々の硯友社の懇親旅行であった。

二十日の朝は照るみ照らずみの空合。駅前の茶店には早くも紅葉・小波・水蔭・眉山が来ており、そこへ思案も到着した。気の早い水蔭は二時間も前から来ているという。とかく準備に手間どる桂舟だけが遅れていたがこれも人力車でやって来た。茶店から声をかけたが、どんどん通りすぎるので、茶屋の小女に追わせ、やっと連れもどすと、〈けろりとした面色（かほつき）〉で〈茶屋の阿魔ツ子が那様（あんな）好い加減な事を言つて、インチキの仲間へでも引入れるのかと思たから、尚更車を急がせたんだ〉と言う。〈這麽（こんな）手合が汽車賃を値切る口だね〉と皆々顔見合わせて大笑いとなった。

一行六人で列車の一室を占領したが、汽車が動き出すやいなや、紅葉は〈エツヘン〉ともったいをつけた咳ばらいをする。何ごとならんと一同が見やると、紅葉は〈手辺（てぢか）に置いた旅行鞄をぐツと引寄せて、其中から先づ最初取出したのが一罎の葡萄酒（ワイン）。次に煙草の空鑵から鬱金（うこん）木綿に恭しく包むだ二個の台附コツプ。第三に酒の肴として大野貝の附焼〉。さすがに幹事の用意周到と一同感嘆したのであるが、〈是だけ準備を為るには大方昨夜は徹夜だツたらうね〉と小声の茶化しが出たり、まだほかに何か出るかと鞄の底をのぞく者もいる。互にこの旅の出発を祝して乾杯したが、ひとり水蔭は隅の方で、化粧道具を出してコスメチックを塗り、顔をなでたり捻ったり、果てはそり身になって姿を懐中鏡にうつしている。眉山は〈困ツたものだなア〉とにやにや笑い、紅葉は、〈相変らず鏡の好なのは虫の故かツ〉とブツブツこれは文句をつけた。

〈互に笑ひ興じて二三の小駅を汽車の通過したのも覚えぬまで〉コップのやりとりをしていると、突然水蔭が、ばね仕掛の人形のように飛び上り、櫛も鏡も投げ出した。一同びっくりして、見ると、新調して〈今朝腕を通したばかりの羽織に、紅葉が誤つて一滴の葡萄酒を垂らした〉のである。総立ちになって、ハンカチを探すもの、紙で拭きとるもの、手のしをするもの、煙草の煙を吹きかけるものと、五十本の指が一枚の羽織に集中するさわぎは、〈同じ列車内に黒死病(ぺすと)患者が舞込むだよりも甚し〉い。そして、酒の酔もいっぺんに醒めたらしい水蔭が、世にも恨めしげに紅葉をにらむおかしさには、画家の〈桂舟も為に其写生の筆を擲ツたほどであ〉った。

佐倉で成田線に乗換えた時が正午で、一同は〈是も紅葉幹事が用意のサンドヰツチを啓いて〉渋茶を啜った。粗末にすぎる茶碗と土瓶を好奇家の桂舟が面白がり、東京への土産にするとしまいこんだが、これがあとで祟りをなすのである。

午後一時佐原に到着し、香取神宮まで一里足らずの道は歩くことにした。小波・水蔭・紅葉はそれぞれ前に来たことがあり（水蔭の明治二十八年十一月のほかは時期不明）、ごく最近に来ているのが小波なので、かれを案内にした。ようやく晴れ渡った青空のもと、半里も行かないうちにもう茶店を探して休みたがるものがいる。〈只今(とあ)る路傍の茶店で六十路余の老媼が、只独淋しげに糸を繰ツて居る所へ飛込むで、香取へは此道を行つて可いのかと尋ねると、否、此所から四五町戻ツて右へ曲らねえじやあ不可(いけまし)ねえヨと答へられ〉、〈此儘小波の後に跟いて進むだら、何所へ連れて行かれるか解らぬ〉と攻撃の声がやかましい。床几に掛けて休む間、水蔭が例の羽織を脱いで畳むと風呂敷に包みこんだのは、またの汚れや煙草火の焼焦げを心配したらしく、一同の微笑を誘ったのであった。桂舟は四季袋を蝙蝠傘に通してかついでいたが、入れてある先刻の土瓶が肩にぶつかって困るとこぼすので、思案がその厄介物を自分の四季袋に移してやった。手ぶらで出て来たのは眉山だったし、眉山が持ってやってよいのだが、かれは、車中で飲み干した葡萄酒の空ビンをこの時まで後生大事にぶらさげて手がふさがっていたとは恐れいる話であった。婆さんの酌んで出す新茶に渇を医して、教えられた道を折れるともう迷う気づかいはない。道の両側の桜の苗木の間に、〈並木を毀損すべからず〉という立礼が四五本おきに立っているのを、〈有繫(さすが)千葉県庁は学者の淵叢なる哉〉などと冷やかして行った。やがて大鳥居の前に立ったが、土地の神々しさは伊勢の大廟にも似た感がある。参拝を了え、木下蔭を数十歩も行くと、たちまち眼界開けて一望千里、大利根に浮ぶ白帆が鮮やかである。こうして一行は、〈潮来の出島を真菰の中に指摘し得べき茶店寒香亭の一室〉に通ったのであるが、〈名にし負ふ香取が浦の風景絶佳〉は筆舌につくせるものではなかった。

〈多時(しばし)是は〳〵とばかり激賞の声〉を惜しまなかったが、〈水蔭は何時しか禁酒の誓を破つて正宗の罎詰を取寄せ、小波の曩日の味を忘れず名物の団子の註文に及ぶ〉。その間桂舟と小波はちょっと散歩に出かけ、〈手に〳〵其長五六寸許な、紅の実が叢成(すずなり)の植物を携へ〉て帰って来た。茶店の主人に植物の名を聞くと〈ありどほし〉というのだと言う。〈ハ、ア成程、幹に刺があツて蟻の腹を透すから、其名を蟻通しと呼ぶんだナ〉と言って紅葉と水蔭がうなづき合うと、何のことはない、〈否(いえ)、此赤い実が年中ありどほしで……〉と言われて二人は、ぐっとつまってしまった。

名物の団子と正宗をやってしまうと、〈サア是から潮来へ渡るンだが、舟は……〉ということになり、茶店の主人に教えられて、店に来た船頭と掛け合い、〈又一仕切雑談に時を移し〉て四時過に立出でた。〈崕を降りて田甫道を僅か一二丁進むだかと思ふ頃、『噫、可怖いもんだ！　最う今まで居た山が見えなくなツた』と桂舟が為たり顔に歎一歎したが、焉ンぞ知らん！　桂舟は全く他の方角を眺めて居たので、『串戯(じやうだん)じやアないぜ、今迄居た亀甲山は彼れ彼所(あすこ)だヨ』と、寒香亭の欄まで頭然(ありありと)目に入る崕際を指示すと、『ウム然うか成程！』と桂舟が面目を失ツて額を撫でる無邪気さに、一同腹筋を撚らんが為に、思はず立停ツたほどである〉。

だが、これは桂舟の頓馬ばかりではなかった。この時硯友社内の一つの分裂に連なる衝突が起こったのである。愉快な紀行として文を綴る思案は触れることを避けたのだが、水蔭は、
この旅行にも例の八笑人式の珍談はあつたが、それは略して、香取神宮から津の宮河岸へ出るまでに、眉山と紅葉が衝突した事は如何しても書かずには置けぬ。

と言って、次のような事実のあったことを告げている。

紅葉が空罎を眉山に持たせようとした。処が眉山は――洋傘を持つのでさへ面倒でイヤなのだから手ブラで来た位だ。そんな空罎は捨てたら好いだろう、と云ふのであつた。／紅葉は憤然として、『洋傘を持つのがイヤで、君だけ手ブラでゐたからツて、モシ雨が降り出したら、人の洋傘の中に入るだらう。我我友人としても、君一人を濡らしては置けないではないか。僕等だツて洋傘を持つのは実際面倒臭いのだ。けれども世の中は然う自分勝手では通らないよ。』といふ意味で罵倒した。

一同がしらけて、どうなることかと心配した時に、桂舟が頓狂な声をあげたらしい。これが緊張した場面を転換し、〈一同噴飯して、それで自然に二人の衝突は納まつた〉のである。だが、この旅を最後に二人の交渉は絶えたのだった。

約束した船頭から、津の宮で休むより一気に潮来への直行を勧められ、一行は、漫々たる利根川を浪に揺られ、支流にも入るなどして舟を進めた。〈微温い川風が徐に面を撫でる快さに〉、紅葉がいつものように〈ごろりと横になると、舟頭(マヽ)が舟底から木枕を取出して宛行(あてが)ふ呼吸は〉、そぞろ三馬の洒落本『潮来婦誌』の昔をしのばせる。舳に真菰を分け、夜間の目印の棒杭の間を行くのも三馬の時代と変らない。だがこのあたりは飲料水に恵まれず、どこを掘っても清水の湧く気づかいがないので、濁った川水をそのまま飲用にしているとのこと。朽ちた桟橋に二個

の鳥貝が舌を出して日にあえぐ光景は気味悪いが、その傍に二三本の菖蒲が花びらを見せているのはゆかしい。いちじくの大木を両岸に見ながら程なく左に折れると、かの有名な十二橋を一目に見渡す流れに入る。風変りな欄干の橋々の重なり合って見えるのが面白いうえに、女子供も狭い川幅を物ともせず笑いながら棹をあやつって行く眺めは、都会人の目にはことさら珍しく映った。

十二の橋下を潜り抜けて水門から支流へ出ると、もう潮来の家居は指呼の間で気がはずむ。やがて舟をつなぐと、一行は、川添いの田村屋という旅籠の二階の表座敷に四季袋を下ろしたのだった。手すりにもたれて眺めると、幾筋とない真孤の茂る洲をへだて、遥に亀甲山がもやに包まれていく。桂舟は旅の疲れも忘れて写生にかかった。関八州に威を揮う阪東太郎の水流も、ここにはその音さえ聞えず、静閑な水郷のたそがれに羽化登仙の想いである。

夕餉には名物の川海老を賞味し、それから一同連れだって舟から眺めた稲荷山に登り、暮れなずむ空のもとに房総の山々を眺めたのであった。夜に入って間もなく、これまでの静寂を破って太鼓や三味線が近くの楼から鳴り出した。耳を聾するばかりの歌声は名物の潮来踊を始めたらしいのだが、清遊を楽しむ一行にはいささか迷惑である。十一時近くになってやっと絃歌は収まり、眠りにつこうとするころから、軒ばに伝う雨の音が聞えていた。

翌朝になったが雨がやまないので、鹿島詣は他日に譲って帰ることにした。潮来を後に再び舟中の人となったのは午前九時、しばらく苫の下に窮屈を忍ぶうちに雨があがった。船頭の語る土地の故事来歴は、なによりもその語り口の巧みさに舟中の口演家連も舌を巻いた（当時硯友社連は口演会をしばしば開催して得意であった）。〈話題が妙境に入らむとする毎に、櫓の手を休めた船頭が、鳥渡喉が渇いたで先づ一杯と呟きつゝ、一掬の河水に舌を鳴らして又語り出す可笑さに〉、一同はたいくつを忘れたのである。

十二時半に佐原へ着き、成田駅で途中下車して新勝寺に詣でた。寺は相も変らぬ繁昌ぶりである。門前の店で時間はずれの昼食を済ませた。帰りの汽車に遅れまいと皆々汗だくで駅へかけつけると、なんと四十分以上もの列車の延着。乗換えの佐倉では、すでに本所行が出たあとである。二時間近くも無駄に費して終列車になり、一同鉄道会社の不都合を鳴らしながら本所に着いたのは、夜も十時であった。でも〈此所で袂を分つ時、一同異句同音に、『デモ面白かツたナ！』〉と愉快な二日の旅は終ったのである。

この旅について水蔭は、紅葉と眉山の衝突を記したあとで、次のように述べている。

それでも潮来に遊んだ時、その又帰途の如きは、相変らず他愛の無さで、折柄の二等車に、他の乗客の一人も無きを幸ひに、五人が菖蒲踊の練習を続けなどした。（桂舟は全くの無芸大食。）／紅葉は興に乗れば突如として踊りもした。平素は厳格でも、江戸ツ子の気軽さは持つてゐた。自分としては、実に此旅行が、最も思出の深いもので、紅葉と昔に復つての楽しき旅は、遂に之が最後なのであつた。／殊に夜遅く錦糸堀駅に着いて、此所で解散と成つた時に、俥の関係で、一番最後まで取遺された自分は、何んとも云ひ知れぬ寂しさを感じたのであつた。

2　明治三十四年六月、助川・勿来行

この旅の時には紅葉に日記（「十千万堂日録」明34・6・29、30）があり、次のように記している。

廿九日　昨夜の風雨に引易へ、非常の快晴。炎気熏人。十一時斜汀を従へ上野停車場に趣く。零時廿五分発。職用車に搭じ、新聞記者十五名、職員六名、同室にて助川に向ふ。松風館泊。

卅日　雨（冷甚し）。昨夜十一時に寐ね、今朝五時半に起き、七時□分発にて勿来に向ひ、関本の駅長の案内にて関趾を一覧し、平潟に中食し、七時□分雨中を帰京し「松の実」にて一同会食し、十時半帰宅（小鯵鯗(ひもの)七連を買ふ）。

この旅についても『自己中心明治文壇史』（三五八―三六〇頁）に記載があり、旅行直後の詳細な紀行文として、江

見水蔭「助川遊記（各新聞社豪傑揃）」（『太平洋』2巻27号、明34・7・8）と、続いて質軒生「勿来の雨（助川遊記の翌日）」（『太平洋』2巻28号、明34・7・15）がある。『自己中心明治文壇史』の記述が自己の「助川遊記」を横に置いて書いたものであることは、何行者の体重について残さず誤りもなく同じものを記載していることによって明らかであるが、水蔭がその際に質軒の文を見ているかどうかは不明である。なお二つの文章を掲載した『太平洋』の紙面には、この旅の風景写真や記念写真が載っている。

この旅は、日本鉄道会社が主催して各新聞雑誌記者を招待案内したものであり、それに便乗して旅行家懇親会の第二回となったものである。この六月一日に、硯友社同人で博文館支配となっていた大橋乙羽が急逝した。乙羽は旅行家で紀行文を多くものしたが、その追悼の意を含んで旅行家懇親会というのを持とうということになり、坪谷水哉ら博文館編集局員（水蔭もその一人）が企画して、初七日の六月八日に下総流山に旅したのが第一回である。遅塚麗水や田山花袋・大町桂月ら総勢十一名の参加者であったが、この時は紅葉は加わっていない。

浜街道に汽車が通じてから、これまでは海水浴なども東海道沿線に限られていたのが、常磐海岸の風光も紹介されるようになって、この方面の人出が増えてきた。鉄道会社が招待し、それに地方で記者団を歓迎するというのも、もちろん当地を宣伝する依頼の意味があった。懇親会は渡りに舟というかたちで出かけたようである。参加者は、石橋思案（中央）・泉斜汀（紅葉の附添）・遅塚麗水（都）・尾崎紅葉（読売）・長田秋濤（二六）・武田仰天子（東朝）・坪谷水哉（太陽）・永島永州（時事）・内田茂文（人民）・井上与十庵（東海）・松居松葉（万朝）・小林天竜子（万朝）・佐瀬得三（報知）・岸上質軒（太陽）・江見水蔭（太平洋）の十五名。

六月二十九日午後十二時二十五分上野発。無等専用の車輌で、鉄道会社の課長・社員が添乗する。水哉は、〈僕は声が立たぬから此所に居ないと、隅の方まで達しないかも知れぬ〉と車室の中央に座を占め、天竜・麗水・水蔭は席を並べて大いに話が合う。秋濤と松葉は向かい合わせに腰かけたが、この日松葉は『万朝報』の雑報で秋濤の

〈非艶聞〉を素破抜いて書いており、〈すツぱぬいた人とすツぱぬかれた人とを、同じ室に並べて見るのは又と見られぬ一奇観であつた〉。

〈其内樽ビールの口を開いたので、喋つて居た口が閉ぢるかと思ひの他、薪木に石油を濺いだ如く益々以て大気焰。外から見たら窓から烟が出て〉いるかもしれぬくらいである。

あまりしゃべってはかえって面白くないからと、今度は一同無言の行を始めることとしたが、秋濤だけはいやだと言う。では君だけはしゃべりどおしで行くことと言うと、よろしいと髯をひねったが、秋濤の口数も案外少なくなってしまった。無言の行もいつの間にか解消して、天竜の頭が南瓜（かぼちゃ）に似ていると思案が言い出せば、お前の頭も同じだと水蔭が言う。その水蔭も、いささか小さいがこれまた南瓜頭だということになって、車中は相変わらずのふざけで過ぎていった。この間のこっけいを描いて与十庵の狂歌がある。

乗合はみんな天狗のはな合せ紫といふ役のつくば峯（ね）

助川駅に着いたのは六時過、ここで下車して一同は松風館に入った。眺める景色は芝ケ崎や大磯の比ではない。気候も夏涼しく冬は暖かのよしで、今も縁側へ出るとひやりとする。

風呂へ入る、浴衣を着る、そして三階の座敷へ通されると、すでに宴の膳が並んでいる、料理も田舎にしては食わせる方で皆々新鮮な魚に舌鼓をうったのだが、食い物にうるさい紅葉一人は、鯛の潮が甘すぎると言って刺身の醤油を注いで吸った。〈夢ともつかず幻ともつかぬ内に〉宴を徹し、月に乗じて海岸を散歩する者、寝ころんで浪の音を聞く人など思い々々に時を過ごした。紅葉は思案・水蔭と同室になり、あんまなどとらせて眠りについたのは十一時であった。

翌朝はまだ暗いうちから天竜が起き出して騒いでおり、さすが寝坊の紅葉も五時半から起きてきて、朝風呂・朝酒をやっている。写真機を携えてきたのは紅葉と水哉であったが、松風館の庭に一同そろったところを水哉が撮った。

七時二十五分の助川発を待つ間のたいくつしのぎに、一同は駅の計りで体重を測った。着衣はむろんだが、中にはカバンを持ったり下駄ばきで乗るものもいて正確とはいかないが、大兵の秋濤が十七貫六百八十匁の筆頭で、十二貫四百八十匁の佐瀬得三が最も軽い。紅葉はこの時十四貫八十匁で、その下には水蔭・茂文・水哉がいる。質軒が測ろうとした時に列車が入り、一同例の特別車に飛乗った。勿来の関へ向ったのだが、永洲だけは用事があり、ここで別れて帰京した。

川尻駅に『大海水浴』の看板が見え、その下に「Sea Water Bath」とあるのがお笑いで、そのまた横の看板が〈かつをしをから、腸肉骨各種〉とあるのも面白い。いったいにこの辺の海岸は、〈沙白く松碧に、大島小島波間に峙ちて、眺望殊に美しきが中に、天妃山といへるは、弁財天をや祀りたらん、探幽などの絵にあるさまなり〉と質軒は述べている。

磯原・関本を過ぎ、勿来駅には八時四十分に着いた。一同下車して磯伝いに行く。鎌倉の七里ヶ浜に似ていっそう勝る景色である。関址に登ろうとすると、折あしく小雨まじりの風が吹きつけてきた。びしょぬれになって八幡様の参拝でもあるまいと、会社の用意した人力車で平潟に向ったのだが、紅葉だけは無理にもと写真機を持ち、斜汀をつれて関址に登った。

平潟では住吉屋に休む。平潟は小じんまりした湾で、眺めも悪くない。船着場なので遊君も多いらしいが、あまり綺麗なのはいないようだ。それでも〈それ相応の西行の眼には普賢菩薩とも拝ま〉れるのであろう。住吉屋だけはそうした女もおらず、新築の三階建てで、〈魚介も所がら新鮮なれば、人々また飲みに飲み、食ひに食〉ったのであった。発車の時刻が迫って出ようとすると、店の主人が画箋を携えて書画の合作を乞う。一同は、〈咄嗟の間に雲烟飛動の妙技〉でやっつけ、人力車に飛乗って関本駅へ向かった。

駅には昨日来の車輛が人待顔である。上り列車に連結して一時二十分に発車した。雨はますます降ってくる。たいくつするはずの車中は、鉄道会社の人の配慮でまたまた宴会となり、ビール樽が抜かれ、正宗の罎が現われ、〈舌戦又は酣に、諧謔口を衝いで出づ〉という次第となる。ただ思案だけは、雨の勿来をもう少し眺めたいとわざと一汽車おくらせ、天竜は歌枕を見に行って、これは列車に乗りおくれてしまった。

〈飲むものは酔ひ、食ふものは飽き、饒舌るものは疲る。是れ必至の勢にして、さしもの豪傑連も少し郤（ひる）むと見えたる所に、水蔭子『批把（ママ）ほうる』の遊技を発明して、人々暫らくは勝負に余念なし。古人の投果満車とは、此場のために言ふものに似たり。何さま六（りく）郎ぞろひの事なれば然もこそとして、是にも倦きれば『マニラ遊び』に移る。亦是行の発明する所なり。それより忠臣蔵見立の投票となりて、笑声車窓外に漏れたらんかし〉と質軒は述べている。〈批把ほうる〉というのは果物の枇杷（びわ）を投げつけてのふざけでもあったろう。質軒と麗水のように連句をやる風流なのもいたが、それやこれやふざけの限りを尽くした筆頭は水蔭だったようだ。こうして午後七時二十分に上野に到着した。六時間の汽車の旅も終ったのである。紅葉はどうやら小鯵の干物を手土産にぶらさげていたようだ。

紅葉にとって、この旅はどうも愉快にはなれなかったようである。水蔭は次のように回想している。

> 此行、紅葉は門下の斜汀を随行させた。然うして他の者が巫山戯（ふざけ）散らすのを、苦々しい顔で冷視してゐた。帰京の後思案に向つて、／「新聞記者といふ体面を考へたら、最少し何んとかしなければ成らない。助川行の君達は実に言語に絶してゐた。」と云つて忠告した。／「僕ばかり叱らないで、チト江見にも云つたら好いだろう。」と思案が云つた時に、紅葉は励声一番。／「江見に至つては論外だよ。」／それ程別に悪い事をした訳ではなく、単に駄洒落を連発したり、汽車中のつれ〴〵に、即興的遊戯を試みたに過ぎなかつたのだが、酷く此頃の紅葉は覚醒振つてゐた。病体の所為でもあつたらう。

柳田泉は、紅葉の旅については次のように述べている。

よく紅葉は都会中心の作家で、旅行は嫌ひであつたといはれる。佐渡を別とすると、どうもあまり好きであつたらしくなく、従つて、大抵は予定の日取より早く帰つて来たものであるといふ。旅へ出ると我ままが出来ぬといふにあつたらしいが、それでも、旅行ぎらひとなつたのは、中期のことで、若い頃はよく気軽く出かけたものらしい。

（前記『尾崎紅葉全集』第9巻・解題）

そして、ここにスケッチした二つの旅も晩年に属し、明治三十二年の佐渡への大旅行の後であり、旅行ぎらいを宣言して以後のものである。

紅葉は、いったい趣味に凝るところはあるが、義務や労働や無為の時間には長く耐えられなかったようで、後年になるにつれ、気分のむらがひどかったようにみえる。好きで選んだ小説書きの道も、それが義務と化し職業となれば、必ずしも気分のままでことが運ぶわけではなく、また文壇的立場からもやっつけ仕事ですますわけにもゆかないで、苦渋を感ずることの方が多かった。しかも中期以降紅葉は若い批評家たちによって、批判の矢面に立たされるようになった。義務的な執筆に加えて、創作自体による評壇への応戦という二重の緊張を強いられたと言える。柳田氏が、紅葉の旅行ぎらいを中期以降と述べているのも、そうした紅葉の状況と密接なかかわりがありそうだ。こうした硯友社外からの刺激に加えて、柳浪・眉山らの同僚や、さらには鏡花・風葉ら門弟の活動が評価されるようになり、緊張から焦燥へ苛立ちへと追いたてられるような心理もあったろう。『金色夜叉』の大成功は、これらの心理にいちおうの安定をもたらすものであったと思われるが、成功ゆえに執筆義務の過重を招き、いずれにしろ追われるような気持からのがれられなかったというのが、中期以降終生の現実であったろう。そうした気持を倍加させたのが胃患の進行であった。〈此の続々金色夜叉を草して本年に入りたる如く、休筆の連にして、詩思無きにあらざれど、筆を執るの気を発せざるは、未だ曾て有らざる所也〉と原因の第一に胃患をあげて日記にも慨嘆したのは、明治三十四年一月二十二日であった。二つの旅はこの慨嘆を前後にはさんでおり、さらにその前の明治三十二年七月には、〈筆だに投ずれば必ず愈ゆる、と云ふのが己の持病であつた。例に因つて其の筆を投じたが、験が無い、服薬したが、それでも験の無いのは、此の四月以来の欝々楽まざる病であつた〉（『煙霞療養』）と言って、新潟・佐渡への旅に出たのであった。休載多い『金色夜叉』をかかえてあせり、胃患を治して何とか気分の好転をはかろうと腐心している時期にこれらの旅も当っているのである。

創作の苦慮やあせりそのものは作家として避けがたいであろうが、そして胃患もそこから来てもいるであろうが、紅葉の場合は前述の状況以外に、自己の信念においてこだわりあせる必然があったように思われる。創作自体は孤独な営為であることを知らない紅葉ではなかろう。しかし創作によって食えるか食えないかは作家個人の力量と直接には結びつかないというところに紅葉の考えがあったと思う。新聞社に傭われの記者・作家として苦しんだ紅葉の最期の絶叫が、〈何処までも文学者の位置を高めたい、極言すれば、今は書肆に使はれて居るが、それは本末を過つて居るのだから、著作者を本とし、出版社を末としなければならぬ、それに付ても予を今少し活して置いて呉れ！〉ということばであったと思案は述べている（「紅葉山人追憶録」『新小説』明36・12）。紅葉は、芸術家が自立できる環境の確立を願って自ら努力したのであり、そのことのために各作家は協力して互いに助け合わねばならないと考えていたのだ。そのためには、自分だけの勝手気ままな行動は許されるべきではないという組合統制の意識もあったのだ。従来この辺の紅葉の意識をとらえて、封建的・徒弟的なギルド組織を目ろんで新進をはばんだとする批判があるが、それよりも本質的には、ジャーナリズムや出版界の企業組織に対抗して文筆家の生活の自立自営を擁護するものとしての過度的に必然な姿勢であったとみる方が、史的に正しいであろう。それがグループ全体の力において出版企業を牛耳るという形にまず出ようとしてもおかしくはないのである。後年こうした紙面に対する硯友社の姿勢も評判の対象となるが、このような文壇傾向は、硯友社時代以後もさして変ってはいないことも認める必要がある。紅葉が紙面を他に譲らず一門で独占していたというのはおそらく言いすぎであり、出版企業に対して最も強力な態度をとりえたのが紅葉を頂点とする硯友社グループで、結局その一門に投ずるのが新進としては早道と考えられた、ということであろう。紅葉がグループの内外の関係を義理を中心に規制しようとしたように見える点に、かれの前近代性も感じられはする。行動もさることながら、思想表現において義理の観念に悩んでいたらしい点に過渡期の作家紅葉を見るのであるが、今はこの問題に深入りすることはできない。

遠まわりにすぎたが、紅葉の信ずるところが作家同志助け合って文筆家としての自立に努力しなければならぬという点にあったことを認め、その視点から二つの旅の紅葉を眺めてみたい。

紅葉が、もはや長時間の汽車の旅など苦痛なまでの健康状態・精神状態であったことはすでに述べた。だから、潮来への旅に自ら幹事となって皆を誘ったのは、よくよくのことであったと考えねばならない。言うまでもないが、硯友社の発足時より行を共にした僚友巌谷小波がいよいよ外遊を決するに至り、懇親歓送の一席を設けることになったのだが、紅葉はその発起人となって義理を果たし、友情を保とうと努めたのである。もはやそれぞれ文壇に成長していたかれらではあったが、睦み合った若き日の旅を今日にかえすかのような紅葉の心遣いは、最初からの準備や自らも踊りなどして興を添え座を引きたてる努力に明らかであろうし、皆にとっても心ゆく旅であったろうことは、〈実に此旅行が最も思出の深いもので、紅葉と昔に復つての楽しき旅は、遂に之が最後なのであつた〉という水蔭の述懐に示されている。

だが、不快をおして仲間に尽くそうとする紅葉の気遣いや努力は、過度にかれの神経を刺激することとなり、つい苛らだちとなって現われたのが、途中での眉山との衝突であったろう。どこか精神不安の一面があって外見的には無力でルーズにも見えた眉山ではあるが、かれを呵すなどはかつての紅葉からはちょっと考えられず、空ビン一本持つ持たぬの些事に突っかかってまともに理くつを述べたなど、すでに紅葉の神経が相当にまいっていたと思われるのである。そうした紅葉の気持をあえて推測すれば、つまるところ眉山が仲間によって立てられ助けられながら、自分から仲間につくそうとする気の薄いことを責めたのである。〈『眉山は怠けてばかりゐてチツとも書かない。どうかしてゐるよ』これは常に紅葉初め思案小波其他の口に上るのであつた。（略）一躍文壇の寵児と成るにも関らず、眉山はナカ〳〵書かなかつた〉と水蔭は〈眉山の著作二ツ三ツ〉（『明治大正文学全集11』解題、昭3）という文章に述べているが、社友はそういう眉山をも仲間はずれにせず、ずっといっしょにやってきたのであり、それゆえに今日の眉山がありえたという面もあるだろう。紅葉が、まさかの際にも自分らは眉山を見捨ててはおけないと思っているのに眉山の方があまりにも身勝手だと怒ったというのは、眉山の文壇出世にもからんで対他意識の乏しさをなじるものが内心にあったように思われる。この時紅葉には、かつて勝手にグループを抜けた山田美妙が女性問題からジャーナリズムにたたかれて失脚し、その時に社友が手をさしのべもしなかった三、四年前のことが思い出されていたのではなかろうか。もちろんこれは想像にすぎない。文筆家としての結束がジャーナリズムに対する権利と保証の枠を越えて身びいきに作用するとすれば、それは紅葉の古さにほかならないであろうが、とにかく文筆の場だけは確保して作家の生活を支えるために作家が協力しなければならない――このことが紅葉の念頭を去らず、眉山の態度が痛んだ神経にさわって衝突を起こしたのだと思う。

勿来への旅も、紅葉自身は気の進むものでなかったことは、潮来行と同様のはずである。各新聞雑誌の記者が選抜されているが、『読売新聞』からは何としても『金色夜叉』の紅葉でなければ主催者や主催地が歓迎しないであろう。常磐線の名所を宣伝する鉄道会社の催しなのである。この旅も半ば以上職務と感じて紅葉は無理したのではなかろうか。雨が降りだして皆がサボった勿来関址の見学へも、紅葉だけはわざわざ出かけているが、ここにも立場をわきまえた鉄道会社への義理が感ぜられるのである。それこれを前記思案の追憶録のことばで考えると、この旅でも、紅葉の根ざすところがその辺にあったように思われるのである。一行の興味は、例によって飲み食いに傾き、水蔭を頭にふざけもいささかひどかったようだが、それを紅葉は〈苦々しい顔で冷視し〉、後に〈新聞記者の体面を考え〉ろと言ったという。〈文学者の位置を高めたい〉と願う紅葉の目には、飲み食いに打こんでふざけ散らす姿を相応の人前でさらすことが、自ら品位を下げ、社会的に蔑視や偏見を招く醜態にうつったのである。自ら行動の折目を正すことによって戯作者や記者から文学者へ向上しなければならないとするところに、紅葉の儒教的な観念がうかがえるが、それがそれで社会一般を納得させる最も現実的な道でもあったわけであり、ジャーナリズムや出版企業に対するの公的な優位の確立に神経質であった紅葉晩年の姿が見られるのである。またこの時に紅葉が自分たちをあえて〈新聞記者〉と表現したらしいことも、興味をひく。この表現は卑下してのものでもなければ、信念と矛盾したものでもなく、社会一般の認識を認めてそれには従うという、たぶんに紅葉の発想の根底に由来するもののように思えるのだ。そこにおいて、公的なレッテルの枠内において成果を示し、自らの地位を底上げするというのであろう。そのように見る時、水蔭が、〈覚醒振つてゐた〉とか〈病体の所為〉だとかたづけているのは、紅葉理解の浅さを示していることになろう。

ここに描いた小さな二つの旅は、紅葉伝においてもさして重要なものではないであろうが、私自身は、晩年の紅葉の心中を想いやって、いささかの感慨を抱くのである。

鯛の潮汁が甘いと言って刺身の醤油を注いだ紅葉は、〈紅葉の生命は紅葉流の食物でなければ繋がれぬかと思はれるまでに三度々々のお菜がムツカシかつた〉（『自己中心明治文壇史』二五五頁）と言われるだけの面目を発揮しており、紅葉の食物への関心はその日記と合わせて面白いところがあり、文学と関連するところもあるのではなかろうか。また「八笑人」式と自称する硯友社の旅のことや、眉山の旅のことなど、ふれてみたいようなこともあるが、これらについては、今は江見水蔭『硯友社と紅葉』（昭2）に「硯友社と旅行」「紅葉と食ひ物」「眉山と旅行」の章のあることだけを記しておく。

生身の紅葉を描き出してみたいという気持のままにこのような文章を書いてしまった。二つの旅の調査も、調査としては至って不十分なものである。小波日記を見ていないし、各新聞等に記事・紀行文のあることが予測されるが、それらも調査してはいない。それどころか、私はまだ潮来も助川も勿来も見てはいないのである。少しばかり硯友社連とともに紅葉の旅を味わってみたかっただけなのだ。

（『国語国文学報』第三十三集、昭和53年3月）

九　『三人妻』の周辺

――紅葉と『読売新聞』――

1

尾崎紅葉は、明治二十二年の暮、二十三歳で大学在学のまま、主筆高田早苗の紹介で読売新聞日就社に入社した。明治二十二年十二月二十三日の読売は、次のような社告を掲げている。

本社此度文学上の主筆として文学士坪内雄蔵氏を招聘し、猶ほ紅葉山人、露伴子の両氏も本社の招聘に応じて入社されたり。

以後、明治三十五年の夏に退社するまでの約十三年間、紅葉の著作のほとんどは『読売新聞』に掲載されている。明治二十二年四月『二人比丘尼色懺悔』を文壇出世作とし、畢生の大作『金色夜叉』を未完のまま明治三十六年十月に没した紅葉にとっては、『読売新聞』こそ九分通り作品発表の舞台であったわけで、紅葉文学の考察に際しても、彼の作品が新聞小説であったという事実は看過さるべきではなく、多分に本質的な規定でさえあったと思われるのである。

堀紫山は、紅葉門下の最も早い一人で、『読売新聞』の記者をつとめ、一時は紅葉と二人で一つ家に生活さえしたが、彼は次のような紅葉の回想を述べている。

（紅葉山人は）逝くなる時迄、新聞に従事するものは雑報文学を研究する必要があると、口癖の様にいはれてゐた。例の読売時代です、あの新聞の雑報は、一特色あつて面白いといふ様な世評もあつたらしかつた

（「雑報談」『文章世界』明40・2）

このことばは、新聞小説としての紅葉文学の考察に、重要な示唆を与えるものであろう。紅葉が雑報（三面記事）に関心を寄せていた事実については、『金色夜叉』によってその一例を示したことがあり(1)、同時代批評にも、例えば田岡嶺雲の「紅葉」（『青年文』明29・2）のように、〈深く紅葉の作を味ひ来れば、其想に至ては実に小新聞の一雑報種に過ぎざるのみ〉という非難的な論調があったことも周知のとおりであるが、紫山のことばによれば、紅葉は新聞小説家として意識的にその方向を選んでいたのである。

今日、作家の権利が種々確立しているものの、発表の場（新聞雑誌の性格）は、なにがしか作家活動を規制しているであろう。新聞社における記者と作家の位置がようやく区別されかけていた時代ではあるが、紅葉はあくまでも月給で抱えられた社の傭人だったのであり、社命方針と自己の作家的姿勢との間には、ジレンマも無かったわけではなかろう。商業機構の中の作家紅葉を思えば、新聞雑報的な小説という非難は、正当ながらいささか苛酷の感無しとしない。紫山は、前掲「雑報談」において、ほかならぬ高田早苗の新聞観を次のように述べている。

読売に居た頃、高田さんは斯ういつて居た。「新聞は社会より一歩を進めて居れば好い、二歩も三歩も進んでは駄目だ」と。此呼吸は実に新聞社会に潜つた者でなければ、呑込めますまい。

紙面を改良し、『読売新聞』の発展に抜群の功を示した高田の方針は、事実次のようなものであった。

其の方針といふのは、第一新聞は社会に一歩先立つべきもので、二歩先立つべきものではないといふ事であつた。無論、新聞は社会の木鐸ではあるが、難かしい文章でやかましい理窟を述べた処で、社会に対する効果は薄く且つ其方面の事は所謂大新聞がやるから、その真似をするよりは、読売新聞としては、むしろ中新聞程度に甘んずる事とし、成るべく平易な言葉で論説を書き、今迄新聞の論説を読み得なかつた人にも段々読ませる様にするのが宜しい。従つて雑報の方も其考で筆を執るが宜しいといふ事であつた。之れと同時に読売新聞を一方文学新聞とする方針にしたいといふのが私の主張であつた。

（『半峯昔ばなし』五五）

漸進的な大衆の啓蒙を柱にして大衆を新聞に近づけようとするのであり、そのために雑報も重視され、文学も加味することになったのであろう。このような方針から読売に入社することになった紅葉は、当然その意を汲まねばならなかったはずである。そして直接には、文芸欄主筆となった坪内逍遙が舵をとっていったようである。

着任間もなく、逍遙は高田の方針も帯して、「新聞紙の小説」という一文を掲げた（明23・1・17、18『逍遙選集』別冊巻三所収）。それによれば、新聞は、賢愚老少男女を問わず社会全体を対象とするのであるから、新聞小説も普通の冊子の小説とは異なるのであり、〈純然たる文学的小説を以て見る可からず、よし、美術として欠くる所あるも新聞紙たるの義務即ち広く益々広く楽ます点に於て本分を尽す所あれば十分賞美して当然〉と、通俗性娯楽性を一義的な条件とし、〈新聞小説の要領〉という五箇条を示すが、要約すれば、(1)現代の人情風俗の描写、(2)大衆の理解共感、(3)思想の健全、(4)歴史的知識、(5)娯楽性に加味する報道性・教導性ということになる。この論は『小説神髄』の俗化という側面があるが、現実には読売の小説執筆陣に対する要請であり、同時に評壇からの弁護を果たそうとするものであった。紅葉は逍遙にも義理があり、義理がたい彼が高田・坪内路線に添って執筆したのは当然である。

そもそも新聞小説の発生は、雑報の〈つづき物〉に由来するのであるが、主筆の方針を受けた紅葉が、紙面の傾向を尊重し、前記要領の基準を雑報に求めようとしたことも十分うなずけることである。雑報は当代の事件への興味であり、その興を軽妙な文体でそそるところに主意があるが、ここに確かに紅葉文学、特に読売時代前期の彼の作品の性格の重要な面が集約されていると思われる。

紅葉が入社早々に筆を執った第一作『紅懐紙』（明22・12・23―26）は、文体・内容があまりにも西鶴好色物に類似し、第二作『飾海老』（明23・1・1―9）は、ハイカラ趣味に古風な文体をつき合わせて小味な面白さはあるが、いずれも大衆の読みものとするには、あまりにも紅葉の趣味にかたよっていたといえよう。しかし逍遙の「新聞紙の小説」が発表されると、『猿枕』（明23・2・1—5）以降、著しく雑報的な大衆路線に添ってくるのである。『猿枕』の前半「すさまじきもの」は、男に貢いでいるらしい女学生が辞書などを質入れに来る話、後半「あさましきもの」は、美貌の妹で書生を釣る私塾教師の話であるが、「読売論説」（明23・2・18）は、「女学生の品行」と題し、

去る二月五日の紙上に載せし女学生の没道徳と題せる一項、我社の紅葉山人が物したる猿枕といふ小説中の事柄、これらのあさましき事すさまじきものは、或は社友が目撃し又は伝聞したる事実なり。

と実説性を保証し、その後「女学生の醜聞」と題する暴露記事の雑報を連載している。

雑報と紅葉の関係は、逍遙の新聞小説論によって決定的に結ばれたが、かくして紅葉は、構想・文辞にわたって大衆との密着を保持しなければならぬ留意と抑制、多すぎず少なすぎずの進歩性の確保、さらにはコンベンショナルな教導性との妥協を自己に課さねばならなかったのである。そして問題は、ジャーナリズムと歩調を合わせつつも、紅葉がいかに文学性を保持しようと努めたかということであろう。読売や出版社の待遇に紅葉が不満であったことはよく知られている。例えば石橋思案談「紅葉山人追憶録」（『新小説』明36・12）には、次のような紅葉のことばを伝えている。

何処までも文学者の位置を高めたい、極言すれば、今は書肆に使はれて居るが、それは本末を過つて居るのだから、著作者を本とし、出版社を末としなければならぬ、それに付ても予を今少し活して置いて呉れ！　予が食へないまでも文学者の位置を高めて踏ン張つて出版社に一泡吹かして呉れると、死ぬ一週間ばかり前までも言ひ続けて居ました（略）

これは何も金銭的な報酬の不足を並べているばかりではなかろう。〈文学者〉という自己表現の中に、商品としてしか小説を見ない出版企業に対して憤る紅葉の作家的良心をも見ることができるのである。

明治三十二年二月四日、紅葉は早稲田文学会の席上で講演したが、その要約が『読売新聞』（明32・2・13）に「紅葉氏の新聞小説論」（署名　星月夜）の題で掲載されている。〈星月夜〉は島村抱月である。論は他者の要約とて意をつくさず、挿画無用論などに筆をさきいささか冗漫の感があるが、彼は〈元来新聞紙に小説は向かない〉と、やはり新聞小説の制約の多さが文学性の追求と背馳することを感じていたらしい。そして新聞小説について、

此所に一つ新聞小説といふものについて新案がある、それは、弦斎氏が日の出島が、直ぐ其日の出来事を翌日の小説に香はすといふ程にしなくとも、新しい当時の出来事を持つて来て、それを題にして筋を仕組み、半分は新聞、半分は小説といふやうにしたならば、種の尽きる気遣もなく至極面白からうと思ふ、何も際物だつて構ふことはない、講談などに比べれば、遥に此の方がよい、新聞小説はこんな風にしたいと思ふのだ云々

と語った模様である。幾分矛盾しているところがあるが、要は、新聞小説をあまりに性急な時事性によって束縛するなということであり、時事問題を材としつつも作家自身の自由な創意・フィクションを尊重せよということらしい。ここに紅葉の意図した新聞小説の性格があり、時事性と文学性の均衡が求められている。このことは視点をずらして見ると、紅葉自身がずいぶん時事性に縛られていたことの不満を告白していることでもあるのだ。

ともあれ、紅葉が戯作者並みの雑報記者に自足せず、作家の生活的自立と芸術性の尊重の両立に苦しみながら〈文学者〉たるべく努力したことの意義を、明治二十年代の時点を念頭において客観的に評価しなければならない。近代文学史にもっと文学社会学の方法を加味していくことの必要は今さら説くまでもないが、従来その位置を不当に無視されている紅葉や菊池寛こそ、作家の権利の確立を良心的に押し進めて近代・現代の文学活動の基盤を固めたのであって、作家の地位の向上や大衆と文学との連係を同時代に実践した紅葉の意義も、今後正当に評価されねばならない。

いささか先走り、論を拡大させてしまったが、実は、紅葉小説がジャーナリズムに支配されていることを念頭に

置いて、新聞と小説の相関々係を幾分なりと具体的に眺めてみたいというのが本節の主眼であり、それを、紅葉初期の決算的代表作と目される『三人妻』を主にして考察したいと思うのである。

2

読売新聞を牙城とした紅葉は堀紫山を幕僚と頼んで三面及び文芸欄は思ふまゝに主宰した。

〈読売の紅葉か、紅葉の読売か〉とまで言われた両者の関係であるが、それは、単に新聞小説の当り作をものして新聞販路を拡張したというにとどまるのであろうか。内田魯庵は、『おもひ出す人々』の「硯友社の勃興と道程」の章で、次のように述べている。

これはこのままで通念化しているかと思うが、実際は、逍遙が『早稲田文学』を創刊（明24・10）して読売を離れていく前後からであり、硯友社の機関紙『江戸むらさき』を廃刊して代りに読売紙上に「江戸紫」の一欄を設けた明治二十四年二月一日がさきがけとなっているのである。紅葉としては、前述したように高田・坪内の路線に忠実だったわけで、少くとも初めごろの紅葉については、魯庵の記述は当らない。

それでは雑報を主とする三面と紅葉とは、どのような関係にあったであろうか。資料は乏しく、間接的だが、『読売新聞八十年史』に次のような記述がある。

紫山は本名成之、硯友社同人であつたが、本紙に連載された彼の社会記事は当代の逸品といわれ、紅葉さえ時に紫山をまねて雑報記事を手伝つたこともあり、報知の松居松葉などもこれをまねたがとうてい及ばなかつた。また読売記者として長年勤めた上司小剣は、『U新聞年代記』で実名の人物を登場させて日清戦争以後の社の内幕を描いているが、

作者（注——小剣）が入社（注——明30・3）しない前、紅葉は小説を書く苦しみの一時遁れでもあつたか、

それとも、新聞に興味をもちはじめたか、毎日出社して三面の艶種を書いたり、編輯に干与したりしたことがあつたそうな。

と述べている。雑報の主筆は紫山で、紅葉の筆になるものも、明治二十三年から二十九年ごろの間には含まれているらしい。さらに小剣は、明治三十年前後のこととして、

その頃新聞の三面――社会面――の内勤記者と言へば、大低作家の卵で、小説的文章もうまく書くといふことが、最上の条件となつてゐた。作者なんぞも、編輯をしながら毎日(ママ)一つ宛は必らず、つや種と称する短編小説――コント――のやうな八分通り文章で読ませるものを書かなければならなかつた。

と述べているが、このように雑報と小説が、このころもなおかなり近接した位置にあったことは、文学史的にも留意する必要がある。〈雑報文学〉という紅葉の表現は、おのずからその性格を示しているが、その研究に自ら雑報の筆を執ったことも確かであろう。徳田秋声も小剣と同じく読売に勤めた（明32秋?）が、雑報の材料に困っていたところ、紅葉は彼を引き立てるために、「臙脂紅」という題で艶種の名文を書いてくれたという（『光を追うて』）。この話なども紅葉の手なれたところを告げているようである。

しかしながらこうした雑報は記者の署名も無いこととて、紅葉の筆になる記事を判定することは不可能に近い。紅葉と読売記事の関連は深いが、その具体的な様相は明らかにしがたいというのが、現在の私の結論でしかないが、今少し推測を試みてみよう。

紅葉に『裸美人(ら)』という小品がある。読売入社が内定し、挨拶がわりに明治二十二年十一月二十二・二十三日に掲載されたもので、紅葉が読売に掲載した最初の作である。あらすじは次のようなものである。

〈曲線美！　曲線美！　曲線の好配合から成立所の、女人の裸体は「美」の神髄である！〉と〈裸美宗〉を信奉する美術家の男が、裸婦の美を解さぬ〈俗眼凡慮の迷夢を払はむ！〉と志し、結婚したばかりの妻と下女に、翌日

の披露の宴には全裸で臨席せよと命ずるのであるが、あきれはてた嫁と姑は下女と三人で夜逃げするのであった。

ところで、この作品から三年後の「読売雑報」（明25・11・25）に「裸美人」という見出しの記事があり、府下の写真屋に、首は貴女美人、体は密売女の〈わ印〉写真を売るものがいることを報じているのであるが、次のように書き始められている。

〇裸美人　今は無き人の数に入りし近代の画伯、初めて妻を迎へし時、寝所（ねどこ）の内に万燈照らして花嫁を裸体にして細かに身体検査をなしたるより、嫁は恥かしさに泣き悲しみて翌日実家へ立戻り、媒妁人（なかうど）を呼びて気の狂ひたる殿御に世話したる不足を並べければ、媒妁人も太く驚き、直様（すぐさま）画伯のもとへ押しかけて其不都合を責めたるに、画伯は打笑ひ、其（そ）は気の毒の事に候へど、全く拙者が画道熱心より起れる罪と思ひて免されたし、只拙者はお蔭にて女の体格を写生する事を得たるを嬉しく思ふなりと答へしが、其縁組は終に破れたりと云ふ。

（略）

以上は記事の内容とは直接に関係の無い枕の部分であるが、一読して小説『裸美人』と共通していることが明白であろう。両者はともに同一の素材なのであろうか。しかしながら、「読売雑報」を明治二十二年までさかのぼって調査したが、その素材とおぼしき記事を見つけることができなかったのである。しかもこの場合、雑報よりも小説がさきであるということも、いささか事情を複雑にしているようである。この画家の話は、単なる巷説としてあったのかもしれず、明治二十一年以前の「読売雑報」、あるいは他紙に出たものかもしれないが、私は、小説『裸美人』はやはりライバルの山田美妙を諷した作品であろうと考えており（2）、「読売雑報」（明22・11・20）も、この作を〈滑稽寓意の短編小説〉と予告している。いったい新聞に、裸美人とか裸何々ということばが氾濫するのは、美妙の『蝴蝶』（『国民之友』明22・1）の発表以降なのであり、小説『裸美人』は、そうした世相をも背景にした紅葉の創作とみなしてよいようで、雑報の方が事実めかしく小説を採り入れたのだと思う。とにかくここに紅葉の介在は疑えず、この記事も紅葉の筆ではないかと想像を誘われるのである。面白おかしくを本位とする雑報ゆえに、その必要もない話を枕に読者の興味をひき、しかも雑報の一箇月前の明治二十五年十月に小説『裸美人』が単行出版になっていることを合わせ考えると、雑報は、この作品を実話小説として売り込もうとする紅葉の商策ではなかったかとも考えられるのである。

以上、『裸美人』を例に推測を試みたのであるが、紅葉は、やはり考えられている以上に雑報との交渉は深く、作品と雑報は相互的に作用しているものと考えてよいようである。こうなると雑報は必ずしもニュースに限らず小説に近いものであり、また雑報に代えて小説を掲載するということも現実には行なわれたのではなかろうか。

紅葉が社内で仕入れた小説の素材は、かなり多いものであったろう。紅葉の数少ない創作談の一つ「小説家の経験」(『唾玉集』所収)によれば、『伽羅枕』は読売の社員からモデルについての聞き込みを得ており、『三人妻』は読売雑報がヒントになったと述べている。

3

『三人妻』は、巌谷小波の『緑源氏』が風俗壊乱の由で中止になったあとをうけ、明治二十五年三月六日より五月十一日まで六十七日間五十四回にわたって掲載され、これを前編として一応筆がおかれた。後編は社告(明25・5・11)によれば『花の名残』と題されて近日発表の予定であったが、実際は『後編三人妻』と題され、七月五日から十一月四日まで九十三日間、途中に新聞発行停止など異常なブランクがあり五十二回にわたって掲載された。

葛城余五郎は加州金沢在の貧農の次男だったが、郷里を飛び出しいろいろの仕事をするうち、ある鉱山師に器量を見込まれたのが出世のはじめで、もちまえの豪胆さで今は巨万の富豪になっている。ある時彼は柳橋の芸妓才蔵の姿色に目をつけ、情夫菊住に操を立てて転ばぬ女をわがものにしようと、裏から画策して情夫を引き離し、意地になって男を捨てた才蔵をまんまとものにして妾に据える。さらに余五郎は、紳商雪村の別荘で一見したお角という女中をものにしようとし、女も将来のわが身を案じて自分の方からも余五郎に近づいたところで、彼は強引に雪村からお角をうばって名も紅梅と改めさせて別荘に囲う。それから故郷に墓参した余五郎は、かつての主家筋の娘お艶が今は琴の師匠となっているのに会い、親切なそぶりでだまして上京させると、これも無理やり妾にしてしまうのである。――（前編）

余五郎は三人の妾のそれぞれの持ち味に満悦の日を過ごすが、紅梅が一番寵愛されていると知ったお才（才蔵）は、意地になって紅梅にけんかを売り、自棄気味にもとの情夫とよりをもどして密会を重ねる。見つかって一度は詫びを入れるが本心からではなく、さらに密会を続けてそれもばれ、遂に暇を出される。いっぽうお艶は男の子を出産したことから余五郎の寵を集め、あせった紅梅は、お艶の追い出しを謀って本妻との離間を工作し、お艶は余五郎の死にめにも会わせられなかった。しかし紅梅の悪らつがわかり、お艶の誠実が認められて、紅梅は追われた。その後紅梅はまた雪村の女となり、お才は菊住と世帯をもって柳橋に待合を始め、お艶だけが遺産を与えられ、本妻の妹分として家に残り余五郎の墓参をしていたという。――（後編）

『三人妻』の執筆動機について、紅葉は「小説家の経験」で次のように語っている。周知のところであるが、全文を引用する。

> 『三人妻』は『読売』の雑報からヒントを得たのです。或豪商が死んだ時に三人の妾が髪の毛を切つて、殉死の心持で、棺に入れたと云ふ雑報から思ひ附いたのです。すツかり性質の違ツた女が、其の各々異なる性質を以て、寵を得てゐる具合をかいたら面白からう、其の間には嫉妬もあらうし、衝突も出来ようし、其れに又丹那の方でも三人に対する仕向けが、其れ其れ違ふだらうと云ふので、筆を執る気になツた。彼（あ）れをかいた種子（たね）は雑報から得て、餘（あと）は皆架空です。勿論、細かいちよいちよいとした事、例へば今斯ういふ紳士が、奈何（どう）して

ゐるの斯うしてゐるのと云ふ話を聞いて、附け加へた所もあるが、大体は雑報から思ひついて趣向を立てたのです。

『三人妻』の成立については、従来この紅葉談を一歩も出ないままに長らく過ぎて来た。だが、紅葉がヒントを得たという読売雑報がどんなものであったか、人から聞いたという話は究めがたいとしても、部分的な趣向に採り入れられた雑報類があるかもしれず、大筋には典拠の存在も考えてみる必要があろう。また雑報がヒントになり直接の契機ではあっても、それがヒントとして響くまでの種々の条件もあったであろう。そういうところから『三人妻』の成立については、『読売新聞』との関連で調査を進める余地があろうと思われるのである。

果たして勝本清一郎氏(3)が調査を一歩進め、ヒントとなった「読売雑報」(明25・2・14)を発見された。この際にその全文を明らかにしておきたい。

○明治新編三人比丘尼　威勢四の海を巻きて一時栄華の肩を比ぶるものなく、一族の基礎を磐石の如くに築き上げたる故人○○大王には、生前三人の愛妾ありてお○何吉○子と云ひ、何れも白拍子中尤物の聞え高かりしものなるが、邸中に移されてよりは寵愛殊に深くして、秋風に泣く祇王の恨もなく三人睦み合うて我君大事と仕へ居けるが、大王の御威勢を以ツてしても二豎の力には敵し難く、長城未だ築き終らずして祖龍敢なく殂り給ひぬ。されば三妾の嘆き一方ならず、何れも緑の鬒髪断り浮世を餘所に墨染の衣着て君の冥福を祈らんとまで思ひ詰め、中には悲嘆の餘り、君に後れて惜からぬ生命長らへんも味気なければ寧そ如斯よと殉死の覚悟さへしたるを、人々様々に云ひ慰さめて思ひ止まらせ、昔鄭伯が母子再会の義に擬へ、潜かに染井なる大王の墓前に一道の墜を掘り穿ち、法心堅固の三妾をして其中に入らしめ仮に殉死を粧うて各々の意を満たせ、猶ほ大王の御遺物として千円づゝを分け与へしに、三妾も強てとは云はれず泣く〳〵親里に帰りて、嵯峨野の奥のそれならねど朝夕看経に身を委せ、髪は剃らねど心は堅き尼法師いと悄やかに世を送りけるが、去るものは日に疎しとかや、三妾云ひ合さねど此頃は道心漫ろに浮き立ち、昔日誓ひし操も忘れて、何吉とお〇は下谷牛込の間に寄るは昨日の萍や、浮いた調子の左棲又もや再勤の披露をなし、残る〇子も此程より去る（ママ）人の情に弱りて、法衣に代ゆる小夜衣棲を重ねて栄耀の活計。実に果敢なきは人の心の上にこそあれ。

以上の記事が紅葉の指している雑報に相違なく、談話との若干の違いは、紅葉の記憶の乱れにすぎない。この雑報にヒントを得て紅葉の想像がふくれていったのだが、雑報の三妾がいずれも同じ型にとどまっているところを、紅葉は三人三様の性格を与え行動させるところに『三人妻』の面白さを生み出したのであり、さらに余五郎が三人の女をものにしてゆく過程を詳細に加えて豪商の生き方をも示したのである。

こうなると雑報の〇〇大王が余五郎のモデルということになるが、雑報との関連で知られていたのかどうかは不明ながら、『三人妻』にモデルのあったことは、少なくとも周囲の人たちには知られていたらしい。春陽堂の番頭代理を勤めて紅葉の内幕もいくらか知っていた浅井為三郎は、「尾崎紅葉と春陽堂」（『書物展望』昭9・4）に、〈モデル小説としては『三人妻』が土佐の一隅より飛び出して、一代の船成金となつた富豪の私生活を取扱つた〉と記して暗示しており、「明治新編三人比丘尼」のその後の雑報で明らかになるが[4]、それは明治立志伝中の代表である三菱財閥の創立者岩崎弥太郎なのである。岩崎の死は明治十八年二月のことで、雑報は、彼の愛妾たちのその後の転身変貌を揶揄して報道しているのである。明治の風雲児岩崎弥太郎については、『三人妻』の当時すでにさまざまの伝説・逸話が行なわれていたと思われ、紅葉もそれらを適当に採り入れてもいるのであろう。岩崎の死は胃ガンによるものであったが、余五郎も、〈胃癌の中にも死を来すことの速きは髄様癌〉というので死んでいる（後編・三十六）。すでに岩崎の死と接して、木村銕三郎編『岩崎弥太郎君伝—附三菱会社内幕秘聞』（明18、昌平楼刊、稿者未見）が、『三人妻』以前の唯一の伝記として存在しているが[5]、この書を紅葉は知っていたであろうか。恐らくは偉人顕彰にすぎぬとして知っても読まなかったろうし、実伝には格別意を払わず、いくらか岩崎に通わせる程度に余五郎を造形したのであろう。そして当時の読者は、モデル詮索の興味とともに、明治の一代分限の側面を典型化したものとしても読みとったであろう。

　雑報「明治新編三人比丘尼」が『三人妻』の構想に関与している実態は、およそ如上のようなところであろうが、発想の端緒と考えるには若干の疑問がある。雑報が二月十四日、『三人妻』の連載開始が三月六日で、その間は二十日ぐらいの短時日にすぎないのである。その点について勝本氏[6]は、〈しかしこれは紅葉も読売社内の人であったし、殊に雑報の筆者が紅葉と親友関係だった堀紫山とも考えられるので、話の内容を紅葉はもっと早く聞いていたものと解することができる〉と急作の事情に推測を加えて説明されたのである。「明治新編三人比丘尼」という見出しも、紅葉の小説『二人比丘尼色懺悔』と通ずるのであり、この雑報にも何らかの意味で紅葉が関連しているように思われ、紅葉が話を聞き知ることも確かに早かったであろうと思う。それにしてもその時点をどれくらい繰り上げることができるのであろうか。『三人妻』の直前の紅葉の連載小説『紅白毒饅頭』下編は、前年十二月十八日に掲載中止になっていた。元日のみの小編『女の顔』を別にすれば、『三人妻』は二箇月半ぶりの連載である。紅葉としては『伽羅枕』（明23・7・5―9・23）と『むき玉子』（明24・1・11―3・21）の間に三箇月休んで[7]以来の二番目に長期間の執筆休止であった。この二箇月半の間も、やはり紅葉は材料を集めつつ次作の構想に腐心していると考えた方が妥当ではなかろうか。『三人妻』の連載状況からみて、後編は不慮の発行停止があるが、前編など紅葉にしては休載が比較的少ないのであり、長編の構成に必ずしも成功していない紅葉にとっては、『三人妻』は例外で、谷崎潤一郎が〈あれだけ立派に組み立てられた、完成された小説は日本古来の文学にもその類は少ない〉（『饒舌録』）と絶讃するほどに構成的で破綻が無いのである。思うに雑報「明治新編三人丘尼」は、『三人妻』の結末と関連するところが大きい点からも、これまで種々に構想されていたものを総括し、改めて『三人妻』としての構想の一本化に作用した最終的なヒントなのではないであろうか。紅葉は、前々から艶種的な小説なり、同時代の大立物をとらえて一作をものそうと考えるところがあったと推測するのである。

『三人妻』の発想を導いた基盤は、前年の七月以降掲載された一連の読売記事であったと思われる。明治二十四年六月三十日に次のような社告が出ている。

○明治豪傑ものがたり

明治の豪傑雲の如く林の如し。然れども皆一躍にして豪傑となりたるにはあらず。其幼時より今日に至る間の経歴逸事中には、感ずべきもの慕ふべきもの笑ふべきも頗る多し。本社大に茲に見る所あり。明治の豪傑十数名の立志苦心談失敗談等にて、未だ世人の評判に上らざるものを択んで明日の紙上より続々之を掲載せんとす。史家の材料となり英雄の談柄となり青年の亀鑑たるを得ば、本社の満足何ものか之に過ぎん。

こうして『明治豪傑ものがたり』の連載が始まり、さらに続編姉妹編のかたちで『明治花婿鑑』『明治紳士ものがたり』『明治閨秀美譚』が、互に重なりもしつつ『三人妻』連載中の明治二十五年四月まで継続しているのである。それぞれについて若干解説を加えよう。

(1)『明治豪傑ものがたり』

明治二十四年七月一日より十一月二十日まで発行停止期間を除いて連日掲載、百二十五回にわたる。一回につき三話から五話程度で全四百八十二話。政界・財界の人物が多いが、法曹・新聞・教育・宗教等の各界から故人今人を問わず明治の著名人の逸話を集めている。筆者の署名は無いが、『読売新聞八十年史』の年誌には堀紫山の執筆とある。見出しだけで一例を示せば次のようなものである。

(七月二十四日)○大根おろしにより両名士交を結ぶ　○井上馨頰辺の創痕　○渋沢栄一洋服の古着を買ふ　○大久保利通も亦妾を蓄ふ

岩崎弥太郎の逸話もあるが、『三人妻』と直接には関係がない。この記事の好評は次項の類似記事によってもうかがえるが、他紙もこれを転載するなど新聞記事をリードするものとなったことを誇っており（七月三十一日）、単行本となって刊行もされた広告がある（十一月一日）。

(2)『明治花婿鑑』

明治二十四年八月七日より十一日まで五回にわたる。

末松謙澄（文学博士衆議院議員）
同　夫人（枢密院議長伊藤伯爵令嬢）

といった形で、当代各界名士の肩書と夫人の出身を羅列している。

(3)『明治紳士ものがたり』(8)

明治二十五年一月一日より四月二十七日まで確認した。休載多く三十八回。

（一月五日）○西園寺公望巴里の美人にほめらる　○増島六一郎等退校を命ぜらる　○平沼専蔵貸付を厳にす　○森鷗外演芸協会員を驚かす

といった見出しで、中絶していた『明治豪傑ものがたり』の続編というところであるが、必ずしも一流人士とは限らず、幾分雑報に近いところがある。

(4)『明治閨秀美譚』

明治二十五年二月十八日より四月二十六日まで、一日二話平均、三十四回確認。

（二月十八日）◎柳沢伯爵夫人　◎高橋夫人

右のような見出しで、名士夫人を主にして女流名士の逸話・美談を記す。『明治豪傑ものがたり』の女性版であり、『明治花婿鑑』の解説編に当たる。

『明治豪傑ものがたり』の好評はこうして一連の記事を生み出すに至るが、このような記事を歓迎する大多数の読者の存在を紅葉が意識していったとしても、少しも不思議ではない。これらが『三人妻』の背景となっていることは、ほとんど疑いなかろう。読者の好尚を機敏に察し、時事的に小説化するところにジャーナリズム作家の本分があるはずである。豪傑を一人にしぼること、あまりに類型的な公然の立身出世談よりも、俗悪な私生活の暴露、得意とする女性描写、艶種的猟奇的なストーリー――こうしたものが、それぞれ一貫性を持たなかったにせよ、『三人妻』構想の周辺に胚胎していたからこそ、比較的短時日で構想がまとまったのであり、雑報「明治新編三人比丘尼」によって原構想が固まったところで、範例となる典籍が求められたり、雑報記事や伝聞によって〈ちよいちよいとした事〉が加えられていったのだと考えるわけである。

4

紅葉小説が雑報の類を材としてプロットを得たり、部分的にも肉づけするところが多いということを考えるわけだが、『三人妻』でも、例えば、芸妓才蔵は、〈容色(きりよう)は凌雲閣の百美人に我は二番の女なり〉（前編・五）とある部分も、掲載直前の雑報「凌雲閣の美人画展覧会」（明25・2・4）などを時事的に挿入しているのである。このように『三人妻』に吸収されていったかと思われる読売記事の幾つかを示してみたい。

郷里を飛び出した余五郎は、湯屋の木拾(きひろひ)やそば屋の出前もやるうち、ついに具眼の人物に拾われる（前編・一）というのであるが、次のような同趣向の話がある。

○浅野惣一郎「おでん」を売る
浅野惣一郎曾て零落して「おでん」売となり、風雨を厭はず毎夜更闌る迄街頭に立て之を鬻(ひさ)ぐ。渋沢栄一其人となりを知り、援引以て商となし遂に惣一郎の今日あるを致さしむ。（略）
（『明治紳士ものがたり』明25・1・12）

余五郎を拾ったのは大原富五郎という鉱山師であったが、大原はただ一度の失敗に財産を失い落胆してしまう。余五郎はその小胆を軽べつして励ますのだが、大原はそのつまずきがもとで病死し、余五郎が跡を引ついで成功した（前編・二）。これも「古河市兵衛強情を張て銅山を堀に当つ」（『明治紳士ものがたり』明25・1・8）の飽くまでも堀らせ大鉱脈を得た話が裏づけになっているであろう。

余五郎の本妻お麻は余五郎より年上であり、かつてはしたたかな矢場女であったが、通いつめて来る素寒貧の余五郎に熱を上げて仕送りし、現在の余五郎に仕立てたのである（前編・一）。そして彼女は、彼が幾人もの妾を置くことにも甚だ寛大であった。類似した女の話は『明治閨秀美譚』が好んで採り上げたところである。『山口夫人』（明25・2・19）は、もと遊女であったが、〈一夕山口素臣氏に侍し、其の有為の人たるを信じ、直ちに偕老を契〉り、のち夫人となって一家の整理に努めて徳望があったが、〈幾くもなく良人累進して陸軍少将となり、任地仙台へ赴くに当りて夫人の同行を促す。夫人武将妻(さい)を伴ふの不可なるを諌め、自ら美人を進(すゝめ)て良人に贈り〉、自分は本宅を守ったという話などである。いちいち挙げるに耐えない。

『明治豪傑ものがたり』等は、すべて実名を明記しているため、結局きれいごとに扱い、名士尊敬の表面的な姿勢をほとんどくずしていないのであるが、名を伏せた雑報は、名士貴婦人の俗情を仮借なく嘲笑し、『三人妻』との比較を促すものである。

○裸体美人　府下に一二を争ふ寵商にて、先頃実業団体とか言へるを発起して仲間にも囃し立てらるゝ某氏は、其先祖素寒貧より起りて能く巨万の富を致せる丈け何事につけても抜目なく、特(こと)に女を籠絡するは顔に似合ぬ上手もの。今の妻女も元を洗へば新橋に御神燈をぶら下げたる何屋何吉といへば一時鳴らした腕達者、キチンと済した粋姿、頻りに前の寵商殿に可愛がられ終に根引して権の位より一足飛びに本妻に引直したる情交(なか)ながら、我ものと思へば嫌な嚊(かか)のつら、寵商殿近来手廻りの好きに突(つけ)上がりて、又々新橋辺に浮れ込み、金びら切ての大尽遊びに、男振よりは第一札といふ愛嬌者に惚れたる唄女もありとかにて、内君も日頃の慎み何処へやらむか〳〵と肝癪を起し、直に抱への手車に飛乗り、向島の別荘へ軋らせながら行く道にて、二三の寵商夫人を誘ひ合せ昼過より夜へ掛けての花戦さ。腕は何れも鍛へに鍛へたる新橋みがき一勝一敗、四光よろしい、す十六、負けず劣らず挑み合ひしが主人公の運や弱かりけん、見る間に忽ち大負となり、懐中は申すも愚か、着て居た羽織、上着、下着と段々に取上られたる末は、遂に題号の裸体美人。仏蘭西ならば其まゝ「ゾラ」の本尊ともなるべき処を、纔に車夫を本宅に走らせ、漸く受出してすご〳〵立帰りたるは夜の十一時過にてありき。丹那は新橋の月に浮かれて細君向島のはなに溺る。何れも揃ひし風流夫婦と言問辺より千鳥の音信。

（「雑報」明25・2・4）

まさに図星と思われるようなので、思い切って全文を掲げた。この素寒貧から寵商になり上った好色漢は、まさしく余五郎であろう。妻女となった芸妓は、一面お麻の面影があり、またお才にも似ている。女たちが花札をして素裸になるところは、大園遊会のあとの春夜、余五郎夫妻と妾たちが花骨牌をやり、夫妻が負ければ金で払い、妾たちは裸躍ときめて、ついにお才が裸になるという趣向（後編・三）に採り入れられている。ゾラの名の出ているのも面白いが、これはゾラの「制作」を脱化した紅葉の『むき玉子』と関係してのことばであり、この雑報は恐らく紅葉の筆になったものであろう。

『三人妻』の女の中で、とりわけお才が行動的で描写も精彩を放っている。彼女が余五郎に身をまかせたのは、浮気な情夫への面当てであって、余五郎の金の力に屈したのでもなければ、ましてや惚れるだのの気はみじんも無かったのである。余五郎を利用して金を抽き出すだけの肚で、気が変れば平然と情夫と縒りをもどして密会し、芸者勤めに帰ることも意に介さない。こうした女についても、当時の雑報に似たものが一二ある。『迷子紳士』（明25・2・25）には、新橋の腕利芸者某女が、さる紳商に根引きされて風雅な別荘にかこわれるが、窮くつを嫌って再勤したという話がある。

お才の造形にもっとも作用したのは、「晩咲梅」（明25・3・12）という雑報であったと思う。すでに『三人妻』の連載が始まっていたが、構想には入っていたものであろうか。

蜆汁屋の娘お染は、家を人手に渡して零落したことから芸者に出るが、彼女の色香に迷った御用商人たちが競い合う中で、さる田舎大尽が大枚を投じ、江戸っ子の鼻をあかして根引きする。しかし〈三勝には茜屋半七といふ情夫ありて、大恩の光大尽を生涯の便りとする気なく、只深川の天のみ眺めて月雪も面白からず暮しける〉という次第。そのころ情夫は政治家になりたいなどと浮かれ出して大穴をあけ、女は情夫のために大尽から金を引き出して貢ぐ。〈何時か此事洩れ聞えて、流石甘い大尽も立腹して、終に三勝に暇を遣りたれば、三勝結句嬉しき事に思ひ、是でこそ思ふ同志が夫婦になツて面白い月日も送れる〉と考えるが、情夫は家の監督厳しくて女も願を果たしえず、〈寧の事昔取た左褄〉と最勤を決して、近く芳町へ出るとのこと。

紅葉は、この三勝に一層の侠と放縦を加えてお才に仕立て、情夫は、無気力な女蕩しに典型化している。

以上、『読売新聞』の三面をさぐって、『三人妻』の趣向に関連していったと思われる記事を挙げてみた。だが完全に作品に密着するものは多くない。すでに「明治新編三人此丘尼」がそうであったように、紅葉は示唆を受けつつも、様々に作りかえて人物を典型化しているようだ。それにしても『三人妻』の構成には、雑報も消火されていったことは明らかになったと考える。

5

以上の考察から、紅葉の新聞小説の多くは、種々の面において雑報種を素材にしていることが類推される。そして『三人妻』は、紅葉の意図した〈雑報文学〉の頂点であり、いわゆる〈紅葉山脈〉の主峰なのであるが、紅葉は、これを頂達点にして方向を転じていっている。『心の闇』（明26）・『不言不語』（明28）を生み出す過程に、〈翻案時代〉とも言われる外国文学を積極的に摂取している時期が重なり続き、『夏小袖』『恋の病』（明25）・『三すぢの髪』『俠黒児』『隣の女』（明26）・『冷熱』（明27）等、モリエール・グリム・エッジワース・ゾラ・『デカメロン』によっている翻案や翻訳を著しているのである。雑報によっておれば小説の種にはこと欠かぬと豪語（前掲）もしている紅葉ならば、『三人妻』の類作はいくらも作られたであろうし、彼の能力をもってすれば、決して失敗にもならなかったであろう。『三人妻』は新聞読者にとって決して不評ではなかった思われるのだが、彼の転換模索はどこに原因があるのであろうか。田山花袋は、新しい時代に直面した紅葉の内的な煩悶と見ている。

紅葉はその時分は『紫』だの、『冷熱』だのを書いてゐた。かれは尠くとも『三人妻』に行つて一転した。とても、こんなものを書いてゐても駄目だ……といふやうにかれは考へたらしかつた。次第に時代は移りつつあつた。新しい芽はそこにも此処にも萌え出した。聡明なかれは、逸早く新機軸を出さうと心懸けた。／かれはこの時分、ゾラからモウパツサンのものを読んでゐたらしかつた。（『近代の小説』）

紅葉自身がこの澎湃とした新運動（注――欧州の新思潮の摂取）の中にゐて、懊悩煩悶した形は、私はよく想像することが出来る。紅葉はもう昔の『色懺悔』『紅白毒饅頭』の作者ではなかつた。（『東京の三十年』）

紅葉の外国文学の閲読が、何もこの時から始まったものではないことは花袋自身も述べており、紅葉は彼なりの進歩をすでにゾラなどを読むことによって心掛けてはいたのである。だがそれに拍車をかけることになったのは、やはり周辺の事情が大きく関与しているらしい。新聞小説の傑作を念じて力をこめたと思われる『三人妻』を、評壇がほとんど黙殺してしまったという事情もあるが[9]、後編連載中にあって、なぜか紅葉は八月半ばから九月一ぱいまで休載しており、完結の日の後書きによれば、〈まだ完結にはせぬ腹案でございましたが、何処まで書きましても同じ様で、格別書栄（かきばえ）もいたしますまいと思切りまして、十回分の種を大安売に、今日一回に約めて御覧に入れました〉と浮足立って切り上げているのである。

これは恐らく紅葉の不快と動揺の結果でり、読売社内でも周辺の論調に同じて、新しい小説を望む声があがりはじめていたことによるのではなかろうか。それを証するのが、社論として掲載された「近頃の文学界」と「文学余論」の二つの論説である。抄出しつつ要約してみよう。

(1)「近頃の文学界」（署名H. B.　明25・9・7、8）――小説家は社会を写すものであり、現今の日本社会の内情を写して読者を感動させる材は少くないが、〈今の小説家の写す所を視るに、花柳社会のみ、書生社会のみ、妙齢男女の飯事のみ、然らずんば封建社会の騒動話のみ、読者の倦厭を来すまた宜ならずや〉。〈親しく実際を探討し、感得する所〉がなくてはいけない。〈今の小説家の材料の出所は、御向の叔母さん隣家の御婆さん筋向の書生さん等より得たるものにあらざる無き歟、向三軒両隣的な観察の結果にはあらざる歟〉。狭隘な観察による平凡な趣向では、ヂスレリー・ヂッケンス・ゾーラ・サカレー・エリオットのようにはなれない。作家は少しく机辺を離れて社会の大事実を観察せよ。また東洋古典や雑学に通じていても、西洋文学をもっと研究し応用する必要がある。〈例えばヂッケンスのヲリバアト井ストを読み、其猶太人フアギンの写法を会得し、日本の高利貸の強欲非道なる有様を写さば如何〉。このように学ぶべき作家は、シェクスピヤー・シラル・コオ子ーユ・ラシーン・モリエー・ベンジオンソン・ウエブストル・ビュモント・フレチャー・ウ井チアリー・コングリーブ・シエリダン・ゴールドスミスと多いのである云々。

(2)「文学余論」（署名ナシ　明25・9・11）――最近は小説の流行が盛んであるが、名文雄編の大作が無い。徳川時代の小説と比べると表面は変ったが、内面は呉下の阿蒙だ。御家騒動・宝物紛失・美人賊手に陥つの類の小説が、〈財産争となり、詐偽となり、書生の内幕となり、俗男俗女の恋愛となりしに過ぎず〉。観想乏しく、〈社会の裡面のみを写して正面には毫も頓着せざる者あり、一字一句に拘泥して全局の結構を顧みざる者あり〉等々。〈要するに其の病は、理想高からざると、読書多からざると、気局大ならざると、観察深からざるとの四点に在り〉。小説家は現在の状態にとどまっていてはならない。

前者がとりわけ西洋文学を勧めているほかは、両論の趣旨は同一である。現象の深い洞察を欠いて浅薄な世相描写をこととした低俗さへの非難であった。〈向三軒両隣的な観察〉とか〈一字一句の拘泥〉〈紳商の挙動〉のことばからも、これが紅葉に向けられたものでもあることは疑いない。新聞小説が本格小説たりえないことを承知していたとはいえ、H. B. が誰であるかは不明ながら、このような批判を社も認めたことは、紅葉を動揺させるには十分であったろう。かくして紅葉は、新聞と文学との間で改めて苦悩を強いられ、打開を求めて西欧文学を渉猟していったのである。

以上は、紅葉と『読売新聞』との関係を考慮しつつ記事を調査した『三人妻』周辺のレポートである。『三人妻』論を試みるには、なお考えねばならぬ事実もあろうが、私はその典拠に『金瓶梅』のあることを想定しており、次の機会を得て考察したいと思う。

なお、『三人妻』の本文も、紅葉自身が加筆して新聞初出・初版本・全集本の間に異同があるが、本稿では、便宜上、初出に近い初版本の本文による岩波文庫本を使用した。また、引用した新聞記事には適宜句読点をほどこし、全体にわたってルビを簡略し、新字体の漢字に改めた。

注

（1）「『金色夜叉』の一素材―宮のモデル―」（『文芸と思想』34号、昭45・12、本書Ⅳの三に所収）

（2）土佐亨「『裸美人』おぼえ書―紅葉・美妙確執の一こま―」（『日本近代文学会九州支部会報』10号、昭45・4）

（3）勝本清一郎「尾崎紅葉」（伊藤整編『近代日本の文豪1』所収、昭42、読売新聞社）

（4）『新潮日本文学小辞典』（昭43）の「尾崎紅葉」（勝本清一郎執筆）の項

（5）入交好脩『岩崎弥太郎（人物叢書）』（昭35、吉川弘文館）

（6）前注（3）

（7）実際には、その間に紅葉山人閲・林鳥歌訳『もつれ髪』（明23・10・27―11・16）と『伽羅物語』（明24・1・1）が掲載されているが、前者は自作ではなく、後者はごく小編ゆえ略して考えた。

（8）一月一日の新聞は未見であるが、掲載されていると推定する。

（9）昭和女子大学近代文学研究室編『近代文学研究叢書7』所収「尾崎紅葉」によると、『三人妻』の独立した同時代評は絶無である。

（『文芸と思想』第三十五号、昭和46年12月）

十　紅葉・秋声の合作雑報をめぐって

まず徳田秋声の読売新聞入社の時期について報告し、秋声年譜の一項を確定しておきたい。秋声の伝記研究は、徳田一穂・榎本隆司・野口冨士男・和田芳恵の諸氏によって進められてきているが、秋声の読売入社の時期が明確になっていないようである。たとえば榎本氏作成のごく最近の年譜には、(1)明治三十二年の項に、〈二月頃、塾（注――十千万堂塾）解散、牛込築土八幡前に下宿。その後紅葉の世話で読売新聞（日就社）に入社。島村抱月のあとをうけ美文的雑報を担当〉とあり、(2)野口氏はこの点をかなり考証して、〈彼の『読売』入社を三十二年秋ないし冬とする〉と結論づけていて、いずれも明治三十二年中のこととしているものの、厳密な月日は不明らしい。しかしこれについては『読売新聞』にやはり記載されていた。明治三十二年十二月一日の雑報欄に、

●入社　画家梶田半古、文士徳田秋声の両氏は本日より入社せり

と報ぜられている。秋声が読売と具体的な関係を持つに至るのは、これより若干さかのぼっても、正社員になったのはこの日からである。

読売に入社した秋声が雑報を担当することになった当初については、自伝小説『光を追うて』（四十八）に、次のように述べられている。

初め等（注――秋声）は探訪の提供する種子によって、雑報を作ってゐたが、碌な材料がなく、何う書いて見ようもないのに困惑したが、するうち彼を引立てるために、先生（注――紅葉）が好い種子を授けてくれた。

それは赤い罫紙に例の蜀山癖のある字で書かれた十枚ぐらゐの話の聴書で、光妙寺三郎と千歳米坡の情事の荒筋を綴つたもので、舞台は向島の水神であつた。臙脂紅といふ表題が示とほり、小栗（注——風葉）なら兎に角、艶気も素気もない等の筆になぞ乗るやうな代物ではないのは勿論、すら〳〵書き流した文章が既に珠玉の文字で、それ以上延ばすことも縮めることも出来ないやうなものであつた。仕方がないから、等は濃い油に水を差すやうにして出来るだけ引暢し、ほんの少しづゝ工場へ送るのだつたが、社内の評判の悪い筈もなく、等も漸と息がつげた。

雑報（三面記事）には記者の署名はないが、紅葉自身おりおり読売の雑報に筆を執っている模様で、実際に紅葉の筆ではないかと思われる記事も見あたるけれども、確認するまでには至っていない。(3)そういう中にあって、『光を追うて』の告げる「臙脂紅」なる雑報は、紅葉・秋声の合作という素姓明白な、数少ない雑報ということになる。紅葉や秋声にも断簡逸文を採集した定本全集のできるような時があれば、彼らの筆になる読売の雑報も当然検討を要することになろうし、小説の素材という点からも考察の対象になるが、とりあえずここでは『光を追うて』の一項の考証を果しておこう。

秋声は、この雑報の題を「臙脂紅」だと述べているが、上司小剣の『U新聞年代記』ではほぼ同様の記述ながら、「臙脂虎」という題にしており、また『読売新聞八十年史』では「老女優千歳米坡物語り」という題で記述している。題名についても三通りあり、伊狩章氏は、(4)「臙脂紅」を花柳小説と考えられて、そういう作の存しないことを述べられた。だが実際に調べると、小剣の言うとおり、「臙脂虎（えんしこ）」という題のつや種の連載がある。「臙脂紅」は題名のわかりやすさからきた誤記であろうし、「老女優千歳米坡物語り」は、「臙脂虎」の約一箇月前の雑報「千歳未聞米坡粧」と混同しているようだ。

雑報「臙脂虎」は、明治三十二年十二月十九日より二十七日まで、連続九回にわたって掲載されたつや種である。

記事内容に応じた挿画（梶田半古筆？）を入れている日も多い。

> 紅灯緑酒の際に周旋して、洋服姿の目紛しければとて、口悪の誰かれが綽名して銀蝿と呼びなしたる米巴が当時を語る節々、聞流さんも惜しくて摘みいでたる一つ。

といった書き出しで、秋声の言うように、芸妓あがりの女優千歳米坡の光妙寺三郎との達引艶話を綴ったものであり、未完の完といった形で擱筆されている。千歳米坡は、『金色夜叉』の女高利貸赤樫満枝のモデルとも伝えられ、実際の『金色夜叉』劇でも満枝を演じた艶名と侠名をはせた一代女で、紅葉は米坡とは親しかったのである。米坡は当時もはや姥桜であったが、その情熱は衰えず、時代の先端をゆく洋装は人目をひくとともに顰蹙をも買っていたようである。紅葉が米坡と親しかったのは、ともに芝で生まれ育ったという環境からでもあったが、海千山千の女の閲歴への興味からでもあったらしい。とにかく表向きには彼女に対して否定的なことばも吐いている紅葉であるが、男女関係の経験も豊かな女の話題は、創作意欲に結びつくところも多かったであろうと考えられる。光妙寺三郎はすでに故人であったが、長州出身で官軍として戦い、明治初年代をパリに留学して法律を学び、東洋自由新聞記者から官界に入ると、井上馨の信任を得てフランス公使館書記官になって渡仏した。当局と意見が合わず、帰国して明治法律学校で憲法も講じたが、やがて司法省参事官兼大審院判事として法曹界にかえり咲き、明治二十三年山口県より推されて第一議会に列している。逓信省参事官ともなったが、志を十分得ぬままに明治二十六年四十五歳で歿した。経歴は末松謙澄に酷似しているが、どうやら明治政府とはあいいれないところがあったようで、学識は評価されながら、官界の歩みは傍系であり、彼の死は惜しまれる一面を十分に持っていたようである。

雑報「臙脂虎」は、つぎのような話である。

ある夏の夕暮、葭町千歳屋の芸妓米八は、さる田舎大尽の席に呼ばれ、得意の洋服姿を所望されて出かけていった。その夜はさほどのこともなかったが、数日後再び呼ばれて行くと、座は花札の最中である。だが暑さのままに水神あたりへ席を更えようということになり、出かけた席での酒もしばらくで終ると、そのまま一行は泊まることになった。彼女は酔いと暑苦しさで眠られず、涼もうと庭に出ると四阿に上り、湯具ははずして敷き、単衣は上にかけて団扇を使いつついつか眠りに落ちていった。冷えに目ざめるとはや夏の夜は白み初めている。折しも下駄の音がして、かの大尽が、これも寝苦しさのそぞろ歩きとみえて亭へ入って来ると、裸のまま身を縮めている彼女に、だしぬけに〈米八、身が意に従わぬか〉とむき出しに言うのであった。米八は、〈浮気の家業なれば、それは随分仰せにも従わぬではござんせぬが〉と相手の素姓を問い正すと、大尽は、信州の資産家で一年の大半を東京で気ままに暮す楽隠居の身分と語り出すのであったが、嘘を見抜いた米八は後を向いてあくびをかみ殺している。そして、男に恥をかかせる気かとなじる大尽に、〈不束ながら私も葭町の名代の芸者……〉とぼけた言いぐさはやめにして出直すがよいと啖呵を切って寝たふりをしている。しかし男が、ついに光妙寺三郎と実名を明すと、米八も聞耳をたてるのであった。というのは、去年の秋まで米八は富永冬樹に世話になっていたが、その男と縁を断つ時、自分を棄てるからには米八が夫と頼むべきはこの日本には光妙寺か末松謙澄しかいないと言ったのを思い出したからで、彼女は今この不思議な邂逅に驚くのであった。しかしそれとは色にも見せず、〈名は聞いているが、情人にするには年をとりすぎ、旦那にするには金力不足と見たが、いつそ女房に持つて下さんせ〉出来心には従いかねると、キッパリ言い放つ。光妙寺は、もっともとうなづきながらも、妻にしてはずかしくない女であるが〈惜しむべし芸者といふに難あり〉と言い、自分は現今の大臣らが芸者などを夫人にしてはじないのを攻撃してきたのであり、今自分が米八の姿色に迷って言行矛盾をおかしては一代の名折れだと言う。そして女を口説いたというのはこれが初めてであり、望をかなえてくれても沽券は下がるまいとねばるのであった。米八は、それは芸者にけちをつけるものだとあくまで反発し、困り果てた光妙寺は、もうこのことは言わぬことにするが、男の面目のつぶし代として百円貸せと言い放つ。男の中の男の面目代の百円とは面白いと、米八が腹をすえて承引すると、光妙寺は内証の苦しさを隠さず、負債を逃れて身を隠そうとしているのだとうち明け、米八にいっしょに日光へでも行かぬかと誘うのであったが、そうした悠長さがただ者ではない度量を思わせるのであった。話はまとまり、その夜の座敷を抜けた米八は、仲間芸者に感づかれて祝儀を半分ねだられるが、面倒とばかり、五円札を二つに引き裂いて半分を投げつけて帰って来る。待ちかねていた光妙寺のうらみ言に五円札一件を話すと、横から肝煎りの柳亭燕枝がまたその半分の札をねだるので、これまた呉れてしまうのであるが、光妙寺は米八の気性の闊達に惚れこむのであった。明朝一番の汽車に決めてその夜は芝浜の海水浴にと出かけたが、燕枝はどこからか種々の衣装を調達し、聞けば、これを着て一行は殿様・奥方・家令・書生という趣向で出かけるのだと言う。その時光妙寺は、米八に時計を贈り、いつか夫婦の契を結ぶべき女のために巴里で買った品を受けてほしいと誠意を見せるのであった。翌日一行は華族主従のいでたちで上等列車におさまる。日光では案内に頼んだ老爺の人体をただ者ではないとにらんだ米八が素姓をたずねると、もとは江戸の侠客千歳余五郎を親分に仰いだこともあると言って、余五郎を神様のようにあがめるのであった。余五郎が米八の父であることを知っている光妙寺は、さすがに親子だとその侠気に感じ入る一方、米八は父の思い出にふける。さて日光での豪遊から、三日もたたぬうちに懐がさびしくなったので、米八らは燕枝らをいったん東京に帰し、自分らは涼しくなる時分を待って帰ることにして伊香保へまわることにした。

長々しく述べたが、話はここで終り、〈其後の話は他日を待ちて綴ることもあるべし〉と結ばれている。

文章は秋声自身が言うように、やはり引きのばしているのだろう。紅葉の原稿については、『光を追うて』には〈赤い罫紙に……十枚ぐらゐの……荒筋を綴つたもの〉とあり、『U新聞年代記』は〈五六枚綴ぢの半紙に、細かに一ぱい詰めて書いてある〉としているが、実際には八千字以上の「臙脂虎」は、そのままではここに述べられているような原稿には収まるまい。素材が紅葉のものであろうことは、これを通して源流に『伽羅枕』や『三人妻』をすなおに思い描くことができることによって認められようし、引きのばしたために幾分くどくダレ気味になったと思われる文体の陰にも、紅葉らしさ（あるいは紅葉も学んだ雑報的な文体）がうかがえるのである。蹤々（づか〳〵）・習々（そよ〳〵）・倉皇（そこ〳〵）・懵々（うと〳〵）・幽々（ほの〴〵）等の用字も、『紅葉遺稿』所収の「畳字訓」に見られるような紅葉の好んで用いた字遣いに類似する。

つや種雑報「臙脂虎」は、読売に入社した秋声に、はなむけと手助けをかねて紅葉が贈ったもので、硯友社の師弟佳話の一つである。秋声は、文学観の違和をけっして私情に持ち込むことなく、終生紅葉を暖かく追慕していた。ところで紅葉における「臙脂虎」の意味は、単にそれだけのものではなかったようだ。〈すら〳〵書き流した〉というこの〈珠玉の文字〉は即席というのではなく、実は、紅葉がいつか小説にまとめたいと念じ、人にもそのことを語って暖めていた材料だったのであり、「臙脂虎」自体に見られるように、まとまらぬままについにつや種として流産に決して秋声に与えられたものだったのである。『文芸倶楽部』（4巻3編、明31・3）の時報「紅葉氏の『モデル』」がそのことを告げている。全文を掲げよう。

> 尾崎紅葉氏先きに『伽羅枕』なる一編を著はして、艶麗の文よく人情の機微を穿ちしが、斯(こ)は其主人公なる遊女佐太夫の実歴を、殆ど事実其まゝ記せしものゝ由。然るに氏は此頃更に老妓何某(なにがし)の実歴を聞き糺し、之れを得意の艶筆もて書綴らんと、之れが脚色を推敲中なりとか、然るに此老妓は、佐太夫の如く籠の鳥にはあらで、身体に自由の利く芸妓(げいしゃ)なれば、随つて其働きの場面も広く事実も面白く、特に故(こと)光妙寺三郎氏に就ての艶話の如き、頗る詩的の材料に富み居り、之れを書(か)ゝば、必ず『伽羅枕』よりも面白からんと語られぬ。吾人は其作の出るを今より翹首して待ん。

以下、この間の経緯について、『新著月刊』の記事（『唾玉集』収録）と後藤宙外の回想『明治文壇回顧録』をもとにして考察する。

宙外は、〈明治卅年の秋の頃（中略）『新著月刊』の社会欄の材料の為め〉に千歳米坡の閲歴談を聞きに訪ねていった。米坡談話「芸者と客の今昔」は、十月号に掲載されている。芸妓の衣装・接客態度・気風・情夫・内証等の今昔について、例えば、〈其の以前は旦那取を劇(ひど)く仲間で軽蔑したもんですよ、『彼の人は髯の生えた旦那がある』てえと、皆が善く言ひません、しかし鳶や役者を情夫(いろ)にして居る者は貴かツたねえ、今ではまるでアベコベです〉などといったような調子である。すでにその年の六月号に談話「小説家の経験」を載せていた紅葉は、多分寄贈されてくる『新著月刊』でこの米坡談話を読んだのではなかったろうか。旧知の仲であったこの老妓との会談を思い立ったようである。〈明治三十年十二月頃〉、紅葉を囲んで門弟や宙外との女性論「恋愛問答」（『新著月刊』明31・1）が行なわれたが、その冒頭で紅葉は、〈過般(せんだつて)米坡と此処（明進軒）へ来て恋愛論をした〉と述べているから、米坡との対談はいくらもへだたっていないであろう。現在の『金色夜叉中編』の掲載終了である十一月六日以降から十二月最初のあたりであったと考えられる。翌明治三十一年一月十四日より『金色夜叉後編』が連載されるが、米坡との対談は、宮の痛切な悔悟や満枝の執ような求愛が描かれてゆく後編以降の構想に関連しての研究という意味合いがあったのだと想像する。話題に恋愛論のあったことは確実である。その後「恋愛問答」の掲載された『新著月刊』を読んだ米坡が宙外に異議を申し送り、再び宙外が米坡を訪れて行った談話が、三十一年三月号の「維新前後の侠客」である。この談話で米坡は自分の素姓を語っているが、「臙脂虎」に共通する記述が目につき、「臙脂虎」は、そのはしがきにもあるように、米坡談によっていることは確かである。

以上の経緯で紅葉の内部に形象への意志がかたちづくられていったのであろうが、その『金色夜叉』への反映や、作品の独立化と挫折は、紅葉の文学とどのようにかかわっているであろうか。のちのことばではあるが、紅葉は、〈明治の婦人を書いて見たい〉というのが『金色夜叉』執筆の意図のひとつであったと述べている。[5]「芸者と客の今昔」という米坡談の題名が、女性一般の移り変りに拡大しうる問題として紅葉の関心を魅いたであろうことは推察できよう。金か愛かの選択にさまよう当代女性の心理を描こうとする紅葉にとって、参考にすべきものがあると考えられたのである。だが〈精神的な愛〉の重要を考えていた紅葉に、米坡は恋愛イコール肉交と断言したらしく、両者は対立することとなったようである。米坡も極言したのであろうが、これは紅葉にとって、〈学問もないし、趣味も低い（略）境遇の然らしむる所〉と受けとられたために——要するに玄人女の考えとして理解し——、濃厚な満枝の求愛に反映させる一面のあった以外は、そのほとんどを捨てねばならぬ結果となったのであろう。だが遊女佐太夫の事実を写したという旧作『伽羅枕』を、〈実際は明治の文壇に出すべきものではない。明治初年頃の旧作家が書くべきもの〉だと否定していた紅葉にとっては、性愛を一義として広言する米坡に玄人女性の或る明治的典型を見出す機縁になったようである。江戸的な佐太夫と明治的な米坡という紅葉の把握が読みとれるのである。「恋愛問答」で鏡花が米坡と佐太夫の違いを質問したのに対して、紅葉は、佐太夫は男をだまし翻弄するのが面白くて真実の恋愛のできない女性だというように述べている。それに対して、全てを捧げつくし情熱に身をやいて遍歴した米坡に近代玄人女性を見出したのであろう。

　未完でもあり合作でもあるつや種雑報ゆえに、また雑報文学の止揚をも目指していた紅葉ゆえに、「臙脂虎」から直接に紅葉の意図を抽き出すのは危険である。だが雑報的にくずれた文体の陰からも、米八の描写を通じて、金銭や名声を笠に着た男性の女性蹂躙に徹底して抗議し、弱点をさらけ出しての真情のふれあいに共感する紅葉の傾向は見出しうるように思う。こうして俠斜の世界から義俠と性愛に賭けて自己の自由を生き抜く女主人公の小説が成立する機縁はあったのである。だがそれがどれほどの近代性を獲得しうるかは疑問であろう。俠斜の世界に捨身で生きる女性の美しさは、俠斜という環境に条件づけられているのであって、普遍性を持ちえない。彼女が一般社会に引き出されて来た時にいかに抵抗を生き抜くかにこそ問題があるのだが、紅葉の限界もそこにあるようだ。予見しうる宮の像や、ほぼ理想の妻を『多情多恨』のお種に見ている点などからも、そのように言えると思う。「臙脂虎」が光妙寺と米八の実質的な結婚生活が始まる直前で擱筆されているのは偶然ではあるまい。米坡をヒロインとした独立すべき小説も、恐らくその辺で構想が頓座していたのではあるまいか。紅葉が結婚後の米坡について知らなかったというのではなかろう。米坡談話には確かに述べられていないけれども、聞こうと思えばその後でも聞けるのであり、たとえ聞いていなくても創作は可能であるはずだ。つまりその後の米坡は、つや種雑報にはなりえないのである。米坡の実際は知りえないけれども、「臙脂虎」の一種の中絶は、結婚を境とした米坡像の落差を予想させるものがある。そして小説としても、紅葉は結婚後の米坡像を形象しえなかったのであろう。紅葉の想念と結婚後の米坡のあまりの断絶が、止揚を果しえずして素材の放棄に終る結果となったようだ。「臙脂虎」の話の範囲では、西鶴の『一代男』『二代男』の名妓や『一代女』の或る種の説話と同じ段階に達しており、紅葉自身は、『伽羅枕』の佐太夫を越えた——意気に感じて身を捧げる——女性を或る程度形象化しえていたのかもしれない（私には、或る意味で佐太夫の方に人間の深淵を感じさせるものがあるように思うのだが）。だが、悲惨小説・社会小説・家庭小説らが採り上げつつあった家庭内部の女性像を視野に入れつつ考える時、紅葉は、できていたかもしれぬ前半部と作らるべき後半部との違和、あるいは後半部の実際があまりにも現実と逸脱していることを認めたのではないであろうか。私の想像はゆきすぎているかもしれない。だがこの認識は、女性の現実の苛酷さへの開眼と、主観にまかせた安易な創作への禁止を強いるはずのものであろう。この小説化を断念した紅葉に何らかの内的な葛藤はあったはずであり、私はそれを右のように想像するが、このことは、必ずや当時の『金色夜叉』のただならぬ断続[6]にも関連するであろうし、その後の紅葉の或る可能性を望見させるのではないかという見方に誘うのである。

千歳米坡をモデルにした小説、それが放棄されたのはいつであったろうか。小説化を思い立って約二箇年たった明治三十二年の歳末、紅葉の断念した素材の残骸を秋声はつや種雑報に引き延ばしていた。紅葉の煩悶と秋声の欝屈が泣き笑いで結びついた小さなエピソードである。

注

（1）榎本隆司編『明治文学全集68 徳田秋声集』（昭46、筑摩書房）所載年譜。
（2）野口冨士男『徳田秋声伝』（昭40、筑摩書房）
（3）「『三人妻』の周辺―紅葉と『読売新聞』―」（『文芸と思想』35号、昭46・12、本書IIの九に所収）
（4）伊狩章「硯友社時代の徳田秋声」（『国語と国文学』昭31・5）
（5）諸家「金色夜叉上中下編合評」（『芸文』二巻、明35・8）
（6）『金色夜叉』の『読売新聞』初出の表示は別に試みねばならないであろう。ちなみに『続編』（六）の二の終了が明治三十二年五月二十八日、（七）の開始が同年十二月四日であることのみを示しておく。

（「紅葉細見」『文芸と思想』第三十七号、昭和48年2月）

III　文学的成熟への試み

一　尾崎紅葉『侠黒児』とエッジワース『恩がえしをした黒人』

『侠黒児』は、日本児童文学史において画期的であった博文館の叢書『少年文学』の第十九編として、泉鏡花の『金時計』を合綴して明治二十六年六月に発行され、その後博文館『紅葉全集』第三巻に収められた。[1]些々たる児童向の小編であるが、西印度の奴隷の反抗を扱っているところに異色な点があり、海外を舞台にしているのも、紅葉では最初のものである。

周知のように、紅葉の著作にはかなりの翻案や翻訳があるが、彼の児童向作品もその例に洩れない。明治二十四年の『二人むく助』がアンデルセンの『小クラウスと大クラウス』の翻案、同年『鬼桃太郎』は日本昔噺の後日譚、明治二十六年の『三すぢの髪』（明治二十九年『浮木丸』と改題刊行）はグリムの『三本の金髪をもった鬼』の翻案[2]であることが明らかにされている。しかし『侠黒児』だけは原拠の存否が不明であった。

『侠黒児』の原拠については、管見の限りでは比較文学・翻訳文学・児童文学関係の研究書や年表の類にも記載が無いが、吉田精一[3]・木村小舟[4]・佐藤文樹[5]・岡保生[6]の諸氏が、翻訳ないしは翻案と考えておられる。しかし初出にも典拠のヒントとなる記述はなく、紅葉も何ら語っていないし、同時代の周辺人物のことばの中にでも何かあろうかと推測はするが、その発見は偶然にまかせられていたと言ってよいであろう。だが、典拠を示唆する先考がすでにあることを知ったのである。斎藤昌三編『明治大正著者別大年表』の尾崎紅葉の部に、[7]「侠黒児（エッヂヲルス作）」と注記されている。さかのぼって調査すると、『早稲田文学』（45号、明治26・8）の「文界現象」の記事「翻訳流行」に〈紅葉がものせしエッジヲルスの『俠黒児』あり〉(鄭澳生稿)という記述がある。しかしそれ以上のことはわかっていない。そこでこの注記を頼りに調べてみると、作者はアイルランドの女流作家Maria Edgeworth (1767—1849)、『俠黒児』の原作はTHE GRATEFUL NEGRO(『恩がえしをした黒人』は拙訳)という短編小説であることが判明した。

我が国ではほとんど知られていないこの作家については、若干の解説を要するであろう。(8)

エッジワースは、その生涯のほとんどをアイルランドに過ごし、教育に関心を寄せる父リチャードを助けて独身を通し、家政のかたわら父と共著で教育書を出したりしたが、彼女の文学的な仕事は、継母とともに子どもたちにお話を作ってやることから始まった。

Castle Rackrent (1800) を処女作とし、Ennui (1809) や The Absentee (1812), Ormond (1817) によって地方作家として著名になった。他に Belinda (1801), Leonora (1805), Tales of Fashonable Life (1809) 等かなりの長短編や児童読物の作がある。当時の英国では教訓談が流行していたが、彼女の作品傾向は、社会教育を主眼とした道徳的な傾向が強く、またアイルランドを舞台とした地方色の濃い作品が多い。明治文学とも縁の深いウォルター・スコットも、彼女に触発されてスコットランドに題材を求めた作品を書いたという。彼女の著作集は生前没後に数度刊行されているが、現在オックスフォード大学から発行されている叢書に、彼女のものが一冊含まれている。(9)総じて彼女の名は、教育的な童話によって知られる方が多いと言ってよいようで、それらは外国でも翻訳されているとのことである。

THE GRATEFUL NEGRO は一八〇二年三月に制作され、一八〇四年 Popular Tales の題で一括された十一編からなる作品集の十番目に収められて発表された。一八〇二年はわが国の享和二年であり、『東海道中膝栗毛』初編の出た年である。

まず『侠黒児』の梗概を記して、原作の紹介や比較を試みたい（原作には章段の区切りが無いが、『侠黒児』は㈠～㈥に分けられているので、それに従う。また原作の邦訳も無いので、原文を引用することになる）。

㈠冒頭は、〈西印度ジヤメイカ島に殖民せる、ジフエリイ、エドウア、ドなる二名の英人ありけり。ジフエリイは奴隷（スレイブ）の黒人（ニグロ）を見ること劣等動物の如く、牛馬に等しく駆使しつ、尚未だ彼等の全力を尽さゞるを責めぬ〉と始まる。ジフエリイは根は残忍ではなかったが、監督ジユラントの虐待にまかせており、隣のエドウア、ドの奴隷は、〈天性至仁〉の主人と〈君子〉の監督のもとに、非常によい条件の生活を楽しんでいた。ある朝エドウア、ドは、隣家の監督がシイザアとクラ、の夫婦奴隷を引き離して売ろうとしているのを見、ジフエリイを訪ねてその奴隷夫婦を買いとり、感謝の二人は一心に働くのであった。

㈡ジフエリイの暴虐に耐えかねた奴隷たちは島の白人の皆殺しを謀り、同盟は密に全島に広がっていったが、エドウア、ドの奴隷だけには知らされなかった。首領のヘクトルはジフエリイの奴隷で、シイザアとは幼時から運命をともにしてきた友であり、〈ヘクトルは慓悍にして乱を好み、シイザアは深沈にして壮武〉という性格が対照的であった。

㈢しかし計画を感知したシイザアは、恩ある主人一家の危険を黙視しえず、ある夜密にヘクトルを訪ねて思いとどまるように懇願し自分の命と引きかえに主人一家を救うようにとまで頼むが、聞き入れられず仲違いして別れる。

㈣ヘクトルは惜しい人物のシイザアを何とか一味に加えたく、オビア（魔術師）の老婆エスサアの呪法でシイザアの妻を病気にする。驚いて問い詰めるシイザアは、夢に現れるエスサアの脅迫を告げる妻に、一揆の企てのあることを語り、二人は主人のためにいさぎよく死を決意するのであった。

㈤その日も主人に小屋を修理してもらったシイザアは、恩情に泣き決意を固めながらも、主人への密告は全島の黒人を裏切ることになろうと心痛めていた。一方ジフエリイの奴隷たちのおかした仕事のミスから、ヘクトル夫婦ら数人が非道にむち打たれるという事件が続き、奴隷たちの復しゅうの念は一気に高まって、蜂起の決行が早まる。

(六)その夜、シイザアが森の魔術師の老婆のもとへしのんで行くとそこにはすでに拷問された妻のクラ、が死人のように横たわっていた。飛びかかるシイザアに、老婆は、自分を殺せばクラ、も死ぬぞとおどし、蜂起の時刻の近いことを告げて味方にしようと脅迫する。シイザアは承諾をよそおって老婆をあざむき、主人に急を告げる。シイザアはヘクトルの解放を条件に一揆を未然に防ぐべく一行を森へ導くが、白人に気づいたヘクトルがエドウア、ドに切りつけ、それをかばったシイザアが刺され、恩がえしを叫んで息絶える。一方クラ、はよみがえり、その頃奴隷たちはジフエリイ家を襲いギユラントを殺すが、エドウア、ドの奔走で暴動はジフエリイ一家でとどまり、ジフエリイ夫妻は命からがら本国に逃げ帰って、見る影もなく貧窮したという。

やや結論的に言えば、『俠黒児』は原作の筋を大体忠実に伝え、固有名詞も原名を生かすなどの原作の尊重が見られる点で、ほとんど翻訳と言ってよいが、量的には半分から三分の一程度に簡約されているのである。そうして原作の多くの部分の省略や一部改作もあり、表現のニュアンスを含めて作品の趣きが異なってくるのも当然と言ってよかろう。

もともと原作は、児童向に限定して作られたものではない。作品集 Popular Tales には、その刊行に際して、父リチャードの序文が付されている。それによればこの作品集は、特別な教養階級ではない娯楽と教訓の読書を求める大多数のために作られたものであり、教訓的・通俗的・類型的であることも認めつつ、年齢や性や生活程度の差異を越えて受け入れられることを希望しているのである。そこに日本の少年向の作品として翻訳された『俠黒児』の差異も出てくるわけであるが、しばらく両作を具体的に比較してみたい。

In the island of Jamaica there lived two planters, whose methods of managing their slaves were as different as possible. Mr. Jefferies considered the negroes as an inferior species, incapable of gratitude, disposed to treachery, and to be roused from their natural indolence only by force; he treated his slaves, of rather suffered his overseer to treat them, with the greatest severity.

右の原作の冒頭を、前掲『侠黒児』の冒頭と比較すれば、簡約の程度は明瞭であろうし、当時一般の翻訳では普通のことながら、日本的通俗的な修辞に改められている点も見ることができる。しかし簡約が省略にまで至ると、人物の性格や事件の状況ばかりではなく作品そのものの性格を左右する場合がある。原作にはJefferiesが享楽的で放漫な性格から借財に苦しんでいたという現実的な設定があり、Edwardsは奴隷制度を否定してはいるが、論調を判断し、急激な奴隷解放はかえって悲惨な状態に彼らを追いこむと考えて、当面奴隷の生活改善に努力し、奴隷自身の私有財産を確保してやっているという合理的な説明がなされている。また夫婦奴隷を買いとる際の両主人の対話は、奴隷制度廃止の思想的根拠を示してかなり重要なものなのである。Edwardsは、奴隷を自由人と同格にして労働契約を結ぶことによる収益の増加を説くが、Jefferiesは慣習と法律を楯にとって相手にしない。Edwardsの"The law, in our case, seems to make the right; and the very reverse ought to be done—the right should make the law."という言葉は、作者自身の内面から吐かれたと思われる重い響をもたらしているのだ。しかしながら、これらの設定や思想はまったく切り捨てられ、『侠黒児』では、単純な哀願と冷淡の対照にとどまって仁徳と慳貪だけで対比されているのである。また奴隷の人種とその性質についての記述も『侠黒児』では省略されているが、一面止むをえないところがあるものの、歴史社会的な啓蒙性には頓着なしの一つの欠陥と見なされよう。

一方、シイザアとクラ、の奴隷夫婦やヘクトルの性格にも、著しい単純化が見られる。㈢の部分など、シイザアの恩義を感ずる点は誇張されながら、友情と同胞の信義に背くこととなる苦悶には筆がゆきとどいていないし、㈥では、ヘクトルが気のはやる男としてのみ扱われ、彼の側の苦衷は無視されている。また㈣で、一揆の計画を知らされて死を決する際の夫婦も、シイザアは、紅葉得意のべらんめえ調で、妻の嘆きにはほとんど同情することもなく一蹴してしまい、クラ、自身の悲しみも至って薄手で、たちまち憤慨して夫と死を決するのである。いささか比較してみよう。

「死んでくれるか。」／「立派に死ぬよ。」／「立派に！　立派とは好く言つた。それでこそシイザアの女房だ。」／涙ながらに称賛せば、クラ、はいとゞ悲しさに、泣きくづをれていたりける……

　原作は、……he endeavoured to raise Clara’s spirit. He endeavoured in vain : she fell at his feet ; and with tears, and the most tender supplications, conjured him to avert the wrath of the sorceress, by obeying her commands whatever they may be！と女心の弱さも十分とらえており、“It went my heart,” said Clara, bursting into tears. “Cruel, cruel Esther！ Why do you command us to destroy such a generous master ?” という叫びには、はるかに深刻な怒りと絶望的な死の決意が現れているように思われる。そうして『俠黒児』には、浪曲調とも浄瑠璃調とも言える表現の底に、恩義に殉ずる仁俠精神の美化を指摘することができよう。

　やや細部にわたれば、㈤に当たる部分の原作には、ミスした奴隷がむち打たれている時、主人ジフエリイが泣いているその奴隷の子を見て、父親を許すように監督に告げて来いと言うが、子どもがいっそう泣いて帰って来た時には、彼は淑女方のつどいの真中に御機嫌でいた、とある。この皮肉で効果的な場面の省略も、泣かない子の奨励と軟弱な場面を避ける意図に基づくもののようである。その他、ジフエリイの妻は、『俠黒児』では移民の白人中姿色第一の女というふうにのみ描かれているが、原作ではMrs. Jefferies was a languid beauty, or rather a languid fine beauty who had been a beauty …とあり、巧みな諷刺や権力者への皮肉が見られるのであるが、『俠黒児』には、そうした原作のきめの細かさに対する配慮が乏しい。

原作には無くて紅葉が附加したところは、ほんの僅かである。㈠のある朝の風景描写と、医者がのどに骨をたてた狼を助けて恩がえしされるという例え話㈥のクラヽの拷問に蛇の出て来る妖術の具体的描写がそれである。いずれも、美文意識・教訓意識・怪談意識という多分に草双紙的な発想の尾を引いている。

以上によって、原作と『侠黒児』の差異はほぼ示されたと思うが最も大きく改作されている点を挙げて総括したい。最後の場面で『侠黒児』のシイザアは死をとげるが、原作では、刺され倒れるもののあとで蘇生することになっているのである。原作の月並の勧善懲悪による甘さは、壮烈な武士的道義の強調と美化をもたらすように改作されたわけである。

「丹那様、これが御恩返し」／クラヽ！　と一声叫びしが、敢無く息は絶えにけり。

"I did content," said he, "Bury me with Clala."

右のように、シイザアの最期の言葉も、原作は、妻への深い愛情を正確に告げているのだが、紅葉は夫婦愛の方は多分に割引いている。

原作は次のように結ばれている。

Our readers, we hope, will think that at least one exception may be made, infavour of THE GRATEFUL NEGRO.

劣等人権と考えられがちな黒人にも、白人に劣らぬ人間性の豊かなことを示し、人種差別の不当を説き人道主義を唱えるところに原作の主眼があったわけである。そうして紅葉は、題名の差異にすでに明らかなように、原作をかなり日本的に染め直し、仁義道徳や義侠心の鼓吹を主唱して明治少年の読物としているのである。

『侠黒児』を前掲三編の作品と比較すれば、一読してその傾向の差異を認めることができよう。『二人むく助』は、主人公が狡智をめぐらし愚直な人間を翻弄して金持になる話、『鬼桃太郎』は、鬼ガ島征伐の鬼側におけるナンセンスな後日譚、『三すぢの髪』は、いささかとぼけた主人公がさまざまな苦難を運よくしのいで幸運をつかむ物語で、それぞれ奇想自体に興味の焦点がある。『二人むく助』は『少年文学』第二編に収められた紅葉の最初の児童物で、文章は好評ながら、馬や人を平気で殺す部分もあり、〈善人なりとも愚鈍は亡び、悪人ながら智者は栄ゆる余の例（ためし）、合点が参らば御学び候へ、どなたも〳〵〉と教訓の一句を附加したが、〈之れ豈少年の読書たるに適するの趣向ならんや。……是れ素と少年に教ゆるに足るの教訓ならんや〉(10)と、その優勝劣敗の思想を非難されたのであった。月並な教訓にあきたらない紅葉が凝って選んだ趣向であったと思われるが、少年読物としては、原作も含めて妥当性を欠いたものと言わざるをえない。その点『侠黒児』は、著しく正統性を保っているように見える。これにはやはり酷評の影響もあるであろう。しかしながら、これをもって紅葉なり紅葉児童物の変質と認めることはできない。正統への単なる妥協というのではなく、一見乖離して見えるこの現象は、紅葉文学の本質を単純に図式化して提示していると考えられるのである。前記三作を通じて、頓才や狡智への関心と、それに対する愚や直への嘲笑という思想以前の傾向性の伏在を見すごすことはできない。ここに紅葉の都会人気質——常識性を冷笑する通人気質が現われていると言えよう。そしてこのような通人意識が単なる正統性と和解しがたいのは言うまでもない。『侠黒児』は、原文に引かれた可能性に満ちた表現や、正統的な倫理観にも抱合されつつ、侠の精神を第一義としているのである。侠が通と表裏している都会人の優越意識であることは別に論ずる必要があろうが、すでに北村透谷が「粋を通じて『伽羅枕』に及ぶ」を書いて、江戸の民衆の理想的観念として明快に論じている。透谷は、さらに『伽羅枕』（明23）の女主人公にその両者の存することを指摘して紅葉文学の性格を吟味しているが、紅葉の児童向作品は、その両面が個別的に表現されたものと言えよう。

〈天賦の権を伸ぶるによし無くして、強者の食となりぬる、箇（この）蒙昧暗愚の民〉㈠という表現も『侠黒児』にはあるが、原作のはらんでいる民主的な人道主義や人種差別の批判、それに民衆革命に発展する素材が、その方向で生かされた翻訳にならなかったのは、結局紅葉自身の江戸市民的な情念に由来するものであったと考える。原作自体にも漸進的改良主義の歯切れの悪さがあり、奴隷の蜂起という点では作者の眼はかなり曖昧である。奴隷の蜂起がどのような語で表現されているかを、『侠黒児』と比較して示そう（語はすべての地の文から採り、使用度数を添える。もちろん単語の位置する文脈の検討を要するのであるが、省略した）。

原作　　conspiracy. 7 (conspirator. 7) vengeance. 6 revenge. 3 rebellion. 2 (rebel. 5) cofederacy. 2 treachery. 2 insurrection. 2 (insurgent. 1) agitation. 1 revolt. 1 revolution. 1

『侠黒児』　暴動5（暴徒4）　討入1　陰事1　謀叛1　謀1

以上、さまざまな用語によって原作者は、思想性を意識しつつ、奴隷の蜂起に対しては否定的保守的な姿勢を見せているように思われるし、紅葉は、無頓着で非思想的なままに傍観しているとは言えないであろうか。

民衆革命や民族問題・人種差別の問題に視点をおいて言うと、これらは、すでに自国の問題として消化され翻案さるべきところがあったと言えば、無理な要求となるであろうか。挫折した自由民権運動や、江戸時代から引き続く農民の騒擾（明治二十六年だけで百六十五件）や米騒動を、紅葉が知らなかったはずはない。そして近くは濃尾大地震（明24・10）による困窮人民の請願を、警察が抜剣して鎮圧するという事件があった、それに対して紅葉は、当時の大家連とともに義捐小説集『後の月かげ』（明24・12）を編んで小品『耳の垢』を寄せているのだが、ついにそれを自己の問題にはしなかったのである。さらに民族問題では、対朝鮮・中国の問題が起こりつつあったし、人種差別は、いわゆる部落民問題に翻案されよう。しかし〈夷狄は穢多よりも賤むべきに……〉（『金色夜叉』中編第三章）と表現する紅葉に、このような問題が意識化されることも無かったであろう。民族問題では、条約改正前から進展していたナショナリズムと関連させて『侠黒児』を考えてよい面がある。次第に日本偉人伝シリーズの傾向を強めていた『少年文学』は、やはりそうした国勢に添っており、『侠黒児』と併載された鏡花の『金時計』は、狡猾な白人を日本の少年が懲らしめるという胸のすく少年物語として正義感が鼓吹されているが、その設定は、はやくも国粋主義との癒着を示している。それに対比すれば、『侠黒児』は翻訳として投げ出されたことによって、民族や階級を問わぬ義侠心の讃美としてコスモポリタンな位置を占めていると言えよう。『侠黒児』はなお微妙な問題をはらんでいるようであるが、一応の結論としては、原作が微温的に含んでいた種々の問題性に目を閉じ、江戸市民的な侠の美を異国に求めて成立した一種ローマン的な少年読物であると考えるのである。

紅葉の明治二十六年前後は、〈翻案時代〉とも言われる動揺と転換の時期であった。彼の周辺には、小波や魯庵や松葉など、外国文学通もすでに多くいたようであるが、彼がエッジワースを読むに至った経緯は不明である。ただエッジワースの作品が移入されたのはこの頃かと思われ、『侠黒児』にやや先行してエッヂウォース女史著・思軒居士訳『千人会』（『国民之友』180―186号、明26・2―4）がある。原作は、同じくPopular Talesの一編The Lotteryで、当てた一本の富くじに誘われる一家の悲運とそれから立直る物語を通じて、飲酒や賭博の害毒を示し、賢良な婦徳や幼童教育・友情・勤労の重要性を説いた作品である。森田思軒と紅葉の間に直接の交渉があったかどうかは不明であるが、当時とりわけ外国文学に注意していたはずの紅葉としては、翻訳王の異名のあった思軒の活動に無関心であったとも思われず、彼が『千人会』を読んでいた可能性は十分あろう。エッジワースの作品をめぐって、周辺人物の間で何らかの媒介がなされたかもしれず、下訳者の存在も考えられないではないが、今のところ想像以上に出ない。しかし、Popular Talesという表題を考える時、当時の紅葉の関心のありどころの一端を察することができよう。そして未考ながら、この作品集の全作品にも一応は目を通しているのではなかろうか。田山花袋[11]は、紅葉が〈ゾラも読めばヂツケンスも読み、英国通俗の作家なども読んで〉いた、と回想しているが、この英国通俗作家の一人がエッジワースであったわけだ。とにかく紅葉の関心は、通俗性にかなりの比重を占めていたことは確かであり、この動揺期に新しい通俗小説を目ざして、すでに無名の作家の作品も手広くあさっていたのであろう。『侠黒児』は、そうした彼の読書の副産物であったと思われるのである。

最期に、比較文学史的なメモの一、二を加えておきたい。

いったいエッジワースは、一流作家ではなく、わが国においては大形の英文学史や人名辞書には数行の記述をとどめているが、その研究は皆無に等しい模様である。同時代の翻訳では、魯庵が Popular Tales 所収の To-morrow を「明日」（『鳥留好語』明26・9所収）と題して訳しており、国会図書館編『明治大正昭和翻訳文学目録』（昭34）によれば、ほかに、思軒の門下生原抱一庵訳「名曲愛禽」（同訳『小説泰西奇文』明36・9所収）があり、第二次大戦後に、前田晁[12]の訳など三種の児童読物が刊行されている。とにかく紅葉は、わが国で最も早くエッジワースを読んだ一人らしく、また『侠黒児』は、現在のところ、紅葉が直接に英文学に依った最初の著作である。なお『侠黒児』は、清末の光緒三十二年（明39）に中国で華訳刊行され、『侠黒奴』の題名で政治小説風に作られているという。[13]『侠黒児』の系譜にも、英・日・中の当時の国情や風土性が反映しているわけであろう。

原作のテクストは、Maria Edgeworth's Tales (18 vols. London 1832—1833) の第五巻 Popular Tales vol. II により、『侠黒児』は便宜上『紅葉全集』によった。

注

（1）〈七月〉刊の初版があるが、杜撰であろう。
（2）岡保生「『浮木丸』をめぐって」（同氏著『尾崎紅葉―その基礎的研究』昭28、東京堂）
（3）吉田精一「翻案時代の紅葉」（『解釈と鑑賞』昭13・6）
（4）木村小舟『改訂増補少年文学史（明治編上巻）』（昭24、童話春秋社）
（5）佐藤文樹「尾崎紅葉の『八重襷』とマリヴォーの『愛と偶然の戯れ』」（九州大学教養部『独仏文学研究』6号、昭

31・3）

（6）岡保生「心の闇」（同氏著『尾崎紅葉の生涯と文学』昭43、明治書院）

（7）『書物展望』81号（昭和31・3）

（8）Dictionary of National Biography vol. VI その他を参照。

（9）御輿員三編『イギリス文学―案内と文献』（昭43、研究社）

（10）撫象子「二人くむ（ママ）助」（『女学雑誌』259号、明42・4）

（11）田山花袋『東京の三十年』（大6）の「新しき思想の芽」。

（12）〈前田晃〉とあるが、誤りであろう。

（13）中村忠行「清末の文壇と明治の少年文学㈡―資料を中心として」（天理大学『山辺道』10号、昭39・1）なお〈俠男児〉とあるのは誤り。

（『解釈』第十七巻第三号、昭和46年3月）

二　『寒帷子』作者考

——附・中期紅葉文学の側面——

本稿は、尾崎紅葉の作として従来考えられている一作品について、その真否を検討して新たな推論を試み、さらに周辺にも触れた紅葉文学の基礎的な考察である。

1

明治二十六年、春陽堂から『鉄道小説』と称する小説叢書が刊行された。春陽堂発行書籍の巻末広告や村上浜吉編『明治文学書目』によれば、次の三種が刊行されたことを知りうる。

一集　劫賊鳴神組　空也道人補訳　（明26・1）
二集　寒帷子　守江　溜著　（明26・3）
三集　政治小説漂流の佳人　久永学棠著　（明26・4）

『鉄道小説』とは奇妙な命名であるが、表紙見返しの緒言（二集記載のものによる）に次のように述べている。後に参考にすべき点もあるので全文を掲げたい。

立案新奇にして能く人の意表に出で、読者をして慄然、惘然、愕然、呆然、身其境に在りて、心其局に迷ふが如くならしむるは探偵小説に如くものなし。方今感情小説の流行太甚だしく事実的小説全く形を斂めてより世間人心を活殺する処の奇譚に渇するや久し。此書は専ら這般の需要に供せむが為に特に脚色の奇絶妙絶拍案三嘆に堪ふべきものを粋撰し平易の文章を以て自在に乱麻の活劇を描き去り、毎号一巻読切として、羈窓、汽船汽車、馬車中の好侶伴たらんことを期す。去れば其価は及ばむ限り最低額となし、以て読過一番の後は途上に棄却して些の遺憾なからしめむとす。活字の四号大形を用ゐたるは船車の進行中或は客舎の孤燈に対して、閲覧の労の幾分を減せむことを慮りてなり。

要するに、車中で読むに手ごろな探偵小説的奇譚・実話小説等を内容とする安価な読切小説の叢書であり、菊版仮装百ページ前後で、列車の時刻表までついているのが面白い。奥附によれば〈毎月二回発行〉とあるが、実際にはそのように発行されていないし、安易な企画のままに三集で立ち消えになったものとみえる。

当面問題にするのは二集『寒帷子』（明26・3・16発行）であるが、これは次のようなあらすじの戯曲形式の作品である。

それぞれ親にかくした恋人をもつ二人の商家の若旦那が、親の押しつける結婚をはずそうと番頭に頼みこむと、番頭は日ごろこき使う主人へのしかえしも加えてさんざんに主人を翻弄する。やがて番頭の悪戯がばれるが、若旦那たちの恋人が実は親のめあわせようとする女と同じことがわかるなど万事めでたくおさまるのである。

『寒帷子』は、何もことわっていないが、次のように人物関係が対応をなして、モリエールの喜劇『スカパンの悪だくみ』Les Fourberies de Scapin 1761 のまったくの翻案なのである。

『寒帷子』		『スカパンの悪だくみ』
伊勢屋主人	金兵衛	アルガント
同　若旦那	文之助	オクターヴ（アルガントの息子）
同　番頭	定　六	シルヴェストル（オクターヴの従僕）
萬屋主人	甚右衛門	ジェロント

同　若旦那　福太郎　　レアンドル（ジェロントの息子）
同　番頭　政　吉　　スカパン（レアンドルの従僕）
以下略（舞台　東京）　　以下略（舞台　ナポリ）

糠沢治氏の「本邦におけるモリエール移植」（『国語と国文学』昭34・1）は、大正初年までのモリエールの翻訳・翻案を整理一覧した労作であるが、氏は『寒帷子』もモリエールと関連あることを推測して記載されたものの、本作未見の由で原作を指摘されなかったのである。しかしここに一応原作を突きとめえたので、それをまず報告しておきたい。糠沢氏の調査によると、『寒帷子』は本邦でモリエールの三番目の移植作品に当たり、『スカパンの悪だくみ』の最初の移植となるのである。

2

『寒帷子』の作者〈守江溜〉は言うまでもなく匿名であるが、従来この作者は尾崎紅葉であると考えられている向きがあり、現行の年譜類の多くは紅葉作として記載している。(1) だがその証明はまだ果たされていないようだ。『寒帷子』を紅葉の著作とした最初のものは、斎藤昌三編『現代日本文学大年表』（昭6、改造社）らしい。それ以前の年表・年譜類に記載が無く、以後のものには斎藤編年表に随従した旨を断って記載しているものもある。博覧の斎藤氏のことゆえ、〈守江溜〉を紅葉の匿名とされたについては、しかるべき根拠あってのことと思われ、管見ながら次のような同時代評も目に入った。勘左衛門『鉄道小説寒帷子』（『葦分船』第12号、明26・4）に以下の記述がある。

是れまたモリエルの原著なるべし。翻案者は誰れなるか知らずと雖も、孰れにんじようニは如在なき才筆の御方と見えて文章非凡、殊に其軽妙自在なる彼の夏小袖の著者に髣髴たり。（略）夏小袖を読むでうれしがりし

御仁は、必ずまた寒帷子を読むでうれしがること受合なり。（原文句読点なし）

『寒帷子』が翻案であり、原作がモリエールの作らしいこともすでに推定されている。『夏小袖』の作者と似ていると言うが、『夏小袖』（明25・9）は、ほかならぬ紅葉がモリエールの『守銭奴』を翻案したものであり、同時代においても、『寒帷子』を紅葉の翻案作品だと推測する向きのすでに存していたことがわかるのである。

思うに『寒帷子』を紅葉の作とする根拠は、次のような点であったろう。『寒帷子』の出る前年九月『夏小袖』という戯曲が、〈森盈流（もりえいる）〉という匿名作者によって春陽堂から刊行され、この匿名を見破る懸賞がついて、それが紅葉であることが『読売新聞』（明25・11・11）に発表された。(2) 紅葉はさらにモリエールの『いやいやながら医者にされ』を『恋のやまひ』（明25・11・13―12・5）の題で読売に連載したが、糠沢氏によれば、これらがモリエール翻案の第一・二作なのである。こうしてみると、モリエールと紅葉は結びつけて考えられやすい関係にあったと言えよう。しかも『寒帷子（かんかたびら）』と『夏小袖』は題名も対をなしており、〈守江溜（もりえる）〉は〈森盈流〉の二番煎じの感が深く、また『寒帷子』も懸賞と関係があるらしいのである。(3) 以上の点からすれば、モリエール翻案の第三作としてまた紅葉の名が挙げられるのも、それなりに筋の通ったことと言えよう。

しかし疑いを入れる理由も多い。『夏小袖』『恋の病』は紅葉自選の博文館版『紅葉全集』に収載されているが、『寒帷子』はとりわけ拙作というわけでもなく、また版権上の面倒も考えられないのに、収められていない。また紅葉自身や周辺人物の『寒帷子』に触れたことばも見あたらないのである。かえって紅葉は、『夏小袖』第三版の序文で、紛らわしい変名を用いて指名投票をするなどのことは今後絶対にしないと述べている。(4)

私見によれば、『寒帷子』は紅葉の作ではない。まず作風に違いが認められる。斎藤広信氏は(5)『夏小袖』『恋の病』を原典と比較し、〈原作にはあまり見られない駄洒落、地口、落といった言葉の洒落を数多く会話の運びの中に挿入することによって、翻案は滑稽味を加えている〉と指摘しておられ、その点は『寒帷子』にも認められるものの、洒落の性格がかなり色合を異にしているのである。例文は省略するが、『夏小袖』『恋の病』の洒落はいささか野卑なところも加えてとぼけた自在な趣があるのに対し、『寒帷子』の洒落は古事来歴の知識をふんだんに盛りこみ、その冗舌はいささかくどく泥くさい。これはもちろん原文に無関係であり、話し手の性格から考えても必ずしも自然なものとは言えないのである。

次に用字の面に差異の存することが、この際の決定的な根拠なのである。いったい用字はその作家の筆癖として多分に固定しているものと考えられるが、厳密には変遷の存することや、作品の性質による異同も注意しなければならない。それゆえ或る作品の作者を判別するために比較する既知の作者の文章は、(1)問題作品に接近している時点の文章であることが必要で、さらに、(2)問題作品と同傾向の文章であることが望ましい。紅葉の用字については、すでに岡保生氏[6]が若干の副詞の用字によって変遷を説かれ、明治二十四・五年の文と明治二十九年頃に大きな変化が認められることを報告されている。したがって『寒帷子』（明26・3）に近い紅葉作品は、用字の安定している明治二十五年から二十八年までの間から選ばねばならず、文章の性質は現代戯曲あるいは口語による会話体の多い文章であることが望まれるわけである。そして以上の条件は、すでに登場している『夏小袖』『恋の病』[7]において十分満たされよう。二作ともに明治二十五年下半期の成立という『寒帷子』のわずか半年前の作であり、文章の性質の共通はこれ以上を望むことができない。

次に比較すべき共通語句の選択基準は、

(1)両者を通じて多用されている語句

a　ワタシ・アナタなどの代名詞

b　……テイル・ゴザイマスなどの補助用言的な語句（ただし種々の活用形や時制などは終止形現在として一括する）

	Ⓐ夏小袖	Ⓑ恋の病	Ⓒ寒帷子	Ⓓ当世女学者	Ⓔおしつけ女房
ワタクシ	私55	私21	私4	私9　儂1	私2
ワタシ	私46	私19	私67	私46　儂31　妾3　わたし1	私1
ワシ	私1	私3　我1	私11	私28	私20　わし1
オレ	我41　おれ6　私1	我25　妾2	自己34	自己23	己2　おれ2
アナタ	あなた52　貴嬢14　貴下7	貴下5　あなた3	貴君50　貴姉1　貴家1	貴郎30　貴嬢16　貴女15 貴夫11　貴君10　阿兄10 貴母8　貴姉7　貴父2 和郎1　和君1	貴君1　貴郎1
オマエ	お前20	お前12	和郎33　和女6　貴君1	和女31　阿妹26　阿嬢10 阿女6　和郎4　阿郎2 阿弟1　御嬢1　汝1	汝23
オマイ	お前27	お前27			
オメエ	おめえ2	お前20	和郎2	貴女1	
…テイル	てゐる58　て居る2	てゐる37　て居る2	て居る65　て在る1	て居る136　てゐる1	て居る31
…テオル	てをる22	てをる26　ておる1			
ゴザイマス	ございます197　御坐います6	ございます147　御坐います1	御坐います100　ございます1	御坐います224　ございます56	ございます44　存います2
…テシマウ	てしまふ8	てしまふ3	て仕舞ふ41　てしまふ12	て仕舞ふ32　てしまふ14	てしまふ4
イタシマス	いたします26　致します4	いたします16	致します13　いたします5	致します26　いたします14	致します1
…テクレル	てくれる19　て呉れる1	てくれる13	て呉れる3　てくれる2	て呉れる3　てくれる2	て呉れる6　てくれる2
…テヤル	てやる3	てやる9	て遣る19　てやる3	て遣る11　てやる3	て遣る1
…テ(モ)イイ	ていゝ7	ていゝ1	ていゝ9　て善い4	ていゝ9　て宜い1	て可い3
…テイケナイ	ていけない5	ていけない7	て否けない24	て否けない5	て否けない4　ていけない1

(2)両者に存して、少数でも顕著な差異を示す語

というふうにして、Ⓐ『夏小袖』Ⓑ『恋の病』Ⓒ『寒帷子』からよみかた（漢字は総ルビ）に従って語句を拾い、用字とその使用度数を示したのが二九〇頁に掲げている表である（Ⓓ・Ⓔについては後述）。

ⒶⒷは、ワシ・オレ・アナタ・テイル・ゴザイマス・イタシマスに若干の用字の混在（Ⓑワレ・Ⓐアナタは、話し手あるいは聞き手を意識したもの）があるが、同一筆者の用字であることは認められる。ところがⒸは、オレ・オマエがかなりの使用度数を示しながら、ⒶⒷの用字とはまったく異っている。補助用言的な語句についても、ⒶⒷはひらかな表記をたてまえとしているらしいのだが、Ⓒは漢字・ひらかなの混在がひどく、むしろ漢字表記の傾向が強い。

また或る種の語句で用字の差異の目立つものがある。ⒶⒷ―Ⓒの形で示すと、アタマ（頭顱2―天頭1）・ジョウダン（冗談8―串戯10）・セガレ（忰3―息子14・子息8・忰1）・シツケ（躾2―教導1）・リョウケン（了簡13―了見3）その他オッシャル（おつしやる―仰有る）・シキリニ（頻りに―切りに）・シカシ（然し―併し）という差異があり、接頭語〈御……〉は、ⒶⒷはゴとよむに限られて、オとなる場合はひらかな表記で区別しているのだが、Ⓒは〈御……〉にゴ・オのよみが混在している。

ⒶⒷとⒸにおいて、このように用字の種類・傾向に顕著な差異の存することは、ⒶⒷの筆者とⒸの筆者が異ることを示すのであり、何らか特殊な事情が加わっていないかぎり、Ⓒ『寒帷子』の作者が尾崎紅葉ではないことを意味するものである。そして特殊事情（例えば他者による口述筆記など）といったものも、この期の紅葉の場合、指摘すべきものを私は持っていない。

3

『寒帷子』は誰の作であろうか。再び叢書『鉄道小説』の性格にかえって考えたい。『鉄道小説』は、探偵小説もしくは実話的奇譚に類した読切小説をたてまえとするものであったが、モリエール翻案の『寒帷子』は、とてもそうしたたてまえに添っているとは言いがたい。それにもかかわらず、表紙裏の広告序文の題は『探偵小説寒帷子』と角書を附して緒言に添おうとしており、序文中にはさすがに〈滑稽小説〉であると言っているが、それでも、〈暗に白刃の閃めく急場あれば品川沖に海賊に拐はるゝ談話あり〉などの文句を入れて、些末な部分を探偵小説めかしく誇張しているのである。折しも春陽堂は、『鉄道小説』と並行して叢書『探偵小説』を刊行していたが、ここに両者の親近性を指摘しても誤りではあるまい。春陽堂発行の書籍に附載されている『探偵小説』の広告文が[8]、前掲『鉄道小説』の緒言と、末尾〈活字の四号大形……〉を除けば、同一の文章であるということも、両者が発生の根を同じくした密接な兄弟関係にあることを示すもののようである。内容についても本来両者は厳密な差を設けるものではなかったのではあるまいか。

叢書『探偵小説』は、匿名者『十文字』（明26・1）から前探偵森田貞之助口述『親か子か』（明27・2）まで全二十六集[9]にわたるものであるが、作者に泉鏡花などの名も見えるもののほとんどが匿名で、一々の作者を明らかにするまでには至っていない。しかしこれらの執筆陣が硯友社の面々であったことは、江見水蔭が『自己中心明治文壇史』の「探偵小説退治」（明治26・夏秋冬）の章で証言している。

> 此頃探偵小説流行。黒岩涙香の翻訳が非常な勢ひで流行してゐた。（略）／「どうも探偵小説が横行しては、純文芸物が売れが悪いですから、一ツ毒を制するに毒を以てすとやらで、探偵小説文庫を出して、安価でドシ〳〵売つて見ませう。」／春陽堂の主張で、それを紅葉の処に持込んで来た。／それで紅葉は早速社中の決死隊

を募集した処が、思案（石橋）、花瘦（中村）、風谷（細川）といふ連中が勇んで応募した。自分も加はりたかつたが字引と首ツ引で翻訳では、迚も間に合はないので、小曾根鉄熊といふ人に抄訳さして、それを書き直して「四本指」（19集・落水子著）と「船中の殺人」（23集・遠山情史著）との二編を出した。／けれども僅少な稿料の中から小曾根に翻訳料を払つたのでは、自分の収入はアマリ僅少なので、今度は創作で「女の屍骸」（25集・環翠子著）といふのを書きなどした。（括弧は筆者注）

探偵小説に飽食させて純文芸の流行をはかろうというのはいささか倒錯しているが、こうなるとそれらの作は安価で多売をねらうと同時に、作の粗末さも売り物にしなければなるまい。そして執筆陣は、硯友社からさらにその周辺まで起用されている模様である。そこで『探偵小説』と軌を一にするような『鉄道小説』の執筆者も、匿名ながら硯友社あるいはその周辺の人物と推定されるわけで、私は、『寒帷子』が、劇作家であり演劇改革者の一人となった松居松葉（明3―昭8）の習作期の作品であろうと推定している。松葉の伝記等は昭和女子大学編『近代文学研究叢書34』（昭46）その他により、松葉が『寒帷子』の作者である蓋然性を列挙してみよう。

㈠松葉はその活動の初期、高田早苗や坪内逍遙と交渉をもち『読売新聞』に十八公子の筆名で『巨人石』『村長』（明25）を訳載し、松葉の名で出世脚本『昇旭朝鮮太平記』（明27）も載せているが、当時読売の文芸関係は紅葉が支配していたのであり、松葉が硯友社の周辺的存在であったことは確かである。

㈡松葉は外国文学をよく読み、初期には翻訳・翻案が多いが、紅葉に次ぐモリエール移植者であった事実は注目に値する。糠沢氏の調査から摘記すれば以下の通りである。

『滑稽劇・当世女学者』（明27・5、東京右文社、原作 Les Femmes savantes）

『おしつけ女房』（『大日本』明30・3―5、原作 Le Mariage forcé）

『俄紳士』（『新小説』明31・9、原作 Le Bourgeois gentilhomme）

『神経質』（『文芸倶楽部』明32・2、原作 Le Malade imaginaire）
『名医』（『文芸倶楽部』明32・7、原作 L'amour médecin）

これらが紅葉の翻案や『寒帷子』に続いているわけで、推定のもっとも有力な根拠になると考える。なお『当世女学者』（以下略称する）には紅葉の序がある（後述）。

㈢『寒帷子』には東北なまりが表記の誤りのまま若干混入している。すがない貧乏世帯・管糸（しがいと）・御懐（おなづか）しう・聞えた・強えて・老耄奴（をえぼれ）等。これらは地方出身の植字工が自分で本文を読んでおかした誤植とも考えられるが、宮城県出身のまだ二十三歳の未熟な松葉が、急作のままについおかした誤記ではなかったろうか。

以上のように、当時の硯友社関係で語学がかなりできて、モリエールと縁のある紅葉以外の作者（東北出身？）ということで、松葉がもっとも該当する人物と考えられる。

叙上の推定の妥当性を再び用字法によって裏づけてみたい。Ⓒ『寒帷子』にもっとも近接した時点の同傾向の松葉の文章としてⒹ『当世女学者』とⒺ『おしつけ女房』（未完）の二作を採り上げて、ⒸとⒹⒺを比較する（二九〇頁の表参照）。

まずともに松葉の作であるⒹⒺについて眺めると、その用字意識にも変遷が認められる。特にアナタ・オマエに顕著で、聞き手に応じて多様な用字を試みるⒹから、単純な統一的な用字のⒺに移っていくようである。補助用言的語句は全体に漢字使用の傾向があるが、ゴザイマス・シマウのように逆にひらかな書の方向をたどるものもあり、これらはそれぞれの語によって統一された表記に落ち着いていく模様である。そこでⒸとの比較もⒹに重点がおかれることを念頭にして調査結果をみると、オレは、ⒶⒷとまったく異っていたⒸがⒹと同一である。アナタ・オマエは、Ⓒの多様化としてⒹが考えられる。さらに補助用言的語句においてはⒸⒹの用字の種類や漢字とひらかなの使用の比率がまったく同じと言ってよい結果を示している。同一作家であることの検証はむしろ特殊な用字によって眺めるのが適当であろうが、Ⓒ—Ⓓ—Ⓔの形で示すと、ジョウダン（串戯10—串戯5—串戯2・冗談1）、リョウケン（了見3—了見10・了簡2・量見1—了見1）など、前記の或る種の語句の用字はⒸⒹに共通しているのである。（以下略）

以上によって、Ⓒの筆者はⒹⒺの筆者と同一であると考えてよいのではなかろうか。『寒帷子』は松居松葉の作であると推定する。また、知識的な冗舌の多い翻案ぶりも、ⒸとⒹⒺは矛盾してはいない。

4

『寒帷子』の作者考証に関連して、この期の紅葉文学の側面について一二の考察を加えておきたい。

『当世女学者』に紅葉の序があることは前述したが、これは松葉に宛てた書簡であり、影印のまま載せられているのである。逸文でもあるので全文を掲げ、紅葉と松葉の関係について推測したい。

わたくしこと先年夏小袖恋の病などモリエルを焼直し候へども大体が狂言を小説に綴り候事故無理に御座候原書とても作者自身舞台にて十分所作いたし候はゞ成程こゝらはと思はるゝ節無きにはあらねど唯仏蘭西の事とばかりにて素読致候我等には評判ほどに受取かね候御噂の女学者昨日拝見致候筆力不凡筋もおもしろく天晴上作後の鴈が前に相成恐入候馬鹿正直の翻訳は労して功無しそこを利口に立廻りて翻案もおもしろく出来候はゞ原作者は大承知なるべく読む人も大承知さては足下も大承知我等に於ても大承知

とこゝは例の一句ある所なれど出来ぬ故当分このまゝにいたしおき候

三月三日　紅葉

松葉大兄

この書簡は言うまでもなく明治二十七年のものである。『当世女学者』は〈五月二十九日発行〉とあるので、三月二日に紅葉が読んだのは原稿であったと考えられる。松葉はモリエール翻案の先輩としての紅葉に閲読斧正を乞うたのであろう。

紅葉と松葉の関係をある程度具体的に述べているのは、周知のように江見水蔭『硯友社と紅葉』の「紅葉と代作」の項である。

> 種廻しの方では、松居松翁（注――松葉に同じ）も其一人で有つた様に記憶してゐる。翻訳物を二三種持込んだ筈だ。併し凝り性の紅葉は、其原書を一通り見て、訳文と引合せるだけの用意は欠かさなかつた。／『隣の女』はゾラ物の翻案で、それは松翁（その項は十八公子と云つてゐた）から廻したので有つた。

この水蔭の文は、『三人妻』以降の、いわゆる〈翻案時代〉である明治二十六・七年頃の紅葉の周辺を語る重要な資料であるが、紅葉と松葉の具体的な交渉はいつごろから始まったのであろうか。『隣の女』について福田清人氏[10]は、生前の松葉から次のような便りを得ておられる。

> 貴問紅葉先生「隣の女」は愚老が学生時代耽読せしゾラ先生作“For a Night Love”（ジョージ・コックス先生英訳）の翻案に候。かつてその梗概を物語りし所その英訳をかしてくれとの事にて半年程貸出候間に読売新聞紙上へ掲載されしものに候（傍点筆者）

文中の〈半年程〉の語句に注意すれば、『隣の女』の読売掲載は明治二十六年八月二十日から十月七日までのことであるから、掲載の最終日から半年程さかのぼった四月ごろには両者の間に会話があったと考えてよいであろう。ところで問題の紅葉書簡であるが、これによっていささか推測を試みたい。

この書簡は、松葉から序文を乞われた紅葉が、そのまま序文に用いられることも承知で書き送ったものかと考えられるふしがある。『夏小袖』『恋の病』の二作が自身のモリエール翻案であると自己紹介めいたことばを冒頭に掲げている点が気になるのである。すでに約一年前には両者の間に具体的な交渉がもたれていたはずであり、そのようなことは松葉もすでに知っていようし、両者の間で話が出ないはずもあるまい。この表現は半分以上読者向けのものだったのではあるまいか。『夏小袖』以降、紅葉は翻案・翻訳が多くなり、二十七年に入ると、さらに合作・補作が現われてくる。確かに紅葉の低迷模索の一面であるが、紅葉の想が涸渇してしまったとの噂や、弟子たちの作に紅葉が名を冠しているだけだといった蔭口が叩かれるようになっていたのではなかろうか。それらに対して紅葉は、翻案の二作が他人の手の入っていない自作であることを公言しているのではなかろうか。この書簡が私信であっても、翻案が純粋に自作であるとする内容に変りはない。しかもテクストの貸借という点を想定しても紅葉と松葉の間に何の関係もないことを示してもいることになろう。そしてこれらのことは、『夏小袖』『恋の病』の時点で紅葉と松葉に親密な関係が生じていなかったことを示しているのではあるまいか。次に紅葉は、『寒帷子』には全然触れていない。これは『寒帷子』が紅葉作ではないことの傍証になるが、それが松葉作であることを知っていたであろうか。〈後の鴈が前に成〉ということばは、単に、『当世女学者』の出来をほめているだけなのか、それともすでに『寒帷子』を松葉作と知って、紅葉自身と同数のモリエール翻案を果たした後輩への讃辞なのであろうか。遺憾ながらその点は推測も不可能である。

以上によって、紅葉・松葉の直接的な交渉は明治二十五年にまでさかのぼって考えることはできないという点と、『夏小袖』『恋の病』は紅葉の自作であるという点について考察した。前者については松葉側からの実証要するけれども未考である。ただこの書簡には、紅葉に似合わしくない一種の固苦しさがある。〈天晴上作〉とか〈後の鴈〉の語によって松葉を明確に後輩として扱ってはいるが、〈わたくし〉と自称し〈御噂〉などと改まった語調があり、モリエール喜劇の印象や翻案の姿勢を説くなど、内容もいささかきまじめなところがある。紅葉の親密な人への書簡は、おどけ気味の磊落さがあり、門弟へのものには彼らしい情宜のこもったところがあるのだが、この書簡はあとになるにつれてくだけてはいるものの、幾分形式ばった印象を受ける。これも、あるいは紅葉が序文を意識してのところからかもしれないが、後輩とは言え、松葉は紅葉にとって恩義のある人物であり、英語が達者で欧米文学に通じた敬すべき友人として受入れていたことによるのであろう。紅葉も、硯友社関係の叢書出版に際しては松葉を加えて助成していったようである。(11)

次にこの書簡は、紅葉のモリエール観や翻案の態度がうかがえる点で貴重である。紅葉のモリエール翻案は、〈狂言を小説に綴り〉と言うように、もともと上演を意識しない戯曲として作られたものであった。そして〈仏蘭西の事とばかりにて素読〉する態度は、外国文学を史的思想的にとらえて普遍化することに頓着しない姿勢にほかならず、〈評判ほどに受取かね候〉ということばからは、モリエールの風刺の辛辣や、滑稽の背面にある苦渋や悲哀や孤独や狂熱というものをまったく理解しなかったことがわかるのである。『夏小袖』や『恋の病』は、原作者の思想や原作に存する喜劇の核といったものに触れて移植された翻案ではなく、もっぱら筋と人情の動きを応用して〈おもしろく〉仕立てられた安易な実作主義の所産であった。〈馬鹿正直の翻訳は労して功無し〉というのは、おそらく紅葉の外国文学に対する姿勢であり、自己の枠を越えて理解してゆこうとする意志はほとんど無かったのである。紅葉がモリエールを翻案するに際して加えたものは、国柄に合わせた潤色を除けば、前述したように皮相な〈言葉の洒落〉がほとんどで、それが紅葉の言う〈おもしろさ〉なのであって、〈江戸風な茶番狂言〉という定評は、紅葉の意図に添った評であり、その限りでの成功作というわけなのである。

明治二十五年夏ごろから読売新聞の社内でも、西洋文学に学んで現代を深く凝視した雄編を望む意向が見られ、紅葉の従来の作風に対して否定的になっていたらしい。「近頃の文学界」（明25・9・7、8）と「文学餘論」（明25・9・11）の二つの論説は、粗雑なものではあるが、紅葉の名を挙げんばかりにして非難しており、今後研究すべき西洋作家の一人として〈モリエー〉という名も挙げているのである。[12]新聞の意向を無視することを許されぬ新聞小説作家として紅葉は、社の風潮を察していちはやくモリエールを採り上げたのであろう。滑稽は紅葉の資質の一面でもあり、モリエールに自己の適性を見出して脱皮をはかったのであろうが、現実の洞察に資するところがあったとはほとんど考えられないのである。

6

次に紅葉と探偵小説という点に触れておきたい。

『金色夜叉』中編第一章に、貫一の旧友らが貫一の噂をし、先刻駅の待合所あたりで見かけたことを話す場面がある。

> 始は待合所の入口の所で些（ちよツ）と顔が見えたのじや。餘り意外ぢやつたから、僕は思はず長椅子（ソオフワア）を起つと、もう見えなくなつた。それから有間（しばらく）して又偶然（ふツと）見ると、又見えたのじや。」／「探偵小説だ。

〈貫一の動静が出没自在、きわめて不思議で、なぞのよう〉な点を指しての比喩である。[13]これなど些細な会話に過ぎないが、硯友社の連中が〈探偵小説退治〉のために粗悪な探偵小説を書いたこともあり、紅葉にとっても探偵小説はいろいろな意味で関心を持たざるをえなかったようである。読売社内からも批判が出るようになっていた紅葉の期するところは、彼なりに新しい〈純文学〉であった。しかしながら、『都新聞』から『万朝報』に探偵小説の筆をふるって人気を拍していた黒岩涙香の存在が、同じ新聞小説作家として無下に否定しがたいものとして紅葉には感じられていたのではないであろうか。通俗性を前提として執筆する新聞小説作家紅葉は、反ぱつを感ずるとともに彼なりの探偵小説の消化を試みていった形跡が認められるのである。

『不言不語』（明28）は、妙に陰惨な大邸宅の夫婦の秘密が遺産相続にからんだ毒殺事件であったと最後に判明する筋で、夫婦の動静を女中の眼を通じて描いているものである。この作に対して島村抱月は「不言不語を読みて所感を記す」（『早稲田文学』明28・8）で、本作は〈探偵的〉なところと〈悲劇的〉なところの両者から成り、前者の意図には成功しているが後者の点では失敗していると評した。抱月の評は、文芸観の根底的な相違から紅葉の意図を汲みとってのものではないが、〈探偵的〉の語は、同時代的な批評の用語としての適切さがある。紅葉の探偵小説的な構想や趣向は、そのほか『隣の女』や『男ごゝろ』にも顕著である。

『隣の女』（明26・8—10）は次のような話である。美しい女に憧れている独身の青年粕壁譲は、隣家に移って来た小夜という粋な妾に気をもんでいるのだが、女には別に巡査の情夫がいてこれが時々女のもとへやって来る。ところがある夜情夫は酔って痴話喧嘩のはてに二階から落ちて死に、翌日女は譲を呼び寄せると色じかけで蕩らしこみ、屍体を川へ捨てにやらせるのである。

> それから二日目の朝、厩橋の河岸に書生体の死骸が漂(ながれ)着いた。左の小指に金剛石(ダイアモンド)の指環を篏めてゐたといふので、事情(わけ)あるらしく争つて小新聞の三の面が報道した。其後二週間も立たぬ内に、小夜は築地辺へ妾宅を移して、今も不相変(あいかはらず)麗しいと聞く。

右が作品の結末である。譲の死は、原作によれば、〈過度の緊張、恐怖、疲労から呆然自失し〉て川に落ちた溺死なのであった。原作と比較考察された島本晴雄氏[14]は、〈死体遺棄の犯罪小説的部分、つまりゾラらしい暗黒要素を紅葉は全く省略し、あくまで軽妙な市井風俗の物語とした〉と言われ、成瀬正勝氏[15]は、〈彼の投身自殺はまったく唐突である。（略）自殺の必然性は窺ふべくもない〉と評しておられる。紅葉の用いた英訳本のテクストが不明なので断言は控えねばならないが、この省略（?）こそ一作の眼目であり、紅葉の意図するところであったと考えるのである。紅葉独自の翻案がまさにここに存するのである。譲の死は自殺などではありえず、証拠を湮滅して完全犯罪を企む小夜が、譲のあとをつけて川へ突き落とすなどの何らかの手段によって謀殺したものであることを紅葉は匂わせているのだ。撫象『隣の女』（『女学雑誌』391号、明27・8・4）の解釈がやはりその点をとらえている。

美人凛然たる容色に、無限の毒をつゝむ。憶ふ、かの夜、萌黄の夜具風呂敷を負へるの人、隅田橋辺に立つて、恐怖し、戦慄し、或ひは美形に伴はれて、一物を投下するの地を撰びやしけん。堅き約束、五千円の持参、恍として夢の如し。浮足軽心の手、物を投下し了せんとして、身はともに水中にあり。咄、毒婦。人生の秘義、一刹那にあり。

死体の指環と言い、ここからまさに探偵が登場して事件をあばいていくのが探偵小説の常道である。『隣の女』には犯罪の暗黒はひそんでいるのである。紅葉はあえて描写や叙述を避けたのであり、一般読者にも期待をかけさせながら打ちきった。ここに紅葉の探偵小説に対する姿勢と写実の姿勢が示されているのではなかろうか。猟奇一点ばりの通俗性は言うまでもなく否定されており、またすべて塗りつぶし合理的に把握して人生や社会の暗黒を描破する写実もしりぞけられている。紅葉のしばしば口にした〈ライト・タツチ〉の描法であり、ストーリーの面白さを通じて人生を暗示するのが彼の小説であった。紅葉の方法は、深く談林俳諧や川柳に通じていると考えられるが、限界もまたそこにあったのである。

また『男ごゝろ』（明26・3―4）は、一家三代にわたる金銭の妄執を描いて不気味さをただよわせているが、女主人公が新婚旅行の途中、なぞの失踪をとげて周囲がさわぎだすところで前編大尾のまま未完におわっている。これも探偵小説の構想を採り入れているのであるが、未完の原因は主題の追求や形象の行きづまりにあるというよりも、用いた描法がそのまま探偵小説になってしまうことに気づいた紅葉が意識的に中絶させたものであろうと思われる。『男ごゝろ』の方法の失敗は、『不言不語』における間接人物の一人称形式の叙法や、事件そのものを過去の落着したものとして設定することによって、強い写実を避ける方法を生み出すことになったのではなかろうか。紅葉の方法に深入りしかけて省筆するなど、はなはだ粗漏なものになったが、この点については詳論を期したいと思う。それゆえ、ここでは、紅葉がやはり当時の流行である探偵小説も意識して作に応用転化する側面のあったことを呈示すれば足りるのである。

注

（1）紅葉年譜は岡保生氏によって飛躍的に精密なものになり、現行のものは多く同氏作成のものか、それを踏襲あるいは参照したもので、日本近代文学大系5『尾崎紅葉集』（昭46、角川書店）所載のものが最新かつ詳密である。ただ現行年譜中、明治文学全集18『尾崎紅葉集』（昭40、筑摩書房）所載の福田清人編の年譜は『寒帷子』を記載していないが、これは見識あってのことと推察する。

（2）勝本清一郎「『夏小袖』について」（『明治大正文学研究』9号、昭27・12）に詳細な記述がある。

（3）土佐所蔵の『寒帷子』の表紙右肩に〈懸賞〉という朱印がある。

（4）前注（2）勝本論文中に、神代種亮「紅葉山人逸文　二」（『書物往来』大13・7）所載の『夏小袖』第三版序文を転載している。

（5）斎藤広信「モリエール翻案家としての紅葉」（『比較文学』13巻、昭45・10）

（6）岡保生「紅葉用字考」（同氏著『尾崎紅葉―その基礎的研究―』所収、昭28、東京堂）

（7）用字の比較考察は、初出本文によってなされねばならないのであるが、便宜上、博文館『紅葉全集』の本文によった。紅葉は本文に手を加えることのかなり多い作家なので、用字の比較など、普通は全集本文によることは危険なのだが、『夏小袖』『恋の病』はその危険がほとんど生じないのである。勝本清一郎「尾崎紅葉論」（現代作家論叢書『明治の作家たちI』所収、昭30、英宝社）によると、両作を収録する『紅葉全集』第二巻のみは、石橋思案が初版本主義で校訂しているのである。『夏小袖』は初版が初出であり、『恋の病』の初版（明26・5）は初出（明25・11―12）から半年しか経過していないので、この際初出にかえて初版本主義の全集本文によって調査しても、用字の傾向を知るにはほとんど支障が生じない。
（8）尾崎紅葉『青葡萄』（明29・10）附載のものによった。
（9）村上浜吉編『明治文学書目』（昭12、村上文庫、昭63に国書刊行会より再版）
（10）福田清人『硯友社の文学運動』（昭25、博文館新社）二五七頁。
（11）前注（9）の書によれば、紅葉が緒言を寄せている博文館刊の硯友社連の叢書『春夏秋冬』の第二編「（夏）夕すゞみ」（明27・5）に、松葉の「落月観」という文があり、同じく硯友社連の多い博文館の叢書『幼年玉手箱』の第八編「西洋滑稽落語」（明27・8）が松葉著である。
（12）「『三人妻』の周辺―紅葉と『読売新聞』―」（福岡女子大学『文芸と思想』35号、昭46・12、本書IIの九に所収）
（13）岡保生注釈「金色夜叉」（日本近代文学大系5『尾崎紅葉集』昭46、角川書店）一二六頁・頭注六。
（14）島本晴雄「紅葉作『隣の女』の系図」（『比較文学』1巻、昭33・4）
（15）成瀬正勝「明治中期翻案小説に関する一考察―ゾラ作『テレーズ・ラカン』の場合―」（東大教養学部『人文科学科紀要』24輯、昭36・3）

（『近代文学研究』第一輯、昭和47年8月）

三『心の闇』
――その近代小説性――

『心の闇』は、明治二十六年六月一日より七月十一日まで四十一日間（ただし六月十四日から十九日までは発行停止）に三十回にわたって『読売新聞』に連載された。前年には『三人妻』の大作があり、その後には『不言不語』や『多情多恨』がつづくことになる紅葉中期の一編である。翌二十七年五月に春陽堂から単行本となった。

発表当時の『心の闇』は期待を担った作ではなかったようである。『読売新聞』自体が創業二十年の紙面改革を宣伝した社告（明26・5・26）で、わずかに〈心の闇と題する紅葉山人の綺艶悽愴の新小説〉と型どおりの一句を加えているにすぎず、管見ながら『早稲田文学』（42号、明26・6・25）が、〈盲人を主人公として其が恋を写せるもの、山人が近時苦心の作と聞こゆ〉と小さく報じているぐらいである。しかしながらその後の評は、紅葉文学の傑作のひとつと見なしてほぼ一致しているようだ。そして紅葉論に付きものの留保のあることも無論である。片岡良一氏は、〈少くとも其処には、従来の紅葉作には見られなかつた程のリアリテイへの肉薄と、鋭く細かい心理描写とが含まれてゐた〉と肯定しつつも、〈何処か作為の跡が感じられた。混乱と自虐の自らにのめり込んで行つた暗さと戦慄の世界といふ以上に、材料の珍らしさ怪奇さや話の面白さに力点を置いてゐるやうな形も、あの作にはかなり著しかつた。何うかすると三馬が顔を出してゐるとも思はれた〉と述べている。けだし通説となっているものであろう。素材の珍奇や話の面白さを戯作の名によって一括否定し、時代と人間を写実と心理によって掘りさげ描くところに近代小説を認めようとする批評態度は、ほとんど体制化してきていると言えるであろうが、それはすでに紅葉の同時代に始まっていた。以下は『早稲田文学』（63号、明27・5・10）の「文界現象」欄の新刊書評のほぼ全文である。

> 「心の闇」は『読売』に掲げられし当時、頗る評判ありし作にて著者がはる〴〵宇津宮（ママ）まで出向き実地観察の上にて物せし作と聞こえたり、盲人佐の市が恋の物語なり、題目の上よりいへば所謂写実派、心理派の作家によろこばるべきものにて極致的に此の題を描きいでんとせば恐らくは心理派の写実家をして盲唖学校に往来すること幾十回に及ばしむべきものならん、紅葉山人の苦心は頗る見えたれど佐の市の性格には尚幾多の心得がたき節なき能はず殊に山人の最も力めたる所は例によりて文章の上にあるゆゑ写実もしくは心理的としての此の書の価値はおのづから小少（ママ）ならざるを得ず、これしかしながら一つには毎日物として読むべき新聞紙に載せたるにもよるらん、ヂツケンス流の要無き滑稽のしば〳〵挿入せられたるなども毎日の花を飾らん余儀なき方便なるべし、文章は例によりて洒落流麗、而も表ジミにして裏華やかなり、粋を極めたる文致と称すべし但し件の華やかなる裏地動もすれば萬風に翻り、又時として風無きに翻る、是れ粋子の額を拍つて三賞する所、野暮のいまだ首肯し得ざる所か、兎に角に吾人は其の翩翻たらざる辺に於て最も山人が筆の老鈍を感ず、（読点は原文どおり）

右は乏しい同時代の『心の闇』評の貴重なひとつであるが、論者は比較的公平に作品を見通しながらも、その立場が写実と心理の徹底した深刻性を要求するところにあったため、滑稽を不純と見なして艶なる場面や文章をほとんど軽視している。片岡氏の論点の原型にすでにこの評にうかがうことができよう。このような視点からは、紅葉小説はいずれにしろ近代性の希薄な大時代なものであった。だが『心の闇』は、むしろ軽視され否定されてきた大時代的なものを基調としていることを率直に認めることから論せらるべきではなかろうか。批判や要求の姿勢は、しばしば作品や作家それ自体を取り落とす危険がある。〈粋を極めたる文致〉や〈野暮のいまだ首肯し得ざる所〉

を探る方が紅葉小説考察の第一歩としてふさわしいのではなかろうか。私は『心の闇』の大時代的あるいは反時代的なものの存在の確認から出発したい。

第一に『心の闇』という題名である。この題からわれわれは、「人の親の心は闇にあらねども子を思ふ道にまどひぬるかな」という古歌を連想もするであろう。そしてそれは決して見当違いではないはずだ。『心の闇』の文章に、古歌がもじられ断ち入れられていることによって明らかである。

①佐の市は尚その愚痴を賤の苧環、くりかへしてぞ哀を聞かせ貌なる　（一）
　古のしづの小田巻繰りかへし昔を今になすよしもがな　（伊勢物語）
②毎日会ひまする此家の娘の、声は聞けども姿は見えず、思ふお方は時鳥でござりまする　（二）
　時鳥鳴きつるかたをながむればただ有明の月ぞ残れる　（千載集・百人一首）
③……少しも憎いところはないものを、と思ひつゝ寝ればや夢に佐の市は、寝間の窓より覗きこみて……　（七）
　思ひつつ寝ればや人の見えつらむ夢と知りせばさめざらましを　（古今集）

これらはいずれも古典の名歌であり、これからしても題名『心の闇』もまた常套的な歌語を踏まえていることを認めないわけにはゆかない。そして主題さえもその線上に読みとるべきかもしれないのだ。

(1)かきくらす心の闇にまどひにきゆめ現とは世人さだめよ　（古今集）
(2)君恋ふる心の闇をわびつつは此世ばかりと思はましかば　（千載集）
(3)あはれなる心の闇のゆかりとも見し夜の夢を誰か定めむ　（新古今集）
(4)晴れやらぬ心の闇の深き夜にまどろまで見る夢ぞ悲しき　（続千載集）
(5)尽きもせぬ心の闇に昏るる哉雲居に人を見るに付けても　（源氏物語・紅葉賀）

いくつか拾ってみたこれらの古歌の〈心の闇〉の実体は一通りの内容ではすまないのであろうが、盲あんま佐の市のお久米に寄せる思慕の情は、偶然というにはあまりにもそれぞれの歌意に通っている。〈言はずして思ひ、疑ひて懼(おそ)る。是も恋か、心の闇〉というのが作品の末尾であるが、〈心の闇〉は、佐の市お久米双方のものであることは明らかだ。目明きでありたいと願い、身分違いの恋慕に身を焼き、お久米の婚約を知って悶々する佐の市の心情は(1)(2)(5)に当たり、夢で佐の市の呪を見て疑い悲しむお久米の心情は(3)(4)ぐらいでもあろうか。このように見て来る時、〈人の親の心は闇にあらねども……〉の歌も、養母お民の佐の市への想いと重なって、佐の市の心底をはかりかねて当惑する姿への暗示にも連なるのであり、思いめぐらせば、お久米の婚約を知って〈面影の羸(やつ)れ……色の蒼白(あおざめ)たる〉佐の市に養母やお久米の親たちが問いかけるのは、まさに百人一首の〈しのぶれど色に出にけり我恋は物や思ふと人の問ふまで〉の歌にかよい、お久米の婚約については、〈内証と伏せたる事も何処よりか泄れけむ、はや世間に沙汰するものありて〉佐の市の耳にとどき、お久米が〈心の底に何とやらむ可怖かりき〉と〈胸に徹へ〉るのも、「恋すてふ我名はまだき立ちにけり人しれずこそ思ひ初めしか」の翻案かと思われるばかりだ。これらはいずれにしろ、『心の闇』を古代王朝文学の文脈において読みとる方向を示唆しているようであり、いささか性急にすぎるかもしれないが、『心の闇』一編の基調は、王朝時代以来飽かずくりかえされてきた日本人の伝統的通俗的な情念にほかならないということである。

　盲人の恋という素材自体が多分に特異なものであるにしろ、そして読者をしてその展開を好奇心でつないでいるにしろ、筋はけっして単なる好奇心を満たしてはくれない。事件といってもごく平凡な結婚式が一つ無事に終るだけといってよい。ドラマのすべては主人公の沈黙の中に封じられて終末のない結びが来る。最後に残るこの作の心像は、〈へい今晩はお寒うござりまする〉と言いつつ〈撫肩の後姿悄然(しょんぼり)と入来る按摩(あんま)〉の姿であり、夜道を〈杖撞鳴らして〉、〈命懸けても添はねばおかぬ、添はにや生きてる効(かひ)が無い〉と〈口の裏に同じ唄を唱ひては思案し、思案しては唄ひつゝ〉帰ってゆく盲あんまの姿ではないであろうか。裏うちされる心理は激しく変転しながらも、ほぼ一様なこのことばと行動の反復こそ、ひとつの物語は終ってもなおくりかえされていった真実なのである。E・K・ブラウンは、〈いろいろの種類の変奏をともなう反復〉が小説の面白さであり、喜劇的効果をもたらすと述べている（『小説をどう読むか』）が、『心の闇』は、この反復を基調にして巧みに構成されている。見過ごされているようだが、単行本『心の闇』の表紙絵が紅葉自身の筆になることも、この際注意してよかろう。月だけが皎々と輝いている夜道、屋根にうっすらと雪が積り、戸をしめきってひっそりした家並のかたわらに、ひとりのあんまが首をたれて前かがみに杖をつき、高足駄をはいて考えこんでいるような後姿が黒い影絵のように描き出されている。帰り路でもあるらしい。これが紅葉の絵画化して示した『心の闇』である。読者はこの盲あんまの口ずさむ〈命懸けても……〉の都々逸(どどいつ)をかすかに聞きとればよい。芝居の書割をいくぶん思わせはするが、この主題的景情は、やはりもののあはれではないであろうか。いささか江戸末期的なもののあはれといえば、ただちに人情本が想起されようし、確かに人情本がもののあはれの江戸的な翻案であることは、為永春水自身が述べているところでもある。『早稲田文学』の評者の〈野暮のいまだ首肯し得ざる所〉とは、この辺を指しているのでもあろうか。とにかく『心の闇』において紅葉の描いたものは、大時代なもののあはれを基調にした前時代的な情趣の世界であったといえよう。

この年の四月に硯友社同人を語らって吉野や奈良・京都の古典文学のふるさとに遊んだことが、再び紅葉をして古典に回帰する機縁ともなったのであろう。以後明治二十八年に紅葉が『源氏物語』を通読していることが実証されており、『不言不語』や『多情多恨』『金色夜叉』にまでその投影が指摘されている。

何ら新味の無いことを確認して面はゆいばかりであるが、同時代においてすでに非難されてもきた大時代な作品を、紅葉はなぜ試みたのであろうか。大衆読者に甘口で媚びるマンネリにしかすぎないのであろうか。私はこの前時代的な叙情小説の中で向き会わされる〈近代〉がどのようなものであったかを検討する必要を感ずる。

作品の時点は明治の当代でありながら、舞台を地方の宇都宮にとっていることは、やはり注意されてよい。紅葉は近代都市東京を避け、字づらもゆかしい土地を選ぶことによって、『心の闇』の情緒の基調を維持しているのだ。佐の市やお久米の環境からは、まったく近代を感ずることができない。だがかれらの前にも何らかの近代が割り込んで来ることは避けられないのであり、紅葉は、その近代をはっきりと作の基調に対比して描いている。旅館の箱入娘お久米は、〈知事様の御意なれば御辞退も申しかねて〉酒席に引き出されて憐れな佐の市の心を痛めるのであり、お久米の初夜の部屋の外塀に吸い寄せられて悲しみにくれる佐の市は、〈九州訛の濁声厳めしげ〉な巡査に叱りとばされるのである。いずれも近代の権力が、憐れな心を何の気もなげに蹂躪していくのだ。そして佐の市の心の恋人お久米と結婚するのは、父親を県会議員に持つ、〈世事に賢く、学問もありて、商業は機敏にやつてのけ、交際も上手にして、かゝるを明治年間の息子気質とも謂ひつべき〉当代の模範的実業青年であった。いずれにしろ近代が生み時代の波に乗っている人間である。それに対して盲あんまは、時代の流れもかれをどのようにも変えることができない存在であり、いつの時代も乏しく小さい生をほそぼそと営んでいくのだ。こうした生を、私は再びもののあはれと呼ぶ。『心の闇』は単なる王朝的もののあはれの復元やパロディなのではない。『心の闇』のもののあはれは、近代の片隅で、近代にもてあそばれつつもかすかに息づいていることによって美しいのであり、それをあえて拾ったところに『心の闇』の意義があるのだ。ここに王朝のもののあはれの正当な近代的翻案が完成されているといえよう。

『心の闇』の大時代性が紅葉の意識的な反近代の姿勢につらぬかれていることは認めてよいと思うが、それは単に美的情趣の問題にとどまらず、作者自身を表出した作品だと私は考えている。

それは敗残の盲あんま佐の市に寄せる作者自身の共感に示されるであろう。盲人を主人公としたものの源流に、われわれは、能狂言から歌舞伎舞踊に至るいわゆる座頭物のあることを知っているが、それらは、盲目ゆえにその行動が常人の目にこっけいに見えるところから素材にされてきたものだ。これらの芸能は時には露骨に現実的で、また身体の不具を精神の不具にまで拡大して残酷に取扱っているものが多い。紅葉が大衆の歓心を買うだけならば、盲を主人公とした作は、同時代になお広く享受されているこれら芸能の現代版戯曲で事がすむのであり、そうしたこっけいは紅葉の得意中の得意でもあったのだ。だが紅葉は、佐の市の行動のこっけいを無視もしていないが、その心情をけたはずれとも見ず、むしろ愛情を寄せている。盲あんまは、その不具が描き出されることによって、現実と調子を合わせることのできない人間のこっけいと哀れを普遍にまで高めているかに思われる。そのような感も含めて、私が『心の闇』を近代小説だと思い切って言うのは、作者紅葉が主人公に託して自己を語った作品であるという理由にもよるのである。

『心の闇』は、多分見立てにも近い一種の寓意小説でもある。

盲あんまの佐の市は、旅館千束屋(ちづかや)のひいきで、毎晩客のもみ療治をさせてもらっているのだが、かれは千束屋の愛娘お久米に対して、口にはできぬ人知れぬ恋にやつれ、ただそば近くに居られることを無上の幸福としていた。そうこうするうちにお久米は、当代の実業青年との婚約がきまり、佐の市は悲しみに耐えられず輾転反側する。お久米は佐の市に何となく恐れを感じつつもそのまま嫁していってしまった。死なむばかりに絶望した佐の市は、それでも死なないで今も千束屋にでかけて療治をして金をためているというが、愁然としてもう昔の面影はなかった。

寓するところは、前年の夏ごろに、それまで属していた読売新聞との間に生じた違和にからまる紅葉の作家姿勢である。佐の市は無論紅葉であり（徳の市にしたのでは、本名の徳太郎が見えすいてしまう）、佐の市の心の恋人お久米は小説である。のちに紅葉は『多情多恨』の作を誇って、〈我家の小説は米の飯なり〉と言ったという伝えは有名であるが、このことばに鍵がある。佐の市のお久米への想いは、紅葉の小説への久しい執心であり、小説を愛すれば愛するほど苦悩も増す葛藤にほかならず、真の小説を念じつつ当面新聞小説の執筆に甘んじて糊口の資ともしている姿であろう。言うまでもなく千束屋は、多量の紙を暗示しており、紅葉を抱えている読売新聞である。そして佐の市を支える養母お民は紅葉を支える民衆（大衆読者）にほかならない。佐の市に頓着なく当代実業青年とお久米の婚約が定められるのは、明治二十五年夏、読売新聞社が突然これまでの紅葉の作を否定する態度に出て、新時代にふさわしい小説を要求した事実に符節する。佐の市はその後も千束屋で療治をしているが、紅葉も確に読売に抗議を申し入れた風もなく、模索しつつ生活のためにも読売の小説を書いていったのである。佐の市がお久米の幻を追い、〈命懸けても添はねばおかぬ、添はにや生きてる効が無い〉とくりかえしているのは、真の小説への紅葉の熱い願いであったはずだ。また、読売の態度に驚き戸まどい怒りをおぼえつつも、恩義ゆえに黙し悲しんでいる紅葉の姿も佐の市の描写からうかがえるが、明治二十八年八月十三日、かつて紅葉の読売入社をうらやんでいた広津柳浪に、〈小生は此頃文気沮喪して唯諸君の飛躍活動の極めて壮なるを望見するのみやがてぞ目に物見せむとをさ〳〵心構は致居候へども……〉と書き送る紅葉の心底はどのようなものであったろうか。最後に紅葉の佐の市が盲であることの意味に触れねばならない。それはやはり、文学に執さずにはいられない人間の疎外感の象徴であるとともに、権力や資本の横暴が古来の人情美を汚す近代を固く拒んだ作家姿勢の表現であったと考えるのである。

『心の闇』は、反近代の姿勢ゆえに屈辱を受ける自己の苦悩を戯画化した近代小説であり、或る種の鷗外小説に先立って、より手のこんだ寓意小説であると思う。

（『国文学』昭和49年3月）

四　尾崎紅葉の児童文学

序

児童文学者としての尾崎紅葉と言うと、奇異に感じる向きもあろうが、のちにこの方面で第一人者となった巌谷小波をはじめとして、硯友社関係の作家で初期の児童文学に筆を執らなかった者はないといってよい。初期の児童文学の創始者は博文館そのものであると江見水蔭[1]は回想しているが、野心的な新興書肆博文館は、作家集団としての硯友社をまとめて執筆陣の主力とし、明治二十年代の出版界にのし上ってきたのである。硯友社連中がそうした博文館の企業計画の一翼であった児童文学にもそれぞれの姿勢でとりくんでいるのは、やはりかれらの意欲と試みの現われでもあろう。そうした中で紅葉の位置には微妙なところがあったようだ。紅葉は、すでに『読売新聞』の専属作家として新聞小説に専念しなければならなかったし、また春陽堂から単行本を出していた関係上、〈義理合いから自らすすんで博文館のものには執筆しなかった〉と、これも江見水蔭[2]が述べている。紅葉の児童文学への意欲のほどはよくわからないが、その方面で十分活躍できる立場にはなかったわけである。しかし博文館としては、重鎮の流行作家紅葉を加えて企画の権威づけと普及をねらったろうし、一門の厄介になっている書肆に対しては、紅葉も領袖として挨拶を送らないわけにもゆかず、同僚や門下を立てていくことも考えねばならなかったであろう。結局のところ紅葉は、児童文学に専心はしなかったし、児童文学への理解にも欠けるところはあるが、児童文学を起こした企業に協力し、文学と児童を結びつける啓蒙に一役買ったのであり、児童文学の発展普及を助成した草創期の先達の一人であった。

また作品そのものは児童向きではあっても、紅葉の文学の本質究明という点で、これらの作品はやはり見すごしえないものを含んでいると思われ、紅葉研究の一環にも採り入れていかねばならないであろう。余技的な執筆態度にかえって興を湧かせているようなところもあり、本質の鮮明な表現かと思わせる点も多いように思われる。

以下は、そうした紅葉の児童文学に関連した著作をまとめた解題的なノートである。

1　『二人むく助』

博文館の叢書『少年文学』の第二編として明治二十四年三月二十四日出版。定価十二銭。絵は竹内桂舟の筆になる。のち博文館版『紅葉全集』第一巻に収められた。

この年一月刊行の第一編は巌谷漣（小波）の有名な『こがね丸』であった。毎月一冊の刊行予定であったが、この第二編が三箇月近い遅れになったのは、画師桂舟の病気のためであるという。(3) しかし、本作の構想執筆自体が、第一編の刊行後、すなわち一、二月ごろではなかったかと推測される。序文に〈あんだあせんが物かたりを補釈〉とあるように、本作は、アンデルセンの童話『小クラウスと大クラウス』(4)の翻案であるが、紅葉がアンデルセンを知って翻案するに至ったのは、やはり小波を介してであったろう。小波は『こがね丸』の凡例にアンデルセンの名も挙げて〈立案の助け〉にしたと述べている。しかし同時代評も指摘しているように、『こがね丸』にアンデルセンの影響を見出すのは困難であり、小波がドイツ語学習を通じアンデルセンの名や作品に若干の知識はあったろうが、どの程度にテクストを読んでいたか疑問である。『こがね丸』執筆直前の『庚寅日録』明治二十三年十一月十六日の記事に、〈三好丑郎氏よりアンデルゼン借る〉とあり、この時になってかなり読んではいるのである。このアンデルセンは『こがね丸』にはほとんど利用されなかったが、紅葉は小波から聞いて、これを出典に翻案したのではなかろうか。ただしこのテクストは不明である。英訳本ならば紅葉は借りて読んだであろうが、ドイツ語ならば、どうしても小波のいったんの訳を通さねばならないほどに、翻案は原作の細部まで拾っている。おそらく後者を考えてよかろうと思うが、そうとすれば小波から紅葉に伝えられたのは、小波が『こがね丸』の清書を了えた明治二十三年十二月二十日（『庚寅日録』）以降と考えられるのではなかろうか。

　アンデルセンの名は、明治二十年にその名が雑誌に見え、本邦初訳は翌二十一年であり、その時〈皇帝の新しい着物〉の翻訳が二編出ている。[5] 紅葉の『二人むく助』は、それらに接した移入極初期の翻案として史的にも重要な意味を持っているであろう。神宮輝夫氏[6]によれば、〈はじめは主として大人向きに雑誌で紹介され、やがて、児童文学への関心への高まりと共に、本格的に紹介されていった〉と移入状況を展望しているが、『二人むく助』は、アンデルセンを明確に〈少年文学〉として摂取した最初の翻案であるとともに、その風刺的な側面をとり出した特異な点を持っている。原作自体、今日原作者の代表作として知られている『人魚姫』や『一本足のすずの兵隊』や『みにくいあひるの子』などに見られる純愛・憐憫・献身・自己犠牲・信仰といった苛酷な現実における心の美しさというアンデルセンの主要テーマからは遠い作品である。幼時から辛惨をなめ屈辱を受けたアンデルセンの、社会への復讐の念が生々しく、まったく自己本位の解放感だけを求めているようにみえるのは、形象化に不十分なところもあろうが、アンデルセンの裏面をうかがわせるものである。小クラウスが貧困の屈辱を感じているとはいえ、必ずしも敵対化したものとはなっていない大クラウスをとことんだましつづけて、最後には殺してなおどこ吹く風というのは、児童文学としても問題がある。いくらもアンデルセンの作が知られていなかったとはいえ、紅葉がこの作を採り上げたことの意味は重要である。

　紅葉は、原作を江戸時代の庶民生活に置き換えて巧みに翻案し、最後に原作にはない教訓の句で結んでいる。〈善人なりとも愚鈍は亡び、悪人ながら智者は栄ゆる世の例。合点が参らば御学び候へ、どなたも〳〵〉という句に、紅葉の原作理解からしいては現実解釈をからめた翻案が示されているであろう。紅葉が大クラウスの大椋助を善人と見、小クラウスの小椋助を悪人としているのは、原作の形象にそくした正統な単純化である。桂舟の挿画も、大椋助は好人物らしく、小椋助は貧相で陰険に描かれている。（後出附図A参照）。そして紅葉は、善の勝利せぬ現実というより、むしろ悪の支配することの多い現実を採りあげたのであるが、旧来の勧善懲悪を排しているところには、『小説神髄』の系脈にある紅葉をここでも見出すことができるのである。その点『二人むく助』には、児童文学として草双紙の類から飛躍した新しさがあったといえよう。さらに、前年に発布された教育勅語のもとに組織されていった教育に対すれば、教条的徳目主義を否定し、聖人主義の無力を嘲笑した徹底的な現実主義がみられ、官制道徳を信じない点で、反近代的な紅葉の一面がうかがえる。だが、特に児童文学に限定しても、善への理想と悪への批判を、紅葉が根底においては追求しようとしないところに欠陥があったと言わねばならないであろう。紅葉は、大椋助をはじめ愚直な人々を翻弄する小椋助を狡猾としながら、批判を愚直に向け、現実的に生きる力を智恵に求めて教訓としているのは、近世町人がその生活の中で築いた思考ではあったが、学問や知識を保身や世渡りの術にとどめた卑俗さは、自ずと近代の皮相な功利主義路線に陥ちこみ、優勝劣敗の思想を導いて、体制に同化する危険をはらむものであった。紅葉が、小椋助の悪を意識しながらその狡智にかっさいし、愚直を嘲笑しているのは、生活技術の巧拙からくる優勝劣敗を日常とする町人の血をひいた都会人紅葉の思想でもあるのだ。

同時代評は、こうした『二人むく助』に対し、その他の無造作な殺しの場などもとらえて酷評となって現われた。

之れ豈に少年の読書たるに適するの趣向ならんや。（略）是れ素と少年に教ゆるに足るの教訓ならんや。

（撫象子「二人むく助」『女学雑誌』259号、明24・4）

こがね丸を読むに尤も相応し読者には、甚だ不似合なりと思はるる節尠なからず。少年に読ますてふ目的よりいふ時は、これ一つ瑕瑾なるべし。

（無署名書評『日本評論』明24・4）

これらのことばは、知識・学問も倫理として受けとめたキリスト教徒として当然であるし、今日の児童教育の見地からも、『二人むく助』は原作ともども疑問視されるのである。

『二人むく助』の発想は、近世町人の血をひく紅葉の現実的合理主義と都会人的好尚に支配され、安易な勧懲主義を越えようとしながらも卑俗な技術主義に堕したのであり、国策や体制倫理に反発しながらも、それらに呑みこまれていく体のものであった。

なお、本作には自序があるが、全集には採られず逸文となっている。

2　『鬼桃太郎』

博文館の叢書『幼年文学』の第一号として明治二十四年十月十一日出版。定価八銭。木版刷半紙本十五丁。表紙・口絵は原色。全丁に絵があり、画師は富岡永洗で、江戸後期の草双紙を模した体裁である。全集・作品集の類には未収の作品であるが、はやく逸文として『書物往来』二号（大13・6）に翻刻され、第二次大戦後は、三一書房版『日本児童文学大系』第一巻（昭30・9）に本文のみが収められた。そして最近では、ほるぷ出版『名著復刻：日本児童文学館』（昭46・1）に、原文のまま複製されている。

叢書『幼年文学』は、博文館が叢書『少年文学』の成功により一段と年少の幼児向き絵本として企画したようである。第二号は小波の『猿蟹後日譚』（明24・11）であり、出版予告には第三号として小波の『舌切雀後日譚』が挙げられているが、刊行されたのは第二号までで、後が続かなかった。売れゆきの悪かったことが推測され、木村小舟氏[7]は、装幀や口絵が〈何れの点より観るも、江戸末期の出版物を想わせ、現代幼年児童の読本としては、甚だ取着き難い書冊であった〉と述べており、滑川道夫氏[8]は、さらに、〈単に造本だけの問題ではなく、雅俗折衷の文体、ルビつきであっても難解語句の多出などの抵抗感が、幼年の読者層に容れられなかったと思われる〉と加えている。妥当な見解であると思うが、『鬼桃太郎』は、外装や表記・表現以外の点でも幼児向きとしてはちょっと見当違いのところがあり、紅葉自身の趣味につきすぎて趣向倒れの感があると思う。

『幼年文学』は、江戸時代の児童読物の赤本などから親しまれてきた昔ばなしの後日譚シリーズとして企画されているのであり、各作家がそれぞれ趣向を凝らす予定であったようだが、『鬼桃太郎』の趣向の妙味は、幼児向きには疑問である。桃太郎話も赤本時代からさまざまに作られているが、鬼側の後日譚や、鬼に桃太郎の名をつけたものはまだ知られていないようだ。(9) その点の奇抜出色は紅葉ならではと評価できるが、それは多分に年長者が感じる面白さであって、幼児には聞きおぼえの話への興味に混乱をひき起こしかねないであろう。『国民之友』一三六号（明24・11）でB・C・H（内田魯庵）は、本作が〈フェヤリー、テール（お伽話）〉であることを認めつつも、幼児における鬼の印象を疑問視し、〈勇武にして可憐なる桃太郎が憎気なき戦争に無造作なる勝利を得て可愛らしき凱陣を為せし〉（傍点原文）原話こそ〈却って偶然にも妙想を其中に蔵する〉と述べて、〈怪奇猛酷〉にはしりすぎていると非難しているのは必ずしも的はずれではない。また紅葉のすっとぼけた妙味と裏腹に、永洗の絵が表紙のほかは精細リアルにすぎて無邪気さを欠いているのも幼児の忌避するところであろう。古風な木版刷や奇抜な趣向は、むしろ黄表紙的なパロデイとして大人に妙を感じさせ、そこにこそ紅葉らしさがあると思われ、B・C・Hはその点を評価している。〈見かへしの鬼ケ島文字極めて妙、蒼頡猶ほ瞠若たるべし。むかし天明の黄表紙作者また其後の式亭三馬は這般技倆に精しかりしが、今日此不思議なる才能を逞ふし得べきものは唯紅葉一人又以て明治の文学を飾るに足らむ〉と述べているのは、軽妙巧緻な偽作的才気や技倆を紅葉に見出しているのであり、さらに述べて、〈紅葉山人の技能別に存すれば、我等は縦令『鬼桃太郎』を以て幼年文学の佳作なりと推薦するを欲せざるも、豈紅葉の長処を埋没して其文学を難ずるものならむや。此編唯見かへしの鬼ケ島二十八文字を見ば則ち可なり、是れ紅葉独占の特技なればなり〉と結んでいるのは、本作のそもそもの発想を穿って深切というべきである。

草双紙的装本や昔ばなしの後日譚パロデイは、まさに紅葉の江戸的な趣味と機知の産物であり、そのことがかえって児童向きには障害になっていると言わなければならない。

表紙見返しの「おにが嶋の文字にて」とある自序（後出附図B参照）は、えたいの知れないもののように見えるが、それなりに根拠のあるものらしいことを露伴に聞いて勝本清一郎氏が伝えており[10]、古く雑誌『書物往来』がこの判読を懸賞募集し、その大正十三年七月号に忍頂寺務の判読が寄せられている。それによれば、〈我此日本ノ国能秘密ヲ越／為ニメニ幼年ノ綴ニリテ冊子ニ残ス／回ヲ数ヘテ身ヲ守ル珠丼セ出デン／学者必依リテ求ムルヲ好シト白ス〉と読めるよしであるが、なお疑問もあるという。紅葉にはそうした文字に対する奇癖にも近い趣味があった。

いったい桃太郎譚は、その後の小波の『桃太郎』（『日本昔噺』第一編、明27・7、博文館）を代表として、正義の少年剣士桃太郎の征服譚というかたちで普及しているが、これはまさに日清戦争前後からの帝国主義の国策・体制に密着している。しかし紅葉の『鬼桃太郎』は、桃太郎を鬼が島の〈累世の珍宝を分捕〉っていった侵略者と設定しており、鬼桃太郎は、かつて桃太郎に破られて〈王鬼の勘気を蒙り、官を剝がれ世に疎れ〉、〈何日は身の罪を償うて再び世に出でむことを念懸け〉ている鬼の子として生まれ、復讐にと日本へ出発するのである[11]。そして最終の挿画（後出附図C参照）の海原に蒸気船が見えているのは、当代日本を攻めるものであることを示しているのであり、国粋的な動向や武力的な侵略に同じえない紅葉の底深い民衆感覚がうかがえるようだ。しかしそれと同時に、紅葉の民衆感覚が日常的な現象面に示されるにとどまって、思想化されないでおわるという点もこの作品には現われている。鬼桃太郎がいよいよ日本を攻める段になって、乗っていた竜とトンチンカンな仲間割れをおこして竜をずたずたにして、そのため自分も墜落して終るというおどけた最後は、時代批判の可能性を下情のうがちにとどめてしまっていると言えよう。紅葉の政治意識を云々すれば、その欠陥のみを指摘することにしかなりえない傾向があるが、紅葉にとっては、桃太郎も鬼桃太郎も肯定すべきものではなく、やや広げて言えば、政治的偉人や軍事的英雄をも庶民レベルにひきおろして冷笑する逸民の思想と風刺をある程度示しているおとな向きの絵本が『鬼桃太郎』であると考えるのである。

3　『浮木丸』

初出は『三すぢの髪』の題で、『読売新聞』に明治二十六年一月一日より三十一日まで全二十三回にわたって掲載された。のち『浮木丸』と改題されて春陽堂から明治二十九年九月に同題の菊版単行本として刊行された。小栗風葉の『世話女房』を合綴している。実価金三十銭。初出の新聞掲載時にはまだ挿画はないが、単行本には武内桂舟の口絵がある。のち博文館版『紅葉全集』第四巻、春陽堂版『紅葉集』第二巻等に収められた。

初出と単行本の本文の異同の大概はつぎのようなものである。

1　章題は新聞の一日分の発表に相当しており、初出にも同じく付されているが、初出の「(十一)玉手箱」の章題は単行本にはなく、その分の本文は「(十)毒蛇の口」の後半部となっている。したがって単行本は、初出より章題が一つ少ない。

2　紅葉は字句の修訂に凝ることで有名だったが、本作の初出→単行本の間にも異同が多い。しかし、〈其村〉→〈其の村〉、〈子無きを〉→〈子無きをも〉、〈蒙らで〉→〈蒙らずして〉、〈明言(はっきりい)や〉→〈判然(はっきり)言へば〉といったように助辞や用字や改行についてのものである。

おおむね合理的で妥当な修訂であり、作品の理解や評価を左右するものではないとみられる。

本作は、初出が一般向きの新聞小説であり、単行本にも児童向きの外装は見られず、児童向き作品として世に問うた作品ではないが、内容がグリムの童話『黄金の毛が三ぼんはえてる鬼』[12]の翻案であり、紅葉はそもそも児童物として取材していたと思われるので、考察の対象とする。

初出『三すぢの髪』の掲載予告は、直前の掲載作『恋のやまひ』の最終日明治二十五年十二月五日に発表された。

来年一月一日より紅葉山人が新たに筆硯を磨して諸君に見ゆる小説「三すぢの髪」は着想怪奇黒風舞ひ白雨捲き、盤渦放顛鰐狂し螭闘ひ、礛磾輷 輘（せんていくわうろう）鬼躍り蛇騰る、蚩尤（しいう）笑ふ時天地暗漠、女媧泣く処乾坤蒼惨。叱咤筆下れば痩勁清深妙量るべからざるものあり、其激するや厳霜戟の如く。其静かなるや瀅熒（えいけい）玉に似たり、一読神飛び再読魄迷ふ、三読四読光恠万丈端倪すべからず、読者乞ふ万貼の虹景丹を用意して紙上濤湧き竜怒るの時を待て（注――ルビは省略し、できるだけ当用漢字に改めた）

この予告文は、つぎの二点を示している。一つは、直前の掲載小説の完結以前すなわち本作掲載の一箇月前に、すでに『三すぢの髪』と題名が決定していたということである。新聞の連載小説に追われていた紅葉にとって、このような早いケースはほとんどなく、これからみると、一箇月以上も前に構想等の準備がだいたい完了していたのではないかと思われるのである。つぎに、予告文の宣伝文句が常套的な誇張に満ちている点なども紅葉の他の新聞小説の宣伝となんら質的な差異がなく、児童向きの意識がまったく見られないという点である。

以上の二点からつぎのような疑問が生ずる。当時の紅葉は、新聞小説の休載を社から叱責され、他の書店などとの関係を絶って無休連載に専念しなければならない状況にあったが、題名も決し構想もできていたと思われる作品の掲載を、なぜ一箇月近く遅らせたのであろうか。また、翻案であっても紅葉の新聞小説は当代的世話物であることによって特長を有していたのであるが、〈むかし其村に……〉と始まる本作のメルヒエン的性格は、かれの新聞小説には前後に類がなく、多分に特殊な作であるのはなぜか。本作の成立事情について考察してみたい。

典拠の発見は、昭和二十八年の岡保生氏の論考「『浮木丸』をめぐって」[13]まで待たねばならなかったが、『浮木丸』刊行当時、『帝国文学』（明29・11）の記者は、〈浮木丸を真に紅葉が脳漿より絞り出したるものとすれば、紅葉はまた一世のメールヘン作者といふべし。之をグリンム、ハウフなどの集中に入るるとも、必ずしも遜色を見ず〉と評し、また『めさまし草』の合評（明26・10・24）も、〈天保老人。これは西洋小説の翻訳とやら、なるほどさもあるべし。（略）いかにもあどけ無く罪の無いものにて、春の日永秋の夜永のおとぎ物語には、至極結構のものとぞんじまする。（略）／不服。いかにもおとぎ話として読むべき筋のものなるべし。（略）／ひいき。評するほどの事なし、紅葉が才の余れるものとも見ば十分なるべし〉などと評していて、すでに西欧児童物の翻案と認め、また紅葉の本領とはみなしていないのである。

思うに紅葉は、アンデルセンの翻案『二人むく助』（前掲）につづいて、このグリムの翻案も叢書『少年文学』の一冊にする予定で準備していたのであるまいか。紅葉が『少年文学』にさらに発表する意志のあったことは、その後の第十九編に『侠黒児』（後掲）を入れていることによって明らかである。ただ本作の取材構想の時期は明らかでない。これもやはり小波を介してではないかと思うが、とにかく明治二十五年十二月の初めにはほとんど原稿もできあがっていたのではないであろうか。グリムの原作では無名の主人公に、〈浮木丸〉という名前を与えるための趣向が加えられているのも、『少年文学』第一編の小波の『こがね丸』にちなんでのことと思われ、のちの『浮木丸』という改題こそ、児童物として翻案されたこの作品のもともとの題名であったろうと推測するのである。

現在、『初稿本浮木丸』と称される原稿が残っており[14]（後出附図D参照）、その原物は未見ながら、一部分を写真で見るところでは、題名は『三すぢの髪』となっているが、その位置や大きさがやや不自然で、後になってつけられたのではないかと疑われる。また章題の「(一) 子おろし剤」などは、はっきり後になって差しこまれたような位置に記されている。この原稿については、〈ケイのない普通の和紙に、例の達筆でスラスラと書き流し、後に幾度も訂正加除を施して文を練って居る〉とのことで、新聞掲載の前に原稿ができあがっていたことを裏づけているようだ。そしてその〈スラスラと書き流し〉たままのものが、だいたい原『浮木丸』であったと私考する。そしてこれがだいたいこのかたちで児童物として発表されなかったことについては、『二人むく助』の受けた酷評による躊躇や新聞社に対する遠慮といったこともあろうが、何よりも紅葉は新聞社から連載小説をせきたてられており、児童物の原『浮木丸』を新聞小説にまわすことになったと考えるのである。以上のように考えれば、新聞小説『三すぢの髪』の内容の特殊性や、原稿の修訂などの問題も理解できるように思う。一箇月近い掲載の猶予は、正月からの連載を口実にして、原『浮木丸』を一般向きの新聞小説にも近づけるための修訂に要した時間であったと思われる。初出題名『三すぢの髪』は、グリムの原題に近いというより、新聞小説にふさわしいいわくありげな艶っぽい題名として選ばれたのであろうし、冒頭の「子おろし剤」などという猟奇的な章題も、作中に些末な会話を加えてその文句からあえて抽き出したものであり、それなりに大衆向きに装うところが見られるのである。

だが現在の本作に明らかなように、奇想天外なグリムの童話は、何としても一般大衆向きにまで翻案することは困難だったのであり、連載小説としてある程度の長さをも要するのであって、紅葉の腕がふるわれたのは、得意とする茶番風な会話や自在なとぼけのデテールを加えるところにあったようである。それらによって本作は、原作の四倍近くにふくれている。型にはまった滑稽といえばいえるけれども、そうした落語や講談に接近した地点で紅葉小説を読むことは、紅葉の意図に添ったものであり、本作にもその特性は顕著である。

なお原作グリムの名は、明治二十年ごろから雑誌に見えはじめひきつづいて翻訳もなされているが、紅葉の本作も極初期のグリム翻案の一つである。

4　『俠黒児』(15)

博文館の叢書『少年文学』第十九編として明治二十六年六月二十八日に発行された(16)。泉鏡花の『金時計』を合綴している。定価十二銭。絵は武内桂舟の筆になる。のち博文館版『紅葉全集』第三巻に収められ、第二次大戦中に河出書房『三代名作全集：尾崎紅葉集』（昭18・9）にも収められた。

『侠黒児』は、アイルランドの女流作家 Maria Edgeworth（1769–1849）の短編集 Popular Tales（1804）の中の一編 The Grateful Negro（1802）『恩がえしをした黒人』を、半分から三分の一程度に簡約した翻訳物である。当時の紅葉は読売新聞社の要請もあって、新しい小説の開拓を求めて西欧文学を渉猟していたが作品集 Popular Tales の題名からみて、大衆的な新聞小説の材料を求めて原作を読んだものと思われる。また紅葉は、『少年文学』第二編としてアンデルセンの翻案『二人むく助』をこの二年前に出し、これは酷評を蒙ったが、名誉挽回のためにも今一度児童物を試みる必要があったろう。グリムの翻案もあったが、この方は『三すぢの髪』と題して新聞小説にまわしてしまっていたのであった。そこで本業の新聞小説の材を求める中で接した The Grateful Negro に児童読物としての適当を感じて、『少年文学』のために訳出したものと思われる（ただし紅葉は、翻訳であることをことわっていない）。

原作は、原作品集の序文によれば、娯楽と教訓の読書を求める広範囲な読者のために制作されているのであり、とりわけ児童向きに限定しているものではない。その点、日本の少年向きということを意識したふしもあるようで、『侠黒児』には原作と異る色合が見られる。黒人奴隷についての民族的歴史的な解説や夫婦の愛情についてのきめ細かな具体的描写が省略されるいっぽう、美文意識や怪談意識、教訓意識が表面化しているが、そうした中でもっとも大きな差異は、恩義に報いて一身を犠牲にする主人公が、原作では最後に刺され倒れるものの、そのあとで蘇生するが、『侠黒児』ではそのまま死なせている部分である。また原作の末尾には、劣等人種と考えられがちな黒人ではあるが、〈この作品によって、少くとも例外がありうるということを考えていただきたい〉（拙訳）と読者に訴えているが、紅葉はこの表現に触れなかった。黒人にも白人に劣らず人間性の存することを指摘し、人種差別の不当を訴えて人道主義を説こうとするところに原作の主題が認められるわけであるがこれを紅葉は、義理と人情の葛藤を主にし、仁義道徳や壮烈な義侠心を鼓吹して明治の少年読物に染めかえているといえよう。

圧制と差別に虐げられる黒人のクーデタを採りあげたこの翻訳『侠黒児』は、自由民権運動の崩壊と天皇制の確立、さらには国粋排外の傾向から資本主義の国策推進という明治二十年代の動向の中で考える時、なにがしか紅葉の政治意識とかかわっているのであろう。少年の登場しない点に児童物としては不満は残るにしろ、国体的権威や体制に迎合する教訓意識は見られず、原作の捨てきれなかった人種的優劣観にもとらわれず、民族や階級を超えた義侠心の賛美は、民衆的なロマンチシズムの表現となっている。〈天賦の権を伸ぶるによし無くして、強者の食（えば）となりぬる、箇蒙昧暗愚の民〉という表現も『侠黒児』にはあり、その意味するところ小さくはないが、そのように記す紅葉に、いっぽうでは、〈夷狄は穢多よりも賤むべきに……〉（『金色夜叉』中編第三章）という表現もあることを考えると、民族問題や差別問題が政治的思想的な次元で明確に意識されていたとはいえず、紅葉の民衆性の限界も認められねばならないであろう。

つぎに、この作の訳出に至る動機として、当時の紅葉の心情の位相が直接にかかわっていると思われる。それは、読売新聞社に対する紅葉の意識が、本作にこめられているのではないかということである。前年の九月に紅葉は、社から新聞小説の休載を叱責され、他の書店との関係を絶って社の小説に専念することを誓わされ、そのうえ、従来の作風をも批判されていた。屈辱と苦悶のうちに結局社に屈したのだが、ここにもかれを一流作家として売り出してくれた社への恩義に感じて犠牲となった紅葉をみることができ、主人への恩義によって苦しみつつも一身を捨てた黒人奴隷を描く『侠黒児』に紅葉自身が託されていると考えられるのである。前作『二人むく助』と比較してはなはだ異った作品である点については、前作の受けた酷評の影響ももちろんあろうが、こうした義理や仁侠の精神もまた紅葉の本質の一部であり、日本人の発想を深く規定しているのであって、児童物『侠黒児』は、そうした日本人的精神を異国人に見出し、普遍的なものとして肯定し主張しうるものとして読者に作用したと考えられる。

なお原作者エッジワースが読まれた最初がこのころであり、当時他に森田思軒・内田魯庵・原抱一庵らに翻訳がある。紅葉の入手経路は、出入のあった魯庵を介してのものかと思う。また紅葉のこの翻訳は、清代末期に移出され『侠黒奴』の題名で政治小説風に華訳されている。

5　その他

紅葉には、児童文学というほど体裁を整えたものではないが、児童雑誌に寄稿したものが数編あり、偶目したものを以下に紹介することにする。

(1)日本の春

『少年園』第一巻第九号（明22・3）に掲載された歌詞である。署名は〈紅葉山人、尾崎徳太郎〉。音符も掲載されているが、作曲者は記名されていない。逸文なので、以下全文を復刻しておく。

今まさに、春風の柳にみえて、谷の蔭、山の裾、このもやかのも、たなびける、雲なるか、ただしは雪か、雲にほふ、雪にほふ、白梅の花。

節妙に歌うたふ、そもたがすさみ、薄霞、そのひまをもれてぞひゞく、谷の戸をいでそめて、南枝に伝ひ、はる来とぞ告ぐるなる鶯の声。

見よ花を、聞け鳥を、この鳥をたゞたのしみたゞ嬉しとなおもひぞよ。鳥われら、花われら、やよさけ歌へ、世の冬は、雪つらし霜またくるし。

花ならば梅、鳥はうぐひすなれや、諸ともに、雪霜をつらくもしのび、其色香其節をめでたくなして、世に告げん、世につげむ、やまとの春を。

雑誌『少年園』は明治二十一年十一月に山県悌三郎によって創刊されたもので、初期の少年雑誌界のエポックメーキングになったことで定評がある。[17] 紅葉が『少年園』にこうした歌詞を寄稿するに至る因縁は不明であるが、明治二十一年十二月に『少年園』の宴会が不忍池の長酡亭（ちやうだてい）で催され、それに紅葉は出席したことを自身「硯友社の沿革」（『新小説』第六年第一巻、明34・1）で述べている。この二十一年五月には『我楽多文庫』が公売第一号を出し、新進作家としての紅葉の名も知られるようになってきたらしいが、こうした紅葉まで招く『少年園』の勢力がしのばれる。紅葉が『二人比丘尼色懺悔』を出すのは、『日本の春』の一箇月後であるが、そういう意味でこの小さな歌詞は、紅葉の極初期の文献である。迎春の喜びをうたう歌詞は陳腐でしかないが、『二人比丘尼色懺悔』の力作に満を持している紅葉の内心に関連するところがあろうか。

(2) 新案判じ絵

博文館の雑誌『少年世界』第四巻第二号（明31・1）掲載。〈尾崎紅葉案、小峯苔石画〉とあり、絵に附した判じものが二十題出ている。序文もあるが、すべて逸文である。同じものを一つだけ紹介しておく。

（一）虫偏に文と書いたものが武装して居るのは、甚だ理に合はんやうぢやけれど、銃剣を尻に帯びちよる所は、成程乃公（おれ）だらうてや。然し飛行くのは慣れちよるから平気ぢやが、かうしていつまでも立詰は苦しいぞ。

日清戦争後、最大書肆になった博文館が、これまで出していた児童雑誌を整理統合したのが『少年世界』である。明治二十八年一月巌谷小波の主筆で創刊され、硯友社の面々が多く執筆したことも言うまでもない。しかし紅葉もこの時点では、もはや他の方面に首を突っこむどころではなかった。畢生の大作『金色夜叉』に日夜とりくんでいたのである。腐心の間の気分転換に考え出した謎々をまとめて寄稿の要望に応えたのであろう。こうした機知・頓才は、次項にも述べるように、紅葉の得意とするところであった。

(3)竹の犬（口話）

同じく『少年世界』第五巻第五号（明32・2）掲載。署名は〈十千万堂〉。斎藤昌三編『明治大正著者別大年表』の尾崎紅葉[18]の部に本編の記載があるが、作品集等には収録されていない。四編の笑話を集めたものであるが、一編のみ紹介しておく。

▲おなじ品

安料理屋の客、婢（をんな）を呼付けて、「おい、姉さん、一切若干（いくら）といふ代が出てゐるんだよ、這麽（こんな）古い魚体（さかな）を出すと云ふが有るもんか、一昨日（をとゝひ）食つたやうな新しい奴を持つて来てくんな、」と力み返へれば、婢ぬからぬ顔で、

「それは矢張（やつはり）一昨日のでございますよ」

題名が、竹・ノ・犬をそのまま重ねて〈笑〉の文字になるように最初から凝った笑話である。すでに習作期から紅葉は「西洋軽口男」などの一口話を『我楽多文庫』『文庫』に載せており、また『我楽多文庫』に安楽庵策伝の小咄集『醒睡笑』を一部翻刻しているが、洒落や見立てや軽口、謎々といった近世的な知的好笑性は、都会人紅葉の多分に主要な側面である。本編もそうした軽文学の折々の試作であり、『金色夜叉』執筆の苦吟の息抜きとなったものであろう。

注

（1）江見水蔭「硯友社時代」（『国語と国文学』昭9・8）
（2）前注（1）
（3）『少年文学』第二編の巻末の「少年文学読者へ謹告」。
（4）大畑末吉訳・岩波文庫『アンデルセン童話集㈠』収録。
（5）佐藤輝夫他編『近代日本における西洋文学紹介文献書目・雑誌編』（昭45、悠久出版）、神宮輝夫「アンデルセン」

（『欧米作家と日本近代文学3』所収、昭51、教育出版センター）滑川道夫「アンデルセンの初訳者」（『日本近代文学館』34号、昭51・11）を参照。

(6) 前注(5)神宮論文。

(7) 木村小舟『少年文学史（明治編上巻）』（昭17、童話春秋社）

(8) 滑川道夫「日本児童文学館解題：鬼桃太郎」。

(9) 小池藤五郎「記録されたる桃太郎古説話の研究」（『国語と国文学』昭9・2、3）、同氏「徳川時代の桃太郎研究略記」（『国語と国文学』昭32・8）、名村道子「江戸時代の桃太郎」（お茶の水女子大『国文』19号、昭38・7）を参照。

(10) 『座談会明治文学史』（昭44、岩波書店）一〇二頁。

(11) 中村青史「日本における児童文学の夜明け―徳富蘇峰と尾崎紅葉―」（熊本大学教育学部『国語国文・研究と教育』4号、昭51・1）。氏は、「鬼桃太郎」に批判精神が見られるとして高く評価されている。しかし後半に問題が残り、私見を述べることとした。

(12) 金田鬼一訳・岩波文庫『改訳グリム童話集（第二冊）』収録。

(13) 岡保生『尾崎紅葉―その基礎的研究―』（昭28、東京堂）

(14) 『反町弘文荘蒐集明治・大正古書逸品展示即売会出品目録』40号（昭46・6）。なお附図Dも同目録より転載。

(15) 4は、拙論「尾崎紅葉『侠黒児』とエッジワース『恩がえしをした黒人』」（初出『解釈』昭46・3。のち村松・上編『日本児童文学研究』昭49、三弥井書店刊に改稿収録、本書IIIの一に所収）をもとに拙論「紅葉と読売新聞社との違和をめぐる明治二十五年九月の事件について」（福岡女子大『香椎潟』20号、昭50・3、本書IIの七に所収）を補なって縮約したものである。

(16) 『侠黒児』は、〈明治二十六年七月〉刊とする初版本を多く見るようだが、杜撰であろう。

(17) 明治の児童雑誌については、前注(7)や続橋達雄『児童文学の誕生―明治の幼少年雑誌を中心に―』（昭47、桜楓社）を参照。

(18) 『書物展望』81号（昭13・3）

附図Ａ　大椋助（左）と小椋助

博文館叢書『少年文学』第二編（明 24）（梅花女子大学図書館蔵）より転載

附図Ｂ

『名著復刻：日本児童文学館』（ほるぷ出版、昭 46）より転載

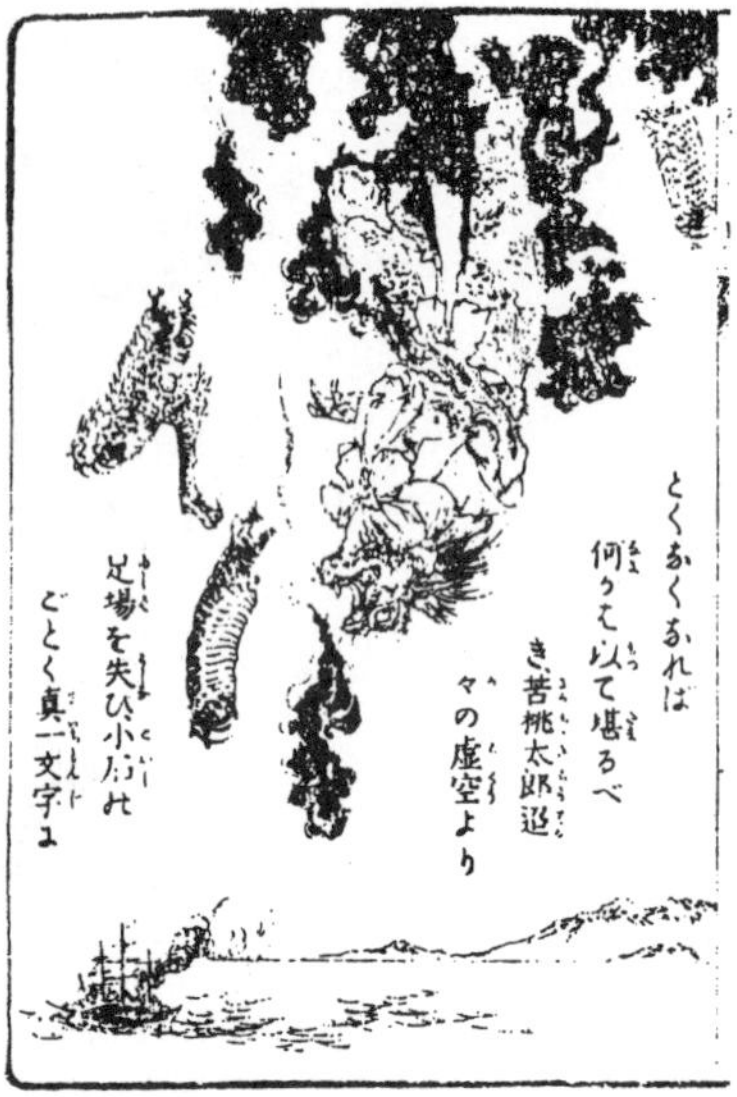

附図C
『名著復刻：日本児童文学館』(ほるぷ出版、昭 46)より転載

附図D（註 14 より転載）

〔附記〕　資料の一部について、ほるぷ出版宮崎芳彦氏の御配慮を得た。なお本稿は、ほるぷ出版によって刊行準備が進められている『日本児童文学大系』の尾崎紅葉の部の解題の粗稿であり、また補足となるところもあろう。末尾ながら、岩沙教授記念の本号に連なることのできたことを感謝します。（著者）

（『国語国文学報』第三十一集、昭和52年3月）

附図Aの掲載については、梅花女子大学図書館の御配慮を得た。感謝申し上げる次第である。（編者）

五　『多情多恨』試論

――方法に関する二、三の問題――

序

明治二十九年二月から『読売新聞』に連載された『多情多恨』は、掲載前日（明29・2・25）の予告文や、花袋・秋声らの伝える〈我家の小説は米の飯なり〉という紅葉自身のことばによって有名ではあるが、説かれるところは多くない。それらは、〈簡単な筋〉・〈丹念な描写〉・〈心理小説〉・〈言文一致体〉という語でほぼ尽きているが、簡単な筋とそれにもかかわらず長編という点は、〈是れ他人にありては短編の資料とせんも、猶足らざる所ある一小話なるべきに、滔々四百紙面に濁りて〉（「雲中語」『めさまし夢』明30・10）と、当時においてもとりわけ異様に見えた特徴であった。〈小説の形体から云ふと分量は相当長いが、別に小説的な結構があるといふのでもなく、又どの部分を出して読んでみても其の一点が特に目立つて高調されてゐるといふ所もない。つまりその時代の智識階級の一人の日常生活を平々淡々たる筆を以て叙述したものである〉（『尾崎紅葉読本』解説）という秋声の解説は当を得たものであろう。そしてこの簡単な筋を埋めているのが、写実の細密と心理の克明な叙述であるが、ここで評価が分かれる。技葉末節の写実、心理描写のための心理という否定的な見解が生まれ、評価としてはむしろこの方が支配的なのではあるまいか。いずれにしろ『多情多恨』も評論的対象にとどまり、実態を考察されるところが少ないのは事実であろう。以下は評価は抜きにし、作品の細密な分析も省略して、〈日常的な単純平凡な生活の写実と心理描写〉という『多情多恨』の方法をめぐって、その成立の要因を推測するにとどまる試論であるが、紅葉研究を助成する捨石ともなれば幸いである。

1

　有名な予告文は、今日もなお〈作者自らの筆になったといわれる〉というように、自筆確認が留保されているようだが、これは自筆であることに間違いない。それについては、ほとんどの紅葉の読売掲載作の広告文を書いてきたという堀紫山[1]の証言があり、『多情多恨』予告文の推敲無類の原稿写真が『文章世界』（2巻1号、明40・1）の口絵に出ているのであって、紫山の助言はあったかもしれないが、現行文どおりに紅葉の筆で書かれている。

〈是俳諧にあらず、雑報にあらず、翻案にあらず、合作にあらず、実に快腕一揮征飛墨舞の大創作と為す……〉

という紅葉の気迫は、具体的には、当時の紅葉を非難した『国民之友』の八面楼主人（宮崎湖処子）と『青年文』『明治評論』の田岡嶺雲に応えるものであると本間久雄氏[2]が指摘している。妥当であり、さらにつけ加えれば、論理はややおだやかであったが、『毎日』の内田魯庵もその対象に入っているであろう。それぞれの非難の論には、紅葉を題ずる語として、俳諧・雑報・翻案・合作の語が使われていたのであった。

　紅葉は、明治二十八年十月、角田竹冷・岡野知十らに協力して俳句結社秋声会を起こしてから、多分に本格的な句作活動に入っていた。また当時読売三面の雑報に筆を執っていたことは、「読売社告」（明28・12・28）に、〈第三面は紅葉山人自ら筆を執る材料文章一種の風致を為し洒脱に幽婉に紙面読詩の想あり〉とあって、時点も明確になっている。翻案については、『三人妻』（明25）後、社の意向でもあったが欧米文学の摂取に専心して、モリエール・グリム・ゾラ・ボッカチオによる翻案や、エッジワース・トルストイの翻訳を発表してきたのであって、『多情多恨』までの三年間は、たしかに〈翻案時代〉のことばが当たっている。この翻案時代と重なって、紅葉は入門した弟子の鏡花・風葉・花袋らの作品に加筆し、紅葉の署名や合作のかたちで発表していることも、年譜の示すとおりである。独自の本格的作品が減ってきて、評壇は紅葉の想の涸渇を云々し、一掬に葬り去ろうとする勢いや、なお期待する評が氾濫していた。

こうした文壇の情勢に加えて、もう一つ考えられるのは、読売新聞社における紅葉の立場である。(3) 社長の本野盛亨は、連続小説をしばしば休んだり中断したりする紅葉に早くから不快の念を抱いて怠慢だと責めていたが、明治二十七年には『紫』と『冷熱』の二作しかなく、しかも『冷熱』は中絶であり、二十八年は『不言不語』と『青葡萄』の二作で、これも後者が前編で中絶のままになっており、弟子の補作や合作等でつないではいたものの、量作と無休を強いる社長の眼からすれば、その不始末は覆いようもないくらいになっていた。

要するに作家紅葉は、内外ともども角番に追いつめられていたのであり、〈実質で意義を問う野心的創作〉であると同時に〈完結する大作〉という起死回生の一手を迫られていたのである。湖処子らの明治二十九年に入っての批評は、その最終的な直接の引金であった。

だが、現われた『多情多恨』は、〈余りに平凡ならずや〉・〈余りに同調子にすぎてしつこき〉（梁川）という評も無理からぬ作品であり、『早稲田文学』（7年2号、明30・11）は、貶者の評を概括して示し、〈局部々々の写実は細緻繊巧といふべきも、徒に枝葉の穿鑿にとゞまり、根幹の趣向、性格は支離滅裂殆んど前後一貫せず〉とまとめている。紅葉の構想や方法が完璧ではなかったにせよ、こうした批判を生むことも十分予測される作品が、なぜ自信をもって問われたのかという点が問題である。予告文をもう少し吟味してみたい。

予告文は、批評家に応えて、自己の文筆活動のいっさいをあげて『多情多恨』に集中することを誓っている以上に、『多情多恨』が独自の本格的一大創作小説であることを広言しているであろう。そしてそこには、他の紅葉小説予告に見られたような作品の筋や世界にかかわる内容の叙述がない点に注意したい。俳諧・雑報等は、単に形式であり、また創作の姿勢と方法に連らなるものであろう。そして小説が五・七・五ではないことを知らない誰がいようか。予告文は、やはり『多情多恨』の姿勢と方法を意味しているとみなければならない。

㈠〈俳諧〉とは何か。常識的ではあるが、〈遊び〉と〈滑稽〉と〈卑俗〉というのが、談林俳諧や川柳を好んだ紅葉のイメージと見るのが妥当であろう。そして俳句と小説の方法的差異については、すでに紅葉自身に「小説と俳句」（『太陽』9号、明28・9・5）の一文があり、ディケンズの小説の一部と池西言水の句を引いて、嵐の描写を例に説いている。

彼の五百余言には、孤村の夜色生動して、自から凄寥の気肌に逼る想あり。此の十七文字は淡墨一刷の雲も猶能く風情雨意を帯びたるやうに、幽韻縹渺として、言外に多題あり。吟を重ねて情境の転切なるを覚ゆ。（略）渠が言外の多趣は、其一頁の最も巧みに細説するところなり。

文の主意は、〈言外の多趣〉を味わう俳句を評価するところにあるが、〈小説の骨法は眼前の事実の細密な描写にある〉とする理解を、逆に読みとることができる。こうした紅葉の小説理解はかなり早いらしく、花袋が初めて紅葉を訪ねた明治二十四年当時に、紅葉はゾラの英訳本 Abbe Mouret's Transgression（『ムウレ師の過ち』）について、次のように語っていたという（『東京の三十年』の「紅葉山人を訪ふ」）。

「評判の作家ださうだが、なるほど細かい、一間の中を三頁も四頁も書いてゐる。日本文学にはとても見ることが出来ないものだ」かう言つて、傍にあつた扇を取つて開いて見せて、「この影と日向とを巧く書きわけてあるからね。それに話の筋と言つては、ごく単純で、僧侶が病後色気のない娘に恋する道行を書いたものだが、その段々恋に引寄せられて行く心理が実に細かく書いてある。日本の文芸もかう行かなくちやいかん」

（傍点筆者）

魯庵も、紅葉が「就中ゾラの作を愛読して『ムール和上の破戒』の如きは再三反読して其の妙を嘖々してゐた」（『おもひ出す人々』）と伝えている。描写や心理の細密な叙述ということで、紅葉はよほどショックを受けたらしいが、『多情多恨』の方法はすでにこの時点に始発するもののようである。『ムウレ師の過ち』の〈僧侶〉を〈教師〉に、〈病後〉を〈妻を亡くして後〉に、〈娘〉を〈友人の妻〉に代えれば、それで『多情多恨』の筋や方法にほとんど一致してくる。〈再三反読〉ということだから、このゾラ小説は『多情多恨』との関連でもう少し考察されてよかろう。

とにかく俳諧ではない本格小説に紅葉が試みたものは、情景や心理の細密描写であり、さらに、遊びを排し、モリエール翻案で典型的に示した滑稽を捨て、穏健な中流インテリ階級を採り上げて卑俗を脱する方向も、『多情多恨』は示している。ただ紅葉自身が魅かれている〈言外の多趣〉が、小説ではいかに処理されていくかという問題は残るが、『多情多恨』の方法にいちおう反俳諧性を認めてよかろう。

㈡〈雑報〉とは新聞の三面記事である。読売の雑報は、卑俗な記事内容と面白おかしく風趣ある文体で定評があり、人気が高かった。紅葉もその筆を執ったのであったが、雑報ではない本格小説ということになれば、雑報の一回的時事的事件的な素材に対して、普遍的本質的日常的な問題の採り上げがまず考えられ、さらに、大衆読者の低俗な興味に応える雑報に対して、創作を自我本位の高尚な芸術性におく高踏的な姿勢が存する。『三人妻』のころまで、新聞小説作家として紅葉が第一に意識していたものは、雑報的な通俗性・娯楽性であったと思われるが、『多情多恨』はそうした雑報的性格から遠く、紅葉自身が読者への配慮を断ったもっとも高踏的な作品であったと見られるのである。また言文一致体の採用も、感情的な雑報文体に対するものであったろう。

㈢〈翻案〉については改めて言うまでもなかろう。紅葉は、外国作品の地名・人名を変えたにすぎないようなこれまでの制作に対して、外国作品のストーリーにもたれかかることを排し、自らの信ずるものを自ら得た方法で表現することを表明しているのである。少くとも広義の独創が唱えられていることは確かであるが、影響の皆無を意味しえないことは従来の研究の示すところである。主人公が亡妻を追慕して悲嘆にくれているという前編の設定には、その前年に紅葉が完読した『源氏物語』桐壺巻の濃厚な投影が認められているし、[4]後編の姦通を惹き起こしそうな設定は、近松の『堀川波鼓』によるのではないかと見る向きがある。[5]さらに秋声は、〈『多情多恨』にも粉本がある。それは英国か米国の通俗小説から来てゐる。筆者はその原作を先生の家からもつて来て見たことがある〉（尾崎紅葉論）と明言しており、この原作は不明ながら、外国文学との何らかの関連が無視できないことは、前記のゾラ小説のことからも類推できよう。紅葉の意識している独創性は、単一の作品の踏襲的模倣を脱することを意味するにとどまり、外国文学の消化が方法として現われる点までを指しているわけではない。翻案の語を常識的に解して誤りはないわけだが、方法的影響の点についてては後述する。

㈣〈合作〉についても言うことはない。作品の独創性以外には、あえて認めれば、匠気を捨てた紅葉の新文芸を試みる真摯な意気ごみであろうか。

以上のように予告文の内実を考えてみると、日常的な簡単な筋とか細密な写実、心理描写、非通俗的等々の『多情多恨』の特性は、幾重にも意図的であったということであり、単純に想の涸渇や苦しい引きのばしといったものではないことが確認されるのである。いったい〈翻案時代〉と一括してこの時期を紅葉の沈滞に直結するのが多分に疑問であることは、むしろこの間に傑作とされる作品が目立つことによってもわかることである。『心の闇』では除け者の孤独な苦おしい情念を見すえ、『紫』では市井の人情を問い、『不言不語』（外国作品を粉本にしているという説があるが）では一人称による回想形式を試み、『青葡萄』では紅葉自身の身辺を写生するなど、筋本位の『三人妻』以前に変わってむしろ方法的な新機軸の模索が進められているのである。『多情多恨』の方法は、そうした経過の中で、出るべくして出たものであったと言わざるをえず、紅葉の腐心も、いわゆる趣向や事件的展開すなわち筋にはなかったこともうなずけるのである。少数の人物の日常的な終過を丹念に追うという基本路線が確定すれば、あとは最少限の事象を選べばよいだけであったかもしれない。そうならば、東京物理学院教授で学生に人望もある主人公が、ふとした風邪で急に妻を亡くして悲嘆に暮れているという冒頭の設定などは、掲載のほんの半月前（明29・2・10）の若松賤子（厳本かし子）の急死と、その夫明治女学校校長厳本善治の悲嘆を伝える各紙の記事ぐらいが直接的な動機であったということもありうるだろう。予告文が掲載前日にやっと現われるという異例は、書く予定であった堀紫山の病休と紅葉の凝り性にもよるが、発想が短期間のものであったのではないかという推測を許すからである。だが問題は、むしろその満を持した『多情多恨』の方法がいかに形成されたかということであろう。

2

簡単な筋の細密な写実的心理小説こそ本格小説とする紅葉の夢が、遠く明治二十四年の時点に胚胎していたらしいことはすでに述べたが、近辺では、有名な柳浪宛書簡（明28・8・13）がやはりそれに当たると見られる。

> 勘ちかひ（注――『中央新聞』掲載の柳浪小説。未見）日々拝見致候失礼ながら貴兄近作中出色の文字その文章の如きも明かに一家の体を成し候御苦心の程内々察入申候／御病気は如何候や大方の病苦は得意の著作に因りて癒ゆべくと存じ候が如何／諸種の雑誌近来柳浪の名を唱ふこと頻なり此期を外さず奮励一番して潜龍の淵を出でたまへかし君を待てる風雲は既に晦きなり／小生は此頃文気沮喪して唯諸君の飛躍活動の極めて壮なるを望見するのみやがてぞ目に物見せむとをさ〳〵心構は致居候へども暑気のために苦められて例の（注――当時紅葉は弓に凝っていた）に耽り候のみ慙愧〳〵（以下略）（傍点――筆者）

ここに紅葉の息切れやスランプだけを見ることの不当もすでに推測した。僚友の柳浪は紅葉の塁を摩してライバルになっているのであり、その柳浪に野心を告げるのは、よくよくのことと見なければならず、自負を宿していたからこそその吐露であったと思われる。はっきり言えば、『多情多恨』は柳浪に反対しての作品であり、観念小説・

悲惨小説の文壇的傾向に正面から対決する野心作として発想されたと見てよいのではないか。

紅葉不振の声が聞かれる中で、紅葉はすでに弟子の鏡花の『夜行巡査』（明28・4）・『外科室』（28・6）『海上発電』（明29・1）同じく風葉の『世話女房』（明29・1）に目を通しており、同僚眉山の『書記官』（明28・2）や『うらおもて』（明28・8）、柳浪の『変目伝』（明28・2）・『黒蜥蜴』（明28・5）・『亀さん』（明28・12）等の観念小説・悲惨小説を意識しているであろうことは、諸家の認めるところである。そして『多情多恨』がそれらの傾向に〈対する〉ものであることは、同時代評も明らかにしている。「『多情多恨』合評」（『早稲田文学』7年1号、明30・10・3）の迷羊の評を、やや長いけれども引用したい。

現今の作家は其の作の完結を急ぎて、描写の法粗筆なりといひ得べくば、読者また浮き沈み多き人生の行路を作者と共に辿り、後ち激浪怒濤岩を嚙むの悲劇に到るか、或は仰いで明月に嘯く底の喜劇に達するかの径行を経ずして、直に人生の終結を見んと欲す、読者の或者は小理想、小観念を尺度として、茫漠として際限なき世相、紛糾錯雑せる人事を量らんとするが故に、恰も精神病を患ふる者の妄想に等しき、奇怪荒唐の夢幻的作物か、然らざれば卑近浅薄なる道念を寓せる作物を喜ぶ、されば一作家ありて少しく写実の筆を揮ひ、細かに一性格の対話、科介、顔色等を描く時は、冗漫なり、くどくして読むに堪へず等の評、其処此処に起るも怪しむに足らず、紅葉子が『多情多恨』の世評おもはしからざるは、子が作の罪か、はた読者の忍耐力、批評眼、賞鑑力の足らざるが為か。単にくだくだしとの理由を以て柳之助が心情を叙（ママ）するあたりを取らざる人をして、もしゾラが近業の『罵馬』車上の観察などを読ましめば、何とかいはん、

旧式小説に観念小説を含めて批判して、写実と心理描写に西欧小説的な新らしさを認めており、さらに続けて、思ふに瑣細の因縁と心界に及ぼす其の影響と、心機の変転とを鋭き筆にて抉出するの妙は柳浪の得色とするところ、平凡の詩材を日常起居の間に求めて、縷々数百ページの長きに亘りて尚ほ尽きず、江戸ツ子的紳士の家

庭、言語、動作、理想等を、読者の眼前に躍如たらしむるの妙は紅葉子の特色なり、

と、柳浪の作品傾向にも『多情多恨』を対比させているのである。

荒川漁郎（平田禿木）「『多情多恨』を読む」(一)、『読売新聞』明30・9・27）は、いっそう明瞭に述べている。

尾崎氏のこの作に筆を染むるに至りしもの、当時新進作家の徒らに奇険の想をたどりて、材を深刻悲惨の人事中に求め、小説の後景、筆路、境地に留心するを忘れて、その作品の怪渋空漠たるを顧みず、唯年少の意気稍もすれば一家の壁を摩せむとするに、批評家のこれに雷同して芸術の作品中に抽象的の理想を求め、相顧応して流弊止るところを知(マヽ)ざるに際し、敢て写実派の為に質実なる手腕を揮つて後進の迷夢を破らむとせしに外ならず。

観念小説・悲惨小説の世界や事件は、時代の本質の露頭であったにしろ、それは一般市民の日常生活の意識には縁遠い、小説のためにこしらえ出した奇矯なものであったと見られているのである。『多情多恨』の方法は、たぶん細部にわたっても、これらと対比的なものであろう。だが、紅葉はこの方法をすでにより極端な形で試みて、躊躇せざるをえなかったのである。

秋声は〈『多情多恨』はそのスタイルから言ふと、写生風の『青葡萄』系統のもの〉（尾崎紅葉論）と述べて『青葡萄』が方法的には先行していることを告げているが、時期的にも柳浪宛書簡につづいており、対抗的野心作としてはこの方から考えられるべきであろう。『青葡萄』において紅葉は、自らの日常の中で起きる可能性のある、いや実際に起きた小事件（弟子の風葉がコレラにかかったこと）を採り上げるという極端な事実性に固執して、周囲の人々の言動と自分の心理を逐一克明に描き出して見せたのであった。いわゆる私小説の先駆とも評される異色の作で、それまでの紅葉作品に系譜を見出しえないだけでなく、同時代の小説概念からはずれること著しく、評家はまずその点を指摘してやまなかった。ただちに湖処子は「紅葉山人の『青葡萄』」（『国民之友』269号、明28・11・9）

で、〈青葡萄は小説にあらず、虎列拉患者を主として記者を客とし、渠が虎列拉患者に対する処分及び是に附属せる諸の感情を叙したる一編の記事文〉と評し、その後の『めさまし草』(明29・11)の合評でも鷗外・露伴は小説とは言いにくいと述べている。とにかく形破りの小説が文壇を意識しないで発表されるはずはなかろう。いったいに硯友社作家は、特定の現実のモデルを用いることを嘲笑していたのに、(6) 作者自身が生身で主人公になっているのであり、自己の観想を直接に語り出すのである。写実や心理描写への傾向を強めていたとはいえ、無理にも強いた反逆の姿勢とさえ言いえよう。そして、〈あれで小説なのか〉という非難のことばは、執筆中の紅葉の耳にも入ってきていたろう。さすがに紅葉もたじろぐ。『青葡萄』は中断して(明28・11・1)前編というふうにまとめたが、それは全体の三分の二ぐらいのあたりまでであった。三十八回目の最終掲載の末尾に、社における多忙を理由にして中断を告げ、〈後編の腹稿凡そ二十回〉とあってすでに構想はできているようであり、自分の生活の写実に満足しているかぎり、構想の腐心はどだいあるはずもなかろう。『青葡萄』の筆は再び執られることがなかったが、この中絶は、紅葉自身があまりの冒険の非を感じて捨てたとしか見られないのである。そこで、容易に存しうる仮空の人物を持ち出し、普遍的な世界を設定して再起を期す。ごく平凡な日常の時間の流れの中の細密な写実と心理描写――いささか装いは更えているが、方法はほとんど変らない。観念小説や悲惨小説に、再び対決していくためである。そしてそれが、『青葡萄』の次作『多情多恨』であった。

このように見て来ると、『多情多恨』の構想にもいささかの視点を加えることになろう。例えば、風葉が「紅葉先生」(『中央公論』22年8号、明40・8)で、〈『多情多恨』のお種と柳之助とがあのまゝ終るのは、僕には物足らない、あれが通ずる事になつたら面白いでせうと申し上げたら、先生はそんな不快な事は忍んで書けない、さう言はれました〉と伝えているのは有名だが、その意味は、紅葉の単なるモラル意識の表現として理解するのではなく、〈奇険の想〉を露わにした観念小説等の方法に同じ得ない、文壇傾向への〈不快〉として理解すべき側面があるのであって、紅葉のモラルは、『青葡萄』や『多情多恨』の本質的な方法において再考されねばならないと考えるのである。

従来も『多情多恨』は、観念小説、悲惨小説の文壇的脈絡において眺められてはいるのであるが、その関係が明らかに述べられていない。その点を若干明確にして、『多情多恨』の方法を、あえて観念小説や悲惨の逆をゆこうとしたものであると規定して、試論の第一点としたい。

3

しごく日常的な写実的心理小説という同時代において異質な方法に、あえて紅葉が執したのには、それを支える何らかの理論が考えられよう。紅葉のモラルもさることながら、『多情多恨』の一面にやはり欧米小説に似たものを感じている者もすでにいることであり、粉本の究明も問題だが、これにはやはり西欧文学に理論上の典拠を求めることができるのではなかろうか。私は、『多情多恨』の姿勢や方法の骨格は、モーパッサンの「小説論」であると推定する。

花袋の『近代の小説』(十二)に、次のような記述がある。

紅葉はその時分は『紫』だの『冷熱』だのを書いてゐた。かれは尠くとも『三人妻』に行つて一転した。とてもこんなものを書いてゐても駄目だ……といふやうにかれは考へたらしかつた。次第に時代は移りつつあつた。新しい芽はそこにも此処にも萌え出した。聡明なかれは、逸早く新機軸を出さうと心懸けた。／かれはこの時分、ゾラからモウパツサンのものなどを読んでゐたらしかつた。それは無論、どの点まで深く読み入つてゐたかは知れなかつたけれども、よく『ピエル・エ・ジヤン』の話しをしたことなどを覚えてゐる。また次のやうなことをも言つた。／『ああいふライト・タツチで書くやうになれば、それはもう大したもんだけれども、そこまで行くのが中々大変だからね——。ちよつと真似は出来ないよ』

この記述によれば紅葉は、『紫』『冷熱』を発表した明治二十七年ごろに、『ピエールとジャン』を読んでいるらしいのである。現在のところ、テクストは不明ながら英訳の『ピエールとジャン』がそのころにすでに入っていることは、ほぼ認められている。[7] 紅葉と『ピエールとジャン』との出会いも、それを突きとめうる資料が見当らないが、[8] 秋声の「紅葉先生の塾」(『文章世界』明40・2)の次の記述が、『多情多恨』にもっとも接近した時点を指しているようだ。

文章研究については、先生も色々の御計画をして下すつたもので、(略)短編の面白いものをと云ふのが口癖のやうに伺つたです。畢意(つまり)ライトタツチと云ふ奴なんですが、其趣向を先生も御自分のをお話になれば吾々もお話をする。

十千万堂塾における師弟の和気あいあいたる研究会の様子を比較的近い時期に回想したもので、確実性があると考えられるが、この時期は、十千万堂塾を起こした〈二十九年の暮から三十年の秋頃まで〉であると秋声は述べている。花袋や秋声が信じているように、モーパッサンとライトタッチの手法は密接に関係しているのであろうし、塾での会話にライトタッチがしばしば唱えられたのならば、それ以前からモーパッサンは読まれていたのであろうと推測するのである。そうとすれば、モーパッサンが一部で読まれ始める時間と明治二十九年の『多情多恨』が重なってくることになる。さらに『ピエールとジャン』は、モーパッサンの短編群よりも早く紅葉によって読まれているふしがあるので、その投影を『多情多恨』において考えるという問題は成り立つと思うのである。欧米文学を渉猟し、新小説を目ざしていた当時の紅葉であれば、最近の西欧文学の紹介記事にも目を配り、また入手を心がけてもいたであろう。そうした中でモーパッサンは、ゾラよりもはるかに肌の合う新しい作家として、紅葉を引きつけたのではなかったか。すでに伊狩章氏[9]や岡保生氏[10]も、ライトタッチないしモーパッサンの問題を『多情多恨』の以前において考える姿勢を示しておられると思う。

モーパッサンの『ピエールとジャン』Pierre et Jean は、一八八七年十二月・一八八八年一月の両月にわたって『新評論』誌上に発表され、一八八八年一月七日附の『フィガロ紙』の「文芸附録」に発表された「小説論」Le Roman を序に添えて、一八八八年早々オランドルフ書店から出版されたものである。明治二十五年（一八九二）にはその英訳本が入っているらしいから、かなり早くしてわが国でも読まれたわけである。

今、杉捷夫訳『ピエールとジャン』（角川文庫）によって、「小説論」と『多情多恨』の方法を対比考察してみよう。

「小説論」は、作品『ピエールとジャン』で或る〈心理研究的ジャンル〉を試みた作者の姿勢と方法を明らかにしたものだが、まず次のようにいう批評家への批判に始まる。

> さんざん賞めちぎった文句の真中で、いつも判で押したような文句にぶつかる。いつも同じ筆者の筆で。「この作品の最大の欠陥は、本来的な意味の小説ではない」（傍点筆者）

紅葉をいつも批判する同じ批評家は、もはやあげるまでもない。そして新様式の『青葡萄』にあびせた評家のことばも、ここにはっきり出ている。紅葉とモーパッサンの状況は多分に似ている。モーパッサンは、そうした評家に対して、

> 自分の好きなように、理解し、観察し、考えを持つのを勝手にさせて置こうではないか。彼が芸術家でありさえすれば十分である。

と、作家を擁護して、その自由自立を主張し、批評家は偏見を持たず、作家の意図を理解してその範囲で巧拙を論ずべきだとする。新聞小説の制約によって芸術をゆがめられ、批評家から攻撃されて執筆している紅葉にとっては、同時代の蒙を啓き、作家の立場を擁護する力づけのことばではなかったか。いかなる傾向性に対しても、自己の信

ずる小説を自由に書いてよいのだという自信を与えられたからこそ、あの広告文ができたのではなかったか。それに紅葉は、弟子の作風に対しては決して批判せず、その自由を認めていたことを風葉は伝えている。[11]

> 昨日の小説家が、人生の危機を、魂や心情の尖鋭化した状態を選び、語ったとすれば、今日の小説家は尋常な状態における心情と魂と知性の歴史を書く。自分のねらう効果を、換言すれば単純な現実による感動を、生み出すためには、そしてそこから引き出そうとする芸術的教訓、換言すれば、真にかれの眼に映じた近代人とはどういうものかということの啓示を浮び上らせるには、恒常的な抗弁の余地のない真実さを持った事実のみを用いるべきである。（傍点原文）

右は「小説論」の一つの結論の部分であるが、『多情多恨』の方法に寸分たがわず重なっている。〈昨日の小説家〉を観念小説・悲惨小説の作家と目すれば、たしかに彼らは、〈人生の危機を、魂や心情の尖鋭化した状態を選び、語っ〉ているであろう。そして〈今日の小説家〉として紅葉は、至って〈尋常な状態における心情と魂と知性の歴史〉を、一人の教師が最愛の妻を亡くなったという状況に設定し、悲哀と孤独感のうちにしだいに人妻に魅かれるようになるというゆくたてにおいてその心情を見守っている。ごくありがちな平凡な世界というべきである。モーパッサンは、〈今日の小説家〉に〈魂や心情〉に〈知性〉を加えて、〈近代人とはどういうものか〉示さねばならないとしているが、紅葉が主人公に、東京物理学院の青年教授を選んでいるのも、あえての配慮によるものであろう。この主人公によって果たして近代人がとらえられているか、あるいはアイロニーが存するかは問題があるが、上田敏は、「昨年の文学界」（『読売新聞』明30・1・2）で、〈一家の私事を叙したるに過ぎず、否一個人が鬱憂の独語ともいふ可し。さるを編中の人物悉く活動して、現社会の一片を捉出したる如く〉云々と、ある近代性を実感していたことは注意しなければならない。さらに、〈単純な現実による感動を生み出すために〉紅葉が採った方法の具体例としては、最終部において姦通や絶交の悲劇的状況をあえて避け、現実的な解決策が採られるという方法、

——つまり主人公が友人の家を出て下宿するというこれもごく平凡ななりゆきに、それが見られよう。花袋が、「明治の作品研究」（『文章世界』明44・4）に述べる感想は有名である。

　あの時代にあつて、あゝいふ平凡日常の境に手を着けたのは偉いと言はなければならない。兎に角全体のコンポジシヨン（ママ）がライフライキと言ふ処を覘つて居るし、それに平凡日常の生活に再現の気分を現はさうと心懸けて居るところがある。結末の一段、鷲見が葉山の家を去つて下宿住ひをする所などは殊にすぐれて居る。「花も無しに……」といふ一句で解決をつけずに筆を擱いて居る気分がいかにもアーチスチツクである。

『多情多恨』だけはほめた花袋であるが、そうあらしめた媒体として、モーパッサンの論を考えることはいかにも自然なものであろう。

モーパッサンは、さらに純粋な心理解剖小説の理論と客観小説の理論にもそれぞれ疑問を投げかけたのちに、次のようにいう。

　純粋な心理探求にふける者は、すべて作中人物を配置するさま〴〵な場合において自分をその人物に置きかえることしかできないのである。（略）世界に関するわれ〳〵の知識、われ〳〵の人生観、そういうものをわれわれはすべてこの作中人物の中へ一部分持ちこむことだけしかできないのである。作中人物の未知の内生活を暴露すると称してはいるが、事実はこれである。だからそれはいつもわれわれ自身だったわけである。（略）読者からこの自我を見破られないようにする。そこが腕の見せどころである。

客観小説も心理小説も、結局は作家自身の眼や心の産物でしかないが、作家はそこで自己を露出してはいけないというのである。『青葡萄』で紅葉は自己を露わにしてその非をさとったので、『多情多恨』では擬装を試みるのである。だが紅葉は、作中人物への自己の投入という方向により魅かれて肯定するものがあったらしい。通人葉山に紅葉自身を見るのは、すでに行なわれていることだが、秋声はさらに、〈恋人風の鷲見柳之助と作者の人格とは似ても似つかぬ、寧ろ反対の人物のやうに、一応は見えないこともないけれど、これとても作者の人格の中に全くないものではないので、唯それが誇張されてゐるまでのことである〉（『尾崎紅葉読本』解説）と、主人公に作者像の存する点を認めている。〈我家の米の飯〉という方法は、平凡な日常性ということに加えて、小説の人物を作者自身の心理において描き出すことをも意味しているのであろう。

モーパッサンはさらに、ブイエや師のフロベールが与えた教訓に及び、〈不断の努力と文章道を深く識ること〉を説き、有名な〈いわんと欲することがなんであろうとも、それをいい表わすには一つの言葉しかない〉という句に至る。

十分長くまた十分の注意をこめて眺めることである。どんなものの中にも、まだ探求されてない部分というものがある。われ〳〵は自分の観照しているものについてわれ〳〵より以前にすでに人の考えたことをかならず頭に置いてそれに支配されながら自分の眼を使うという習慣になっている。

〈才能とは長い辛抱〉によって新らしい面を発見することだというこの思想にも、『多情多恨』に思い当たるものがある。主人公の鷲見を友人の葉山が待合に連れ出して遊ぶ場面（後編・二）を描くに当たって、紅葉は実際に待合に行って観察・研究したと伝えられている。遊び慣れているはずの紅葉を、改めて観察に趣かせた理論的背景をここに見出すことができるのではないか。また文体についてもモーパッサンは、次のように述べている。

一つの言葉の占める位置に従ってその言葉の価値に生ずる変化のすべてを極度の明徹さを以て識別しなければならない。ほとんど意味のつかめないような名詞や動詞や形容詞はなるべく少くするように、好い響とすぐれたリズムにみちた、巧に句切り、さま〴〵に模様を変えて構成された、いろ〳〵変った句を、なるべくたくさん使うようにしよう。珍奇な言葉の蒐集家であるよりはすぐれた文体家になることに努めよう。

紅葉小説には難解な語句はないし、文体の模索は終生続けられていた。だが『多情多恨』においては、日常性とリズムの尊重によると思われるが、純粋な言文一致体が採用され、平易な用語ながらも場面に応じて用字を変えたり[12]、当て字や時には造字をさえ試みるへんちき論的な姿勢さえ見られるのも、「小説論」の信奉ゆえであったと考えるのである。

作品傾向の点では対比すべきものが残っているが、以上揚げた「小説論」の要点は、何らかの形ではっきり現われていることが認められよう。差異よりも共通点を指摘することになったが、私は『多情多恨』を、モーパッサンの「小説論」を軸にした野心作であるということをもって、試論の第二点としたい。

さらに、作品『ピエールとジャン』ないしモーパッサンの全般的作品傾向を〈ライト・タッチ〉と理解して感銘していたらしい紅葉が、それを『多情多恨』といかに連関させているかあるいはいないのかという問題がある。

杉氏の『ピエールとジャン』のあらすじを引こう。〈突然に遺産が二人の兄弟の中の弟の所にころげ込んで来るところから、眠っていた兄弟の反目を爆発させ、母親の過去の過失がそれ〴〵の当事者たちの意志に反して暴露される——たゞしモーパッサンの得意の筆法でいつものごとくこの悲劇は三人の当事者の心を揺すぶるだけで埋れてしまう——〉つまり、ありうべき人生上の深刻な問題の惹起が、人物の心理と状況において表沙汰なカタストローフに至らずにおさまったのである。心理においては苦悶やるかたない主要人物であるが、最終的な破局は、あきらめや許しや食ってゆくためという日常性に、転身のチャンスという若干の偶然も加わって巧妙に避けられ、表面は以前とさして変らぬ日がつづいていくのである。『多情多恨』も、妻を亡くして悲嘆に暮れていた主人公が、友人の家に同居したのが縁で愛するはずもなかった友人の妻を愛するようになり、舅（しゅうと）に怪しまれたため、事を荒立てないで別居することとなって、またもとのような日々にかえるのである。友人の苦悩やその妻の思いはふせられたまま、姦通や絶交や表沙汰となる破局は避けられたのである。日常にありがちな事件であり処理であるといえよう。『多情多恨』と『ピエールとジャン』が構想の本質において類似しているのは、「小説論」を中心にして考えれば、あるいは当然であろうが、紅葉が作品によって身につけたものもあろうことをうなずかせる。そこでその〈ライト・タッチ〉を『ピエールとジャン』に則して考えると、単に〈面白い〉とか〈軽妙〉とか〈気のきいた〉というよりも、内面的現実の深刻は十分承知して、その上で深刻悲惨を暴露せず、現象に溶けこましてユーモアとペーソスで人生を暗示する方法を意味するようだ。『多情多恨』の柳之助の悲嘆ぶりが、あるおかしさによって陰惨さから救われている反面、洒落のめす通人の葉山の心中は、姦通しかけた妻を抱えた深刻がただよっているのであり、双方を露骨にしないで淡々と描いているところに、『ピエールとジャン』によって身につけた〈ライト・タッチ〉の手法を見ることができるように思う。

おわりに

制限枚数に達したので、あとはもくろみを述べるにとどめたい。紅葉は、『金色夜叉』の時点では、作品に〈自己の主張を加味すること〉[13]を明言しているが、これも恐らく、自覚的に「小説論」を自己のモラルに引きつけたのではないかと思われ、すでに本間氏[14]は、『多情多恨』においても夫婦問題についての紅葉のモラルを読みとっている。しかしそのほかにも、紅葉は寓意の形で何らかの問題を作品に持ちこんでいることが考えられるのである。私自身も、『心の闇』を紅葉の作家としての苦悩を戯画化した寓意小説であると述べてみたが[15]、同様な方法的理解が『多情多恨』においても可能なのではないかと考えている、詳述のゆとりはないが、お類やお種の名前は、あまりにも小説の素材や方法を暗示した命名ではないか。お類を死なせて忘れられない主人公が、しだいにお種に魅かれていき、それからも断ち切られてなお二人の肖像を下宿に掲げているところに、小説への態度が寓されているように思えてならない。とにかくこの時点の紅葉小説に寓意の方法が存するかもしれないことは、一応考えねばならないことであろう。

以上、陳腐な資料しか用いていないが、いくらか新しいことを述べたつもりである。

注

（1）堀紫山「雑報談」（『文章世界』明40・2）
（2）本間久雄「尾崎紅葉全集第五巻：解題」その他。
（3）「紅葉と読売新聞社との遺和をめぐる明治二十五年九月の事件ついて」（福岡女子大学『香椎潟』20号、昭50・3、本書IIの七に所収）参照。
（4）村岡典嗣「紅葉山人と源氏物語」（『心の花』昭4・8、のち『増訂日本思想史研究』昭15、岩波書店刊にも収録）
（5）伊狩章「書評：岡保生著『尾崎紅葉の生涯と文学』」（『日本近代文学』10集、昭44・5）
（6）江見水蔭『硯友社と紅葉』（昭2、改造社）「硯友社と自分」の章。
（7）大西忠雄「モーパッサンとその日本への影響」（河内清編『自然主義文学』昭37、勁草書房）などの大西氏論文。藤村の「小説の実際派を論ず」（『文学雑誌』明25・3）に「小説論」から一部引証しているのが根拠。
（8）荒川漁郎（平田禿木）「『多情多恨』を読む」は、「小説論」を明確に採り入れ、それを評論の姿勢にしている。紅葉と『ピエールとジャン』にも関連するように思う。なお、上田敏と紅葉の関係についても考証する必要がある。
（9）伊狩章『硯文社の文学』（昭36、塙書房）
（10）岡保生『尾崎紅葉の生涯と文学』（昭43、明治書房）
（11）小栗風葉「紅葉先生の門下教授法」（『文章世界』明39・10）
（12）岡保生「紅葉用字考」（同氏著『尾崎紅葉―その基礎的研究』昭28、東京堂）
（13）「名家談海：紅葉山人を訪ふ」（『文藝倶楽部』3巻10編、明30・7）
（14）前注（2）
（15）「作品論『心の闇』―その近代小説性―」（『国文学』昭49・3、本書IIIの三に所収）（『国語と国文学』第五十二巻第四号、昭50年4月）

六　尾崎紅葉とマリヴォー

――『八重だすき』と『金色夜叉』の周辺――

序

一般に『金色夜叉』を除く紅葉後期の諸作は、〈様々な意味で注意さるべきものが含まれてゐる〉[1]にもかかわらず、やはり〈金色夜叉に比すれば暁天の星に過ぎない〉[2]と考えられて、研究対象として特に採り上げられることなく過ぎてきたが、それらの比較文学的考察についても、〈なお未開拓の面が多く残されており、特に後期の諸作品についてはいっそうその感が深い〉[3]ことを新たに指摘されて解明が要請されるに至っている。

以下は、そうした紅葉研究の跛行を是正すべき研究史的要請に基き、後期の戯曲『八重だすき』（明31）の原拠発見（？）の報告に添えて『金色夜叉』の周辺を考察した一試論である。

1　『八重だすき』の書誌と本文

明治三十一年五月二十六日の『読売新聞』は、次のような連載作品の予告を発表した。

社告
滑稽 八重襷　　尾崎紅葉
右来五日の紙上より掲載すべし

これが『八重だすき』に関する最初の記述であり、同文の広告[4]は六月四日まで引続いて、六月五日、

八重だすき　　紅葉山人

としてその第一回が新聞第一面の下方に掲載された。以後九月三日まで九十一日間、断続しながら六十一回をもって連載を了えた。休載が三十日分。挿画はない。

後述の論の参考のために、新聞初出の連載表を掲げておこう。

以後、この作は単行本にはならなかった模様で、紅葉没後博文館から出た『紅葉全集巻之四』（明37・7）に初めて収録され、春陽堂刊の『紅葉集第三巻』（明42）や『尾崎紅葉全集第三巻』（大15）などにも収められたが、その後の各作品集には見かけないようである。なお刊行されたこの作の題名は、初出の『八重だすき』を用いず、広告の『八重襷』を用い、年譜の類も多くこれに倣っている。

次に、決定版全集を欠いている今日の紅葉研究に際しては、本文批判の基礎調査を一応必要とするので、『八重だすき』の本文についても若干述べておきたい。

原稿の所在は不詳であるが、新聞初出の本文は誤植

初出（読売新聞）章段	掲載日（（）内は休載日）	紅葉全集（博文館）章段＊
(壱)居間	（六月）5 6 7 8 9 10	(一)居間の上
	11 (12) 13 14	居間の下
(弐)その晩	15 16 (17) 18 19	(二)その晩
(三)内談	20 (21) 22 23 24	(三)内談
(四)珍客	25	(四)珍客の上
	(26) 27 (28) (29) 30	珍客の下
(五)客間	（七月）(1) (2) (3) (4) (5) 6 7 8	(五)客間
(六)庭内	(9) (10) 11 (12) (13) (14) (15) (16) (17) 18 19	(六)庭内
(七)念の為	(20) 21 (22) 23	(七)念の為の上
	(24) 25 (26) (27) 28 29 30 31（八月）1	念の為の下
(八)不機嫌	2 (3) (4) 6＊＊	(八)不機嫌の上
	5 (7) 8	不機嫌の下
(九)共ふさぎ	9 10 11 12 13 14 15	(九)共ふさぎ
(十)道端	16 17 18 19 20 21 22 23 24	(十)道端
(十一)舞もどり	(25) 26 27 28	(十一)舞もどりの上
(十二)舞もどり(下)	29	舞もどりの中
	30 31（九月）(1) 2	舞もどりの下
(十三)判然	3	(十三)判然

＊全集の章段の区切りは、劇中人物の登場退出にしたがって初出を合理的に整頓している。

＊＊八月五日と六日は順序を逆にして掲載し、六日に〈読者諒せよ〉と訂正記事が出た。

を除けば原稿と同一と考えられるので、新聞初出の本文と一般に使用される博文館版『紅葉全集』の本文とを対照して、その異同を考察する。（『読売新聞』の本文を「初」とし、博文館版全集の本文を「博」とする。）

表記の異同を拾うと、一体（初）―一躰（博）、言ふと（初）―云ふと（博）、切（た）って（初）―切（タツ）て（博）など、字体・送りがな・かなづかい・句読点についていくらかあるが、おおむね初出の誤りや不統一が全集において訂正されているとみてよい。

次に作品解釈を大きく変えたりする表現の異同は、

然云ふ方なので（初）―然云ふ方なんで（博）
お宜いのにさ（初）―お宜いのに（博）
何を為るのだ（初）―何を為るのじや（博）
後悔はしてゐるよ（初）―後悔をしてゐるよ（博）

などのてにをはの異同が若干あり、比較的大きいところでは、

居るとさ（初）―お在だとさ（博）

という用語の異同もごく少数ながら見られるし、その他

お嬢様、と腭（あご）を突出して憎たらしく言ふ。此度はお目出度う存じます、然ぞお嬉くて在つしやいませう。（初）
お嬢様、此度はお目出度う存じます。然ぞお嬉くて在つしやいませう！」
と腭（あご）を突出して憎たらしく言ふ。（博）

と、ト書が会話中に混入して訂正された例もある。

紙面の都合上、ごく少例にとどめるが、本文について一応結論づけると、初出と全集の間には、誤植の訂正以外に字句の修正もほどこされているが、作品評価に響く加筆等は認められず、表記・表現の両面において、全集の本

文の方が合理的統一的に整頓されている。なお全集の本文は泉斜汀の校訂に成るが、紅葉の生前に企画されているので、紅葉自身再読修正したものとみてよいであろう。さらに初出本文の不整頓は、誤植以外に原稿の不整頓にまでさかのぼりうるほどであり、このことは、表記・表現に厳格であった紅葉としては異例とも言うべきであろうが、逆に推敲訂正の余裕を失った急作と考えられる点が多いのである。

以上を基礎的考察として、本稿はすべて全集本によって進めることとしたい。

2　『八重だすき』の原拠

紅葉の喜劇『八重だすき』が外国種の翻案であることは、早くから推測されていたようである。紅葉門の徳田秋声は、『夏小袖』とともに『八重だすき』も〈モリエルの翻案を試みたもの〉と思いこんでいた。[5] しかしその後モリエールに該当作を指摘することの困難が判明したのであろう、岡保生氏は紅葉の翻案作品をその原拠とともに網羅集成されたが、[6]『八重だすき』を慎重に除外されたし、硯友社文学に関する最新の概説書を公刊された伊狩章氏[7]も、秋声の言を継承しながら断言は避けられたのである。

しかしこの『八重だすき』にはやはり典拠があった。私考を結論的に述べれば、これは十八世紀前半に活動したフランスの劇作家マリヴォー（Pierre Carlet de Chamblain de Marivaux 1688-1763）の三幕喜劇『Le Jeu de L' Amour et du Hasard 1730』（邦訳名『愛と偶然との戯れ』）を原拠とするものである。以下それぞれの梗概を対比してその点を証明しよう。マリヴォーの作については、現行の訳書、進藤誠一訳『愛と偶然との戯れ』（岩波文庫）を使用する。

【愛と偶然との戯れ】

(1)登場人物

オルゴン氏

シルヴィア　（オルゴンの娘）

マリオ　（シルヴィアの兄）

リゼット　（シルヴィアの侍女）

ドラント

アルルキャン　（ドラントの侍僕）

（舞台　巴里）

(2)あらすじ

《第一幕》令嬢のシルヴィアは、世の男のうらはらな態度やそうした男との結婚の不幸を思い、今持ち上っている結婚話にも気乗りがせず、父親のオルゴン氏に、婚約者となるドラントの真実の姿を見とどけるために、自分は侍女に変装し侍女を自分に変装させてドラントに会いたいと頼む。父親は心よく許すが、一方ドラントの方でもシルヴィアの真実の姿を知るため、侍僕と姿をとりかえた変装で訪ねたいと申し入れて来ており、息子のマリオと相談して互に内諸でなりゆきを見守ることにするが、マリオはその上にさらに細工を加えようとはかるのであった。侍僕に扮したドラントが案内を乞うと、侍女に扮するシルヴィアが取次ぎ、ドラントはシルヴィアをおだてシルヴィアは才気走った応待をして、それとは知らぬ二人は、互に相手の器量や才気に感嘆しつついつの間にか心が動いているのだった。主人公に扮する侍僕のアルルキャンは得意顔に粗野を発揮し、シルヴィアが許婚者と侍僕の役違いな感じに不満を覚えている一方で、ドラントはアルルキャンの下衆ばりに腹立ちながら心が乱れて来る。

《第二幕》　令嬢に扮した侍女のリゼットはオルゴン氏のもとへ来て、狂言が妙な具合に進行してドラント（実はアルルキャン）が自分を恋し始めていると告げるが、オルゴン氏はリゼットの意のままに進めることを認める。するとさらに彼女は、お嬢様が侍僕の前で赤面すること、そして侍僕もお嬢様を見て溜意を吐いていると告げるのであった。アルルキャンはオルゴン氏や偽令嬢に対して上機嫌であり、リゼットも偽主人公に満更でなくなっていくが、それを見るドラントとシルヴィアは気が気でなく、腹立ちながら互に陰で侍僕侍女に当り散らす。シルヴィアはドラントを下男と思って軽蔑しつつも強く心ひかれ、ドラントはシルヴィアを下女と思い、許されぬ身分違いの恋に苦悩して二人は真情と反発の会話を続けていた。オルゴン氏とマリオが、二人を冷かしたり、シルヴィアにさぐりを入れて彼女の自尊心を刺激したりしているうち、ドラントは遂に自分の身分や芝居の事情を明かしてシルヴィアに愛を告白してしまう。シルヴィアは歓喜するがさらに狂言を続けるのであった。

《第三幕》　一方アルルキャンとリゼットが互に意気投合してゆくのを知り、うまくゆかぬドラントはアルルキャンに八つ当りする。マリオはドラントを呼び、自分は侍女と結婚するつもりだからと無用な手出しを禁ずると、今は捨身になったドラントは苦しい胸中をシルヴィアに訴え、オルゴン父子は計画の進行に満足するのであった。一方自由を保証されたリゼットに対してアルルキャンが粗野に恋心を披瀝して身分をぶちまけると、安心したリゼットは悪口を叩きつけている。失意のドラントは得意のアルルキャンに当り散らすが、今は立ち去ることを決意した傷心の彼に、シルヴィアは自分の恋心を小出しにしつつ相手の真情の確めに駄目を押し、遂に喜びの声をあげて身分を明かすのであった。二人は祝福されて結ばれることになり、リゼットとアルルキャンも目出たく結ばれることとなる。

【八重だすき】

(1)登場人物

寿右衛門　（豪商福富家の主人）

薔薇子（ばらこ）　（寿右衛門の娘）

延太郎　（薔薇子の兄）

おはす　（福富家の召使）

春山優雄（やさお）

古里　遠（とおし）　（春山の書生）

（舞台　東京）

(2)あらすじ

《一》福富家の令嬢の薔薇子には今縁談があるが、彼女は友人達の結婚生活の現実を見て男というものに愛想がつき、結婚に嫌気がさしている。一方父の寿右衛門は一人合点で満足していた。《二》そこで薔薇子は、婚約者の春山の本当の姿を見とどけるため、召使のおはすと互に姿をとりかえて変装で春山に会いたいと父に申し入れる。寿右衛門はまごつきながらも娘の計画を認めるが、《三》春山の方からも薔薇子の人物をよく見るため、彼と書生が姿を互にとりかえて訪ねたいと言い送って来た。偶然にも同じ計画が双方から持ち上って困惑した寿右衛門は、息子の延太郎に相談し、双方に互の計画を秘してなりゆきを見守ることにする。《四》春山は書生に変装して福富家をおとずれ、召使に変装した薔薇子が取次ぎに出ると、春山は彼女に深く感じ入り、召使がこの程度なら令嬢はどれほどのものかと期待するのであった。《五》互の変装を知らぬ二人は、自分の結婚相手である主人のことを聞き出そうとさぐりを入れつつも互にひかれてゆく。《六》一方それぞれ主人公に扮した書生の古里と召使のおはすは、粗骨・野暮・無作法の滑稽を演じつつ、これも互に気に入ってゆく。《七》ことのなりゆきが心配になったおはすは、その晩寿右衛門の部屋に来て、狂言が妙な具合に進行して自分が春山（実は古里）から惚れられて困っており、このまま進行させるに忍びないと申し出る。そこへ来た延太郎は、親父がてっきり召使に手をつけているものと早合点して、一騒動起きかけるが、何とか誤解もとけ、おはすには春山（実は古里）を思いのままにさせることを約束して芝居の続行を命ずる。《八》春山は、令嬢（実はおはす）の不器量に機嫌を悪くして古里に当たり散らしなどするが、古里は、下女（実は薔薇子）などにまいっている主人を逆にやりこめ、自分は主人顔で偽令嬢にもてて大得意であった。《九》薔薇子と春山は互の想いに沈み、身分違いの許されぬ恋にやつれ、互に主従の役違いであることを呪う。春山は切なくもあきらめようと出発を決意してそれを薔薇子に洩らす。驚き惑う薔薇子は殆ど愛の言葉を口にしようとして、許されぬ愛の苦しみを身振りの仕方話で示すうち、春山はめまいを起こしてしまう。《十》翌日、春山は不満の古里を連れて福富家を去る道すがら、昨日から解けない召使（実は薔薇子）の仕方話の意味を解こうと夢中に身振りを繰り返し、古里に気狂と笑われながら行くが、遂に召使の恋をはっきり知り何か秘密のひそむことを感じて、急病になったと言って福富家へ引返す。《十一》一方薔薇子は、春山の帰ったあと床についてしまい家中ごったがえすが、春山が引返して来たと知ると思わず元気づき、床を起き出して再び変装する。父親と息子は、春山と薔薇子の関係がうまく進んでいることに満足であるが、さらに芝居を仕組んで、延太郎は春山を呼び、召使の女は自分の許婚者であると言う。春山は昨日の仕方話の真意がそこにあったのだと思って落胆する。延太郎は春山を責め、さらに召使を苛めてやろうと言い、それを聞いた春山は、遂に召使（実は薔薇子）への愛を絶叫するのだった。《十二》いよいよ送別となってうちしおれる春山らの居並ぶところに、今は変装を解いた薔薇子とおはすが登場し、あっと驚く中に互の苦悩と誤解は一挙に溶けさり、主従はそれぞれ目出たく結ばれて酒宴となる。

以上によって『八重だすき』が『愛と偶然との戯れ』の翻案であることを断定してさしつかえなかろう。次に、紅葉が実際にマリヴォーを読んでいたか、そしてまたどのようにしてマリヴォーを知るに至ったかという点が考慮されねばならないのであるが、このことに関する紅葉の記述や聞書の類は見当らない。それゆえ若干の推測を試みて今後に俟ちたいと思う。

モリエールの本邦移植はかなり早くて紅葉にもその翻案はあるが、同じ喜劇作家マルヴォーについては未考の模様で、最新の翻訳文学年表である国会図書館編『明治大正昭和翻訳文学目録』(昭34、風間書房)を見ると、マリヴォーの初出は、本稿のテクスト岩波文庫の初刷昭和十年四月であり、それ以前は翻案作品の存在の記述もない。それゆえこのマリヴォーの作を紅葉が読んだとすれば、彼はフランス語などはできなかったはずなので、英訳本の存在が考えられてくる。しかし『八重だすき』に先行するマリヴォーの翻案があって紅葉はそれに拠ったかもしれず、また誰かから梗概を聞いただけで翻案したのかもしれないのである。

『八重だすき』は現行の翻訳と比較して、ほぼ一・五倍程度に引き延ばされているが、ストーリーの進行や場面の点からは附加的な要素も少く、登場人物は一人の出入もなく完全に対応しているなど、饒舌な会話による膨脹のみで、原作に忠実な翻案と見られ、この点から、先行翻案が存在したとしても、紅葉がそれに拠ったのではないことは明らかであろう。しかも約三箇月に亘る連載期間中、その三分の一にもなる三十日分が断続して休載となっているのは、全稿がまとまっていなかったことを示すもので、翻訳と翻案を同時に進めていたのではないかと思わせる。最初の部分に休載が少いのは訳や腹案がいくらかあったからであろうが、半ばに来て急に休載が増え出すのは翻案の苦慮によるのであろうか。その後原作には無い個所(九)(十)が長く引き延ばされて一気呵成に続けられているのは、半ば頃の休載中の工夫にもよろうが、実は紅葉の手なれた場面で筆が走っているようだ。さらに会話中で人物名を誤った個所があって翌日訂正記事が出るなど、前述した表記・表現の不整理と考えあわせても、この

作は、かなり厳正な英訳本を座右にして急作したものではないかと思われるのである。もっとも紅葉は、

> 不図ヒントを得て、之れをかいて見たいと思ふことを大路かき留めて置いて、新聞から催促がくると、其の古い書きとめてある趣向を取ツてかく。大概一年、二年、早いので半年前後たツたやつを担ぎ出して来て物にする。全く今得て今かくといふこともないではないが、大抵は斯うです。（『唾玉集』所収「小説家の経験」）

と語っているので、原作の認知や翻案の構想時期などはにわかに推定しがたく幅を持たせて考える必要もあり、後述するように『金色夜叉』への投影をめぐってさらに問題をはらんで来るのであるが、『唾玉集』の記事は、後藤宙外[8]の回想するところでは〈明治三十年五月頃〉なので、『八重だすき』の創作には未だ直接関連してはいないことも念を押しておこう。

次に紅葉がマリヴォーを知るに至った経緯について推測を加えたい。

紅葉は夙に自ら外国文学を渉猟していたし、彼のグリム翻案[9]における巌谷小波のように、こうした彼を援助する人物も周囲には居た点に注意しなければならない。紅葉後期の外国文学渉猟の目的は後述するけれども、この時期において浮かび上って来る人物は、英仏に留学してフランス通の長田秋濤であろう。彼は劇作に翻訳にフランス関係のものの多いことで有名であり、『寒牡丹』（明33・1より『読売新聞』掲載）は、原拠は不明であるが紅葉と秋濤の共訳ということになっており、『紅葉全集』にも収録されているのである。マリヴォーも秋濤の教示や仲介に拠るところはなかったろうか。とにかく英訳本の発見が課題であるが、もし英訳本の存在が否定されるならば、この『八重だすき』は、秋濤が原文から訳したものに紅葉が加筆して新聞社から急がされるままに自作として発表したという線が出て来ることになろう。

最後に、原拠と比較した『八重だすき』の文学性について触れておきたい。

『八重だすき』が原拠をかなり忠実に踏襲しているとは言え、相当の相違点もあるのは当然であろう。原拠はも

ともと「滑稽」を角書として書きかえられて『八重だすき』となり、ともども〈笑〉が意図されているが、両者の〈笑〉の質の相違こそ紅葉文学の性格を示すのではなかろうか。

　主従をとりかえた作為の変装が偶然二重にかさなることから生ずる笑は、マリヴォーの場合、愛の真実を露骨にえぐり出していく一点に集中して気品と機智と真情と作為に満ちた会話のやりとりの中に作られ、父親・兄・侍女・侍僕の会話は補助や対照の効果の位置を占めているのに対し、紅葉の場合、饒舌・無駄口・語呂合せ・謎かけ・仕方話に紙面が割かれ、親父の浮気を疑う息子とのやりとりや、書生と下女とのトンチンカンな対話、恋人の仕方話を解こうとした夢中になる男の愚行など、テーマの外側で作り出す笑が多いと言えるのである。登場人物や環境の点でも、マリヴォーは趣味教養の高い階級をとらえ、それは侍女の中にさえ見られ、侍僕の対話も意識的な滑稽の試みとして読みとりうる。そに比べて紅葉の人物は、人格的に破綻を生ずるところから滑稽を生み出すのである。寿右衛門はオルゴンに比べはるかに老耄しており、その息子はかなり目先はきいているが早合点のそそっかしさを示し、薔薇子は〈女子中学校を卒業して、漢文は読む、英語は出来る、国学の大和詞が行く、数学、習字、歴史に地理の、和歌、作文、裁縫に料理、又は女礼式の……〉と一見万能の才女らしいが、その理知たるや、恋人が帰ってしまうと〈薾然(ガッカリ)と寝床の上に坐〉って他愛ない。至って口達者なおはすや古里の粗骨野卑は言うまでもなかろう。ここには確に江戸滑稽本の笑がある。しかし、周囲の健全な良識(ボンサンス)と趣味(ボングワ)に支えられて女は理性の貫きを、男は社会的な掟を越えかける愛情を示すというこのマリヴォーの構図が、自意識の深みから吐かれる洗練された会話とともにそのまま移植されることは土台不可能であったに違いない。紅葉の描いた人々は、日本の風土に接近し、前近代性も十分にひきずっている日清戦争後の新興成金階級のハイカラな家庭を思わせ、当然さまざまな矛盾や破綻を露呈せざるをえない人間として以外に描きようがなかったであろう。そのように眺めると、『八重だすき』の人物は、平均化されているマリヴォーの人物に比べて、個々の性格はより鮮かに描き分けられており、所詮は、フランス王朝時代のサロン文学と明治日本の混沌たる前期資本主義時代の文学の差となって現われているのである。しかし本質的にマリヴォーの作は、サロン文学の必然としてこれという社会的な諷刺性もなく近代的な普遍性を欠いた安穏な上流階級の毒にも薬にもならぬ家庭喜劇と言うべきで、紅葉は、この百年以上も昔の外国喜劇をその本質を批判することなく、移植によって生ずるはずの矛盾を矛盾としてとらえず、少々の時代装をまとわせるのみで翻案を了えたのである。

結局『八重だすき』は、円満な保守性を信条とした紅葉文学の性格から抜け出るものではなかった。

3　滑稽文学と紅葉

翻案喜劇『八重だすき』の成立は『金色夜叉』執筆中の一つの偶然であるかのように見えるが、必ずしもそうではない。その点について、環境よりする外因性と紅葉自身の内因性の二面から考察しよう。

いったい明治三十年前後の文学はさまざまな問題をはらんでいるが、この期について、〈実にさまざまな試みが、試みとして継起した時代〉と言われる高田瑞穂氏(10)の定言以外に普遍的な規定を私は知らない。それは、樗牛・藤村の情念の解放を主流として〈硯友社文学からの脱出の意図を持って立ちあらわれるいわゆる観念小説、深刻小説、それと明らかに質的共通点を持ったゾライズムの移植、ひいては、社会小説、政治小説の主張〉に歴史小説や家庭小説の流行も加わった時代であった。そうした動向の中で紅葉自身の脱皮もはかられて『多情多恨』から『金色夜叉』へと進むのであるが、ここに注意を要するのは、文学史的には未だ採り上げられていないが、滑稽文学とその論議の存した事実である。そのことを今略説したい。

『春陽文庫』第六編『西洋娘形気』（紅葉山人口授・柳川春葉筆記、明30・11）の巻末に「きのふけふ」という文壇の時評やゴシップの数頁がある。『春陽文庫』は紅葉の編集に成り、「きのふけふ」の執筆者は匿名であるが、江見水蔭[11]の推測では堀紫山かと思われ、さらに紅葉も手を加えているかと考えられている。そこには、明治三十年前後の文学界の動向を、

任侠小説に飽き、歴史小説に飽き、悲惨小説に飽きたる文壇は、今や滑稽小説を呼ぶ声頻りなり

として各紙の時評を摘録して論評している。それはまず『帝国文学』記者の言に端を発した。即ち、〈広く世間を見、人生を観、幾多の世故を経、閲歴を有し、一種の烱眼能く社会人情の可笑的方面（コミカルサイド）を観破し、兼て社会各階級の特相に通じ、言語服飾等の流行などをも知悉〉する〈所謂大家先生なるものゝ年漸く熟し、割合に世教閲歴に富み、兼ねて過般の筆才のある人に向つて〉滑稽小説の出現を待望したのであった。割に軽く吐かれたこの滑稽小説待望論は、実作に対する批評よりも、文学創造の基盤や滑稽の真義の問題を呼び、『国民新聞』記者が、悲惨小説・心中小説の流行の因は滑稽物の不振に由来すると述べたのに対し、『早稲田文学』記者は、それは因果の取違いときめつけ、現今は〈大に悲み泣くべきの時にして放焉嬉笑すべき時にあらざる〉ことを説き、滑稽文学不振の因を〈今日の主義的風潮〉と〈社会的理想の破れて未だ成らざる〉点に求めて、時代の必然と解した。また滑稽文学の素材について社会の〈笑的方面〉の多寡を論じて、『反省雑誌』は、現時日本の政治家の表裏矛盾などは泣くべくもまた大いに笑うべくもある姿だと述べ、些細な心中小説しか作れぬ作家を小人物と見なし、社会の真相を極め矛盾を観破するところに〈大に泣くものと大に笑ふものとを生ず〉ると論じており、『世界之日本』も、見識の乏しい空虚な政論を吐く政治家や定見もなく利慾に走り地位を望む人間を挙げ、〈笑ふべし、笑ふべし、真面目に笑ふべし、人生由て以て進歩開發すべければ也、請ふ我邦の有様を見よ、随分笑殺すべきもの多きにあらずや〉として、ともども時世の諷諫を時代の流行人物の笑殺に求めて諷刺文学を提案している。これらに対し、坪内逍遙は、英文学の教養に基づくものであろう、主我を絶対化した高慢嘲弄の笑を〈美術〉の材とするなら滑稽な作品はたやすく生れるが、〈好笑の美〉を感じないとして〈今の読書社会の需むる所は、此種の滑稽にあらざるか〉と懸念してい

る。

以上は硯友社系の『春陽文庫』の伝える消息の大略であるが、高山樗牛も『太陽』紙上で、

吾れ敢て今の滑稽作家に告げむ。世を笑はさむと欲するものは先づ世を知らざるべからず。人生の小なることを認めたるものに非ずむば、争でか是を笑ふの資格あるべき。今の作家は果して人生世界の己よりも小なることを認め得たるか。吾れは再び言はむ、彼等の笑は賤婦の笑なり、蕩児の笑なり、世を知らず人を解せざるものの笑ひなりと。(略)彼等の笑は、笑はれたるものの却て誇りとする所の笑なり。あはれ滑稽文学とは果して是の如きもの乎。(略)吾れは今の所謂滑稽作家に一番の猛省を乞はざるべからず。

(『今の滑稽文学』明30・12)

と自己の浪漫的立場から、小人生への笑を真の笑と説いて、滑稽文学の低調を一喝した。

以上、明治三十年前後の文学界の一動向である滑稽文学論の諸相を概説した。それらは、風俗的滑稽、諷刺的嘲罵、広義の美的ユーモア、人間存在そのものへの笑といった具合に約言することも可能であろうが、いずれも狭隘な文学の場を拡充せんとする多彩な浪漫的試行の一環をなしていると言えよう。

こうした滑稽作家が誰を指すかについては時評の筆者も記してはおらず、明確な指摘は困難であるが、当時折よく『めさまし草』が連載していた文芸合評「三人冗語」(明29)、「雲中語」(明29、30、31)、「雲中独語」(明32)によってほぼ知りうるのである。未見の作品も多いが、以下それらを作家別に列記してみよう(作品の発表年月は、「改造社現代日本文学全集・別巻大年表」によりその初出年月を採った)。

AB子　花あらそひ(不明)

斎藤緑雨　覿面(28・8)、唯我(不明)、百鬼行(30・4)

山田美妙　若白髪(29・3)、ばけぐすり(30・8)

南　新二　滑稽道中雙六（28・12）、歳暮賽日（29・3）
松原二十三階堂　養蜂壺（29・5）
石橋思案　似ぬもの（29・5）、従五位（30・2小波と合作）
くさひで（小杉天外）　改良奥様（28・12）、流行病（29・5）
大橋乙羽　男の腕（不明）
水谷不倒　危いところ（29・6）、無目児（30・4）
田沢稲舟　小町湯（29・6）
渡辺黙禅　不平鬼（29・7）
嵯峨の屋　輪廻（29・10）
小栗風葉　失恋詩人（29・12）
饗庭篁村　今仙人（29・1）
岩田鷗夢　御次男様（29・12）
幸堂得知　室咲南瓜花（27・12）、天製糸瓜の水（不明）、敵持親遺言（30・8）
織戸碩鼠　放蕩師薄馬鹿丸（30・6）
幸田露伴　自縄自縛（28・8）
伊原青々園　取かへ心中（30・10）、てまへ惚（31・1）
根本吐芳　破三味線（30・10）
星の家　はらみ尼（31・2）
三宅青軒　祈禱（31・2）

榎本破笠　動物電気（31・3）、夫さだめ（31・8）
松居松葉　みあひ（31・4）
樋口二葉　左びき（31・4）
小一庵　　田舎医者（31・4）
今野愚公　小説家（31・8）
内田魯庵　今様厭世男（31・7）

このようなところを滑稽作者・滑稽文学として拾うことができそうであり、逍遥や鷗外の翻訳でそれとしてあるものもある。以上一応根拠のある作家・作品を挙げたが、『現代日本文学全集・別巻大年表』でこの期間の作品をみると、「滑稽」の文字を角書にしたり、ふざけた題名のものも他に多く、量的には滑稽文学の一エポックの存したことは十分にうなづけるのである。しかし以上概観するところ、名の知れているところでも慶応以前に生れている旧派の作家や、硯友社とその周辺作家が大勢を占め、近代性をもって評価される作家としては内田魯庵と新進の小杉天外を見るのみで、他は群小作家に過ぎない。そして右に挙げた作品も文学史的は採り上げられて云々されることもない片々たるもので、蓋し前述の時評の言はそれぞれ当っているものと思われる。やや時代が下って、魯庵の風刺文学『社会百面相』（明35刊）などの問題作もあるが、結果として、滑稽文学は眼高手低に終ったのである。

以上は間接的な資料によって明治三十年前後の滑稽文学の風潮を窺知したもので、実証は今後に俟つこととし、こうした動向における紅葉の意味を考えてみたい。

紅葉に関して『めさまし草』もいくつかの作品を採り上げているが、「雲中語」（明29・11・8）で『青葡萄』（明28・9）を俎上に乗せ、おおむね事実性と文学との関係を論じた諸評の中にあって、ただ一つ例外的な批評が下されているのは興味深い。

天保老人。これは全然たる滑稽小説と老人は思ひます。すべて滑稽を書くに従来は膝栗毛とか八笑人とかいふもので人をくすぐツて笑はせる類が多い。しかるにこれは流行病が己の子弟についたといふ事で、実に悲惨きはまる事だ。それを種に滑稽小説を作たといふが、奇妙ふしぎの名作とおもひます（傍点筆者）。

として、主人、下女、門人等の人物が描き分けられて滑稽味を呈していること、それぞれの真情をつくす姿が〈哀れなやうでもあり、又おかしいやうでもあ〉ることと述べて、そこに〈滑稽の神髄といふもの〉があるとしている。評者天保老人は、天保生れの依田学海であろうか。この場合滑稽は、自己を含めた人間生活を客観視して生ずる自然のユーモアとして広義に解釈されており、前述逍遙の論に最も接近しているように思われるのであるが、『青葡萄』の評価としてはどの程度妥当であろう。従来の『青葡萄』論は、その滑稽性においての評価はなく、写実性において理解されているのだ。確に紅葉従来の作風よりすれば、この素材はドタバタの笑劇に作られてもよいようなものであったと思われるが、この〈実に悲惨きはまる〉事件を〈種に滑稽小説を作たといふ〉というのが紅葉からの聞書とすれば、写実小説と見せかけた滑稽小説として紅葉の二重に野心的な作品ということになる。そして『青葡萄』は滑稽小説としては失敗作であったことも同時に示しているのではなかろうか。それはとにかく、ここには、当時の評価が滑稽文学への意識を過剰に持っていたことや、大御所の紅葉が新しい滑稽文学の作家として期待される有力な一員であった事実は語られていよう。

もともと紅葉は、その処女作あたりが示すように、本領はむしろ滑稽を描くことにあったと思われる。彼がしばしば唱えたという〈ライト・タッチ〉は〈面白い短編〉を意味して、軽い笑いを文芸の極意と考えており、そういうものを外国文学の中に求めていた。

先頃御話有之候コメディの短編借覧相願度候に付、此状持参の者に御渡被下間敷哉　（丸岡九華宛、年月不詳）

滑稽の書類、雑誌、畫等は断片反古なりと掻集め置き時々御送り被下度。若し英文の物等御見當り候はゞ別して御遣し被下度候（傍点原文）。
（巌谷小波宛、明33・12・9）

と、『八重だすき』以後にも滞独中の小波に書き送っている。

こうしてみると、『色懺悔』『伽羅枕』『三人妻』『心の闇』『多情多恨』『金色夜叉』という野心作の裏に、江戸戯作・『アラビアンナイト』・モリエール・『デカメロン』・マリヴォー等に影響された翻案や創作による好笑文学の流れが、より長く根強く続いていることがわかり、紅葉が自己の本領たる滑稽を近代文学の中に生かそうと絶えず努力していた一面を知りうるのである。前述した『春陽文庫』の時評も、こうした彼の野心実現の地ならしとして、滑稽文学を受け入れる風潮を作り暗に売りこもうとする目的があったと考えられぬでもない。そうした中で『八重だすき』は、野心的滑稽小説『青葡萄』の失敗によって、江戸戯作の方に一歩退いた地点で成立した当世風喜劇だったと言えよう。こうして『八重だすき』は、『金色夜叉』背面の〈滑稽家〉（坪内逍遙）[12]たる後期紅葉の意味深い姿を示しているのである。

以上、〈試みが試みとして継起した〉明治三十年前後の文壇の風潮の中で、滑稽文学の樹立を本願として近代化を目指した紅葉について考察したのであるが、『金色夜叉』とは一見矛盾するこの傾向は、『金色夜叉』に何らかの作用（恐らくは「悲劇性の分裂」）を与えずにはおかなかったのではないであろうか。

4　『金色夜叉』をめぐって

『金色夜叉』の構想は、もともと首尾一貫したものではなく、執筆中に種々の影響を受けつつ苦慮されたものであることは常識となっているが、マリヴォーと『金色夜叉』の影響関係はどうであろうか。

明治三十一年四月一日の『読売新聞』は、『続金色夜叉』（全集では『金色夜叉後編』）の掲載を了え『続々金色夜叉』（全集では『続金色夜叉』）を予告して、次のような記事を掲げている。

続金色夜叉ここに稿を了ふ著者紅葉更に材料を蒐め五月上旬より続々金色夜叉を出さんとす読者幸に紅葉をして文を練り想を養ふ余裕を得せしめよ

この広告文からも、『金色夜叉後編』と『続金色夜叉』の間にはスムースな構想の流れがなかったことは明らかである（以下すべて全集の組織に従って、『後編』『続』と略記する）。そして一箇月の休みを得て『続』の想を練り五月から掲載の予定で、この間のつなぎとして後藤宙外の『二世三世』が五月下旬まで連載されたのであるが、次に掲載されたのは『八重だすき』であって、『続』の掲載は結局翌三十二年一月一日まで延期されたのである。この経過は、予定の五月上旬が過ぎ下旬になっても『続』の想がまとまらず、予定にはなかった『八重だすき』を応急に掲載することになったことを示すのであろう。

紅葉がマリヴォーの作に触れた時期は明らかではない。しかし『金色夜叉』の想がまとまらなかったからといって直ちに滑稽文学の風潮を利用し、しかも都合よくマリヴォーを見つけて間に合わせたというのは、少し手まわしがよすぎよう。『八重だすき』の執筆は泥縄であっても、マリヴォーは以前に既に読まれるぐらいはなされていたと考えられるのではなかろうか。もしそうなら、『八重だすき』成立後に『続』が生れている以上、『続』の周辺には幅広く、何らかの形でマリヴォーの投影の存在が予想されるのであり、敢えて言えば、主力を『金色夜叉』にそそいでいたはずの紅葉としては、側ら滑稽文学の樹立も目指して閲読していた外国喜劇の中にさえ、意識的に『金色夜叉』へのヒントを求めたであろうと推測されるのである。『愛と偶然との戯れ』は『金色夜叉』への参考とはならなかったろうか。

あまりにも予測に執した読み方かもしれないが、以下『金色夜叉』へのマリヴォーの影響を考えて試論としたい。

『愛と偶然との戯れ』は、人間の真実を知ろうとして構えた狂言が偶然二重にかさなったことから生じた人情喜劇である。そして、男女は互に自己を隠して相手の真情を探ろうとしつつ、ついに自己の愛を包みおおせず告白してゆくのであるが、このことは『金色夜叉』の主人公の心の動きと軌一するのではないであろうか。

宮は自己をいつわって富山に嫁し、〈貫一に別れてより、始めて己の如何ばかり彼に恋せしかを知〉（後編二）るのであるが、そうした彼女の真情は、偶然出会った荒尾の道理至極の説諭に対しても、〈私は管ひません！〉〈那様事は管ひません！〉〈いゝえ、管ひません！〉（続弐）と叫び、ただひたすら貫一に詫びようとするのであり、ついに彼女を駆り立てて貫一を訪れ、男の手にとりすがって訴える（続六）までに至るのである。

一方、貫一が宮に捨てられて高利貸になったのは、〈一は彼の痛苦を忘るゝ手段として、一は其の妄執を散ずべき快心の事を買はん〉（中編七）とする自棄的な転身であったが、やはり〈返す〲恋いのは宮だ〉と涙をこぼし〈昔の宮〉を〈取復す事は出来んのだ〉（同前）として一切の情念を断って金貸に徹しようとし、荒尾にその矛盾を突かれながら〈僕の迷は未だ覚めんのだ〉（続四の二）と韜晦を続け、後悔して訪れる宮を突き帰す（続六）のだが、夢中における宮の自害に〈赦したぞ！　もう赦した、もう堪……堪……堪忍……した！〉（続八）と真情をぶちまけて以後、貫一の行動はふとした事件を契機としつつすなおに自己の真情に従ってゆくようである。

「金色夜叉腹案覚書」によると、こうした貫一の改心は、初想においては〈一朝忽ち大悟〉（覚書一）するといったていの極めて奇蹟的なものとなるはずであった。それが〈漸く本善の性は出でんとす〉（覚書五）というように、紅葉は、貫一の回心を過程的に内的な真情の発露として意識的に把握するに至っているのである。

くだくだしく述べたが、『金色夜叉』は特に『続』以後、悲劇性の剔抉はそらされ、主人公の真情のあらわれ方や結びつきが主想となって、本来意図された社会悲劇（その分裂は早くから示されてもいるが）は急速に人情悲劇に傾いていることは否めないのではあるまいか。

こうした主想に、荒尾の真情である友情（続四の二）や、女高利貸赤樫満枝の真情である赤裸々な横恋慕（続七）がかみ合い、さらに、高利貸にだまされて私書偽造罪を犯した男とその許婚者の真実の愛の挿話（続五）、塩原の心中者の真情（続々）などが加わる一方、富山の真情は放蕩の姿をとって語られる（続々五）というように、よかれ悪しかれ人間の真情模様が描かれている。そして、既に旧套な手法として指摘されているが、宮と荒尾の偶然の出会い（続壱）や荒尾が偶然にも満枝の債務者であること（続四の三）、貫一の主人の高利貸に虐められた男女の悲恋を停車場で偶然立ち聞きすること（続五）、宮の貫一訪問が偶然満枝の訪問とぶつかること（続六）など、主人公の愛情の開放は偶然を契機として展開し、まさに〈愛〉と〈偶然〉は〈戯れ〉をなしつつ大団円に導かれているといってよいのである。

こうして特に『続金色夜叉』以降の構想は、マリヴォーの作の表題の主想や、主人公の心理の展開から学んでいるように思われるのである。

次に極く部分的な影響について考えるのであるが、マリヴォーの作が喜劇である以上、悲劇である『金色夜叉』にその台詞が生のかたちで受継がれることはまず困難である。それゆえ適当な対照を手軽に示すことはできないが、一つ注意される点は、赤樫満枝の人物像でありその発言である。

紅葉はもともと女性心理の描写は巧みであるが、心理は心理のままで描かれ、発言されることは少い。ましてそれが愛情に関する言葉であれば、当時の女性として至極当然のことであろう。ところがこの赤樫満枝は極めて能弁で、遣る方ない貫一思慕の言葉を明晰に述べており、凛然たるシルヴィアの像とかよって、その点では宮より個性的に躍動していて後期紅葉文学の特色ある人物像たりえているのだ。この満枝像には、『西洋娘形気』（明30・4より『読売新聞』掲載）の横恋慕の女性鞠緒（まりお）（この名前もマリヴォーの登場人物と同じで気になる）が先行するが、ともに、自己の真情や意志をおめず臆せず披瀝して行動する女性としてニュータイプと言えよう。もっとも『西洋娘形気』の場合、紅葉は、〈之を日本人としては左も右も受取りかぬるのであります〉〈日本の娘の情ではないと考へられます〉とその人間像を自己の中に抱懐しえず、珍奇な個性としてしか眺められなかったのであるが、『金色夜叉』

の満枝は確固としてその執念が生きてくる。『続金色夜叉』第七章で貫一に対する満枝の強引に畳みかけて迫る明晰な会話の響きには、過剰意識を巧妙に表現するきびきびしたドラントとシルヴィアの呼吸とかようものがあるように思われるのだ。

　あなた様の御理由と云ふのは、わたくしには分りませんですから、賛成も反対もございませんわ。それに、どんな理由でございますと、お尋ねのできる身分でもございませんし。（『愛と偶然との戯れ』）

　間さん、私貴方に向つて那様事を彼是申す権利は無い女なので御座いますよ。幾多然う云ふ権利を有ちたくても、有つ事が出来ずに居るので御座います。（『続金色夜叉』）

と、内容的にほんのかすめている程度の類似の会話もないわけではないが、些少な対照の列挙には適せず、『続金色夜叉』第七章における満枝貫一の会話と『愛と偶然との戯れ』第三幕第八景の会話の全面的な比較対照を促すにとどめたい。

　以上、発想・手法・人物像の点から類似性を探って、マリヴォーの『金色夜叉』への影響を考察した。しかしいずれも決定的な影響を指摘するまでには至らなかったことを認めねばならない。痕跡をとどめぬまでにマリヴォーを消化したとするにはなお詳細な考察を要するであろう。

　それにしても、『金色夜叉』と『八重だすき』の両立は、〈社会小説〉と〈滑稽文学〉の並行であって、あくまで後期紅葉文学の問題となって残るであろう。『八重だすき』が『金色夜叉』と対等には扱えなくても、決して余技や窮余の作ではない以上、両者の統一的理解は試みられねばならない。直接的な影響関係はないとしてもマリヴォーと『金色夜叉』が本質的なところで多くの類似を有することは証明されたと思うが、このことは〈滑稽文学〉と『金色夜叉』が何ら矛盾しないものであることを示し、紅葉の一元的な理解を可能にしているのである。すなわち、円満な解決に至る人情ドラマとして悲劇性の徹底をさけた保守性に後期紅葉の本領があったとしなければならない。

そして改めて言うまでもないが、『続金色夜叉』以降に多く見られる偶然・奇縁・暗合といった旧套な手法は意識的なものであったにしろ、古い外国作品に盲目的に寄りかかった反リアリズムの趣向主義であった。こうしてみると紅葉文学には本質的な発展があったとするわけにはゆかないのである。

しかし、自意識の透徹した女性、そしてそれを表現しうる女性を登場させたことは紅葉文学後期の新しさであり、紅葉がマリヴォーその他の外国文学からえたプラスの面ではなかろうか。それにしても演技は、やはり敵役として以上に成長しえなかったし、覚書によれば、〈赤樫の骨を抱きて、焼場より帰る〉（覚書十九）というように、どこか保守性に妥協して小さく閉じこもる姿をとって終る模様で、ここにも紅葉の限界が見えるようである。

結　論

明治三十年前後の文壇の新しい動向の中で、写実小説・心理小説・社会小説のさまざまな試みをなしつつ自己の文学の改革に努めた後期の紅葉は、自己の資性により叶った近代性の獲得を滑稽文学に求めてその大成を意図し、外国文学も渉猟してマリヴォーを知ったようである。しかし社会構造や時代の中の矛盾的人間像を把束しえなかった紅葉は、マリヴォーからその趣向を直訳的に踏襲して、ハイカラ喜劇『八重だすき』を試作する一方、日常的な人情の真実や、偶然の支配する趣向の確信を得て、社会小説『金色夜叉』をメロドラマに転回させていったようである。

注

（1）（2）　片岡良一「尾崎紅葉」（岩波講座『日本文学』昭7）

（3）　岡保生「紅葉文学研究入門」（『明治文学全集18』月報、昭40、筑摩書房）

（4）六月四日の予告のみは、当然ながら〈来五日〉が〈明五日〉となっている。
（5）「尾崎紅葉研究」（『日本文学講座・明治時代下編』昭3、新潮社）
（6）「紅葉と外国文学」（『近代文学鑑賞講座・第二巻』昭34、角川書店）
（7）『硯友社の文学』（昭35、塙書房）
（8）『明治文壇回顧録』（昭11、岡倉書房）
（9）岡保生「『浮木丸』をめぐって」（『尾崎紅葉―その基礎的研究』昭28、東京堂）
（10）「明治中期の文芸思潮」（『国文学』昭37・1）
（11）『自己中心明治文壇史』（昭2、博文館）
（12）『文学その折々』（明29、春陽堂）

（『文教ノート』昭和42年3月）

Ⅳ 『金色夜叉』の世界

一　『金色夜叉』の相貌

――前編と人情本『娘節用』――

『唾玉集』所収の「小説家の経験」（故尾崎紅葉君談話）と題された談話が紅葉と後藤宙外によってかわされたのは、明治三十年五月中旬頃(1)であった。『金色夜叉』前編の新聞連載を一応終了してまだ三箇月もたっておらず、当時紅葉は、次編の想をねりつつ、口述筆記の『西洋娘形気』を『読売新聞』に掲載していた。この談話は、紅葉文学の考察に際してしばしば引用されるものであり、特に『金色夜叉』の考察については時間的に接近した位置からも、かなり重要性をもつものと考えられるので、以下この談話を中心に、『金色夜叉』前編の方法を推測してみたい（出典を明記しないものは、すべてこの談話に属する）。

『金色夜叉』前編は、最終章に熱海の海岸の場をもつなど全編中でももっとも著名であり、またもっとも首尾結構の整った編であると思われる。そして〈文章といふ奴は、推敲すれば推敲するほどよくなるものだ(2)〉という彼一流の文章観をやはり具現しているであろう。しかし、その執筆中、家庭の都合から武内桂舟の家で書いた時、〈半日ばかりかかツて書くにやア半枚以上もかいた、が物になツたのは唯三行〉で、〈来三行（頼山陽）先生〉のあだ名を頂戴したというのは、はたして文章の推敲ばかりであったろうか。

　私は始め極漠然とした事柄……いや概念も概念も非常に疎い概念を先に拵へましてね、例を取れば「金色夜叉」で云ふと、ラブの為に性質が一変してしまツて、激烈なる高利貸になる、と云ふ考へをきめ、其れから始まりと真中と収縮とをきめます。詰り初中終の三つをきめて又其の小割を更に三つ位にする。斯うざツとの場割位までは考へて置きます、が毎日の場割ではありませんよ。此の三ツの小区分（サブデバイ）したものの繋ぎは、其の日其の日に考へていくので（略）

新聞小説としての種々の制約もあろうが、ここには、最初から固定した枠を設けて多分に作為的な外形上の構成法が露骨である。前編においてはまだ高利貸が登場しないで終ったが、すでに新聞予告その他で主人公が高利貸になることは読者衆知のことであり、読者の期待を次編につないで紅葉は前編をうち切った。われわれは、紅葉のいう〈初中終〉やそれぞれの〈小区分〉が具体的にどの部分を指すかは明らかにすることはできない。しかし、次の言葉は前の引用に若干の解説を補足するもののように思える。

兎に角、不図ヒントを得て、之れをかいて見たいと思ふことを大略（あらまし）かき留めて置いて、新聞から催促がくると、其の古い書きとめてある趣向を取ツてかく。大概一年、二年、早いので半年前後たツたやつを担ぎ出して来て物にする。全く今得て今かくといふこともないではないが、大抵は斯うです。

現在のところ、『金色夜叉』の大筋のヒントは、江見水蔭の『自己中心明治文壇史』（昭2、博文館）の記述を考証された木村毅氏(3)によって、バーサ・M・クレイの「ドラ・ソーン」や When the Bell is Ringing からえたものと思われ、さらに『紅葉遺文』（明43・1）所収の小文「如是畜生」が、一応の〈概念〉として定着したものと考えられている。ところでこの引用文をみると、紅葉には小説種になりそうな〈趣向〉がかなり優先的であって、それらをメモなどして素材にしているのであるが、長編執筆となると単純な趣向ではすまなくなり、いきおい書きためた趣向を総動員して、大筋に添いつつそれらを適当に具合よく配合することによって一編を仕立てるということが起こって来るように思われるのである。では、『金色夜叉』前編はどのように書き進められたであろうか。次に新聞の掲載表をあげてみよう（次頁参照）。

表からわかるように、五十四日間にわたって連載され、うち休載が二十二日、挿画はない。そしてこの休載状況

『金色夜叉』（前編）『読売新聞』連載表

章段	掲載日（（ ）内は休載）
第一章	〔一月〕1
（一）の二	2 3 (4) (5) (6) 7 8 9
第二章	(10) 11
第三章	(12) (13) 14 15
第四章	(16) 17 18
第五章	(19) (20) (21) (22) 23 24 (25) (26) 27
第六章	28 (29) (30) 31
（六）の二	〔二月〕(1) 2 3 4 5 6
第七章	(7) (8) 9 10 11 12 (13) (14) 15
第八章	16 17 18 (19) 20 21 (22) 23

から察するところ、連載までに原稿の書きためはほとんど無かったものと見なさざるを得ない。しかも新しい章段に移る時、あるいはその一回前という時に必ずといっていいほど休載のある事実は、次の展開に際しての構成の苦慮に直結するものと解される。紅葉の苦心は文章の推敲以上に構成により深くかかわっているのである。そして各章段は、いかにも数珠玉をつなぐような形でぎごちなく綴られているのだが、全体を通読して構成の冗漫を感じさせないのは、やはりそれなりに趣向が準備されていたからであろう。そしてこれらの数珠玉式の章段が、紅葉のいう〈小区分〉でありそれも何らかのヒントに基く趣向ではなかったろうか。もしそうならば、その出所に典拠の存在することも予想され、〈其の日其の日に考える〉〈繋ぎ〉にさえ典拠が存するかも知れないことを考えるべきであろう。

紅葉自身、〈趣向〉の語を用いているように、以上の方法も、〈現実の表面を軽くなでまわし、思いつき程度の素材を安易に粉飾する趣向主義[4]〉かもしれないが、その実体を明らかにする必要はあろうと考える。

以上のような『金色夜叉』の方法についてくさびを一本打ちこまれたのは安田保雄氏[5]であった。氏は、前編第七章から第八章にかけての場面に、二葉亭によるツルゲーネフの翻訳『あひゞき』の改訳（『片恋』明29・11所収）がしのばされていることを報告されたのである。そして拙稿でも、同様の視点から『金色夜叉』前編の種々の原拠を例示してみよう。

（一）の二の骨牌会の場面は、ダイヤの指輪のきらめく有名な場面であるが、この場面の原形は、紅葉自身の初期の作品『YES AND NO』（明22・1）に描かれている。正月の夜、三十人あまりの男女の乱れる歌留多会の座敷を訪れる石炭次郎は、その中の美女竹取某をめざしてやって来たのだった。紅葉はその美女を形容しつくして、〈されどかくては美の本体を知ること難し　なる事ならば。その上衣脱がせたし――あられもない　その下襲（したぎ）も脱がせたし――無残や何事ぞ　何もかも脱がして雪暖な丸裸〉と綴り、また〈羽織の紐のちぎれざるは一人もあるべからず〉という句を交えるが、ここに、富山唯継が宮を見るために正月の骨牌会にやって来る場の原形や、宮の美しさに、〈着物などは如何でも可い、実は何も着て居らんでも可い〉〈裸体なら猶結構だ！〉と言う学生らの言葉の源があるし、富山が学生らに妬まれて羽織の紐をちぎられるなどさんざんの体で引揚げる場面に連るものがある。『YES AND NO』は、「第一　正月二日見初の事」とあって『我楽多文庫』第十四号（明22・1・2）に一回載ったきりの未完の作であるが、紅葉は、この未完の自作をやや趣をかえて『金色夜叉』の冒頭に利用していることは明らかである。また、富山のダイヤの指輪は、当時の成金階級の風俗の一端でもあろうが、[6]モリエールの『守銭奴』の主人公アルパゴンのダイヤの指輪に源があろう。そして『守銭奴』の翻案『夏小袖』（明25・9）の主人公五郎右衛門からさらに富山にまで引き継がれているわけである。

第六章の後半は、貫一に一言も言いおかずに宮が母親と熱海へ出かけ、それを知った貫一がひとり書斎で思い惑う心理的な告白を叙した部分である。貫一は、宮の性質や自分の性格をあれこれ分析し狐疑逡巡するのだが、ここにはシェイクスピアの『ハムレット』がしのばされている。貫一は煩悶し、〈けれども自分が思過しであるか、彼人が情が薄いのかは一件の疑問だ〉と言い、〈冷淡であるから情が濃かでないのか。自分の愛情が其冷淡を打壊すほどに熱しないのか。或は熱し能はざるのが冷淡の人の愛情であるのか。之が、研究すべき問題だ〉と言う。これが“To be or not to be that is a question”のパロディであることは明らかであろう。紅葉は『二人比丘尼色懺悔』

（明22・4）の自序にすでに「シェークスピア」の名を挙げてほめたたえ、酒席では〈私の好きなは世界に二人、井原西鶴シエキスピア〉とよく放吟したというし、最晩年にも、小栗風葉は、〈今でもセークスピアはお好のやうです。（略）矢張セークスピーアの方が読んで飽かないと仰つてでした。先頃も活字の大きい全集を求めたいと言つて居られました〉と述べており、翻訳や原文をある程度は読んでいたのである。そしてこのシェイクスピアの句は、例えば須藤南翠の『新粧の佳人』（明20、正文堂）に、原文で若い女に語らせているところからみても、ハムレット像や有名な句は、明治の新教育を受けた読書階級にはすでに広く知られていたのである。[7][8]

このようにして、前編を考えると、有名な第八章熱海の海岸の場にも何か出所があろうと思われ、紅葉も、ここにとっておきの趣向を存分に持ちこんでいるのではないかと考えられる。前編はすべてこの章に至る工作として費されているかの感さえあるのだ。そこで探してみると、意外に手近なところにそれとおぼしき典拠が指摘されるのである。江戸の戯作、曲山人の人情本『小三金五郎仮名文章娘節用』（天保2—5）がそれである。この作品は近世戯作の分野では著名な作であり、当り作として明治に入ってもかなり読まれ、初期の内田魯庵らも高く評価している。書誌その他の解説はゆずって、あらすじを話そう。

生後間もなくそれぞれ母を亡くした男女がいたが、女の子（お亀）は男の子（金五郎）の家にひきとられて一しょに育てられ、睦みあいつついつか互に結婚を思い定めていた。しかし、男は父の命によって本家を継ぐことになり、二人は別れることになる。悲観した女はそののち家出をして行方不明となる。一方男は、本家のまだ幼い娘と結婚しなければならないことに当惑しているのであった。ところがある時、男が廓で呼んだ芸妓（小さん）が行方不明の女（お亀）であったことから、二人は再びなじむようになり、女は妊娠する。男は養家にかくれて女の生活を助け、女は無事出産して子どもは可愛く育っていった。ところが男の身持を心配した養家の祖父は、その女のせいだと思って女を訪ね、理を分けて説いて手をきらせ、男と娘の祝言をあげてしまう。男を想い子を愛するゆえに義理の前に身をひいた女は、悲しみを秘めつつそれとなく周囲に別れを告げ、すべての思いを一通の遺書にこめて自害して果てたのである。

　作品の中心は、義理と人情のはざまで苦悶する女主人公の心理描写にあり、悲劇におわる点など、為永春水一派の人情本の主流とは異り、江戸後期のものながらかなり緊張した写実性に支えられた異色の作で、現代でも佳作と認められているものである。

　この『娘節用』前編中巻の巻末の部分に、義理ゆえに本家の養子として行った金五郎がたまたま廓に遊び、そこで呼んだ芸妓小さんがかつて末を言いかわしたお亀であることを知る再会の場面がある。この場面が、『金色夜叉』の熱海の海岸の場の下地をなしているように思われるのである。身を恥じて逃げ出そうとする小さんをひき止めて吐く金五郎の言葉から巻末まで、全文を引用してみよう（本文は日本名著全集『人情本集』〈昭3、日本名著全集刊行会〉によった。なお、原文は話し手が代っても改行せず、ト書も二行の小書となっているが、現代的な表記に改める）。

金「コウ小さんとやらなぜ迯る。気障な客だからきに入らねへか。きざならきざでいゝけれど、①ものもいはずにそしらぬふりは、見わすれたのか見くびつたか、②よもやわすれはしめへがの。未練が残つて来たのじやアねえ、③聞ことがあるから下にゐろ

トいはれて④小さんはむねにくぎ、なんといらへんことばもなく、⑤めんぼくなげにひれふして、只さめ〴〵となきゐたり。⑥金五郎はなほこゑあらゝげ、

金「⑦コレあいさつしねへは面目ねへのか。エ、そのざまはマア誰ゆゑだ。⑧定めしかはいゝ男のために、心がらのこのつとめ賤。⑨よく物をつもつて見ろよ。犬猫でもそれ相応に、恩といふことはしつてゐるぞ。それになんだ、己の顔を踏つけにするはおろかな事、わらの上から育られた、産の親より恩の深い、養親の情をわす

れ、恩を仇の犬畜生、ぎりある親の名をけがし、耻をはぢとも思はぬ狸め、⑩よくマア面もかぶらずに、のけ〳〵と出てうせたナ。いかに遠路をへだつるとも、多くの人のいりこむ廓、この鎌くらにもおれが親父の文武の弟子はいくらもあれば、この街へもみないりこむは。それに面を合しても、耻ぢやアあるめへ耻でもなからう。さういふ事とはつゆしらず、親父は直なこゝろから、神かくしてにでもなつたのか、又は身をなげて死んたかと心を尽して尋ねさせ、うらなひ八卦御鬮にも生死の程もわからぬから、家出した日を忌日として、仏事供養も懇にすると、くはしい書状がきたゆゑに、こどもの時より一ツに育ちし、馴染がひに朝な夕な、念仏申てやらふとおもへど、今は養子の身の上なれば、両親の前へも遠慮がちで心にはまかせねど、合間を見ては回向して抹香くさい仏いぢりも、万一たつしやでゐるならば、身の祈禱にもならふかと、心づくしに引かへて、⑪生根のくさつた恩しらず、大切な親をふり捨て、この土地へ来て泥水活業、ヲヽ貞女だ、節義ものだ。髪のかざりの櫛笄、はでな衣装にうは気なとりなり、長唄豊後はやり唄や、一中ぶしをうなつたり、是見よがしに踊ををどつて、客のきげんをとることゆゑ、⑫人も迷はふ惚もしやう、⑬悪性ものの天上め、⑭モウ〳〵あいそのつかしをさめだ。顔を見るのもいま〳〵しい。ものをいふのも是ぎりだから、勝手次第に浮気をしをれ

⑮ト、いひすてゝ立んとするを、小さんはしゞういひわけなさに、只なきしづみゐたりしが、こゝぞ大事とあわてゝ取付、

小「⑯サヽヽ、みな御尤でござりますが、マアマア待てくださいまし。くはしい様子を御ぞんじないから、お腹をお立てあそばすも、すこしも御無理はござりませんが、是にはいろ〳〵ふかい釈が、

金「⑰ヲヽ、釈もあらふし義理もあらう。⑱けれどもそりやア聞耳やもたねへ。エヽいけふざけた、はなさねへか。

小「⑲いゝへはなしはいたしません。⑳言がひのない心から、思ひもよらぬおうたがひ、死のふと覚語（ママ）極めしは、

今日の今まで日にいくたび、やつぱり死なれぬ因果どふなりとして、今一度あなたのおかほを見たうへにと、あまたの人の入りこむこの花街、そればつかりをたのしみに、つらい苦界に身をしづめて、恥や人めに気もつかず、

金「㉑エ、やかましいよしにしろ。どゝ一の文句めいた、そんなせりふはをかしくねへ。流行言に道理をつけたり間に合の口ぼこでも、モウその手ぢやばかされねへは。

小「㉒さやうではござりませうが、どふぞ情とおぼしめして、たつた一言申すことをお聞なすつてくださいまし。そのうへにてはともかくも殺してなりとお腹いせ、御勝手しだいになされまし

ト㉓身をなげかけてすがりとめ、なみだながらにわびるにぞ、金五郎もさすがまた、心づよくはいふものゝ、にくからぬ小三のことゆゑ、すげなく立てても皈られねば、袖ふりはらひ身をそむけ、銚子の酒を手酌にして、茶わんにうけてぐいと呑み、手まくらをして寝ころびゐる。

次にくどいようだが、前記引用文の傍線部にほぼ対応する文句を『金色夜叉』から抜き出してみたい（本文は明治文学全集18『尾崎紅葉集』〈昭52、筑摩書房〉により、句末の数字は、前編第八章の最初から何行目に当るかを示すものである）。

①僕に一言も言はんと云ふ法は無からう。（五七）

②宮さん、お前は如何したのだ！　僕を忘れたのかい、（二四一）

③其を聞けば可いのだから。（九）

　言つて聞かしてくれ。遠慮は要らない、（一二三）

④宮は其唇に釘を打たれたるやうに再び言は出でざりき。（七四）

⑤彼は正体も無く泣頽れつゝ、（六三）

⑥憤を抑ふる貫一の呼吸は漸く乱れたり。（四六）
⑦宮さん、何を泣くのだ。お前は些も泣くことは無いぢやないか。空涙！（一五三）
⑧病気と云つて此へ来たのは富山と逢ふ為だらう。（四九）
⑨お前でも酷いと云う事を知つてゐるのかい、宮さん。（五四）
けれども善く宮さん考へて御覧、ねへ人間の幸福ばかりは決して財で買へるものぢやないよ。（一七五）
但もう一遍、宮さん善く考へて御覧な、其の財が――富山の財産がお前の夫婦間に何程の効力があるのかと謂ふことを。（一八九）お前の心持を考へて御覧、那の富山の財産が其苦を拯ふかい。（二二四）
⑩お前はそれで自分に愛相は尽きないかい。（一五九）
⑪ちえゝ、腸の腐つた女！　姦婦！（二六二）
⑫栄耀も出来やうし、楽も出来やう、（一九九）
然ぞ栄耀も出来てお前はそれで可からうけれど、（一六一）
⑬宮、おのれ、おのれ姦婦、やい！（二六八）
⑭吁、宮さん恁して二人が一処に居るのも今夜限だ。（略）僕がお前に物を言ふのも今夜限だよ。（九二）
もう一生お目には掛らんから、其顔を挙げて、真人間で居る内の貫一の面を好く見て置かないかい。（二七二）
⑮宮は矢庭に蹶起きて、立たんと為れば脚の痛みに脆くも倒れて効無きを、漸く這寄りて貫一の脚に縋付き、声と涙とを争ひて（二七八）
⑯那様悲い事をいはずに、ねえ貫一さん、私も考へた事があるのだから、それは腹も立たうけれど、どうぞ堪忍して、少し辛抱してゐて下さいな。私はお肚の中には言ひたい事が沢山あるのだけれど、余り言難い事ばかりだから、口へは出さないけれど（一〇二）

⑰話があれば此で聞かう。（二九三）

⑱聞きたくない！ 忘れんくらゐなら何故見棄てた。（二〇七）

えゝ何の話が有るものか。さあ此を放さないか。（二九五）

⑲私は放さない。（二九六）

⑳貫一さん、それは余りだわ。那様に疑ふのなら、私は甚麼事でもして、而して証拠を見せるわ。（二二八）

㉑えゝ狼狽へて行らんことを言ふな。（二一三）

㉒貫一さん、それぢやもう留めないから、もう一度、もう一度、……私は言遺した事がある。（三〇三）

㉓宮は見るより必死と起上りて、脚の傷に幾度仆れんとしつゝも後を慕ひて、（三〇一）

使用テクストの第八章は全三四〇行。そのうちから以上のような対応を一応抽き出してみた。この対応には、引きつけ過ぎている点とか、あるいはさらに多くの類似句を加えうるかもしれない。『金色夜叉』にはいっそう頻繁な対話の応酬があり、類似句においても『娘節用』にくらべて、前後したり繰り返しも多く、全体としても『金色夜叉』は、はるかに緊張しており、貫一の心理に起伏もあるが、末尾の部分を除けば、場面の構成が大筋においてきわめて近似していることが認められよう。宮を足蹴にする動作や、〈来年の今月今夜は、貫一は何処で此月を見るのだか！〉という名せりふに当るものは、『娘節用』からは指摘できないが、⑪⑭⑯⑳㉒㉓などは原形と思われる形でそろって現われており、これらは『金色夜叉』第八章①の場面を構成するかなり重要な会話であり描出であろう。特に貫一の繰りかえす姦婦呼ばわりは、⑪の〈貞女〉の語に示唆されて生まれた直接的な露骨な表現ではないであろうか。

以上の指摘によって『娘節用』を粉本と考えるには、作品内容の点から疑問が残ると思われるが、その点については後述するとして、次に紅葉と人情本『仮名文章娘節用』の関係を述べておきたい。

紅葉と人情本についてては伊狩章氏(9)に一応のまとめがあるが、紅葉も明治作家の例に洩れず、やはり人情本を読んでいることに間違いはない。とりわけ『娘節用』は、彼の青春の愛読書であり、晩年にはこの作を校訂出版しているのである。

紅葉が最初に『娘節用』に触れた時期は明らかではない。明治十七年八月満十六歳の紅葉は二世梅暮里谷峨の人情本『春色連理梅』を筆写し(10)、岡保生氏(11)は、年譜において、この年〈人情本をも耽読し〉たことを記しておられる。このことは、やはり伊狩章氏(12)とともに〈その他の人情本についてもこれを通読心酔していた〉ことをうなずかせるものであり、そうすれば、江戸の当り作『娘節用』は、『梅暦』などとともに、当時において最も入手しやすい人情本のひとつであったと思われるので、ごく早く読みうることが予想され、さらに一年近く繰り上げた時点に推定することが可能である。硯友社結成が明治十八年二月であるから、作家以前の文筆に関心を持ちはじめた時期と重なっている。

明治二十二年四月、紅葉は『二人比丘尼色懺悔』を発表し作家的地位を確立するが、同月『国民之友』(48号)の諸家へのアンケート「愛読書目十種」に応えて、紅葉は、西鶴の作品とともに『娘節用人情本』をあげている。これが曲山人の『仮名文章娘節用』であることに間違いはない。やや論はそれるが、当時内田魯庵は石橋忍月の小説『お八重』(明22・4)を人情本と比較しつつ酷評した文中で、〈連理之梅は凡作なれば問はず、娘節用の肺腑に立入りし筆に到つては余の常に敬服する処なり〉(13)と言い、〈忍月居士願はくは娘節用を繙き金五郎の祖父小三を訪づる一節を参観せられよ〉(14)とまで述べて、独自の見識で『梅暦』を蹴落とし、わが国の「四大奇書」(15)に『娘節用曲山人』をあげている。この辺に紅葉と魯庵の交渉がうかがわれ、後に社会小説論を主唱する魯庵の青春の愛読書が『娘節用』であったことや、すでにレッシングやシラーに薫化されて進歩的批評家であるはずの忍月も、小説を書けば人情本の趣向を出なかったということは、明治知識人の思想と情念の乖離や、さらには明治文学の底流などを暗示するかに思われて興味深い。また、当時の投稿で一読者が日本最上の小説の一つとして『娘節用』をあえてえらんでいるが、この作品はとりわけ愛読者がいた模様で、明治二十年代初頭の文芸の一つの指標ともなっていた感がある。(16)

紅葉は、最晩年の明治三十六年五月、冨山房の『袖珍名著文庫』の一冊として、巻四にこの『小三金五郎娘節用』を校訂出版した。彼は、『金色夜叉』を未完にしてこの年の十月末に没している。この文庫の刊行は、当時の一連の国文古典の翻刻叢書の一種であるが、校訂編集担任は篁村・万年・露伴等の八名からなり、一人が幾種かを担当し、〈収むる所戯曲、小説、詩歌の純文学より史伝、紀行、随筆、雑論に至るまで〉（冨山房序）百冊から成るはずであった。紅葉は、同文庫巻十五に江島其磧の浮世草子『世間娘気質』（明36・11刊）も出している。すでに明治二十七年、『帝国文庫』（博文館）に「西鶴全集」上下を校訂していた紅葉であるが、近世小説に一家言を持つものとしての存在がしのばれる。『袖珍名著文庫』の出版はどのように進められたのであろうか。巻数のつけかたが時代や分類に関係なく刊行順につけられているところからみると、校訂作業の終了順をも示しているようで、紅葉としては病苦をおしていちはやく『娘節用』を手がけたことになろうか。巻一・巻二は同年三月に刊行され、以後毎月一、二巻あて刊行されている。この『娘節用』に関しては「十千万堂日録　其四（明36・2〜10）」（『尾崎紅葉全集』〈中央公論社〉第九巻所収）に若干の記事があるので抜き出してみよう。

三月二十四日　　名著文庫の緒言を作る。

（同）二十五日　　午前娘節用の件にて杉谷代水氏を招く（冨山房よりとして西洋菓子一折）

そして『娘節用』刊行後の六月二十五日の日記には、その前日の日本新聞に出た紅葉校訂『娘節用』の略評を示している。右の記事は、三月二十四日に完全に作業を終了し、翌二十五日には出版社関係の人に原稿を手渡しているかのようであるが、紅葉が自身で校訂作業をしたかどうか疑わしい。紅葉は三月十四日、死の宣告を受けたものと半ば思いつつ一応退院した。彼の日記はかなり詳細であり、当時、同じく五月に刊行された『西鶴文粋』中巻（春陽堂）の校正などの記事はしばしば見られるのだが、『娘節用』についての明確な記事は前記のものだけで、『世間娘気質』の方の記事もまったく見当らないのである。冨山房が出入してはいるが、これは当時紅葉が計画して運んでいた文集『草紅葉』（明36・11）の出版に関してのものとみられる。『娘節用』や『世間娘気質』の校訂原稿は、出版と関係なくすでに紅葉によって作成されていたとも考えられるが、思うに、作品の選択のみは紅葉が指示し、実際の校訂作業は他にまかせ、序文を書いて名前を貸した程度であろう。しかし、こうした叢書の刊行に際して紅葉自身第一に『娘節用』を採り上げたのは、それなりの思惑あってのことに違いない。

以上から結論すれば、紅葉が青春時代に感銘をうけて何度か読んでいることと、最晩年に少くとも一度は目を通しているであろうということだが、全般的に眺めれば、『娘節用』は、もはや彼自身のものとして身についており、機会あれば読みかえしたであろうという積極的な解釈が当をえているように思われ、泉鏡花も、[17]〈民友社の書目十種が出た時分（注――前出）に、あれに上ツて居る本などは恐らく後までも先生が愛読書だツたのでございませう〉と述べている。

人情本『娘節用』が『金色夜叉』の背景に存する点は以上の証明で十分だと思われるが、次の点も傍証となりえようか。前掲『唾玉集』所収の対談で、『金色夜叉』を例として小説の構成法を語った紅葉が、〈小区分したものの繋ぎは其の日其の日に考へていくので例へば或男と女が暫く間絶えて、偶然邂逅したと云ふことにすれば……〉（傍点筆者）と言っているこの例えも無根のものではなく、最近において最も劇的に盛りあげた熱海の海岸の場の粉本『娘節用』前編中巻お亀金五郎再会の場が頭に浮かんでいたのではないであろうか。

『金色夜叉』前編第八章の熱海の海岸の場は、曲山人の人情本『小三金五郎仮名文章娘節用』前編中巻の巻末部お亀金五郎再会の場を敷衍したものであるというのが以上の小考の結論である。しかし、『娘節用』の場は廓であり、貫一に当る金五郎が小三を責める長々しい文句の内容は、貫一が宮を説きつける文句とは似ても似つかぬ。しかも終末部は、貫一が宮の懇願をふりきって立ち去るのに対して、金五郎はその場にとどまって小三の言いわけを聞こうとするのである。この甚しい差異ゆえに、『娘節用』が粉本であることを疑う向きも多いであろう。この点は、安田氏の論文においても問題にならぬわけではなかった[18]と思う。要するに場面や会話等の外面的類似にすぎず、作品内容は百里のへだたりをもつと言ってよいのであるが、この問題について若干述べたい。

いったい近代文学研究は、作家や作品を思想性の面でとらえて影響などを論ずるのが一般の傾向であり、他の作品の外形を借用しても、そのこと自体はほとんど問題にならず、外形を新しく解釈する作家の目を問題にしてきているのである。芥川龍之介の作品などはそれの典型であり、また芥川の場合はそうした研究態度こそ正統であろう。そして『金色夜叉』の粉本として『娘節用』が考えられるにしろ、ごく皮相なものとして看過されてきたということも考えられるのである。だが、作家の発想を正確に究めようとするかぎり、必ずしも無視してよいものとは思われない。『娘節用』の『金色夜叉』への影響を、以上外形的な面から指摘してみたのであるが、当時の紅葉の創作心理をうかがっておきたい。

次は小栗風葉の小説『亀甲鶴』（明29・12）を評した紅葉の言葉である。

　着想は一寸趣がありますが、未だ彼の手腕の及ぶ所ではない。通編其痕が歴々として見えます。一字を以て一編を評するならば曰く疎であります。寧ろ酷評したら要領を得ぬといふのであります。畢竟手腕の及ばぬのみならず、あの書き方にしては紙数が足らぬのであります。然しあの紙数の中に収められぬほどの大趣向ではありませんから、やはり手腕が足らぬと云つて宜しいでせう。／想ふに彼の作として失敗したものではありませんが、手腕が趣向に伴はなかつた為に勢ひ冗漫にして周到なるを得ず、疎なりであります。大工が指物をした態があります。／それに無理も無いかも知れませぬが、少し書き方が古いかと思ひます。余り律義に正面から入り過ぎたのでせう。奇兵を出すといふ計が編中に全くないやうに見えます。其が有つたらば冗漫ならず疎ならざるをも得たでせう。然し其奴は先生も稽古中だから風葉に責めるのは無理でせう。／然し近来の風潮は「生若い面をして香を聞いてゐるやうな」、訳も解らずに高漫がつて其実大きさに踏違へた小説を書きたがるけれど、あれらよりは未だ〳〵無難だけに始末がよろしうございます。（『新小説』明30・2）

さらに翌月の同誌には、巌谷漣・石橋思案合作の喜劇『従五位』（明30・2）に対する紅葉評が出ている。この方は引用を省略するが、いずれも『金色夜叉』前編の執筆中になされた批評と考えられ、当然『金色夜叉』と重ね合わせて読まねばならぬ紅葉の小説論であろう。両者から紅葉の意図する小説（一方は戯曲であるが）の主眼は、

(1)妙なる着想
(2)要領をえた結構
(3)新味のある手法（読者の意表に出る展開や場面）
(4)筋の立てかた
(5)人物の配合と動かしかた
(6)表題のつけかた
(7)題と内容の関連性

にあることを指摘しうるのである。いずれも作品の思想や作家精神は全然問題にされてはおらず、〈手腕〉などの語を連発して技巧評に終始しているのだが、しかもそうした技巧を自身〈稽古中〉だと述べている点は『金色夜叉』の考察に際して無視しがたいものがある。引き続いて〈生若い面をして香を聞いてゐるやうな〉と苦りきった

罵倒をあびせているのは、近代化のひずみを意識しかけていた観念小説・悲惨小説からさらには社会小説に至る当時の反紅葉の風潮を相手どり、主題そのものの是非は別として、問題意識ばかりが先走って芸術的な定着を欠いた小技巧の粗笨を突いたのであった。

ここに明らかとなるのは、『金色夜叉』は技巧を第一義として当代文壇に挑戦したものであり、その中には前記七項に対する慎重な技巧的な配慮がなされているはずだということである。

で、その技巧が具体的にどのように表わされているかということが次の問題になるのであるが、前述したように、粉本との内容的差異の点に触れておかねばならない。『唾玉集』の談話でも、「亀甲鶴評」(仮題)でも、紅葉は〈大趣向〉とか〈趣向〉という語を用いており、これは紅葉に限らず硯友社作家の常套的な小説作法に関する語であったようで、いわゆる趣向主義として、従来ここに硯友社文学の前近代性批判の焦点があった。そして、粉本との内容の差異の説明はこの趣向によって解釈しうると思われる。〈趣向〉の性格や様相について私は多言を要しない。それは一部常識となっているとともに、学問的には中村幸彦氏の論考[19]がある。要するに、それは近世文芸に特徴的な作品構成に関する語であり、主に読者の知識を踏まえて、それらをさまざまに組合せたり組かえたり、あるいは時事的な問題を巧妙に挿入するなどによって技巧的な面白味をねらった表現の総称と言ってよかろう。悲劇を喜劇に改変したり、先行作の主人公の男女の位置を転倒したりするなどの極端なものから、先行作の部分的挿入など、叙上の『金色夜叉』の粉本は、そうした趣向によって採り入れられていると一応は言いうるのである。

『金色夜叉』前編第七章は春一月半ば過ぎの梅林を舞台とするが、粉本の『あひゞき』は秋九月中旬の樺林が原形であった。そして第八章と『娘節用』の相異点も、むしろ露骨に対照的であり、裏がえしにした趣向であろう。すなわち金五郎の言葉は恩愛・義理・体面を説いて憤るのに対し、貫一は愛と金銭と信頼を説いて懇願するのであり、また、女の言いわけを聞こうとする金五郎に対して、貫一は聞き入れずに立ち去って行くのである。

以上のように趣向という点を主にして『金色夜叉』前編をみるとなお一、二の点を附加することが出来る。第七、八章の舞台を熱海にしているのはなぜか。確かに紅葉は生前に熱海へ行っている。しかし、第六章に、〈二人はの、今朝新聞を見ると急に思着いて、熱海へ出掛けたよ〉とあるように、冬の熱海へ誘う当時の新聞広告などの時事的な背景を趣向としているもののようである。[20]

また『金色夜叉』と『娘節用』の関係は、第八章の場面にとどまらず、人物設定や筋の展開にまで及んでいると考えられる。それは第六章まで貫一が宮の冷ややかな態度を思議し、〈小説的かも知れんけれど、八犬伝の浜路だ、信乃が明朝は立つて了ふと云ふので、親の目を忍んで夜更に逢ひに来る、あの情合でなければならない。いや、妙だ！　自分の身の上も信乃に似てゐる。幼少から親に別れて此の鴫沢の世話になつてゐて、其処の娘と許婚……似てゐる、似てゐる〉ということばに江戸戯作の下敷きが暗示されているのではないか。これは『里見八犬伝』第三輯に該当する部分であるが、今その方はさしおき、『娘節用』のヒロイン失踪までの部分と『金色夜叉』の貫一が熱海の海岸で姿を消すまでの部分との趣向的な類似が指摘されるのであるが、両者を対照させてみよう。

『金色夜叉』（前編）	『娘節用』
(1)幼くして母を失い十五歳の時父をも失った貫一は、貫一の父に恩顧をこうむった鴫沢にひきとられる。（第三章）	(1)貧家の娘お亀は生後間もなく母を失い、同じ頃同じように母を失った金五郎の家に同情されてひきとられる。
(2)貫一は継子扱いを受けることなく、将来は学士たるべく督励されて勉学にいそしみ、最初はその気のなかった夫婦も、高等中学入学を機に人物を見込んで	(2)お亀は金五郎と一緒に育てられ、それぞれ立派な男女として成長し、行末は互に夫婦になることを思い定め、親も承知と思いつつ睦み合っていた。しかし

娘婿にすることを約束するのであり、貫一は美しい宮との結婚を夢みてますます精進するのであった。（第三章）

(3)ある日鴫沢を訪ねて客が来て以後、宮はうち沈んでおり不審に思って問いただす貫一を、宮は何となくはぐらかして笑談にしてその場は終る。（第五章）

(4)気分のすぐれぬ宮が保養ということで熱海に出かけたのち、鴫沢は貫一を呼び、高等中学卒業後は大学へやり洋行もさせようという話をもち出し、いったんは約束した宮を富山と結婚させることの承諾を求める。（第六章）

(5)憤激した貫一は、宮のあとを追って熱海へ行き、宮をなじり、さとしたり懇願したりするが、煮えきらない宮の態度に絶望し、ついに宮を罵倒して彼はその場から姿を消す。（第七・八章）

(6)（行方不明後、貫一は、ひそかに高利貸の手代となっていた）。

金五郎の父は、ゆえあって金五郎を本家の養子にするつもりなのであった。

(3)ある日金五郎はそのことを知らされて心憂く思うが、同じくそのことを聞いたお亀はひとり涙にくれてひきこもり金五郎は笑談などを言って慰めたりするのであった。

(4)いよいよ本家へ行くことになった金五郎を呼び寄せ、父は、諸事の心がけをさとし、本家を継ぐかぎりは氏素姓のいやしいお亀と結婚させるわけにはゆかないし、お亀には婿をとって跡とりにすると言い渡す。

(5)お亀との別れを悲しみながらも旅立ちの日が来て、金五郎はふさぎきっているお亀を慰めすかし、二三の痴話をかわしつつ、二人は涙をたたえて別れるのであった。お亀はそののち悲観のすえ家を出て行方をくらます。

(6)（行方不明後、お亀は、悪者によって遊廓に売られ、歌妓となっていた）。

以上、男女の主人公の位置は逆転し、ドラマを進展させる契機も異質ではあるが、プロットや人物設定は、やはり『娘節用』を背景にしているものと思われる。『金色夜叉』と『娘節用』の類似は会話によってなお指摘しうるが、もはやその列挙は打切ってよかろう。

以上、私は、『金色夜叉』前編の執筆過程と紅葉談話などから、『金色夜叉』がきわめて技巧本位に構成されており、その構成法が江戸戯作の方法〈趣向〉に近似したものであることを想定して、『金色夜叉』の粉本に、人情本『小三金五郎仮名文章娘節用』が、かなり重要な位置を占めていることを考証したつもりである。考証の過程は、趣向性にかなり片寄せたものであるが、趣向という点でのみ紅葉文学が解明されるものではもちろんないであろう。

　為永が人情本をかき、京伝がしやれ本かいたのとは無論考へは違ツている。（『唾玉集』）

という紅葉のことばは、叙上証明したように、たしかに江戸戯作の延長上における『金色夜叉』の位置づけを意味していることは間違いない。しかし、洒落本・人情本とは異なる紅葉文学の発展的要素を具体的に摘出する問題が残っている。そして小考は、従来も若干指摘されてきた『金色夜叉』の人情本的性格(21)の解明を具体化する手がかりを与えることになりはしないであろうか。関良一氏(22)は、〈近代〈小説〉史を近世〈戯作〉史の延長においてとらえることはもちろん可能であり、その下限は、文学史における通説がそうであるように、狭く後期硯友社までとも見られ〉ると述べておられたが、その点に一部実証を添えたことで今は満足し、先考の多くを無視したことの非礼を謝して他日を期したい。

注

（1）後藤宙外『明治文壇回顧録』（昭11、岡倉書房）の記事による。

（2）山岸荷葉「故紅葉大人談片」（『新小説』明37・2）
（3）木村毅「バーサ・クレーと明治文学―私の思い出を通して―」（島田謹二教授還暦記念論文集『比較文学比較文化』昭36・7）
（4）伊狩章「硯友社の小説作法―紅葉と古典文学」（『解釈と鑑賞』昭38・9）
（5）安田保雄「『あひゞき』の改訳と『金色夜叉』」（『鶴見女子大学紀要』第2号、昭39・12）
（6）森銑三『明治東京逸聞史1』（『東洋文庫一三五』昭44・3、平凡社）の明治二十五年「指輪」の項に「三人妻」前編三から、男の金剛石の指輪についての部分を引用している。
（7）泉鏡花・小栗風葉談話「紅葉先生」（『明星』明36・11）
（8）大島田人「明治初期に於けるシェークスピア」（『明治大学人文科学研究所紀要』第3号「日本文学研究」昭30・3）
（9）前注（4）及び「硯友社―近世文学との関係を中心として―」（『国文学』昭39・2）
（10）勝本清一郎「硯友社の発足」（『解釈と鑑賞』昭37・4）
（11）岡保生『尾崎紅葉の生涯と文学』（昭43、明治書院）
（12）前注（4）
（13）藤の屋主人「忍月居士の『お八重』」（其二）（『女学雑誌』明22・5・18）
（14）ふ、ち、「『お八重』の評拾遺」（『女学雑誌』明22・6・1）
（15）ふ、ち、「四大奇書」（『女子雑誌』明22・9・7）
（16）とみ子「日本最上小説十種」（『女学雑誌』明22・11・2）
（17）前注（7）
（18）長谷川泉「金色夜叉(1)―尾崎紅葉」（『国文学』昭42・7）
（19）中村幸彦「趣向」（『天理大学学報』18輯、昭31・2）及び同『戯作論』（昭41、角川書店）
（20）加藤秀俊・加太こうじ・岩崎爾郎『明治・大正・昭和世相史』（昭42、社会思想社）の明治二十九年十二月の項に、「『あたみに冬なし』との熱海温泉の宣伝広告、新聞にでる」とある。

（21）　正宗白鳥や塩田良平氏が指摘しておられる。
（22）　関良一「小説」（『文学・語学』昭42・6、特集・近代文学の成立における伝統と創造）
（『国語と国文学』第四十六巻十二号、昭和44年12月）

二 『金色夜叉』初出掲載および現行本対照表

はじめに

『金色夜叉』は、足かけ六年にわたって『読売新聞』に掲載されながら、ついに未完におわった紅葉の最大の長編である。だが全掲載回数二三五によってもわかるように、休載が掲載の八倍以上もあって新聞小説史上類がなく、読者や新聞社をいらだたせ、紅葉自身も苦しんだのであった。有名なのは、『明治大正文学全集・尾崎紅葉』（昭2、春陽堂）に附された鏡花の「小解」である。

先生が或時、其処の園遊会に出席された。園に、淑女才媛が夥しかつた。大塚楠緒子、上田柳村氏夫人など、十幾人が、ばら〳〵と初対面の先生を取巻いた。／「先生。」／「先生。」／「――抑も塩原の地形たるとは何事でしよう。」／「塩谷郡の南より群峰の間を分けて……どころぢやありませんわ、宮さんを何うして下さるんです。」

主人公たちのなりゆきを知りたいと願う女性読者の切実な声を伝えているものである。もっとも、この鏡花文は、「十千万堂日録」（明34・3・29）の記事によれば、また聞きの鏡花の誤聞ないし誇張があるのではあるが。

また当時の『読売新聞』には、「葉(は)がき集」という読者投書欄が設けられていたが、そこにも『金色夜叉』への註文などがしきりに寄せられていた。一、二を拾ってみよう。

紅葉さん金色夜叉を此頃のやうに怠けると気違ひのおばあさんの手段を君の家へ再演しますよ此後とも注意し

て日々出して下さい（ヨコハマ銀色夜叉）　（明32・1・16）

〈気違ひのおばあさんの手段〉とは、現行本文の後編第七章の狂女の放火のことで、休載すると紅葉の家へ火をつけようという冗談である。また、

大評判の烏合会へ見物に行つたら自分より先に金色夜叉の絵を見てゐる人があつて連の男に言つて曰く、ウン是は此間読売新聞に出てゐた短編小説だ（何思ひけん子）　（明35・4・7）

は、掲載してはすぐ休む『金色夜叉』を諷して気のきいた一口落語になっている。烏合会に出品された金色夜叉の絵というのは、鏑木清方の筆になる宮の入水の図のことである。

また、上司小剣の『U新聞年代記』（第二景）は、当時の読売社内の空気を、社長本野盛亨と主筆中井錦城の会話で伝えている。

本野「時に、尾崎（紅葉）は、どうも小説を書かないで困るが、どうにかならないものかね。」／中井「尾崎のことは、高田（早苗。前主筆で現重役）君にお任かせしてあるんでございますが、どうも書けないやうでございますね。」

文学に理解のなかった本野は、〈不らち！　不らち！〉と叫び（『読売新聞八十年史』一六五頁）、中に立って苦慮することのしばしばであった高田は、編集から遠ざかっていた関係から市島春城が代り、推敲無類の紅葉の原稿を社長に示してなだめたこともあったという（『半峯昔ばなし』一二七頁）。

もちろん紅葉自身も苦しんでいた。「十千万堂日録」の明治三十四年一月二十二日に、紅葉は次のように述べている。

余の新聞社に入りて茲に十星霜、然れども此の続々金色夜叉を草して本年に入りたる如く、休筆の連（しきり）にして、詩思無きにあらざれど、筆を執るの気を発せざるは、未だ曾て有らざる所也。日就社に対して深く疎狂放恣の

> 過ぐるを愧づ。一に胃患の為に妨げられ、二に客来の為に碍げられ、三に推敲の為に礙げらる、之を金色夜叉の三害と作すか。

まだ本人は胃ガンとは知らなかったが、胃の不快を毎日訴えている。客来の絶えないのも日記の示すところであり、この日記本文にすら〈さまたげる〉の字を〈妨・碍・礙〉と区別しなければすまない文字魔の紅葉であった。

以上、周知のものも引用しつつ、『金色夜叉』の進行に対する周囲の反応や紅葉の感想の一斑を眺めてみた。しかしこれらのことがらも、基本的には、厳密に掲載状況と対応して考えねばならないものであろう。従来『金色夜叉』の掲載状況について記したものは若干あるが、極めて大まかであり、また誤っているものもあった。『読売新聞』を見ればすむことであるが、そのつどの検索の煩を簡便化することの必要を私自身は感じていた。〈抑も塩原の地形たる……〉の部分の発表年月日も、すぐにはわからなかったのである。また、休載をはさむ長期間にわたる執筆が、構想に関連してくることが考えられるようになり、何月何日にはどこまで書かれていたのかを追跡する要も起ってきた。初出本文を容易に手もとにおくことのできない現時点では、現行本文で考えることも多いわけだが、その点から現行本文で位置を知る必要がある。それこれの理由から、掲載一覧表を現行本と対照させて作成しておくことの必要を私自身は感じているわけだが、いたずらにトリビアルだと批判する向きのあることを恐れている。とにかく従来の記述を細密化、正確化して、今後の多方面の利用に供すべく、あえて資料として提出することにした。

対照に用いる現行本には、中央公論社版全集と、角川書店の『日本近代文学大系』の二種を採用した。前者は、初めて学問的に校訂されて画期的な定本として今日に至っているものであり、後者は、前者をさらに改訂して最新刊の入手に便なものである。

凡例

一、本表は、『金色夜叉』がどのように発表されたか、そして発表個所が現行本のどの部分に当たるかを知るためのものである。

一、本表は、初出題名に従って、順次に分けて作成した。

一、表の見方は次のとおりである。上より順次に段をかぞえる。

第一段　『読売新聞』における初出本文の掲載年月日。

第二段　同じく当時の初出本文の見出しの章段。誤りは、〈ママ〉としてそのまま記載した。

第三段　同じく当日の初出本文の冒頭の数句を、適当に掲げた。

第四段　「(校1)」などとあるのは、第三段の文句が、現行本と差異のあるもので、校異については各表の終りに記した。「付1」などとあるのは、当日の初出本文の末尾に付記のあるもので、各表の終りにそのまま掲げた。「○」印は、当日の初出本文に挿画のあるもの。なお画家は梶田半古である。

第五段　初出本文に相当する現行本の章段。(A)(B)ともに通用。

第六・七段　塩田良平校訂『金色夜叉』(中央公論社『尾崎紅葉全集』第六巻、昭16)において、初出本文に相当する部分の「冒頭の位置を示すページ数(漢数字)と行数(アラビア数字)。(A)『中公版全集本』と略記。

第八・九段　同じく、岡保生注釈『金色夜叉』(角川書店『日本近代文学大系5　尾崎紅葉集』昭46)において、相当位置の冒頭を示すページ数と行数。(B)『角川大系本』と略記。

一、たての点線による罫は五行(回)ごとに引いたもので、検索の便以外の意味はない。

『金色夜叉』（明治30・1・1—2・23 三十二回）

紅葉

対照本文『金色夜叉 前編』

『読売新聞』初出				(A)『中公版全集本』			(B)『角川大系本』	
掲載年月日	章段	冒頭	備考	章段	頁	行	頁	行
明治30・1・1	(一)	未だ宵ながら		第一章	三	1	五四	1
2	(壱)の二	箕輪の奥は		(一)の二	六	1	五六	6
3	(壱)の三	綱曳にて駈着けし			八	3	五八	4
7	(壱)の四	お俊は骨牌の席に			一〇	5	五九	20
8	(壱)の五	男たちは自から			一二	14	六二	1
9	(壱)の六	「では御意に召したのが		第二章	一五	5	六三	19
11	(二)の一（ママ）	骨牌の会は			一八	4	六六	1
14	(三)の壱	間貫一の十年来		第三章	二二	1	六八	17
15	(三)の二	彼は貴人の奥方の			二三	14	七〇	11
17	(四)の一	漆の如き闇の		第四章	二五	4	七一	12
18	(四)の二	「酔つて居るでせう			二八	1	七三	14
23	(五)の壱	或日箕輪の内儀は		第五章	三一	1	七五	17
24	(五)の二	人の気勢に驚きて			三三	7	七七	15
27	(五)の三	「それは病気の所為だ			三六	4	七九	18
28	(六)の壱	其翌々日なりき		第六章	三八	7	八一	11
31	(六)の二	貫一は猶も思続けつ	(校1)		四一	1	八三	13
2・2	(六)の三	翌日果して熱海より		(六)の二	四三	5	八五	9

3	(六)の四	「で、私もまあ一安心			四五	11	八七	5
4	(六)の五	「お前に約束をして置いて			四七	9	八八	15
5	(六)の六	「嫁に遣ると有仰るのは			四九	8	九〇	8
6	(六)の七	貫一は彼の説進むに			五一	13	九二	7
9	(七)の壱	熱海は東京に比して		第七章	五四	1	九四	3
10	(七)の弐	宮は何心無く			五六	15	九六	8
11	(七)の三	「御帰になつたら			五九	9	九八	12
12	(七)の四	又人の入来る気勢なるを			六一	14	一〇〇	10
15	(七)の五	唯継と貫一とを左右に			六四	8	一〇二	14
16	(八)の壱	打霞みたる空ながら		第八章	六七	6	一〇五	1
17	(八)の二	宮は可悲と可懼に			六九	15	一〇六	18
18	(八)の三	「吁、宮さん、恁して二人が			七二	9	一〇八	18
20	(八)の四	今ははや言ふも益無ければ			七四	15	一一〇	18
21	(八)の五	「雀が米を食ふのは			七七	6	一一二	19
23	(八)の六	「嗚呼、私は如何したら	付1		七九	14	一一五	2

(校1)　貫一は猶も思続けつ。↓ナシ。「女と云ふ者は一体男よりは……」から。

付1　(上の巻)終／著者傾日感冒に罹り病牀筆を執りて漸く上の巻を結了せしが此の処一、週間休筆して病を養ふ由に付き下の巻は来る三月三日より続々掲載す

『後編 金色夜叉』（明治30・9・5―11・6 五十一回）

紅葉散人

対照本文『金色夜叉 中編』

明治30・9・5	（一）	新橋停車場の		第一章	八五	1	一一八	1
6	（壱）の二	佐分利は幾数回頷きて			八七	13	一二〇	9
7	（壱）の三	葡萄酒の紅を啜り			九〇	10	一二二	12
8	（壱）の四	暫く話の絶えける間に	付2		九三	1	一二四	10
9	（二）の壱	柵の柱の下に在りて		第二章	九六	10	一二七	8
10	（二）の弐	二人は停車場を出でゝ			九九	8	一二九	10
11	（二）の三	とかくする間に盃盤は			一〇二	12	一三一	20
12	（二）の四	彼は色を正して			一〇五	3	一三三	19
14	（二）の五	「それは如何いふ理ですか			一〇八	1	一三六	2
15	（二）の六	僅に恁く言ひ放ちて			一一一	2	一三八	11
16	（二）の七	満枝は彼の言の			一一三	11	一四〇	11
17	（三）の壱	赤坂氷川の辺に		第三章	一一六	10	一四二	16
18	（三）の二	殿は此失望の極			一一八	12	一四四	8
19	（三）の三	貫一は鰐淵の裏二階なる			一二〇	4	一四五	12
20	（三）の四	毒は毒を以つて		（三）の二	一二一	12	一四六	18
21	（三）の五	然れども彼は今も仍			一二三	4	一四七	21
23	（三）の六	お峯は其の言はむとする所を			一二五	14	一五〇	1
24	（三）の七	「今朝出掛けたのも			一二八	10	一五二	5
25	（四）の壱	貫一は直に車を飛して		第四章	一三一	4	一五四	7

27	(四)の三(ママ)	畔柳元衛の娘		(四)ノ二	一三三	9	一五六	1
28	(四)の三	貴婦人は此秋霽の			一三五	11	一五七	13
29	(四)の四	旋て双眼鏡は貴婦人の			一三七	3	一五八	17
30	(四)の五	良有りて貴婦人は徐に	(校2)		一三九	12	一六〇	16
10・1	(四)の六	此の貴婦こそ富山宮子にて	(校3)	(四)ノ三	一四一	12	一六二	7
2	(四)の七	「お宅は?			一四三	11	一六三	17
3	(四)の八	楼を下りて此に			一四五	13	一六五	12
4	(四)の九	是より帰りて左も右も			一四七	10	一六六	20
5	(四)の十	宮は此散歩の間に			一四九	15	一六八	19
6	(四)の十一	いでや事の様を見むとて			一五二	3	一七〇	13
9	(五)の一	遊佐良橘は郷里に		第五章	一五五	1	一七三	1
10	(五)の二	遊「君の後曳も			一五七	8	一七四	16
11	(五)の三	遊佐は二階に昇り	(校4)		一六〇	7	一七六	20
12	(五)の四	「濡れぬ内こそ			一六三	1	一七八	21
13	(五)の五	風「常談どころぢやない			一六五	13	一八一	2
14	(六)の一	座敷には窘める	付3	第六章	一六九	2	一八三	11
15	(六)の二	遊佐も逭れ難き義理に	(校5)		一七一	14	一八五	12
16	(六)の三	折から襖の開きけるを			一七四	15	一八七	21
18	(六)の五(ママ)	「遊佐君の借財の件			一七七	8	一八九	20
19	(六)の五	遊佐は独に計ひかねて	(校6)		一七九	13	一九一	18
21	(六)の六	蒲田は物をも言はず			一八二	11	一九四	1
24	(六)の七	人の言に手は弛めたれど			一八五	7	一九六	2
25	(六)の八	「全く行かんのですから			一八八	4	一九八	7

26	（六）の九	身を起すと与に貫一は			一九〇	13	二〇〇	7
27	（六）の十	二人は蒲田が案外の	付4		一九三	5	二〇二	7
28	（七）の一	茫々たる世間に		第七章	一九六	1	二〇四	10
30	（七）の二	同時に例の不断の			一九七	13	二〇五	18
31	（七）の三	彼は此痛苦の堪ふべからざるに			一九九	6	二〇七	3
11・2	（七）の四	彼の堪ふべからざる痛苦と			二〇〇	12	二〇八	8
4	（八）の壱	用談果つると斉しく	（校7）	第八章	二〇二	2	二〇九	10
5	（八）の二	「それぢや私は此で			二〇五	11	二一二	6
6	（八）の三	片側町なる坂町は	付5	（八）の二	二〇八	8	二一四	8

（校2） 貴婦人↓彼
（校3） 貴婦↓貴婦人
（校4） 遊佐は↓少間ありて遊佐は
（校5） 遊佐↓彼
（校6） 独に↓其の独に
（校7） 果つると斉しく↓果つるを俟ちて
付2 「▲昨七日イ便の葉書にて……」とあるが、対照本文に掲載されているので省略する。
付3 ▲小石川の蹈氷子より、（五）の三中蒲田の語に、「天引四割と吃つて、三月目毎に血を吮はれる」とあるは一月おきにと言はざれば当らずと誨へられたり。実に高利貸の三個月なる期限は例として月跨ぎの三個月なれば、其実隔月に相当するなり。因りて忠告の如く訂正して、深く同氏の厚意を謝す。
付4 ▲正誤―（六）の九章末文第二行百円の公整証書の下の謄本の三字を脱す
付5 （後編をはり）／記者曰く後編金色夜叉玆に稿を了ふ著者紅葉更に筆研を新にして明年一月一日より其続編を掲ぐべき心算□なり

『続金色夜叉』（明治31・1・14―4・1 四十九回）

対照本文『金色夜叉 後編』

こうえふ

明治31・1・14	14	（壱）	翌々日の諸新聞は		第壱章	二一三	1	二一七	1
	15	（壱の二）	「どうも飛んだ事で			二一五	6	二一九	1
	16	（壱の三）	「お前又お父様の前で			二一七	13	二二〇	20
	17	（壱の四）	湊打去みて直道は			二二〇	1	二二二	16
	18	（壱）の五	「おゝ、直道か		（壱）の二	二二二	1	二二四	8
	19	（壱）の六	些も動ずる色無き			二二五	1	二二六	14
	21	（壱）の七	直道は先づ厳に			二二七	5	二二八	11
	22	（壱）の八	直道は今日を限と			二二九	13	二三〇	13
	23	（弐）	主人公なる間貫一が		第弐章	二三二	10	二三二	16
	24	（弐）の二	彼の出でゝ帰らざる			二三四	3	二三三	18
2・3	3	（弐）の三	子を生みし後も			二三五	10	二三五	1
	4	（弐）の四	宮は貫一が事を忘れざると		（弐）の二	二三七	3	二三六	7
	6	（弐）の五	此寒き日を此煖き室に			二三八	15	二三七	18
	7	（弐）の六	「近頃はお前別して			二四一	4	二三九	14
	9	（弐）の七	宮は既に富むと裕なるとに		第三章	二四三	6	二四一	7
	12	（弐）の七（マヽ）	其雪は明方になりて			二四五	4	二四二	15
	13	（三）の弐	母は不図思起してや			二四七	8	二四四	12
	14	（三）の参	「然う？ お父様は			二四九	13	二四六	8
	15	（三）の四	「それは然うでも			二五二	1	二四八	3

16	(三)の五	「那様に言ふのなら			二五三	15	二四九	16
19	(四)の一	頭部に受けし貫一が		第四章	二五六	7	二五一	13
20	(四)の二	例の煩はしき人は			二五八	6	二五三	3
21	(四)の三	「お内にも御病人の			二六〇	12	二五四	21
23	(四)の四	胡麻攄羅紗の地厚なる			二六三	3	二五六	18
24	(四)の五	陰には己自ら			二六五	10	二五八	15
25	(四)の六	「然やうかな。如何さま			二六七	11	二六〇	6
28	(五)の壱	檜葉、樅などの		第五章	二七〇	8	二六二	10
3・3	(五)の二	「貴方の前では這麼事は	(校8)		二七三	1	二六四	7
4	(五)の三	案内せる附添の婆は			二七四	13	二六五	16
5	(五)の四	婆は鴫沢の前に		(五)の二	二七六	6	二六七	1
7	(五)の五	「然し、貫一さん			二七八	9	二六八	15
9	(五)の六	我強くも貫一は	(校9)		二八〇	6	二七〇	5
10	(五)の七	容儀人の娘とは見えず			二八二	8	二七一	19
11	(六)の壱	数日前より鰐淵が		第六章	二八四	1	二七三	1
15	(六)の二	終日灰色に打曇りて			二八六	12	二七四	21
16	(六)の三	彼は泣きて〳〵止まず			二八八	14	二七六	12
17	(六)の四	爾思へりしのみにて			二九一	1	二七八	7
18	(六)の五	無益に言を用ゐんより			二九二	8	二七九	11
19	(六)の六	次の日も例刻に			二九四	5	二八〇	21
20	(七)の壱	子の讐なる直行が		第七章	二九六	4	二八二	12
21	(七)の二	槍は降りても必ず			二九七	15	二八三	19
24	(七)の三	狂女は果して			三〇〇	3	二八五	14

25	(七)の四	人々出合ひて打騒ぐ比には		(七)の二	三〇一	9	二八六	18
27	(七)の五	住むべき家の痕跡も無く			三〇三	7	二八八	7
28	(七)の六	我が煩悶の活を			三〇四	12	二八九	9
29	(七)の七	焼瓦の踏破かるゝ音に			三〇六	2	二九〇	12
30	(七)の八	生暖き風は急に			三〇八	1	二九二	3
31	(七)の九	夜は太く更けにければ			三〇九	11	二九三	12
4・1	(七)の十	彼の潔しと謂ふなる	付6		三一一	8	二九四	19

(校8)　前では↓前で

(校9)　貫一は↓貫一の

付6　(続編をはり)／続金色夜叉ここに稿を了ふ著者紅葉更に材料を蒐め五月上旬より続々金色夜叉を出さんとす読者幸に紅葉をして文を練り想を養ふの余裕を得せしめよ

『続々金色夜叉』(明治32・1・1—34・4・8　八十九回)　紅　葉(紅葉山人)

対照本文　最初から明治34年1月27日までが『続金色夜叉』、同年1月30日から最後までが『続続金色夜叉』。なお34年1月30日より署名が〈紅葉山人〉となる。

明治32・1・1	(壱)	時を銭なりとして		第壱章	三一九	1	二九八	4
2	(壱)の二	「瓢空しく夜は			三二一	5	二九九	21
3	(壱)の三	いと更に面の			三二三	5	三〇一	13
6	(壱)の四	「荒尾さんで被在いましたか			三二五	10	三〇三	9
7	(弐)	鬚深き横面に		第弐章	三二八	2	三〇五	7
8	(弐)の二	吁、吾が罪			三三〇	5	三〇六	20

9	(弐)の三	「それでは此上甚麽に		三三二	7	三〇八	15
10	(弐)の四	「那様事は管ひません		三三四	8	三一〇	8
15	(弐)の五	果て人の入来て		三三六	7	三一一	18
16	(三)	門々の松は除かれて	第参章	三三九	1	三一三	16
19	(三)の二	十九にして恋人を		三四一	2	三一五	9
20	(三)の三	宮は知らず貌に		三四四	4	三一七	17
23	(三)の四	夫を玄関に送出でし	(三)の二	三四六	12	三一九	15
28	(三)の五	良有りて彼は懶く		三四八	5	三二〇	19
30	(四)	主夫婦を併せて	第四章	三五〇	1	三二二	5
2・1	(四)の二	学校友達と名乗し	(四)の二	三五三	2	三二四	13
5	(四)の三	貫一は頭を低れて		三五五	4	三二六	7
8	(四)の四	「而して君は妻君を		三五七	5	三二八	1
12	(四)の五	「其は僕が慰められるよりは		三五九	13	三三〇	1
3・17	(四)の六	「解つても解らんでも		三六二	3	三三一	17
18	(四)の七	「うゝ、それぢや君は		三六四	3	三三三	10
22	(四)の八	満枝は先づ主に		三六五	14	三三四	18
27	(四)の九	程もあらずラムプは	(四)の三	三六八	11	三三七	1
28	(四)の十	「まあ然云ふ事を言はずに		三七一	7	三三八	21
4・1	(五)	遽に千葉に行く事	第五章	三七四	1	三四一	1
4	(五)の二	間有りて婢どもの		三七五	15	三四二	10
6	(五)の三	女は唯愈よ咽び		三七八	4	三四四	5
8	(五)の四	さて男の声は聞ゆ		三七九	15	三四五	13
5・9	(五)の五	今彼娘の宮ならば		三八二	4	三四七	11

10	(六)	千葉より帰りて		第六章	三八四	5	三四九	4
13	(六)の二	打続きて宮が音信の			三八六	9	三五〇	20
14	(六)の三	「荒尾さんと有仰るのは			三八八	12	三五二	14
16	(六)の四	「貫一さん、私は今日は			三九〇	12	三五四	4
18	(六)の五	良久しかるに客の			三九三	5	三五六	5
20	(六)の六	「さあ、早く帰れ			三九五	3	三五七	15
25	(六)の七	座敷外に脱ぎたる		(六)の二	三九七	6	三五九	9
27	(六)の八	有効無き此の侵辱に			四〇〇	7	三六一	13
28	(六)の九	「はい、……広島の			四〇二	9	三六三	7
33・12・4	(七)	家の内を限無く	○	第七章	四〇四	9	三六五	1
5	(七)の二	貫一は此の情緒の	○(校10)		四〇七	10	三六七	3
6	(七)の三	「あゝ、未だ御在でしたか			四〇九	6	三六八	13
21	(七)の四	「間さん、貴方、然う	○		四一一	8	三七〇	5
22	(七)の五	犬にも非ず	○		四一三	15	三七二	2
23	(七)の六	「では、屹度有仰って	○		四一六	3	三七三	15
24	(七)の七	這は何事と駭ける	○		四一八	2	三七五	7
25	(七)の八	貫一は幾と答ふる所を	○		四二〇	8	三七七	5
26	(七)の九	「就きましては、私今から	○		四二二	11	三七八	21
28	(七)の十	切なりと謂はゞ	○		四二四	9	三八〇	13
34・1・1	(八)	家の内には己と老婢との	○	第八章	四二七	1	三八二	11
12	(八)の二	「何為成敗は遊ばしません	○		四二九	7	三八四	8
14	(八)の三	此の恐るべき危機に			四三一	2	三八五	15
17	(八)の四	「私は是で死んで了へば	○		四三二	9	三八六	20

18	(八)の五	「貫、貫一さん			四三四	9	三八八	11
23	(八)の六	磐石を曳くより苦しく	○		四三六	10	三九〇	3
24	(八)の七	あな、凄まじ、と貫一は			四三八	4	三九一	10
26	(八)の八	貫一は彼の死の余りに			四四〇	4	三九三	3
27	(八)の九	「爾来今日迄の六年間			四四二	4	三九四	13
30	(九)	貫一が胸は益す	○	第壱章	四四七	1	三九六	1
2・3	(九)の二	車は駛せ、景は	○	(二)の二	四四九	1	三九七	15
5	(九)の三	途ながら前面の崖の	○		四五〇	9	三九八	19
8	(九)の四	既に如此くなれば	○		四五二	2	四〇〇	3
9	(十)	一村十二戸、温泉は	○		四五三	10	四〇一	7
11	(十)の二	楼前の緑は漸く	○		四五五	5	四〇二	15
14	(十)の三	風呂場に入れば	○		四五七	2	四〇三	21
15	(十)の四	主の辞し去りて後	○		四五九	2	四〇五	11
17	(十)の五	明る朝の食後	○		四六一	12	四〇七	12
22	(十)の六	風恬に草香りて	○		四六四	7	四〇九	11
24	(十)の七	彼は食事を了りて	○		四六六	5	四一〇	21
25	(十)の八	拍子抜して返れる貫一は	○		四六八	2	四一二	10
28	(拾壱)	彼の男女は娩しさに	○	第参章	四七〇	1	四一四	1
3・1	(拾壱)の二	「悪縁だから悪縁だと	○		四七二	6	四一五	15
4	(拾壱)の三	「恁う成るのも皆	○		四七四	15	四一七	14
5	(拾壱)の四	「所歓の有る女が金で	○		四七六	11	四一九	2
8	(拾壱)の五	「其ぢや私も赫として	○		四七八	13	四二〇	17
10	(拾壱)の六	「所が、好かつた事には	○		四八〇	4	四二一	20

12	(拾三)(ママ)	両箇は此方に且泣き	○	(三)の二	四八二	1	四二三	6
13	(拾二)の二	昼間の程は勗めて	○		四八三	15	四二四	16
16	(十三)	両箇は較熱かりし		第四章	四八六	1	四二六	6
18	(十三)の二	「其代に、偶として	○(校11)		四八八	15	四二八	8
19	(十三)の三	女は何気無く受けながら	○		四九〇	13	四二九	16
21	(十三)の四	狭山は旋て銚子を	○		四九三	1	四三一	12
22	(十三)の五	貫一は気を厳粛にして	○	第五章	四九五	3	四三三	5
24	(十三)の六	「はゝあ。然うすると	○		四九七	9	四三五	1
26	(十三)の七	「と申すのには、少し			四九九	11	四三六	16
27	(十三)の八	「御承知で御座いますか			五〇一	14	四三八	10
30	(十三)の九	「勿論然う無けりや			五〇四	9	四四〇	8
31	(十三)の十	「細君に就いて何云ふ話が			五〇六	10	四四二	2
4・7	(十三)の十一	恰も我名の出でしまゝに	○		五〇八	11	四四三	18
8	(十三)の十二	貫一が久渇の心は			五一〇	5	四四五	2

(校10)　貫一→彼
(校11)　其代に→其代り

『続々金色夜叉続編』(明治35・4・1—5・11　十四回)　紅葉山人

対照本文『新続金色夜叉』

明治35・4・1	(壱)	生れてより神仏を		第壱章	五一五	1	四四七	1

2	(壱)の二	かやうに思迫め候気にも			五一七	1	四四八	16
3	(壱)の三	御前様の数々御苦労			五一八	7	四四九	20
4	(壱)の四	愚なる私の心得違さへ			五二〇	1	四五一	5
6	(壱)の五	ある女世に比無き錦を			五二一	8	四五二	11
16	(弐)	隣に養へる薔薇の		第弐章	五二三	9	四五四	5
18	(弐)の二	浴すれば、下立ちて		(二)の二	五二五	11	四五五	18
20	(弐)の三	貫一は其半を尽して	○		五二八	9	四五七	21
21	(弐)の四	「忝ない。然し	○		五三〇	14	四五九	16
23	(弐)の五	酒を更むると与に	○(校12)	(二)の三	五三三	1	四六一	7
5・1	(弐)の六	「あゝ、舎して下さいまし	○		五三五	8	四六三	9
2	(弐)の七	「それから、十七八から	○		五三八	2	四六五	11
5	(三)	惜くもなき命は	○	第参章	五四〇	4	四六七	2
11	(三)の二	昨日は見舞がてらに	○	(三)の二	五四二	4	四六八	10

（校12） 酒を更むる……→話頭は酒を更むる……

（『文芸と思想』第三十八号、昭和49年2月）

三　『金色夜叉』の一素材
——宮のモデル——

『金色夜叉』のお宮、あれほど通俗を動かす女主人公のモデルには、誰がなつたことであらう。又あの貫一のモデルには誰がなつたことであらう。私はN氏やO氏を通じて、その間の二三の消息をきいたが、しかし今更それを此処に披瀝する必要もない。

田山花袋は、文壇回想録『東京の三十年』（大6）に、右のような言葉をはさんでいる。『金色夜叉』の作中人物のモデルについては、当時からとかく取沙汰され、それはもはや改めて花袋が述べるまでもないくらいに周知のことがらになっていたようである。そして巌谷小波が、『金色夜叉の真相』（昭2）で、噂のもとである自分の恋愛事件の全貌を告白し、噂を固定し公然化したことは有名である。貫一を小波自身に見立て、宮のモデルには、匿名ながら、漢学者川田甕江の三女綾子や、紅葉館の女中であった中村須磨子が擬せられているわけであるが、やはり『金色夜叉』の人物造型と、まったく無縁のものではなかったと思われる。しかし、事件的な類似が部分的には認められるものの、人間像の点ではかなりへだたりがあり、〈貫一の場合と同様、宮の性格その他は、あくまで紅葉の創作とみるべきであろう〉[1]というのが妥当な解釈なのである。

だが、一方で江見水蔭は、『硯友社と紅葉』（昭2）で次のように述べている。

世間では小波を貫一と云つてゐるが、全部然うではなく、紅葉自身も出てゐるし、又中村雪後なども取入れられてある。お宮でも一人をモデルにはしてなく、集合モデルだ。複写式モデルだ。

水蔭は、『自己中心明治文壇史』（昭2）でも、〈其時代の作家は、多く集合写真的に幾人かを寄せて一人物を捏ッち上げたの〉だと、傍点をつけてまでそのことを繰りかえし、

> 皆集合モデルで、決して一人の直写ではない事を、自分は能く知つてゐるが、それを分析して今日発表するには、未だ早いので省く。

と結んでいる。

水蔭は、部分的にしろ、『金色夜叉』のモデルになった多くの実在人物を知っていたようで、モデル探しには、幾分期待を抱かせられもするが、ここでモデルを問題にするのは、〈集合写真的〉ということが、紅葉はじめ〈其時代の作家〉の小説の方法に関連するからであり、『硯友社と紅葉』によれば、

> 此時代では、一人物をモデルとし、一事件を直写する事を、作家の耻辱のやうにもして『誰某は自分の事を其儘書いた。』とか、『友人の事をソツクリ書いた。』と云つて、直写するのを嘲笑したものだ。

とあって、自然主義文学の虚構性の乏しさを難じて、硯友社文学の性格を説こうとする文学史的な課題が見られるからである。

ところで、この〈集合写真的〉と水蔭のいう『金色夜叉』の人物造型の方法は、どのようなものであろうか。それを明らかにするためには、お宮ならお宮に関して、モデルをできるだけ多く集め、それを客観的に定着し、作中人物の部分や全体にわたって比較検討することが必要であろう。そして小波に関する方面のみは、今日彼の日記が一部公刊され[2]、また彼の日記のすべてはフィルムに撮られて明治大学に所蔵されており[3]、『金色夜叉の真相』をも合わせて再考の余地も無いわけではない。しかしその他のモデルについては、水蔭もほとんど語ってはおらず、モデル探しも今となっては至極困難となっている。しかも、モデルは、何も直接間接に紅葉と交渉のあった人物とは限らず、他の文学作品の人物である場合もあり、すでに、バーサ・クレーの小説や『嵐が丘』の人物などが、構想

ともに持ちこまれているらしいことが考えられており、[4]貫一の造型にはハムレットさえ顔を出しているのである。[5]ところで、紅葉が、ヒロイン宮の造型に際してまさしく採り入れた一つのモデル（というよりは素材）のあったことを報告しておきたい。

宮は、少女時代からすでに自らの美貌を自覚して、その〈色をもて富貴を得べし〉と信じており、この性向が悲劇の素因となったのであるが、彼女の夢みる乙女心を強く刺激し、容色を決定的に自負するに至った一つの事件があった。

それは彼が十七の歳に起りし事なり。当時彼は明治音楽院に通ひたりしに、ヴァイオリンのプロフエッサアなる独逸人は彼の愛らしき袂に艶書を投入れぬ。是素より仇なる恋にはあらで、女夫（めをと）の契を望みしなり。殆ど同時に、院長の某（なにがし）は年四十を踰（こ）えたるに、先年其妻を喪ひしをもて再び彼を娶らんとて、密に一室に招きて切なる心を打明かせし事あり。／此時彼の小き胸は破れんとするばかり轟けり。半は曾て覚えざる可羞（はづかしさ）の為に、半は遽に大なる希望（のぞみ）の宿りたるが為に。彼は茲に始めて己の美しさの寡くとも奏任以上の地位ある名流を其夫（つま）に直ひすべきを信じたるなり。彼を美く見たるは彼の教師と院長とのみならで、牆（かき）を隣れる男子部の諸生の常に彼を見んとて打騒ぐをも、宮は知らざりしにあらず。　（前編・第三章）

ところが、この宮の遭遇した事件とほとんど同じ事件が、東京音楽学校（東京芸術大学音楽学部の前身）で起こったらしいことを、『読売新聞』が採り上げているのである。『金色夜叉』の四年半以前、明治二十五年八月十二日から、雑報に「風説鬼一口」と見出しをつけて、一連の記事が掲載された。長文であるが、資料として全文を紹介する。

（原文は総ルビで句読点は無いが、特殊な訓みかたのルビは残し、句読点も若干施し、一部当用漢字の字体に改めた以外

は、原文どおり）

○風説鬼一口　春は花の雲、鐘一つ売れぬ日も無き都の片隅に、名所は秋も面白き松風の琴の音優に、やさしき女のすなる技を教ふる館(やかた)あり。館長は下品なる容貌(つらがまへ)に似ず、社会の名流に数へらるゝ紳士にて、諸所の演説に其道の熱心家と聞こえ、頭顱(つむり)を少禿(すこはげ)の分別盛、色づきたる大勢の女子(むすめ)を預かるには然るべき人物と世の信用疎ならず、女流の名手此門より出づるもの踵(あと)を接ぎて、斯道の末繁昌頼もしく想はれけり。されども女生の風儀正しからぬ噂の無きにはあらねど、千里見通しの通力あるにもあらぬ凡夫の館長なれば、蔭にて生徒同士が男の品評(しなさだめ)するまで知るべきやうはなく、兎も角も館の規律厳(おごそか)に間違ひなどの起らぬを、養ひ難き女子輩(をんなども)をよくも取締りたるもの哉と世評は好かりしが、此館に随一の美人と聞こえて、近所なる学校の書生ども、水浅黄の「ぺちこおと」を見識り、山石(やまいし)といふ姓を聞き覚え、館の皈途(かへり)を木蔭に待伏せして柳腰花顔を餘所(よそ)ながら拝むを楽みにするほどの女子ありけるが、却説(こゝにまた)館の僱偏教師にて生国は独乙の色男、夫ある女でも惚れたらばぜひとりひといふ毛唐、数月前(すげつぜん)に最愛の妻を喪ひ涕歔(なんだや)みがたなく、起きて見つ寝て見つ寝台(ベッド)に友無き夕を寂しがり、後妻(のちぞひ)といふほどの意(こゝろ)も無けれど、一時の気晴しにもなるべき娘をと、教場に出席薄を読みながら一々島田束髪に心ありげな碧い色眼を、館長は早くも察して、其受持の級に色好きな女性を窃に招きて注意しければ、いづれも用心堅固に身を持ちて、ぜひとりひも施す術無さに霎時(しばし)は手を束ねて機(をり)を見合せけり。然るに思ひきや、始めから彼(あれ)をと目星をつけたる山石が、どうやら浮草の根を絶えて誘ふ水あらば、唯(あい)といふべき風情なるに、天の与ふる所と喜悦の涎頸飾(ネクタイ)を硬らせ、旨い首尾を松の木蔭に薔薇(しやうび)花咲く遊歩場の草茵(グラスプラッツ)に独り楽譜読む山石の姿を、見るより忍びよりて話しかけ、後園(うらには)の木間に連れてゆきて親密なる朋友(フレンド)のすなる礼を行ひしを、知るもの絶えてあらざりけり。（以下次号）

（『読売新聞』雑報、明25・8・12）

記事は、翌日にまで持ち越されている。

○風説鬼一口（つゞき）　元来情に脆き欧羅巴人の常なれば、胸の思ひを裹みかねて穂に露はるゝ花薄、招く浮名も厭はでや、人目も羞ぢず山石を逐ひまはせば、女は憂きことに思ひの外、此方も靡き寄添ひて、休憩時間には必らず散歩に手を組みて睦み語らふ有様は、女夫離れぬ蝶々の花間に戯る如くなり。こは只事ならずと館長は大いに驚きて、先山石から意見を加へんと思ふ間に、早出来たり或ひは証拠を見たりなど忌はしき風説高くなりければ、流石に捨置き難く実否を正して見れば、噂に違はぬ廉あるより、早速山石に退校を命じければ、此始末いつか世間に知れて嫁入前の大事の身に疵つき、此地の住居も憂くや遠き浪華に身を忍びて、埋木に花咲くもよしやしや。女生一同は、此館の名物を失ひたるを惜むにつけ、不義の相手の「ぜひとりひ」は何の咎めも無くて勤め続くるこそ奇怪なれ、教師なりとて用捨はせじ、山石と同罪の処置あらざれば我等が此分にては済まさじと、総代を以て館長に迫りけるに、如何なる都合のありてや、何事も我胸にあればと摑み処の無き挨拶に一時遁れ。其後何等の沙汰も無くぐづ〳〵にして仕舞ひけれど、長いものには巻かれろの諺、今は生徒も力及ばず泣寝入になりたるが、其より館長の信用次第に堕ちて、不義の教師の罪を糺さぬ所を見れば、四角な言ばかりいうて苦い顔はしてゐても後暗き事のあるにはあらざるかと、一同目を側めけるが、館に松風といふ雑種の女子ありて彼山石に次ぐ美人なるを、館長は、一日用ありとて課業の畢るを待ちて人無き評議室に呼入れ、中より戸を鎖して凡そ二時間ばかりも談ぜしが、親友なる某は、扣所にて帰るを待てども来らざるより、いかゞしたると其室に忍び行きしが中の様子は知れ難く、やう〳〵釈されて出来るを見れば顔色常ならず、加之愛らしき眼に涙を浮べたるは何をか呵られけると訊ぬれば、此事忘れても他人に語りたまふなと聞けば、噓のやうな館長の不心得、今は知らざる人も無し。（完）　（『読売新聞』雑報、明25・8・13）

風説とあるように、巷の噂に尾びれをつけて筆面白く書きたてたらしい三面記事で、館長の名は伏せているが、当時の新聞ではざらに見かけるスタイルである。ところでこの記事は、個人の名誉に関することとてやはり問題になったとみえ、しばらくすると、今度は事実に近い報として、登場人物の名を明確にし、いささか陳謝の意をこめて再び採り上げられた。

○「風説鬼一口」の記事に就て　去る十二十三両日の紙上に連載したる「風説鬼一口」と題する一項に付ては、東京音楽学校に於て迷惑を受くること一方ならず、校長村岡範為馳氏の如きは頗る苦心し居らるゝ由なるが、今彼事件に付て確報なりといふを聞き得たれば左に詳記すべし。全く彼の一項の事実は、東京音楽学校に起りたるに相違なけれども、現校長村岡氏の任職中に在りたる事にはあらず。昨年十月以前々校長在職の時、同校教師独逸人ヂツトリヒ氏は、同校卒業生岩原愛子と結婚したき旨を同子の親籍瓜生氏へ申入しに、瓜生氏に於ては、此の事他事とは違へば即答なり難し、何れ親族一同に相談したる上挨拶すべしと断はり置きしに、同年秋頃なりとか、ヂツトリヒ氏は上野公園に於て端なく岩原氏に邂逅せし節、直接に同子に結婚の事を談ぜしことありしより、忽ち世上に伝播して種々の流言とはなりしなりとか。以上は則ち彼の雑報の依って起りし原因にして、其後前校長去り、今の村岡氏代つて校柄を執り、一層校内の取締を厳粛にせしかば、職員生徒皆な廉潔を守て些の醜声もなかりしが、一日ヂツトリヒ氏は村岡氏に請ふに、今より一年如しくは一年半後に於て岩原子と結婚したければ此事を瓜生氏へ熟談ありたき旨を以てせしかば、村岡氏は答へて、斯る事西洋の風俗には珍らしき事にはあらねど、我国に於ては、教員と卒業生徒と結婚する如きは教育上不良の影響なきを保せず、依つて折角の事ながら其の儀は思ひ止まるべし、且僕の在職中は生徒或は卒業生と結婚することは厳禁すべし、と厳かにヂツトリヒ氏に告げしを以て、当時同氏は、偖も頑屈なる校長かなと思ひし如き色ありしも、流石教育ある人物なれば、謹んで村岡校長の命令に従ひ、爾後全く岩原子の事を断念して専心教授に従事し居る由。以上の如き事実なれば、現時同校に於て彼の記事の如き醜怪の事実なきは明かなることにして、村岡氏は益々校規を厳正にして、淑良なる生徒を養成することに熱心し居らるゝという。

（『読売新聞』雑報、明25・8・30）

以上が記事のすべてである。

これら新聞記事と『金色夜叉』の叙述を比較すると、新聞の方は、独逸人の音楽教師と校長の求愛の相手が別人であるに対して、『金色夜叉』では、両者がともに宮に求愛することになっている点が大きな違いであるが、差異よりも一致点・類似点を多く見出しうるのであり、『金色夜叉』の叙述は、宮の心理を除いて、すべてこの記事に負っていると言ってよいであろう。最初の記事では、独逸人が慰みに女生徒に手を出したとしているところを、あとで真面目な求婚であったと訂正しているが、『金色夜叉』も〈仇なる恋にはあらで、女夫の契を望み〉と叙しているあたり、紅葉は、一連のこの三つの記事のすべてを読んでいたと考えられる。

明治二十二年十二月に、紅葉は読売新聞に入社して、以後ほとんどの作品を『読売』に掲載しており、前掲の記事は、『後編三人妻』の連載中であった。紅葉は、まさにこの『読売新聞』の雑報を採り入れているのである。

こうした内容の記事が紅葉にとって関心をそそるものであったろうことは、紅葉の作品の傾向からもうかがえるが、習作期の『風流京人形』（明21—22）で、紅葉は、すでに教師と女生徒の恋愛を描いていたのである。しかし、風俗と文辞の新鮮のみをとりどころとする以外は、人情本的な古めかしい筋だてが目立ち、しかも、当の女生徒が実は瘋癲であったというのが落ちでは、〈支離滅裂と曰はんより外なし〉[6]と評されてもしかたのないものであった。とにかくこの自作の趣向に相似た雑報の記事が、紅葉に印象づけられたことは間違いないところである。『唾玉集』所収の紅葉談話「小説家の経験」の中で、紅葉は、自分の小説の方法について、

不図ヒントを得て、之れをかいて見たいと思ふことを大略（あらまし）かき留めて置いて、新聞から催促がくると、其の古い書きとめてある趣向を取ツてかく。大概一年、二年、早いので半年前後たツたやつを担ぎ出して来て物にする。全く今得て今かくといふこともないではないが、大抵は斯うです。

と語っているが、『金色夜叉』の約五年前のこの新聞記事も、いつか小説に書いてみたいと思って書きとめてあった趣向の一つであったに相違ない。同じく『唾玉集』中の談話で、紅葉は、『三人妻』のヒントも『読売』の雑報から得たことを述べており、『紅葉遺文』（明43）は、彼の小説趣向などのメモを整理収録しているが、その中には、小児の殺害遺棄事件の雑報記事を抜き出して書き添えをした「をんな心」という小文もある。それこれ考え合わせると、紅葉小説の素材は、当時の新聞記事、特に『読売新聞』などから具体的に幾らも指摘することができそうである。

それでは、叙上の素材は、作品において、どのような意味を持っているであろうか。それについて、特に客観的な証拠があるわけではないが、一つの推測を試みたい。

『金色夜叉』が世に出る五年前の噂、そして『読売新聞』でいっそう評判になったこの恋愛事件は、人々にとってまったく忘れ去られていたであろうか。中には、『金色夜叉』のこの部分から、かつての噂を記事を思い起こす者もいたのではあるまいか。そして、そのような読者にとっては、『金色夜叉』は、「風説鬼一口」の後日譚的な興味で読まれるところがあったのではないかと想像する。それと示唆して読者の興味をそそるというねらいも、新聞小説『金色夜叉』の一面には無かったとは言えない。つまり、一種の当て込みの趣向であるが、『金色夜叉』には、さまざまな趣向の入り組んでいることが推測されるのである。

だが、この当て込みの趣向はごく裏面的なものであり、全体がかかる趣向で成り立っているわけではない。「『金色夜叉』上中下編合評」（『芸文』明35・8）で、紅葉は、

金色夜叉を書くに就いては、今一つの動機がある。それは何だといふと、僕は明治の婦人を書いて見たいと思つたのだ。宮は即ちこの明治式の婦人の権化である。

と、いささか正面きった述べ方をしているのであるが、この新聞記事も、やはり右の言葉とからませて、明治女性の設定に演じているその役割を考えることに、より意味があろう。

明治という時代との相関のもとに、紅葉が、この素材をいかに扱っているか、そしてそれは、作品にどのような意義を与えているかという問題を、次の三点において眺めてみたい。

1　風俗性

内田魯庵は、『おもひ出す人々』所収の「四十年前」（大正十四年三月記）の中で、次のように回想している。

女学校は高砂社を副業とした。教師が媒酌人となるは勿論、教師自は生徒を娶る事すら不思議がられず、理想の細君の選択に女学校の教師となるものもあつた。

魯庵は、条約改正前の欧化的な風俗の一端としてあげているのだが、国粋的な反動の風潮の中でも、こうした傾向は容易に消滅したわけではないであろうし、事実、このような記事が非難がましい調子であらわせているわけで、外人との結婚や教師生徒の恋愛は、明治風俗の新傾向の典型として採り入れられていることは間違いあるまい。論はそれるが、この素材にのって、『金色夜叉』の作品の時点が、幾分固定されるのではないかと考えるので、その点にも触れておきたい。

周知のように、『金色夜叉』には、作中に年月の記述はなく、また、時点の明確な社会的な事件の類も現われて来ない。漠然たるところで高利貸の横行を考え、また前編で貫一が高等中学生であるところから、その時点が、高等中学校の設置期間である明治十九年から二十七年までに落ちこむとして、大体二十六・七年あたりを前編の時点として考えるのが一般であると思われる。ところで、前編の時点における宮の年齢は十九歳[7]なので、その二年間の十七歳の事件を明治二十五年のモデルとなった事件と相通して考えると、前編の時点は明治二十七年となるわけである。結果は通念の妥当性を保証したことになるが、一言つけ加えておく。

2 断絶している青春

例えば〈旧思想に養はれ、新智識を有せるお宮〉[8]というヒロインの紹介がある。しかしヒロインの解説として、この表現は、多分に問題を含んでいるように思われる。一般に、宮の生いたちを述べる際に、やはり〈明治音楽院〉の出身であることが説かれるであろうが、時代の先端をゆく西洋音楽を学んだ人物というこの基礎的な設定は、作品全体を通じて、どのような意義を担っているであろうか。

風俗としての近代もさることながら、宮にとって、近代を精神性において体得する唯一の機会も、この音楽学校においてであったことが想定されるのであるが、作品においては、この充足した快活なるべき時間が、後の憂悶と自省の時点でも何ら回想されるところもなく、一回的に放置されているのである。筋の展開に則した有機的な構造に組み入れられてはいないのである。ぐずぐずしながら親の意志にも引きずられ、結婚後は無表情な女として生き、変りはてた恋人に再会して情欲的に悶えるヒロインの過去に、このような近代を典型的に生きた体験があったとは、ほとんど想像することさえ困難であろう。明確に言えば、彼女の青春は、その後の生活に、何らの影響をも落としてはいない。無自覚のままに悶える封建的な明治の女の暗愚な生に対して、彼女自身の過去は、他人の生のごとく断絶して、不自然に華麗である。そして、このような際だった不自然な印象は、新聞記事の採り入れを、内的に関連するところのない趣向的な風俗模様の貼り継ぎとする批評にも連なるであろう。しかしながら、宮の像が、そうした形のままで真実性を有して読者に受け入れられていた事実を看過することはできない。宮の像は、この断絶の姿においてこそ〈明治式の婦人の権化〉たりえていると考えられるからである。つまり、学校教育は彼女の表面を素通りしただけであり、彼女の本質は微動だにせず、その後の生において剝き出しになっている。『金色夜叉』には、彼女がヴァイオリンを手にとるところさえ描かれていないのである。

そして、このような青春と、青春とは無関連なその後の人生という断絶の相こそ、明治の女性のほとんどの現実であったろう。いかにも不自然に見える宮像の基礎的な設定が、不自然ゆえに真実性を確保しているという逆説に、『金色夜叉』の皮肉な近代性と、明治の悲劇性が存するのではあるまいか。新聞記事は、宮像の形成に重要な効果をもたらしていると言わねばならない。

3　愛の不在

そもそもが小新聞の雑報にすぎず、いたずらに低俗な好奇心をあおって好色沙汰以上には眺められていない小事件ではあるが、その中にも、われわれは、きわめて深刻な近代の問題を豊富に見出すことができるであろう。そして、新聞が顧慮することもなかった無名の女子学生岩原愛子の心を通して、作家が、その愛の姿を批判的に消化し再構成する時に、はじめてオーソドックスな近代小説のヒロインが誕生するのである。紅葉は、モデルの心理をいかに解釈し、いかに再構成しているであろうか。二人の男の求愛によって宮の内面に生まれたのは、〈可羞(はづかしさ)〉と、より有利な結婚への〈希望(のぞみ)〉であった。封建的な環境によって押しつぶされたと見える悲恋は、紅葉によって、ヒロイン自身による愛の無視という形をとり、意図的な改変が加えられている。愛の無視は苦悩の拒否であり、愛を愛として受け入れぬところには、近代的自我の覚醒は期待できない。「『金色夜叉』上中下編合評」で、鷗外は、次のようにヒロインを批評している。

宮が性質は、啻に富その物を慕ふといふばかりではなくつて、「自ら其の色よきを知」つて、其色を資本として、出来る丈の栄華を贏(か)ち得やうとして居る、その思想の全体が高利貸的だ。私が金色夜叉を以て、全世界の現時代の思想を、或る方面から代表して居るとするのは、此高利貸的思想に在る。

鷗外は、世界思潮史的な観点から『金色夜叉』を位置づけているが、私見によれば、この高利貸的思想は、宮の場合、近世的封建的な処世観の延長においてマンモス化し露骨化した、ゆがんだ近代の思念である。それは、意識化し対象化して摂取される主義思想とはほど遠く、日常化して意識の低流にある根強い処世本能とでも言うべきものとなっているのである。ともあれ、前近代的な思念による愛の不在を、意識的に設定した紅葉に、軽々しく彼の無思想を指摘することはできない。資本主義体制の確立に狂奔して疎外の時代を完成しつつあった時点において、宮像は、民衆の思念を典型化しているのであり、『金色夜叉』は、かかる前近代的明治をとらえて、再び逆説的に近代を提示していると言える。新聞記事は、単なる趣向ではなく、計算された近代的虚構によって消化されているのである。

以上、『金色夜叉』のモデルが〈集合写真的〉に採り入れられているという水蔭のことばの具体例を一つ示し、『金色夜叉』の方法を考えつつ、その形象化の意味について、舌足らずながら附言を試みたのである。

注

(1) 『近代名作作中人物事典』(『解釈と鑑賞』昭37・7)中の鴫沢宮」(岡保生執筆)の項。なおモデルについては、同書および『近代名作モデル事典』(『解釈と鑑賞』昭34・3臨時増刊)の解説が要をえている。
(2) 『川上眉山・巌谷小波集』(『明治文学全集20』昭43、筑摩書房)
(3) 阿部喜三男「『小波日記』フィルム」(『明治大学教養論集』38号、昭42・1)
(4) 山本健吉「『嵐が丘』と『金色夜叉』」(『文学界』昭37・5)、木村毅「バーサ・クレーと明治文学」(『島田謹二教授還暦記念論文集・比較文学比較文化』昭36、弘文堂)、岡保生「『金色夜叉』構想の原拠」(同氏著『尾崎紅葉の生涯と文学』昭43、明治書院)、安田保雄「『あひゞき』の改訳と『金色夜叉』」(同氏著『比較文学論考』昭44、学友社)、伊狩章「夏小袖」の構成と『金色夜叉』」(『国語と国文学』昭44・7)等の論考が関連する。
(5)「「金色夜叉」の相貌」(『国語と国文学』昭44・12、本書Ⅳの一に所収)
(6)不知菴主人「紅葉山人の『風流京人形』」(『女学雑誌』157号、明22・4・13)
(7)前編では明らかになっていないが、続編(第三章)に。「十九にして恋人を棄てにし宮」とあって、前編の時点の宮の年齢がわかる。
(8)「『金色夜叉』上中下編合評」(『芸文』明35・8)中の松廼舎の評。

(『文芸と思想』第三十四号、昭和45年12月)

四　『金色夜叉』を軸として

正宗白鳥は、『金色夜叉』（明30・1・1—35・5・11）について次のように述べたことがある。

文学者としての紅葉、人としての紅葉を研究するためには、「金色夜叉」をこそ選ぶべきである。（略）「金色夜叉」は紅葉山人の「八犬伝」と云つてゐゝのである。（略）紅葉が自己の天分と蘊蓄とを傾注した小説は「金色夜叉」である。「三人妻」や「多情多恨」のやうに完備したものではなくて、どんな批評家からも非難されさうな欠点を有つてゐるのであるが、彼としては最も面倒な題材にぶつかつて芸術的奮闘を試みたので、脳漿を絞り尽して、倒れて止むといつた悲壮な感じがされる。それで彼は自己の有つてゐるあらゆる物を投出してゐる。継ぎはぎであるが、それ等の継ぎ切れのあるものには、一代の才人の織つた錦繍の美を表してゐるのだ。（「尾崎紅葉」、初出『中央公論』「文芸時評」大15・11）

晩年の白鳥は、もはや紅葉文学を全面的に否定するに至ったようだが[1]、『金色夜叉』は、その規模と量において紅葉作品中の最大のものであり、また最晩年の作であることから、一作品によってその作家を論ずべき必要条件をもっともよく備えた作品といえるだろう。

だがそうした『金色夜叉』にも客観的な難点がある。第一は、この作が未完に終り、作品世界を完結させていないことである。構想メモの若干[2]が残され、単なる憶測の危険を冒さないですむとはいえ、メモと現作品との関係は制作過程も含めて考究の余地を残している。第二の問題点は、この作品が足かけ六年にわたって「前編」「中編」

「後編」「続」「続続」「新続」（単行本の組織による）と編を次いで書き継がれ、その間に一年半を最長として長短の休筆期間の存する事実である。これは作者紅葉の健康状態にかかわるところが大きいが、構想展開の曲折に関連してもいると推定されるのであり、制作中の作者自身の体験や読書、または他からの批評等の影響を考える必要がある。作品論を作家と結んで進める場合は、成立論を度外視することができない。だが私には、紆余曲折して導かれたこの長編について、成立論を踏まえて作品世界を全的に論ずる用意はまだできていない。これまで私自身の試みた若干の小考も、白鳥のいう〈継ぎ切れ〉の断片の二、三を解釈しようとしたにとどまり、ここにおいてもそれを附加することになるであろう。作品の部分からも作家が見えないわけではなく、ある場合には片言隻句に作家が全貌を露呈するところに文章の不思議があると思うが『金色夜叉』にもそうした考察が必要であることは、以下の小論によっていくぶん理解されるであろう。

そこで、そうした局部的考察を、私は『金色夜叉』の女の生や愛の問題にいちおう限定し、特に脇役に照明を当てることから考えて試論を呈示したい。

1　赤樫満枝の問題

『金色夜叉』執筆の動機の一つが〈明治の婦人を書いて見たい〉というところにあったとして、紅葉は次のように述べている。

宮は即ちこの明治式の婦人の権化である。（略）宮はかく迄明治式の婦人であるが、これが普通の明治式の婦人なら、富人富山その人の如きに嫁したらば、それなりに昔の関係を棄てゝ、富山の夫人になつて仕舞つて、貫一を見捨てゝ仕舞ふのであるが、僕は宮をして超明治式の婦人たらしむるつもりで、宮をしてあのやうに悔悟の念さかんならしめたのだ。これが僕の此編を書いた動機だ。（「『金色夜叉』上中下編合評」『芸文』明35・8）

この紅葉のことばの後に『金色夜叉』はもはや書き継がれなかったから、これは現作品を一括しての自解と見なすことができよう。だがこの中には、構想の曲折についての暗示もなく、むしろテーマの一貫とヒロインの肯定、さらに作品の時代的意義づけが、強弁に近い力みをもって述べられているような気がするのだ。愛を金にみかえた女を旧時代的明治女性の典型としてとらえ、女が自己の生き方の批判に目ざめ、愛の真実を深く感ずるに至るところに新時代的明治の女性を見ようというのである。前者のような女は、江戸時代の川柳などがしばしば描いていた[3]のであり、後者の〈悔悟〉する女については、ヒロインの姓〈鴫沢〉が、西行の歌〈心なき身にもあはれは知られけり鴫たつ沢の秋の夕暮〉によって採られたことを思わせ、というヒロインの悔悟の主想は、当初の構想から一貫してはいたのである。だがそうしたヒロインを、最終的には〈超明治式の婦人〉として肯定する予定であったかは極めて疑問であろう。紅葉はヒロインを厳しく批判するために、外面如菩薩内心如夜叉としての宮を設定したのではなかったか。宮の悔悟はそれ自身はいちおう自然な運びであろうが、悔悟して貫一の許しを乞おうとする宮に対しても、貫一の旧友の荒尾は、〈始には富山が為に間を欺き、今又間の為に貴方は富山を欺くんじや。一人ならず二人欺くんじや！　一方には悔悟して、又一方に罪を犯したら、折角の悔悟の効は没つて了ふ〉（続・弐）と正当な批判を下し、〈私は奈何したら可いのでせう〉という方向を見出しえない宮に、〈覚悟一つです〉と断じていることを忘れるわけにはゆかない。一方富山の方は、この時点あたりまでひたすらに宮を愛する夫であり、ようやく冷たい宮の態度から〈俄に深陥りして浮るゝ〉とはいえ、〈仍ほ其妻を忘れんとはせず〉（続・参）というしごく常識的な男であることも忘れるわけにはゆかない。つまりこのあたりまでの宮は、批判さるべき位置に設定されている。ところが作品は、荒尾のことばを最後に、操を失った宮を恨む貫一の心理の叙述を別にすれば、宮の批判が消えており、富山の方は芸妓に血道をあげるようになって、まともに憎まれ役を買わされていく。要するに、初恋の人を捨てる過ちを犯したヒロインは、ひたすらに哀れを誘うかたちで描かれてゆくのだ。もはや改めて言うまでもない言えよう。

が、紅葉は、女性読者の初恋憧憬や不貞願望に妥協するかたちでひたすらに美しく哀しいヒロインを造っていくこととなって当初の批判的な構想を歪め、〈悔悟〉の一点だけをとどめることによってかろうじて原構想を保ったと言えよう。

以上のようにヒロインを見る時、ヒロインの変容は、当然ながら他の作中人物にも影響を及ぼさずにはすまないであろう。ここで問題になるのが赤樫満枝である。貫一の愛を得ようとする満枝は、悔悟して貫一に許しを乞う悲劇のヒロイン宮の敵役を演じねばならない位置に否応なしに立たざるをえなくなる。

満枝は「中編」から登場するが、貫一は中にはさんでの活躍は、ヒロイン宮に勝るとも劣らない。かの女は名うての美人高利貸として辣腕を振るい、一方では貫一への愛欲に燃え、積極的な求愛をいどんでやまない。宮のように悔いることもなく、また貫一のように自虐に陥ることもなく、欲望の充足を求めて徹底した行動に生きる満枝は、一種の邪悪な魅力をさえ持っていて、いわゆる毒婦物の系譜にも位置づけることも可能な女だと思う。このように満枝は、可憐なヒロイン宮に対比されて悪役を背負っていると言えよう。

だがここで再び、宮を批判的にとらえていたと考えられる当初の構想に帰って考えてみたい。宮に対比される存在として設定された満枝を想定する時、満枝は、紅葉によって何らか肯定さるべきものを附与されていたのではなかったか。そしてそれは、宮が〈覚悟〉のない人間と批判されるように、迷いの中でとりとめのない生に踏みこんで過ちを悔いねばならなかったのに対して、満枝がたとえ愛欲のとりこであろうとも、〈自分の心に信じた以上は、私其を貫きます〉（続・七）と断言して行動するその決然たる生への肯定に連なるはずのものであったと考えるのである。ここにこそ宮へのアンチとしての満枝の本質があり、宮への批判の展開は、一方では満枝の肯定に向くという構想も組まれてはいなかったろうかと敢えての想像をするのである。

実は満枝こそ貫一よりも早く少女時代に金がもとで人間性を蹂躙され、黄金の夜叉として生きているのであり、今は貫一への愛欲に燃え、金で身体をしばった男への復讐に立ち上がっている。不貞の愛を行動する満枝は、貫一の非難に対しても、〈金力で無理に私を奪つて、遂に這麼体にして了つた、謂はゞ私の讐も同然なので。成程人は夫婦とも申しませうが私の気では何とも思つて居りは致しません〉（続・七）と言い放っているのだ。考えてみると、こうした満枝の生は、その根底において貫一と一致するものではないか。貫一は女の金銭欲の犠牲者であるに対し、満枝は金銭からさらに男の情欲の犠牲者なのであり、紅葉の表現によれば、ともども高利貸という魔道に夜叉を生きているのだ。構想メモ「如是畜生」によれば、こうした貫一が〈一朝忽ち大悟〉するのであるが、そこに宮が関連してはいないらしいことに注意するとともに、満枝の方はどうなるのかということが問題にはならないであろうか。飛躍した想像を述べれば、共通の運命を生きる満枝にも何らかの大悟への道が開かれるはずのものではないであろうか。さらに言えば、貫一と満枝の間に互いの共鳴と自己発見が生じ、この二人が愛によって結ばれるという構想も、宮を批判するかたちで作品が進展する限り、最も効果的な宮批判の構想として紅葉の脳裏に浮かばないものではなかったと思うのである。何らの証拠もないことを述べているようだが、『金色夜叉』の原構想に、愛を金にみかえた女、意識の統一を欠いた無性格な女を厳しく批判するという方向のあったことを認める限り、宮に対比して設定されたと考えられる満枝の可能性を予想することは許されるであろう。作者紅葉が読者に迎合し、同情的感傷的にヒロインを形象していく過程で、ヒロインに対比さるべき満枝の形象もどぎつい隈どりの悪役を演じつづけねばならぬ結果に終ったのだが、現われることなく終った満枝の可能性を掘りおこしてみたい。

いったい満枝像は、紅葉文学中では特異なものであり、晩年に現われた人間像であるが、この満枝像の形象には、紅葉自身の一通りでない努力が裏づけられているのだ。「前編」と「中編」の間に紅葉は、『西洋娘形気』（明30・4・15―6・1）を掲載している。この作は、〈友人の土産話〉である〈実話〉だというが、日本とヨーロッパとの人情の違いに興味を寄せ、〈之を日本人としては左も右も受取りかねるのであります。これでは甚麼事にも日本の男子の了簡ではない、日本の娘の情ではないと考へられます〉と述べて、しゃにむに横恋慕を通そうとし、自己の心情や意志をおめず臆せず披れきして行動する鞠緒（まりを）という女を物語っている。この女性が「中編」以降に活躍する満枝の原型であることは疑いえない。さらに紅葉は原構想が崩壊していく中でも満枝に執心し、その性格づけに腐心しているのだ。「後編」と「続」との間に、紅葉は『八重だすき』（明31・6・5―9・3）という翻案作品を掲載している。この原作はマリヴォーの『愛と偶然との戯れ』であるが、この翻案を通じて学んだものが「続」以降に反映し、その一つがやはり満枝の形象に深くかかわっている。この原作は、結婚する相手の男の真実の姿を見とどけるために侍女と自分をとりかえて変装し、ついに男の真実の愛を確認する女を描いた喜劇であるが、聡明で凜然たるヒロインのシルヴィアの像が満枝に通っている。それは、過剰な意識をも自己の言葉で明晰に表現できる女性という点である。今は「続」第七章の貫一に対して強引に畳みかけて迫る満枝の会話と、原作の第三幕第八景のシルヴィアの会話との比較をうながしてその具体的な対照は省略するが、満枝の呼吸が原作のヒロインの深い影響によって形成されていると考えられるのである。(4)

以上の紅葉の関心と影響をみる時、宮に対比して肯定されるはずであった満枝の可能性が、悪役として崩れた現満枝像の裏に透視されて来る。自分の本心のありかをつきとめえず、現在の心理のもつれを表現しえないで、ぐずぐずのうちに貫一を怒らせて別れねばならなかったのが宮であった。

「那様悲い事をいはずに、ねえ貫一さん、私も考へた事があるのだから、それは腹も立たうけれど、どうぞ堪忍して、少し辛抱してゐて下さいな。私はお肚の中には言ひたい事が沢山あるのだけれど、余り言難い事ばかりだから、口へは出さないけれど、唯一言いひたいのは、私は貴方の事は忘れはしないわ――私は生涯忘れはしないわ。」（前編・八）

宮の言いがたかったことの中味は今は問わないが、(5)この肚の中にある様々なことが、ついに言葉になって表現されなかったところに『金色夜叉』の悲劇の歩み出しがあったとも言えるのである。その前にも、貫一が〈病気なのかい〉〈それじや心配でもあるのかい〉〈ぢや如何したと云ふのさ〉と尋ねるのに対しても、宮は〈如何したのだが私にも解らないけれど、……私は此二三日如何したのだか……変に色々な事を考へて、何だか世の中が満らなくつて、唯悲くなつて来るのよ〉（前編・五）と、自らの意識を明確にしえないでいる。

ここで宮と満枝の対比は明らかとなろう。自らの意識を明確に把捉しえない女、自らを表現しえない女、自覚的に行動しえない女が旧時代的明治の女性として悲劇に陥らねばならなかったのに対して、自己を明確に意識し表現し、行動する女性として満枝は形象されているのであって、満枝は、作者の好悪を越えて作者をとらえていっているのであり、作者紅葉は、満枝のうちに新時代の女性を見ていたのだと考えるのである。紅葉の表現によれば、〈覚悟〉のある女性と無い女性の対決というかたちでの原構想が想定されるのである。

原構想の崩壊によって、満枝は異様に執念深い悪女としてしか見えていないかもしれないが、周辺の考察を媒介する時、本来的には以上のような可能性を秘めて設定された一面の存することがうかがえるのであり、紅葉自身が宮の〈悔悟〉に新時代性を求めたのも、自覚的行動に生きた満枝の半面の肯定を示唆しているのだと考えるのである。

2　真実の愛の虚構

一編の主題である〈愛と黄金〉との争いの果てに〈永久不変に人生を支配する〉真実の愛は、どのようなものであるのか。それは、批判さるべき宮において描きえないのは当然であり、満枝も憎まれ役を引受けて可能性としてありえた貫一との愛も否定されていくと、何らか別のかたちで表わされねばならなかった。貫一における愛の復活は、かなり早くから構想にあったが、それが宮や満枝とは別個のところに求められねばならないということである。

こうした主題完成のために持ち出されてくるのが、塩原温泉における男女の心中者（狭山とお静）の愛の姿である。「続続」から「新続」は、この男女の愛を描くことに費やされているが、この部分は、よろめき遅滞している作品の終結と主題の完結のために無理をしても設定されねばならぬところであった。〈恰も此際抛ち去るべからざる一件の要事は起りぬ〉（続続・壱）という唐突な苦しい設定をして貫一を塩原に出向かせるのは、貫一が熱海の海岸で愛を放棄したのに対して、山間の塩原で愛の復活を見出すという首尾照応の構成によっているのであり、ここにこそ一編の主題性が要約されているのだ。徳田秋声が〈この心中の一場面は、本編の本筋からいへば、一寸脇へそれた挿話である〉（『尾崎紅葉読本』）と評するなど、従来も「続続」や「新続」の部分は、結末をつけかねている紅葉の難渋という以上に理解されていない趣があり、採り上げている論も見ないが、紅葉が塩原の男女の愛を熱海の貫一と宮に意図的に対比していることは、会話などの細部からも指摘されるのであり、最重要な部分なのである。

この心中者の設定や会話構成は、『曾根崎心中』などの近松の心中物が下敷になっているが、今はその考察は略し、熱海の場面との対比についてのみ指摘してみたい。男女が服毒しようとする最期の場面（続続・四）を少し拾ってみよう。

「おまへの酌で飲むのも……今夜限だ」

という男のことばは、〈吁、宮さん恁して二人が一処に居るのも今夜限だ。お前が僕の介抱をしてくれるのも今夜限、僕がお前に物を言ふのも今夜限だよ〉というあの貫一のことばであり、

「私は今迄口には出さなかつたけれど、心の内ぢや、狭山さん、嬉しいなんぞと謂ふのは通り越して、実に有難いと思つて居ました」

という女のことばも、〈私はお肚の中には言ひたい事が沢山あるのだけれど、余り言難い事ばかりだから、口へは

出さないけれど、唯一言いひたいのは、私は貴方の事は忘れはしないわ〉という宮のことばである。そして、

「此恨の為に貫一は生きながら悪魔になつて、貴様のやうな畜生の肉を啖つて遣る覚悟だ。」

という貫一の夜叉宣言は、塩原の男女においては、〈俺は死んでも……魂は……おまへの陰身を離れないから〉という男のことばから、さらには〈南無阿弥陀仏、南無阿弥陀仏〉の弥陀の称号へと趣向的に反転している。しかも男女が最期に際して指輪の交換をするのだが、〈女はダイアモンド入のを男の指に、擐し了りても〉云々というのであるから、この塩原の場面は、熱海の場面に対してあまりにもできすぎた対比と言うほかはない。この部分が挿話にしか見えないのは、貫一を脇役に退かせるかたちになった構想の歪みのもたらした結果であろう。

塩原において描き出された心中者の愛こそ『金色夜叉』一編の主題的な愛の相貌だと言えよう。〈嗚呼麗きミレエジ！〉と感嘆されているその愛は、貫一のことばによれば、〈貴方の商売柄（注――女は新橋の芸妓）で、一箇の男を熟と守つて、而して其人の落目に成つたのも見棄てず、一方には、身請の客を振つてからに、後来花の咲かうといふ体を、男の為には少しも惜まずに死なうとは、実に天晴なもの！〉（続続・五）と、女の姿に集中している。女は、〈箇の色を売るの一匹婦も、（略）死に抵るまで尚此の頼り難き義に頼り、守り難き節を守りて、終に奪はれざる者〉（同）として、〈其が女の道と謂ふもので、然う有るべきです〉とも賛美されている。これが紅葉の賛美する真実の愛の姿であれば、いささか古風にすぎるかもしれない。だが、商売女が色を手段にして金銭にむさぼるという常識の反対の姿を設定することによって、紅葉は、玉の輿をねらって色を売るに等しい素人女の結婚観をこそ批判するところに作品のねらいがあったといえよう。心中女を芸妓に設定することによって浮薄な素人女への批判を際立てているのだ。そして紅葉が商売女に愛の真実を求め、その生き方を尋ねることも、晩年の切実なテーマになっていたのである。

紅葉には、はやく『伽羅枕』（明23）の作があり、すでにそこには、社会の底辺に身を沈め、常識を拒否して反

骨に生き抜く女が描かれていたが、この『金色夜叉』執筆の傍らにおいても、そうした芸妓の生涯を描く構想を持っていたことが明らかになった。[6]それは芸妓千歳米坡をモデルにしてその生き方を描こうとしたものであり、明治三十年の暮近くには直接に米坡と会談しており、翌年には、そうした小説執筆の意志を他に語っていた。しかしこの小説が実際に執筆されたかどうかは分らず、結局は断念され、世に現われないで終ったのである。米坡の客観的な伝記は明らかではない。だが紅葉自身がとらえていた米坡像は、紅葉談話「恋愛問答」、米坡談話「芸者と客の今昔」「維新前後の侠客」（いずれももと『新著月刊』掲載、のち『唾玉集』所収）や、紅葉の原稿によって秋声が書いた読売新聞の雑報「臙脂虎」（明32・12・19—27）によって知ることができ、さらに後年週刊誌『太平洋』の記事「化粧鏡（女優千歳米坡実歴談）」（明35・1・6—3・3）が米坡の生涯を当人からの聞書で記していることによって、艶名と侠名をはせた伝説的な一代女をしのぶことができるのである。これらのことについては詳考を要するかもしれないが、一部はすでに述べたことがあるので省略し、発展を試みたい。

　米坡は、〈私ぐらゐ起たり転んだり、様々に変化した者は稀ですよ〉（「化粧鏡」）と言っているが、幕末に江戸の侠客の子として生まれ、貧困の極から芸妓になり、落籍されて貴婦人となり、また芸妓になり女優になり、その生涯は波乱を極め、ほとんどピンからキリまでを生きた海千山千の女であった。苦境に育って世俗には反抗的で我を貫き、気ずい気ままに生き抜き、光妙寺三郎（司法省参事官兼大審院判事から逓信省参事官となる）の心意気にほれて結婚したこともあった。だがこの結婚は四年ぐらい続いて解消し、五度にわたる左褄に女優を兼ね、顰蹙を買いながら〈何歳まで豊頬黛美の美人で居る積だか扨々恐しい怪物!!〉（「化粧鏡」）と言われている。

　こうした女性の一代記は、珍しさという点だけでも通俗的に面白いであろう。だが世評も高い渾身の力作『金色夜叉』の傍らでこのような作の構想を抱くというのは、どういうことを意味するのか。折しも紅葉は「後編」の執筆中であったと考えられるが、このことは『金色夜叉』の構想に関連しないであろうか。それは、『金色夜叉』が一般子女のとりとめのない功利的な生き方の破産を描く作品であったのに対して、社会的な偏見にさらされている商売女が積極的に自由に生き抜く姿を肯定して提示しないではおれなかった紅葉の、女性批判・女性追求の作家的姿勢であったろう。米坡をモデルとした小説は、『金色夜叉』と対になるはずのものではなかったか。だがこの小説は流産した。その理由の第一は、紅葉が『金色夜叉』の一作に全力投球を強いられた内外の諸条件によるのであろうが、モデル小説の構想自体の中で、米坡の生き方に疑問を抱き、処理しきれなかったのではないかと考えるのであり、このことは『金色夜叉』の方にも影を落としているとみるのである。

『金色夜叉』の展開の中で、紅葉は、女の生き方、愛のあり方、幸福の問題を煮つめていかねばならなかったと思われるが、愛する男との結婚以外に女の幸福は求めえないとする方向の中で、一方のモデル小説のモデルの米坡に結婚の失敗という事実のあったことを重視したいのである。「化粧鏡」の米坡談によると、〈段々錯綜(こみいつ)た事情〉があるのだというが、光妙寺との結婚三年目の冬熱海へ行った時、陸奥宗光と一緒になり、光妙寺は毎日陸奥の夫人や令嬢の部屋へ出かけて米坡を相手にせず、結局米坡が光妙寺と陸奥令嬢の間を嫉妬して逆上し、それから五箇月口もきかず寝所も別のまま離縁になったのだという。話は単純だが、この中にも結婚というもののデリケートな様々な問題がひそんでいる。米坡は光妙寺に、〈私は学問は無いが良人(あなた)よりは利口です〉とも言っ放ったのであるが、このことばは米坡の劣等感の裏がえしではないか。結婚が間違っていたというのではない。愛するがゆえに自己の内部の負い目引け目が増殖し、それが愛そのものをさえ食ってゆく悲劇なのだ。それはちょっとしたことが引き金になって表面化する。米坡と光妙寺の悲境にも、そういうものがあったように見えるのだ。紅葉が玄人女の心意気と愛に生きる人生を描くことを断念したのは、こうした愛の自己崩壊を発見したからではないであろうか。紅葉が原稿を与えて秋声が書いた「臙脂虎」が、光妙寺と米坡の結婚の直前で中絶しているのも、紅葉がこの問題の処理に悩み、モデル小説の構想もこの辺で頓挫したことを裏づけているもののようだ。

さて『金色夜叉』の傍らで挫折した作品について長々と述べたが、このことは、玄人女に真実の愛の姿を描きえたと見える『金色夜叉』の本質をめぐって、大きな疑問を投げかけることになりはしないかというのが、本稿の第二の論点である。紅葉は、玄人女が自己の真情をつらぬいて愛を得、またその愛によってつまずいたことを知りつつ、一方では『金色夜叉』において玄人女の愛の完成を描いたと見せているその矛盾が問題なのだ。現実ではないことを小説において理想化して描いたのだと言えば、ことは簡単である。ここに紅葉が『金色夜叉』について田山花袋に語ったという〈何うせ、お芝居サ〉ということばが想起される（「尾崎紅葉とその作物」）。それとともに〈自己の主張を加味すること〉（「名家談海：紅葉山人を訪ふ」『文芸倶楽部』明30・7）も作品に期待していた紅葉を考える時に、『金色夜叉』に描かれていく理想的な愛の姿に、紅葉自身は虚妄の念を禁じえなかったとしか言いようがなかろう。

そして、通俗的な人気の中で変容させた『金色夜叉』に、紅葉自身けっして満足してはいなかったが、その不満を作品において果たして陰蔽したであろうか。作品はそれなりに巧妙に仕組まれており、採り上げれば穴ぐりに堕するかもしれないが、敢えて言えば、この作品の真実の愛は、死をもいとわぬ二人の男女（狭山とお静）が結びつくまでにおいて描かれたとはいえようが、二人の独立した結婚生活というその後については描かれていない。結ばれた二人は、恩人貫一の看視の下に置かれていると言ってよいのであり、夫の方は仕事に出ているかたちにして夫婦の会話も描かれず、「新続」第弐章以降は、むしろ貫一とお静の心の底のさぐり合いを描いているとさえ言えるのではないであろうか。端的に言えば、愛の実相をとらえるべき結婚生活を描き出していくその手前で『金色夜叉』も中絶したのである。

紅葉の玄人女性によせる好意が一通りのものではなかった実生活にも触れねばならないが、そうした好意を寄せる女性においてさえも、結婚ということに連なる真実の愛の永続には疑念を抱いていたのではなかったか、というのが第二の試論である。そして作品を注意して読む時、この心中者の男女の愛の姿が、〈嗚呼麗きミレエジ！〉ということばでとらえられていたことを再考するのである。これは単なる賛辞ではなかろう。ミレエジ（mirage）とは〈蜃気楼〉である。そして蜃気楼は、実体のないはかなく美しい夢幻ということで常識となっていたのではないか。紅葉が二人の愛の美しさと貫一の愛の復活を蜃気楼に喩えているのは、その底に愛の虚妄を見すえて、アイロニーを作品にとどめずにはおけなかった作家紅葉の自己主張をこめた唯一の表現であった、と私には思われるのだ。

> 凡そ人世には二つの大なるPOWERがあつて、社会の結合を保つて居る。それは何だといふと、即ち愛と黄金だ。ところが僕の考では、黄金の勢力は単にMOMENTARYであつて、縦令如何にその力が強烈でも、とても永久にその勢力を保存して行く訳にはいかぬ。ところがそれに反対で、愛は永加不変に人生を支配して居ると思ふ。即ち人生を極めて密着に結合させて行くのが愛である。そこを書いて見たいと思つて、この編を草したのである。
>
> （「『金色夜叉』上中下編合評」）

有名にすぎる『金色夜叉』の主題を語る紅葉自身のことばである。だが紅葉は作品の主題を確信していたわけではなかったのだ。次のことばとの矛盾はあまりに甚だしい。そしてそれは『金色夜叉』執筆中のことばなのである。

> 私は人生がすべツたの転んだの、と考へてかくことはない。其れで小説は一体かけるもんぢやないんだ。其れア自分にしても、世の中を見て何（どう）も考へないことはない、社会は斯ういふもので、斯うあるべきものだ位考へないことはない。為永が人情本をかき、京伝がしやれ本かいたのとは無論考へは違ツてゐる。人生観が何うしたの、世界観が斯うしたのと、ひどく大業なことを云ツたツてしやうがない。其れで又小説が出来るもんぢやないんだ。語り文法を講じながら文章をかくやうなものだ。私も不断は世の中のことを考へて見ることもなきにしもあらずだ、が趣向を立てるにあたツて、其（そん）なことは考へたことはない。
>
> （紅葉談話「小説家の経験」『唾玉集』所収）

これまた有名な紅葉談である。小説世界に作者の思想を直結させることを否定したもので、従来は作家思想無用論として悪評高いものであったと思うが、紅葉は、作品の思想と自分自身の思想を分離しているのである。以上の二つのことばは、先掲の作品を通じての主張ということと、作品はお芝居にすぎぬという考えとも対応すると思うが、このことは、『金色夜叉』という作品が、一見矛盾するその両方を持つことになったことを意味していると思われ、作品の主想の展開と自分自身の思想の進展の相互作用を認めていたのだと考える。そして作者自身の思想は、作品の主想の陰にすり消されたり、陰微に趣向的にしのばされたりしているのである。

以上『金色夜叉』の女の問題を考え、作品の悪女満枝に紅葉は新しい女を見ようとする一面が可能性として存したという点と、玄人女の結婚や愛の永続については、作品とは裏腹に否定的な見解を持っていたと思われる点について述べたのであるが、いずれも『金色夜叉』の小説世界と、作者紅葉の思想の落差について考察しようとした試論である。単純な『金色夜叉』論からストレートに紅葉論を導くことの危険について述べたようなものになったが、『金色夜叉』も紅葉も、しかく単純ではなかろう。

なお、玄人女性の愛の問題については、弟子の鏡花の玄人女性との恋愛結婚と、紅葉自身に芸妓小えんを愛していた事実が背景にあり、その点からの考察も要するのであるが、今は後者を一まず岡保生氏の論に譲ることとした(7)い。

注

（1）　成瀬正勝「紅葉文学の史的位置」（『国語と国文学』昭28・1）

（2）　構想メモは、勝本清一郎編纂校訂「金色夜叉腹案覚書」（中央公論社版『尾崎紅葉全集』第六巻所収）と、塩田良平「金色夜叉の本文の成立について」（『大正大学学報』38、昭27・6、のち『明治文学論考』所収、昭45、桜楓社）

掲載のものに頼っている現状であるが、原稿による再検討が必要だと思う。

（3） 例えば『柳多留』の「のり物へきつい山師とゆびをさし」（二・26）、「子が一人り出来てそれなりけりになり」（六・8）など。

（4） 「尾崎紅葉とマリヴォー」（『文教ノート』1、昭42・3、本書Ⅲの六に所収）

（5） 勝本清一郎「『夏小袖』について」（『明治大正文学研究』9、昭27・12）および土佐亨「『金色夜叉』小見」（福岡女子大学『香推潟』15、昭44・9）参照。

（6） 以下の点については、「紅葉細見」（福岡女子大学『文芸と思想』37、昭48・2）の「二　紅葉・秋声の合作雑報をめぐって」、本書Ⅱの十に所収）参照。

（7） 岡保生「尾崎紅葉」（『解釈と鑑賞』昭46・5臨増、特集「近代作家の情炎誌」）

（『解釈と鑑賞』第四十四巻十一号、昭和54年10月）

V
硯友社とその余波

一　山田美妙『蝴蝶』典拠考

――経房卿文書について――

山田美妙の小説『蝴蝶』(『国民之友』附録、明22・1)は、明治二十年代文学の代表作の一つである。その理由は、㈠美妙独特の修辞による初期の言文一致体の典型であること、㈡渡辺省亭がこの挿画に初めて女性の裸体を描いて評判になったこと、㈢評判にひきつづいて、いわゆる〈裸蝴蝶論争〉という未熟ながらも近代の最初の文学論争を生むきっかけをつくったこと、㈣その後の歴史小説勃興の機縁をつくったことなどによる。いくぶん伝説的な作品でさえあるが、これまで作品論や作家論のかたちで具体的に考察されることの乏しい作品であったと思う。そこで本節は、美妙文学の方法の基礎的研究として、『蝴蝶』の典拠について若干の考察を試みたい。

乏しい美妙研究の中で秀れた成果を示して水準をつくったのは、塩田良平・柳田泉・本間久雄の三氏に尽きるといってよいが、最近において山田有策の意欲的な再検討や、三瓶達司による歴史小説の地道な典拠考証があり、また川副国基にも論がある。しかしながら『蝴蝶』の典拠については、以上の各氏にもまだ具体的な考察は無いようである。

『蝴蝶』は、壇の浦合戦の平家没落の蔭に存した皮肉な裏話を綴る短編の歴史小説であるが、安徳帝が壇の浦で入水せず、密かに落ちのびたのだという史実の仮構を背景にしている。そしてここに典拠を考えようとするのは、美妙自身が作品の前口上で次のようにのべているからである。

(A)脚色は壇浦没落の後日です。安徳帝は実に御入水にならなかつたといふのがまづ多数の説で、文化十四年三月、摂津国能勢郡出野村の百姓辻勘兵衛が幕府へ一つの古文書を持出した事が有つてそして其古文書は経房卿と言つて幼帝に供奉して逃げた人の自筆で書いてあります。是等は白川少将も望んで一寛し、また京都で日野大納言も懇望して見た事さえあつた程で、中々容易ならぬ箇条なのです。今この小説は脚色をその経房の古文書から抜いて一毛一厘も事実を枉げず、ありの儘に書いた物で、その他日向に御逃れ(ママ)なつたの、又は阿波に御逃げに為つたのといふ方の説は爰で更に取用ゐませんでした。

以上の美妙のことばによれば、『蝴蝶』の典拠は、江戸時代に発見された経房卿自筆の古文書であるという。そして柳田氏(1)は、美妙のことばをそのまま引用して解説にしているのであるが、それならそれで典拠については一言説明が欲しいところである。その後塩田氏(2)が〈平家物語からの直接の取材ではないが、（略）平家物語の壇の浦合戦をとり入れた最初の平家影響小説である〉と述べ、川副氏(3)も〈この小説の背景に『平家物語』があることは疑いない〉と言うのは、誰しも認めるところであろうが、直接の典拠だと作者自身が述べている経房卿文書については、各氏とも発言を避けているのである。思うに、各氏は、件の文書の架空であることを疑っているのではなかろうか。まずその点について考察する。

経房卿は、藤原経房（一一四三―一二〇〇）と言い、その伝についてまとめた最初のものは、おそらく『大日本史』巻之一百五十八、列伝第八十五であろうと思われ、人名辞典の多くの踏襲するところとなっており、芳賀矢一編『日本人名辞典』（大3）が、経房の文学活動について追補している。『平家物語』『源平盛衰記』等に登場もし、『千載集』以降の勅撰集にも歌が採られているが、歌人としてよりは政治的な人物であり、源平争乱の以降にあって法皇や頼朝の信頼あつく、公平な人物と目されて種々の折衝に当って歴史の方面で重視されており、最近では角田文衛氏(4)が深く立入って分析している。そしてこの経房は、『吉記』という承安二年（一一七二）から文治四年（一一八八）に至る源平争乱期の大部の日記を残し、今日の歴史研究の基礎資料を提供していることで重要人物となっているのである。

以上のように源平争乱期を書き留めた経房は、古文書の筆者としては十分に考えうる人物であるが、壇の浦合戦の後日譚たる『蝴蝶』の世界と『吉記』の関係はどうか。だが、『吉記』を校勘集成した『史料大成』によると、壇の浦合戦・安徳帝入水・平家没落の寿永四年三月二十四日前後の記事は部分的にしか存せず、かんじんの『蝴蝶』の世界の時点の記事は、これを見ることができない。そうなると、『吉記』において見ることをえない部分に関連すると考えられる自筆古文書というのは、史学的に重要たらざるをえないであろう。ところがそれは、今日も史料として活字になっていないようだ。これが経房自筆文書の存在を疑わせ、美妙のフィクションを思わせるのであり、たとえそうした文書が存在したにせよ偽書として黙殺されたのであろうことを推測させる。つづく疑点は、美妙自身がさして史学的に考究していないにもかかわらず、安徳帝生存という一部の伝説に安易に肩入れしているところや、『平家物語』など諸本によっても経房は安徳帝に供奉していないにもかかわらず、妄説を掲げて古文書の真実性を説こうとしている点である。そしてこれらの史学的なでたらめは、歴史や『平家物語』に通じている読者に対しては、古文書の架空もしくは偽書であることを公言していることになろう。以上のように経房卿自筆文書については、周辺からの考察でも、まったくの架空か、存在したとしても偽書であることは明らかである。

では経房卿文書は架空の書か、それとも偽書が存したのか。結論を言えば、確かにそういう偽書が存したのである。藤原経房の自記と言われる古文書について記している文献として、管見に入っているものは二つある。一つは曲亭馬琴がその考証随筆『玄同放言』（文政元・三刊）の「〔第三十四人事〕藤原経房」において記述しているものであるが、馬琴は知人に依頼して件の古文書の抄写を送ってもらい、それを掲げて偽書なることを考証している。第二の文献は、近代になって『読売新聞』の明治二十四年九月九、十一、十四、十六日の四日にわたり「藤原経房朝臣之自記」と題して掲載された翻刻であり、「根岸の里　茶六庵」なる人物が書写して新聞社に提供したものである。同根の内容であるが、件の古文書が、いろいろと好事家によって写し伝えられたらしいことが推測される。『玄同放言』は今日数種の活字本もあり、『読売新聞』も読みえるが、ここでは全文と考えられる『読売新聞』の「藤原経房朝臣之自記」によって大略を紹介したい。

今年は建保五年、自分も五十歳になった。自分が万一死ぬようなことがあれば、末の世の子孫に伝える者もいなくなると考え、語れば罪になるかもしれないが、これまで秘していた過し昔の哀しみを思い出しつつ後世のために書き留めておきたい。寿永四年三月二十四日、二位殿は、ひそかに典侍・大納言局・勾当内侍・阿波内侍・右少将基道・大輔判官種長・郡司景家、そして自分経房を召し、「平家の命運は今日で尽きても、主上や女院を同じ道にお連れ申すも空恐ろしい。どこへでもお連れして後の世に備えよ。」と砂金を取り出し、また「もし源氏に捕らえられても主上の身体に手をかけることはあるまいが、平家の者は命がないから、お付きの者も異氏の者だけにしたい。」と言い、自分らを主上と女院の二手に分け、典侍と自分と種長は主上に従い、それぞれ身をやつして小舟で磯に向かった。二位殿は知盛卿の二男を抱き御剣を持って入水した。その間の敵味方のさわぎにまぎれて岸に着いたが、女院の舟は、はや源氏の武士にとり巻かれてしまった。自分らは隠れて逃れ行くうち、女院に付いていた景家も何とか逃れ来て加わり、三里ばかりの山道を行って粗末な庵に出た。そこに三日留まる間に景家が味方の最後を見とどけたので、一行は、三月二十八日石見を目ざし、菅家の公達の筑紫藩の帰路だといつわり、人目を避けて山路をたどった。五月十一日伯耆国はふの山里に着いたが、ここからはさらに身をやつし気遣ってお仕えした。五月末日但馬の国府着。六月十三日摂津国天王着。山を分けつつ十五日能勢郡着。主上は一昨夕より食欲がないが、この春以来の苦労やこのところの暑さのためであろうか。しだいに具合が悪くなられるので道のかたえにしとねを設けてお薬をさしあげるが、その薬も切れかけて、種長と景家は薬を求めに出かけるのであった。やがて景家の求めてきた薬をさしあげて平癒を祈るが、効きめがない。ほんの仮のあずまやを作って今宵をしのぐことにしたが、夕餉の準備も山中で往来の人に出くわすことを心配しなければならない。日数を経たが、主上の病はよくもならなかった。七月二日、主上には、日ごろより気分がよいと朝餉を召しあがったが、皆の喜びは言うまでもない。山里の者で与三と丁太という二人はよくお仕えする。主上は、月のさす夕方など川の辺にしばしばお出ましになったが、主上が故院に似てうるわしい御心でいらっしゃることを里人は喜び、辻宮とか八ツ宮とお呼び申しあげている。そのうち主上の病も平癒して一同は喜び合った。だがこれ以上旅を続けるあてもなく、里人の勧めもあってこの地で年を越し、作物も作ることをはかって小さな庵を造った。家来たちも習わぬ仕事を一心にやって主上に尽くす。九月二十日過、主上には紅葉を見にお出ましになったが、この時丁太・経房・典侍の歌があった。十月二十四日初雪が降り、主上のお出ましがあり、歌があった。十一月になって、種長・景家らがひそかに都などへ出かけて食料だけを整えるのも痛ましい。そして都では主上を安徳天皇と申していること、女院が大原にこもられたことなどを景家は伝えるのであったが、主上の耳に入れて御心をお痛めしないように注意した。年も改まり寿永五年、都は文治二年になった。この春は特に冷えが厳しく、主上は時にお出ましになったが、四月初めころから急に病みつかれた。五日ぐらいで何とか危機は脱したものの、寒さのせいかと思われ、五月に入ってしだいに衰弱されて頼み少なくなり、自分らは祈ったり抱いたりして悲しんだが、とうとう十七日にお亡くなりになってしまった。悲みのあまり涙もことばも出なかったが、守ってくれた里人が集り嘆くのがわずかながらの心やりであった。日が暮れてから、遺愛の品々も岩崎の地にまつり、若宮八幡宮に合祀した。典侍も自分も出家して大原へ行こうとしたが、種長らにとどめられ、自分は典侍と結婚して里の百姓になり、御社にお仕え申したのである。

「あなかしこ此ふみ人に見することなかれ。」

以上が大要で、文末に「従四位上侍従左少弁藤原経房」と署名され、「建保第五丑年九月二日　左古麿へ」とある。左古麿は経房の子で、この年二十六歳であることが、本文最初に記されている。

いっぽう『玄同放言』所収の文は、処々に難読の字を抜かしてはいるが、最初と最後の部分は原文を伝え、中間部を要約して記載しており、内容の異同は無いと考えられる。しかし馬琴の教示されたものには、さらに追記のかたちで、経房以後の系譜と経房の詠草一首（後出）が記され、また「文政元年冬十一月」という謄写の奥書があるという。

それでは以上のような経房卿文書と作品『蝴蝶』の関係はどうか。この文書には、作品の主人公である宮女の蝴蝶も武士の二郎春風もその名前さえなく、ストーリーの差はあまりにも大きくて一見無関係にさえ見えるが、結論を先に述べれば、美妙は何らかのかたちで叙上の内容の文書を読んでいたと考えられるのである。以下、その関連部分を対比して考察したい。

経房卿文書は、何びとかの手で前書が附されて伝わったようだが、その前書に古文書発見の由来が記されているのであり、その部分が前掲(A)の『蝴蝶』の前口上の内容と一致するのである。大要では省略した文書の前書を冒頭から少しく引用して示そう。

(A)′摂州能勢郡出野村能勢帯刀知行所百姓辻勘兵衛旧家の様子同村若宮八幡宮由来の儀右八幡宮は古へ安徳天皇を祭り候由申し伝へ候といへども安徳天皇は壇浦にて御入水の御事いかゞの訳を以て出野村に祭り奉り候や不分明の処右勘兵衛居宅当巳（文化十四年）三月中旬屋根ふき替致し候処棟木に真黒なる竹の筒針金を以て縊り付有レ之一尺五六寸ばかりの竹片節をこめ木の詰致し其中に古書の巻物有レ之殊の外こまかに仮名交りにて容易に読得がたく真偽はかり難く大坂表古筆見に見せ候処凡そ六百年外の書の由申し候出野村にて是迄仕来並びに地面の場所隣村等に申し伝へ候趣とも多分古書物にて相知れ申候

美妙も、〈其古文書は経房卿と言つて幼帝に供奉して逃げた人の自筆で書いてあります〉と、内容上の一致点を示しているが、さらに〈文化十四年三月、摂津国能勢郡出野村の百姓辻勘兵衛〉が云々と述べているのであって、件の古文書がこれを指していることに疑いはない。しかしながら文書と作品の内容の差はあまりに大きい。これだけでは、美妙は、文書についての由来だけを伝え聞いてそれを利用しているにすぎず、本文の方は読んでいなかったとも疑われよう。その点について、文書と作品を表現内容から比較したい。

『蝴蝶』において、主上らが脱出をはかる部分の叙述に

(B)最前から幾度も心元なさに舷頭へ立出ては戦争の様子を見て居た二位尼もこゝで心を決したと云ふ体で窃に御座船の奥の間へ源典侍、侍従経房、原田大輔判官種長、因幡郡司景家、及び右大将基方、大納言典侍、勾当内侍、阿波内侍の八人を呼びました。

とあるが、文書においては、

(B)′二位どのひそかに典侍・大納言の局・勾当の内侍・阿波の内侍・右少将基道・われ経房・大輔判官種長・郡司景家をめされて……

とある。同構であり、(B)「右大将基方」と(B)′「右少将基道」の違いのほかは、八名の家来のうち七名までが一致していると見られるが、このような細部の人命のほとんどの一致は、文書の本文を知らないでは書きえないであろう。

つぎに『蝴蝶』では、源氏の目をあざむくために主上の身代わりを立てて入水するところを、

(C)「今はや入らせたまはんとや。そは勿体無し玉体を」。／「玉体と和女も思へるよ、これは如何に」。／言つて尼が主上の被衣を取退ければ是は主上と思ひの外、知盛の子息です。蝴蝶も之には駭きました。

と書いているが、文書では

(C)′一門の人々あるはうたれ海にもしづみたまひしに二位殿は知盛卿の乙の御子にみぞつけて須磨の内裏にてほろびさせ給ひしと聞えし御劔めきたるものをもたせ給ひ海に入たまふ

とあって、趣向や人名が同じくなっている。

また『蝴蝶』では、磯にたどりついた蝴蝶が主上の御跡を追おうとしての述懐の部分に、

(D)人目を避けて山路より御幸ますとや聞きゐるに……されば伯耆や過ぎさせ給はん。

とあるが、この部分は、文書の

(D)′往還は人めつゝましとて山より山里をへて（略）五月十日あまり一日の伯耆国はふの山里につかせたまふ

とある記述に基づいているのではなかろうか。主上の行程に「伯耆」の国があることは、本文によってわかるのであるが、『玄同放言』ではこの部分が要約部分となっていて、「伯耆」の地名は出てこない。

『蝴蝶』の最終は、つぎのように結ばれている。

(E)思遣れば須磨浦の昔の歌、「搔曇る雪気の空を吹変へて月になり行く須磨の浦風」。その吹変へる風は寧ろ小笹を噪がせたばかりです。

右の和歌は、『読売新聞』所載の文書では見ることができないが、『玄同放言』には、

(E)′又行をはなちて、経房の詠草を出したり、『たてまつりける藤原経房かき曇る雪げのそらを吹かへて月になりゆく須磨の浦かぜ』

と馬琴が注記して掲出している。

以上、作品と文書の類似を求めて、そのすべてを掲げたつもりである。そしてこれらの類似は、地名・人名・和歌という細部の一致によって、文書本文を読んでいないことにはとうてい考ええないものであろう。

では美妙は、どういう形で経房卿文書を読んだのであろうか。『読売新聞』の記載は『蝴蝶』の発表より二年以上も過ぎてのものなので、この新聞の翻刻を読んで構想したのでないことは無論である。それでは『玄同放言』は読んだであろうか。美妙は早くから二世馬琴を自称しており、ここに馬琴の著述への親炙が想定され、広く流布し

ている板本の『玄同放言』などの考証随筆にも関心を寄せ、いろいろとかれの歴史小説に役立つものであったろうと考えられるが、これも結論を言えば、少くともこの時点での美妙は、『玄同放言』の記事は見ていないようである。『読売新聞』所載文書には見えなくて『玄同放言』で見られる(E)′の経房詠草のことで『玄同放言』を見たとするのは当らない。むしろ見ていないと推定するのは、次の論拠からである。美妙は「出野村(いずの)」と読んでいるようだが、『玄同放言』は「出野村出以レ音、野以レ頭。」とあって「出野村(しゅつの)」と呼んでその考証もしているのである。美妙が馬琴の考証を無視するほど見識があったとは思えず、これはむしろ『玄同放言』を見ていないのだと思う。

美妙は『玄同放言』に拠るよりも、何らかの文書本文によった。そしてそれは、『読売新聞』所載の写本とも異ると考えるのであるが、それはつぎの理由による。

(一)　(B)の「右大将基方」の人名は、(B)′で「右少将基道」(『玄同放言』では「右の将基道」)となっているが、美妙の見た文書写本も「右大将基方」となっているのではなかろうか。ここだけ美妙の創作や誤読というのも考えにくいところだと思う。

(二)　(E)の経房の詠草は『読売新聞』所載翻刻では見ることができず、今は『玄同放言』によって補なったが、これは経房詠草をも載せている別の写本によったと考えた方が妥当であろう。

(三)　(A)において美妙は、〈幕府へ一つの古文書を持出した〉と記しているが、この部分については、『読売新聞』所載翻刻の前書にはなく、『玄同放言』に〈私にすべきにあらずとて、やがてそのよしをまうしゝかば、守云云の後、そのぬしに返し玉ひしとぞいふなる〉と関連した記述がある。これも何らかこうした記載のある別写本を考えた方がよい。

(四)　同じく(A)において美妙は、古文書を〈白川少将も望んで一覧し、また京都で日野大納言も懇望して見た事さへあつた〉と記しているが、これは『読売新聞』にも『玄同放言』にも記述がない。白川少将は松平定信であり、日野大納言は文人公卿の日野資愛(すけなる)のことであろう。そして資愛は斯道大家との交遊多く、特に頼山陽を評価し、その『日本外史』の板行を斡旋して松平定信と交渉があった。これらの人名を持ち出したのは美妙の創作であろうか。あまりにもできすぎたこの合理性は、むしろ江戸時代の人が偽書を真実めかすためにつけたもったいづけであり、そこまで美妙が創作する必要もなく、知識のほども疑問がある。これはやはり、美妙の述べるような内容を持つ前書のある別の写本を考えるべきだと思う。

以上を綜合して、美妙の『蝴蝶』の典拠となった経房卿文書は、『読売新聞』所載のものや『玄同放言』とは異る別の写本であったろうと推定されるが、本文内容はほとんど同一であって、作品分析に用いる典拠本文は、『読売新聞』所載の翻刻文で十分であると考える。

美妙の述べている典拠は、偽書ではあるが、架空のものではなかったし、たしかにその全文を読んでいた。そしてここに内容をも紹介したのであるが、〈この小説は脚色をその経房の古文書から抜いて一毛一厘も事実を枉げず、ありの儘に書いた〉という美妙のことばは虚言も甚だしいと言わざるをえず、安徳帝の脱出生存の経緯の一部を採り上げて作品世界の背景に利用した以外は、作品は美妙のまったくのフィクションと考えてよいのだと思う。

以上、美妙自身の述べている典拠を求め、それが作品『蝴蝶』にどの程度採り入れられているかを明らかにしたのであるが、より重要な問題は、典拠に忠実に従ったという虚言の意味であり、典拠がヒントとなり部分的趣向になりながらも大幅に仮構の世界を創作した美妙の文学方法にあることは言うまでもない。そして本稿は、それらを考えていくために手抜きすることのできない一つの基礎工事としての意味を持つものと思う。

ここにひとまず筆をおくが、最後に本稿をなすに至った経緯を述べておく。実は、経房卿文書に興をそそられた作家は美妙だけではなく、樋口一葉もその一人であった。一葉は、明治二十五、六年の雑記「やたらつけ」（筑摩書房版『樋口一葉全集』第三巻(下)に「雑記7」として所収）に、「摂津国能勢郡出野村　かん兵衛／左少弁藤原つね房」

と書き留めているが、これが何らか叙上の文書への関心を示すものであることは明らかである。そしてその全集脚註に、経房卿文書についての出典として『玄同放言』と『読売新聞』に記述のある旨記しているのである。(5) 脚註には『蝴蝶』の典拠に関連することは述べられていないが、私は偶々その点に気づき、脚註に導かれて両者を調査して、以上の報告となったのである。『蝴蝶』の典拠は、万人に知らされるかたちになっていたのであり、私はただそれに気づいたにすぎないのである。

注

(1) 柳田泉「明治歴史小説と山田美妙—解題に代へて—」(『美妙選集』(上巻)』昭10、立命館出版部)
(2) 塩田良平「平家物語の後代文学への影響」(同氏著『明治文学論考』昭45、桜楓社。初出は『国文学』昭31・11)
(3) 川副国基「美妙・紅葉の軍記的歴史小説」(佐々木八郎博士古稀記念論文集『軍記物とその周辺』昭44、早稲田大学出版部)
(4) 角田文衛『平家後抄』(昭53、朝日新聞社)
(5) 『樋口一葉全集』第三巻(下)(昭53、筑摩書房)六五七、八頁の脚註5の『読売新聞』掲載「藤原経房朝臣之自記」の掲載日の記述には誤りがあるので、本稿の記述によって正しておく。

(『日本文学』第二十八巻第十号、昭和54年10月)

二　小栗風葉『青春』

――『破戒』『春』への楷梯として――

中村光夫の『風俗小説論』（昭25）は、近代日本のリアリズムの成立や性格を論じて文学史論の一つの指標となっているが、そこで〈明治時代に大きな世評を呼んだ小説のうち、風葉の『青春』くらゐ惨めに忘れられた小説はない〉と言いつつ『青春』を一つの時代文学の指標として考察した問題点も、ようやく検討の日程にのぼってきたようだ。

『青春』（『読売新聞』明38・3・5―39・11・12）は、風葉の最大の力作長編であり、硯友社系文学の最後の雄編と目されているであろう。弟子の岡本霊華[1]が、〈この小説が、梶田半古氏の優婉な新味のある挿絵と共に、読売新聞に連載された時には、小説と挿絵との情趣がぴつたりと一致して、実に幾万の読者の胸を躍らせたものだつた〉と言うなど、時代の当り作であったことの証言は多く、相馬御風[2]も、〈その頃私は早稲田の学生であつた。（略）あの頃校門を出ることは、毎日必ずその日の新聞に出てゐた『青春』について批評を戦はしたものである。（略）あの頃の私達は幼稚は幼稚であつたが、しかし真剣ではあつた。そしてその真剣さで私達は一時あの『青春』といふ作にのぼせ上つてゐた。それほどあの作は当時の若い読者の血を湧かせたものであつた〉と回想している。当の御風は、『早稲田文学』（明40・4）の〈『青春』合評〉の一員として、〈藤村氏の『破戒』漱石氏の『草枕』と並んで『青春』は慥に昨年小説界の三大傑作だと信ずる〉と言い、〈現代青年の弱点をあれだけ深刻に、あれだけ明確に描が（ママ）き得たものは作者を措いては一人もあるまい〉と賞したのであり、島村抱月も、〈当代の最も複雑な思想の階級を代表的に描かんとした作者の労を多とする〉と述べるなど、欠陥も指摘されながら同時代の代表作であったことは確かである。

岡保生氏の調査によれば[3]、『青春』は、掲載に先立つ一年半前の明治三十六年十月には執筆が開始されていたらしく、ツルゲーネフ『ルージン』（二葉亭訳『うき草』）を読んだ感動と、一高生藤村操の華厳滝投身自殺の社会的センセーションに発想の基盤があり、加えてショーペンハウアの人生哲学など同時代を刺激した様々の思想を骨子としている。思想の波動の中で〈煩悶ということが青年学生の間に流行した。皆がよく煩悶していた〉（生方敏郎『明治大正見聞史』中公文庫）という同時代の風潮は[4]、作品の、〈関（注――主人公）の煩悶は、旋て又時代の煩悶とも言ひ得られるので……少なくとも現代青年の一般傾向が、那の男に由つて代表されて居るように思ふ〉（「秋の巻」十五）ということばによっても明らかなように、正面から採り上げられたのであった。

だが『青春』は、当時の読者をとり巻いた時代状況の失われた今日、通俗小説の認識だけを残して、読書や研究の対象からずり落ちてしまった。中村はその理由を作家精神の本質に求め、『破戒』と比較し、〈近代文学の根底をなす個性の想念を、真に自分の感性に生かしてこれを骨肉化する努力を払つた作家と、そこから単なる外面の技法のみをとり入れた作家との差異〉によるとし、〈風葉と欽也（注――主人公）との間には（略）内面のつながりは全くな〉いと断定した。だが中村武羅夫氏は[5]、「『青春』に描かれてゐるところの苦悶と懐疑とは、作者その人の懐疑と苦悶とを真率に描写したものである〉と言い、生田長江もすでに[6]〈風葉の関欽也は畢竟ツルゲネエのルデインなのである〉と述べていた。正面から対立するこれらの論の存在は無視すべきではない。『青春』が単なる世相描写にとどまらず、作家の自己投入が期されたことは、やはり指摘しておかねばならない。一例を掲げて略説する。

其代り、速男君の方が意志が強い。此の意志だが、尾張人は総躰意志が弱いやうだ。関でも佐藤でも皆然うで……些つと才気も有り利口でもあるが、何うも片（うすつぺら）で堅実な所が無い。歴史上の人物を見ても、尾張から出た人物は多く何うも然ういふ欠点を免れないやうで――（略）左に右く尾張人の通弊として佐藤も意志が弱かつた。人一倍情熱もあり、勇気にも富んで居たけれど、好漢惜むらくは意志が鞏固で無かつた為めに、中途で終に墜落して了つた！　（「夏の巻」四）

登場人物の口を通して語られるこの主人公らへの評は、風葉自身のその後の予言とも言うべく、風葉の本質が吐露されている。風葉も尾張人（半田出身）であった。そして作品の一部は、出身地尾張と養家先の豊橋を舞台にしている。ここにはすぐれた感受性を持ちつつ、外国の文学や思想に軽薄に同化し、華麗な文章で書きまくって器用にすぎる風葉の苦い自嘲を認めることができる。また主人公の実家や婚約先の養家との不和の関係の叙述には、風葉自身の当時の家庭をめぐる生活感情がこめられていることも疑いなく、主人公をめぐる友人関係には、明治三十五年以降風葉も参加した竜土会の文学仲間の面影がちらついている。[7]『青春』は中村光夫の極言するほど作者の内面と無縁ではないのだ。『青春』と『破戒』の差は、作者の自我意識・生意識の落差として見るよりも、むしろ方法と力量の差として現われていると思われ、『破戒』の位相は、『蒲団』よりも『青春』に接近しているのではないか。方法の共通点は、何よりも作者の外部に主人公を求める虚構性であり、差異は、(1)『青春』が同時代の典型像に自己を託してフィクションを描いているのに対し、『破戒』は時代的典型は捨てて、自己そのものをフィクション化していること、(2)『青春』が自己を登場人物のそれぞれに分散していると見られるのに対し、『破戒』は自己を丑松一人に凝集する簡素な一元描写によっていること、(3)『青春』は大衆的な新聞の紙面を意識し、同紙を飾った『金色夜叉』や『魔風恋風』に影響されるところがあるが、『破戒』は強固に通俗の読者意識を拒否しようとしていることである。その結果、風葉は自己の生活に密着しない大きな時代的社会的な問題を扱って手に余った浅薄さを露呈し、加えて対読者意識が作品を混濁させてしまった。そして『破戒』の生命は、藤村自身の生活範囲に世界を固定して、隅々まで実感をゆきわたらせた純一性にほかならず、両者の対比は、言うなれば戦線拡大の敗北と戦線縮小の部分的勝利ということになろう。しかも『破戒』にとっての幸運は、『青春』とは逆に、同時代では〈狭隘また地方的〉であった虚構（新平民問題）自体が時代とともに普遍化し流行化して、時代を先取りした作品に変貌していったことであった。

今日『破戒』と『春』との間に本質的な作家精神の革命を認めない方向で通説化していると思うが、その点からみても、『破戒』が作者の外部に主人公を求めた虚構は、硯友社系文学の常識的な方法への用心深い妥協であり、『春』こそは『蒲団』にも力づけられてそうした虚構を放棄することの自信を得た試作であったろう。それにしても藤村は、同時代の典型的な青年の苦悩像を描く『青春』の魅力的な主題を無視しえなかったと私は考える。藤村が『春』で試みたものは、『青春』の主題を自己の体験でなぞったものにほかならない。題名といい、青春群像といい、苦悩や懐疑といい、死ねない主人公といい、『春』と『青春』の相似を見るのは誤りであろうか。私は、『春』成立の試論として、その主題獲得に『青春』の直接的影響を推定しておきたい。

こうしてみると、『青春』は、時代社会を正面に据える虚構を一義とし、その中で自己を表出すべく発展した硯友社系文学の一つの到達点であり、その方法も世界も、作家の広義の力量によって次代に継承さるべき要素はあったのである。中村光夫が、〈当時の日本文学の力をつくして入らなければならなかつた狭い門は、『破戒』から『蒲団』への道にではなく、むしろ逆に藤村や花袋のやうな新しい文学者が、新時代との血縁を意識しながら、彼らの『青春』を書くことであつた〉というのは、『青春』の世界と主題性を評価したものとして正統であり、『青春』の不足を特殊な世界においてのみ満たした『破戒』の次の試みこそ、同時代普遍の世界像・人間像の描出たらねばならなかったのである。『春』がそれを果たしえたかどうかを論ずる紙面を失っているが、『青春』は『春』への一つの里程標として自然主義文学への課題をはらんでいたのであり、単なる無視や否定の対象としてのみ考えられていたわけではない。『青春』の分析も史的評価も、なお、今後の問題である。

注

(1) 岡本霊華「『風葉集』解説」(明治大正文学全集17『小栗風葉集』昭3、春陽堂)
(2) 相馬御風「風葉氏のおもひでから」(『新小説』大15・4)
(3) 岡保生『評伝小栗風葉』(昭46、桜楓社)
(4) 助川徳是「両親の実践(下)—魚住折蘆の一高時代—」(『文学』昭54・10)は、当時の青年の思想動向を分析しており、「青春」の評価にも関連するであろう。
(5) 中村武羅夫『明治大正の文学者』(昭24、留女書店)
(6) 生田長江「小栗風葉論」(『生田長江全集』第一巻、昭11、大東出版社。初出は『芸苑』明39・4)
(7) 前注(5)一八頁に、「後年僕は作者から直接聞いたことがあるが、欽也は作者自身、繁といふ女性は実在の人物でモデルがあるし、速男は外見だけのモデルとして、柳田国男氏を念頭に置いて書いたものだといふことであつた」とある。ただし〈速男〉は〈北小路〉の誤りであると思う。

(『解釈と鑑賞』第四十五巻五号、昭和55年5月)

三　漱石と硯友社

――事実関係についてのノート――

最初は誰でも意外に感じるのではないかと思うが、漱石は尾崎紅葉と同年の慶応三年の生まれである。大学では紅葉の一級下であり、山田美妙とは同級であった。紅葉が赫々の文名を高め、惜しまれて没した明治三十六年には、漱石はまだ創作の筆を執らない高校・大学の教師であった。漱石が作家として出発するのは、明治三十八年一月『ホトトギス』に『吾輩は猫である』を載せた時に始まる。つまり、紅葉・美妙・石橋思案・川上眉山・巌谷小波・江見水蔭・広津柳浪・大橋乙羽らのいわば硯友社の一世と言える作家らの活動の終息ないしは退潮・転向と見られる時点から漱石の作家活動は開始されるのであって、同じ時代を生きながら、その間には明確な一線がある。また硯友社の二世に当たる小栗風葉・泉鏡花・徳田秋声・柳川春葉らと対してみると、かれらはいずれも漱石より年少ながら、十年にわたる執筆経歴を持ち、漱石の出発時には、すでに文壇に大きな位置を占めていたのである。漱石と硯友社一世の間に、互に言及するところが少なく、二世連中との間に、同時代的作家としての意識で語られた言葉が若干残っているのは自然と言えよう。

『漱石全集』第十七巻（昭51）の索引によって硯友社系作家の名前や作品の記された頁数は、次のようなものである。

紅葉5（『金色夜叉』6）・美妙2・思案1・眉山3・小波3・水蔭0・柳浪0・乙羽0・風葉10（『青春』等作品5）・鏡花13（『海異記』等作品4）・秋声27（『あらくれ』等作品6）・春葉3

これらの数値だけでは実質的な関心度の正確は期しえないが、ほぼのところは見えよう。以上を明治作家の若干と比較してみよう。（　）は作品である。

逍遙21（4）・二葉亭30（7）・露伴5（3）・透谷0・一葉1・緑雨1・敏17・樗牛8・独歩10（15）・藤村10（17）・花袋13（4）・荷風5（1）

これらの数値を見ると、漱石は、故人もしくは退潮した作家にはほとんど関心を持っていない。漱石はこれら作家を文学史的にも評価する姿勢を示していない。ほとんど読んでいないのではなかろうか。それに対して現役作家への関心は強く、同時代的・文壇的な姿勢であり、いっぽう逍遙や敏に対しては、学匠的な関心が見えるようである。

創作活動の時期がずれた漱石と硯友社一世は、文字どおりすれ違ったのであるが、ともあれ、同時代を生きた両者の反応を眺めてみよう。

漱石は後年の談話で次のように語っている。

山田美妙斎とは同級だつたが、格別心易うもしなかつた。正岡（注――子規）とは其時分から友人になつた。一緒に俳句もやつた。（略）上級では川上眉山、石橋思案、尾崎紅葉などがゐた。紅葉はあまり学校の方は出来のよくない男で、交際も自分とはしなかつた。それから暫くすると紅葉の小説が名高くなり出した。僕は其頃は小説を書かうなんどとは夢にも思つてゐなかつたが、なあに己だつてあれ位のものはすぐに書けるよという調子だつた。（「僕の昔」明40・2）

漢詩と俳句の趣味以外は創作に興味がなく建築家を志していた漱石が、友人米山保三郎の忠告で文学研究を専攻するに至った大学時代の回想である。硯友社初期の動静にも無知ではなかったが、かれらの文学の学問的考究の態度の欠除や、能楽者的姿勢を蔑視していたようである。意識の中心を占めることはなかったが、有名になっていく紅葉の小説には目を通したらしい。〈私は尾崎紅葉氏が小説を書く時分に読売新聞を愛読したもので、其の時分は私ばかりぢやない、うちのものが、みんな読売でなくつちや不可ない様なことを云つてゐました〉（書簡番号一〇三七、明42・3・7）と述べている。紅葉が読売に小説を書いたのは、明治二十二年の暮から明治三十五年までであった。しかし『金色夜叉』について、〈もと読みましたがね、忘れてしまつたです。でその筋や何かハツキリ分りませぬ。あの新聞に出た時私は見ました〉（談話「本郷座金色夜叉」明38・8）と語っているが、『金色夜叉』の新聞掲載の断続は甚しく、しかもその間の一時期に漱石はロンドン留学をしているのだから、談話時点までには完読していないのである。

世評の高さにもかかわらず、紅葉の文学が漱石を動かすことはなかったようだ。そして他の硯友社同人への関心も紅葉以上のもののなかったことは、前記数値で察せられよう。事実、日記や断片に、眉山（明41・6・16）・美妙（明43・10・26）の死の報知を記すのみで、小波に対しては、雨声会欠席の通知を送ったこと（明40・8・4）と、かれの渡米を不審がる小記事（明42・7・26）があるのみで、他の同人について記すことはなかった。

ともあれ、漱石の硯友社一世への意識は、〈（明治四十年は）文学に紅葉氏一葉氏を顧みる時代ではない。是等の人々は諸君の先例になるが為に生きたのではない。諸君を生む為めに生きたのである〉（『野分』十一）という白井道也の演説に集約されるもののようであるが、漱石が自己の文学者としての誕生のために存した硯友社文学をいかに批判的に摂取したかは、多く推測の領域にある。

次に、紅葉ら硯友社一世の連中の方は、漱石を如何に意識していたであろうか。そもそも両者に直接の交際はなく、しかも学界・教育界へ遠ざかった漱石がかれらの念頭にのぼることはまずなかったとして、俳句結社秋声会に多く属した硯友社連が、正岡子規の周辺で句作活動を始めた漱石を知らなかったとは考えにくい状況がある。これは漱石の側からも言える。しかし、不思議（と言えるかどうか）にも、この方面の両者の言及が見当らない。では小説家漱石に対してはどうか。小説家漱石の存在は明治三十八年以降であり、紅葉・乙羽は没していたが、その他の作家には、『吾輩は猫である』という動物の眼を通して描かれた議論小説の斬新奇抜や、『幻影の盾』『薤露行』のエクゾティックなロマンス、『坊つちゃん』という世俗反発の啖呵を切る江戸っ子気質の作品等が視野に入った可能性はあるが、これも明確な反応を見る資料に欠ける。ただ一つを挙げれば、その晩年、創作においても打開を求めて憂慮していたと考えられる眉山が、その作『小半日』（『文芸界』明39・12）で『二百十日』（明39・10）の冒頭の文体・趣向を模倣している。

「おい、何うするのだい。」／「矢張てく〳〵行くのさ。」／「それから。」／「里へ出る。」／「それから。」／「先づ徐ろに処を聞くね。」／「それから。」／「それ唐崎は一つ松。」／「勝手にするが可い。おい、全体此堤（どて）ぶら〳〵の川風吹かれが何時まで続くんだい。」／「贅沢な事を言つちや可けない。それが解る位なら文句はないよ。」

（『小半日』）

ぶらりと両手を垂げた儘、圭さんがどこからか帰つて来る。／「何所へ行つたね」／「一寸町を歩行いて来た」／「何か観るものがあるかい」／「寺が一軒あつた」／「夫（それ）から」／「銀杏の樹が一本、門前にあてた」／「夫から」／「銀杏の樹から本堂迄、一丁半許り、石が敷き詰めてあつた。非常に細長い寺だつた」／「這入つて見たかい」／「やめて来た」／「其外に何もないかね」／「別段何もない。一体寺と云ふものは大概の村にはあるね」

（『二百十日』）

『小半日』は、道をまちがえた二人の男が、たまたま上った旅館で女を連れている旧友を見かけ、その男に女との来歴を語らせるという話で、男に意志と感情の齟齬を語らせるところに眉山自身の問題が幾分見られるにとどまる浅薄な作品で、モーパッサン風なところもあるが、漱石の文明批評的な主題性に触れて来るところはない。眉山は『二百十日』の閑人脱俗的な饒舌のおかしみをちょっと学んだにとどまっている。漱石の単簡な歯切れのいい文章それ自体が清新であったことをも示すものだが、漱石の知性やロマン性にかかわりえなかったのは、何も眉山ひとりではなかったであろう。このように硯友社一世の側から漱石への何らかの接近は考えられるが、両者の文学の成立する次元は、あまりにもへだたっていたのである。

次に硯友社二世と漱石との関係を見よう。漱石が言及するところのあったのは、風葉・鏡花・秋声・春葉であり、これだけで紅葉の弟子は尽くしている。漱石が文壇に登場した時代は、漱石自身〈世の中が鏡花をほめ風葉をほめ〉る時代であった（書簡番号三四八、明38・6・27）と述べている（ここでは、自然主義作家として成長していった秋声についての考察は省略する）。

風葉は、漱石が登場して来た時には、大作『青春』（明38、39）の世評によって文壇の最人気作家であったことにまちがいはない。いったい作家になってからの漱石は、特定の作家に集中するとか、組織的な読書をするということはほとんどなく、その時々に新聞・雑誌等に目を通して同時代の作家・作品を知るという態度であり、風葉に対しても、当代人気作家の作がどんなものかという以上の関心はなかったようだ。時代におくれまいとして半熟のままに濫作したために、玉石混淆で損をした風葉であるが、漱石の風葉評は、風葉の長短をよく見ているようである。(1)

『深川女房』（明38・3）―「如何にも深川女房らしい。（略）第一深川といふ名がいゝ。それに会話が自然だ。」（談話「批評家の立場」明38・5）

『老青年』（明39・3。ただし真山青果の代作(2)）―「何をかいたものもやら。(ママ)（略）駄作の駄の字であります。」（書簡番号四五一、明39・3・3）

『ぐうたら女』（明41・4）―「とりどりに面白かった。」（談話「近作小説二三に就て」明41・6）

こうした風葉が『東京朝日新聞』に『極光』（明43・11・19―44・4・26）を連載したのは、漱石が風葉の世評や筆力を一応は評価していたからであろう。しかし、草平の身の上話を〈風葉の青春より余程面白かつた〉（書簡番号六一五、明39・11・17）と言ったり、〈風葉天外一派を罵倒して居る見識家〉（書簡番号六二〇、明39・11・23）ということばからうかがえるように、かれらの大作の浅薄を見抜いており、前掲『極光』の予告文（草平の筆か[3]）では、〈往年文壇の寵児〉と言って明確に時代おくれを指摘している。流行作家風葉の噂はいろいろと漱石の耳にとどいていたらしく、〈風葉の耽溺した所を濤蔭に教へてもらふ〉（「日記」明42・6・17）とか、〈人が毎日苦しんで新聞小説を書いてゐると世間ぢや存外平気でゐる、風葉などに対しても気の毒である〉（書簡番号一二九三、明44・3・18）と、職業作家の苦労に共感する記述もある。それから大正二あるいは三年の一夜、大酔した風葉が、草平と漱石を訪ね、〈いよう夏目君！〉〈天下語るに足るものは乃公と余あるのみ〉とやって漱石から〈馬鹿ッ！〉と大喝され、ほうほうの態で帰ったことは、当の草平[4]や鏡子夫人[5]も語っている有名な話だ。この時すでに風葉は文壇の中心を去っており、そのはるか以前に、漱石の風葉への関心も絶たれていたであろう。

いっぽう時代の思潮・傾向に敏感であった風葉は、新進の漱石の作を読みもらすことはなかったようだ。(A)「予等と路の異れる漱石氏」（『中央公論』明41・3）と(B)「予の眼に映じたる十四作家の長所」（『趣味』明41・12）は、硯友社系作家による数少い漱石論として重要であるが、風葉の眼には漱石文学がどのように見えていたであろうか。両文には、『吾輩は猫である』『倫敦塔』『幻影の盾』『草枕』『野分』『虞美人草』『坑夫』『三四郎』の作が挙がっており、文芸論の二三も読んでいた。

風葉は、この時の自己の立場を、〈予等は芸術の第一義に叶ふか叶はぬか知らぬが、作家と作品と全然有機的であつて、作家の煩悶なり懐疑なり努力なりが直ちに作品に現れてゐる――言換へれば、作家自身が作中の人間と一緒に藻掻いてゐると云つたやうな、極めて余裕の無い物を痛切がつて喜んでゐる〉（A）と、田山花袋に接近した自然主義的立場であることを表明し、〈作家が一段高い所に居て、人間を批判したり冷笑したり揶揄したりするまでに、予等は自分と云ふものが出来てゐない、若いのである〉（A）と、漱石の高踏的・知識的・批評的なペダントリーを暗に批判し、〈所詮氏は予等と路の異れる人であ〉り、その作についても、〈主人公を始め、出て来る人間も人間も、予等とは全然思想も感情も乃至生活も没交渉の人達であつて、唯結構な御身分である結構なお世界の人達であると思ふだけだ〉（A）とつっぱねている。そうした位置からも若干の具体的考察を述べ、〈物に拘泥せぬ〉ということが、逆に拘泥し過ぎている漱石の文学であり、漱石は〈術〉に拘泥し、作品のために人物や文章をこしらえていると批判しているのは、初期作品に関するかぎり的はずれではない。『虞美人草』の筋や文章の作為を否定するのは当然で、〈実感と云ふ事は氏等の第一に好まれぬ所であらう〉（A）と言う。しかし『倫敦塔』や『幻影の盾』を、〈智識の上の作品で、空想も理路を逐つた空想、あれを以て氏を詩人的空想の勝つた人と言ふ事は出来ない〉（A）と断ずるのは、やはり一知半解であった。風葉が漱石文学に親近するのは、露骨なペダントリーや〈術〉の影が見えなくなり始める『三四郎』以降である。〈『三四郎』は大に感服して日々愛読〉、〈氏の本領が遺憾なく発揮〉、〈鋭い鋒茫のちよい〳〵顕はれる〉、〈他人の摸倣を許さざるところ〉（B）と賛し、その理由を〈此は氏が学殖に富んで居られるからでもあらう〉と言って、〈僕は氏を以つて、学殖ある江戸つ子と云ひ度い〉（B）と結論する。

　そもそも風葉が、〈自分の書いてゐる小説以外には、哲学も分らぬし、宗教も知らぬし、政治論も出来ねば米の相場も知らぬ。文学と云ふ中にも小説――乃至自分の書いてゐる小説と類似した小説で無ければ、其善悪可否も分らぬ〉（A）と露悪的に卑下して漱石に対したのは、自然主義的立場をとっていたがゆえの反発とともに、自己が身につけようと願って借り物にとどまった思想性へのコンプレックスであり、羨望にほかならなかったのだ。ようやくペダントリーの影が消えてゆく漱石文学に、風葉はますます学殖を感じてあやかりを念じたのではなかったろうか。大酔して漱石を訪ねた風葉は、そうした自己を素直に表わすことのできなかったてれの哀しい姿なのでもあったろう。

　春葉について漱石が記すところは、次の三箇所である。〈料理は浜町の常磐。傍に坐つてゐた芸者の扇子に春葉の句がかいてあつた〉（「日記」明42・8・6）、〈紅緑春葉を伴ふて至る。臥蓐中につき断る。春葉とは初対面なればなり〉（「日記」明42・8・24）、〈柳川君は知人であります。御面会の節はよろしく願ひます〉（書簡番号一八三九、大3・7・7）。いっぽう春葉には「漱石論」（『中央公論』明41・4）という小文がある。春葉も漱石の出発までには文壇に知られている存在であり、明治四十年代以降は、家庭小説の通俗作家としての雄であった。そしてかれの俳句も悪くない。漱石が春葉の小説を、まったく自己と関らないものと考えてもおかしくはない。両者にその後いくらかの交渉が生じたらしいのは、互の俳趣味の共鳴からではないかと思われる。春葉が佐藤紅緑とともに漱石に会おうとした点にもそのことがうかがえるのではなかろうか。春葉の「漱石論」も、漱石文学を俳味において評価するものであった。春葉は、現文壇の特色ある五大文章家として二葉亭・漱石・渋柿園・鏡花・風葉を挙げ、次のように述べている。

　夏目さんの文学論は見た事が無いが、作物の何れを読んでも、確に氏が或趣味を以て人生を見、気に入つた処をチヨツと摘み出しては写してゐるのが能く解る。其心持は何処までも冷に洒脱に、雨あがりの道を低い駒下駄で拾つて歩いてゐるかたちがある。其ともう一つはつまらない中にも何か興味を見出して、自分だけでも面白くしやうといふ軽い楽天観がある。／是を単に江戸趣味と云つたら語弊があるかも知れないが、都会の人が生れながらに持つてゐる趣味の一つだらう。それが能く現れてゐるやうに思ふ。夏目さんの作物は能く書いてあるが好かないといふのは此趣味を好かないので、小生などが面白がるのは此趣味好な為だ。

春葉は、『野分』の具体的描写を挙げて、その俳諧的な手際をほめ、〈夏目さんの小説を何でも俳諧にして了ふのぢや無いが、此見方で新らしい時代を見てゐる処が如何にも面白い価値のある点ではないかと思ふ〉と述べた。春葉の漱石文学評は、同好の士としてその一面を正しく評価していると言え、両者の意識も、無難な趣味の領域で好意的であったと思われる。

鏡花を最後にまわしながら、もはや紙数も尽きている。漱石は鏡花の作に触れ、その〈執拗の天才〉（書簡番号三二五、明38・4・2）に驚き、外国作家の作を読みながらも、〈思想ハ鏡花ニ似タリ。然シ技巧ハ鏡花ヨリモ十数等上ナリ〉（Prosper Mérimée “The Venus of Ille”）とか〈鏡花ハ此呼吸ヲ知ラズ。／詩人ノ想ハ詩想デアル、鏡花ノ如キハ狂想デアル〉（Théophile Cautier “The Dead Leman”）などのメモを書き入れるほどに、執拗に執着した。鏡花文学の幻想性や霊の感応は、漱石自身の内面を掘り起こし、漱石の文学に深く影響を与えている。鏡花は、漱石を震憾させた唯一の硯友社系作家であった。自然主義全盛のさ中に孤立窮乏していた鏡花の売込原稿を快く引受け、稿料前借も諒承したらしい漱石に対し、のちに鏡花は「夏目さん」（大6・1）の一文で追悼していることも有名だ。しかし、私稿をもはや打ち切らねばならない。こうした両者の関係については、中野博雄(6)・村松定孝(7)・小林輝治(8)・岡保生(9)らの各氏に示唆深い論があることを記しておきたい。

以上は、文学史論や比較作家論の前提として事実関係を文献的に推論したノートであるが、硯友社から漱石への問題は、硯友社から自然主義への問題と同程度以上に重要だと思われ、それについても、平岡敏夫氏(10)・和田謹吾氏(11)の試論が、それぞれに意義深かったことも加えておく。

注

（1）漱石は、書簡（三六一、明38・8・6）で、風葉の作として『荒野のりや（ママ）』という作にも触れているが、未詳ながらこれは風葉の作ではないらしいので省略する。

（2）岡保生「風葉代作考」（『国語と国文学』昭35・8）

（3）岡保生『評伝小栗風葉』（昭46、桜楓社）二九〇頁。

（4）森田草平『続夏目漱石』（昭18、甲鳥書林）八一三―八一六頁。

（5）夏目鏡子『漱石の思ひ出』（昭41、角川文庫）の「五二　酔漢と女客」。

（6）中野博雄「漱石と節・鏡花」（『青山学院女子短期大学紀要』11、昭34・6）

（7）村松定孝『ことばの錬金術師泉鏡花』（昭48・7、現代教養文庫）の「鏡花と夏目漱石の交歓」。

（8）小林輝冶「漱石から鏡花へ―『草枕』と『春昼』の成立―」（『鏡花研究』1、昭49・8、石川近代文学館）

（9）岡保生「鏡花と漱石」（『鏡花全集月報』20、昭50・6）

（10）平岡敏夫「漱石と紅葉」（『解釈と鑑賞』昭43・11）

（11）和田謹吾「漱石における金色夜叉―『虞美人草』の周辺―」（『国文学』昭50・11）

（『解釈と鑑賞』第四十七巻十二号、昭和57年11月）

四『魔風恋風』考

――受容・材源・テクストについてのノート――

序

小杉天外は、その著『初すがた』（明33）と『はやり唄』（明35）の序文によって、ゾライズムの移植者たる前期自然主義作家としてほぼ定位しているといえよう。だが文学史的存在としての天外は、この明治三十五年あたりまでであって、以後の野心大作や長命（昭27没）にもかかわらず、文学史からは姿を消した。〈実は天外の文学史的意義はこのあたりに尽きる。以後彼の企図は更に大じかけになり、評判は更にあがるが、本質的に進歩はなく、むしろ後退してゐるといつてもよい〉と吉田精一氏(1)は述べている。『魔風恋風』（明36）や『コブシ』（明39―41）の大作は、昭和初期の円本全集の類に収録され、明治大正のベストセラーであったことをうかがわせるに足りるが、今日では、まったくの通俗小説としてまともな考察の埒外に出てしまった。天外について考察した現代文学史家の『魔風恋風』の評もその点で一致している。片岡良一氏(2)は、〈序文に唄はれた写実的意図より通俗小説的傾向への深入りを顕著に示した〉と述べ、吉田精一氏(3)は、〈紋切り型の環境といひ、類型的な性格といひ、通俗小説の域を出ない。自立心の強く、意志の固いヒロインが、義理に負けずにあくまで恋を貫くことなく、環境と通俗的倫理に従つて行く過程も新鮮とはいへない〉と述べており、瀬沼茂樹氏(4)もまた、〈学生恋愛を中心とする女学生の新風俗を扱った類型的な通俗小説の域を出ず、（略）当時の代表的作品ではあるものの、通俗的痼疾を明らかにしたもの〉と記して、この定説自体はほとんど動かしがたいといえよう。だが、失敗作や通俗小説の考察が無意義かどうかは問題の残るところであり、今日的意義はとにかく、或る時代を代表しえた作品というのはそれだけで考察の対象たりえる資格があり、その時代と関連して歴史的意味を確認しておくことは必要であろう。〈多くの人たちに読ませる才能も、一部で考えるほど軽視はできない。才能にとぼしいために、どうやら純文学の作家であり得たという皮肉な見方もできる〉というのは和田芳恵氏(5)であるが、近代文学研究の欠陥をうがったことばとしても受け入れたい。『魔風恋風』考察の意義のいまひとつは、この作が天外の創作生活の変曲点となっており、作家研究の上からも無視することが許されないという点である。天外の文学史的生命はこの作によって絶たれた結果となっており、ゾライズムの野心的作家たる彼をして、小説界の寵児の麗名と通俗作家の汚名を一時に持ち来たすに至った転換の問題作と考えられるからである。

ところで一世を風靡した大作『魔風恋風』の持っていた意味も、今日では一読して具体的に把握するということは困難になっているのではあるまいか。私は自省をこめて、『魔風恋風』がその時代に持った意義の復元を試みようと思う。今日、天外については、その著作集成はおろか、著作年譜も十分ではなく、伝記研究もなくて、低次元の段階ですでに難問をかかえているのであるが、以下、今後の研究の目安の一端として、『魔風恋風』の受容や材源・テクストに関してのノートを中間報告の形で、資料本位に並べてみたい。

1　受　容

問題は、『魔風恋風』が何よりも大衆性を前提としている新聞の連載小説であった点にある。『読売新聞八十年史』には「天外の『魔風恋風』」という一章があり、掲載前後の状況を次のように詳述している。

紅葉を失った読売は、本野社長も編集幹部も、いまさらながら驚きあわてて、文学新聞としての人気回復に苦慮した。(略)現実に紅葉が去って見ると部数の減退はすこぶる多く、本野も中井も紅葉に対する認識不足を悟るとともに、文学に対する認識を新たにせざるを得なかった。（略）「金色夜叉」のつなぎとして、江見水蔭の「花」、山岸荷葉の「雌蝶雄蝶」、広津柳浪の「形見の笄」など次々と連載して見ても大した反響もなく、ここに当時「はやり唄」の一編によって、一躍名声を博した小杉天外を客員として迎えることになったのである。天外は、「魔風恋風」を三十六年二月から九月にかけて連載したが、これはよく当って、「金色夜叉」とは別の意味で人気を取り、天外はたちまち有名になった。（略）「魔風恋風」は、明治時代の新聞小説として、いろいろの点で問題になった作品である。現実の社会に手本を求め、あえてじゅん化を加えず、当時の教養ある青年と、その世相の一端を大胆に描写したこの小説は、一部からはいんとう（淫蕩）文学と非難もされたが、青年男女間の人気に投じ、自然多くの読者を開拓した。花柳界でも「魔風恋風」の歌がうたわれ、舞踊化され、歌右衛門や猿之助によって上演もされた。読売新聞は、これによって部数も増し、五千部増加するごとに「五千会」という宴会を開いて祝福したが、五千会は数回にわたって開かれるという人気であった。万朝はこれに横ヤリを入れ、社会風教を害するものだと社説で非難したほどであった。

当時文学新聞として人気を集めて一流紙であった読売が、同社の一枚看板『金色夜叉』の紅葉の退社によって衰退し、その挽回の社運を天外に賭けたのである。『魔風恋風』は『金色夜叉』に代わるべき大衆的作品として期待されたのであり、天外の創作意識にもその点があったとみなければなるまい。社の期待は報いられて余るものがあり、天外自身をも小説壇の絶頂に押し上げたのであった。

天外の人気が大衆読者によって支えられたのは、単に作品自体と発表舞台によるばかりでなく、明治三十五年前後の時点の文壇が、一時空白をもたらした感のある過渡期であったことにもよると考えられる。田山花袋は、紅葉（明36没）・樗牛（明35没）・乙羽（明34没）の死をそこに採り上げている。

私に取つ（ママ）ては、この三つの死は、極めて大きな事実であつた。（略）自分が真面目になるより他、自分で自分を打ち立てる他、それより他には行く道はないやうに私には思はれた。／それは明治三十四、五、六、この三年間くらゐの出来事であつた。文壇はしんとなつて了つた。大家達もてんでに自分の領分に引込み、新進作家達も真面目にその作に熱中した。

（『近代の小説』二十二）

明治三十五年には、荷風の『野心』『地獄の花』、花袋の『重右衛門の最後』、独歩の『富岡先生』『酒中日記』『運命論者』、藤村の『旧主人』等が発表され、新時代を拓く先駆的時点であることについては、つとに野村喬氏が(6)指摘し、今日では常識であろうが、これは、それぞれの後年の確立を見とどけた上で始発点の意味を確認した一種の結果論で、同時代の一般的認識とはかなり差があるのではなかろうか。同時代評を広く調査しなければならないが、文壇は外見的には沈滞し、硯友社二世の銘々の活動と、歴史小説や家庭小説・光明小説の通俗長編が目立ち始めていたようである。花袋の回想には純文学と通俗文学を区別する意識が明瞭で、この空白の感を与えた時期を、〈鏡花・天外・風葉の時代〉と言い、〈草村北星のものだの田口掬汀のものだのが一時流行した。（略）さうしたものの流行は、たしかに文壇の一時の沈滞と堕落とを示してゐたやうなものであつた〉と述べている。

前掲の三人の死を天外の立場から推測してみよう。当時東京の最大書肆博文館の出版事業を主宰した大橋乙羽の死は、乙羽が同人であった硯友社関係にとって多大のショックであったことは、花袋も自分の問題として受けとらざるをえなかった。硯友社関係最大のスポンサーの死が彼らの作品発表にいかに影響を与えたかについてはなお未調査であるが、何らかの凹みは考えられよう。それに対して天外は、博文館の『太陽』や『文芸倶楽部』と関係することはなはだ少なく、明治三十年以降は、博文館に拮抗していた春陽堂の『新小説』や、後藤宙外の丁酉文社の『新著月刊』、大阪の金尾文淵堂から出ていた『小天地』、金港堂の『文芸界』を発表舞台としており、単行本はもっぱら春陽堂からであった。乙羽の死によって考えられる博文館やその関係作家の凹みは、逆に春陽堂とその関係作家を有利にし、天外はその右翼に位置していたかと推定されるのであり、確固たる地歩を占めるようになってきていたのである。

高山樗牛の死は、これまで文壇に獅子吼してほとんどの作家をやっつけて来た評論家から作家が解放感を得たことを意味するであろう。表面的にしろゾライズムの天外はニーチェイズムの樗牛の極端に位置するはずであり、樗牛は天外を、〈必ず写実小説の四字を標榜し、揚言して曰く、小説の要は有りの儘に写せば足る、作者の空想の導くところ、読者は須らく随伴して不満なかるべしと。是の如き無意義なる主義の上に、『恋と恋』を初めとして幾多の新作は公にせられたり。（略）天外は抑々如何にして、斯かる没分暁なる写実主義の上に自家至重の専業を寄托し、剰へ是を自家製作上の覚悟として公言するの盲挙に出でたりしか、吾人の思料し能はざる所に属す〉（「明治三十四年の文芸界」『太陽』明35・1）と罵倒していたのである。

尾崎紅葉の死そのものは、『魔風恋風』の連載完結の二箇月後である。かつて天外を冷遇した紅葉[7]が読売を追われるように退社したのは、病苦を主とする不振ゆえであり、もはやその活動は望めなかった。新進作家の気負いと紅葉への見返しとをこめて、檜舞台の『読売新聞』に立ちえた天外に、文壇の成功は半ば約束されていたのである。

以上によって、当時の天外は文壇的には有利な位置にあって発展を期しえたのであり、『魔風恋風』はその実現の一大試作でなければならなかったのである。

要するに『魔風恋風』は、『金色夜叉』を凌駕する当り作たるべく、大衆性と文芸性の両面からの野心大作を期して執筆されることになったのである。当時天外は、自身や家族の健康と経済的な事情から小田原に居を移していたが、内的な理由もあったことを次のように回想している。

焦慮つて創作したところが駄目だ、何人をも動かし、いつの時代にも読まれ、批評家などゝ云ふ弄筆業者には、手も目も達かぬ高壇に位置する作を成すでなければ、小説家としての存在いくばくぞや、此うした奮発をも私かに抱いて東京を棄てた私であつた。

（『その頃』後出）

連載開始当時の時評に、草村北星「文壇小観」（『文芸界』14号、明36・3）がある。

> **魔風恋風**　小杉天外子の近業中最も精神をこめられたとのことで現に読売の読者を悩殺しつゝある本編の如きは、確に本年文壇の大作たると共に佳作であらう。例に依つて精到周匝の筆致、惋約滑脱の会話読んで凝らず、読み返して飽きが来ぬのである（ママ）小説雑誌と云へば近来少くないが、絶えて佳作を載せたことがないので、己むなく自分等はまどろつこき新聞によつて読書の渇を医してゐる。自分等の如き駈出の後進輩の為めには少し先輩が奮発してくれないでは心細くてやりきれないのである。読売は子の小説のあるばかりに毎日再版迄してるといふが紅葉の時代にもたしかそんな事はなかつた。

当時の新聞の再版というのは具体的には知らないが、異例とのことで、その歓迎が察せられる。また当時の小説界不振の印象を裏づけてもおり、『魔風恋風』が期待作であることを好意的に記している。もっとも筆者が、家庭小説の草村北星ではあるが。会話のうまさということも現代小説では必須の条件であったようだが、天外も、型に捕われた紅葉の描写や会話からの脱皮を意図した。〈私は、会話なぞもずつと現実に近いものにしようとつとめました。意味ばかりでなく、音をも、現実のままにうつし出さうとつとめました〉（「『魔風恋風』のこと」後出）と語っている。北星もその点にいち早く目をつけているし、同時代の歓迎のポイントの一つもそこにあったと思われるが、のちに花袋は、〈以前に柳浪が陥つたと同じやうな、対話で運ぶ弊に陥つてゐた〉と述べ、〈深く突込んだ〉写実をそらした欠点としている（『近代の小説』二十五）のは、自然主義と写実主義ないし通俗小説を手法によって分ける一つの指標を示しているようである。

『魔風恋風』は、一部からは誨淫の書というような批判もあったらしい（未調査）が、掲載中から単行本として分冊刊行されていった受容状況の一端は、後編巻末に附載された「魔風恋風前編評判記」が各紙の評を摘記収録していて、比較的容易に知ることができる。収めているのは、新聞では『東京朝日』『報知』『国民』『都』『東京日々』『京都』『秋田魁』『読売（二種）』『北鳴新報』『万朝報』『大阪毎日』『京都日出』『神戸』『横浜新報』『芸備日々』であり、雑誌は『白百合』『文芸界』『帝国文学』『新声』である。各紙の記者は、初出掲載時に完読していない者が多いようで、皮相な感想にすぎないと言えるが、おおむね前編自序（後出）を基準にして、実在人物をモデルにした写実小説である点に触れ、〈世の所謂婦人問題、女学生問題に意を用ゐる人にも多少の利益を与ふるものと信ずる〉という天外のことばから、社会問題に取り組んで写実する姿勢に期待を向けており、当代の人物が活写され、会話・文章・筋の面白さという技術面の評価が高いと言えよう。だが一方では、型どおりの感傷的官能的な、いかにも通俗な描写こそ青年男女をとらえている本質だとする評（万朝報）や、モデルによる繋縛を越えた真の創造を期待するもの（読売）、深い人生の意義が問われていないという批判（新声）、深刻味の不足の指摘（北鳴新報）、露骨な描写の不快を訴えるもの（帝国文学）、一部の人物の性格のあいまいを指摘するもの（白百合）もあり、写実小説や天外自身の限界、通俗小説への傾斜をすでに読みとっていて、次の時代への動きが、一般的にも現われかけている。

同時代評を精査してはいないので、おおよその見通し程度のまとめになるが、以上によって『魔風恋風』は、同時代の社会事象を写実的に描き出して問題を提起しようとした作者の意図が迎えられながら、それにもかかわらず、底の浅い風俗小説ないしは通俗小説等の様々の受け入れ方も持って拡まったのであった。だが当時の評には、社会小説とか通俗小説という語は現われていない。社会小説の語は、実作が伴わないままにこの二、三年あたりから姿を消したようであり、通俗小説の語は、そうした概念はできていたようであるが、まだ語は成立していなかった。『座談会：明治文学史』（岩波書店）の「明治の大衆文学」における次のような部分も注意を要するところである。

猪野　「魔風恋風」なんていうのは、あのころは家庭小説の中に属さなかったんでしょう。

柳田　属さないで、いわゆる文壇文学のほうへ入っていた。

今日では、『魔風恋風』の中に家庭小説的側面を認めることができるが、当時はこの作にそうした語はもちろん、意味的にも求めているところがない。柳田の発言は正しいのである。

その後、大いに読まれながらも、いちおう明治の〈女学生小説の二傑作〉である〈「魔風恋風」と「青春」〉とは、道学者や女子教育家からは、堕落女学生を描いた二標本で、これを翻読することは、その者も堕落へ誘引される怖れがあるやうにいはれた〉[8]という誤解をさえ負わされて、文学からも歴史からも放逐されたのである。[9]

そして今日では、作品自体にも原因があるのだが、明治三十年代を代表する通俗小説という以上に記憶されない、死んだ古典というわけである。

2　材　源

『魔風恋風』の成立に関して述べている文献には、次のようなものがある。

(A)『読売新聞』掲載予告（1、明治三十六年二月十一日より。2、同月二十二日より。以上の二種がある。）

(B)単行本前・中・後編の自序（明36・5―37・5）。なお改造社版『現代日本文学全集53』にも収載。

(C)小杉天外「処女作時代の回顧―附、作家の主張と魔風恋風―」（『新潮』第6巻第5号、明40・5）[10]

(D)小杉天外「『魔風恋風』のこと」（『早稲田文学』大15・4）。のち『明治大正文学研究』（8号、昭27・10）に再掲。

(E)春陽堂版『明治大正文学全集16：小杉天外』自筆解題（昭5・1）

(F)小杉天外・湯地孝記「写実小説時代―ゾライズムを訊く―（談話筆記）」（『国語と国文学』昭9・8）

(G)小杉天外「思ひ出断片（談話筆記）」（『明治大正文学研究』1号、昭24・9）

(H)小杉天外「『魔風恋風』小引」（岩波文庫『魔風恋風（前編）』所収、昭26・9）

(I)小杉天外「その頃」（岩波文庫『魔風恋風（後編）』所収、昭26・9）

これらをもとに、作品の背景や素材についての調査報告をしておきたい。

まず読売予告の(A)の2の全文を掲げる。（(A)の1は、やや簡略である。）

▲魔風恋風　　小杉天外

是は今の女学生を捉へて題目と為し描き来つて百回に亘るべき一大写実小説なり。盖し作者の想、天外より落ち、一気旋転球の盤上を走るが如く、而して之を行るに神来の筆を以てす。其の作世既に定評あり。作者今回特に我社の為に此一大雄編を草していふ、明らかに写実主義の本領を発揮して、世間非写実主義者に向て一大鉄槌を下し、併せて其の反省を求むる所あらんとすと。作者此大抱負を以て旧冬来一切の繋累を絶ちて、構思深遠、経営惨憺、以て私に明治文壇の一異彩たらんを期せり。借問す其神来の筆は果して如何なるものを我文壇に提供せんとするぞ。女学生とは誰れぞ、之を囲繞する女性と男性とは何者ぞ。腐敗か高潔か、堕落か改悔か。或は笑ひ或は泣き或は怒り或は怨み波瀾畳出、千態万容の実景を描写し得て神(しん)に入る。而して其中心には主義あり、理想あり、熱涙あり。真に是今代稀有の大作、啻に癸卯文壇唯一の名品たるのみならず、明治文学史の花として雄を後世に誇るべきもの。

問題にすべき点はいくらもあるが、当面、〈今の女学生を捉へて題目と為し〉、〈千態万容の実景を描写〉して〈写実主義の本領を発揮〉しようと企図するに至った社会的背景を確認しておきたい。天外自身、〈新しく抬頭して来た一つの社会群としての女学生を描いてみよう〉(F)とした点を肯定している。

まず同時代の女学生が一般からどのように見られていたかを、『魔風恋風』の会話で示そう。

・なアに、阿嬢様だらうが何だらうが、此の頃の女生徒なんざ。　（画工の家　一）

・なアに、女の学問なぞ知れたもんだ、今に男でも拵へて、私生児(てゝなしご)でも産む位のものさ、なんてね……

（同胞　二）

・当今の女学生には、学資に窮して、屢(よ)く淫売を為る者が有ると云ふが、貴女は其様な人ぢや無からうね…？

（子爵家　六）

・屢く新聞に出る操を売つて学資を作るなど云ふ話も、金の得難い為め、また志しを遂げ度い為めの窮策から出るのであらう、

（診断　一）

引用はほんの一部であるが、全体を察するには十分であろう。作中に〈去年の春、女学生の醜聞が世間に喧ましく無かツた頃〉とあり、たしかに、明治三十五年から発表時に至る女学生の醜聞なるものが踏まえられているのである。そしてその醜聞はどのようなものであったのか。天外自身が読んだという『万朝報』（後出）の社会面から、青年男女関係の記事のすべてを拾って眺めてみたい。なお『万朝報』は、三面記事もどぎつさと執拗で定評があり、一般読者の人気では第一等の赤新聞であった。

（※印は女学生とそれに準じた者に関する記事。見出しと内容略記を掲げる）

明35・1・10　書生の喧嘩

28　学生の自殺（男。試験に落第、発狂して喉切り自殺）

2・6※堕落医学生（下宿の娘を妊娠させ、親に叱られた娘は家出して学生と同棲、親が娘を連れ帰るが男が不承知）

7※妊婦(はらみをんな)の駆込訴へ（看護婦修業の目的で上京したが、男ができ、妊娠して捨てられ、訴え出たてんまつ）

16　学生の乱暴（男。けんか）

3・14　堕落学生の決闘騒ぎ（男。同性愛の三角関係のもつれ）

27　※堕落女学生（俳優とできあって親がもてあます）
4・7　書生の窃盗
8　書生の詐欺
24　堕落書生（頼まれて質入した金を横領）
5・3　上野公園に学生の争闘（集団けんか）
9　乱暴な書生（泥酔して通行人に暴行）
15　学生職工の金の出処（分不相応の大金消費で嫌疑取調中）
21　学生の乱暴
25　鶏姦犯捕はる（オカマ未遂の堕落学生）
6・10　学生九段坂に斬らる（けんか）
12　※学生同志の情死（しんじゅう）（学生風男女の水死体漂着、女は妊娠五箇月ぐらい）
13　※少女の投身（学問したいが許されず、自殺）
14　書生の窃盗
15　九段に書生を斬りし犯人（これも学生）
18　女ゆゑの賊（地方出の苦学生の堕落）
破落戸（ごろつき）書生（ゆすり）
22　工女二人の投身（虐待に耐えられず）
24　工女の逃亡
27　乱暴書生の拘留

7・5　デン肉抉り犯人の就縛（オカマねらいの二学生）
7　怪しき大尽客（遊廓で大金消費の不審学生取調中）
9　希有の悪書生（ホモで粗暴な学生の傷害の示談さわぎ）
13　意気地なき書生と乱暴書生（学問したさに家出したが飢えて保護された男とやけくその退学々生）
16　無法な書生（人妻へのわいせつ行為）
20　法律書生の狼籍（暴行わいせつ行為）
21　哀れなる女工（年は十三）（酷使、逃亡、行き倒れ、告訴）
24　学生の喧嘩
28　無頼書生（ゆすり）
29　※女学生は一読せよ（稚児ケ淵の情死）〔後出〕
30　仏教生徒の吉原通ひ
8・1　工女同志抱き合ふて轢死す（虐待に耐えかね同性心中）
15　書生（窃盗）
18　元看護婦の堕落
23　大学生の賊
24　埼玉の工女虐待
29　艶書を懐にして徘徊す（挙動不審の男）
9・7　学生の暴行（無銭飲食、乱暴）
8　鐘紡の工女投身を企つ

19※蝦茶袴の綻び（家出女教師の奇妙な四角関係）
※之も女生徒の堕落（放らつ女学生の無賃宿泊）
10・5※又も女学生の醜聞（妊娠して退学処分の女学生が、家からも追出され、荷物一つ持たずして上京し、新橋駅で荷物を盗まれたと狂言をうってバレた話）
7※女学生の行衛不明（親が娘の堕落を心配して退学させると、行方不明になった。本当の堕落か芸者にでも売られたのか、捜査中）
12※女学生の紛失物（下宿女学生の紛失物は、下宿の主人が盗んだのだが、女学生は大学生の夫と詰談判で白状させた。）
18※一対の堕落学生（右の男女の内幕暴露）
25　高利貸と大学生（借金して遊蕩）
27※女学生の道行（母とともに上京中の女子学生が母の目をくらまして行方不明、目下捜索中）
30　馬鹿太き法学生（印鑑偽造）
11・3　悪書生短刀を振廻す（下宿を食い倒した学生のさか恨み）
14　堕落生二件（強迫と窃盗）
15　学生の堕落（無銭飲食）
19　自転車泥棒は書生
20　学校生徒の重傷騒ぎ（男生徒の校内での傷害沙汰）
29　堕落書生の闘争（けんか）
30　学生の退学処分（傷害から）

12・4　埼玉の工女虐待
10　勉強の余暇に泥棒（男）
11　学問せんとて拐帯（男）
13　高等商業学校生徒の醜行（遊女にうちこんだ学生が強姦か和姦か、大さわぎ）
14　大学教室を徘徊する曲者（他学校生の窃盗）
16　※市内の高等私窩子〔後出〕
17　※市内の高等私窩子（つゞき）〔後出〕
18　泥棒書生二人
21　学生の果（男。使い込み）
22　情婦を連れて遊学（女を連れて上京し、散財して途方にくれているところを説諭引渡し）
23　放蕩学生の果（置引き）
明36・1・23　放蕩学生の果（退学々生の詐欺）
2・11　学生の自殺（男。煩悶の果）
14　※教員と女生徒の情死（静岡県）
16　堕落書生（けんかを売る）
17　堕落書生の成(なれ)の果（娼妓にいれあげ、苦学から果ては窃盗）
22　鉄道自殺（男。放蕩の罪を謝して）
23　悪書生柳橋辺を荒す（詐欺）

以上が、明治三十五年々頭から『魔風恋風』掲載までの一年二箇月に亘る青年関係の三面記事である。記事の真偽はともかく、この量と扱い方はやはりこの時代の表現であり、天外自身の社会知識の多くもここに依拠していると考えられる以上、軽く見すごすわけにはゆかないであろう。〈堕落書生〉〈堕落（女）学生〉の語が一般化した世相をうかがうに足る記事の質量である。女子学生より男子学生の不良行為がはるかに多いにもかかわらず、一般は、女学生の素行を基準にして槍玉にあげるのであろう。そして『万朝報』においては、たしかに女学生の不良行為は三十五年の四月頃より現われ始め、下半期がその長文記事で持ちきっている。そしてこの時点が『魔風恋風』の構想の期間でもあったのである。〈読売新聞社から長編掲載の依頼は、三十五年の秋だつたと思ふ〉(I)と言い、また〈関如来氏が九月十四日に訪ねて来まして、長編を書いてはといふ話がありました〉(D)というのが天外の回想であり、〈旧冬来……構思〉(A)していた。以上の記事によって、前掲の作中における女学生の評判はほぼ裏づけられていると思われるが、とりわけセンセーショナルな問題は、女学生が経済的困窮から売春までしているという風説であり、作中のヒロインもその一歩手前まで進んでいたのだった。そうした女学生売春の風説を確定して拡めにてこ入れした記事こそ、次のようなものであった。前掲「市内の高等私窩子」（明35・12・16、17）から原文のまま引用する。

　高等淫売と一口には云へず其種類様々にて先づ御殿女中、奥様、後家、蝦茶袴の四とすべきか熟れも其素姓に依りて分けたるには非ず彼等が出没する時の仮装を云ふなり此内蝦茶袴を穿つものゝみは過半純然たる女学生が種々の原因に依りて堕落したるものにて他種のものが女学生に化け居るは尠しと云ふ

女学生姿の売春婦は、本物の女学生がほとんどであるというのだ。また続いて次の記事は、『魔風恋風』の構想やヒロインの設定に密着しているものとして注意を要する。

　女学生の化して淫売婦となり下れる者の中には事情愍む可きもの少からず学費の中絶したるもの、始めより学費なく人の助に依りて勉強し居るものが中頃其人に捨てられたるが看護婦産婆等を志願にて手続中とか其準備

中と云ふ折には仮令飢渇に迫りても学業を中途に廃すに忍びず衣食の為めには時間を労働に充つるにも忍びず兎角に苦心する処を見込みて堕落を誨（をし）ふる悪人共下宿屋桂庵等が寄つて集つて彼等を餌物にせんと謀る事故知らず〳〵の内に此魔界に足を入れぐつ（ママ）〳〵して居る間に目的の学業は出来上らず専門に近き高等淫売婦となり終るなりと左なくも慈善家らしき顔して此等其日の生活に苦み居る女学生に僅かの学費を給して揚句の果は恩を枷に其操を汚し為めに方針も運命も滅茶苦茶に蹂躪されて仕舞ひ出来た子は里にやり痩れたる姿に尚海老茶袴を穿ちて学校通ひを更に始むる者もある可く奸智に長けたるものは巧みに此下劣なる手段を利用し有福なる子弟を誑して数年の学費をせしめ是を以て頗る高等なる学業までなし終り済した顔して教鞭をとりて尚従来の悪徳を繰り返へし居る者もある由

当時小田原に住んでいた天外は、東京の風説を直接耳に入れることはなかったと思われ、その点からも、この記事は重視されてよいのではないか。『魔風恋風』の構想の過半は、この記事とあまりにも類似している。

ヒロインの初野は、家督の異母兄の反対を押しきり、学問を求めて上京したのであり、家は比較的裕福ではあったものの、最少限の学資のほかは、大けがをしてさえ治療費も送ってもらえず、家からは見舞にも来なかった。貧困と孤独に耐えて学業に精励する女子学生だったのだ。入院の治療費から始まって、彼女の生活は狂いが生ずるのだが、親切ごかしに下宿屋の主婦が、道楽者の画工殿井の援助を仲介し、初野は殿井の誘惑をひじ鉄でなんとか逃れもしたのである。そのうえ家出した妹が転がり込んで来るなど窮迫はつのるが、〈何の、卒業と云つても此の六月、七月になれば妹も救はれるのだ、たゞそれ迄の辛抱なのだ！〉と学業に執着する。もっと安い宿に移って自炊しようかと思うが、勉強の時間が惜しい。援助を申し出ている友人のその父子爵からあわや手ごめのところを逃れたこともあった。脚気にかかっていても、〈卒業も僅一箇月を余すのみの今に到つて、幾ら病気が怖ろしいと云つて、幾ら生命が惜いと云つて、試験を放棄（うッちゃ）らかして転地などがして居られようか！〉と心に叫び、〈自分とても惜りらるゝならば高利の金でも借りやう、買ふ者があらば、身体の血でも絞つて売らうものを！〉と新聞に出る売春女学生に共感もするのである。そして、〈急に胸が悪くなツて、目が眩くなツて、最う起つて居る力も無く、我にもあらず其処に突伏したが、突伏すと同時に、咽喉も裂く計りに突上る嘔気の苦み。（略）初野は見を倒(さかし)まに煩悶(もが)いて、其処の土間へ何物かしたゝか吐出した〉という思わせぶりな叙述もある。いわゆる堕落の危機にさらされて悲運の死を遂げるヒロインの環境は、この記事とまったく軌一しており、この記事が直接構想に関与しているかと推測されるのである。

以上のような記事によってつくられる女学生観にもとより問題はあり、学生の堕落として皮相に三面記事をとらえる一般に対して、『魔風恋風』が何を提示しようとしているのかという点こそ文学の真の問題ではあろう。こうした記事を生む時代の本質的な考察と関連してこの作も論ぜられねばならないのであるが、そのためには、狭くとも『万朝報』の論説を兼ね合わせて考える必要がある。当時『万朝報』には、幸徳秋水や堺枯川が論陣を張っていた。今その余裕のないままにいちおうまとめれば、『魔風恋風』は、たしかに当代のセンセーショナルな風俗事象をとらえて小説化しており、それゆえに人気作たりえたことが理解されるのである。

ところで天外は、この作品に具体的なモデルがあったことを述べているので、これについても可能な限り調査を進めておかねばならない。前掲文献から引用してみよう。

(B)〔後出〕

(D)この作品は、当時、万朝報紙上で、本郷森川町辺に下宿してゐた或る看護婦が自殺したといふ記事からヒントを得て事実を調べ、それを基として書いたものです。

(E)女主人公は当時一二の新聞に報道された、モルヒネ注射の量を誤つて死を招いだ(ママ)某苦学女生をモデルにしたのである。

(F)あれはモデルがあるんですが、看護婦をしてゐた若い女で、その女の新しいところが興味を惹いてあゝいふことになつたのでした。

(D)(E)(F)は、それぞれ補い合うものと思われ、さして矛盾した点もない。そこで当然ながら、天外が読んだという『万朝報』からそのような三面記事を探すことになる。調査の下限は、作品がお目見えするまでとしても、上限が問題である。写実主義を唱え、〈流行児たる大学生と、新学士と、高等官の家庭を描写〉した『新学士』(『大阪毎日』明34・1―3)の作もすでにあって、天外が当代流行の風俗に強い関心を寄せていることから考えると、明治三十三年あたりから調査する必要がありそうだ。だが、〈三百枚に垂とする新作を、三十二年の春から三十四年の秋まで、他にも新聞社や雑誌社の依頼物を抱へながら、睡魔除には興奮剤を服し、水嚢を載せて頭痛を抑へ、(略)毛筆を握り続けに続けて、追蒐けるやうに春陽堂から発行させ〉(I)て神経衰弱になり、三十五年五月に小田原にひっこみ、そこでゆっくり大作を期したというのであってみれば、上限を明治三十五年五月としてもよいようである。そこで再び、前掲の記事一覧を用立てることにするが、見ればわかるやうに、(D)(E)(F)に直接該当する記事は見当らない。しかし後年のものである(D)(E)(F)に、記憶の混乱や意識的無意識的な作為があることも予想される。そこで中味に幅を持たせて探すと、七月二十九日の記事が浮かび上ってくるのである。その全文を掲げよう。

●女学生は一読せよ(稚児ケ淵の情死)去六月十二日の本紙に学生同志の情死と題して記載せし相州江の島沖へ男女学生の死体漂着したる次第は既に読者の知る所なるが今其何者なるや判然せしより堕落せる今日の女学生等を戒むる為め其詳報を記さんに女は帝国婦人協会寄宿生大分県生の足立松枝(十九)男は神田中学校卒業生福岡県生の久野堯太(十九)と云へる者にして此松枝は天成の麗質世にも稀なる美人に生れ父母の寵愛一と方ならざりしが眉目(みめ)よく生れしが身の仇となり松枝十四歳の春より情を解し十六歳になれる折には密夫(みそかを)其数を知れざる程にて流石の親も手に余し定まる夫を持たせたなら娘の乱行も止むならんと思ひ広島県代議士小田貫一の甥小田耕作

と云ふ書生に松枝を嫁合せ去三十三年四月若夫婦は睦ましげに上京したるが間もなく松枝は小田を嫌ふて自分は帝国婦人協会の寄宿舎に入り其後芝区三田台町二丁目八番地山田某方の二階に移り益す乱行を働きたる末更に備前岡山へ赴き医学生井田義雄と通じて京坂地方を浮れ廻り同年十月帰京せし後は下総銚子町の酒造家岩崎長三(三十四)を手管にかけ夫婦気取にて諸所を遊び歩き居る中兼て松枝が知合なる麻布区材木町七十八番地芳賀義雄と云ふ法学生が痛く松枝に忠告を加へし所多情なる松枝は却て義雄を口説き落し末迄の契を結び国許へ手紙を出して金銭の請求頻繁なるより父も漸やく松枝の所業を疑ひ見物かたがた出京して様子を捜れば前記の始末判りたるにぞ大いに驚き叱るも今は詮方なしと断念め義雄と松枝を改めて夫婦となし一と先づ松枝を国許へ連れ戻らんとて帰国の途につき大坂まで至りたるに松枝は父の隙を窺ひ逃亡して出京せしより義雄は其不心得を責め旅費を与へて帰国させたるに又もや静岡より引返したれど後いよ〳〵帰国する事となり国許にて謹慎なし居ると思ひの外情夫を拵へ大隅日向薩摩の諸国を徘徊し昨年十二月中帰宅したるが此時既に主知れぬ胤を宿し始末に困り去五月五日の夜再び家を逃亡して十三日に着京し阿部阿露と偽名して日本橋区青物町二十七番地千々和政喜方の小間使に住込みしも妊娠を看破せられしかば先月二日窃に同家を飛出し大胆にも無一文にて本郷区森川町十一番地長清館へ止宿し千々和に奉公中知合になりし同区追分町百番地田中方止宿の小(ママ)野堯太を呼出し手管にかけてたらし込み堯太が帰国の旅費十五円を遣ひ同月四日堯太と共に長清館を出で同日午後五時頃藤沢駅に着し夫より江の島へ赴き讃岐屋へ投宿したるが堯太は全く美貌の松枝に迷ひ夢中になりて死なば諸共と思ひ込みたるものならん其夜人々の寝静まれるを窺ひ堯太と松枝は手に手を取りて数ふる鐘のありやなしや虎が昔の大磯の彼方に見ゆる暁に浪吼ゆる稚児ケ淵に辿りつきザンブとばかり身を投げてうたて浮名を流せしものなりと云ふ慎むべきは色慾の道なり

この記事は天外の語るところとは、非常に異る印象を与えるであろう。ヒロインが看護婦であるという点が明確ではないし、服毒による自殺もしくは過失致死という点がぜんぜん見られない。疑わしいところがあるが、私自身は、以下の点において、これを該当記事であろうと考える。

㈠細部ではあるが、ヒロインの居所が完全に一致する。(D)に〈本郷森川町辺に下宿〉とあるが、記事においてもヒロインの最後の居所について、〈本郷区森川町十一番地長清舘へ止宿〉とある。具体的な地名の一致は偶然とは言いがたい。

㈡ヒロインを(D)(F)は〈看護婦〉と言い、(E)では〈苦学女生〉とある。これについては、前掲記事「市内の高等私窩子」によると、看護婦資格をとろうと苦学しつつ看護婦見習になっているものもいることが推察され、そもそも矛盾しないのであるが、この記事のヒロインも、〈看護婦〉とは記されていないが、ほぼ一致していると見なされる。ヒロインは〈帝国婦人協会寄宿生〉であるが、帝国婦人協会は、下田歌子を首長として明治三十二年に設立され、女子教育を目ざして教育・文学・工芸・商業・救恤の部門を置き、附属の女学校・女子工芸学校を設けて今日の実践女子大学の母胎となったものであり、明治三十四年には規模を拡張して地方支部も設けるほど全国から学生が集まり、寄宿舎等も完備したのであった。記事のヒロインは、たぶん協会の救恤部門に関係していたかなにかで、協会がそうした女子職業養成機関と受けとられ、〈看護婦〉と単純に理解されたということが考えられよう。そして記事には彼女が学生であるとは記されていないが、寄宿舎にいた点から附属学校の学生でもあったと見られる。以上によって、ヒロインが看護婦であり学生である点が合理的に理解されるのである。

㈢さらにこの記事は、『魔風恋風』そのものの構想に触れていると見られる点を含んでいる。記事は、ヒロインを放らつ多情の毒婦のようにしか描いていないが、美貌のままに周囲の男たちから誘惑され、犯されるなどして転々と居を替え、自家の強制も逃れて東京に、あるいは学問に執着し、そうした中で自らも恋をし、最後には絶望して心中する女として十分に読みとることができるのである。そうしてみると、作品のヒロイン初野も、姦通と妊娠と心中を除けば、ほとんど記事のヒロインと重なってくることに気がつく。とりわけ関連を思わせるのは、記事中の芳賀という法学生の存在であり、彼はヒロインに忠告しつつ彼女への愛に引き寄せられていく。この法学生は、作中の帝大法科学生の夏本東吾のモデルではなかろうか。彼はヒロイン初野の相手役をつとめており、初野の信頼する相談相手で、二人はいつか恋をおぼえるようになり、東吾は、義理ある婚約者を捨てて初野のもとへ走ろうとさえしたのだった。その他、国元から親が上京してヒロインを連れ帰ろうとして途中からヒロインが逃げ出し、再び上京するところは、作品では、ヒロインの妹がかつて家出して上京し、いったんは連れもどされるが、再び上京してヒロインのもとへ転げこんで来るという設定と関連があると思われる。それにもう一つ、小さいことのようだが、記事のヒロインが〈帝国婦人協会〉の寄宿生であり、作品のヒロインが〈帝国女子学院（仮名）〉の学生であるという名称の類似も気になるところではないであろうか。以上のように見てくると、作品は多分に印象を異にするが、基本的な構成や部分的趣向に類似が指摘され、塗りかえられた『魔風恋風』に先立つ原構想へのヒントとなったことが考えられるのである。

㈣最後に、記事そのものが天外の創作意欲を喚起するものであったろうという点について推測したい。記事において、天成の美貌と淫蕩なヒロインが情の趣くままに男性遍歴をかさね、ついに最後の男と断崖に身を投ずるというゆくたては、そのままでゾラ的な筋とヒロインを示してはいないであろうか。ゾラに範をとって『初すがた』『はやり唄』で名をなし、『初すがた』続編となる『恋と恋』（明34）を書いていた天外であり、さらに典拠を越えて当代の現実に関心を向けて『新学士』を試作していた天外であった。つまり、ゾラに強く動かされつつ具体的な素材を当代の現実社会に求め、その典型化によって写実主義の革命を期して新聞に注意していた天外を想定する時、雑報「女学生は一読せよ」はいかにも天外に迎えられそうな記事であり、また、論説の先鋭と三面記事のどぎつさで売りこんでいた『万朝報』を彼が読んでいたということもうなずけるのである。以上の諸点から、『万朝報』の記事にヒントを得たという天外のことばを信ずるかぎり、その具体的な記事は「女学生は一読せよ」であったろうと言わざるをえない。記事においてぜんぜん見ることのできない自殺ないしは服薬による過失致死（この両説を作者自身が立てている点にすでに疑問がある）の件は、ヒロインを加工してしまった作品に対する言いわけではなかろうか。貧窮と誘惑の中で向学の意志を抱きながら愛と友情の板ばさみとなり、ついに恋を断念して孤立した時に脚気衝心で倒れるというのが作品のヒロインであるのに、そのモデルが情死であったというのでは、何としても写実主義の看板にいつわりがあろう。そのために天外は、小説にフィクションの加えられていることをにおわせつつ、ヒントとなった記事内容を、ヒロインの孤独な死という方向にゆがめて語らざるをえなかったのではなかろうか。

天外自身の発言内容が歪曲しているという点にもふれて、モデル論では、今ひとつの天外の記述をす通りするわけにはゆかない。前に省略しておいた(B)である。

(B)作中の主人公と二三の主なる人物とは、曾て世に在つた人、それから今現に世に在る人をモデルにしたのだ。／とりわけ主人公とは五六回も面を会はしたことがある、全く美人で、学才も秀でて、男に騒がれた事は中々爰に描いたやうなものでは無かつた。病気を得たのは、もう少し悲惨な事情からであるが、今の小理窟の小五月蠅（うるさ）い日本では、遺憾だがそれを有の儘に写すことが出来ぬ。（前編序）

この(B)は(D)(E)(F)の記述とはあまりにも差異がある。(D)(E)(F)において、作者天外はヒロインと現実に交渉があったとは思われず、推定した新聞記事からもそのように言えると思うが、(B)では、天外がヒロインの生前に面識があったという。また(B)の病気の件は(D)(E)(F)においては明確ではなく、逆に(D)(E)(F)の自殺等の線は(B)に現われていない。(D)(E)(F)と(B)を無理にもつなげようとすればつながらないものでもないが、これはいちおう別物と見たほうがい。

妥当であろう。とすれば、ヒロインのモデルは二種あったということになろうか。そうとすれば、天外は新聞記事にヒントを得て、さらに具体的なモデルを身辺にも求めて構想したということになろう。

だが実のところ私は、この(B)をはなはだ疑わしく思っている。というのは、(B)はあまりにも作品に密着しながらも客観的記述がなくて、その事実を確かめることができないこと、いったい天外の姿勢は、序やエッセイにおいてとかくもっともらしい大言壮語の調子を帯びること、さらには、この作品が当代社会の生々しい現実を描破する写実主義に基づいていることを鼓吹宣伝する必要があったことなどから、一種の〈呼び水〉をさして人気をあおる手段としてほらを吹いたのではなかったかと推測するのである。ただこの頃、〈医薬に親み勝ちな妻子の健康、月々に増額して行く月末払支弁の困難〉(I)という状況を体験していた天外にとって、観念のヒロインがごく身近なものに感じられたであろうとは言えよう。

以上、『魔風恋風』の材源を求めて若干の考察を進めてきたが、いちおう結論としては、『魔風恋風』はやはり同時代の典型的な社会事象をとらえて描いているということであり、この材源から作品への分析については後日を期したい。

3　テクスト（メモ）

最後に、『魔風恋風』のテクストについて略述しておきたい。管見によるテクストには次のようなものがある。

(1)『読売新聞』初出本文（明36・2・25―9・16、二〇四日間、一九二回）
(2)単行本『魔風恋風』三巻（前編―明36・5、中編―明36・11、後編―明37・5、春陽堂）
(3)縮刷合本『魔風恋風』（大3・10、春陽堂）
〔注〕『魔風』は大正三年迄もとの儘で増版し、それ後縮刷にし、震災で焼け、目下また縮刷を印刷中です。（前掲(D)）

(4)明治大正文学全集16『小杉天外』（昭5・1、春陽堂）
(5)現代日本文学全集53『小杉天外集・山田美妙集』（昭6・10、改造社）
(6)（日本近世）大悲劇名作全集2『魔風恋風』（昭9・8、中央公論社）
(7)岩波文庫『魔風恋風』二巻（昭26・9）
(8)大衆文学大系2『小杉天外（外三名）集』（昭46・6、講談社）

(7)までが天外生前の出版であり、(2)において附された序文が、その後削除されているものが多い。また各編に分けているもの、分けていない通しのものなどいろいろである。

本稿では、作者自身による改稿修訂にふれておきたい。

(1)初出や(2)単行本の最末尾は次のようになっていた。

　一生を処女で終つた初野の法名、芳顔院賢誉妙節大姉の位牌は、芳江が室に香花の絶えず供へられて居る。

しかし、この末尾は、(3)縮刷版以降すべて削除された。ヒロインの処女性について特筆してあったという事実は、作品の社会的意味の考察にも少なからず問題を有するであろう。

また「珍事」の章にも削除による大改訂が見られる。(1)初出（明36・8・20）の冒頭から掲げよう。

　東吾の云ふ如く、傍に双親が付いて居る芳江であるから、幾ら厭と強情を張るとも、その中に聟を迎らる〻に決つて居る、聟を迎れば長い間には其方に情が転らずには居まい、然うなれば自然東吾をも断念る事であらう、けれども其忘る〻迄其断念る迄の悲は何様なであらう！　現に病気に罹つて居ると云ふ、其の病気の東吾が恋しさに発つたことも、病状の軽からぬ事も、一旦承知した離縁談を急に取消したのでも分かる…、あゝ可哀想な事である。

　東吾様の如彼まで云ふものを、可哀想だからとて私の力で何うする事も出来ぬのだが、併し芳江様の心の中では朝夕の薬よりも、何様なにか私からの音信を待つて居らるゝか知れぬ。「力と頼むは義姉さん一人」と涙を零して云はれた、彼の温順い心で、私と東吾様と此う云ふ関係の有らうとは疑ひも起すまい、夢にも思ふまい、無論此様な事と気の着かう筈は無いが、併し、此事が何時までも知れずに居る事では無い、学友間の噂、それで無くも他日東吾さんと同棲にならば、最う隠す事も弁解する事も、日月空に懸れば昼夜は瞼を閉ぢて欺かれぬ、不義の証拠は芳江様に一生面を会はする事も出来ぬのだ。あゝ、それと知つた時の芳江様の心は何様なであらう！

だが、私許り此う思ふた所が、肝心の東吾様が彼様なに嫌つて居るのであれば、到底纏まる縁では無い、而て見れば、何も私の故と云ふ訳でも無い、私計り此様なに気を揉むにも当るまいか……。東吾様には別に深い思慮が有らう、私は唯東吾様の言を守つて居ればそれで可いのだ、又それより他に仕様が無いのだ。東吾様の云ふ通り、其の中に芳江様の気も変らう、何卒か速く御養子が決まツて呉れゝば可い、速く結婚をして呉れゝば可い、それにしても、病気で臥て居る様では何うする事も出来まい、あゝ、病気も速く癒くなツて呉れゝば可い！

初野は、今しも此様な事を思ふて帰つた所であるが、大方、母や女中やに撫恤られながら、力なく枕に泣伏してゞも居るだらう、と想つた芳江に不意に抱付かれて、はツと息を呑んで、暫くは口も利き得ぬのであツた。

親友の婚約者といつしか相愛になり、親友への裏切りを決意しかけているところへ、親友がやって来たところである。ところがこの部分は、(2)単行本以降では、

不意を打たれた初野は、はツと息を呑んで、暫くは口も利き得ぬのである。

と、ほんの終りの部分だけになって、長々しいヒロインの心中の独白が削られた。説明的なくどさを省いたとも言えようし、多分に意志的なある種の不倫の恋を朧化したとも言える削除であり、これまた簡単に見すごすことはで

きまい。

またこの部分に直結して、⑴初出、⑵単行本ともに

「義姉さん、私、会ひたかつたわ！」芳江は猶も抱付いたまゝ、顔を視詰めたその眼には涙雨と落ちるのである。

とあるが、傍線部が⑶縮刷版以降では、

芳江は抱付いたまゝ、顔を視詰めたその眼には、もう涙が溢れるのである。

と、微少ながらも改められている。

同様の例をいま一つ掲げる。「逃亡」の章で、⑴初出（明36・8・8）の

無論、殿井か下宿の主婦かに附けられた智慧とは察して居るけれど、小憎らしい妹の口を聞いて、初野は、怒に身の顫ふを禁じ得なかツた。併し、今更叱つた処で何うなるのでも無い、何様な事を云はれて来たか、熟く夫(それ)を訊ねて、徐(しづか)に殿井等の卑む可き者なるを説いて知らせ、自分と東吾との間(なか)をも、悉とくは明さぬ迄も、東吾の学問が有つて男らしくて、親切である事位までは話して置かう、と此う思ふて……

と、ヒロインが妹を説得しようとするこの部分も、⑵単行本以降では、

初野は怖い顔をして、暫く妹を睨据ゑて居たが、何と思つたのか優しい声で……

と、やはり心理叙述を削除してボカしている。

以上掲げたのは一斑の例示にすぎず、また細密な校合を果してはいないのであるが、『魔風恋風』のテクストについての中間報告として次のようにまとめておこう。

㈠初出本文とその後の本文との間には、かなりの差異がある。

㈡単行本は、初出本文を大幅にまた微細に手入れしてできたもので、縮刷版は、単行本をさらに修訂している。

㈢縮刷版から作者生前の最後の版である岩波文庫版に至るまでも、折にふれて修訂がなされているが、それぞれの修訂は微細であるとみられる。

㈣以上によって、テクストは、時代順に初出、単行本、縮刷版、岩波文庫のだいたい四種に分けられる。常識ではあるが、通俗小説といえども、その考察に際しては、初出を主にしたテクストの吟味の重要が改めて感じさせられる改訂の多きであった。改訂の意味の分析も、すべて後日を期すことにするが、以上の大まかな考察においても、天外はかなり文章を吟味した作家であることがわかり、[11] また、今日の評価は低くとも、天外自身にとっては、満天下にその名を響かせた記念すべき作品として、〈世間でさわいだほど大したものではありませぬ〉(G)という晩年のことばはあるものの、内心では愛着を抱いていたことが、終生の加筆からも推測されるようである。

注

（1）吉田精一『自然主義の研究（上巻）』（昭43、東京堂）一六二頁。
（2）片岡良一「小杉天外」（同氏著『近代日本の作家と作品』昭14、岩波書店）二九八頁。
（3）前注（1）一六三頁。
（4）瀬沼茂樹「日本現代文学全集31：小杉天外・木下尚江・上司小剣集―入門」（同氏著『明治文学研究』昭49、法政大学出版局所収）三一六頁。
（5）和田芳恵「大衆文学大系2：小杉天外（外三名）集―解題」（昭46、講談社）
（6）野村喬「前期自然主義の一齣―「地獄の花」をめぐって―」（『国語と国文学』昭30・9）
（7）小杉天外「鷗外、紅葉、正直正太夫」（『文章世界』明41・9）
（8）木村毅『明治文学を語る』（昭9、楽浪書院）七三頁。
（9）花袋の『蒲団』の一部に『魔風恋風』の描写が反映している点は、注意を要する。福田清人「独創と影響―現代文の扱い方（十一）―」（『解釈と鑑賞』昭27・3）参照。

(10) 未見。前注(1)一六三頁に一部引用。
(11) 近代文学館に、天外の日記や書簡、旧蔵の雑誌等が寄贈されているが、私はまだ調査していない。たまたま見た旧蔵の『新著月刊』(明30・5)掲載の『珈琲店』など、墨筆で一面に加朱校訂が施されていた。

(『文芸と思想』第三十九号、昭和50年2月)

索引

〈人名〉

凡例

・本書にみられる人名・書名・事項その他を項目別五十音順に配列した。但し、尾崎紅葉（紅葉）は省略した。

・研究書・論文名および論文掲載誌名、研究書や論文のタイトルに記された人名・作品名は省略した。但し、明治・大正期の雑誌名は項目に入れた。

ア行

カ　行

サ　行

ハ 行

マ 行

ヤ 行

〈書名〉

ア行

ナ行

ハ行

マ行

ヤ行

ラ行

ワ行

〈事項その他〉

ア行

カ行

あとがき

本書の著者土佐亨氏は、平成十一年十二月に他界した。享年六十四歳。本書は、遺稿集である。氏は、尾崎紅葉と硯友社を中心とした研究者としてよく知られており、早くからその著書の刊行が待望されていた。氏も、その空気を察し、刊行の方向で原稿の整理に着手していたが、残念ながら志半ばで不帰の人となった。そこで、著者と勤務校を同じくしていた秋山稔、水洞幸夫、寺田達也、山下久夫が、著者の遺志を汲み、ご遺族の協力を得て、散在する各論文を編集し刊行するに至ったものである。諸般の事情により、没後やや年月を経て世に出ることになったが、折りしも故人の七周忌の霊前に供する結果となったことは、かえって僥倖と言うべきかもしれない。

本書は、尾崎紅葉の文学を中心に論じているが、特にII「近代説話と紅葉文学」の各編にみられるように、雑報（三面記事）とのかかわりにおいて紅葉文学の特質を明らかにしたところに特徴がある。「説話」というタームは、すでに古典文学の分野に存在するのだが、著者は、あえて「近代説話」という概念を案出し、雑報と紅葉文学の内的関連を追究する。雑報を風俗事象の報道とのみ考えるのではなく、「近代の生んだ説話」と捉えることで、当時の民衆の情念を代表するものとして文学と積極的にかかわらせていくのである。ここには、従来の文学史にみられる紅葉の扱い、すなわち、紅葉を単なる風俗作家としたり、その作品を懐旧の具や風俗史の中に閉じ込め不当に軽視する傾向への疑義の表明が色濃く出ている。

著者は、雑報とかかわる紅葉文学には、大衆読者に喜ばれる表向きの表現と、知的で繊細な選ばれた読み巧者に理解される表現との二面性があると指摘する。この二面性の表現は、I「江戸文学の流れ」で示された近世小説の〈見立て〉や寓意等の趣向、柳亭種彦のような近世戯作者に特有の韜晦のポーズからの水脈をたどることで——紅葉との直接的なかかわりを論じたものではないにせよ——、より深く理解できるものと思われる。一方、Ⅲ「文学的成熟への試み」の各編では、風俗小説の枠を出ようとする紅葉の姿がうかがえる。外国作品への安易なもたれかかりを排した翻案や、読者に迎合せず高踏的な態度で写実的心理小説の方法を模索する姿が描かれている。人々によく知られる『金色夜叉』は、足掛け六年にわたって『読売新聞』誌上に連載されながら未刊に終った長編小説だが、Ⅳ「『金色夜叉』の世界」をみると、『金色夜叉』という作品がいかに雑報と深くかかわりつつ叙述されたかがよくわかる。著者は、紅葉文学が新聞記事を単なる趣向としてではなく計算された近代的虚構によって見事に消化している意義を力説してやまない。本書のどこかで、社会学的方法を加味した近代文学史の必要性が説かれていたが、そうした著者の文学観はいたるところにあらわれているようだ。Ⅴ「硯友社とその余波」は、紅葉および硯友社を同時代的にどう意味づけるかという視点で書かれている。

また、紅葉の作品中の表現について、その典拠を考察するのも本書の特徴である。むろん、単なる考証癖ではあるまい。著者には、典拠を求めていくと、その道筋から〝紅葉文学の水脈〟が浮かび上がってくるという予測があったのではないか。何のための典拠提示かという問題は、本書を読む際に常に問いかけなければならないに違いないが、読者の読みの深さによって可能性のある意味づけがなされることを期待したい。

なお、本書に収録されたもの以外の、著者の主な論考をあげておく。

「紅葉著作小考—異作「夏痩」について—」(『語学・文学研究』7、昭和五十二年三月)
「『金色夜叉』における年齢の趣向」(『日本文学』昭和五十一年十一月号)
「WHITE LILIES(復刻と解説)—「金色夜叉」構想の原拠についての新資料—」(『国語国文学報』第三十六集、昭和五十四年十二月)

「森鷗外『最後の一句』」（『文学教材の研究（中学篇）』昭和五十五年三月、桜楓社）
「『舞姫』俗論」（『香椎潟』第三十八号、平成五年三月）
「『舞姫』の底流」（『国語研究』三十、平成五年三月）
「舞台芸術の小説的再生―鏡花文学再考―」（『国文学解釈と鑑賞』昭和五十五年三月号）
「谷崎文学典拠考―「人面疽」「美食倶楽部」「青塚氏の話」―」（『金沢大学語学・文学研究』第十号、昭和五十五年二月）
「『破戒』とスケッチ・私稿」（『香椎潟』第二十七号、昭和五十七年三月）
「布団の匂い―比較文学的ノート―」（『国語国文学報』第四十二集、昭和六十年三月）
「『風の又三郎』私見―モリブデンの意味―」（『香椎潟』第二十六号、昭和五十六年三月）
「『グスコーブドリの伝記』私見」（萬田務・伊藤真一郎編『作品論　宮沢賢治』昭和五十九年、双文社）
「『銀河鉄道の夜』私見―法華経との関連についての序説―」（『国語国文学報』第四十四集、昭和六十二年三月）

編集にあたって、留意したのは次の点である。①参考文献の所載誌や刊行年などすべて著者の記すところに従ったが、無記の箇所は編集者の方で適宜補った。②本書の書名、およびI～Vのタイトルは編集者の命名だが、各編の題名は、特に断らない限り原題のままとした。③作品名・書名・雑誌名は『　』、論述の中での原典引用は〈　〉で統一した。④漢字に関しては、著者による原典引用の箇所も含めて、新字体にあらためた。仮名遣いに関しては、引用された原典についてはそのままだが、著者による論述の箇所は現代仮名遣いの表記にしてある。⑤学説引用の際の敬称は、すべて「氏」で統一した。⑥本書で取り上げられた作品の中には、今日の人権意識に照らして不適切と思われる表現もあるが、紅葉の生きた時代およびその前後の表現の仕方に即して作品のオリジナリティを理解したいため、あえてそのままにした。

なお、本書の刊行に際しては、和泉書院社長の廣橋研三氏に終始お世話になった。遅々として進まなかった編集作業を忍耐強く待ってくれた同氏に、深甚の謝意を表したい。

平成十七年七月

編集委員代表　山下久夫

■著者略歴

土佐　亨（とさ・とおる）

昭和10年　石川県に生まれる。
昭和35年 3 月　東京大学大学院人文科学研究科国語国文学専攻修士課程修了。
石川県小松実業高等学校教諭、同小松高等学校教諭、同小松工業高等学校教諭を経て、
昭和43年11月　福岡女子大学文学部講師
昭和45年10月　同助教授
昭和51年 5 月　愛知教育大学文学部助教授
昭和54年 4 月　同教授
昭和62年 4 月　金沢女子大学（現金沢学院大学）文学部教授
平成11年12月　逝去

近代文学研究叢刊 30

紅葉文学の水脈

二〇〇五年一一月一〇日初版第一刷発行
（検印省略）

著者　土佐亨
発行者　廣橋研三
印刷所　太洋社
製本所　大光製本
発行所　有限会社 和泉書院
大阪市天王寺区上汐五-三-八
〒五四三-〇〇〇二
電話　〇六-六七七一-一四六七
振替　〇〇九七〇-八-一五〇四三

装訂　濱崎実幸

ISBN4-7576-0318-5　C3395